U0678381

先锋小说研究资料

程光炜 主编

李建周 编

中国当代文学史资料丛书

百花洲文艺出版社

BAIHUAZHOU LITERATURE AND ART PRESS

图书在版编目（CIP）数据

先锋小说研究资料 / 李建周编. — 南昌：百花洲文艺出版社, 2017.8
（中国当代文学史资料丛书 / 程光炜主编）
ISBN 978-7-5500-2192-1

Ⅰ. ①先… Ⅱ. ①李… Ⅲ. ①小说研究 – 中国 – 当代
Ⅳ. ①I207.42

中国版本图书馆CIP数据核字（2017）第090719号

先锋小说研究资料

XIANFENG XIAOSHUO YANJIU ZILIAO

李建周　编

出 版 人	姚雪雪
责任编辑	童子乐　余丽丽
书籍设计	方　方
制　　作	何　丹
出版发行	百花洲文艺出版社
社　　址	南昌市红谷滩世贸路898号博能中心一期A座20楼
邮　　编	330038
经　　销	全国新华书店
印　　刷	江西千叶彩印有限公司
开　　本	720mm×1000mm　1/16　　印张　24.5
版　　次	2018年4月第1版第1次印刷
字　　数	390千字
书　　号	ISBN 978-7-5500-2192-1
定　　价	51.00元

赣版权登字　05-2017-135

版权所有，盗版必究

邮购联系　0791-86895108
网　　址　http://www.bhzwy.com
图书若有印装错误，影响阅读，可向承印厂联系调换。

总　序

◎程光炜

一

　　中国当代文学史（1949—2009）有"前三十年"和"后三十年"之分期。后三十年中，又有"七十年代文学""八十年代文学"和"九十年代文学"等不同段落。本丛书的选编对象，是后三十年文学。然而，文学发展脉络除不同段落之外，还应有先后出现的流派、现象和社团将之串联成一个整体。在中国现代文学史上，仅二十年代的文学就有文学研究会、创造社、沉钟社、未名社等大大小小的社团或流派，从这些现象中，既可观察这一段落文学的起伏跌宕、相互排斥与前后照应，也能对它们的纹理组织和贯穿线索有清楚的了解。

　　由于当代文学史的历史沉淀不够，研究者与研究对象之间的历史距离还较短，它作为一个历史河床的激流险滩就来不及显露出来，供研究者做准确的测量、计算和评估。按照我做历史研究的习惯，凡是漂浮在文学批评和各种文坛传说中的文学现象，都不会列入研究目标，我会耐心地等它逐渐沉淀下来，待纹理组织和脉络线索都清楚显露出来之后，才把一个个作家作品这种单位摆放进去，设置一个位置。观察思潮，也应该强调它的历史稳定性，否则宁愿放着不做。但是我们知道，自所谓新时期文学开始运作之后，被文学批评推出的文学现象就层出不穷，例如伤痕文学、反思文学、寻根文学、先锋小说、新写实小说、女性文学等等，而且它们大都被已经出版的许多文学史著作所采用，在大学中文系文学史课堂上讲授了几十年。我没做过统计，关于它们的各种论文不说上千万字，少说也有几百万字。更值得注意的是，有很多研究论文详细讨论它们之间的承传关系①，或者对某现象的内涵外延加以界定②，也分析到某现象在向另一现象转型过程中出现的种种问题③，如此等等。由此说明，当代文学史历史分期、段落传承、概念界定、现象、社团和流派等等的历史化研究，也并不像有些悲观者认为的那样犹如散兵游勇，布不成阵。④

　　因资料整理和学术研究没有跟上来，从伤痕文学、反思文学、先锋话剧、朦胧诗、寻根文学、先锋小说、新写实小说、女性文学、第三代诗歌、文化散文、九十年代长篇小说到60后作家三十年来的文学史序列，除作家主动提倡、文学批评和杂志组织等推动因素外，是否还有社会思潮的刺激、外国文学的影响和文学圈子的催发，还都没有被认真清理和反思。关于现代文学史上的文学研究会、创造社、太阳社、沉钟社、新感觉派、乡土小说、京派、海派等社团和流派的文献史料，是经过几代学者数十年来默默无闻地爬梳、搜集、辑佚、整理和研究，才逐渐浮出历史表面，最后被确定下来，成为学科的概念、术语、范畴的。而我知道，对当代文学史上这些重要现象文献史料的收集整理，还只是处在启动的状态，更不用说以一所大学之力，几代学者之力，开辟为研究领域了。虽然如上所说，零星的"关系""转型""段落传承"等研究已有不错成果，但与现代文学史如此大规模、长时段和投入几代学者之力的宏大工作相比，远没有提到议事日程上来。这个事实，必须引起学界同人足够的重视。

<h1 style="text-align:center">二</h1>

　　本丛书的编撰是一项进一步充实当代文学史文献史料整理的工作。它分为《伤痕文学研究资料》《反思文学研究资料》《改革文学研究资料》《寻根文学研究资料》《先锋小说研究资料》《新写实小说研究资料》《新历史小说研究资料》《女性文学研究资料》《朦胧诗研究资料》《第三代诗歌研究资料》《先锋话剧研究资料》《文化散文研究资料》《九十年代诗歌研究资料》《茅盾文学奖研究资料》《九十年代长篇小说研究资料》和《外国文学译介研究资料》，总计十六种，基本涵盖了当代文学史后三十年的重要现象。如果按照本文第一部分讨论现代文学史社团、流派、现象的观点，可以将十六种资料略作

分类。第一类为文学现象，如"伤痕文学""反思文学""改革文学""新历史小说""先锋话剧""文化散文""茅盾文学奖""长篇小说""外国文学译介"等；第二类为社团，如"朦胧诗""第三代诗歌""九十年代诗歌"等；第三类为流派，例如"寻根文学""先锋小说""新写实小说""女性文学"等。所谓文学现象，是指受到当时社会文化思潮和文学思潮的影响而兴起的一种文学创作现象，集中反映着当时作家、批评家的思想状况、文学观念和审美意识，尤其是文学探索的精神。随着这些思潮的转移、跌落，这些现象也随之弱化和消失。所谓文学社团，按照既定的文学史认知，它一定有社团章程、组织、文学主张和相对固定的文学圈子，有固定的批评家和文学受众，关于这一点，"朦胧诗""第三代诗歌"和"九十年代诗歌"都符合这些条件。

从文学史的角度说，凡文学社团都有社团章程、组织、文学主张和固定的文学圈子，有固定的批评家和文学受众。例如"朦胧诗"，它源于1969年出现于河北白洋淀插队知青中的"白洋淀诗人"，主要成员有姜世伟（芒克）、栗世征（多多）、岳重（根子）、孙康（方含）、宋海泉、白青、潘青萍、陶雒涌、戎雪兰等，在北京工作或在外地插队的北岛、江河、严力、彭刚、史保嘉、甘铁生、郑义、陈凯歌等，也曾与这些诗人有交往。1978年12月，创办了诗歌小说和美术杂志《今天》，而以发表诗歌为主。杂志主编是北岛、芒克，成员有方含、江河、严力、食指、舒婷、顾城、杨炼等。由北岛起草的"发刊词"代表了该杂志的章程、组织和文学主张，他们宣称：该杂志是要"植根于过去古老的沃土里，植根于为之而生、为之而死的信念中。过去的已经过去，未来尚且遥远，对于我们这代人来讲，今天，只有今天！"⑤《今天》这个文学社团从1978年到今天，已经存在了三十七年，是中国当代文学史上存在时间最长、杂志延续至今的一个社团。虽然，它的主编、编委和成员几度变化，该杂志后来还转移到国外，但仍然一直坚持了下来。在我看来，"寻根文学""先锋小说"和"新写实小说"是可以作为文学流派来研究的。首先，它们都曾有自己的"文学宣言"，固定的作者圈子，相对统一的创作风格，不仅影响了后来一代作家的创作，而且通过创作转型，当年的创始者后来也一直延续着当年的文学主张、审美意识和创作风格，例如莫言、贾平凹、韩少功、李锐（寻根），余华、苏童（先锋）等。

鉴于上述社团、流派和现象的史料非常分散，缺乏系统整理，本丛书拟以"资料专集"的形式出版。作为同类著作的第一套大型工具书，我们力图通过勾勒后三十年文学发展的基本脉络，展现大量而丰富的历史信息。同时意识到，这套丛书的出版，将为下一步更为细化、具体的史料整理工作开辟一条新路。如果从当代文学史文献收集、辑佚和整理工作的长远考虑，中国当代文学史的"社团史""流派史"等，也应在不远的未来启动和开展。比如，"白洋淀诗人群"与《今天》杂志的沿革关系，至今还是众说纷纭，有一些模糊不清的诗人回忆文章，但缺乏详细可靠的考证。又比如《今天》杂志编委会在八十年代的改组和分裂，也是各执一词，史料并不可靠。"寻根文学"的发起是1984年12月在杭州召开的那次文学的"当代性"会议，然而这次会议由哪些人发起、组织，具体策划是什么，与会人员名单是如何选择、确定，没有翔实材料予以叙述，零星片断的叙述倒是不少，仍不能令人满足。另外，散会后，韩少功、阿城等是如何产生写作那些"宣言式"文章念头的，具体情形包括活动情况，研究者仍然不得而知。在我看来，如果没有大量的建立在考证基础上的"社团史""流派史"史料丛书的陆续问世，仅凭简单材料写出的同类著作不仅价值不高，历史可信度也很低。这套书的工作，仅仅是为这一长期并意义深远的学术工作，打下一点初步基础而已。

三

在编选体例上，我们在遵循过去文学史史料丛书规则的前提下，也对这次编选提出了自己的要求。

一、每本书的结构，分为主选论文和资料索引两个部分。主选论文是全文收录，资料索引只选篇目和文章出处。在资料索引部分，要求编选者尽量穷尽能够找到的资料，当然非正式出版的报刊不在此列。

二、视野尽量开阔，观点具有历史包容性，强调点与面的结合。主选论文，应以当时文学思潮、论争文章和后来有价值的研究文章为编选对象；突出主要作家作品，一般作家作品可放在资料索引部分，作为对主选论文的陪衬，但也要求尽可能地丰富全面。

三、鉴于每本资料只有三十万字左右规模，这就要求编选者具有"选家"的眼光，用大海淘沙的耐心和精细触角，把对于历史来说，值得发掘和发现的文献史料贡献给各位读者。

　　由于各位编选者都在大学工作，承担着繁重的教学科研任务，尽管这套丛书筹备了好几年时间，还经过开会商讨和电子邮件的多次协商，但展现在读者面前的丛书，仍有不少遗憾之处，它的疏漏也在所难免，望读者批评指正。

2015年5月11日于北京

注释：

①杨晓帆：《知青小说如何"寻根"》，《南方文坛》2010年第6期。这篇论文运用详细材料，叙述了阿城1984年发表短篇小说《棋王》后，被仲呈祥、王蒙等归入知青小说。1985年提倡"寻根文学"后，更多的批评家开始按照对寻根文学的理解，认为它是这种现象的代表作之一，之后在接受各种访谈时，阿城也有意无意根据采访要求，重新讲述这篇小说是如何寻根的故事。这个案例，一定程度上说明，"知青小说"向"寻根文学"转换过程中的某种秘密。

②旷新年：《写在"伤痕文学"边上》，《文艺理论与批评》2005年第1期。作者力图在五十至七十年代文学和九十年代文学的关系脉络中，分析"伤痕文学"产生的原因，以及它如何在九十年代全球化大潮中逐渐衰老的深层背景。

③吴义勤的《告别"虚伪的形式"》（《文艺争鸣》2000年第1期）论及余华八十年代／九十年代小说的"转型"问题。还有很多学者，都有这方面的论述。

④从事现代文学研究的赵园，一次就曾当面对笔者谈到"当代文学"就像一个"菜市场"。这种认为当代文学史研究状况，始终没有自己的学科自觉和秩序的看法，在现代文学研究界十分普遍，一方面说明当代文学史研究确实存在问题，与此同时，也表明许多学者在耐心阅读已有成果之前就下结论的草率。

⑤《致读者》，载《今天》1978年12月23日《创刊号》。

目　录

当代中国文学史资料丛书

马原的叙述圈套

吴 亮

在我的印象里，写小说的马原似乎一直在乐此不疲地寻找他的叙述方式，或者说一直在乐此不疲地寻找他的讲故事方式。他实在是一个玩弄叙述圈套的老手，一个小说中偏执的方法论者。

马原声称他信奉有神论，这当然为我们泄露了某些机密。不过我这里更感兴趣的是马原喜用的方式，就是说，解释他是以何种方式来接近他那个神的，比考辨这个神究竟是什么更有意思。也许，马原的方式就是他心中那个神祇具体形象，方法崇拜和神崇拜在此是同一的。如果说马原最终确实为自己创造了一些独特的小说叙述方法，那么也可以有把握地说他同时是一个造神者。

我再重复一遍，马原的有神论即是他的方法论。

为了证明我上述的论断，以下我就需要详细地予以阐释。阐释马原是我由来已久的一个愿望，在读了他的绝大部分小说之后，我想我有理由对自己的智商和想象力（我从来不相信学问对我会有真正的帮助）表示自信和满意；特别是面对马原这个玩熟了智力魔方的小说家，我总算找到了对手。阐释马原肯定是一场极为有趣的博弈，它对我充满了诱惑。我不打算循规蹈矩按部就班依照小说主题类别等等顺序来呆板地进行我的分析和阐释，我得找一个说得过去的方式，和马原不相上下的方式来显示我的能力与灵感。我一点不想假谦虚，当然也不想小心翼翼地瞧着马原的脸色为赢得他的满意而结果却于暗中遭到马原的嘲笑，更坏的是，他还故作诚恳地向我脱帽致敬。我应当让他嫉妒我，为我的阐释而惊讶。自然，顺便我无妨在此恭维一句：马原是属于最好的小说家之列的，他是一流的小说家。这种恭维也许过于露骨，有当面阿谀之嫌，所以我又要公允地补充一句：最好的小说家（或一流小说家）当然不止马原一个。

说远了没意思。好吧，现在我言归正题：马原的叙述圈套。

马原在他小说叙述中的地位

首先，马原的叙述惯技之一是弄假成真，存心抹杀真假之间的界限。在蓄意制造出这么一种效果的时候，马原本人在小说中的露面起了很大的作用。马原在他的许多小说里皆引进了他自己，不像通常虚构小说中的"我"那样只是一个假托或虚拟的人，而直接以"马原"的形象出现了。在《叠纸鹞的三种方法》《拉萨生活的三种时间》《虚构》等一些小说里，马原均成了马原的叙述对象或叙述对象之一。马原在此不仅担负着第一叙事人的角色与职能，而且成了旁观者、目击者、亲历者或较次要的参与者。马原在煞有介事地以自叙或回忆的方式描述自己亲身经验的事件时，不但自己陶醉于其中，并且把过于认真的读者带入一个难辨真伪的圈套，让他们产生天真又多余的疑问：这真是马原经历过的吗？（这个问题若要我来回答，我就说："是的，这一切都真实地发生在小说里。至于现实里是否也如此，那只有天知道了！"）

在这种混淆真假界限的想象活动里，马原是不是为了炫示他的独特经历，并且不惜想入非非虚张声势地往上增加一些令人惊异或使人羡慕的传奇色彩呢？当然，这种用意也许不能完全排除。不过我更关心的是，马原通过真事真说和假事真说的方法——我曾猜测过他的《虚构》和《游神》均有大量想象的情节——让自己进入一种再创经历、再创体验和再创感受的如临其境的幻觉，而这幻觉正好是被马原十分真实地经验到的——即在写作时被经验，或者说，是在叙述过程里被经验。在此，追问事情是否如此这般地发生，完全是不必要的。但我相信马原被自己的虚构能力和幻觉骗得不轻，除了年龄、身高、籍贯和履历，他关于自己的真实记忆不会太多太详细。他很大程度上是生活在他编织出来的叙述圈套中了。

作为某种更为有趣的自我欺骗的补充游戏，马原还别出心裁地由经他之手虚构出来的小说角色之口来反身叙述马原本人。《西海的无帆船》中插入了一整段姚亮的自我辩解和对马原惯然的指控，这节外生枝的题外话产生了某种颇有恶作剧意味的滑稽效果，好像一个机器人被接上电源有了自己的行动意志以后开始蠢蠢欲动试图脱离和反抗制造它的工程师——姚亮显然是马原想象中

中国当代文学史资料丛书

的人物，可是他已经具备能力抗议他的主人马原对他的任意描写了。特别是当姚亮看到了马原写小说的某些惯用手法并不无刻薄地将它揭露出来时，马原是在借姚亮之口泄露自己、交代自己，还是一种迷魂阵、障眼法，或者是为了满足难以抑制的淆乱真假的幻想欲？我不认为这仅仅是即兴的游戏之笔，它肯定源于一种很难摆脱的反复出现的心理冲动，因此在马原小说的其他场合可以不断看到马原被他的小说人物反身叙述的段落，例如《涂满古怪图案的墙壁》和《战争故事》里均有类似的文字。这当然不是偶然的。我觉得，马原一定在内心深处怀着某种希望被人叙述被人评价被人揭露的愿望，而这种愿望的最好满足方式显然是他自己的小说——既然他已经把他的小说看成了唯一的真实，既然他已经部分地生活在他的小说里，他就更无意识地充分运用这种便利了。

在小说的虚构活动里拓展自己的有限经验进而将它示于他人，这一活动实际上源于对文字叙述的迷信。我认为迷信文字叙述的小说家是真正富有想象力的，他们直接活在想象的文字叙述里。最好的小说家，是视文字叙述与世界为一体的。马原本人在他小说中以不同方式出现，其实正是这一心理状态的显露。他不像大多数小说家只是想象自己生活在虚构的文字里，他是真的生活在自己虚构的文字里。或者干脆说，没有什么虚构，马原的小说就是衡量它是否真实的标准，不存在小说之外的真实对应物，所以也就没有什么虚构。同样，马原和马原小说中的马原，根本没有必要进行真与非真的核实和查证。可以断言的是，马原在他小说里显示给我们的马原，其本来的真实和经篡改过的真实是同样的多，但我不追究这个极次要的问题。我只想说我看到马原和马原小说中的马原构成了一条自己咬着自己尾巴的蛟龙，或者说已形成了一个莫比乌斯圈，是无所谓正反，无所谓谁产生谁的。

马原的朋友们和角色们

马原由直接叙述自己和间接地通过角色之口叙述自己，也可能是为了把自己逼入一个圈套，迫使自己去感受此时此刻他面临的一切。马原一般很少扮演一个临居小说之外或之上的局外人和全知的上帝（《拉萨河女神》里马原是退隐不见的，可看作局外人；《大师》中最末一段抖落使人战栗的关于命案的真相与始末，马原则是全知的）。在更多情况下，他不是在小说以外打量他的故事和人物，而是混居在小说内部参与着这些故事并接触着这些人物的。

马原的这一特殊地位，便决定了他的小说里总有他的朋友，他的熟人、至交、萍水相逢的邂逅者和其他各类与自己发生联系的人。这一现象，也就很自然地解释了在马原的不同小说里为什么总会重复出现的名字（陆高、姚亮、大牛等等），而其他一些角色看来也是彼此相识的——刘雨、新建、子文、午黄木、小罗等等，还有白珍、尼姆、央宗等等——这些人全以马原为核心，是马原的人际圈。他们有声有色地环聚于穿梭于马原的周围，为马原提供故事的同时也就随之活在马原为他们而写的故事里。究竟是他们不断塞给马原故事，还是马原塞给他们故事，或把他们塞在马原的故事里，则又是一个复杂的环套了。

从马原的小说中可以发觉种种迹象，这些迹象使我相信马原施展了他的分身术——陆高和姚亮这两个尾随着他的男人原是他本人的两个投影，他们彼此攀谈、打闹和调侃，他们相互窥探、陈述和反驳，其中多少含有马原的自恋特征。当然我无须去考辨这两个影子人物的真正心理成因，不妨就将他们看作是马原小说中的马原最密切的两位朋友，这样更妥当些。若仅此而言，这两位朋友和马原小说中的马原之间那种奇妙的心灵感应，他们彼此吸引又彼此排斥的言行，仍使我执意以为那完全是马原个人想象和心理历程外投的结果。倘若不据此揣测马原个人的某些秘密，那么我要说，凡是写到陆高和姚亮的小说相对之下都是可读性较弱的，因为它们几乎无例外地专注于心理分析，一头沉浸到男人的内在精神和性格的自我摸索之中。在这方面，"情种、小男人和诗人"是一把非常有用的钥匙，它宿命般地预言了马原在《零公里处》之后的许多小说将照此原型诞生。"情种、小男人和诗人"十分简扼地排列了三个词，它们组成推动上述心理分析和自我探索的隐蔽动力，又显得是大事张扬的广告或公开的图解。我得说这里也设置着马原蓄谋已久的圈套。他要人们相信他的故事，又不全信他的故事；他要显得坦率自如，却又故意作出羞羞答答的样子。怎么都要落到他预备好的叙述圈套里，迟早。幸好我是将它识别出来了。

在马原近期的小说里面（除了《战争故事》和《涂满古怪图案的墙壁》等少数几篇），自我探索和心理分析的因素在减弱，可读性则大大增强了。我指的是他的《虚构》《错误》《游神》《大师》和《黑道》。这些小说里不再有姚亮和陆高，一些陌生人、邂逅者开始轮番地介入了。他们成了马原近期小说中的主要角色和情节推动者，马原本人不是成了参与者至少也是一个目击人，一个记事人。马原在这里发挥了他擅于制造悬念和激发起人们好奇心的特长，把他的角色们纷纷讲述得绘声绘影。这些角色，部分源于马原的结交和往事回忆，部分源于马原的外部观察和奇思怪想。故事为角色而设，角色又为故事所召唤，这是一种双向的共生的虚拟，它们和马原小说中的马原及他的朋友们，一起组成了一个被马原津津乐道地娓娓叙述的经验世界，在小小的印刷物领地里领取了身份证，便在那里安居了。他们没有一个是安分的，多少要经常惹出一点事端，给马原的灵感以刺激。他们向喜欢冒险和幻想的马原频频透露没头没尾和根本无法确知全过程的神秘经历，他们提供戏剧性场面和细节。事实上也许正是如此：马原的灵感和他所有朋友们角色们的神秘经历是同时存在着的。

马原的经验方式和故事形态

马原的经验方式是片断性的、拼合的与互不相关的。他的许多小说都缺乏经验在时间上的连贯性和在空间上的完整性。马原的经验非常忠实于它的日常原状，马原看起来并不刻意追究经验背后的因果，而只是执意显示并组装这些经验。《叠纸鹞的三种方法》《战争故事》分别组装了几段彼此无因果关系的偶然经历（或道听途说）；《风流倜傥》组装了几段关于大牛的奇闻逸事；《拉萨生活的三种时间》组装了一些神秘未明的日常小事；《错误》组装了故人往事彼此关联又错开难接的记忆；《大师》组装了一连串引人入胜的关于艺术、走私、遗产、命案和性的悬疑现象；《游神》则组装了围绕古钱币和铸币钢模的徒劳冒险。所有这些组装，都是逻辑不清的，只有表面前后相续的现象在透露若干蛛丝马迹，人们可以照自己的方式去理线索，也可能百思不得其解。这都没什么，因为生活对我们来说多半是如此呈现的。马原在进行他的故事组装时，没有一次不漏失大量的中间环节，他的想象力恰恰运用在这种漏失的场合。他仿佛是故意保持经验的片断性、此刻性、互不相关性和非逻辑性。这种经验的原样保持在马原的小说里几乎成为刻意追求的效果，比如存心不写原因，存心不写令人满意的结局，存心弄得没头没尾，存心在情节当中抽取掉关键的部分。马原的小说在这一点上酷似生活本身——它仅仅激起人的好奇，却吝啬地很少给好奇以满足。马原不像是卖关子，人为地留下所谓的"空白"，或者布下迷魂阵，心里对真相一清二楚。不，我想说马原是从来不甚明白他小说背后隐伏的真相的，一如他对待神秘的八角街本身。他知道了肯定会无保留地说出来（他对《大师》的真相就知道得太多太详细，所以忍不住地全揭露了），他不说是因为确实不知。马原小说所显现的经验方式，表明了马原承认了如下的事实：世界、生活和他人，我们均是无法全部进入的。是我们在那些现象之上或各种现象之间安置上逻辑之链的（别无选择），而这样做又恰恰违背了经验的本体价值，辜负了经验对人构成的永恒诱惑。

马原对经验的这种非逻辑理解，就必然相应造成了他故事形态的基本特点。既然在经验背后寻找因果是马原所不愿意的，那么在故事背后寻找意义和象征也是马原所怀疑的。马原确实更关心他故事的形式，更关心他如何处理这个故事，而不是想通过这个故事让人们得到故事以外的某种抽象观念。马原的故事形态是含有自我炫耀特征的，他常常情不自禁地在开场里非常洒脱无拘地大谈自己的动机和在开始叙述时碰到的困难以及对付的办法。有时他还会中途停下小说中的时间，临时插入一些题外话，以提醒人们不要在他的故事里陷得太深，别忘了是马原在讲故事。

马原所讲的故事，虽然在该孤立的故事范围内缺乏连贯性和完整性，却耐人寻味地和其他故事发生一种相关的互渗的联络，这可以由他的小说经常彼此援引来得到证明——《大师》的开首提到了《风流倜傥》，《拉萨生活的三种时间》里，提到了《康巴人营地》，《涂满古怪图案的墙壁》则提到了《西海的无帆船》和《中间地带》（这篇小说的作者之一居然就是姚亮本人！可见马原是个故弄玄虚的老手）等等——这样，马原的这一招数本身也构成了他故事的一个重要内容。

这么一种非常罕见的故事形态自然是层次缠绕的。它不仅要叙述故事的情节，而且还要叙述此刻正在进行的叙述，让人意识到你现在读的不单是一只故事，而是一只正在被叙述的故事，而且叙述过程本身也不断地被另一种叙述议论着、反省着、评价着，这两种叙述又融合为一体。不用说，由双重叙述或多重叙述叠加而成的故事通常是很难处理的，稍不留意就会成为刺眼的蛇足和补丁。唯其如此，我就尤其感到马原的不同寻常之处：他把这样的小说处理得十分具有可读性，其关键在于，马原小说中的题外话和种种关于叙述的叙述都水

中国当代文学史资料丛书

乳交融地渗化在他的整个故事进程里，渗化在统一的叙述语调和十分随意的氛围里。对此我的直觉概括是，马原的小说主要意义不是叙述了一个（或几个片断的）故事，而是叙述了一个（或几个片断的）故事。

马原的重点始终是放在他的叙述上的，叙述是马原故事中的主要行动者、推动者和策演者。

马原的观念及对他故事的影响

论及马原的观念，很容易给人以一种偏离我的主旨的错觉，因为从一开始起我就在题目上规定了自己的论述范围，即马原的叙述圈套。可是，完整地看，这个叙述圈套是涵带有观念性的。或者说，这种观念已经深伏在马原的经验方式和化解在他的小说叙述习惯里。结果，关于马原的观念，就显得无比重要，以至使我无法回避。

我所关心的马原的观念，并非是马原本人企图塞在他的小说里的外在意图和见解，或者是他偷偷地想假借他的故事来隐喻、象征、提示的抽象概念。对这一点我并无兴趣，当然，我也不反对别人这么去破译。我这里想要论及的马原的观念，已经是贯穿在他的叙述本能之中，贯穿在他每一次具体的叙述故事的过程里。它们不是超出具象指向抽象彼岸的，恰恰相反，它们滞留在具象此岸，在此岸即涵带有抽象性质的。

我想用叙述崇拜、神秘关注、无目的、现象无意识、非因果观、不可知性、泛神论与泛通神论这八个词来概括马原的观念。

马原的小说大多数都流露出对文字叙述的极端热衷，这种叙述行为已经成为唯一的一次真正经历或亲身体验。叙述在此除了担负着追忆往事和记录在过去时态中发生的事件的工具功能外（如《零公里处》和《错误》），更多情况下它本身就是往事和事件。当叙述在形成着自身的时候，往事和事件便以"正在进行"的样式展示出来。以《涂满古怪图案的墙壁》和《拉萨生活的三种时间》为例，它们均是以边叙述边发生的样式展示给我们的。马原似乎相信，只要他开始进入（或沉浸入）叙述状态，故事就会自动涌来，叙述具有一种自动召唤故事的符咒般的神奇功能。至于这故事有什么内在意义，他通常是无暇予以细究的。

马原对这种因叙述而涌来的故事既然失去了有效的理智控制，那么自然，一种由叙述的符咒呼唤来的东西就会对马原构成反控制。果真，一个一个人物、意象、场景接踵而至，它们由于不带有明确的意义，就显然是十分神秘的。所谓神秘，即是孤立的、原因不明的和超出常识理解范围的现象，马原一般不去推测这类现象的背后制导因素，他被这些自行地接踵而至的现象所吸引是因为他在骨子里是喜欢神秘的，他对探讨神秘的起因，不释除心中的神秘感，相反，他更愿意怀着某种虔诚去关注神秘。在马原的小说里，神秘没有装神弄鬼的意思，而只是一系列来历不明的东西和突然消失不见的东西。我想这一点是无须详细举出例证的，因为它确实到处可见，只要回想一下马原的《拉萨生活的三种时间》《游神》《大师》以及《黑道》的某些段落即可。

由于有了上述对现象自动涌来的神秘关注，那么，一种无目的的意图就悄然地暴露出来了。马原在一头陷于他的想象和叙述中时，除了某种莫可名状的冲动和快感，我敢说他不清楚别的外部目的。特别是功利性目的，是根本和马原无缘的。功利性的目的，只会驱使人的感觉和经验，进入一个被事先限定了的轨道，而马原恰恰是不可能被事先限定的。他的写作是非常自动化的。敞开而无边，完全为一种强烈的兴趣所吸引，是他所有小说叙述的最根本动力。我以为，无目的是合乎马原小说的形成之因的。

有了这么一种观念，就必然对现象产生浓烈而持久的好奇，因为这种好奇不关涉到现象和人的利益与效用，所以就显得无限生动。马原经常在他的小说里罗列种种没有什么明确旨意的现象，他情愿将现象仅仅作为现象来予以仔细欣赏、想象和描述。换言之，现象本身是不意识到自己的，那么，人对现象的无意识观照也就不会歪曲现象的原态。严格地说，人总是通过他特有先入为主的方式去观察外在的世界，因而外在世界不可能纯粹以它原来的模样进入人的视界；不过，马原的方法，恰好是夸大了外在世界的自动性和无意识涌现。我以为《冈底斯的诱惑》是这种现象无意识的典型见证。我断言马原是在无意识中从事《冈底斯的诱惑》的写作的，尽管人们可以从中引申出种种饶有深意的涵蕴，但绝对没有一条是被马原意识到的。马原的功绩，正在于这种脱离意识的现象描绘——不管是亲历的还是心理的——保证了充分的伸缩空间与富有弹性的想象性时间维度。

一旦把现象从所谓的规律中孤立地凸现出来，它们彼此的因果联系，也就

中国当代文学史资料丛书

显得无关紧要了。说到马原在他的小说中经常表现出他的非因果观，我想提一提《拉萨生活的三种时间》。首先，康巴人赠送给马原的银头饰就是无缘无故的、没有原因的。随后，家中天花板里的响动也是带有原因不明的恐惧感的。当然，末了马原开枪射杀了正在天花板夹层里捕鼠的黑猫贝贝，真相大白以后，仍留下不解之谜：马原朋友午黄木家里类似的声响又是什么造成的呢？那十几根会走的（？）羊肋骨是怎么回事？我还想提一提《错误》。这篇小说情节的逐渐"错位"使因果联系发生了移动：军帽失窃——江梅生孩子——孩子的来龙去脉——和黑枣的斗殴——二狗捡来的孩子——赵老屁的失踪——二狗的死和江梅的死，这些前后接续的事件，因果都是不甚明了的。马原十分善于讲这么一些由无因之果或有因无果组成的故事，《游神》就是没有结果的，或者说是结果落空的；《风流偶傥》东拉西扯地写了马原的朋友大牛和女人的风流事，收集古钱的癖好和他如何去天葬台捡骷髅，末了又横生枝节地"胯骨断了"，不了了之。我以为这种料不到的、意外的、偶然的故事结局，乃是马原非因果观的一个证据。

与以上非因果观相联系的，便是马原在心底里，已识出了现实世界的"不可知性"。上面提及的《游神》还有《黑道》，都是不可知性的经验记录与想象记录。马原笔下的生活是难以完全进入和彻底明了的，它们像一个偶尔泄漏出若干光亮的秘密后台，大部分真相都被深深藏匿起来，只给你看前台的表演，那肯定是不能全部相信的。可惜的是，谁都进不了真正的后台。每个人的生活、行踪、意欲，都有一个不向外人敞开的后台。

与此相关的是，当马原在叙述了生活真相的不可知性时，他仍然不忘记卖弄他的那段第一手的阅历，好像他是一个非常深入生活的人。《大师》详细描写了唐嘎布画画师、独眼女人、女模特儿、走私、神秘小楼、古董分类、壁画、性爱和性变态、命案、失踪、火灾（顺便说说，《大师》是马原迄今为止可读性最强的一篇小说，是一只真正的好故事），虽然写得充满悬念，大事渲染紧张气氛，可是依然给我一种忐忑的、不祥的、惊疑的、难辨的宿命之感。归根到底，宿命感就是不可知性的最后根源。在《大师》的种种情节构成要件之间，布满了不可知的网络，它是一种整体的恍惚的和骇人听闻的不可知。

现实是如此地遍布着不可知性，于是，一种神秘的倾向就开始露面了。如果我愿意相信马原声称自己为有神论者的说法是可靠的，那么，这个神就不会是一个人格神，也不会是一个具形神。应当说，这个神既是遥不可及的，存在于冥冥之中操纵着世界的万物生死荣衰兴灭，在马原灵感到来之际向他显露真容；又是遍及于日常的平凡经验里，以至唾手可得。马原的神是包诸所有，体现于所有普通现象之中。我们把这种有神的观念称之为"泛神论"，总之它是普遍地存在于现象背后决定了现象而人的有限经验又永远无法靠近的东西，只有少数人在少数的瞬间能够突然地窥见它、感应它、体现它。宗教、科学、艺术、技巧都是一些通神的杰出者以不同方式窥见神、感应神、体现神的人间结果。

这样，泛神论就必然导致泛通神论。我觉得这是马原的最后一个，也是最核心的一个观念，它由叙述崇拜为发端，又回复到叙述崇拜中去。这里也存在着一个魔术般的圈套。叙述故事实在是马原试图接近神最后体现神的唯一有效方法。对于马原来说，叙述行为和叙述方式是他的信仰和技巧的统一体现。他所有的观念、灵感、观察、想象、杜撰，都是始于斯又终于斯的。

关于马原的另一些想法

马原也有纯粹为了一个观念的启示而写作的时刻。在《涂满古怪图案的墙壁》的题目下，有一段摘自《佛陀法乘外经》（这是马原一直在写的一部经）的话，这段话正好又提到了《涂满古怪图案的墙壁》。显然那又是马原一个自我相关的叙述圈套。在一篇小说里彼此叙述，自我解释，将关于该小说的想法纳入该小说之内，它就给人某种自身循环之感。马原是常常在作这种努力推动自己的小说使之循环不息的，他想造成预言和占卜的效果，而且他果真把这种效果造成了。预言和占卜是马原深层的渴望。

马原自我相关的观念和自身循环的努力源出于他另一个牢固的对人类经验的基本理解，即经验时而是唯一性的，我们只可一次性地穿越和经临；时而是重复性的，我们可以不断地重现、重见和重度它们。自我相关和自身循环，都是既唯一又重复的，它们给了马原以深刻不移的影响，以至他在自己的小说叙述里，往往出现有趣的悖论，或说又是一种"自我相关"和"自身循环"——他在说经验是一次性的时候，他常常重复地说；他在说经验是重复性的时候，又恰恰是一次性的。这可以由他的《虚构》为有力佐证。

但是马原又不是一个小说领域里的玄学家，他甚至也不是魔术师。当然他偶尔也说几句咒语、箴言，或者玩几个小小的戏法。从1986年起，马原的小说明显地增强了可读性——这话我已经说过多次了——对于马原叙述圈套的阐释，我自然不能跳开这个问题。可是，由于我觉得这不算是困难的问题，所以我愿意出让这个问题，由别的人来阐释（轻松的工作）。此刻我还愿意出让我的又一些想法，给别人参考：马原小说的可读性因素很大程度上是狡猾地利用（或娴熟地运用）了如下的故事情节核——命案、性爱、珍宝。他还在里面制造出各种悬念，渲染气氛，吊人胃口也是他的惯用伎俩——我这里之所以放弃这些想法，主要是考虑到这些问题的"发现"与我的智力不相称。

不再提马原

　　写下这个小标题即已犯了错误，我说不提却又在不再提三个字后又提了。

　　马原是使我无法摆脱的一个玩圈套的家伙。我想我对马原最好的评价是：请仔细读一读我这篇文章的每一行，在里面你会找到最好的一句。那就是了。

原载《当代作家评论》1987年第3期

11

人：困惑与追问之中

——实验小说的意义

张颐武

最近几年，小说实验的艺术潮流引起了人们的关注，人们开始议论马原、洪峰、苏童、余华、叶兆言、格非、莫言这样一些小说作者的作品。人们在这些作品中发现的不仅仅是一种创新的小说，而且是一种小说的创新。一种全新的小说文本，一种全新的叙事模式和小说意识开始出现，我们的整个"小说观"都在面临着威胁。这里所说的"实验小说"不是对小说的内容和形式的某一功能和方法的拓展以及实验，而是对整个小说的性质、功能、特点加以实验，试图改变小说的本质，因之也就试图重造小说的概念和意识，打乱或重组我们关于小说的一整套评价标准和意义系统，改变作者——文本——读者这个环流系统的关系。对整个文学观念和意识的冲击，是实验小说的潮流的根本意义所在。实验小说在进行着意味深长的挑战，它反对任何固定的、既成的观念和价值，它在兴致勃勃地花样翻新，在考验我们的承受力和审美习惯，它在进行着不停地追问：常规是合理的吗？它在不断地打破常规。在这里，似乎打破常规才是唯一的常规。那么，这种实验提供了什么？它有什么历史的和哲学的意义？它怎样去面对这个变化中的世界？这就成了我们关注的主题。

一、打破语言与故事囚牢

什么是小说？这似乎是一个不用回答的问题。小说首先离不开语言的表达，离不开语言的创造。任何小说家实现自己作品的第一步是要把他的意识和想象转化为个人的言语在一个特定的语言构架中发挥作用。其次小说离不开

中国当代文学史资料丛书

"故事"，离不开一个虚构的时空中的情节发展。这二者是任何小说必然具备的因素，无论传统的"有头有尾"的封闭式的小说，还是现代的心理小说，这两个性质都是无可置疑的存在。语言和语言所构筑的"故事"是小说的支柱，是小说赖以生存的基础。

语言和故事的存在并不以自身为目的，它是小说赖以虚构人生世界的媒介和载体，正是在语言和故事中，小说才获得了一种"似真性"，让读者遗忘小说与真实世界之间的差异，把虚构的一切作为真实来理解，把语言符号的所指功能认作世界上曾发生过的事件。小说通过语言和故事的展开造成艺术幻觉，在艺术幻觉中与真实的世界相同构。于是，作者——文本——读者之间形成了一种特殊的默契，一种先定的合作关系。作者认为自己在制造着真实，读者认为自己在接受着真实，文本变成了可靠的，不可动摇的真实的言语和符号系统，它直接地呈露着真实。这种小说意识似乎是从未动摇过的。从《三言二拍》直到《钟鼓楼》，从《十日谈》到《尤利西斯》，小说的一切都变化了，但小说的语言和故事的最基本的功能尚未改变。虚构的"似真性"从未受到过质疑。尽管有夸张、想象、变形、抽象，但这一切都被认为是更曲折、更深彻地表现真实的方法。小说被规定为它所是的那种东西，被想象确定为一种模式。这一模式牢固地限定着小说的性格和本质。

但在目前出现的实验小说的潮流中，这一切固定的模式受到了前所未有的质疑。语言能够化为个人独特的言语吗？它可能真实地呈露这个世界吗？我们所说的语言是先于我们的存在，我们对它只有习惯和接受之后才能进入表达。那么在习惯和接受语言的过程中，会不会使我们对真实世界的认识受到我们所接受的语言的污染呢？我们的真实会不会只是语言表达的真实，而与现实世界无关呢？对语言的怀疑是与对故事的怀疑相联系的。故事是依赖语言陈述的，而且它是更为明显的虚构，这种虚构与现实世界的关系似乎更不可靠了。它如何能反映世界的本质呢？故事既然是虚构的，它的可靠性当然会受到质疑。实验小说的作者们似乎处于这样一种新的观察事物的意识网络之中，他开始追问小说本身的合理性，小说的"似真性"本质的合理性。

这种追问也是沿着两条思路进行的。一是对语言本身进行批判性的考察，揭示语言与现实间的非同构关系，揭示语言与现实世界的剥离。像王蒙的《来劲》、孙甘露的《信使之函》都在探究语言的意指功能的虚构性，使语言与现实剥离。如《来劲》就是一篇典型的进行语言探索的作品。王蒙表现了他的独特的创造力和打破常规的勇气。在这篇小说中，主人公是以一个拼音符号"xiangming"来标识的。他的真实的姓名无法搞清，他的身份、性格都含混不明，读者仿佛沉入了一个语言符号构成的迷宫之中，在似乎无穷的言语链中找不到清晰的头绪。主人公似乎在小说中进行一次旅行，但旅行的目的、方向都是无法弄清的。语言本身也自相矛盾、自相反驳，根本找不到确定的含义。一句话中就包含着矛盾的意义。如这样一句话："亲友们同事们对立面们都说都什么也没说你这么年轻你这么大岁数你这么结实你这么衰弱哪能会有哪能没有病去！说得他她它哈哈大笑呜呜大哭哼哼嗯嗯默不作声。"这句话里包含了一个事件所具有的几乎全部的可能性，它们是互相矛盾和对立的，我们所习惯的思维模式告诉我们，可能性只有一种变成现实的方式。而在王蒙的语言中，可能性可以以各种方式加以"现实化"。王蒙在提醒人们，小说的语言只是虚构性的，它只是作者任意选择的。这就使人们和他的小说保持某种"间离"，可以不把语言符号等同于现实本身，而回过头来试图思考语言与现实的关系。在这篇小说结尾时，主人公一口气提出了四十几个问题。这些问题看起来莫名其妙，却是作者进行的一次饶有兴味的语言游戏，一次带有戏剧性的语言的别出心裁的展示。它似乎是毫无意义的单纯语言的流动，它几乎破坏了我们对现实加以完整地解释和判断的任何可能性。我们发现解释现实和解释这篇文本都几乎是不可能的。我们发现我们与世界之间的真实关系并不在王蒙的小说世界中，而在其外，在一种无法界定、无法表达的超语言的体验中，小说所造成的语言迷宫从根本上破坏着世界与语言的统一性。

孙甘露的《信使之函》却是以另一种方式去再思小说语言的作品。这是一个精妙的寓言，一次对人类传播与沟通的再思。这里的"信使"被赋予了无穷的象征含义。信是人与人沟通的方式，因为有了沟通，世界才因此变为可理解的。但孙甘露把这沟通写成一种虚幻的过程，沟通使人们意识到个体的存在和个体之间的差异与区别，但这一切却是被语言所虚构的东西，是语言能指链的无穷运动。小说中提到了一个僧侣与信使之间意味深长的谈话。这对话谈到了僧侣正在写作的一本有关宫廷的著作：

"你难道不想打听一下我从何而来？"信使将手臂搭在窗台上。

中国当代文学史资料丛书

"我也许刚好来自你书中的那个宫廷。这不是完全不可能的。"

在信使看来，这位天才的作者似乎害怕什么东西与他的书发生关系：

"那是我的宫廷！"僧侣非常有教养地吼叫道。

在这一段落中，僧侣的写作是自足的，他拒绝了信使沟通的要求。他虚构的宫廷是在他的语言符号中存在的，任何其他东西插入都会损害虚构的完整性。宫廷只是僧侣的言语的世界。在《信使之函》中，语言被赋予了神秘的功能，它在构造一个世界，这个世界与现实世界之间完全剥离。语言几乎无法表达实在，并无法加以解释。它在作一种不息的循环。在这里，人们的处境仿佛在建造巴比伦的通天之塔，他们沟通的唯一方式是通过语言，但语言却是错乱和无法沟通的。孙甘露揭示的是小说中语言的困境。

在对语言的质疑之外，对故事的质疑和追问是另一个核心。马原、洪峰和莫言的近作都在打破故事陈述的线性和逻辑性，打破故事的"似真性"，不断地揭示故事根本的虚构本质。在这种追问和质疑之中重构小说本身。在马原的小说中，作者总是不断地以各种方式重述自己的故事，不断地改造它们，不断地制造故事的错乱，使读者犹如进入了一座故事的迷宫，在其中找不到出路。他的主人公总是陆高和姚亮。但他们的经历在各个小说的叙述中都各有不同，即使在一篇小说中，作者也在颠覆自己故事的完整性。在小说《西海的无帆船》中，作者插入了小说主人公姚亮的一段声明，在这段声明中姚亮斥责了作者马原对故事的虚构是"胡说八道"。这里作者故意使读者幻觉意识破灭。读者在认定小说中的故事是真实的之后，突然被插入的声明所打破，读者完全失去了对作者的信任，他的意识经历了根本的危机，他不得不靠自己去弄清故事本身的混乱。但难办的是，一个混乱却会引出更多的混乱。每一篇小说中人物的经历都有无法弄清之处。马原仿佛在迫使读者放弃追寻唯一"正确"的故事的企图，承认故事本身有无穷的可能性，现实在小说的叙述中可以有无穷的发生方式和解释方式。马原所试图打破的就是故事本身。

在洪峰的小说中，故事所面临的挑战也同样深刻。在他的《极地之侧》中，有一个双重叙事的游戏。一重是故事的叙事者"我"的叙述，但"我"

的叙事的连续性不时为"我"关于小说作法的种种议论所打破，这些经常出现的议论破坏着小说陈述的大兴安岭之行的真实性。如这样的议论："故事真的开始了，这样的开始犯了作小说之大忌：没有悬念。"这种说法颠覆了叙事本身。"我"的叙事还有种种难解的矛盾和错乱之处。如小说中一个关于"我"从雪地里扒出两个死孩子的叙述就是明显的例子。究竟我有没有夜里出来梦游？是否真在夜里发现了两个死孩子？这一切发生过还是"没发生"过？作者把故事的两种可能性作为现实陈述出来，使读者对作者的信任和对自己弄清现实能力的自信都发生了根本的动摇。除了叙事者"我"的这种叙事之外，小说中还有另一重叙事，即"我"的友人和同学章晖的叙事，章晖的叙事是整个小说的核心部分。章晖所讲述的全是关于死亡的故事，这些故事仿佛具有不容置疑的可靠性，时间、地点、人物都非常准确，甚至在一个故事中还画了一幅事件发生的说明性的草图。这些故事看起来毫无问题，所以当主人公发现章晖本人的死时，就无法被震动了。但令人难以置信的是，小说结尾处却揭破了谜底，原来章晖的全部叙述都是虚构的。这些虚构是毫无事实根据的。这使我们怀疑章晖本人的死也是一个虚构。在这种双重的叙事中，故事本身被撕裂了，章晖的似"真"的叙事原来是假的，而主人公"我"的叙事更时时承认完全是虚构。虚构被强化，真实却在这种虚构的网络中消隐了。

这里所表明的是对语言和故事表达真实能力的极端的不信任。在实验小说中，似乎任何对事件的语言的概括和归纳都会使现实变为无法陈述的，语言对事件的表述必然会漏掉和错过众多的情况，使真实消解于语言的运动之中。这样，实验小说就陷入了一种两难的境遇之中，一方面，他们把语言和故事视为囚牢，人在语言和故事的禁闭之中无法看到真实的世界，但无论如何小说本身的存在就依赖于语言和故事的运用，离开了语言和故事，小说就无法存在，因此完全抛弃语言和故事是根本不可能的。实验是一种超越的思索，小说实验恰恰是针对小说的性质和功能的，它的质疑就显得十分锐利。它对语言和故事所作的攻击，使我们不得不重新思索我们自己对周围世界的认知方式。这里思考的方向非常接近于中国"禅"的意识和方法，也就是直接地追问语言本身，试图从语言中解放人的意识。当然，这也是尼采和维特根施坦之后西方现代哲学的思路。正像德国哲学家海德格尔所指出的："我们对话的危机隐藏在语言本身。"（《一个日本人与一个探索者关于语言的对话》英文版4页）中国当代小说对自身的反思，在对语言和故事的打破中获得了一个全新的思路。它开始脱离具体的时代问题而追问一些带根本性的问题，这是否是一种新的思维方式的萌动呢？

二、在生命的洪流中消解文化

对语言和故事的反思从根本上动摇着小说本身的基础，但这只是实验小说的一个方面。小说的实验也包含着对人和文化看法的转换。这种转换才涉及了我们意识的根本方向。

在中国现代小说中，我们经常可以见到的是一种二元对应的表现方式。冲突、矛盾都沿着二元方式展开。善与恶、光明与黑暗、真与假、美与丑都具有着极为清晰的分野。从鲁迅、茅盾直到蒋子龙、张承志都在创作中贯穿着这种二元对立的特征。在这种二元对立的背后所隐含着的是一个东西文化碰撞、冲突的思维模式。这个模式是整个中国现代小说的基本思维模式。作家们都希望在二元对立的文化之中思考，把自己对人生万物的观察归入这种文化反思的范围之内。这里所提出的一个中心命题是对"国民性"的思考，是以这个独特的概念加之于意识框架之中进行思考。在近年出现的"文化热"的大背景之下，这种在文化之间寻求一种二元模式的趋向似乎也有强化的倾向。作家往往致力于"国民性"这一特殊概念含义的开掘，从中去追求小说的"深化"。

但这里依然存在着一些复杂的问题。二元对立所提供的只是复杂世界现实的一种简化的认知方式，它忽略了现实本身极为复杂，无法归约的大量现象。它无疑为我们提供了许多有益的启示，从而丰富了我们的文学。但在一个全球文化多元化的时代，在一种各种文化相互沟通、了解的时代，用一种简单的东西文化对立的模式来思考文化问题，其局限性已越来越明显了。它往往把一种文化作为绝对的参照系来考察其他的文化，在我们常提到的"东""西"的概念只是一种不尽恰切的归纳，"东"我们常用之代表中国文化，而忽略了如印度文化等复杂因素；"西"我们常以之代表欧美，而忽略了欧美文化自身的复杂性。同时我们还忽视了黑人文化、南美文化等众多的文化模式。因此，正像法国哲学家阿尔杜塞所指出的：在二元对立中所表现出来的只能是一种"意识形态"。而意识形态则只能是一种"想象的关系"，而非真实的现实。

对于这种二元对立的文化意识的质疑也在实验小说中表现了出来。这种质疑是在对"生命之流"的推崇和追求中表现出来的。在洪峰的小说《极地之侧》中，有一段章晖和叙事者"我"之间的对话，就表达了这种意识：

章晖又说："我告诉你，生命之流解释不了人类文化。"

"别谈文化，我写小说最怕文化。"

这里表现的是对文化的质疑和困惑。文化的归纳和分类对人的生命是一种肢解，一种分裂，一种简化，根本无法表达生命的内在的涌流。而这种生命的涌流正是实验小说所追寻的东西。这种涌流无始无终，无穷无尽，像河流，像潮水，涌向读者的心头。在马原的小说《冈底斯的诱惑》中，冈底斯山是一种巨大的原始生命力的象征，它的存在震撼着那些过分文明化的深入到西藏的人。在他的《上下都很平坦》中，生命变成了极为无聊的日常生活，一群知青在一个农场的生活是极为平庸而微末的，人们活着，死去，既没有宏大的理想和英雄精神，也没有任何生存的理由和依据，他们就像大自然的四季运动一样，周而复始地循环，几乎失掉了精神的要求。马原展现了一个含混的、无法界定与分离的世界。

对二元对立的质疑和追问，就包含着对历史的确定意义和价值的反思。意义是可以确定的吗？这个问题当然只有在文化的范围中才可能被理解。但文化本身受到了怀疑，人们追求的目标也就失掉了基础，那么意义和价值插入生命之中就没有问题了吗？实验小说的作者在这方面的思考也是引人注目的。格非的《迷舟》，就是一个惊人的、意义混乱的游戏，一次博尔赫斯式的文学表演。它使用了极为传统的形式讲述一个历史意味颇强的故事。但表现的却是历史本身的虚无性。这是一个北伐战争时期的故事，讲的是北洋军阀孙传芳部队的一个旅长突然失踪的故事。这个旅长去找他昔日的情人而离开部队回到故乡，却遇到了他昔日的情敌三顺，三顺早就要杀死他，却放过了他。而他的警卫员却担心旅长通敌而杀死了他。这个故事丝毫不涉及对战争的道义的和伦理的判断，也不涉及战争中的英雄行为和激烈的战斗。它讲述的是战争边缘的偶然而神秘的突发事件。这个事件完全不以任何个人的意志和道义的责任为转移，而是充满了命运感和毫无条理、方向，完全不可思议的宿命性。人只是在

当代中国

资料丛书 文学史

命运的拨弄下趋赴死亡的囚徒。小说中洋溢着一种悲凉的调子。格非的故事不是赋予生命某种意义，而是揭示意义的追寻本身的毫无意义。

在叶兆言的《五月的黄昏》中，作者用一种冷漠的话语陈述一切。这里有一个富于戏剧性的事件，叙事者"我"的叔叔死了，这一事件又引出了各种事件。叙事者"我"试图弄清叔叔的死因，但他的死因却被人们的各种描述搞得一塌糊涂。他是由于追逐女人而死的，却又是被迫害致死的，他是由于窃取了别人成果而死的，却又是被人诬陷而死的。真相在话语的交错中化为乌有。叶兆言表达了他对意义本身的疑惑。

这些作者的实验作品对文化的运作方式和思维方式提出了新的质疑，这种质疑打破了东西文化的两极化的二元对立的闭锁性的圈子。试图寻求新的思维方式，寻找新的意识。在这些作品中，对"国民性"的历史反思已趋于淡化，对文化冲突的自觉也趋于淡化。这就导向了一种新的小说观的建立。在中国现代小说中，小说本身总是有表层和深层两个层次。表层是小说的人物、事件等，而深层恰恰是文化的和历史的反思。因此，表层是为深层意义的揭示服务的。小说是背向一种特定的文化和历史理论的，它与社会的联系不在于它的"小说特征"，不在于它的"小说性"，而在于它的社会目的。读者对小说的阅读也受到这种状况的制约，他的阅读总是要穿透表层的人物和事件去寻找内在的意义，他的阅读是"解释性"的。他要解释一个作品有哪些文化和历史的意义，只有挖掘出了这种意义之后，小说文本才有存在的价值。我们习惯于找出一些意识形态性的术语来表述小说的意义，如"反封建""寻根"等等。用一套意识框架加之于文本之上。这就造成了一种独特的"阅读的神话"。读者认定自己的阅读是自己征服、认识和掌握世界的一种手段。而这一切恰恰是在"解释"中得以实现的。

实验小说所做的恰恰相反。世界不是以文化的二元对立出现的，它是无限多元，多向，无限广大的，几乎无法加以归纳。它是汹涌的生命之流在无序地运动，实验小说取消了小说的深层的意义，将一切呈现在表层。这样，人物、故事、语言就是自足的"能指"。读者在把握这些作品时只有通过"体验"来进行，而解释的方法是无法找到进入小说之路的。所谓体验，就是不用理智的归纳、概括、分析的方法去理解文学，而是以生命去贴近它，去感受它带来的新的经验，为之沉醉，为之感到极乐的"出神"的愉悦。至于文字背后隐藏的东西变得不重要了。在马原、格非、洪峰的小说中寻找深度和意义是徒劳的。小说里的一切都呈现了出来，小说表达的全部意义都已经包含在小说之中了，"微言大义"是根本不存在的，它在自相矛盾的、混乱的叙述之中被打得粉碎。对这种小说的阅读，不是为了特定文化和历史的目的，而是为了读者的体验本身。

在这里，我们可以看到一个从"解释性"的小说到"体验性"的小说的转换过程。在这个过程中，我们可以看到一个多元的文化视野中思维模式的转化过程。小说文本与社会的联系呈现出更为复杂的态势。小说不是以其意义作用于读者，让读者思考某个历史的或文化的命题，而是让读者体验小说，体验小说本身的无穷的吸引力。小说不再依靠其外在的特征吸引人，而以其本身的魅力来吸引读者。小说不再探究意义，而是探究自身。

三、人之困惑

实验小说所表达的对语言和故事的破坏和对二元对立的文化模式的破坏，都表现了对人的困惑。这种困惑是根本性的。对人的困惑，在中国当代文学中不是一个新的命题。无论是韩少功、郑万隆的"寻根"小说，还是刘索拉、徐星的"激进"小说，都表达了对人的现实生活状态的困惑情绪。但这里的困惑不是根本性的。作家仍然相信人在社会生活和自然中的主体位置，相信人有掌握命运的能力，相信自十七世纪笛卡儿提出的身心二元论的观念，相信人的意识认识自我、认识世界的能力。在这些小说中，主体的位置仍然是被肯定的，是不可动摇的。

在实验小说中，主体不再处于小说的中心位置。我们在小说中所确立的人的主题的位置也面临着动摇。这主要体现在三个方面。

首先，对语言和故事的怀疑与打破，事实上是怀疑作者意识主体的可靠性和权威性，怀疑"主体"感知和了解真实的可能性，这是一种对作者"意识主体"存在的追问。

其次，对文化的二元对立模式的追问与批判，恰恰源于对人的意识与人的存在之间的分离的笛卡儿式的精神理论的批判。这种身心二元论的意识，认为只有人的内心活动是一种价值活动。笛卡儿认为"我思故我在"。"我在"是

中国当代文学史资料丛书

在"我思"之中的。这是近代西方意识的中心之一。事实上，"我在"并不能在"我思"中获得完全的表达，"我在"的真实性并不在"我思"中。正像法国思想家拉康所指出的："我思我不在之处，我在我不思之处。"在"我思"中并不能推出"我在"的意识。这种身心二元论造成了思维本身的分裂。它对"主体"的确认是以"我思"的观念为基础的。因此，对这种二元论的批判性思考，是要把人放置世界之中，而非用"我思"的观念将之划在整体的世界之外。人的"主体"不特别站立在一个无上的准则的位置上，而是世间万物之一，是世界的一个方面，一个局部。这也就消解了人与世界之间的二元对立，也就造成了一种主体"移心"的意识。

其三，在小说中直接描写"人"的主体本身所存在的问题，追问主体存在的真实性和可能性。

我们已在前两节中探讨了前两个方面的问题。下面对第三个方面稍加展开论述。而这个方面是对主体的追问和困惑的"移心"部分。

在实验小说中，把"人"的观念视为一种意识形态的幻觉业已成为一种普遍的趋向。"人"变成了一种虚构之物，一种想象性的实在。"人"只存在于意识之中，而非存在于世界的真实的关系之中。当然，这里的"人"的概念不是指一种种类的概念，而是作为世界主体的概念使用的。在余华的小说《一九八六年》《现实一种》等作品中，人的自我意识显得含混不清，而他们的真实关系却完全超出了我们对人的概括和归纳。如《现实一种》是一个惊人残酷的故事，写的是亲属相残的传奇，但这个传奇显得异常平淡。人与人的相斗、杀害都有一种仿佛出于本能的自然之感，丝毫也引不起人的惊奇。作者的叙事文体是"光秃秃"的，几乎是毫无风格特点。他把难以置信的事件写得毫无波澜，用一种"静观"的方式表现生命失控的感觉。《一九八六年》则写一个"文化革命"中发了疯的教师，曾反复研究过古代的各种酷刑，却将这些酷刑在自己身上加以实践。事件是恐怖的，叙事是平淡的，两者的反差极大。余华始终把惊人的暴力置于他的视野之中，而这种暴力却仿佛是一种常态和日常性事物，用这种特殊生命的展示表达对意识形态幻觉的忧郁意识，旨在打破这种幻觉，去考察世界的现实关系。

在马原的《上下都很平坦》中，一群普通知青只有单纯的欲望和简单的生命感受，任何超越的精神性的寻求都被深渊般的现实所打碎。对人的任何概念化的、抽象的信念都被一种特殊的质疑所消解。在马原这里，我们所珍惜、所热爱的人的完整性、内在统一性都面临着威胁。人似乎是破碎的，呈现出无限博杂、漫无条理的面貌。

这些作品标志着一种文学新倾向的形成。几年以前，我们的文学曾为"人"的价值和尊严，为人的"主体性"千呼万唤。我们曾为了捍卫这些概念而展开了热烈的争论。但这里所出现的新倾向却对我们一直认定是不言自明的"人"的概念提出了追问。人是什么？用这一概念可以说明世界的真实关系吗？"人"的完整性难道不是幻觉吗？在弗洛伊德、尼采之后，"人"这个概念还像以往一样存在吗？实验小说的作家在提出着强烈的质问。这些问题的出现，表现出寻找自我、呼唤自我的激情迸发的时代已经过去。人们在寻找自我之后，发现找到的一切似乎也不尽如意，也包含着复杂的因素，也有难于把握、难于控制的东西。作为中心的"人"，也可以分析和再思，它也不是完美无缺的，它也并非万物的唯一的准则。实验小说所表达的人的困惑，无疑提供了新的思路，它所追问的，恰恰是任何偶像的不可信赖性，无论这绝对的偶像是人还是上帝。

当然，在这种人的困惑中，我们也可以听到某种东方意识的神秘的回响。如"万物与我为一"的庄子的道的精神，和"禅"对"无我"的世界的体验都与这种追问有深刻的联系。但这不是"寻根"式的试图在东方意识中寻求民族精神的再造，而是在一种无限多元的世界意识中，对超验意识的体验。它不具有明确的目的性，而是对全球性问题的新的思维方式。它试图在根本上超越"东与西""现代与传统"一类的二元对立的范畴。而把各种文化的符号和观念都加以并置性地呈现，寻找和创造一种新的意识。这对于我们习惯的非此即彼的选择，无疑是根本的观念和意识的更新。

对"人"的困惑和追问，看起来不够乐观昂扬，但它所包含的新的思维方式却对未来有着重要的启迪。

无论如何，实验小说为我们提供了新的感性、新的意识、新的创造和新的想象力。它将继续发展和变化。在这里我们感兴趣的问题是：

明天，小说将如何？

论中国当代新潮小说的语言结构

李 劼

如果不想过多地纠缠于1985年以后的中国当代新潮小说的出现究竟是文化现象还是文学现象抑或是语言现象的话，直截了当的进入也许就在于小说语言的研究上了。但是这样的视角一经确定，那么首先面临的问题是：所谓的小说语言仅仅是句子层面上的语法结构还是叙事层面上的叙事结构？因为我发现小说语言研究的最大困惑在于：人们往往把句子和叙事断然分开。当人们进入句子时，他们的兴趣在于语法修辞上，从而把小说语言学全然等同于小说修辞学。而人们进入到叙事层面中后，又把句子结构一脚踢开，从而沉溺于小说的故事结构（不是叙事结构）。后者通常是把叙事方式和故事框架混为一谈的。于是，这样的断裂就自然而然地把问题推向这样一个疑问：在小说文本的句子结构和叙事结构中有没有某种对称性？也即是说，一个具体的小说中的句式如何与该小说的故事讲说方式直接对应？我以为，这是当今把小说语言的研究推向深入的关键所在，也是当今从小说文体上解析新潮小说的关键所在。

我在《论小说语言的故事功能》一文中，通过对《百年孤独》中的第一句句子的结构分析，曾经模模糊糊地意识到句子结构和叙事结构的那种对应关系。但我当时不敢肯定这两者之间是否存在着对称性。后来在对新潮小说的抽样分析中，我发现我在论述《百年孤独》时意识到的那种对称性，不是孤立的，偶然的，而是一种相当普遍的小说语言现象。于是，我从各种类型的新潮小说中找出具有代表性的作家作品，诸如阿城和他的《棋王》（文化寻根小说的代表作），刘索拉和她的《蓝天绿海》（现代观念小说的代表作），孙甘露和他的《信使之函》（后期新潮小说的代表作），马原和他的《虚构》（形式主义小说的代表作），作了一个论证句子结构和叙事结构的对称性的小说语言研究的尝试。通过这个尝试，我觉得我找到了进入小说语言学的切口，也找到了对新潮小说的新的认知方式和阐释角度，这个尝试是如此的一反我以往的评论风格，以至于整个的论述几乎是一个求证小说语言的句子结构和小说语言的叙事结构之间的对称性的实验报告。

我的这个实验从刘索拉的《蓝天绿海》开始。我一直认为这篇小说是刘索拉的最佳代表作。当小说的叙述进入到激动人心的时候，一个负荷着刘索拉小说的全部语言信息同时可以说负荷着刘索拉小说的全部叙事信息的句型瓜熟蒂落般地降落了：

//蛮子你别忘了 / 你喜欢的那首歌 / "我的心属于我" // 你别忘了 / 小时候把芙蓉花瓣捋下来 / 算算好运气 // 你别忘了 / 不相信人 / 并不是你的特长 / 你别忘了 / 还有一些事情 / 你想都不会想到……

读者在被这种如泣如诉的忧伤感动之余，只要稍许留意一下这个句子的结构，他们就会发现他们所面对的与其说是一个长长的句子，不如说是一张三拍子乐谱。我特意将其中的节拍用横线和竖线分别标出，每一段自"你别忘了"开始，分别是三拍一节，总共四节；而最后的省略号又意味着这样的节拍具有无穷的延宕性和回旋性。"蓬—嚓—嚓—蓬—嚓—嚓……"这就是刘索拉小说的基本句型，也是其小说的基本叙事方式。

刘索拉是一个擅长于以作曲方式写小说的作家。她的小说句式充满节奏感和旋律感。也即是说在她的小说中，语感和乐感是一回事。就句子结构而言，她的语句不过是相当常规的主谓宾句式。但与众不同的是，她把一个个句子作了音乐性很强的连缀。这种连缀以情绪的流动为主导，随着情绪的起伏而呈现出节奏上的谐振。尽管小说中所流露的整个儿情绪是忧郁的，但负载这种情绪的语句本身却是相当明快的。有时候句子节奏还甚至是相当强烈的，一如摇滚乐所敲打出的那种节拍。这种句式的特点在于，它所蕴含的语义虽然是明白无误的，但却并不是最为重要的，重要的是句子和句子连缀之间的节拍，重要的是这种节拍所打击出来的叙述情绪。我把这种句式称为情绪型结构。

情绪型句式是《蓝天绿海》的基本句式，也是刘索拉小说的基本句式。这种句式往往不是由语句的叙事信息而是由语句的音乐感觉来推动的。它不在乎句法上的苦心经营（如后面所说的马原小说），不在乎语义上的悉心雕琢（如后面所说的孙甘露小说），也不在乎修辞上的虚幻空灵（如后面所说的阿城小说），而是一种全身心投入的情绪共振。这样的语言通常相当流畅，而与之相应的小说叙事也相当随意。

与情绪型句式对应的是，同样以情绪的流动为主导的叙事方式。《蓝天绿海》在叙事上既不注重叙事方式的变幻，也不注重故事结构的驰荡，而是沉醉于演唱般的吟诵。这种叙事方式与其说具有很大的表现力，毋宁说带有很强的表演性。这种表演性使叙述者的叙述状态就像歌手在舞台上作演唱一样，其情绪投入时时充满表演意识。我把这种叙述方式称为意绪性方式。也即是说，一方面这种叙述是情绪型的，但另一方面这种情绪又为叙述者所意识到。虽说这种叙述往往是在叙述者意识不到的时候才会完全进入角色从而叙说得精彩不已，但这种充满情绪色彩的叙述却在总体上是为表演意识所牵引的。这种表演意识和情绪节拍的背反性在于，叙述者的叙述一旦进入最佳情绪状态和最佳语感（乐感）状态时，在这种状态下的叙述会不知不觉地背叛自己。就拿上述所列举的那个长句来说，它可以说是一段最佳状态的叙述，但这时候的叙述情调与整个小说的叙述情调却是完全相背的。小说的整体叙述情调是满不在乎的，时时扔出一个又一个漫不经心的语气，但这一段的叙述却是那么的认真那么的执着那么的忧郁那么的感伤，仿佛换了一个叙述者一样。事实上这两个叙述者全都属于刘索拉，只是一个充满表演意识，因而是不进入的；一个却不知不觉地摆脱了表演意识的规约，因而是全然进入的。这是一种表演意识和角色情绪的相互背离。在意绪性叙事中，通常会发生这样的背离，但就小说语言而言，这两种叙述状态都是真实的，因为它们都是情绪性的。也即是说，它们都可以归结为或者说还原为情绪性的叙述句型，从而体现出一种情绪的真实。这种句型结构和叙事方式的同一，则构成刘索拉的小说语言的上述基本特性。这是有关小说语言对称性的第一个实例。

第二个实例是阿城的《棋王》。我所选取的例证是小说的首句：

车站上乱得不能再乱。

从语法上说，这是一个主谓句，并且是以常规的句法所构成的主谓句。这个句子的特点既不在于主语也不在于谓语又不在于主谓语之间的结构关系，而在于修饰谓语的那个状语上——乱得不能再乱。

作为一个主谓型的陈述句，这里的谓语是对主语的描绘（陈述）。这种描绘通过状语把描绘推到了极致——不能再乱。但这个极致性的描绘却又是非写实的，没有任何物象的。本来谓语——乱——已经是一种写意性的陈述，而结果作者又用于一个同样的词——乱——对谓语作了同文反复似的修饰。于是，读者在阅读中所得到的只有一个关于"乱"的陈述。并且是"乱"得无法形容。因为无法形容，所以作者干脆用无法形容本身作了形容。你可以说，关于车站上的乱，作者什么都没说；你也可以说，关于车站上的乱，作者什么都说了。这是一种无言之言，这是一种禅的表达方式。作者不说究竟"乱"得怎么样，但作者说了"乱"的程度——最高形容级的"乱"。"乱"在句子中不是作为一种物象而是作为一种意象被陈述出来的。因此，我把这样的句型归于写意型的句式结构。

这种写意句与刘索拉笔下的情绪句不同的是，在那里的语义是通过句子的节拍以及节拍所表现的情绪共振呈现的，而在这里的语义则是通过句子的修饰成分以及这种修饰成分的特性（写意或写实等等）呈现的。这种写意句具有强烈的修饰性。或者说，修饰是这种句型的结构基点。这里的句子成分完全可以按照修饰关系来划分——主语，修饰对象；谓语系统（包括状语在内），修饰主体。如果说，刘索拉小说的那种情绪句的句子主体在于句子与句子之间的节奏性很强的连缀之中的话，那么，阿城小说的这种写意句的句子主体则在于谓语系统的修饰语上。而修辞上的写意性，又使这种句式在其陈述层面之下，还潜伏着一个隐喻层面。或者说，它在句子的表层结构上是写意的，它在句子的深层结构中则是隐喻的。

车站上乱得不能再乱——就该句的陈述性而言，它的叙述功能在于，它推动了对小说的整个故事的叙述；但就该句的隐喻性而言，它的隐喻功能在于，它暗示了小说的整个故事背景，即故事所置的动乱年代，故事讲说所基于的总体语境。在此，状语（乱）是对谓语（乱）的暗示，而（动乱的）主语，则是对整个故事背景的暗示。这两个层次的暗示都在一种无可言喻的意会之中进行，从而小说的语言也由此被规约到了写意性的陈述方式之中。顺着这种陈述方式进入《棋王》的整个语言系统，人们就能看到与之全然对称的叙事方式。

《棋王》的叙事方式是小说首句的写意方式的一种扩展。这种叙事方式尽量避免对物象的直接呈示，而注重于意象性的讲述。无论是情节、人物、人物对话、具体场景，都被诉诸一种相当随意的叙述，因而显得空灵、飘逸，一如中国传统艺术中的写意画和其他写意艺术。如果说，阿城是一个得了中国艺术的美学真谛的作家的话，那么他的成就首先就在于小说语言的这种虚空上。阿城从不坐实具体的物象，而通常以"乱得不能再乱"这样的叙说方式在小说中留下大量的空白。他的小说无物言之，却无不言之，使读者的阅读产生连续不断的想象。这种叙述方式的叙述魅力不在于故事结构和叙事结构的丰富多变上，而在于叙述语言在小说画面上所留下的疏密程度和修辞弹性上。而且不仅是《棋王》，几乎是阿城的所有小说，都是由这种写意性的叙事方式构成的。而他的全部小说语言，又都可以归结为这样一个基本句式——车站上乱得不能再乱。反过来说，这个句子包含着阿城小说的全部语言信息。至于阿城后来在《遍地风流》中所作的努力之所以失败，原因也就在于他把这个句式的写意性下降成了一种修辞操作。因为既然已经是"乱得不能再乱"，既然已经是"乱"得无法言说，那么任何对"乱"的言说企图都是徒劳的，都是毫无审美意味的工匠性操作。事实上，当人们发现一个作家难以超越他用以写作的基本句型时，该作家的任何对自己这基本句型的超越行为都是一种语言上的冒险。我很赞成这样的冒险，但我又认为，这种冒险必须基于认清自己的语言物性，以便找到突破的缺口。当然，虽说如此，阿城的写意句在中国当代新潮小说中毋庸置疑是相当独到的，并且获得了较高的成就。

第三个例证来自去年崛起的那批后期新潮作家，孙甘露和他的《访问梦境》：

> 在无法意识的行走中，信使的旅程已从无以追忆的黯淡的过去，无可阻拦地流向无从捉摸耀眼的未来。

假如删除这个句子的所有修饰成分，那么，它是一个非常简单的主谓宾陈述句：旅程——流向——未来。然而，这里的主语、谓语、宾语都分别被作了一种互相背反而又自我相关的限定和修饰。即便是前置状语，也同样如此。按照整个句子成分的组合关系，该句的前置状语应该是：在信使的行走中。但作者省略了主语信使，而在谓语动词前面添加了定语无法意识。既然信使的行走是无法意识的，那么信使的旅程也就是似有似无的。前置状语的这种先行否定，使主语（旅程）以一种非常虚幻的面目出现在句子中。而且，紧跟在主语后面的动词状语又进一步加重了主语的这种虚幻性——已从无以追忆的黯淡的过去。"过去"由于无以追忆，也就自然显得黯淡。但必须注意的是，这种虚幻性在被动词状语强调的同时，又在悄悄地弹向一种与虚幻性全然相背的实在性。这种实在性通过标记着完成时态的"已"字不声不响地体现出来。一方面，主语是虚幻的；一方面，虚幻的主语却又是已经发生其动作已经完成从而其存在也就业已确定了的。这种实在性通过紧靠在动词谓语前面的状语无可阻拦得到明确的强调。虽然主语无法意识，并且来自无可追忆的过去，但它却是实在的，并且以它的实在性无可阻拦地流向未来。至此，整个句子的语义已经历经了两个转折：对主语实在性的否定——对主语实在性的肯定。这两个转折表明了主语本身的不确定性和整个句子语文的朦胧性，而接下去修饰宾语的两个定语，又进一步强调了这种不确定性和朦胧性，即：无从捉摸的耀眼的。不论宾语由于耀眼而无以捉摸还是因为无以捉摸而显得耀眼，它的重要性在于与前面的定语——无以追忆的黯淡的——形成有力的对应。过去是因为无以追忆而显得黯淡，未来是因为无以捉摸而显得耀眼，而整个主语系统（包括主语的定语成分）也就在这样两个不确定的时空中完成着它的实在性。这种实在性既是瞬间的又是永恒的。也即是说，整个句子的总体语文是一种对瞬间感觉的表达，但这种瞬间感觉又指向永恒。它通过语义上的自我缠绕，同时呈现出了感觉的瞬间性和永恒性。而这种语义的自我缠绕，也就是孙甘露小说语言的基本特征。孙甘露的小说语言不是通过语句的情绪节奏（如刘索拉）也不是通过语句的修饰奥妙（如阿城）而是通过语义本身的自我相关来呈现语义的。我把这种语义的呈现方式称为语文抽象。这种语义抽象不是理念性抽象，而是具象性抽象，它不是对概念的明确，而是对形象的朦胧确定。以这种方式组合成的句型，自然也就属于抽象型结构了。

　　《信使之函》中的这种抽象句，是孙甘露小说的基本句型，也是孙甘露小说的叙事方式的一种缩写。孙甘露小说的一个基本叙事特点就在于，他什么都确定，同时又什么都不确定。比如在《信使之函》中，他以"信使之函是……"这样的句型对信使之函下了一连串的定义，这些定义表明：信使之函什么都是，同时又什么都不是。而且由于信使之函的这种不确定，信使的存在连同信使的活动和信使的故事都显得朦胧虚幻和闪烁不定。正如孙甘露小说的语言是变幻莫测的一样，他小说中的故事是充满梦幻气息的。他至今为止所发表的小说，几乎每一篇都是一次对梦境的造访。只是这种梦境不是通过睡眠而是经由语言所编织的。小说的真实性在于梦的真实，梦的真实是存在的高级形态的真实，而孙甘露又把这种真实诉诸了更高级的真实——语言的真实。如果可以把这样的叙事方式还原成孙甘露小说的基本句型的话，那么其抽象型的句式同时又是梦幻性的。这里的全部骗局在于语言的骗局，这里的全部自欺在于语言的自欺，而这里的全部真实又在于语言的真实。

　　这种句型结构和叙事结构的梦幻性抽象，使《信使之函》这样的小说具有了很大程度上的纯粹性。如果说小说是一种语言艺术的话，那么它的艺术性首先就在于语言符号形象的塑造上。这种塑造由各个作家在不同的层面上用不同的方式进行。比如刘索拉在语言的语音层面上以情绪性很强的节奏感塑造小说的语言形象，阿城在语法的修饰层面上以修辞格的超常变动来完成小说语言形象的塑造，而孙甘露则是在语文层面上通过语义的自我相关自我背反自我缠绕着手小说语言形象的塑造。这些不同的语言形象的塑造，在刘索拉和阿城是分别通过强化语言的某一要素——语音或者语句成分的修辞进行的，而在孙甘露则是通过对语言的要素——语义的解构达到的。孙甘露在小说中通过语义的背反和缠绕，解构了语言原有的经验性的常规性的意义，从而把语言符号组构成一幅幅既清晰又神秘的语文图像。这些图像与埃舍尔绘画极为相近，它属于另外一个维度上的世界。原有的语义在孙甘露的小说语言中消逝了，代之而来的语义乃是一种可以感知但难以解读的图像。这是一种由纯粹的语符所构成的图像。这些图像既是可以用感觉器官触摸的，又是相当形而上的。它们近在眼前，可以感触；它们又远在天边，无法概括。它们从根本上说是无法阐释，但它们又因为这种对阐释的拒绝而具有无限的被阐释的可能性。从它们的无以阐释来说，孙甘露的小说接近诗歌，因为诗歌语言是非阐释性的；而从它们被阐释的无限可能性上说，孙甘露的小说近乎哲学，因为哲学是一种凭借语言和逻辑对世界对人自身作阐释的永恒的努力。总而言之，孙甘露的小说是一种隐喻性很强的叙述。它的叙述性使小说得以在语文层面上生成，而它的隐喻性又把小说的语义推向一个神秘的无可认识的意象空间。诸如信使的旅程来自信使的行走，而信使的行走又是无法意识的；旅程的过去无以追忆，但无以追忆的过去却已经发生；旅程的未来无从捉摸，但无以捉摸的未来却明亮得耀眼；如此等等。这样的叙述只告诉读者一个个语言的事实，但不解释这些个事实究竟是什么。因为这些个事实是一切，是无穷大，也是无穷小。经验的语言世界在这里被瓦解了，代之而起的是另外一个语言世界，在那个语言世界里，语言本身成了最为根本的形象，最为基本的"演员"。语言操纵着人物，语言讲说着故事，语言扮演着语言。这种语言的自我相关构成孙甘露小说的基本句式，这种用自我相关的语言叙述故事的方法，则形成孙甘露小说的叙事方式。这就是孙甘露小说语言的全部信码。

最后一个例证是马原和他的《虚构》：

我就是那个叫马原的汉人。

这是《虚构》的开头。这个开头呈示了整个小说的基本句型（甚至可以说是马原所有小说的基本句型），也缩写了整个小说（甚至包括马原的所有小说的）叙事方式。对此，可以从最基本的句法结构入手，展开一系列有关的论述。

从这个句子的基本语法成分来看，它是一个极其简单极为常规的完整的主谓宾句式：

我——是——汉人。

主语——我，谓语——是，宾语——汉人。其中，状语"就"和定语"那个叫马原的"分别是对谓语和宾语的限定和强调。如果从语音、语义、修辞格上说，我们看不出这个句子究竟有什么奥秘。因为它的奥秘在于它的句法结构上。它也是一个自我相关的句型结构，但它的结构重心不是在语义的自我相关上，而是在语法的自我相关上。主语——我通过谓语动词在后面的定语和宾语中作了有层次的复调性的伸展——汉人——马原——那个叫马原的汉人，而那个叫马原的汉人也就是我。在此，判断动词表面上起了一个介绍作用，实际上却是主语形象向宾语形象伸展的过渡。这是一个相当平滑的过渡，就好比巴赫的卡农旋律一样，并且由于动词前面的那个状语——就，整个过渡显得更加巧妙，宛如一次天衣无缝的暗度陈仓。主语经由这一过渡，十分自然地滑入宾语系统。我——就是——那个叫马原的——汉人。主语在逐步逐步地被限定被明确化的同时，逐步逐步地变得难以限定和很不明确。如果说，孙甘露的句型主体在于语文相背的话，那么马原的句型主体则在于语法成分的互相缠绕。前者通过语义解析获得语义形象，而后者通过语法缠绕获得语符形象。即主语是宾语，主语又不是宾语。因为按照句子的逻辑限定，它应该是：

我是马原，马原是汉人。

然而，小说中的这个句子却在对主语作逻辑限定的同时悄悄地否定了这种逻辑限定。它通过状语成分——就——暗示出这样的否定。因为在"我是……"和"我就是……"之间，有一个非常细微但又非常实质性的差别。前者的确定是没有前提的确认，它不需要对主语作出任何前置性说明就可以对主语作出肯定判断；但后者的确定却暗含着一个必不可少的前提，关于主语的前置说明。"我是什么"中的"我"是没有先验意味的，它从"我"开始，但"我就是什么"中的"我"却是有先验意味的，即关于对"我"的特指性的质疑："你是谁？"也就是说，这个"我"不是从"我"开始的，而是从"你是谁"开始的。它必须在"你是谁"的质疑下，才能顺理成章地说道："我就是什么什么。"从这个句式的一方面限定一方面又否认限定的自我相关性上，我认为可以得到下述两个句法特点：

其一，这是一个具有先验性的句法结构。按说，它是小说的第一句话，而小说文本就其自足性而言，全部的叙述都自第一句话开始；小说的第一句话限定了小说的叙述时间和故事时间，也限定了小说的语言方式。但这第一句话现在却由于那个没来由的前提的存在，使读者产生了在主语之前即在小说开始之前该主语以及整个的句式结构都已经存在了的感觉。小说的第一句话在此不是上帝的第一推动，而成了后于上帝的推动而发生的一个连续性事实。

其二，这是一个谎言般的悖谬结构。小说中的这句话一方面连用三个限定词申明主语是什么：我就是那个叫马原的汉人。这三重限定都带有对"我"的特指意味。但问题是，"那个叫马原的汉人"却并不就是"我"。因为宾语可以是对主语的限定，但宾语不可以在限定主语的同时限定自身。然而按照该句式的语法逻辑，宾语对主语的限定恰好又是宾语对宾语自身的限定。这种自我限定无意中推翻了原有的对主语的限定。主语是宾语，宾语是主语，宾语是宾语，主语是主语，结果却导致宾语什么都不是，主语也什么都不是的结论。在此，"我"是先验的，"我是什么"也是先验的。"我"通过自我证明确认"我是什么"，结果这种确认在事实上具有虚构的意味。也就是说，"我"用撒谎的方式说了关于"我"的事实。

其三，这个句子的悖谬性还体现在它的自我相关性上。整个句子在其表层结构上是逐步明确化的，但在深层结构上所产生的叙述效应却是不明确的。关于主语"我"，该句子似乎什么都说了，但又似乎什么都没说。语言在表层上的所指，在深层上由于语言的虚构性又弹回到了它的能指功能里，成为一个由自我相关的所指组成的能指结构。

这就是《虚构》。这就是马原的语言圈套和马原的虚构方式。所谓虚构，就是真实的谎言。其实质一如那个著名的悖论：我是说谎者。这句话你可以说是一个谎言，因为它出自一个说谎者之口；但它又并不因为可以被看作谎言而显得虚假，相反，它由于逻辑上的无懈可击而显得十分真实。因此，所谓虚构，其实就是一种真实的说谎方式。从小说《虚构》所讲述的故事本身来说，读者无法指责它有虚假之处，因为它完全合乎故事逻辑。但读者假如要问：马原究竟有没有那样的经历，那就等于在问"我就是那个叫马原的汉人"中的"我"究竟是不是马原，问得毫无意义。

由此可见，马原是一个领悟了小说真谛的作家。他懂得如何撒谎，但他又懂得什么样的谎言才是真实可信的。从这个意义上说，他确实在小说中作了扮演上帝的努力。因为上帝有没有撒谎是无法求证的。上帝所说的一切都是被先验地假设为正确的真实的具有无可怀疑的真理性的。所以马原也就从这个难以推翻的绝对前提出发，编造了他的小说语言迷宫。

如果可以把马原的全部小说语言简化为一种句型，那么就是我在上面所引证的这句话。我把这种句型称为叙事型结构。这种叙事句的特性在于，它全然

中国当代文学史资料丛书

立足于语言的真实。它可以不关注情感和辞藻，而致力于真实的谎言编造。它不会像阿城那样作写意性的陈述，而着重于对物象、具象，以及人物形象的还原性陈述。也即是说，它不会用"我就是我"那样的方式，而是通过把"我"不断地具体化来达到深层结构上的虚幻化。这种句式结构是如此的坚实，以至于与之对称的叙事方式几乎就是它的直接衍化。

《虚构》乃至马原的所有小说的叙事方式，都可以在这个基本句型的结构关系中找到直接的对应。我——叙述者，马原——作者，那个汉人——人物。主语在整个叙事结构中既是叙述主体又是叙述对象。也就是说，整个小说既是由"我"叙述的，又是对"我"的叙述：

　　我／就是那个叫马原的汉人。

但是，主语的这种自我叙述又不同于传统的自传体小说或者以第一人称为叙述者和主人公的写实小说。因为在那样的小说里，主人公尽管叙述了许许多多的事件和经历，但作为小说的叙述主语，却是始终不变的。这种叙述方式在小说语言中的结构关系是：

　　我／是我。

但这种结构关系在马原的小说语言系统中却被完全改观了。"我"虽然在叙述逻辑上依然是"我"，但"我"在叙述过程中又不全然是"我"，而是被"我"作于"我"的次第性展开和演化：

　　我／就是／那个叫马原的／汉人。

"我"经由"马原"和"那个汉人"完成对"我"的叙述。主语在叙述过程中被谓语动词抛射出去，变成宾语定语，变成宾语，然后再返回自身。如果说我是我的语言结构是一个单向的我性结构的话，那么我是那个叫马原的汉人的语言结构则是一个双向的递归结构。这种结构关系在逻辑上可以简化成这样的基本公式：

我是非我，非我是我。

主语变成宾语，宾语变成主语，呈现出一种地道的双向同构关系。这种叙述逻辑超越了传统的叙述逻辑。它在确定叙述主体和叙述对象的同时，又隐含了确定本身的不确定性。而整个叙述也就由于这种逻辑上的互相背反，在体现小说语言的故事陈述功能的同时体现了小说语言的故事隐喻功能。

在整个句子中，主语作为陈述者相当清楚地陈述了宾语系统所隐含的故事。这是其小说语言的表层结构，简单陈述结构，然而，这在其小说语言的深层结构中，作为陈述对象的宾语系统（做事）本身就是作为陈述主体的主语（叙述者）的展开和演化。因此，主语无法成为绝对的叙述主体，主体本身也是叙述对象。与此相同，宾语系统也不是绝对的叙述对象，它们本身也不过是主语的变体罢了。这种主语——叙述者和宾语系统——故事的双向度的自我相关，使整个叙述产生了某种隐喻性。主语和宾语系统都是虚构的而不是实在的，唯一实在的是叙述的逻辑。这种叙述逻辑的真实性使虚构的陈述变成了真实的陈述。真实的逻辑把虚拟的主语（叙述者）和虚拟的宾语系统（作者和人物）联结成一种关系，这种关系又作为一个过程呈现出来。关系是自我相关的虚构关系，过程是故事叙述的语言过程。它们同时产生双重的隐喻，这是叙述语言的双向隐喻结构。也即是说，在这样的结构中，不仅整个叙述过程是隐喻的，而且叙述主体和叙述对象也是隐喻的。

对比一下简单陈述结构和双重隐喻结构，人们可以发现，在前一个结构中，主语和宾语都由于各自的界定而明确隔离。主语和宾语的身份、位置都是泾渭分明、固定不变的。"我是我"，前一个"我"（主语）是叙述者，后一个"我"（宾语）是叙述对象，是小说中的人物。句子成分的这种明确性决定了叙述者和故事人物的实在性。他们后面没有任何隐喻空间，他们完全是平面上的人物，平面上的语言结构，被诉诸平面性的叙述过程。相反，在后一个结构中，主语和宾语却都由于各自的相关性而互相缠绕。"我是非我，非我是我"，叙述者缠绕着叙述对象，叙述对象又缠绕着叙述者。他们从各自的空间伸向对方，又从对方的层面上返回到自身。其情景一如埃舍尔绘画中的奇妙图像。此外，从语言的逻辑来说，主语的叙述在进入宾语的时候，突然发生了微妙的断裂，于是叙述语文就从这样的裂缝中垂直地伸展出去，产生巨大的隐喻效果：

我

　就是

　　那个

　　　叫马原的

　　　　汉人。

　　这个句式从小说语言的平面我性的叙述中构造了一个多层次多维度的语文空间。这个空间里的主语和宾语系统全都既是实在的又是虚幻的，具有无穷的联想和环绕余地。

　　如果再从叙述进程来看的话，就这句话对整个小说语言系统的推动来说，"我"这个主语形象在扮演叙述者的同时又成了整个故事的叙述动机。这个动机与巴赫的卡农旋律一样，越是向前展开就越是向自身回归。它在小说的句法结构上展开为宾语系统，它在小说的叙事结构上，展开为整个故事连同故事中的人物，如此等等。这就是马原小说语言的基本结构和主要构成密码。

　　以上是从四个不同的具有代表性的新潮作家的作品中所选取的语言例证。从这些例证中，一方面可以看到小说语言在句式结构和叙事结构上的对称性，看到句法结构中的主语和宾语系统如何在叙事结构中分别展开为作者、叙述者和人物，看到小说的句法结构如何蕴含了整个小说的叙事信息，以及叙事结构又是如何以小说的基本句型作为自己的原型；一方面又可以看到小说的语言形象是如何在四个作家笔下以各不相同的方式作有层次的呈现的。小说的语言形象在刘索拉的作品中，主要呈现为语音层面上的音乐形象，在阿城的作品中主要呈现为修辞层面上的意象形象，在孙甘露的作品中主要呈现为语文层面上的语文形象，而在马原的作品中则主要呈现为语法层面上的逻辑形象。这些语言形象的出现，意味着传统小说以语言为工具为载体的写作方式在历时性意义上的某种终结。小说语言作为第一性的文学形象，登上了当代中国的小说舞台。而人物形象以及小说中的各种景象和物象，则都是小说语言这一基本形象的衍化和发展。这是中国当代新潮小说迄今为止所取得的最大成就，也是中国小说发展史上的一个极其巨大的历史转折。在此，任何不安和非议都是无济于事的。因为这一切发生得实在太自然不过了，从而构成了当今中国文学的一个十分重要的无可抹杀也难以回避的事实。遗憾的只是，对这一事实的实质性研究，现在仅仅还刚刚开始。

一九八八年五月下旬，于华东师大陋室

原载《文学评论》1988年第5期

保卫先锋文学

主持人：朱大可
出席者：张　献　宋　琳
　　　　孙甘露　杨小滨　曹　磊
时间：一九八九年一月三十日
地点：作协上海分会

主持人的话

　　"先锋文学"，这个在二十世纪下半叶里完全失去了所指的伪词，现在有了微弱的意义。在所谓"新时期十年文学"结束的时刻，"先锋文学"开始生长，不顾自身的畸弱和境遇的压迫。不是有人谈论文学"失去了轰动效应"吗？那么就让它失去好了。"先锋文学"要的正是"寂静效应"：向大众的掌声告别，退出一切以媚俗为目标的活动。

　　如果"先锋文学"还有什么重大过失的话，那是由"先锋"这个术语本身决定的。"先锋"（van），一种尖锐的事物，却不具备抗御压力的能力。它必须同某种自我护卫性结合，用guard（护卫）词根拓展自身的含义。于是我们就获得一个更好的词——"前卫"（vanguard）。"保卫先锋文学"，就是这样一种企图的体现：在自我保卫中孤寂地冲锋，为一个真正有力的前卫文学运动开辟道路。

　　朱大可：近来对"先锋文学"和"先锋批评"的各种"反思"和指责突

然变得繁闹起来，使我关注的有两种立场，第一是超级先锋，觉得"先锋"其实不怎么"先锋"；第二是反先锋主义者，在斥责现有先锋小说的同时，"呼唤现实主义复归"，后者以某报所刊载的某篇会议报道为代表。这使我感到忧虑。尽管我曾经对"先锋诗歌运动"中的某些现象作过批评，但我绝对无意与伪"现实主义"打情骂俏。那种伪现实主义还是让它继续待在坟墓里的好。我不能容忍有人要把先锋文学也弄到坟墓里去。当然，这种围剿恰恰是先锋文学所需要的。先锋文学是靠血战生存下来的，没有敌手，它一天都活不下去。所以我提了"保卫先锋文学"这个口号。这其实是先锋诗人、先锋小说家自己的事情。批评家保卫的是先锋批评。也许我们可以互相保卫，建立一个自卫互助团体。

张献：在中国只有两种力量有权利获得保卫，一是官方文学，一是大众文学，中国的文坛向来是这两种力量的均衡的产物。

朱大可："先锋文学"必然要遭到这两个方面的打击，我曾写过一篇文章，把先锋作家称作"都市的老鼠"。他们是一些灰头土脸、囊中羞涩的家伙，在各种阴险的老鼠夹子之间跳跃，很难看的样子，于是就被经典批评家呵斥，说它们违反"规则"。这纯粹胡说！唯一的规则就是活下去，或者，咬住下夹子的人的肮脏的手。你要骂人就骂去吧。

宋琳：先锋艺术的最重要的特征就是反叛。有一个诗人对我说，我写诗的动机就是咬蛋，张开语言的口，一口咬将去，看摘下了谁的蛋！这是一个先锋诗人最基本的生存态度。

朱大可：用这个尺度就能把许多混迹于先锋文学队列中的伪先锋清洗出去。例如南京有一个名气不小的诗人，热衷于市民主义温情，热衷于充当一个融化在市民群体中的幸福的小人物，甚至私下表示要"退出先锋运动"。这是必然的。一个连日常生活状态都不敢反叛的诗人，我们怎么能够指望他参与到更深刻的文化反叛中来呢？

杨小滨：我想把这一类作者称为"顺世主义者"。他们用文本认可了现实的困境。他们似乎逃离了英雄主义的阴影，但是却投入到大众的行列中，不是用变异的声音为个体的消失发出尖叫，而是无奈地认同，甚至热烈欢呼这种消失。因此我认为，无价值和反价值是有质的差异的。无价值意味着彻底丧失某种清醒的批判意识，而真正的先锋性存在于反价值的行动中，包括清除那种为大众建立起来的，维护现状的价值体系。先锋主义的唯一特征就是用语言瓦解现实性的整一状态和伪饰状态，它的唯一姿态就是对现实语言的无条件的叛逆。对从传统规范走到大众规范中的文学，怎么能算作先锋呢？

朱大可：批评界要对此负责。批评界在"先锋文学"上犯了许多过失。它的第一个错误就是认定刘再复的人物性格二重组合理论是先锋理论，之后又把寻根小说奉为"先锋文学"，然后就不断修订观点，弥补过失。批评界忙碌的就是这些事情，而它唯一没能做的，就是学会如何正确地辨认先锋和非先锋。

当然，反叛不是唯一的尺度，还有一个尺度是实验性，先锋作家是玩黏土的孩子，他甚至玩弄太阳和月亮，但他的全部动机是通过操作创造一个超越了日常经验的全新的事实。

张献：的确，仅有反抗是远远不够的。"暴露文学""伤痕文学""知青文学"，甚至"市民文学"和"纪实文学"，都在标榜自己的反抗性。或者相反，在一切都趋于正规化和制约化的情况下，一切关于自由生活和自由言谈的呐喊、一切与反抗姿态有关的东西，都成了文学。当我们处于争取自由文艺的时刻，当我们站在公共汽车上朝下骂一声娘却是反抗的时刻，"先锋文学"是很难被鉴别的，甚至我觉得"先锋文学"还没有真正发展起来。

孙甘露：现在有些人，在构思自己的处女作时，就连同文学史的某些章节都构思好了，这种现象非常可恶。

朱大可：企图创造一部文学史，和企图创造一件真正的作品，这两者完全不同。实验性操作包含两个意思，第一是指它的作业性和实践性，第二是指它的探求性和验证性，这已经隐含了大量的失败结局。从这里派生出"先锋文学"的另一个性质：短期性。它不断推翻自己的文本模式，从一种形态跃向另一种形态，这时候文本的意义下降了，操作的意义上升了。所以先锋作家是一些过程主义者，它的口号不是"产生完美的作品"，而是"使作品完美地产生出来"。我注意到，有一个时期，批评家热衷于分析和细读先锋文本及其结构，结果不是大失所望，就是摔进文本迷宫，十分地狼狈。用批评经典文学的方式对待先锋文学，这是批评界犯的又一严重错误。批评应当更多地描述、分析运动和操作进程。《伊甸园之门》提供了这方面的经验，就是把作家的活动当作文本加以阐释。眼下人们对先锋小说的谴责与批评方式的误用有很大关系：正是从对文本的失望中引出了先锋文学走入困境的结论。

宋琳："非非主义"就是例子。它只有宣言、聚会、刊物、各种声势浩大的活动，但它的作品是软弱的，它是一个用活动文本代替符号文本的典范。但小说界情形正好相反，没有真正的先锋运动，没有宣言、口号、非正式刊物，没有团体，而只有一些孤单的互不往来的个体和文本，在官方刊物和大众文化的海洋里漂浮。只是由于批评界的观照才不至于销声匿迹。

杨小滨：总的来看，诗歌界的先锋性走到了小说界的前面，很显然，诗本身就需要一种不同于日常语言的语言，它更有可能摧毁传统的、日常的语言秩序和思维轨道。我还发现，许多优秀的先锋小说家原先是诗人，如徐晓鹤、孙甘露等。小说的先锋化是否应当从诗开始？

朱大可：我想这是"说"和"唱"的区别，"说"需要听众，而"唱"是内在激情的涌动，它不以听众的在场为前提。先锋诗人更像是一群自言自语的家伙，在我的理念中，他们必须同大众文化脱离。我说的是孤寂性——"先锋文学"的又一个尺度。

曹磊：我看了一篇批评"先锋文学"的文章，发在今年的《文学评论》上，它声称这类小说陷入困境的主要原因是，它们探索越大胆、思考越深刻、宣泄越本体，就越失去小说的可读性和鉴赏性。把可读性作为"先锋文学"的评判尺度，使我感到非常惊讶。你们批评界的先锋甚至不能把媚俗和大众眼光从先锋文化中彻底清除出去，那么"先锋文学"还有什么意义呢？说到底它还是百姓桌上的菜，它的过失就在于没有人向它下嘴。

张献：我们可以谈谈生殖文化的演进现象。记得风气初开时，在院校和先锋文化群中，感情倾向相当明显，就是人人都要敢于说话和做过分的事情，这后面隐藏着各种不同的动机。有的女人在文化群中寻找着反语的英雄，看谁敢说话，这发展到最后就成了一个奇妙的戏剧：日常的反抗指标是选择雄性配偶不可或缺的条件。最大的反语英雄最后变成传统的英雄形象被她们吸收，反抗什么变得不重要，重要的是姿态。对这些女人来说，反抗的形象被用来强化千年不变的文化轮回——生殖。理性革命的成果总是难以被历史地肯定，演出的总是一幕幕美女识英雄的新编历史剧。很多女人老了，离开了先锋文化群，生儿育女去了，而且带走心目中的英雄，把那些真正在努力超越生殖轮回的人抛弃了。这在现实中有例子，同时也是一种比喻。

宋琳：所谓"先锋文学"的困境是个很有意思的问题。现在有人以"先

中国当代文学史资料丛书

锋文学"不被大众接受为其不能存在的理由，对一些打着先锋旗号、从事严肃认真的创造活动的人视而不见。事实上"先锋派"是一个短暂的概念，一批人出现了，另一批人就得被取代。从历史学角度讲，先锋这个概念是恒定的，但哪些人、哪些作品是先锋的，这不是一个恒定的概念。我觉得先锋艺术家们营构的不是国家的神话和民族的神话，而是个人的神话。我觉得中国文学有这样一个从小到大的过程：一开始对自我很感兴趣，随着人重新被肯定，许多人猛然发现自己还是那么回事，于是大家在作品中表现和肯定自我。突然间，人们发现了一个更广大的概念，比现代哲学的自我更遥远的老庄的自我，进一步放大，就是一种文化性的东西。回过头来，我们似乎要思考，一种个人的生命在文学中究竟应处于什么位置。文学由于带上了文化的印记，大多数文学要么表现当代人身处其间的文化，要么取消这种文化去寻找一种与自己生存无关的文化，通过书本，通过史记，通过神话，这也是一种文学。我觉得先锋性应该是在割死了我们对于古老文化的期待的基础上才能建立，反面的反叛不是我们大家所指望的。

杨小滨：我们总是葬身于无理性的神话中，神话就是一种结构规范，比如父子关系。"文革"就是神话的现实化。在神话中，"原型"是权威，大众就是它的祭献者。大众现在似乎把祭献的欲望施予各种偶像、明星，"先锋文学"则试图不断打破这种人的卑琐。

张献：现在"纪实文学""通俗文学""报告文学"泛滥成灾，充斥一切场所，是一种好事，它造成了一种分化，可以把大量中庸的东西驱赶到两个极端，一是进入消费领域，二是继续在先锋的道路走下去，直到极端。今年报刊提价后各种刊物订数的下降情况可能已说明问题，降得最厉害的正是各种法制文学、通俗文学刊物。相反，纯文学刊物降幅不大。在新闻受约束的情况下，许多能动笔的人为了说话，都采用了虚构的形式，于是便有了"伤痕文学""暴露文学""呻吟文学"之类的东西，许多人也就成了名字很动听的文学家。其实，如果新闻真正开放的话，这些东西都应成为新闻的题材，而这些人其实就是大众传播媒介的撰稿人。真正的文学作品是创造性的，文学家是从事创造活动的人。我要说的是，这些不是真正文学家的人，在相当长的时间内引领着文学，当然在产生着"假文学"。

朱大可：我们已经涉及了"先锋文学"和"大众文学"的对抗问题。"纪实文学"，不如说是"大众文学"的新型牌号。苏晓康说大众爱看什么他就写什么，这是典型的从众主义立场，分析一下"纪实文学"作家，绝大部分是过去的"大众文学"撰稿人。"先锋派"文学中也有一些我称为"流行艺术"的东西，以"朦胧诗"为内核，加上"校园文化"，在大学里风靡，诗人的地位就像流行歌手一样，在朗诵会上歌唱爱情、自我、童年的记忆，赢得少男少女们的狂热崇拜。但这些优美的或粗野的诗歌，只是先锋运动的副产品，当它从孤寂状态向大众开放，并被大众容忍和模仿时，它就失去了先锋性。先锋，一方面企图导引种族文化，一方面又与之疏离和对抗，这里面有某种精神分裂的东西。或者，应当这样来看待它的这种自我演变：先锋作家有一个衰减的周期，从高度的反叛性到削弱和消失，直至被大众文化完全吃掉。这时他就退出"先锋派"，被更年轻激进的代替。这样的例子我们已见到很多了。

孙甘露：反叛某种意识形态，可能要比反叛大众容易得多，还有就是反叛种族，也非常困难。"寻根文学"，在本质上是皈依而不是反叛。

杨小滨："寻根"的确是对某种抽象的核心或权威的屈服，或寻求廉价的乌托邦。事实上，先锋文学的基点只能是"根"的腐烂。韩少功的作品基本上背叛了他的理论，成为"掘根"，而不是"寻根"。

朱大可：人民是至高无上的权威，这一点似乎是绝对不可动摇的真理。我们可以得罪皇帝，得罪长官、上司和女人，但我们绝对不能得罪人民，因为它是事实上的君王。这就是所谓"知识分子"的含义。"知识分子"，就其本义而言，是对人民效忠，拥有忧患感的人。中国先锋作家之所以不怎么"先锋"，原因就在于太知识分子化。我认为有必要倡导一种"非知识分子化的反思"，也就是有效地清除我们身上的大众气味和忧患于大众的精神信念。先锋诗歌运动有成功的例子，高度的玄学化和贵族化，远离大众的趣味和旨意。我曾经在《空心的文学》中批评孙甘露的作品费解，后来我修正了这一看法。孙甘露的语言是非常个人化的、玄学的和贵族气的，这非常之好。我对一切贵族化的东西都充满敬意。"先锋文学运动"的目的就是再造新的精神贵族，使他们占有一切稀有的价值。

张献：但"先锋派"最大的痛苦莫过于它需要策略。有时候它必须假装是一个为大众服务的东西，否则它还没来得及生长就已经被杀死了。在策略中活着，同时又保持内在的警醒，保卫最珍贵的东西，做到这点很难。有的人被

中国当代文学史资料丛书

策略异化了，为策略活着，抛弃了原有的先锋的尺度，最后成为某某的"好学生"，或者"好孩子"。在中国，做"好"的很容易，做反传统的"坏"的却难，需要真正的勇气。

孙甘露： 自言自语的勇气，有时是逃亡的勇气。从人群里逃掉。我的小说所要表达的最基本的母题，就是逃跑。朱大可的《都市的老鼠》，用"走"概括我的小说，我觉得比较准确。（朱大可插话："走"的古汉语字义就是奔逃。）我想所谓"先锋"，大概就是率先从种族空间撤退的人。当肉体仍然遭到禁锢时，灵魂就先走一步。先锋作家，我觉得就是灵魂上彻底孤独的人，但他们的肉体却留在大众中间，和他们同呼吸共患难。这可能就是张献说的生存的策略：用最不先锋的肉体作为代价，去换取最先锋的灵魂的自由。

曹磊： 这个想法非常好，我发现在座的各位在日常生活中都是谦谦君子，和写作态度构成鲜明对比，这可以看作是先锋策略的实例。现在的"人体艺术展"和各种与此相关的画册，企图从肉的方面解放市民，是一个令人感到轻松的事件。大众文化的这种变化，可以使先锋作家的身体也获得必要的自由，并使灵魂更轻快、更高地飞翔起来。

朱大可： 适度地引入策略学的因素，和以策略、面具这类东西为生，是有区别的。"先锋派"在本质上应当拒绝面具，把真实和本在的自我投放到世界上去，这就是它的天真性。"先锋文学"是天真文学，它的全部语言都是稚拙的、顽皮的和真诚的，正是在这个意义上被人叫作"顽童意识""顽童主义"。近来有人撰文以戏谑的方式谈论"顽童们"的困境，这使我感到奇怪。难道中国文学"顽童"太多了吗？恰恰相反，中国文学太世故了。我们的作家和批评家都是很老到的人，他们的文章布满了皱纹和圆滑的微笑。这种经验遗传给了更年轻的一代，于是就出现了"游戏人格"，和各种自称"爱玩"的人。我一直坚持把"游"和"戏"这两个词根加以区分。"游"，是自由精神对宇宙的占有和选择，以"逍遥"的态度反叛一切死亡的空间和时间，这是中国文化中最伟大的传统。"戏"与此不同，"戏"的繁体字是"虚"加"戈"（戲），合起来的意思就是虚拟的战事，就是表演和面具。正是从"戏"里诞生了"魏晋风度"，漂亮的言辞，潇洒不羁的风度。但这全是做戏，当时是演给暴虐的皇帝看的，目的是免遭政治迫害。现在的游戏作家演给谁看？我想是演给批评家看的，以此谋取文学史上的某个席位。先锋文学运动，在很大程度上是被这些戏性人格搞坏的。它制造着伪痛苦、伪思想、伪反叛，使整个先锋运动变得可疑起来。

杨小滨：游戏者自己被游戏掉了。我们必须把它同另一种游戏——批判性的、反讽性的游戏——区别开来。在反讽中，现实的游戏被第二次游戏要玩了，因此反讽游戏是对无意义的、痴愚的现实游戏的"戏拟"，它否定了自甘堕落的、浑浑噩噩的现实游戏。实际上，"遁世主义"和"顺世主义"一样可怕。遁入一个无意义的世界而缺乏批判的间距，比如，遁入麻将城墙里，是很容易的，但也是虚弱的表现。

张献：麻将意识形态对"先锋文学"的腐蚀作用，是一个值得注意的问题。中国文化的均势是这样产生的：游戏，在系统的内部成为稳态的因素，使一切革命性因素得到抑制。这大概就是中国历史为什么这么悠久的原因。

曹磊：与麻将的战争，其实也就是与大众文化的战争。麻将是大众对付先锋文化的最方便的武器。我想，什么时候"先锋文学"战胜了麻将的引诱，它就真正成熟了。

宋琳：对你们的意见我有些不同的看法。我觉得麻将没有那么可怕。麻将消解痛苦，这是事实。但谁愿意痛苦？难道我们活着就是为了享受痛苦。这不过是浪漫主义者用以消解痛苦的自我安慰罢了。人是受"快乐原则"支配的动物，如果为了写作而得痛苦地生存下去，那我宁可不当诗人。

孙甘露：这可能是两个不同的问题。写诗的人和打麻将的人，都是痛苦的人，他们都在寻找化解痛苦的方式。一个诗人和一个麻客的差异就在于，诗人的解痛方式是创造性的，而"麻客"的方式是消费性的。当心把痛苦像麻将牌一样打出去的时候，他就没有必要再去写诗了，因为这时他的痛苦已经解除，这样就威胁到了"先锋文学"的生存。

朱大可：刚才我们涉及过"勇气"的概念。游戏（我指的是"戏"）最坏的地方是促使游戏者丧失绝望的勇气。所有的戏者都自称"看穿了"，那你看穿了什么呢？其中的潜台词就是表明他们已掌握了人生的全部经验，可以十分世故地在人间"游刃有余"了。这里完全不存在绝望，不存在从绝望出发去探求终极真理的愿望。这就是游戏者的卑贱性：用一种伪生存方式去代替真正的存在。当然，我并不指望所有的先锋作家都达到上乘境界。我一直在问自己，什么是先锋文学运动的终点？也许终点在大师那里，换句话说，从先锋作家中

中国当代文学史资料丛书

将诞生的几个真正的大师，他们掌握着完美的技巧，以及有关终极价值的秘密。先锋运动就是为大师的产生作好准备。一旦目标实现，先锋运动就可能丧失意义，并被迫减缩规模和改变向度。而我们现在拥有什么呢？"新时期文学十年"已经过去，新的"十年计划"又开始实施，但我们甚至连真正的战士都没有产生。只有一大群游戏者，快乐地做着他们的游戏，这肯定是一幅很荒谬的图景。

宋琳：在这种图景中出现呼唤诺贝尔文学奖的喧闹，恐怕更加可笑。那些很蹩脚的文本，甚至还没有经历先锋运动的洗礼，就迅速"经典化"了，成为过去时代的里程碑、纪念碑、各种碑，其实只是墓碑而已。

曹磊：有许多问题是批评家（包括汉学家）造成的。我认为不能把保卫先锋诗歌、先锋小说的使命委托给批评界。

朱大可：是的，尽管我是搞批评的人，但我对批评界并不信任。先锋作家应当把重点放到"自卫"上来。诗歌界有许多经验是值得推荐的。先锋小说家应该像诗人那样，改变零散化的状态，组成互助团体，发行自己的作品，自己制造口号、宣言和理论。不要过多依赖于别的刊物，以免被平庸的编辑趣味所打击和收买。而另一方面，对于那些具有先锋倾向的职业编辑，应当给予声援和奖励。他们的意义肯定超过了大熊猫，因为他们的眼光直接影响了中国先锋文化的未来前景。还有就是先锋作家有必要掌握反批评的技巧，反击那些平庸而愚蠢的批评。

宋琳：现在有一种颓废的倾向，就是对低劣的批评逆来顺受，害怕被人责为"没有雅量"。

朱大可：有的文章过于低劣，也不必大动干戈。在愚蠢的批评大量涌现的时刻，"先锋文学"是可以沉默的，它只需保持一个轻蔑的态度就足够了。"先锋文学"如果能被这样的东西骂倒，这种文学还有什么力量？使我悲痛的恰恰是，"先锋文学"现在已经失去了对手和反叛的目标，所有的压力都到了可以忽略的程度。这时，"先锋文学"才面临真正严酷的困境。因此，现在来谈论保卫的问题，正是时候。

原载《上海文学》1989年第5期

先锋小说研究资料

最后的仪式

——"先锋派"的历史及其评估

陈晓明

仪式作为促使某种行动或事件取得社会性的合法地位的象征活动，它在神圣或恐惧的心理意识中完成个人或集体的精神塑造。仅仅在于"先锋派"的写作自以为具有拯救文学和拯救自我的象征意义上，他们的写作具有"仪式"的意义。阿道尔诺曾说过："在我们的生活世界中，总有一些东西，对于它们，艺术只不过是一种救赎；在是什么和什么是真的之间，在生活的安排与人性之间，总是存在着矛盾。"①我们时代的"先锋派"——我不得不沿用这个称呼，以免引起混乱，他们身陷维谷，徘徊于文明的边缘，远离现实而身后没有历史，写作构成了他们生存的要义，成为他们精神超度的唯一方式。当代的"先锋派"虽然不是一个有组织的流派，但也不意味着可以把任何初出茅庐的作者包括进去。在我看来，这个称呼的最低限度的意义是指马原以后出现的那些具有明确创新意识，并且初步形成自己的叙事风格的年轻作者。他们主要有：马原、洪峰、残雪、扎西达娃、苏童、余华、格非、叶兆言、孙甘露、北村、叶曙明等人，此外还有一些正在崭露头角且颇有潜力的新秀。因篇幅所限，那些划归到"新写实主义"名下的作者只好另作别论，王朔的情况比较特殊也暂不论及。

"先锋派"的探索不过短短几年，他们到底是在什么样的文化的和文学的现实背景下步入文坛的？他们到底作了哪些探索，取得了哪些结果？他们的探索是否像人们所期待的那样已经走到穷途末路，或者皈依于传统？还是说他们的探索不过刚刚开始，然而存在深刻的危机？……所有这些问题一直没有得到实事求是的探讨。在当代文学的大背景上，"先锋派"以它短暂而暧昧的历史

中国当代文学史资料丛书

划下一个发人深省的问号；作为当代文明危机的表征，"先锋派"同样是一个令人不安的焦点。因此，本着"回到历史本身"的态度，清理"先锋派"的历史足迹，总结其成败得失，则是势在必行的任务。

一、期望超越："先锋派"出现的历史条件

把"先锋派"描述为80年代的文学或文化氛围这个"所罗门"的瓶子里放出的妖孽，显然有些夸大其词；因为文学写作在很大程度上依赖非常独特的个人化经验的修炼。但是，"先锋派"何以形成这种个人化的经验，何以运用这种叙事方法和语言风格讲述那些故事，无疑要到80年代的思想文化的和文学的历史过程中才能得到合理的解释。

80年代的中国文学之所以一直被称为"新时期"文学，是因为它伴随着改革开放时代的思想解放运动而迈开它的历史步伐。尽管现在看来其中有诸多的谬误，但是无法否认它们之间的因果关系。随着多种社会矛盾出现，社会意识形态产生分化，②文学共同体不可能在统一的规范下表达共同的愿望。于是，80年代中期，当代文学出现两股看上去截然相反的趋势：其一是以刘索拉的《你别无选择》和徐星的《无主题变奏》为标志的"现代派"；另一边是声势远为浩大的"寻根派"。"现代派"着力去表现青年人追求自我和个性的生活态度，狂乱而富有浪漫情调的心里情绪极大地契合了青年群体寻求新的价值观的精神倾向。实际上，"现代派"强调的"自我意识"和"个体意识"并没有超出80年代上半期"大写的人"的范畴，它不过是把"自我意识"加以想象性夸大而放置到"人的理想"的中心。而"寻根派"大体上是知青群体，对"文革"的反思险些使他们成为"迷惘的一代"，然而坚定的理想主义信念支持着他们去寻找永恒的和超越性的价值。"人的理想"不仅陷入现实的实践困境，同时面临各种观念（文学的和哲学的）的挑战。当时国内热烈的文化论争，世界范围内的文化认同，海外汉学界倡导的儒学复兴，拉美文学的输入等等，使知青群体的个人记忆触及的那些异域风情、人伦习俗、自然蛮力、生活习性和神话传奇等等立即镀上一道"文化"的光彩。古典人道主义的哲学基础已经为混乱不堪的，诸如存在主义、生命哲学、现象学、神秘主义等等现代主义观念所淹没。"寻根"实际上是在"现代性"与"历史性"的夹缝中求生。在其观

念上，"寻根派"力图在现代意识的水平上观照中国民族步入现代化所遭遇的价值危机；而在文学表达的客观对象方面，却力图写出民族生存的历史性的文化谱系。"寻根派"在这两个方面的认识都极其模糊且相当混乱。"寻根"的深化结果偏执于某些先验的地域文化特征和形而上的哲学理念。1986年莫言发表《红高粱》，这是"寻根"的一个意外收获，也是它的必然结果。莫言把寻找民族的文化之根的历史沉思改变为生命强力的自由发泄，历史、自然与人性被似是而非的文化铰合在一起，这是关于"人的理想"的最痛快也是最放肆的一次夸大。随着《红高粱》被改编成电影，及时迎合了人们对"寻根"的那个历史性深度和玄虚的形而上观念的厌倦，卓有成效地完成了一次自欺欺人的狂欢节。80年代关于"人"的想象力已经挥霍干净，英雄主义的主角怀抱昨天的太阳灿烂死去，理想化时代的终结倒也干脆利落。

80年代后半期，改革开放初见成效，商品经济的发达改组了人们的真实生存条件，经济利益实际已超出其他利益占支配地位，在原有生存现实关系上建立的想象关系不可避免要解体。对于文学共同体来说，"大写的人"不仅面临现实的经济潮流的挑战，而且遭受各种外来文化思潮的冲击。"人"的价值既然在现实中受到怀疑，那么它当然无法在意识形态的推论实践中起到基础性的构成作用。80年代人们经历了太多的现实变动和思想变动，而对于文学来说，已经不可能有权威性的话语来维系文学统一的规范式。一方面，现实的（原有的）关于人的想象关系解体，而新的想象关系尚未完全确立，文学不能充当时代的代言人，讲述大家共同的愿望，表达超越性的理想化价值形态；另一方面，如此纷纭复杂的外来思想和文学范例涌进中国大陆，我们是在短短的不到十年的时间里浏览了西方一个世纪的思想成就和文学成果。在理论方面，人们粗通唯意志论、弗洛伊德、现象学、"存在主义"、符号学、"结构主义"、"逻辑实证主义"、"后结构主义"等；在创作方面也知道卡夫卡、黑塞、纪德、塞林杰、"意识流"、"新小说"、"荒诞派"、"黑色幽默"、"拉美魔幻现实主义"乃至"后现代主义"的实验小说等等。虽然谈不上融会贯通的理解，但是对于酝酿一次文学观念和写作立场的改变则是绰绰有余的。后来的写作者不得不考虑文学的写作态度和写作方式的改变。纯文学既然被现实推到社会的边缘地带，那么它可能的选择之一就是和自身的既定传统对话，亦即改写文学的"规范式"。更何况，"报告文学"和"纪实文学"已经与纯文学分

中国当代文学史资料丛书

道扬镳，与现实展开紧张而热烈的对话，纯文学更难在现实中找到一席之地。人们当然可以尽情批评这种选择，但是也有必要充分考虑"别无选择"的历史条件。

当然，我强调外部的历史条件，并不是说文学就是被现实拖着走的迷途的羔羊。外部历史情境不过仅仅是提供了文学史出现新的转型的条件，事实上文学史内部始终存在艺术形式变革的自觉力量。"艺术创新"的压力如同达摩克利斯之剑永远悬挂于任何一位认真的写作者的头顶，只不过"新时期"文学（乃至中国现代以来的文学）有它特殊的历史难题。即使在"新时期"之初，文学史内部的形式变革的力量依然存在，例如"意识流"小说实验。由于文学规范式强大的构成作用，将这种形式探索依然纳入"人的主题"系列（它属于"探索人的隐秘心灵"的"人学"范畴）。然而，"人的理想"一旦解体，文学形式探索的潜在力量就变得不可抗拒。在这次历史性的转折中，马原无疑起到关键性的作用。在清理"先锋派"的历史轨迹时，马原不可否认是一个标明历史界线的起点。实际上，马原在1984年就写下《拉萨河的女神》，这篇小说第一次把叙述置于故事之上，把几起没有因果联系的事件拼贴到一起。1984年马原用这种方法写小说是有特别的意义的。并且后来形成一股无法切断的流向。1985年以后，马原陆续发表几篇力作：《冈底斯的诱惑》（1985）、《虚构》（1986）、《大师》（1987）等，他的影响发生在1986年到1987年之间。

马原把传统小说重点在于"写什么"改变为"怎么写"，预示了小说观念的根本转变。因此马原的立场标志"创作"向"写作"的退化。创作的主体面对着文明、人类、时代等巨大的历史客体，创造出一套与之相适应的"想象关系"和理想价值；而"写作"则只是面对语词的一种个人行动，一种话语讲述的过程，它表明"想象关系"的破裂与超越性价值的失落。创作关注"写什么"，而"写作"则偏向于"怎么写"。前者由现实的真实关系和想象关系的统一决定其内容实质；后者则是在文学史纵横交错的坐标系上寻找有限的突破口。马原的"叙述圈套"在1986年和1987年名噪一时。马原用叙述人视点变换达到虚构与真实的位格转换，叙述构成一种动机力量推动故事变化发展。然而，马原的"叙述圈套"的功能有限，它更像是几个故事单元的刻意组合，它仅仅定位在故事的层面上，而不是定位在话语的层面，虽然马原确定了新的小说视点，但并没有确立新的"世界观点"。随着"我就是那个叫马原的汉人"

这句语式的神秘性在不断重复中逐渐丧失新鲜感，马原的挑战性也丧失了。

洪峰一直被当作是马原的第一个也是最成功的追随者，但是人们忽略了洪峰的特殊意义。1986年，洪峰发表《奔丧》，传统小说中的悲剧事件在这里被洪峰加以反讽性的运用。"父亲"的悲剧性意义的丧失和他的权威性的恐惧力量的解除，这是令人绝望的。《奔丧》的"渎神"意义表明"大写的人"无可挽回地颓然倒地，它怂恿着叛逆的子们无所顾忌越过任何理想的障碍。洪峰同时期比较出色的作品还有《瀚海》（1987）和《极地之侧》（1987）。前者带有"寻根"的流风余韵，后者显示了对马原的某些超越，它们与《奔丧》比起来艺术上显得更加成熟，但是却不具备《奔丧》的那种改变观念的力量。

在谈论"先锋派"或"新潮"的时候，不能不谈到残雪，尽管残雪那若即若离的独行气质难以归类，然而，残雪以她冷僻的女性气质与怪异尖锐的感觉方式，不仅与前此的中国女性的写作诀别，而且与同代的男性作家群分庭抗礼。只有残雪才具有那种绝望的反抗男性制度的意识，因为绝望，她才绝对，因为绝对她才如此怪僻与尖锐。1986年，残雪连续发表几篇作品：《苍老的浮云》《黄泥街》《山上的小屋》等。残雪显然过分夸大了日常生活里那些精神乖戾的现象，但是她也确实暴露了女性在潜意识里企图用她们怪异的精神反应来对付已经制度化了的男权统治。残雪的写作洗劫了女性的脂粉气和臣服于男权制度的浪漫情调。她的主题值得推敲，但是她的那种冷峻怪异的感觉，那种对妇女心理的淋漓尽致的刻画，对暴力的幻觉式的处理方式，以及有意混淆幻想和实在的界线的叙事方法，显然严重影响了稍后的"先锋派"。至少残雪打开了一扇隐秘的窗户，破除了一些清规戒律，她预示了一个似乎超离现实的幻想世界在文学中的存在。

1986年在中国当代史上并不是一个特别富有诗意的年份，然而在当代文学史的进程中却是一段诡秘莫测的岁月，在它那偃旗息鼓的外表下掩盖的是一系列小小的诡计。就是这些不起眼的行径，为后起的"先锋派"铺平了最初的道路。马原、洪峰、残雪既是一个转折，也是一个过渡，在他们之后，文学观念和写作方法的某些禁忌已经解除，但是，留给后来者的不是一片广阔的可以任意驰骋的处女地，而是一个前途未卜的疑难重重的世界。过去"写什么"可以从现实生活中找到与意识形态直接对话的重大题材。写作只有主题的类别之分；而"怎么写"明显地见出才情技法的高下之别，写作不仅要发掘个人化经验的非常特独的角落，而且要去寻找动机、视角、句法、语感、风格等等多元综合的纯文学性的要素。只有独特的话语、技高一筹的叙述，才能在失去意识形态热点的纯文学的艺术水准上得到认可。在这一意义上，马原既是一个怂恿，一个诱惑，也是一个障碍。马原在他那曾经卓有成效的"叙事圈套"上，不仅垒起了一个时代的，同时也垒起了他自己的纪念碑。显然，更新一辈的写作者必须跨越这块并不雄伟的石碑，有必要在叙事视角、价值立场、心理经验、感觉方式、语言的风格化标志等等方面超越马原。

上个世纪末尼采说道："上帝死了，上帝不会复生。我们已经把他杀死了，我们这些最大的凶手，将何以安慰自己呢？……我们必须发明出什么样的赎罪节目和神圣游戏呢？"③我们是无神论者，"上帝之死"我们可以无动于衷；然而，我们不幸曾经是（而且还会是）理想主义者，"大写的人"及其与之相关的信念体系在80年代后期突然崩溃，我们同样面临一次严重的精神恐慌。我们时代的"先锋派"——虽然不过是些无足轻重的同谋者，然而，他们从未体验到"弑父"的快感，却承担了这场灾难的全部后果，他们将何以安慰自己呢？难道说只有远离现实的写作是其自我救赎的唯一节目？

二、艰难跋涉："先锋派"的历史轨迹

1987年被认为是当代中国文学跌入低谷的时间标志，这个标志隐含了太多的历史内容，因此它更有可能是当代文学另一个历史阶段的开始。其显著特征在于，继马原之后，更年青的一批作者步入文坛。这里面可以看到"现代派"的线索，也不难发现"寻根"的流风余韵，当然还有马原的叙述视点。1987年初，一批小说悄然面世，例如，孙甘露的《我是少年酒坛子》，北村的《谐振》，叶曙明的《环食·空城》，姚霏《红宙二题》，乐陵《扳网》，杨争光《土声》等（以上几篇均发表在《人民文学》1987年1—2期合刊）。这几篇小说的显著特征在于：其一，故事情节淡化或趋于荒诞性；其二，"反小说"的讲述与注重语言句法；其三，现代性寓言。孙甘露的《我是少年酒坛子》只能称之为一种"亚小说"，它是散文、诗、哲学、寓言等等的混合物，这是孙甘露一贯的风格。北村的《谐振》、叶曙明的《环食·空城》和姚霏的《红宙二题》，表达的是有关当代人的生存困境及其荒诞性的主题，其反讽的效果及

其对世俗化生活的批判意识，明显与刘索拉和徐星的那种自以为是的"现代意识"区别开来。那些看上去是"现代主义"的主题，实际是被反讽性地挪用了。

这些发表于1987年初的作品大都写于1986年，看得出对观念性的东西的特别爱好，只不过那种虚张声势的激情更多为心灰意冷的沉思冥想所代替。事实上，对观念的追求来自80年代的流风余韵，而灰暗的经验则是与生俱来的记忆。这些年轻的写作者大都是些曾经（或正在）自诩为"新生代"的诗人。在我看来，作为小说写作者，把他们称之为"晚生代"或许更加恰当。对于他们来说，摆在面前的不仅有西方的那些古典的和现代的艺术大师，同时更加难以承受的是还有整整一代的"知青群体"——他们有着不寻常的战斗经历，他们的痛苦和磨难已经深深铭刻在历史的墓碑上。而这些后来者拥有什么呢？快乐而苍白的童年和少年？他们是一些生活的"迟到者"，永远摆脱不了艺术史和生活史的"晚生感"。1987年初的这些"先锋小说"（当然还有其他的我无法一一列举的作品），显然急于摆脱"晚生感"而表达新的艺术经验。反"传统小说"的态度过于明确：淡化情节、压制角色、形而上的寓言思考、语言的修辞策略，等等。

1987年底，《收获》第5、6期明显摆出一个"先锋派"的阵容。这些作品在艺术上比较年初的那些作品要成熟纯正些，那些姿态，那些硬性的所谓"现代观念"已被抛弃，非常个人化的感觉方式熔铸于叙事话语的风格标志中。苏童的《一九三四年的逃亡》多少可以看出一点莫言"寻根"的味道和马原的那点诡秘，然而，以"祖父""祖母"为表征的历史却陷入灾难，历史已无根可寻，留在虚假的时间容器（一九三四年）中的，不过是颓败的历史残骸。显然，这篇小说没有可以全部归纳的主题，历史、农村、都市、生殖、革命、生活等等，都不是在观念的领域里被寓言性地谋杀，而是在具体的叙事中被无所顾忌的诗性祈祷所消解。那些在叙事中突然横斜旁逸的描写性组织，构成叙事的真正闪光的链环。苏童在此之前已经写过多篇小说，只有《一九三四年的逃亡》确定了苏童未来写作的道路。过于激越的抒情意味和强烈的叙述节奏打断了残败的历史之梦，并且标志着新一代的写作者鲜明的话语意识，然而，这种情感过于外露也过于外在，它并没有沟通深挚的"个人记忆"。但苏童后来找到纯静如水的感觉这就对了。

余华的《四月三日事件》是继他的《十八岁出门远行》之后，对少年心理意识的又一次更加怪异的描写。对于余华来说，少年的视角不过是他有意混淆"幻想"与"现实"、"幻觉"与"实在"的一个特别视点。一个无名无姓的"他"，在十八岁生日的时刻，神经质地意识到"被抛弃"的恐惧。"他"的精神的漂流状态真切地呈示为他对生存环境扭曲的细微感觉，迷醉般地用"幻觉"来审视他的实际存在。叙述时间由于卷入幻觉与实在的不厌其烦的辨析过程，而在精细怪诞的感觉中无比艰难地推进。余华随后在《一九八六年》中，把一个疯子推到叙事的中心，作为"文革"疯狂历史的精神遗产，疯子不过是历史疯狂的凝聚。然而，现实的人们完全漠视了这个历史凝聚之物。疯子的存在不仅是在道德的水准上对人性、良心的诘难，同时是对生活的虚假性的全部戳穿。余华从这里出发走进一个由怪诞、罪孽、阴谋、死亡、刑罚、暴力交织而成的没有时间也没有地点的世界——那是他的温馨之乡，是他如愿以偿的归宿。

如果把孙甘露的《信使之函》称之为小说的话，那么这是迄今为止当代文学最放肆的一次小说写作。这篇被称之为"小说"的东西，既没有明确的人物，也没有时间、地点，更谈不上故事，它把毫无节制的夸夸其谈与东方智者的沉思默想相结合；把人类的拙劣的日常行为与超越性生存的形而上阐发混为一谈；把摧毁语言规则的蛮横行径改变为神秘莫测的优雅理趣。孙甘露像个远古部落遗留的现代祭司，端坐在时间与空间交合换转的十字路口，而后不失时机地把他的语词抛洒出去。《信使之函》作为当代第一篇最极端的小说，证明当代小说没有任何规范不可逾越。然而，孙甘露不过证实这种证明毫无意义，小说的规范已经死了，然而人们还活着。

相比较而言，格非的《迷舟》看上去要传统得多，这个战争毁坏爱情的传统故事是以古典味十足的抒情风格讲述的，那张简陋的战略草图一点也不损害优美明净的描写和浓郁的感伤情调。然而，整个故事的关键性部位却出现一个"空缺"。萧去榆关到底是去递送情报还是去会情人杏？这在传统小说中无论从哪方面来看都是一个精彩的高潮，然而，它竟然在这里被省略了！这个"空缺"不仅断送了萧的性命，而且使整个故事的解释突然变得矛盾重重，一个优美的古典故事却陷进解释的怪圈。这个"空缺"在1987年底出现轻而易举就使格非那古典味十足的写作套上"先锋派"的项圈。尽管这个"空缺"不过是从博尔赫斯那里借用来的，然而格非用得圆熟到家，就像祖传秘方。

当然，1987年还有一些值得注意的小说，我难以全面列举。就以上提到的几位"先锋派"作家而言，其实已经操练小说（或诗）多年，何以他们在1987年底突然间集体成熟？仅仅归结为他们长大了是远远不够的。在我看来，1987年也不仅仅依靠外部现实的压力（文学不得不重视"怎么写"），而且在于文学的写作水准已经趋于明确：强调叙述视点、独特的感觉方式、鲜明的语言风格、对故事的特殊处理方式等等。总之，每个写作者必须找到自己的"话语"。因此，1988年底，《收获》第6期再次推出一组"先锋小说"，几乎一样的阵容，显然艺术水准有了明显提高，在这一期上同时刊登了马原的《死亡的诗题》。曾经是"先锋派"领路人的马原，现在却明显落伍，没有理由认为这篇小说不好，然而，人们可以容忍追随者的平庸，却无法忍受开山者的重复，马原功不可没，却足以抹杀后来的自己。因而对马原的超越已经变成一种考验，叙事话语的风格标志才显得至关重要。如果说《一九三四年的逃亡》还带有一些兼收并蓄的痕迹，那么《罂粟之家》则真正显示了苏童的风格。这个家族颓败的故事内涵相当丰富：历史与生殖、压迫与报复、血缘与阶级、革命与宿命等等，或对立或统一以一种舒缓纯净的风格化语言从容讲述出来。苏童的人物总是为情欲所驱使，毫无指望抗拒命运而事与愿违，《罂粟之家》散发淡淡的历史忧郁之情而远离悲剧，故事明白晓畅却不失深邃诡秘之气，这是苏童独到之处。《罂粟之家》作为苏童以往作品的一次全面总结，看不到外来小说影响的痕迹，这并不容易。

1988年，余华在暴力与阴谋的无边苦旅越走越远，没有人可以否认余华的感觉古怪而奇妙，他把那些奇形怪状人物的全部智力压制在正常人的水平线之下，这样余华就可以驱使他们去干任何不可思议的勾当。显然，余华对人物的行动并不感兴趣，他关注的是那些过分的反应方式给叙述语言提示的可能性。《河边的错误》《现实一种》显然有不少令人瞠目结舌的场面，然而，更加令人注目的是对那些场面感觉方式和语言特征。随后的《世事如烟》（《收获》1988年第5期）、《难逃劫数》（同前第6期），无疑是余华最好的作品。《世事如烟》对暴力、阴谋、罪孽、变态等等的描写淋漓尽致。在余华的那个怪异的世界里，时间与空间、实在与幻觉、善与恶等等的界线理所当然被拆除，而阴谋、暴力和死亡则是日常生活必要的而又非常自然的内容。"算命先生"作为全部阴谋和罪恶之源，如同远古时代令人恐惧的部落长老。这帧历史的古老肖像总是在余华的写作中浮现出来。余华的那些怪诞不经的故事因此又具有某种发人深省的历史宿命论的意味。《难逃劫数》把暴力场面写到炉火纯青的地步，它们看上去像是一些精致的画面。余华的那些被剔除了智力装置的人物，总是处于过分敏感与过分麻木的两极，而且总是发生错位，他们不过注定了是些倒霉的角色，一系列的错误构成了他们的必然命运。人们生活在危险中而全然不知，这使余华感到震惊，而这也正是余华令人震惊之处。

《褐色鸟群》（《钟山》1988年第2期）无疑是当代小说中最玄奥的作品。格非把关于形而上的时间、实在、幻想、现实、永恒、重现等等的哲学本体论的思考，与重复性的叙述结构结合在一起。"存在还是不存在？"这个本源性的问题随着叙事的进展无边无际漫延开来。所有的存在都立即为另一种存在所代替，在回忆与历史之间，在幻想与现实之间，没有一个绝对权威的存在，存在仅仅意识着不存在。这篇小说使人想起埃舍尔的绘画、哥德尔的数学以及解构主义哲学那类极其抽象又极其具体的玄妙的东西，它表明当代小说在"现代派"这条轴线上已经摆脱了浅薄狭隘的功利主义。虽然这篇小说明显受到博尔赫斯的影响（例如关于"棋"与"镜子"的隐喻），但是汉语的表现力及其关于生存论的思考，也可以置放在现实中来理解，因而这篇小说读起来有些晦涩费解，但绝无做作之感。如果说《褐色鸟群》的形而上观念过强毕竟只能偶尔为之，那么《青黄》（《收获》1988年第6期）则把叙述的结构设计与生活史的存在方式结合为一体——一个不完整的统一体，结构上的"空缺"正是生活史的不完整性的隐喻投射。对"青黄"的词源学考据，变成对九姓渔户生活史的考证，结构上隐瞒的那些"空缺"恰恰是九姓渔户生活中最不幸的环节，"补充"可能使叙述结构变得完整，但是却使外乡人的生活彻底破碎了。格非的故事主角经常是"外乡人"，对于格非来说，生活本质上是不能进入其中的。因而"外乡人"的历史构成了人类生活史最隐秘的部分。

1988年因为有了孙甘露的《请女人猜谜》（《收获》1988年第6期），"先锋派"的形式探索才显得名副其实。在这篇小说中，孙甘露同时在写另一篇题名为《眺望时间消逝》的作品。这是双重本文的写作，就像音乐作品中的双重动机一样，结果后者侵吞了前者。在这篇没有主题，甚至连题目都值得怀疑的小说中，角色随时变换自己的身份，时间与空间的界线变得相对。这是一次关于写作的写作，一次随意弹奏的卡农，孙甘露不过想试验一下写作的可能性到底有多大。同时也不能忽略孙甘露对生存的似是而非境遇的似非而是的剖析、对那些虚度瞬间的心烦意乱的刻画，都具有玄妙深长的意味。值得提到的还有潘军的《南方的情绪》。这篇对侦探小说反讽性模仿的小说别有趣味。这个企图侦探某个秘密的主角却是一个忧心忡忡的多疑者，他总是落入别的圈套。如果把这一主角的形象与"新时期"文学"大写的人"作一对照则是一件十分有趣的事，角色的变迁正是社会心理改变的投影。《南方的情绪》其实为当代小说的写作开启了一条类似罗伯-格里耶的《橡皮》那种路子，潘军没有坚持探索有些可惜。同期还有扎西达娃的《悬岩之光》。我一直没有谈论扎西达娃并不是我的有意疏忽，扎西达娃是个非常奇特且含义复杂的人物，当我勉为其难把苏童、格非等人称作"先锋派"来讨论时，再把扎西达娃扯进来是不是有点乱套？但是没有扎西达娃，我的讨论显然缺了一角，遗憾的是我只好让自己的文章缺些角，只能另行撰文，以补空缺。

如果把1989年看成"先锋派"偃旗息鼓的年份显然过于武断，但是1989年"先锋派"确实发生某些变化，形式方面探索的势头明显减弱，故事与古典性意味掩饰不住从叙事中浮现出来。1989年《人民文学》第3期再次刊登了一组"先锋"（或"新潮"）小说，在那些微妙的变化和自我表白的话语里，我看到另一种迹象。我发现他们在寻找另一种东西，一种更深地扎根于生存的现实和本土文化中的动机力量。《风琴》如果不是近年来最优秀的短篇小说，至少也是格非最出色的作品。这篇看上去抒情味十足的小说，颇具古典情调。格非以往的那种形而上观念和叙事"空间"不再在故事中起控制作用，相反，故事是不留痕迹自然流露出来的一些场景片段。它们像一些精致的剪贴画呈现出来。然而人物的行动链的某些环节出了差错——就是这些细微的差别，使整个故事、整个生活无可挽救地颠倒了。王标渴望一次真正的伏击却伏击了一个迎亲的队伍，他能干什么呢？他只好请新娘唱支歌。歌声被王标的遐想掩盖了，然而正是歌声激起王标的遐想，正是歌声掠过早春的原野经久不息地飘荡——还有什么比这种情境更让人悲哀，更为感人至深的呢？只有在这时人才能和真实的生活融为一体，与自然融为一体——回到"生活之中去"的渴望恰恰是在破碎的生活边界上奏起的无望的挽歌。

余华的《鲜血梅花》看上去是一篇仿武侠小说，这不奇怪，同一时期的

《古典爱情》就仿过《聊斋》一类的志怪或古典言情小说。然而这篇仿武侠小说却别有值得注意的内容，这里为父报仇的主题完全可以看成"寻找父亲"主题的变种。我们时代的"先锋派"，在他们讲述的关于历史或现实的故事中，"父亲"不是被"遗忘"，就是苍老而濒临死亡，现在却渴望"为父报仇"（寻找父亲）。无父（无历史或现实）的恐惧已经从潜意识深处流露出来，其写作姿态和立场的微妙改变是不难理解的。也许我这种读解方式有些武断，然而随后的文学实践将会印证我的推论，例如格非的《敌人》。更有象征意义的是苏童的《仪式的完成》。这篇小说的题目如此抽象而难以捉摸，甚至与小说的内容并不切合。我想这篇小说的"题目"是重要的，而故事无关紧要。事实上，这篇小说没有预期显示苏童在1989年应有的功力和风格——这是一次勉强完成的仪式，因为仪式总是要完成的。然而，"民俗学家"却不是这样，仪式会使人迷狂，仪式的规则就是弄假成真，民俗学家用性命完成了仪式。这是对"先锋派"现实心理的一次寓言式的书写，或者说是一次自我警告：在类似仪式的这种形式探索中，"先锋派"是不是陷得太深？至少苏童的自我疑问是成立的，尽管苏童不过才湿了鞋面。事实上，仪式并未完成，我们时代的"先锋派"何去何从？

　　1989年，"先锋派"以其转向的姿态完成历史定格。我说过，我宁可认为这不过表明他们期待更深地回到生存的现实和本土文化的根基上来。然而作为"晚生代"，他们只能以非常特殊的方式与现实社会对话，因此，不难理解，他们暧昧的目光投向"历史"的深处。事实上，"先锋派"一直在讲述历史故事，只不过形式的探索一直压制了历史故事，现在，形式的外表被尽可能褪下，那些历史情境逐渐浮现，讲述"历史颓败"的故事成为1989年之后"先锋派"的一个显著动向。显然，叶兆言在这方面多有建树。尽管叶兆言写过《枣树的故事》（1988）这种形式意味很强的作品，但叶兆言最拿手的是讲述30年代散发着历史陈旧之气的故事，例如《状元境》（1987）、《追月楼》（1988）、《半边营》（1990）、《十字铺》（1990）等等。叶兆言写出了30年代那些被遗忘和淹没的往事，虽然他没有表达真切而深挚的怀旧情绪，但是叶兆言写出了历史无可挽回的颓败命运，在古代与现代的交接点上，观看历史弥留之际的最后时刻的景象。

　　《妻妾成群》（《收获》1989年第6期）显示了苏童对历史的特殊感觉方

式，尤其是对"历史颓败"情境的刻画。苏童的叙事迂缓从容，圆熟老到；苍凉老气，潇洒横秋，浓郁的抒情笔法掩饰不住悠长的历史感伤气息。虽然这篇小说可以看出某些《家》《春》《秋》的痕迹，甚至可以上溯到《红楼梦》的那种文人化的古典传统，然而我以为这恰恰显示了当代"先锋派"皈依传统的有益的尝试。同样，格非的《敌人》（《收获》1980年第2期）也表现了类似的意图，例如在主角赵少忠的身上表现出对古典价值认同的愿望。当然，这部长篇小说的观念性和寓言性很强，格非试图写出生活史中令人震惊的事实：这不只是赵少忠的复仇愿望在天长日久的等待中徒具形式；更重要的在于先入为主的观念是如何促使赵少忠误解接连不断的灾难，他最后只能扼死儿子以证实敌人存在。敌人就在我们内心，就是与生俱来的"自我"。虽然《敌人》没有取得预期的成功，但是，不管是对生活史中的那些惊人的事实，还是对一代"先锋派"的潜意识的书写，《敌人》都有其独到之处。

当然，并不是说形式探索就根本不存在了，1990年孙甘露发表《岛》这种实验性很强的小说。而北村一直没有放弃他的语言与叙述视角的探索实验，继《谐振》之后，北村发表《陈守存冗长的一天》（1989）、《逃亡者说》（1989）、《归乡者说》（1989）、《劫持者说》（1990）、《披甲者说》（1990）、《聒噪者说》（1991）。这些作品一如既往显示了北村对叙述语言探索的宗教徒般的精神。在北村看来，语言与世界相遇显然存在一个漫长的过程，他乐于观看那些放慢的动作在精确的语义序列中的推移过程，而仿梦的叙述视点（结构）为语言的迷失设置无限的歧途。北村过于重视语言的精确性和表现力，使人觉得北村是在显微镜下写作。然而读者不会拿着放大镜阅读，这不仅是北村的不幸，也是所有语言探索者的悲哀。1991年暮春，北村和我有过一次长谈，我感觉到北村发生了某些重要的变化，那些原来作为叙述语言的原材料的生活事实，现在已经蕴含了"东方神话谱系"的意味，它们从历史深处绵延而来。

显然，走向历史深处的阵容已经摆好，苏童不久前发表长篇《米》。孙甘露刚刚完成一个长篇（据说与历史有关）。格非正在构思一部时间跨度很大的长篇。而余华也着手去刻画那些古旧的历史肖像。当然，我并不是说他们都去讲述那些很久以前的历史故事，相反，他们大都把兴趣投放在二十、三十年代——不是中国现代史最初的年代，而是中国古代史最后的岁月。以一种怀旧

中国当代文学史资料丛书

主义的手笔重写中国现代史，写出那种令人震惊的历史颓败的情境，在美学风格的水平上呈现民族的历史心灵。

三、有限形式：先锋小说的成就与局限

马尔科姆·考利在总结达达主义运动时说道："凡是读到达达主义运动的人，无不感到其成就之微小与其背景之丰富、复杂不成比例到荒谬而几乎令人可悲的地步。这里有这样的一群年轻人，他们可能是欧洲最有才能的青年：他们人人都有能力成为好作家，或者，如果他们下这样的决心，成为很受欢迎的作家。他们有着法国文学的悠久传统（他们完全熟悉这些传统）；他们有活着的大师可作榜样（他们研究过这些大师）；他们热爱自己的艺术，而且强烈希望超过别人。他们到底取得了什么成就呢……"④考利的评价在某些方面、在某种程度上也适合于中国当代的"先锋派"。在80年代后期那些"文化失范"的年月，我们时代的"先锋派"不是没有可能成为"达达主义者"的，所幸的是，他们立足于中国本土，从事一些小说叙事方式和语言表现方面的探索。然而，他们毕竟作出艰辛的努力，他们到底取得了什么成就呢？在审视过他们留下的历史足迹之后，我突然感觉到从未有过的虚空和惶惑。我能从那些奇思怪想的语句中，从那些支离破碎的故事中，归结出哪些有用的东西呢？我知道自己遇到真正的困难，尽管如此，我还是勉为其难，因为这毕竟是一段不可多得的历史，更何况妄自菲薄和盲目的夸大一样无助于理解历史真相。

（1）尽可能地拓展了小说的功能和表现力。人们可以对"先锋派"的形式探索提出各种批评，但是，同时无法否认他们使小说的艺术形式变得灵活多样。小说的诗意化、情绪化、散文化、哲理化、寓言化等等，传统小说文体规范的完整性被损坏之后，当代小说似乎无所不能而无所不包。在向传统小说文体规范挑战的诸多探索中，孙甘露无疑是最极端的挑战者。他的每一次写作都是一次"反小说"的语言智力游戏。在把小说的叙事功能改变为修辞风格的同时，孙甘露最大可能地威胁到小说的原命题。现在，孙甘露寥寥几篇小说的影响却像罂粟花一样蔓延，当叙事和话语制作上的最后一道界线都被拆除之后，当代小说写作还有什么顾忌呢？我们应该感谢还是诅咒孙甘露这个过河的卒子呢？显然，在拓宽小说功能的同时，小说的表现领域也随之被放大，特别是那

种非常独特的个人化经验构成当代小说混乱不堪的生存空间。

（2）强化了感觉与语言风格：没有人会否认当代"先锋小说"创造了一个奇异而缤纷的感觉世界，这显然得自二十、三十年代中国现代"新感觉派"小说和五十、六十年代法国"新小说"的影响。"先锋小说"的独特感觉并不仅仅在于攫取那些奇怪的主题或题材，也不只是表现在叙述方式上，最主要的在于接近物象的特殊感觉方式，这种特殊的感觉方式用语言的形式表现出来，就是独特的语言风格。在这里，语言与感觉就是原则同格的。例如余华无限切近对象的那种语言与感觉所处的临界状态；北村的那种缓慢向前推移的蠕动状态；苏童的那种纯净如水明朗俊逸的情境；格非的纯美俊秀的抒情意味；孙甘露的冗长的类似古代骈文的清词丽句等等。显然，其语言句法最重要的集体特征在于，他们尤为酷爱而擅长使用"像……"的比喻结构。实际上，这个特征并不仅仅局限在语法意义上，"像……"引进的比喻句，不仅仅引进另一个时空中的情境，使叙事话语在这里突然敞开，发出类似海德格尔的"光"或"空地"那种感觉；而且，"像"所引导的比喻从句经常表示了一种反常规的经验。"像……"从句产生的"反讽"效果不断瓦解主句的存在情态及确定意义。"像……"显然充分显示话语表达的无穷欲望。当然，应该看到，过分强调感觉的怪异与语言的分解功能，"先锋小说"显得晦涩难读，这显然是一个亟待纠正的偏颇。

（3）注重叙事策略。由于强调"怎么写"，话语意识当然要通过具体的叙事策略来表达，广义地说，叙述人和叙述视角的强调，叙述结构的设置，语式句法等修辞策略都可以看成是叙事策略的运用。但是，在这里，我强调的是在整个叙事中起决定作用的"策略"，例如苏童运用的"叙事动机"和格非的"叙事空缺"。就写作的"母本"意义而言，"先锋小说"经常是从其他本文（例如某些经典范本或类型范本）中攫取或借用动机。显然，"动机"与灵感不同，前者要具体得多，例如人物、故事或情境的标志等等。苏童的写作不仅仅在于他善于发掘母本的动机，更重要的在于苏童的叙事善于运用动机来组织，推动故事的发展，这使苏童的叙述与故事之间疏密有致，节奏感舒畅明快。

例如《罂粟之家》中"罂粟"的象征意义起到的动机作用；《妻妾成群》中在西餐社见面的情境构成的动机，还有"箫"的动机等等。至于格非的"叙事空缺"，我说过它来自博尔赫斯的启迪。它在格非的运用中，不仅仅形成某种结构上的补充链环，也不仅仅像博尔赫斯那样表达一种形而上的时间哲学，与格非讲述的那些生活史构成隐喻关系，那些被省略的恰恰是生活史中最不幸、最绝望的隐秘部分，例如《青黄》和《敌人》中的"空缺"。

（4）多用反讽与对"自我"的怀疑。反讽即是指一个陈述或事件描绘，却原来包含着与人所感知的字面意义正好相反的含义。80年代上半期那种乐观的浪漫激情在文学作品中逐渐消失之后，当代文学乐于去描写人所遇到的各种难以解决的困难和矛盾。在"先锋小说"（和某些"新生代的诗"），不是表达那些怨天尤人的激烈的不满情绪，相反，却是通过"反讽"性的描写，平心静气接受了"不完整的"现实。"反讽"在这里显然不仅仅表达语言修辞的意义，更重要的在于它表达了一种生活态度和感觉方式，一种异常清醒的思维状态。因此。"反讽"既是怀疑"自我"的结果，也是消解"自我"的有效手段。作为"晚生代"，年轻的写作者不再标榜"自我"，"自我"被改变为一些歪斜的个人，或是其行为的动机和效果总是发生一些故障的芸芸众生。

他们当然不是"反英雄"的现代主角，不过是随机应变却又随遇而安的小写的人。在这一意义上，"先锋小说"与"新写实主义"可说是异曲而同工。值得注意的是，格非在《褐色鸟群》中表达对"自我"的怀疑，在《敌人》中引申为对"自我"的恐惧，以至于可以归结出"自我"就是最内在的敌人，这种极端的命题。这显然有些过分，它往前走一步就要坠入虚无主义的泥坑。

（5）借鉴"后现代主义"。"新时期"文学一直没有完全意义上的"现代主义"（刘索拉和徐星充其量不过是"伪现代派"而已），因此我在这里提及"后现代主义"（仅仅是萌芽）肯定令人奇怪。其实也不难理解，"后现代主义"虽然是后工业社会的产物，但是作为一种文化形态、思想潮流、艺术准则和价值立场，它并不一定与经济基础直接同一。我以为这也是马克思说的"精神生产与物质生产的不平衡关系"的一个方面。例如"拉美魔幻现实主义"的那些代表人物，博尔赫斯、马尔克斯等人却被实验小说家和批评家奉为圭臬。中国当代奇特而多样的文化形态，滋生"后现代主义"因素并非不可能，更何况近些年"后现代主义"和"后结构主义"的东西也有所引进。就以文学实践来看，"先锋小说"处理那些幻想、暴力、死亡等等特殊主题的方式，破除传统小说的文体规范界线、语言的大规模泛滥、在生存态度上反理念而认同不完整性、拒绝超越性等等，都显示了"后现代主义"的典型特征。

应该强调指出的是，"后现代主义"已经退去了"现代主义"那种令人生厌的反抗欲望和自以为是的超越性。"后现代主义"其实表达了一种更为温和乃至保守的价值立场（例如，"后现代主义者"反对激进的社会革命而诉诸语言游戏和知识构型的分析）。当然，这些"后现代主义"萌芽在中国无疑带有本土文化的现实特征，其意义仅仅在于对生活现实境遇持更为冷静、求实的态度，其负面效果在于它对终极真理和绝对价值的回避。新一代写作者及其追随者由于滋长出的"后现代主义"态度，而丧失信念和神性则是可悲的，企图用卑琐平庸的小市民趣味来冒充"后现代主义"则更显无聊。不管人们对"信念""神性"如何定义，文学写作永远要有超越性的内在精神。

（6）赋有后悲剧风格。后悲剧风格即是从历史颓败情境中透视出的美学蕴涵，通过对历史最后岁月进行优美而沉静的书写，通过某些细微的差别（差错）的设置而导致生活史自行解构，"先锋小说"讲述的历史故事总是散发着一种无可挽救的末世情调，一种如歌如画的历史忧伤，如同废墟上缓缓升起的优美而无望的永久旋律。例如苏童的《妻妾成群》和格非的《风琴》。

写作必须置放到非常个人化的经验中才获得到有效的说明。我以这种方式归结一群人的艺术特征，不过是力图勾勒历史某方面的轮廓。然而，仔细辨析就不难发现，这些粗线条与整个背景并不协调，也不深刻有力——令我吃惊的是，在我所归结的这些"艺术成就"的背后，都隐藏着它的副作用，或者说它的局限性。

形式的意义是有限的。在当代中国，苏珊·桑塔格主张的"坎普"⑤文学不可能流行，也不会产生实际的影响。约翰·巴思在60年代就认为，文学史几乎穷尽了新颖的可能性。这不仅仅是说形式技巧无法翻新，我以为更主要的在于光凭形式技巧无法拯救文学。中国当代的"先锋小说"从事形式探索无疑是有益的，但是形式探索在当代中国既不能走得太远，也无法持久。在这一意义上，中国当代没有真正的"先锋派"，他们有限的叛逆意义几乎起不到挑战的作用。对于处于这个文明中的绝大多数的芸芸众生来说，他们不仅是一些不可企及的先锋，而且是人们急于忘记的殉道者。例如孙甘露和北村就不得不饱尝"远行者"的孤独。余华最受欢迎的作品可能是《难逃劫数》，那是因为他把他的语言感觉方式糅合到鲜明的场景刻画之中。1989年底，余华发表《此文献给少女杨柳》，那是余华所有感觉和语言最精致的一次提炼。然而，结构和语言的方法实验过于明显，在1989年底，余华理应迈过形式的门槛，然而，余华却又奇怪地在门槛上磨蹭。这是一个奇怪的现象：形式的魅力迅速消失，至少它无法单独起作用；另一方面，形式却是读者大众望而却步的天然障碍，曲高和寡，更何况"曲怪"呢？1989年以后，"先锋小说"的形式有所退化，当然有多方面的原因，但是，期待读者认同则不能不说也是一个重要原因。

当然，并不是说形式探索就应该废止，事实上，形式可以不露痕迹糅合在故事的讲述中。约翰·巴思在1967年慨叹"枯竭的文学"之后十三年，写下《填补的文学》，美国的实验小说也不得不从拉美魔幻现实主义那里吸取养料。中国当代文学这些年其实深受马尔克斯、博尔赫斯的影响，然而同时接受法国新小说的影响却又无意中喝下去语言的致幻剂。语言是一座迷宫，它会使任何聪明的头脑误入歧途。更何况汉语字词的象形特征，和无时态的语法功能，它使那些意象横陈的时空变得更加扑朔迷离。那是一张无边的语言之网，而网中的猎物只能是写作者自己。因此，有必要把讲述"语言"改变为讲述"故事"，叙述中出现的过多的分支应该消除，那些太多的局部的小转折有必要压平拉直，融合到舒畅伸展的故事中去，应该有叙事动机（主导的和局部的）起到纲领性的结构作用，只需要某些"细微的偏差"就足以摆脱故事的线性模式。

最近，苏童发表长篇小说《米》，这部划在"新写实主义"名下的小说，充分显示了苏童驾驭故事的才能。故事精彩绝伦，甚至有点惊心动魄，这是一部血迹斑斑而又破败不堪的江南历史。在这里，个人的经验发掘得极其深刻，那种复仇欲望和恶的本性超出道德水准的意义，而是类似达尔文主义的生存法则。每个人为欲望所驱使却又逃不脱命运的劫难。这部长篇可以看出苏童正在开拓写作的新途径。然而，我唯一感到疑虑的是，苏童过去的那种舒缓纯净、优雅洗练的历史主义风格却为凶猛的故事所压制。"纯净如水"是苏童特有的功夫，我想目前苏童还没有充分的理由把它轻易抛弃。《米》是一次前进，也是一次退却，我说过"先锋小说"有必要从形式退到故事中去，但不等于完全放弃形式和风格，故事意味着形式的复活而不是死亡。

综观"先锋派"几年探索历史，至少以下一些现象和问题值得注意。其一，在当代文学多文化的格局中，出现这样一种动向，即小说写作不再以人为核心来讲述故事。上个世纪末，尼采说"上帝死了"，半个多世纪之后，米歇尔·福柯惊叹"人的死亡"。在80年代后半期的中国，"大写的人"（人的理想）已经萎缩，"先锋文学"已经无力创造出具有正面肯定价值的人物，即使反面价值的人物也未必能确定作品的艺术价值和艺术水准。在"先锋小说"中，人物不得不退居到讲述的故事和故事的讲述的背后。人物变成一个"它"，成为话语表达中的一个符号，或是故事中的一个角色。而故事的讲述——尤其是话语的风格化意味成为小说的艺术价值和水准的根本标志。但对人物形象的忽视，无疑是这类小说的弱点。其二，当代小说的写作倾向于越来越复杂即必须考虑小说的视点、角度、动机、句式、语感以及个人化风格等等而锐意制造的复杂形式：如无扎实的内容支撑，便难于持久存活。现在不仅是马原影响了其后的"先锋派"，而且"先锋派"正在影响同辈的作者。现在初学写小说者似难抵御"先锋派"的那种叙事方法和语言风格的诱惑，而后者作为迟了半拍的"先锋派"，不幸的是仅仅承袭形式的复杂，他们实际上磨去形式的锐气而吞食人们对形式的厌倦。当代小说写作对形式的重视并不等于唯形式是尊，事实上，实践证明，真正有意味的形式并不彻底消除小说的那些传统因素，而是在更高的水准上融合传统。显然，"先锋派"探索形式的经验表明，过于极端的、硬性的形式结构和语言技巧，在损毁传统规范的同时，也败坏了自身的美学趣味。其三，先锋小说一直专注于个人化经验的发掘，因而它在感觉、故事、话语和风格等方面才能如此别具一格。然而单纯在个人化经验中走极端，其结果则是在幻觉的奇怪空间和语言的歧途永无止境地循环、重复和自我消解，其个人经验除了怪异之外，应有更深广的意义。因此，当代小说在发掘个人化经验的同时，有必要强化历史意识——对历史的理性意识。事实上，马尔克斯、博尔赫斯乃至米兰·昆德拉所创造的非常个人化的经验，始终蕴涵着深邃的历史意识在其中。余华较成功且有内涵的作品如《世事如烟》《难逃劫数》《往事与刑罚》等等中出现的"算命先生""老中医""刑罚专家"预示着余华把独特的个人化经验融合到历史意识（或历史无意识）中去。然而，余华后来并没有深入发掘这种"历史意识"，他的《此文献给少女杨柳》之所以徒具怪异的感觉，其欠缺正在于此。其四，文学必须从本土文化中吸取生命汁液，"先锋派"偏向借鉴西方文学的影响无可非议，但是同时要找到传统活水的源头。仅仅从传统中攫取母本或动机是不够的，这种做法经常重

中国当代文学史资料丛书

复会使所谓的"创新"再次留下仿造的痕迹。例如，我前面提到的苏童的《妻妾成群》之于《家》《春》《秋》；格非的《蚌壳》之于穆时英的《白金的女体塑像》；余华的《现实一种》之于施蛰存的《石秀》等等。也许这种类似出于偶然的巧合，但是它们依稀可辨的类同毕竟令人不快。至少，"先锋派"没有立足于本土文化作宏观理解，更不用说融会贯通的运用。先锋们曾一再表示认同古典价值，但那仅仅是空泛的姿态，它与本民族的精神意蕴相去尚远。其五，"先锋派"远离现实确实有非常复杂的原因。然而，他们显然夸大了与现实之间的裂痕。他们企图通过讲述历史来书写现实，事实上他们几乎遗忘了现实。并不是说他们真正远离现实生活——这当然不可能，他们就生活于其中，而在于他们并没有抓住现实的真谛。正如欧文·豪在《群体社会与后现代派小说》一文中指责绝大多数美国战后小说家时写道："不能、或许由于过于精明而不能直接地表达战后的感受；他们更愿意背离正面的描写；他们本可以表达他们的激情，尽管这种激情常常是难以名状的，他们对美国生活的批评不是通过现实主义的生动描绘，而是通过神话、流浪汉小说、预言和怀旧等形式表现的。"⑥欧文·豪的批评同样适合于中国当代"先锋派"。那些"历史故事"在多大程度上表达了他们"意识到"的历史内容和现实内容是值得怀疑的。纯粹的美学价值并不存在，至少在现在其意义有限。福柯的那句话依然值得深思：重要的不是话语讲述的年代，重要的是讲述话语的年代。对于理论和批评具有参考价值，对于小说写作同样具有启迪意义。由于对"讲述话语的年代"（当代现实）研究得并不透彻，因而"话语讲述的年代"（故事的历史内容）并不具有强大的震惊力，而虚假的美学风格漂浮其上则又可能是一次历史错觉。

历史总是惊人地不完美，因而历史才能变化、前进。也许人们已经看到"先锋派"的疲软和退却，然而我依然固执地相信，他们丢弃了"先锋派"这顶刺眼的荆冠之后，正在酝酿一次至关重要的自我突破。"最后的仪式"远未完成，他们的生命苦旅不过刚刚开始。我想，这不仅仅是他们的自我期待，也是历史的和整整一代人的期待。

一九九一年七月三日于北京大有庄

注释：

①阿道尔诺：《现代音乐的老化》，引自马丁·杰：《阿道尔诺》，中文版参见胡湘译，湖南人民出版社，1988年，第203页。

②这里的"意识形态"是一个中性的概念，参照阿尔都塞的定义，其最基本的意义在于：意识形态"是人类对人类真实生存条件的真实关系和想象关系的多元决定的统一"（参见阿尔都塞：《保卫马克思》英文版，伦敦，1977年，第235—236页。）

③尼采：《诗歌科学》，纽约，1959年，第95—96页。

④马尔科姆·考科：《流放者的归来》，张承谟译，上海外语教育出版社，1989年，第135页。

⑤坎普（Camp），原是流行于电视、戏剧界的俚语。桑塔格借用来概括六十年代的一种只注重技巧而忽视内容和意图的文艺样式。桑塔格小姐在名噪一时的著作《小说的奇怪的死亡》（美国，巴顿罗齐，1967年）一书中鼓吹"坎普"：坎普的全部要点就是摒弃严肃性，技巧、戏剧性变成了它的理想。从纯粹的美学角度上说，它体现了"风格"对"内容"，"美学"对"道德"，反讽对悲剧的胜利。风格即一切。

⑥参见《党派评论》，第二十六期，第429页。

原载《文学评论》1991年第5期

接受与变形：中国当代先锋小说中的后现代性

王　宁

关于"后现代主义"问题的讨论兴起于60年代的美国文坛，后逐渐波及欧洲知识界，80年代初达到高潮，80年代末告一段落。从当初挑起论争并积极参与的一些西方学者近期的研究和著述来看，他们对"后现代主义"的考察可以说进入了一个真正的理论化和多元化的阶段[①]。批评家和学者们基于不同的出发点和理论背景，对"后现代主义"作了不同的描述和建构。

作为一种泛文化现象和文学思潮，"后现代主义"对于当今中国的文学创作界和理论批评界也发生了较大影响，在一大批年轻作家的作品中程度不同地出现了"后现代主义"代表性作家（诗人）及其作品的面影。本文将从以下几方面探讨这一文学现象：

先锋小说研究资料

一、"后现代主义"的诸种形式

如果从历史的发展线索来追踪考察，一般认为，"后现代主义"作为一种战后西方的文学思潮和文学运动，它崛起于50、60年代，并迅速进入当代文学批评理论论争之中[②]。其后，随着米歇尔·福柯、雅克·德里达等人的"后结构主义"学说由法国传入美国，使论争更加富于理论色彩。近二十年来，西方学者就"后现代"或"后现代主义"的问题展开了热烈的讨论，特别是哈贝马斯和利奥塔于80年代初就"后现代"社会状况进行的论战震动了欧美知识界和文化界，激发过人们的思考热情，促进了这一理论课题的逐渐成型，使它成为国际比较文学界公认的一个前沿理论学科[③]。伊哈布·哈桑认为，在当今时代，对于"后现代主义"本身是否存在已无须争论，学者们应当探讨的是"后现代主义"的不同形式，以使之"理论化"④；加拿大女学者琳达·哈琴则更为激进，她不仅从考察各门艺术形式入手对"后现代主义"加以"理论化"，以建立一种"后现代主义诗学"⑤，而且还将其与政治学、女权主义等关联起来进行考察⑥；卡利内斯库和佛克马则小心翼翼地试图从经验研究（empirical study）的角度对后现代主义文学的各个方面进行全面而客观的研究。这意味着作为一种文化现象和文学思潮，"后现代主义"虽已成了历史，但从学术研究的目的出发，对之进行深入全面的考察，仍有不少工作值得人们去做⑦。

既然要把"后现代主义"当作一个观照客体来研究，那就必然涉及这一客体的定义及其内涵和外延。但究竟什么是"后现代主义"呢？对此西方学术界的麦克尔·科勒⑧、伊哈布·哈桑⑨、弗雷德里克·詹姆逊⑩、杜威·佛克马⑪、利奥塔等一大批学者分别从不同的层面和角度对之作了种种描述，但谁也无法提供一个令人满意的定义。看来，再讨论什么是"后现代主义"已令人腻烦。我们完全可以从众说纷纭的各家定义中，归纳出"后现代主义"的一些普遍特征或不同形式，并以此为出发点来考察这一产生于西方社会的文化现象何以在某个东方国度（如日本和韩国）或第三世界国家（如中国和印度）被接受和变形的⑫。鉴于80年代后期以来西方对于"后现代主义"的研究，已从泛文化描述回归到文学本体的探讨，并由此出发深入到文学内部的风格体裁乃至人物性格和表现技巧的研究⑬，与此相适应，我不妨提出我本人对文学中的"后现代主义"诸种形式的理解和认识。我把后现代主义描述为下列六种形式：

（1）作为晚期资本主义后工业社会的一种文化现象，或曰后现代氛围。在这一条件下，传统的现代主义价值观念受到挑战，人为的等级制度被推翻了，所谓"自我""拯救人性"和"启蒙大众"等现代主义的理想传统破灭了。

（2）作为一种观察世界的认识观念（episteme），也即一种后现代世界观（weltanschanuug），这只能产生于战后时代的西方，意在打破专制和极权，张扬更为无度的个性自由。

（3）作为"现代主义"之后的一种文艺思潮和文学运动，它既与"现代主义"有着某种程度的继承性，同时又在更大的程度上拒斥"现代主义"的一些成规习俗和原则，它自崛起以来曾一度取代"现代主义"而成为战后西方文学的主流。

中国当代文学史资料丛书

（4）作为一种叙述话语或风格，其特征是无选择技法、无中心意义、无完整的乃至"精神分裂式"的结构，意义的中心完全被这种叙述过程打破，散发到文本的边缘地带，对历史的表现成为某种"再现"（representation）甚至"戏拟"（parody）。

（5）作为一种阅读的符号代码，也即所谓"后现代性"（postmodernity），它不受时空限制，可用来阐释过去的及其西方世界以外的文学文本。

（6）作为"结构主义"以后的一种批评风尚，以语言游戏和分解结构为其特征，即"后结构主义"批评。

这就是我所认识和建构的"后现代主义"诸种形式。当然，这六种形式并非对"后现代主义"的重新定义，而是旨在为探讨"后现代主义"在中国文学中的接受和变形提供一个参照框架。

二、接受与变形："先锋小说"的诞生

本文并无意全面追踪"后现代主义"在中国文学中的影响及流变，只想在分析中国当代"先锋文学"中的"后现代性"之前，对"后现代主义"在中国的介绍和接受作一简略的回顾。

众所周知，"现代主义"曾于本世纪20、30年代进入中国，并与"浪漫主义"和"现实主义"思潮共同形成过某种"三足鼎立"之势，一大批卓有成就的现代作家或多或少都与这一文学思潮有些干系。但终因当时中国的政治、经济、社会和文化运动与之相抵牾以及中国文学传统的内在制约，"现代主义"在中国几乎与其西方"前辈"同时衰落⑭。实际上，在中国现代文学史上，"现代主义"已作为某种"现代经典"而存在。

70年代末、80年代初以来，中国在政治、经济、文化等各个方面均发生了巨大的变化，改革开放政策的实施导致了中外文化学术交流事业的蓬勃发展，正是在这样的开放大潮之下，"现代主义"再度进入中国，并对1978年以来的中国文学产生了重大的影响⑮。那么，"后现代主义"又是何时进入中国的呢？它何以与"现代主义"这一"历史性存在"一道影响中国文学的呢？要回答这一问题，得从两方面入手。

首先我国今天仍处于社会主义初级阶段，实现"四化"还是一个有待努力

的目标。然而，后工业信息社会的天体力学、量子物理学、电子技术、计算机工艺、外层空间的开发等各种高科技的迅速发展，加之新闻传播媒介的不断更新，大大缩小了人为的时空界限，使长期处于封闭状态的中国社会也不免带上了一些"后现代"色彩，或曰"准后现代"。这无疑为"后现代主义"在中国社会，特别是文化艺术领域里的渗透和传播，造成了某种适度的氛围。

1978—1979年，曾经流行过的现代主义在中国文学中"复苏"⑯。但紧接着，后现代主义也悄悄地尾随而来⑰。开始它被一些外国文学研究者当作"现代主义""在第二次世界大战之后的继续"或"重新抬头"来理解⑱，人们并且以此为依据进行"关于现代派文学的讨论"⑲。其实，从实质内容上看，"后现代主义"这时已开始进入中国文坛⑳。此后，通过翻译著述，"后现代主义"文学更进一步被介绍给中国作家和广大读者㉑。同时，西方"后现代主义"批评家或研究者来华讲学㉒，也起到不小的作用。

西方"后现代主义"文学对我国一批有着标新立异的先锋意识的青年作家产生了一定的影响。较早崛起于文坛的先锋小说家马原不回避自己曾受惠于西方"后现代主义"文学。但是，他在小心翼翼地提到博尔赫斯对自己的启迪的同时，却抱怨道："我甚至不敢给任何人推荐博尔赫斯……原因自不待说，对方马上就会认定：你马原终于承认你在模仿博尔赫斯啦！"㉓马原的抱怨倒是向我们道出了当代中国一些致力于先锋实验文学的青年作家所面临的"影响的焦虑"：一方面他们有着强烈的自我意识，试图在前辈作家和外国作家已取得的成就的巨大阴影之下另辟蹊径，以达到某种超越的境地；另一方面，研究者们对影响渊源的追踪又迫使他们不得不躲躲闪闪，以免这种"影响的焦虑"冲淡了他们的独创性和个性化色彩。在这方面，格非也是一个代表。

国内批评界和海外汉学界有识之士大多认为，在当代先锋小说家中，格非最受博尔赫斯的影响㉔，或者说，在他的文本中，"博尔赫斯式"的后现代因素最为明显㉕。但是格非本人在大谈自己对福克纳的仰慕时，却只字未提博尔赫斯这位"后现代"大师对他的任何一点影响或启迪㉖。

中国当代"先锋小说"究竟是外来影响所致还是中国大地上土生土长的？对此有着两种截然不同的看法。本文前半部分罗列的资料或许可以否定后一种观点。但是看到发送者的影响而忽视这些"先锋"小说家的创造性建构也同样是片面的。我们应该看到，"现代主义"和"后现代主义"是西方中、晚期资本主义发展到特定阶段出现在思想文化领域里的精神现象，它的发生、所要回答或提出的问题、基本价值取向都受着自身的社会、道德、文化等关系的制约，它们不可能出现在物质文明相对落后的东方诸国（日本除外）。在中国这样一个传统文化相当根深蒂固的国家，更不可能兴起类似西方国家那样的"现代主义"和"后现代主义"文学运动。30年代中国"现代主义"文学运动的落潮就是一个明证。但是在80年代的改革开放氛围下，伴随着"现代主义"文学的再度引进，不少属于"后现代主义"运动的作家、作品大量被翻译介绍了进来。这不可能不对有着强烈求知欲和创新精神的青年作家发生影响。这种外来影响强有力地激发着他们的灵感，与他们的本土意识（和无意识）交互作用，融发了他们的创造力。但是，这批年轻作家毕竟缺乏丰厚的阅历㉗，他们无法全凭自己的直接经验来写作，而是或把目光朝向自身的本土文化传统，或移向西域，从巴塞尔姆、巴思、纳博科夫、品钦、马尔克斯、博尔赫斯、海勒、梅勒、塞林格等"后现代主义"大师那里获得某种启示，从缺乏深度或有意拒斥"深度模式"的当代生活琐事中攫取素材，或把过去的传统史志中的记载改编成新的形式，或用高雅与粗俗相间的语言游戏编造一些似是而非的"小说"或"元小说"，如此等等。这样，他们的作品就成为一种既像西方的"后现代主义"，又与之不尽相同的东西，有人称其为"新写实主义"或"后现实主义"，而我则将其视为中国文学中的后现代倾向或"后现代性"（postmodernity）㉘，以使其与西方的"后现代主义"文学，以及崛起于这批"先锋"小说家之前的另一批具有"现代性"特征的作家相区别。

目前，虽然"先锋"小说家仍时而活跃在文坛，但原先所具有的那种冲击波似乎已荡然无存，他们的实验已成为一个刚刚过去的历史现象。我们可以这样认为，"先锋派"的实验之价值与其说在于他们本身取得的成就，毋宁说在于他们的实践为未来的文学研究者提供了丰富多姿的史料和可供他们阅读阐释的第三世界"先锋文学"的"后现代"文本。因此，以西方"后现代主义"为参照系，对中国当代"先锋小说"中的"后现代性"作一些比较研究，不仅有助于我们以一种"国际眼光"来审视80年代后期中国出现的这一文学现象，同时也有助于我们以中国作家的创作实践，来验证"后现代主义"论争中各家理论学说的有效与否，从而使这一前沿学科的研究得以向纵深发展。

三、当代"先锋小说"中的"后现代性"

如果本文中所使用的"后现代性"不失为一种理论构想的话，那么，将其用来描述中国当代"先锋小说"中的"后现代性"，我们就可归纳出下列六个特征。

（1）自我的失落和反主流文化。介入"后现代主义"论争的不少学者都把"后现代主义"当作某种政治策略，用来攻击"现代主义"的所谓"一体化"和"启蒙"计划。而哈贝马斯则对此不以为然，他所认定的一项"现代主义"的重要使命就是要完成启蒙大业，以建立一个和谐的有机社会。因此他指责丹尼尔·贝尔、利奥塔等"后现代主义"者为当代社会的"新保守主义者"[29]。中国"文革"后出现的一大批带有"现代主义"倾向的作家与作品就有着这种寻找自我、启蒙社会的特征。但是，在更为年轻的一代"先锋"小说家那里，他们这种雄心勃勃的"启蒙"理想，不过是某种"乌托邦"而已。所谓自我本质、人的尊严和人的价值，在这些"先锋派"小说家眼里，已失去了以往的那种诱惑力。这些生活在80年代中国的"第五代人"，即往往被老一辈称为"迷失的一代"或"失去自我的一代"，他们对中国的过去无所留恋，对当前的现实不能满足，对未来又不抱任何希望，所追求的于是只有眼前的纵乐。这和美国60年代初曾出现的"反主流文化"（counterculture）运动颇有某些相似。王朔堪称这批青年的代言人。他的小说《玩的就是心跳》《一半是海水，一半是火焰》就是这方面的代表。这些小说，一反在他之前的王蒙、张贤亮、张洁等具有"现代主义"倾向的作家的格调，多半写一些在当今社会倍感失落的青年，他们刚刚经历了激烈的社会动荡和随之而来的"信仰危机"，思想感情上处于真空状态。面对纷至沓来的各种西方文化思潮和"后现代"价值观念的冲击，他们往往感到无所适从。在《一半是海水，一半是火焰》中，一个人物为了表达对生活的失望，竟然直言不讳地说道，"谈恋爱没劲，不谈恋爱也没劲，总之，活着就没劲"。在《玩的就是心跳》中，作者着意描写了一批身份、社会职业和文化教养均不甚明确的男女青年的言谈和行为举止。他们整天无所事事，不是纵乐于喝酒、抽烟、打牌、吹牛之中，就是沉溺于无端的口角和不正当的男女关系之中。什么传统的道德观念，什么人的尊严，统统被他们抛到了脑后。在这些文本中，主人公绝无英雄业绩可言，他们不过是一些与社

中国当代文学史资料丛书

会格格不入的反英雄，而作者则在很大程度上与他们相认同并对他们寄予了无限的同情。在这里，我们很容易想到20年代浪迹巴黎街头的"迷惘的一代"和60年代在美国都市反叛社会的"垮掉的一代"和"嬉皮士"运动。如果说，海明威无愧于"迷惘的一代"的歌手，诺曼·梅勒堪称"反文化"运动的代言人㉚的话，那么毫无疑问，王朔在80年代的中国便充当了这批失去自我的青年的代言人角色。特别是他的几部小说被搬上银幕后在当代中国产生的所谓"王朔现象"，就更是一个明证。而刘恒的态度则较为严肃和超然。他在长篇小说《逍遥颂》中，以某种喜剧性戏拟和近似"黑色幽默"的反讽笔触，描绘了这批人的前辈——"文革"中的青年学生（另一种类型的失去自我者）的悲凉命运。作为那些青年学生的同时代人，作者一方面退居叙事者的角度，以漫画式的讽刺笔调嘲弄了那个"疯狂的时代"及其牺牲品，另一方面则对他们表达了某种含蓄的哀惋和无尽的同情。

（2）反对现存的语言习俗。在经典现代主义作家那里，"为艺术而艺术"的唯美主义倾向十分明显，例如，T. S. 艾略特的长诗《荒原》和《四个四重奏》就追求某种与交响乐乐章相平行的和谐优雅。他们往往以自己理想化的形式来表达特定的内容。而到了后期的乔伊斯，"现代主义"发展到了极致，出现了离经叛道的迹象，在《尤利西斯》㉛和《芬内根的守灵》㉜等小说中，"后现代主义"的反语言习俗倾向逐步占了上风，"现代主义"终于盛极至衰，成了20世纪文学的"经典文本"。这种现象在中国当代文坛也有复现。尤其在一些"先锋派"诗人里，反语言习俗的倾向甚为明显。他们高喊着要超越在他们以前成名的一些具有"现代主义"倾向的诗人（如北岛、舒婷、江河等），以使得诗歌成为用语言符号来倾诉自己内心情感的文本，而不管读者的欣赏或接受趣味如何㉝。他们的一些大胆实验和激进做法甚至可以和当年"达达主义"和"超现实主义"等历史先锋派相比。而在小说创作领域，这种狂放无度的实验似乎有所抑制，小说家往往多在叙事上进行尝试。莫言的《红高粱》系列中的同语重复和叙事视角的变换，以及《欢乐》中的断片式、精神分裂式的第二人称意识流叙述和心理描写，都程度不同地打破了汉语言的一些语法规则，同时也丰富了当代口语和文学语言的词汇。但是莫言的语言实验毕竟较为粗犷，无所节制，有时甚至显得粗俗，失去了文学语言的高雅性，也许这正是他从反语言着手向"现代主义"的等级制度进行发难的一种独特尝试。而较为年轻的几位"先锋"小说家在语言实验方面的解构性，颠覆性以及符号化倾向则更为明显。格非的叙事往往总是在最后的一刹那才显示出其内在的颠覆性。苏童的小说《一九三四年的逃亡》在描写死亡主题时，用了一条半圆的黑色曲线来勾勒人生道路从出生到死亡的经历，这条黑色曲线的起点和终点分别设置在一个相互对应的平面的两端，实际上把复杂的人生图解了。余华的《世事如烟》在叙事编码方面走得更远。这个文本本身属于元小说文类，也即"关于小说的小说"，或曰"关于虚构的虚构"。作者实际上充当了叙述者的角色，其语言实验的策略是，把一些诸如算命、婚丧嫁娶等方面的荒诞丑恶事情拼凑在一起，运用语言的暴力，将其强行编入密码，人物的姓名均由阿拉伯数字的顺序来标示出，从而使得其性格特征全然淹没在数字符号的序列中。这一倾向在中国当代文学中实为鲜见。

（3）二元对立及其意义的分解。文学中的二元对立关系并不鲜见，特别是索绪尔的现代语言学诞生以来，"结构主义"者和"后结构主义"者便有了分析和解剖文本的有力武器。按照美国的"后结构主义"批评家希利斯·米勒的话来说："伟大的文学作品往往是走在批评家前面的。它们已经存在了。它们明确地预示了任何批评家都可达到的分解之程度。"[34]但是西方学者仍然会感到不解，为什么甚至被他们认为十分晦涩难解的德里达的分解理论竟对中国当代先锋批评家颇有吸引力？其原因不外乎这两个：一方面，中国学者在介绍20世纪西方文论的时候，颇费了一番气力翻译、介绍或引证了德里达等人的"后结构主义"理论[35]，另一方面则由于当代先锋小说的崛起，客观上为以依循某种理论模式对文本进行分析阐释的学院派批评家提供了不少可进行分解式阅读的"后现代"文本[36]。在这些文本中，我们常读到这样一些二元对立：生／死，男人／女人，个人／集体，欲望／压抑，崇高／卑下，高雅／粗俗，美丽／丑陋，嘈杂／宁静，梦幻／现实，自我／他人，等等。但文本的作者往往（也许受无意识所制约）采取了这样一种叙事策略，首先确立起一组组二元对立关系，然而在叙述过程中，则诱发能指与所指发生冲突并导致能指的发散型扩展，而所指却无处落脚，最后这种二元对立不战自溃，意义也就被分解了。在这方面，刘索拉的《你别无选择》和徐星的《无主题变奏》就是较早的两个文本：前者旨在展现当代人所面临的两难处境，以说明个人命运无法由自我来选择；后者则开宗明义地勾画了一幅"无中心""无主旋律"的"后现代"多元

中国当代文学史资料丛书

走向的图景，但叙述的暴力却无情地推翻了作者精心构建的二元对立关系，致使能指处于循环往复的状态，而所指则没有明确的终极指向。在马原和格非的叙事中，这种二元对立关系往往表现为一系列似乎相干的叙述圈套的相互龃龉，但恰恰就在故事最后行将结束时，这种相干性被破坏了，意义又回到了文本的边缘地带。

（4）返回原始和怀旧取向。返回原始，从远古时代的逸闻逸事中索取创作素材，是属于"后现代主义"文学运动的元小说（metafiction）的一个特征。"元小说通过其形式上的自我探索来追寻这些问题，因此它们把对世界的传统隐喻当作书本来加以借鉴，但常常用当代哲学、语言学或文学理论来对之进行重铸。"[37]一般说来，返回原始可以两种方式来体现：或者回到原来的起点，以期从某个早已过去的历史时期的事件中获取灵感；或者使过去的历史事件再现，似乎历史的循环永无止境。但毕竟历史是不会复现的，这种幻想只能在文学作品中以历史的叙述之形式隐晦曲折地再现，或以寓言的方式来进行重铸。正如麦克黑尔所指出的："后现代主义者虚构了历史，但通过这样做，他们意在表明，历史本身就可以成为一种虚构的形式。"[38]中国当代"先锋"小说家常常也以类似的方式来虚构历史。在莫言的《红高粱》中，作者试图讴歌某种中国文化传统中缺乏的"酒神精神"，其人物均以"我爷爷""我奶奶""我父亲"等老一辈长者的身份出现，寄寓了作者试图淡化背景、远离现实的怀旧之情。在《欢乐》中，主人公永乐出自母体，24年的人间沧桑致使他又返回到他原初的栖身之地（母体），以期在那"人类生命起源的地方"寻觅到永久的欢乐。毫无疑问，作者试图写出当代中国的寓言故事。格非、苏童等更年轻的作家则善于从地方史志、远古传说中获取灵感，然后运用叙事的力量来驾驭这些素材，编造出一篇篇故事。例如，格非的《追忆乌攸先生》《青黄》等文本就是这种带有怀旧倾向的元小说。苏童的《你好，养蜂人！》中的返回原始特征更为明显，养蜂人无所不在，但又无处寻觅，直到小说行将结束之际，读者才从作者的一幅示意图中发现，这个杜撰的"养蜂人"根本就不存在，结果叙事又回到了其本原的起点。这从某种角度表明，"先锋"小说们的叙事态度较之那些带有"现代主义"倾向的作家，发生了根本的变化。

（5）精英文学与通俗文学之界限的模糊。"后现代主义"文学的一个重要特征在美国批评家莱斯利·菲德勒的一篇文章中得到了最充分的概括[39]：两种文学之界限的模糊。"现代主义"自认为属于精英文学,对充满流行的情节和粗俗的语言的通俗文学不屑一顾。这种自视清高的文化等级观念在艾略特、伍尔夫等"现代主义"作家那里尤为明显,他们追求形式上的独特和创新,人为地把自己关闭在艺术的象牙塔里。"后现代主义"者对此则不以为然,他们向这种等级制度发起猛烈进攻,其武器就是叙述话语。他们的目的是"溶汇高级艺术和大众文化,而这正是现代主义所坚决拒斥的"⁴⁰,因而,在这方面,"后现代主义"与"现代主义"有着根本的区别。在"后现代"文本中,充斥着大量日常生活中的粗俗词语,甚至在严肃的作品中也不乏这种语词的"拼凑"(pastiche,詹姆逊语),从而打破了精英文学与通俗文学的界限。在莫言、孙甘露、余华、格非、王朔、刘恒等"先锋"小说家的文本中,这种语词的堆砌现象也比比皆是,他们不屑于那些肩负着"现代主义"的"启蒙"使命的作家们的实践,试图以自己描写现实生活的独特方式来超越他们。但是,正如余华所强调指出的:

> 试图将后现代主义理论指向文学创作实践时,必须记住这样一条:任何进步的形式都是孤独的。文学中通俗化的表现历来就有,不应理解成后现代主义的发现。巴思的通俗和谢尔顿的通俗显然是不一样的。巴思的通俗从大众阅读的角度来看依然是不可思议的。事实上后现代主义作家(存在吗?)的努力,更多方面是为了接近现实,即试图以生活的本来形态写作,而不是为了形式上的通俗和大众化。后现代主义作家注定将和卡夫卡、乔伊斯他们一样,在自己的时代里忍受孤独。⁴¹

事实上,余华的这番表白却隐含着另一种先锋(精英)意识,隐隐约约地显示出,在他们的骨子里依然十分崇尚经典的"现代主义"者,只是出于某种策略上的需要才乞灵于通俗的。但毕竟在当代"先锋"小说家中,大概只有格非和他持完全相同的观点,而在其他作家的文本中则不乏另一种形式的通俗。例如,熟悉北京城里青年人生活的读者一下子便可在王朔的《玩的就是心跳》中发现他们在大街上常听到的那些俗语行话。他们这种尝试以为更贴近现实生活,因为生活本来就不是尽善尽美的,但问题是究竟应当抱什么态度,是赞赏还是批评?王朔的创作显然是取了前者。从更高的层次来看,他们的这种极端的尝试，形成了中国当代文学中的一种亚文化叙述文体。有人认为这是一种"新写实主义"，我倒觉得它更接近超越国界的"后现代"话语。

（6）嘲弄性模仿和对暴力的反讽式描写。琳达·哈琴认为，这两点正是"后现代主义"表现手法的"核心"，但她同时又正确地指出："这并不意味着艺术失去了其意义和目的，而倒是意味着，它却不可避免地会具有新的不同意义。"㊷那么，针对中国文学中的这一现象，它会产生出什么新的意义呢？我认为，"先锋小说"文本所表现出的这一特征，恰恰是对过去文学作品中的滥用情感、过多说教甚至矫揉造作的一种反拨。诚如艾伦·王尔德所划分的，有两种形式的反讽：一般的反讽和绝对的反讽，前者在"现代主义"作家或以前的作家那里已经有之，而后者则是"后现代"文本的一个特征："如果一般的反讽保持着一些距离或是超然的，那么绝对的反讽就更加超然和高不可及，实际上是'翱翔'在空中的。"㊸如果说，王蒙、张洁、张贤亮等有着"现代主义"倾向的作家常使用前一种反讽，那么先锋小说家则惯用后者。确实，这些新一代作家往往不动声色、异常冷漠地充当着叙述者的角色，即使对凶杀、暴力等令人毛骨悚然的事件的叙述也是如此，往往使人感到他们对一切均无动于衷。一个明显的例子是格非的《风琴》，主人公冯金山面对日本士兵侮辱自己的老婆却无动于衷；更有甚者，他却异常"激动地"欣赏着她身体的"裸露部分"，这完全是一种病态的、反讽式的描写。刘恒的《逍遥颂》写一批"文革"时期的红卫兵的种种拙劣行为举止，他采用的就是嘲弄性模仿的笔调：他一方面讽刺他们、挖苦他们，并夸张地模仿他们的言行举止；另一方面则通过这种"黑色幽默"式的喜剧性反讽激起了读者的同情。因此，从某种程度上说来，这一"失去了意义和目的的艺术"却产生出了"新的不同意义"，这种意义体现在：在当今这个带有"后现代"色彩的社会，自我和个性统统成了"现代主义"梦想中的神话，一切都被这个社会异化了。余华的《世事如烟》中还有这样一段描写：灰衣女人的儿女们为母亲送葬后，"立刻换去丧服，穿上了新衣。丧礼在上午结束了，而婚礼还要到傍晚才开始"。作者—叙述者所关心的并不是故事本身所传载的意义，而是更关心如何驾驭叙事话语，把一个故事推向其结局，一旦故事结束，一切也就完了。作者—叙述者俨然用一种反讽的、戏拟的口吻来超然地叙述着那一个套一个的故事，作者的情感好恶隐匿得完善至极，你始终难以猜透作者本人在故事中究竟处于什么地位。这就是"先锋"小说家的反讽叙事话语和戏拟的手法。这种手法在苏童的小说中同样得到独特的运用。他的《一九三四年的逃亡》《仪式的完成》等文本就洋溢着这样一种格调；另一篇小说《蓝白染坊》篇幅并不长，但这个故事内部却"重复"和"增殖"了好几个"节外生枝的"子故事：关于那三个男孩的，关于小浮的，黄狸猫的，等等。作者—叙述者似乎是在一本正经地讲述着一个个互为相干却又各自相对独立的故事，直到这些故事该进入高潮或结局时，作者—叙述者才戏拟般地使其精心构筑的结构大厦由于不堪格调的颠覆而坍塌。这种对自己的叙事采取戏拟态度的手法显然有别于那些具有"现代主义"倾向的作家。在那些作家的文本里，作者的自我意识以及作品的中心意思十分明确；而在"先锋"小说家的文本里，虽不乏一定程度的自我意识，但其中心意思往往被叙述者自己颠覆而被播撒到了边缘地带。因此评论界一方面认为他们是在"玩文学"，另一方面又不得不承认，他们这种"玩文学"的技艺大大高于那些以情节取胜的通俗小说家。我认为这恰恰因为，他们的文本中的后现代性使其产生了"新的意义"。

关于"后现代主义"问题的讨论自开始以来，几乎所有参加这场讨论的西方学者和批评家都认为，"后现代主义"是西方世界所特有的产物。直到1983年，佛克马仍然强调：

> 后现代主义的代码可与一种特殊的生活方式和观念相联系，这在包括拉丁美洲在内的西方世界是常见的。文学上对无选择性的偏好与丰裕的生活条件所提供的某种"选择的困扰"（embarras du choix）是相符的，这使得不少人可以有多种选择。后现代主义对想象的诉诸在伊凡·戴尼索维克的世界或在中华人民共和国则是不相适应的。可以从博尔赫斯的一篇小说中引申出中国的一则谚语，即"画饼充饥"。然而，在中国语言的代码中，这一短语却有着强烈的否定性含义。鉴于此因或其他因素，在中国赞同性地接受后现代主义是不可想象的。[44]

然而，"后现代主义"毕竟进入了中国，它与当代"先锋小说"建立的"有独立性的"相互适应关系不仅说明了所接受的影响，而且使西方学者的观点陷于窘境。那么，如何解释这种现象？"西方模式"的"后现代主义"是如何容纳富于民族特性的文学实践？当代"先锋小说"与"后现代主义"的复杂交通会给予我们什么启示呢？

首先，如前所述，"后现代主义"确实与一种特殊的生活方式和价值观念相联系，但是它也与某种精神复杂性和历史性相联系。作为"后现代"社会之于人类文艺和思想的挑战的回应，它往往倒意味着或迟或早在后进国家或第三世界"有待发展的"文化中将要出现的历史可能性。在我国，改革开放政策的实施使这种可能变为现实。其次，当代"先锋小说"是在东西方文化对话的背景下产生的，"后现代主义"的影响、传统文化的熏陶、当代生活经验的制约，这三者交互作用，使它有别于西方的"后现代主义"，呈现出较复杂和独特的创作风貌。再次，作为一种带有被动性和局限性的选择或接受影响的创作，尽管它不缺乏某种创造，但终究只能以一种实验或探索性的成果出现，其作品中的"后现代性"或许在探讨中国文学的"将来时态"时能有较大意义。另外，单纯从创作风格和模式看，它证明所谓"后现代技巧"并非西方的专利。

总之，当代"先锋小说"的存在和"后现代主义"所具有的影响是一个客观事实。对此，我们应抱有历史唯物主义的态度正视它的存在。尽管科学地理解和评价它不容易，但本文正是朝着这一方向迈进的一个初步尝试。

注释：

①从80年代后期的著述来看，主张对"后现代主义"进行"理论化"的有哈桑、琳达·哈琴等，主张从马克思主义角度来研究"后现代主义"的有詹姆逊和伊格尔顿，从哲学和文化批判角度来考察"后现代"世界观及文化条件的有利奥塔，从文学史的角度来研究的有佛克马、卡利内斯库等。

②例如，荷兰学者汉斯·伯顿斯在长篇述评《后现代世界观及其与现代主义的关系》中就持有这种看法。他的观点实际上综合了各家之说。参见《走向后现代主义》，北京大学出版社1991年版第11页。但关于"后现代"的理论论争开始时仅限于美国，直到法国学者利奥塔将美国学者（主要是哈桑）的零散观点加以"理论化"后才开始进入欧洲知识界。

③1984年以来，国际比较文学协会先后赞助或发起召开了三次关于文学中的"后现代主义"专题讨论会。

④参见哈桑《后现代视角的多元主义》（"Pluralism in Postmodern Perspective"），载《批评探索》（*Critical Inquiry*）第12卷，第3期（1986年3月）。

⑤琳达·哈琴《后现代主义诗学：历史·理论·虚构》（*A Poetics of Postmodernism*：*Hisiory*，*Theory*，*Fiction*），伦敦和纽约：路特利支出版公司1988年版，第3、27页。

⑥例如，在她的近著《后现代主义政治学》（*The Politics of Postmodernism*）中，就有两章分别描述了"后现代主义"与它的关系，参见该书第4章和第6章，伦敦和纽约：路特利支出版公司1989年版。

⑦参见卡利内斯库的《导论：后现代主义，模仿的和戏剧的迷误》（"Introductory Remarks: Postmodernism, the Mimetic and Theatrical Fallacies"）和佛克马的《结语：研究后现代主义有前途吗？》（"Conduding Observations: Is There a Future for Research on Postmodernism?"），载二人合编《后现代主义研究》（*Exploring Postmodernism*），约翰·本杰明出版公司1987年版，第3—16、233—239页。

⑧参见科勒《"后现代主义"：一种历史观念的概括》（"'Postmodernismus' : Ein begriffsgeschichilicher überblick"），载《美国研究》（*Amerikastudien*）1977年第22期，第8—17页。

⑨哈桑被认为是"后现代主义"批评和研究领域里"最多产的"学者和批评家。

⑩詹姆逊是西方学者中从马克思主义的角度对"后现代主义"文化现象进行研究的代表，参见他的《后现代主义和消费者社会》（"Postmodernism and Consumer Society"）和《后现代主义，或晚期资本主义的文化逻辑》（"Postmodernism of the Cultural Logic of Late Capitalism"）。这两篇文章均收入他在杜克大学出版社1991年出版的文集。

⑪参见佛克马在哈佛大学的系列演讲，《文学史，现代主义和后现代主义》（*Literary History Modernism and Postmodernism*）第3章，约翰·本杰明出版公司1984年版，第37—56页。

⑫可以说，第十三届国际比较文学大会关于"后现代主义"的专题研讨会迈出了第一步，在会上发言的有中国内地、日本、印度、中国香港等地的学者，也有美国、加拿大及欧洲的"后现代主义"研究专家，大会确实是一次实质性的东西方学术交流。

⑬在这方面，有两部专著值得一提：布里安·麦克黑尔的《后现代主义小说》（*Postmodernist Fiction*），路特利支出版公司1987年版；阿莱德·佛克马的《后现代人物》（*Postmodern Characters*），阿姆斯特丹1991年版。

⑭参阅拙文《现代主义、后现代主义与中国现当代文学》，载《中国社会科学》1989年第5期。

⑮一般认为，对于"现代主义"的介绍，袁可嘉和陈焜等学者做了大量的工作。陈焜的《西方现代派文学研究》（北京大学出版社，1981年版）和袁可嘉等编选的《外国现代派作品选》（上海文艺出版社，1980—1985年版）对于读者有较大影响。

⑯虽然袁可嘉编选的《外国现代派作品选》出版于1980年，但在此之前，人们已经在《文艺报》《外国文学通讯》《外国文学报道》《外国文艺》《世界文学》等刊物上

读到诸如"现代派"这样的字眼，同时也可读到一些有别于传统的"现实主义"的文学作品。

⑰值得注意的是，美国"后现代主义"小说家约翰·巴思的论文《补充的文学：后现代主义小说》（"The Literature of Replenishment: Postmodernist Fiction"）发表于《大西洋月刊》（*Alantic Monthly*）第245卷（1980）第1期，其中译文很快便在同年的《外国文学报道》上刊出，当时译为"后现代派"。

⑱见袁可嘉为《外国现代派作品选》撰写的"前言"和"后记"。

⑲这次讨论的一些论文被收入何望贤编选的《西方现代派文学问题论争集》（上、下册），人民文学出版社1984年版。其中部分论文或译文涉及了"后现代主义"。

⑳1980年以来，海勒、塞林格、加西亚·马尔克斯、博尔赫斯、纳博科夫、品钦、巴思、巴塞尔姆、冯尼格特、罗伯-格利耶、贝克特、品特、卡尔维诺、布托尔、金斯伯格等西方"后现代主义"作家的作品，陆续有了节译或完整的译本，另外，《外国现代派作品选》第三册（上、下）所选的几乎全是"后现代主义"作家的作品，编选者虽然仍用"现代派"这一术语。

㉑较有影响的有袁可嘉、王宁、王逢振、赵一凡、盛宁、陈晓明、王岳川、许汝祉、章国锋等。

㉒他们是：伊哈布·哈桑，1983年于山东大学；詹姆逊，1985年于北京大学；佛克马，1987年于南京大学和南京师范大学。

㉓马原：《作家与书或我的书目》，载《外国文学评论》1991年第1期，第113页。

㉔参阅张新颖的文章《博尔赫斯与中国当代文学》，载《上海文学》1990年第12期。中国旅英学者孙建秋提交给第十三届国际比较文学大会"后现代主义"专题研讨会的论文是《格非和博尔赫斯》。

㉕赵毅衡在否认中国当代"先锋小说"受到"后现代主义"影响的同时，不得不承认，"博尔赫斯可以说是一个例外"，参见他在中国比较文学学会第三届年会（贵阳）上的发言。

㉖参阅格非《欧美作家对我创作的启迪》，载《外国文学评论》1991年第1期，第115—116页。

㉗根据目前中国先锋批评家以及我本人的认识，这批小说家包括刘索拉、徐星、莫言、马原、孙甘露、余华、格非、苏童、刘恒、王朔、叶兆言、残雪、洪峰等，他们的年龄在25—40岁。

㉘这里的"后现代性"并非哈贝马斯、卡利内斯库等学者所界定的那一概念，而是我用于本文的一种不受分期制约和时空限制的阐释代码。

㉙参见哈贝马斯《现代——一个未完成的计划》，英译文载霍尔·福斯特编：《反美学：后现代文化论集》（*The Anti-Aesthetic: Essays on Postmodern Culture*），华盛顿：海湾出版社1983年版，第3—15页。

㉚梅勒无疑属于"后现代主义"作家，但根据哈桑的归类，海明威和卡夫卡也属

于早期的"后现代主义"作家，参见他的专著《超批评：对时代的七篇沉思录》（*Paracriticism: Seven Speculations of the Times*），伊利诺斯大学出版社1975年版第43页。

㉛ 参见麦克黑尔的文章《建构（后）现代主义：〈尤利西斯〉的例子》（"Constructing [Post] Modernism: The Case of Ulysses"），载《风格》（*Style*）杂志第24卷第1期（1990年春季），第1—21页。

㉜ 哈桑认为，《芬内根的守灵》标志着"现代主义"的死亡，参见他的论文集《后现代转折》（*The Postmodern Turn*），俄亥俄州立大学出版社1987年版，第101页。

㉝ 这批诗人大多活跃在四川、贵州等地区，常自费集资出版报刊或诗集，而很少在公开刊物上发表诗作，少部分诗作被收入徐敬亚等编的《中国现代主义诗群大观》（1986—1988），同济大学出版社1988年版。

㉞ 转引自乔纳森·卡勒《论分解主义：结构主义之后的理论与批评》（*On Deconstruction: Theory and Criticism after Structuralism*），伦敦1983年版，第269页。

㉟ 这些学者包括张隆溪、王宁、王逢振、陈晓明、郑敏、盛宁、孟悦、李以建，钱佼汝等。

㊱ 实际上，早在1980年，哈桑就在自己的宽泛的后现代主义概念中，包容进了"后结构主义"理论，参见他的论文《后现代主义问题》（"The Question of Posimodernism"），载哈里·加文编《巴克内尔评论：浪漫主义、现代主义、后现代主义》（*Bucknell Review: Romanticism，Modernism，Postmodernism*），巴克内尔大学出版社1980年版，第120页。

㊲ 帕特里西亚·沃《元小说》（*Metafiction*），伦敦和纽约：路特利支出版公司1984年版，第2—3页。

㊳ 布里安·麦克黑尔《后现代主义小说》（*Postmodernist Fiction*），伦敦和纽约：路特利支出版公司1987年版，第96页。

㊴ 参见菲德勒《越过边界——填平鸿沟：后现代主义》（"Cross the Border—Close that Gap: Postmodernism"）（1975），收入普茨和弗里斯编《美国文学中的后现代主义》（*Postmodernism in American Literature*），达姆斯特德1984年版，第151—166页。

㊵ 琳达·哈琴《后现代主义政治学》（*The Polistics of Postmodernism*），伦敦和纽约：路特利支出版公司1989年版，第28页。

㊶ 引自余华1990年9月16日致笔者信。

㊷ 琳达·哈琴《后现代主义政治学》，第93、94页。

㊸ 艾伦·王尔德《一致的视野：现代主义，后现代主义与反讽想象》（*Horizon of Assent: Modernism，and the tronic Imagination*），巴尔的摩：约翰斯·霍普金斯大学出版社1981年版，第34页。

㊹ 佛克马《文学史，现代主义和后现代主义》，第55—56页。

原载《中国社会科学》1992年第1期

中国当代文学史资料丛书

论格非、苏童、余华与术数文化

胡河清

中国的术数文化之渊源也深且远矣。史言汉之京房、唐之李淳风、宋之邵康节、明之刘伯温，皆知阴阳、察乎天变，世称奇士。对于耽于幻想的艺术家来说，术数文化确实具有非同寻常的魅力。河图洛书，易之六爻，象数之变，深不可测。时至今日，在格非、苏童、余华等新起作家的小说中仍然不时呈现各种术数文化的形象。这也许可以作为一个文学作品之为文化传统的有机成分之例证吧。同时这三位年轻作家都有较深的西方现代文学的造诣，因此他们对于术数文化的精神感应不能不有别于前人。他们据此手造的心象也可谓是中国文学史上的奇伟瑰怪之观。以下尝试论之。

蛇精格非

近来有的研究者试图将"术数"一词做两种含义解：一为权术、策略，二为阴阳五行推演之术。对此我并无异议。然这些研究者似乎有将此两种含义分离开来加以解释的倾向，这却是我所不敢苟同的。其实自术数文化的源头《周易》始，即有将权术兵谋之道与宿命论统一起来的传统。《周易》的卦象一半讲先天之秘（天数），另一半讲后天之秘（人谋）。至集诡秘学大成的《鬼谷子》，此种倾向则更趋明显。《鬼谷子》正文是讲人谋的，而《鬼谷子命书》即讲天数。

《鬼谷子》中有"螣蛇"一喻，似特能移来证实此理。有的研究者释"螣蛇"为神蛇能兴云雨而游于其中，并能指示祸福。螣蛇所指，祸福立应，诚信不欺。陶弘景则以为蛇能委曲屈伸，意亦能委曲屈伸。其实此两种解释合之始能双美。蛇之明祸福者，鬼谋也；蛇之委曲屈伸者人谋也。兼谙鬼谋与人谋、天数与权略，此乃中国术数文化的精深处。故"螣蛇"者，实可谓之术数文化之象也。

而格非恰恰就像这样一条神蛇。格非是喜欢蛇的。在他的小说中，有不少关于蛇的暗喻："父亲和那个女人像两条水蛇一般缠绕在一起"①，"他的一只脚刚刚跨出浴缸，一条大蛇扬着菱形的扁头挨着他的脚背游走了。它那美丽而富有弹性的身体沿着靠墙的一根木棒爬上了洗脸池，碰翻了上面的玻璃杯"②，"他想起妻子因为生病每天都要吃一副蛇胆，但他不知道这条蛇是怎么钻到浴室里的。是它自己从蛇笼里钻出来游到浴室里，还是妻子……"③，"蛇在我的背上咬了一口"④。

"蛇在我的背上咬了一口"，可说是格非小说的基本意念。格非的蛇会咬人，而且极其狡诈。这说明他感兴趣的是术数文化中的诡秘学成分，并得委曲屈伸的权术之道的精蕴。在他的小说中，"蛇咬人"的意念外化为各种令人毛骨悚然的阴谋暗杀事件。比如他的小说《大年》，便是写一个在普通人欢天喜地的春节里布下的暗杀阴谋。在"大年"的红火气氛的反衬之下，谋杀者的诡秘阴冷显得格外突出。至于《敌人》中的赵龙、《迷舟》中的萧，也都是因为没有洞见他们至亲好友和蔼的微笑之下藏着的蛇之真形，结果无一例外成了刀下之鬼。

也许正因为深藏着这一种关于蛇的意念，格非眼中的世界是诡秘的。"萧又从警卫员的眼睛里看到了道人诡谲双目的光芒"，"尽管这位昔日的媒婆已经失去了往常秀丽的姿容，但她的诡秘的眼风依然使萧回想起了她年轻时的模样"。在类似的句子里格非重复着"诡秘""诡谲"等字眼，这表明了他对周围世界的基本解读方式。

而这也恰恰就是暗含杀机的术数文化对于世界的解读方法。《孙子》曰："兵者，诡道也。"术数文化之"术"，适与兵家相通。就此而言，术数也是一种诡秘学。宋人高似孙论《鬼谷子》曰："予尝观诸阴符矣，穷天之用，贼人之私，而阴谋诡秘有金匮韬略之所不可该者，而鬼谷尽得而泄之，其亦一代之雄乎！"⑤则已将此一文化的诡秘特征阐释清楚。唯因术数文化乃阴符之道，所以术数家窥视世界的眼睛不能不是诡谲的、怀疑论的。《韩非子》曰："以妻之近与子之亲而犹不可信，则其余无可信矣。"此种感受正与格非相近。《敌人》不就是一个父之亲而犹不可信的实例吗！

《鬼谷子》称："……名实当则径（诛）之。生害事，死伤名，则行饮食；不然，而与其仇，此谓除阴奸也。"据顾广圻训："径者，为显诛也，下文乃隐诛之。"如此看来，格非对于暗杀情节热衷，不无得此"隐诛之术"的传统之启发吧。

格非之与侦探小说家的不同就在于此：他的诡秘具有一种文化的神韵。而且还是一种相当深远的文化。

将诡秘的阴谋氛围与阴阳五行的宿命论推演结合起来，则是格非小说的另一意蕴特征。《迷舟》中出现一位算命先生，他的预言"当心你的酒盅"正中了萧的最后结局。老道的先知犹如一线灵光，透露出命运的帷幕后潜藏着的深秘境界。故事的发展正是按照此种阴阳五行的诡秘推演进行的。《鬼谷子命书》有偈曰："遇贵还须得意时，平生刚志与松齐，登山履险云山远，绿树逢春发旧枝。鸿雁过溪双远影，百岁荣华见一儿，更问双蛇平地起，牛羊两路必登梯。雪落纷纷三十九，天晴日暖双蛇走，长安路远遇危桥，劝君莫饮春前酒。"此与格非的《迷舟》神韵相似乃尔！"平生刚志与松齐"，适与萧师长少年从戎、英武好战的经历暗合。"登山履险云山远，绿树逢春发旧枝"，简直就像是直写他深入险地侦探敌人虚实，不意却与旧情人杏重逢，重温鸳梦了。至于"雪落纷纷三十九，天晴日暖双蛇走"，又同《迷舟》江南云山潇湘秀丽中暗伏杀机的描写颇为相近。如果用格非喜欢的生肖"蛇"作暗喻，那么小说中萧之命运的两位克星——杏的丈夫三顺与萧的警卫员，正可谓之"双蛇"。而"长安路远遇危桥，劝君莫饮春前酒"，则与老道对萧的忠告有异曲同工之妙。

以上的比较并不仅仅局限于微观上的偶合，更主要的在于文化情韵上的大气相似。也许鬼谷先生极为看重人谋，故讲天数时才有会这样一种诡谲的叙述语调。在读《鬼谷子命书》时我曾几度拈花微笑。看来荣格先生的"集体无意识"之说不虚。格非者，灵气所钟之异才也。他不仅处事有机心，且禀赋颇高，能闻天籁，所以有此诡秘的叙述语调就非咄咄怪事了。

格非的小说常常在我深心掠过一种幻影：日暮黄昏，在江南乡间的老屋深处，突然一双绿幽幽的蛇眼探出，为如血的残阳迷惑，呲呲一笑……

格非之为"蛇精"，一方面是因着遗传的因子，另一方面他的"蛇胆"之中又有一种反叛的成分。鲁迅曾谓"纠缠如毒蛇，执著如怨鬼，二六时中，没有已时者有望"，此"蛇精"之第二义也。他以自身血缘的感受，悟出了术数文化带毒的成分。他的《敌人》中星相家关于赵龙大限的预言，竟成为赵龙生身之父赵少忠谋杀亲子的有用手段。命相的推测终于沦为杀人阴谋。其实，在术数文化的传统中，"数"随时可以拿来为"术"所用。史言蒯通使相士说韩信"相君之背，贵不可言"，即是命相数理之学转化为政治权术的典型例子。历史上以术数有意无意杀人者不可胜计。而如格非写出利用命相之学实现杀子阴谋的乃是一名道貌岸然的父亲，这就把历史的幻象骇人地聚焦了。且看：

"……赵龙在那扇房门被重新关上的一刹那，看到了对面那排阁楼的墙上映衬出来的熟悉的身影，他在慌乱之中划亮了块火石，在那道一闪即逝的光亮中，他看清了父亲那张苍白脸。那道火光在顷刻之间划过他的心底，照亮了过去噩梦般的不真实的日子，许多天来，在他眼前飘来荡去的那个模糊的幻影陡然变得清晰起来。弥漫在屋子里的烟草的气息使一切都虚恍如梦。赵龙觉得自己周身的血液都被冰冻住了，当那个黑影悄悄朝他走近的时候，他感到一种令人难以置信的恐惧正把他的躯体一片片撕碎。"

赵龙者，恐怕即是格非的幻身吧。他用那双"蛇精"独具的法眼，窥见了在阴阳五行的黑暗迷阵深处被血光映出的怪象。此殆亦即所谓"敌人"者。

灵龟苏童

《史记·龟策列传》云："闻古五帝、三王发动举事，必先决蓍龟。"又曰："龟者是天下之宝也……生于深渊，长于黄土。知天之道，明于上古。游三千岁，不出其域。安平静止，动不用力。寿蔽天地，莫知其极。与物变化，四时变色。居而自匿，伏而不食。春苍夏黄，秋白冬黑。明于阴阳，审于刑德。先知利害，察于祸福。"在中国术数文化的传统中，"龟"也是一极重要的象征。与"蛇"相较，龟的隐喻似乎更多地承担了"先知利害，察于祸福"的象征义，而在"术"的运用上则较为逊色。

其实这也就是苏童与格非的微妙区别所在。格非的小说不仅意境诡奇，且透出一种成了精也似的灵慧心计；苏童对权术与计谋的熟谙程度远逊于格非，但他却常常流露另一种"神以知来，智以藏往"的神光，而这一种先知的异禀，

中国当代文学史资料丛书

又是格非所无的。这也就是我之称他为"灵龟"的缘由了。

苏童的短篇《蓝白染坊》即是一个典型例子。这篇小说中的一切事件是由三个小男孩寻找无缘无故失踪的一只黄狸猫引起的。随着他们的找寻，小说中浮出了一个与失踪狸猫相同色泽的浊黄世界："他们发现城北到处在挖防空洞，许多隆起的土堆在雨中倾圮，火山般喷发出冰冷的黄泥浆，流着淌着，画出一条巨大的黄龙。……绍兴奶奶脑子里立时浮出一生中与此相关的记忆。浊黄不是好颜色。凶兆在雨中跳来蹦去……""黄龙"者，乃是中国历史上神秘宗的著名暗喻。史书载"汉熹平五年，黄龙见谯"，即此义也。为暴力与破坏到来的凶兆。

而男孩们接着进入的，却是一个古老宁静的"蓝白染坊"："小浮掰着指头算了算祖母的年龄。她快九十岁了。她活了那么长的时间，每年都在红木箱底压一块家染的印花布。如果老祖母在九十岁这年里寿终正寝，来家人会遵从她的意愿在祖母的身子底下铺上九十块印花布。九十块印花布会裹着一颗古怪的魂灵，送她进入天堂中的另一个染坊。飘飘扬扬飞上天啊，蓝花白花盖满天空。"蓝白相间的染坊象征着一成不变的秩序。在这个古老的封闭系统中，生命不会受到意外的挑战，一切都循着伏羲六十四卦的先天图像缓慢地运转。

而当浊流涌进这个超稳定的"蓝白染坊"时，表明熵值已增至极限，天下大故难以避免了。小说将近尾声之时三个男孩又在水泥墙上发现了一条奇特的红布带子："红布带子挂在一盏白炽灯下，将一团红影投在死水里，像一朵红花吸引着三个男孩的视线。"红，即为传统术数中"血光"之暗示也。浊黄与蓝白的殊死斗争之结果是死水中的红影之浮现。于是不久便在老街上发生了巨大的爆炸事件。人们这才终于悟出"整个雨季的不同寻常，前前后后都潜着预兆和演示啊"。

这篇小说中神秘的色彩变化：浊黄→蓝白→暗红，即构成了预言的实现过程。大凡这些色调，又都为中国术数文化的古老想象所浸淫过。苏童大抵也是凭借幽冥中的天启在潜意识中获得这类构思的。所以没有比用"灵龟"更确切的字眼来形容他的特殊天赋了。

在小说的尾声，苏童否定了他的预言在确定时空中的应验可能："故事中的三个男孩怀着渴望和茫然的心情等待着世界发生什么大事。但是在很长一段历史中他们没有等到，在等待中他们过着平静的生活。"这种否定似乎令人扫兴，却是颇具深意的。苏童在这里割断了神秘象数与具体历史过程之间的对应关系，这证实了他并非一位现代巫师。他的小说只是一种文化寓言。其中涵括着中国传统史学的精神基础——神秘学。而对于其应验的可能性持一种"述而不作"的暧昧态度。苏童的真实意图大概在于希望读者避免具体历史背景的比附，而进入一种中立性的审美观照状态，对存在于中国古老历史中的超理性力量产生洞察。换句话说，在解码时应把话语系统从具体的历史过程中抽象出来，在这个意义上，苏童倒是深得中国术数学的大本《周易》之精神的，《易》曰："形而上者谓之道"，本来就是追求一种具有永恒意义上的文化超验性。

至于苏童的前期名作《一九三四年的逃亡》，则更精细地研究了术数文化对于历史过程的参与方式。

1934年是个大劫之年。而原因之一就在于祖父陈宝年娶了祖母蒋氏。"枫杨树的狗女人们，你们知不知道陈宝年还是个小仙人会给女人算命？他说枫杨树女人后要死光杀绝，他从蒋家圩娶来的女人将是颗灾星照耀枫杨树的历史。"陈宝年做出这样的推测的根据，据说并非本于相术法理："陈宝年没有读过《麻衣神相》。他对女人的相貌有着惊人的尖利的敏感，来源于某种神秘的启示和生活经验。"

女人作为阴性文化的隐喻，经常成为重大历史变动的首难者。《周易》"坤"卦有"履霜坚冰至"的著名爻辞，即为阴性文化反叛阳性文化之势已经养成的意思。《文言》释曰："坤至柔而动也刚，至静而德方，后得主而有常，含万物而化光。坤道其顺乎！承天而时行，积善之家必有余庆，积不善之家必有余殃。臣弑其君，子弑其父，非一朝一夕之故，其所由来者渐矣。"[⑥]章实斋"六经皆史"之说实可谓千古不易之论。《周易》此处表现的正是一种相当深刻的历史观察。坤道并非实指女性，而是被《周易》价值体系评价为"阴"属性的被统治阶级。而"积不善之家必有余殃"，则是指社会矛盾空前激化，熵增至极值，旧社会体制面临四海土崩之势。

陈宝年对于1934年的准确预测正是来之于类似的"神秘的启示和生活经验"之上的。在他娶蒋氏之时，枫杨树的"履霜坚冰至"之历史情势已经造成。而蒋氏与其说是一个确指的生活中的女性，毋宁说她是一种正在大地（坤母）腹中形成的阴性反叛力量的化身。她据称婚前曾是"财东陈文治家独特的女长工"。干起活来有一种天马行空似的超人才能。她身上有"牲灵味道"。大凡这些描写已经透露出她作为坤母中积郁的愤怒之载体的信息。蒋氏的第一次分娩，可谓是此种愤怒转化为阴火的预演。"而蒋氏的眼睛里跳动着一团火苗，那火苗在整个分娩过程中自始至终地燃烧，直到老大狗崽哇哇坠入干草堆。"苏童不愧为中国农民的儿子，他如此准确地把握着这一脉阴火的流向。"父亲坠入干草的刹那间血光冲天，弥漫了枫杨树乡村的秋天。"这是蒋氏第一次露出她阴性文化之愤怒火神的真容。

"十年后"终于发生了在统治者看来实属"臣弑其君、子弑其父"的大故。1934年瘟疫的幽灵徘徊在枫杨树。当蒋氏呼天抢地大诉天地时，一名黑衣巫师的话倾倒了马桥镇："西南有邪泉，藏在玉罐里，玉罐若不空，灾病不见底。"于是乡亲们终于悟出了灾祸之源在乎马桥镇上最有权势的财东——陈文治。他的传世珍宝白玉瓷罐中原来藏着妖法。这一神谕极大地刺激了曾做过陈文治女长工的蒋氏的想象："祖母蒋氏在虚空中见到了被巫术放大的白玉瓷罐。她似乎听见了邪泉在玉罐里沸腾的响声。"

李约瑟博士曾以历史学的视角考察过中国巫术的作用，他注意到了巫术与革命的联系。确实，在中国历史上，巫术经常具有相当强的政治色彩。特别是在历史的转捩时刻，术数文化经常成为农民暴动和农民革命的重要心理诱导因素。苏童在这里正是相当逼真地再现了这种神秘学→心理学→历史学交互作用的独特进程。

蒋氏代表着被压抑至极限的阴性文化对于阳性统治秩序的反叛情绪；这种情绪一旦被巫术的神谕催发，便顿时化为巨大的现实力量。于是1934年的枫杨树爆发了一场农民暴动。在灾民火烧陈文治家谷场的戏剧性造反场面里，十年前蒋氏的冲天血光似乎得到了作为事变先导因素的应验——她被奉为火母。

苏童称："当我十八岁那年在家中阁楼苦读毛泽东经典著作时，我把《湖南农民运动考察报告》与枫杨树乡亲火烧陈家谷场联系起来了。我遥望1934年化为火神的祖母蒋氏，我认为祖母蒋氏革了财东陈文治的命，以后将成为我家历史上的光辉一页。我也同祖母蒋氏一样，怀念那个神秘的伟大的黑衣巫师。他是谁？他现在在哪里呢？"其实，黑衣巫师者，无非就是中国术数文化的精魂。每当旧王朝彻底腐败濒临崩溃之际，必有衣冠皆古的异人出现，发出震撼人心的神秘预言。苏童的慧眼似乎已看到了这种以超理性力量形态出现的天启背后隐藏着的社会历史发展规律。

中国世称革命之国。而苏童此处之谓"革命"正与《周易》"革"卦义旨暗合。"革"卦兑上离下，兑为水离为火，故曰水火相息而更用事。《周易》把此卦形态化为"泽中有火，革。"⑦崔憬释曰："火就燥，泽资湿，二物不相得，终宜易之，故曰泽中有火，革也。"⑧蒋氏本来代表的是"履霜坚冰至"的阴性力量。冰霜者，近水之象也。然按照五行相生之理，物极必反，阴极阳生，故易水为火。这一伟大的气运转换，必化为革旧鼎新的天下大故。陈家谷场的火烧场面，正是易象水火相革的奇观之重现。

故《一九三四年的逃亡》又可谓是对《周易》神秘外壳包裹着的中国历史重要规律的现代解码。苏童蛰居南京多年。金陵，古帝王州也。其山川久阅历代沧桑，或能借他一种学究天人、知往鉴来的特异灵气吧。如此看来，"灵龟"之号，更是不无根据的了。

神猴余华

余华是浙江海盐人。此地虽无山川形胜，却有天下闻名的钱塘潮。惊涛拍岸，大有乾坤日夜浮之气势。也许正是这荟天地日月之精气的奇观，时时给海盐一带带来宇宙的信息，于是奇士异人应运而生。易学大师杭辛斋、天算名家李善兰、武侠小说宗师金庸都可说是余华的乡贤。至于一般熟谙术数文化的学者就更多了。这种深厚的地域文化传统，为余华观察术数文化提供了便利。

然而需要说明的是，余华却非一位八卦教的忠实信众。莫言称这位小说家为"狂生"⑨，看来乃是实情。余华一副猴腮，骨相古怪，一眼望去可知是缺乏"信力"之辈。而从余华的文字看，他对术数文化的伦理价值的冷峻观察，更证实他生就一副孙猴子式的火眼金睛。

对术数文化的消极成分的批判，其实在有见识的中国古人那里就开始了。班固《汉书·艺文志序》曰："阴阳家者流，盖出于羲和之官，敬顺昊天，历象日月星辰，敬授民时，此其所长也。及拘者为之，则牵于禁忌，泥于小数，舍人事而任鬼神。"刘基《司马季主论卜》称："是故一昼一夜，华开者谢。一春一秋，物故者新。激湍之下，必有深潭。高丘之下，必有浚谷。君侯亦知之矣。何以卜为？"悉是从大历史学家大政治家的雄伟气魄出发，对术数造就的"泥于小数"的拘谨人格模式的批评。逮至近世，钱锺书论曰："当代一法国文家，惜忘其名，尝曰：'有史以来，世人心胸中即为梦想三端所蟠踞：飞行也，预知未来也，长生不死也。'图谶既可逞预知未来之痴想，复得称'王侯崛起'之倖心，宜其如春草之火烧不尽而风吹复苗耳。"⑩已直斥预知未来为"痴想"。此则是从西方近代理性主义和实证主义传统出发，对术数文化的证伪批判。但术数作为一种人文文化，必然具有属于实践理性范畴内的伦理功用，而对此做出精当的评判，则是前人所难以胜任的。

余华的中篇《世事如烟》似乎正是试图承担起对于术数文化的实践理性意义的伦理学审判的。这部小说的中心人物是一位年逾九十的星命学家。他居住的老屋似乎是一个精心设计的陷阱。一旦人们踏进算命先生"充满阴影的屋子"，便从此丧失了自由选择的可能性。在这里余华表现了比格非更强烈的理性批判意识。他不仅看到了算命先生本人即是一种阴谋中的"敌人"，且进一步具体揭露了算命操作过程与控制他人意志的攻心术的同步性。3、4、6、7、司机、灰衣女人等都是他的巧妙圈套中的猎物。在算命先生的导演之下，一幕幕相互推诿厄运的不见血的残杀连连发生。小说中人物之所以大多用阿拉伯数字取名，也许就象征着他们的自由意志和独立人格已被完全剥夺，仅仅成为算命先生的"造命游戏"中的一些代数符号。

这篇小说的深刻还在于揭露了算命先生本人的人格堕落。而这种堕落的根源来之于术数文化的无爱性。他按照五行相生相克的原理用去了五个儿子的性命，又每星期"采补"一位少女的精气延年益寿。这不仅使他沦为事实上的杀人者和强奸犯，也使他除了动物性的性交而外别无任何真正意义上的感情经历。为了填补感情上的空虚，他不由自主地对4产生了爱欲。然而破戒的结果使他至高无上的人生目的——长寿化为乌有，他不能不被桃花运克死。这证明了在术数文化的体系中只能追求生命的数量，而任何寻找生命质量的行为都是注定要落空的。这是余华站在实践理性的法庭上对术数文化的伦理功用提出的严厉指控。

术数文化的哲学基础是决定论的，因此又必然与自由意志发生冲突。这种冲突构成了余华另一篇重要小说《四月三日事件》的主要意蕴。

所谓"四月三日"，正像格非《敌人》中的腊月二十八日那样，似乎象征着生命难以逾越的大限。然而不同之处在于格非小说中的凶日出于星命学家的预言，余华此处的"四月三日"却是根据一个患迫害妄想症的青年人的臆想假设的。他预感到"明天"——四月三日存在着巨大的阴谋。一切人（包括他的父母亲）都将参与其中来暗害他。

但细究这种迫害妄想症的根源，却可以发现这个年青人的心灵上投射着术数文化的阴影。据说近年来国内的精神病例致疾因素中，神秘宗（气功和命相文化）的影响有上升之趋势。这中间的具体情况极为复杂，有待专家研究。我这里要指出的是，对于宿命论的恐惧完全可能发展为迫害妄想症，至少余华《四月三日事件》的主人公即是如此。

似乎值得庆幸的是，这篇小说的主人公"他"最后终于逃出了"四月三日"的大限。他搭上火车逃跑了："然后他转过脸去，让风往脸上吹。前面也是一片惨白的黑暗，同样也什么都看不到。但他知道此刻离那个阴谋越来越远了。他们从此以后再也找不到他了。"

这也许算作自由意志对于决定论的一次微弱的胜利。所以说是微弱的，是因为"他"的逃跑是在神经错乱的状况下完成的。因此这种对于命运的反抗还缺乏坚实的理性基础，还不能算做完全意义上的自在自为的行为。

我认为，这个沉浸在迫害妄想症中的青年"他"，在某种意义上正可说是余华本人的精神映像。余华的本心中藏着一股试图反抗命运的"猴气"，但同时又对冥冥之中可能存在的决定论力量感到无限恐惧。这种灵魂的分裂状态导致了他的癔症。余华的反抗只能体现自由意志的相当有限的胜利的根本原因在于，他对于东方决定论的世界观无法提出建筑在科学意义上的理性批判。在他的《世事如烟》中，他虽然对术数文化的伦理功用提出批判，但对这种文化本身可能产生的超验神迹则似乎抱着无可奈何的态度，处处予以默认。因此他对术数文化的批判远不是彻底的。换句话说，在他改变这种基本评价之前，不可能真正地克服对于决定论的恐惧。在这一点上，余华同《四月三日事件》中的主人公"他"正好一模一样，他们都有对"四月三日事件"发出挑战的胆略，然而却并没有真正跳出对宿命论体系的恐惧而获得精神的彻底解放，"前面也是一片惨白的黑暗……"这句阴沉的预言同样适用于余华。

在东方的神话体系中，神猴的命运似乎一直不佳：与龟蛇相较，猴修成正果、位列仙班的几率要小得多。而作为反抗者，又非道术高深如如来佛者之可敌。即如有《西游记》中孙猴子之神通者，最后也还不是被人套上紧箍咒乖乖地做了唐僧取经的保镖嘛。余华是不是会重复这种猴的两难处境呢？

在结束了对上述三位当代中国青年作家与术数文化的渊源关系的考察之时，我不能不对他们优异的中国文化禀赋表示敬意。格非、苏童、余华之辈不但远远称不上什么大学问家，而且恐怕连线装古书也很少沾手吧。然而他们的作品中却相当逼真地传出了一股来自于中国古老文化的道山深处的灵气。

同时这也应该归功于江南文化的深厚传统。这三位作家都是在江南的灵秀山水熏陶下成人的。江南历来出神童、少年才子，而数风流人物，还看今朝矣。中国自古文星绚烂，亦必得山川形胜江海日月之助，良有以也。

《隋书·儒林传》曰："大抵南人约简，得其英华，北学深芜，穷其枝叶。"此不仅可以使人体味格非、苏童、余华之所长——"得其英华"；也足为这三位作者戒：他们日后若要求更远大的发展，则必须兼取北学之长，多读书而穷其枝叶。否则一俟先天之气用尽，学无隔宿之储，纵是蛇精、灵龟、神猴化身，也难保不坠入凡尘、沦为俗物！况术数学千年妖阵，非一日之功可破；如无深入道山、研习科学、融汇中西、学究天人之志，是断不能够臻于九九大成之数的。

注释：

①②③④格非小说集《迷舟》第236页、250页、251页，作家出版社1989年版。

⑤高似孙：《子略》。

⑥⑦⑧李鼎祚：《周易集解》。

⑨莫言：《清醒的说梦者》。

⑩钱锺书：《管锥编》第二册第694页。

原载《当代作家评论》1992年第5期

中国当代先锋小说的元小说因素

陈　虹

尽管"先锋派"（avant-garde）在西方文化中有特定内涵，但我们仍倾向于把中国当代文学中有明显创新意识和革新意识的一批作家叫作"先锋派"，当然这个称呼毫不含有价值判断，"先锋派"只是时间向量上的一个点而已。"先锋派"出现于1985年左右，主要包括马原、残雪、洪峰（他们又被称为新潮作家），格非、余华、孙甘露、苏童等（他们又被称为后新潮作家）。

其实，看似随手拈来的"先锋派"这个称谓大有深意。我们只要比较一下新时期文学中其他较著名的文学流派或思潮，就会发现，从"伤痕文学""反思文学"到"寻根文学"等无一不概括和指称着某一类小说的内容或主题。而"先锋派"却不然，它不再直指小说内容，而只是暗示了某一类作家的先锋意识。这种先锋意识当然不是在内容题旨上，而更多表现在形式上的革新和创新。

先锋小说在形式上所作的革新和创新，作者大多从叙述学角度作了极富成果的探索，在这篇文章中，我试图从"元小说"这个角度来对先锋小说作一定的把握。

"元小说"（metafiction）在西方的最终界定和承认也是晚近的事，而在此之前，对此类小说的讨论众说纷纭，有的称之为"内小说"（introverted novel）；有的称之为"反小说"（anti-novel）；有的称之为"超小说"（surfiction）；有的称之为"自我生成小说"（self-begetting novel）等等，不一而足。"元小说"这个术语在1980年左右开始得到公认。但八十年代初，元小说基本上没有势力，读者和评论者寥寥，而到了八十年代末终成蔚然大观之势，大批雄心勃勃的批评家和学者进入了这个领域。①

"元小说"又称"自我意识小说"（self-consciousfiction），它有意识地不断提醒读者注意自身的人造性、虚构性，虚构叙事与现实之间的关系成为公开的讨论题目。②

英国理论家帕特丽夏·沃（Patricia Waugh）认为，"元"意识的产生部分原因是社会和文化中的自我意识的增强，另外就是与当代文化理论中语言的功用的变化有关。今天所谓语言紧密反映着有意义的客体世界这一观点再也站不住脚了。语言是独立的、自我构成并自我生成意义的体系，与现象世界的关系极为复杂和矛盾。所以"元"就是探求约定的语言体系和它指涉的世界的关系。在"元小说"中，就是探求虚构作品中的世界与外存于虚构作品的世界间的关系。

帕特丽夏还从海森伯格的测不准原理出发探讨了"元小说"的哲学基础：因为观察者总在有意无意间变化了被观察对象，所以不能绝对准确地描绘客体世界。"元小说"甚至比这更复杂。海森伯格还相信人如果不能描绘出自然，至少能描绘出人与自然的关系，但"元小说"连这个过程也否定了。"元小说"家们充分意识到了一个困境：如果他（她）宣称"表达"了世界，他（她）立即就会认识到世界根本不能"被表达"。在文学虚构中，事实上只有对世界的表述的"表达"。同时，当人们用语言作为工具来分析语言与世界的关系时，语言则成了"牢笼"，从此牢笼逃离的可能性是极小的。"元小说"试图探索这一困境。

语言学家L. 杰姆斯利夫发展了"元语言"的概念。他认为语言不是指涉非语言的事件、情形和客体对象，而指涉另一种语言，即把它另一种语言作为其对象物。这里另一种语言可能是日常话语，或者更可能是文学系统本身，包括小说的作法和规则。在小说实践中，这种观点导致了小说对作小说的规则的展示，对虚构技巧的说明和暴露，及对生活与小说间不确定关系的探求，此类小说实践就是"元小说"。③

"元小说"与传统小说最大的区别恐怕在于对待"真实"的看法上。"元小说"理论的支持者们声称"真实"不是被给定的，而是制造出来的，从来没有感觉之外的真实。小说本身是一个话语的世界，而不是外面世界的被动的替代物。这些观点无疑也是在当代文化理论中滋生的。以往文学上的"再现真实"的奇思异想，是由于受到了亚里士多德美学观点的巨大鼓舞，亚氏在其逻辑学研究中提出了并企图证实一个假设：语言与实在可以达到同构。根据这种假定，两个王国之间有一套既定的对应关系。我们的语言把真实世界揭露无遗，而且这是无可置疑的。④这种理性主义或者经验主义的语言观在结构主义的手中分崩离析。索绪尔认为，词语的意义并不依据于现实，同时，既然语言是一种独立自足的系统，意义也就不是由讲话者的主观意图和愿望所决定：事实上并不是讲话者直接给他的言语以意义，而是整个语言系统在产生意义。罗兰·巴特认为，从参照的（即现实的）角度来看，严格地说，叙述中什么也没发生。所发生的只是语言本身。巴特进而提出了"可写性"文本概念。这一概念与传统文本的最大不同，在于它反对把作品中叙述的东西当成在叙述没有发生之前就已存在的超验"真实"。在发现信码具有"自我反映"这一功能之后，进入作品的"真实"就不再作为起点，文学中"真实"的真正起点在于它被叙述的那一刹那，这个叙述产生了新的"真实"。

鉴于如此的真实观，"元小说"拒绝了传统小说的反映、镜子功能，表示出对以叙述创造一个小说世界来反映客观现实世界可能性的根本怀疑。相反，它把注意力放在小说自身，充分肯定叙述的人造性和虚假性，同时把小说的创作规律、规则等因素从背景拉到前景展览和暴露。简单说来，"元小说"对自身的兴趣远大于对小说外世界的兴趣，所以"元小说"又称"自我意识小说"。

而传统小说竭力使读者相信其反映的是外面世界的真实，它让读者注意的是它反映的内容及真实与虚构本文间的内在联系。但"元小说"家们对这种规范的有效性、真实性提出质疑，他们往往走出讲故事的成规性框架，进入另一个层次。这时，已被讲的故事，以及其听众，现实，乃至叙事理论，都可以成为讨论的题目。美国理论家华莱士·马丁较好地概括了传统小说与"元小说"的这种区别："正常的陈述——认真的，提供信息的，如实的——存在于一个框架之内，而这类陈述并不提及这一框架。这类陈述有说者和听者，使用一套代码（一种语言），并且必然有某种语境。如果我谈论陈述本身或它的框架，我就在语言游戏中升了一级，从而把这个陈述的正常意义悬置起来。"⑤

在中国当代先锋小说中，马原的小说是最为典型的自我意识型的"元小说"，可以说，马原首开中国文学中"元小说"风气之先。在最早发表的《拉萨河女神》中，我们已可找到一丁点关于小说的自我意识："为了把故事讲得活脱，我想玩一点儿小花样，不依照时序流水式陈述。就这样吧。"在以后的《冈底斯的诱惑》《游神》《虚构》《西海的无帆船》《旧死》等小说中，这种对于小说的自我意识一发而不可收，如《游神》的结尾：

　　故事讲到这里已经讲得差不多了，但是显然会有读者提出一些技术技巧方面的问题，我们下面设法解决一下。

　　a. 关于结构。这似乎是三个单独成立的故事，其中很少内在联系。这是个纯粹技术性问题，我们下面设法解决一下。

　　b. 关于线索。顿月截止于第一部分，后来就莫名其妙断线，没戏了，他到底为什么没给尼姆写信，为什么没有出现在后面的情节当中？又一个技术问题，一并解决吧。

　　c. 遗留问题。设想一下：顿月回来了，兄弟之间，顿月与嫂子尼姆之间可能发生什么？三个人物的动机如何解释？

　　第三个问题涉及技术和技巧两个方面。

　　好了，先看c。

　　这一段显然是对小说自身因素的谈论，或者说作者在这儿巧妙地告诉了读者小说的结构和线索等有关问题。在《西海的无帆船》中，"元小说"性倾向更为典型，小说在绘声绘色地叙述了马原、姚亮、陆高等人的浪漫历险过程后，插入了姚亮的一个声明，各个击破了前面叙述的关节点，一一指出了它们的非真实性，然后作者借姚亮的声明又谈到了小说的人称使用、叙述方式等小说自身的问题。姚亮的声明是这样的：

　　我在这里声明一下，正儿八经的。

　　马原先生的这篇小说尽他妈的扯蛋。

　　首先，我肚子上的刀口是八岁半时割阑尾落的疤……。

　　其次，陆高就是马原本人。

　　第三个问题才是实质性的，马先生本人从未到过西部无人区。我可以作死证。所有的细节都是不确实的。因此，他在小说形式上大耍花样，故意搞得扑朔迷离以造成效果，使读者不辨真伪。请推敲一下：

人称，你我他三种人称走马灯似的转着圈用，不停变幻视点，用以扰乱读者思维的连贯性；

叙述用双线。这是个诡诈的手段，以便把自己无法把握的情节含糊过去。断开，再接。这样可以巧妙地避开原断点，以新形成的接点偷梁换柱取而代之。所谓避实就虚之术；

选材。怕虚构的部分缺乏实感引不起读者兴趣，便以最下作的方法沿用性爱内容作为调剂。性爱成了花椒面……

在《虚构》中，叙述者在叙述的同时不断指出叙述的虚构性。在小说开头洋洋洒洒的一大篇废话中，叙述者开宗明义声明："我其实与别的作家没有本质区别，我也需要象别的作家一样去观察点什么，然后借助这个观察结果去杜撰，比如这一次我为了杜撰这个故事，把脑袋掖在腰里钻了七天玛曲村，玛曲村是国家指定的病区，麻疯村"，但马上叙述者又声称"实话说，我现在已住安定医院"。在叙述了玛曲村的所见所闻所历之后，叙述者当即否定了所有的叙述，表白自己那一段时间根本未去玛曲村，而住在安定医院，玛曲村的故事是从别人那里听来的。但紧接着，叙述者又继续叙述了在玛曲村的故事，最后又以一个关于时间的错误否定了叙述，这里，真实与虚构相互并列，构成了德里达所谓的"本文内符码的自我解构"。用德里达的眼光看，两个中心的并置恰恰是对中心的消解，对一种行为、模态、情绪的肯定，就是对另一种行为、模态、情绪的否定。让两种互逆的行为同时出场，自然是让它们相互抵消，所以德里达认为，差异性已是对在场的拆除。马原正是以此策略并置真实与虚构，使真实不断为虚构所解构，如此自然地否定了小说是在反映真实这一事实，从而使小说具有了"元小说"性因素。

应该说，传统小说并非不谈自身，实际上可以认为，就小说形式本身而言，注定它非谈自己不可。在任何小说文本中，叙述加工的痕迹处处可见，如果我们仔细追究，小说反映真实这个观点也是不攻自破的。但是正如W.C.布斯所说："我们阅读小说的全部体验是基于一种与小说家心照不宣的契约，它授权小说家知道他已在写的一切东西。"⑥在传统小说中，读者与小说家达成了这样一种心照不宣的契约，同时传统小说中的"元小说"性操作痕迹都被程式化而被读者忽略，叙述痕迹不再破坏叙述世界的逼真性，反而加强了它。但元小说却把叙述的操作从背景拉到前景，暴露于众，公开讨论真实与虚构的问题，欲与读者建立一种新的心理契约关系，即：我叙述的故事都不是真的，千万不要相信。没有与小说家建立这种相应契约关系的读者在迥然不同于传统小说的"元小说"面前就感到了进入文本的困难。当马原小说出现后，不断有读者追问：马原究竟表达了什么意思？他讲的故事究竟是真还是假？对传统小说更具颠覆性的后新潮小说遇到的阅读阻力之大，也不难理解。

"元小说"常采用"戏仿"（parody）的形式。戏仿又译"戏拟"，它通过对"前文本"（pre-text）的颠覆性模仿，暴露其模仿对象的自负、缺乏自知和其他荒唐可笑之点。它的重要特点不是完全毁灭、否定前文本，而是在模仿的过程中达到对其进行分析、嘲讽的目的。戏仿可能完全采用长文本形式，可能在对前文本进行新的改造，或者两者兼而有之。⑦作为一种文学策略，它有意打破那些已成为常规的形式和规范。既然现代自然科学都承认物质现实测不准，既然现代社会学理论也认为"真实"之不可靠，欲表现真实之不可能，那么迷信"真实"和"反映"无疑成为自欺欺人之谈，以此为基础的传统小说就自然遭到了"元小说"的嘲弄和戏仿。

"元小说"的戏仿通常包括两个方面，即对传统小说主题和文类的戏仿。从大处说，小说无非关于历史、文化、社会、人生等诸方面，传统小说认为这些主题都是可描写的，客观存在的，有实体的对象，小说的任务是"反映"而且也能"反映"这些对象，它们的意义在读者阅读过程中被释读出来。而"元小说"认为这些都是不真实的，不可被反映的，它们只不过是人工设置的符号编码解码体系。在"元小说"看来，所谓的历史、社会、文化无非是一种符号的构筑，与小说虚构的构筑方式相类似，也是一种人为的操纵。

这种对传统小说进行戏仿的"元小说"倾向在中国当代先锋小说家余华、格非、苏童的小说中均有表现。

格非的小说中比较重要的一类是所谓"历史小说"，如《迷舟》《大年》《风琴》，都写的是一段特定的历史时期，但"历史"在这些小说中无非是一个暧昧的能指，在格非的叙述中飘忽地滑动。当我们谈历史时，往往忽视了文类的历史和事件的历史的区别，"'事件的历史'曾经存在，但并不应声而至——留下的乃是话语——对事件的叙述，记述或记述的记述"。⑧传统的历史小说竭力要表现的是历史的"真实"，但格非在他的所谓"历史小说"中却表达了对历史真实的怀疑和嘲弄。《迷舟》以它那梦幻般的抒情掩盖的是一个无情的密谋，即对历史的不恭。爱与死的游戏在"历史"的暧昧背景上显得扑朔迷离，萧的宿命般地走向死亡的迷宫更给"历史"抹上了一缕神秘的阴影。"历史"是什么呢？在格非的笔下，它是一系列的空缺（有人曾以《〈迷舟〉之迷》为题列举了一大串关于《迷舟》的疑问），它或许还是叙述，格非的叙述，除此，它什么也不是。

在另一篇引起文坛注意的《大年》中，这种对历史的戏仿更为逼人。乍看之下，《大年》丝毫不脱农民暴动主题小说的窠臼：饥民豹子（徐福贵）打劫大户丁伯高，被久已垂涎丁伯高爱妾的唐济尧利用，最后唐济尧耍弄了一个小小的花招（向豹子错误地传达集训的时间）将其杀害。在这里无非是食与色，阴谋与反阴谋，革命与暴动，这是被传统小说反复表现的主题内容。但《大年》却意不在此，它的目的是对此类主题的戏仿，对所谓历史真相的讽刺。小说最后的一张"布告"可谓一箭中的，达到了戏仿的目的，使小说具有了相当的元小说因素。"布告"内容如下：

> 徐福贵，乳名豹子，民国十五年生。属牛。民国三十四年二月参加新四军。据查实徐福贵犯有下述罪行：
>
> 一、民国三十四年二月十五日（大年三十）子时率暴民洗劫开明绅士丁伯高家院，并于次日傍晚将丁枪杀。
>
> 二、惯偷。
>
> 三、公然抗拒新四军挺进中队赵副专员让其于民国三十四年二月十五日（大年三十）去江北集训的密令。
>
> 鉴于所列罪行，徐福贵已于民国三十四年二月十七日被处决，此布。

这对历史的"真实"是一个极大的嘲讽。历史事件的真实是曾经存在的，但问题是历史只有以话语——对事件的叙述才能进入我们的视野，于是历史顺理成章地与权力联系在一起，即是说，历史实际上是一种权力话语，因为历史总是由拥有话语权力的权威者、胜利者书写的。所以历史往往是一连串对事件真相的压制，对意义的谋杀。这里格非扮演的是一个"读史者"的角色，他读

中国当代文学史资料丛书

出了历史与叙述之间的巨大裂隙，读出了历史与话语的权力关系，读出了历史与欲望的同构。

有意味的是，先锋小说家大多都成为新一代"读史者"形象，除了格非，还有余华、苏童等。

在《一九八六年》《往事与惩罚》中，余华读出的不是所谓"正史"——它们往往记载着权威者的荣耀、胜利和历史的"进步"，而是读出了权威者、胜利者的光圈笼罩下的历史的残酷和血腥，如《往事与惩罚》中：

> 他是怎样对一九五八年一月九日进行车裂的，他将一九五八年一月九日撕得象冬天的雪片一样纷纷扬上。对一九六七年十二月一日，他施予宫刑，他割下了一九六七年十二月一日的两只沉甸甸的睾丸，因此一九六七年十二月一日没有点滴阳光，但是那天夜晚的月光却象杂草丛生一般。而一九六〇年八月七日同样在劫难逃，他用一把锈迹斑斑的钢锯锯断了一九六〇年八月七日的腰……

《一九八六年》中曾是历史教师的主人公对于古代历史中残酷的刑罚的烂熟于心导致了他自己血淋淋的自残。这就是余华眼中的历史。如果说七十余年前狂人读到的历史是被满纸仁义道德所掩盖的"吃人"，余华看到的则是被权威话语抹掉的历史的血腥味。

苏童与格非、余华的戏仿的读史不同，他似在对历史进行"重写"（reurite）。首先引起我们注意的是苏童小说中的"年代"："一九三四年。你知道吗？一九三四年是个灾年。""一九三四年我祖母蒋氏又一次怀孕了。""一九三四年我祖父陈宝年一直在这座城里吃喝嫖赌。""那是一九四八年，短暂的刘沉草时代。""你听见他的喊声震撼着一九三〇年的刘家大宅"……这些明确而清晰的年代在我们的记忆中似只有在历史文献、历史教科书中才出现，是只有权威的历史叙述者才能定性的东西。我们只要回忆一下所谓正史中年代在中国社会生活中的地位（如各种各样的纪念日、诞生日），就足以看到权威话语如何垄断了所有"年代"、"年代"的意义和对"年代"的记忆。苏童对被权威话语垄断的"年代"所采取的策略不是颠覆，一如鲁迅的狂人："这历史没有年代"，他的策略是"重写"。将重要的年代与远不重要的事件（这里"重要"与否都是从权威话语角度看）隆重地并列。这种重写实际上也是一种颠覆和戏仿，也是另一种"读史"。

格非的《风琴》也有一种重写历史的欲望。在权威话语的历史记载中堪称轰轰烈烈的抗日战争在格非的笔下则成了一场喜闹剧、滑稽剧。冯金山看见自己女人被日本人强暴时，"感到了一种压抑不住的兴奋"；王标等人本要伏击日本人，没等到日本人，却遇到一支成亲的队伍，新娘遭到王标等人的调戏，为日本人弹钢琴的赵瑶恍惚中泄露了王标等人伏击日本人的计划……最后无足轻重的冯金山和赵瑶被以汉奸罪处决。历史的大幕就这样拉上了，它不是精英的壮怀激烈，而是一群芸芸众生的生和死、笑和闹、悲和喜。

或许唯有格非、苏童、余华这一代人——处于又一次历史巨变，处于新旧交替的一代人，才能成为中国现当代文学中新一代"读史者"。七十余年前鲁迅和他的狂人在中国文化的大危机中考虑着中国文化的意义构筑，"在这个文化危机中，被传统意义体系的理性制度所确认的实在，成为不堪细察的纸牌堡垒；被传统意义体系认为是异常、偏离、幻想甚至疯狂的方式，却向新的意义开拓前进。我们在鲁迅的作品中看到重新估价意义的强烈渴望（《狂人日记》）"⑨处于二十世纪又一次文化危机的格非、苏童、余华一代人敏锐地感到了传统意义体系的崩溃，他们以小说为形式义无反顾地加入了摧毁旧的意义体系的行列中。帕特丽夏认为，"元小说"正是产生于小说发展的危机时期，"元小说"对传统小说的戏仿，其实也正是对传统小说赖以产生的历史、文化环境的戏仿。因为任何文本都不是单独存在而总在一定文化和历史和语言系统中产生，受当时文化中各种表意力的控制。所以新一代"读史者"对"历史"的过分关注确非偶然，因为在中国文化中"历史"是"意义权威"最高的文体，所谓六经皆史，经不如史。新一代"读史者"对历史主题的颠覆无疑直指着传统文化意义体系的构筑危机。

"元小说"的一个重要特征是对传统文类的戏仿，尤其是对通俗文类形式的运用。在运用过程中，通俗文类形式的一切特征和要素均被保留，但一些最重要的程式和规范却遭到了戏仿。俄国形式主义理论家高度评价小说对通俗文类形式的运用和戏仿，认为这是小说发展产生危机后的一种得以新生的方式。

中国当代先锋小说中对通俗文类形式的戏仿首推余华。《河边的错误》是戏仿侦探小说，《古典爱情》是戏仿才子佳人小说，《鲜血梅花》是戏仿武侠小说。这一种戏仿仍是对传统意义体系的嘲弄和颠覆。如以往的侦探小说都是颂扬人类的理性：案件不论多么复杂，但世界还是可以理喻的，可以被认识的，人最后总能发现一大堆在纷纭复杂的线索下掩盖的事件真相。但余华的《河边的错误》在运用侦探小说形式和充分保留侦探小说基本元素的同时，静悄悄地反动了传统侦探小说及其代表的意义体系。在这篇小说中，一切都不可思议。杀人者毫无杀人动机，是个疯子，工程师每次在凶手杀人时均莫名其妙地在场，成为重大嫌疑犯，这使警方把他作为重点调查对象，同时他预感到他还会在同一地点目击另一场谋杀，在这个想象被证实后，他自杀了。侦探马哲为了结束疯子杀人而法律对此无能为力的灾难性局面杀死了疯子却自己又忍受不了各种精神折磨，也变成了疯子。《河边的错误》是一系列难以理解的错误，是一系列无序的错误，是一系列人类理性无法控制的错误。这与传统侦探小说的正义得到伸张，凶手终被惩罚，案件水落石出的结果是大相径庭的。

武侠小说是中国文化俗文类中对大众影响最深广的一种文类。有人把武侠小说的基本叙述语法单元归纳为"仗剑行侠、快意恩仇，笑傲江湖、浪迹天涯"⑩，但在《鲜血梅花》中，这些作为武侠小说应有的基本叙事单元被一一消解，有仗剑行侠却无血淋淋的打斗，有仇家却没有复仇的快感，有浪游却毫无目的。

《古典爱情》具有才子佳人小说的一切特征：赴考的士子，阁楼伤春的小姐，俏皮而热心的丫头，姹紫嫣红的后花园中的一见钟情与私会。但余华却用寒光闪闪的利刃刺穿了中国文化中脉脉温情的面纱。一边是婉约的脉脉温情，一边是冷酷的屠宰菜人；一边是仁义道德，一边又是吃人。这里余华又一次扮演了狂人的角色，以犀利的眼光看透了中国传统文化中脉脉温情之下的吃人本质。这几乎一直是余华萦绕于心的主题。在《现实一种》《世事如烟》中均有类似的表达。《现实一种》暴露了在这个最讲究父慈子孝、人作亲情的文化中出现的却是兄弟互相残杀的丑恶现象。《世事如烟》也是对传统文化伦理价值的颠覆：九十多岁的算命先生剋儿子以增自己的寿，奸幼女以采阴补阳；六十多岁的职业哭丧婆与孙子同床而怀孕；另一个人卖掉六个女儿以获利，他的最小女儿自杀后灵魂还被讨价还价地出售。余华，这个被公认为相对其他先锋作家来说最具颠覆性的作家，对传统文化意义体系的崩溃也最为敏感，暴露和摧毁它也最不遗余力。我们最有才华的评论者之一李劼口出惊人之语地指出余华是鲁迅精神最有代表性的继承者和发展者，[11]应该来说，确不为过。

以余华为马前卒的先锋作家们以勇者的精神赤膊上阵完成了一次对传统意义价值体系的强火力进攻。他们的进攻确乎是一场文化危机的表征。"元小说"因素完全是在中国本土文化中产生出来的（国外的"元小说"几乎没有被翻译介绍，理论家也没有给予指导，我们的这一代作家又不能直接阅读原版小说），所以不存在模仿、抄袭外国小说之嫌，确乎是中国文化危机的产物。应该说，"先锋文学"不仅成功地恢复了"五四"精神，而且开始超越"五四"，走向对中国文化更彻底批判和更有效继承。"具有元意识的当代先锋小说暴露一切构筑和释读意义的深层批判，否定任何元语言的必然合理性，似乎有'只破不立'之嫌。但这实际上是一种本体性的自觉，正是这种自觉能使先锋小说保持批判的彻底性，而不至于落入又一个意识陷阱中去。"[12]

注释：

①参见《Metafiction》, London and New York, 1984, 及赵毅衡《"元"意识与中国当代先锋小说》,《今天》1990年1期。

②《Metafiction》p2。

③以上帕特丽夏的论述均参见《Metafiction》p2—19。

④参见《告别古典主义》p52,《上海文艺》1989年5期。

⑤参见《当代叙事学》p228—229, 北大出版社1990年2版。

⑥参见《小说叙述学》p56, 北大版87年10版。

⑦《A Dictionary of Modern Critcal Terms》p172—173, London and New York 1987。

⑧孟悦《历史与叙述》p2, 陕西人民教育出版社1991年7月。

⑨赵毅衡《非语义化的凯旋》,《当代作家评论》1991年2期。

⑩参见陈平原《千古文人侠客梦》, 人民文学出版社1992年3版。

⑪李劼《论中国当代新潮小说》,《钟山》1988年5月。

⑫赵毅衡《"元"意识与中国当代先锋小说》。

原载《文艺评论》1992年第6期

终止游戏与继续生存

——先锋长篇小说论

谢有顺

　　文学进入九十年代之后，一批年青的先锋小说家先后抛出各自精心结撰的长篇巨制，向我们宣告了先锋小说第二次高潮——长篇小说创作时代①——的到来。作为一次更全面的艺术才华与心灵质量的展现，长篇小说为我们审视先锋小说提供了一扇独特的门扉。从中，我们看清了先锋小说的发展、分化以及叙述上的日渐成熟和分别出示的富有创造性的艺术空间。但是，从文学精神上说，先锋长篇小说的鼎盛并没有给我们开启一个新的时代，恰恰相反的是，它们都踩在原有的经验和基础之上，纷纷走向了各自的大限。我更愿意将先锋长篇小说的出现，看作是对我们这个缺乏超越性精神价值的时代的一次感伤祭礼，一首优美的艺术挽歌。我们除了在一些作家的生存感悟上猜度些精神的复活迹象之外，几乎看不到一部好长篇本应具有的深度素质：对人类生存境遇的警醒及其表现。甚至一些先锋作家还深深地陷入了不能突破自己旧有模式的困惑之中。这绝非我夸大其词的杞人忧天，而是先锋小说群落向我们展示的一个实实在在的危机事实。为此，我对米兰·昆德拉的一句话深表同感："我不想预言小说未来的道路，对此我一无所知。我只是想说：如果小说真的要消失，那不是因为它已用尽自己的力量，而是因为它处在一个不再是它自己的世界之中。"②

虚假的历史

在先锋小说内部，有一个一直未曾变更的事实：对历史的近乎偏执狂般的热爱。先锋作家在作品中共同期待一种历史性的重临：潜入历史深处，以挽救正在消逝的历史主体，在对历史的反观中，进行精神的重新定位。这也是先锋小说最为重要的话语方式。在过去那种充满语言暴力色彩的形式帝国里，历史被夷为平地，成了一个无法言说的零碎片段。完整的历史意识的破灭，意味着文学本质的沦落——这正是马原的小说给我们带来的巨大恐惧。

显然，先锋作家已经意识到，用破碎的艺术方式对抗苦难的生存现实是徒劳无益的，必须重聚历史的碎片，才能重获表达世界的权利和力量。先锋作家对历史的热情书写，重要的并不是对历史题材的引进，而是他们那改写历史的话语欲望，以及从中洋溢出来的重建历史深度意识的热忱。除了吕新的《抚摸》拒绝用一个确定的中心来统摄他那零散的历史片段外，在《敌人》《米》《呼喊与细雨》《施洗的河》等长篇中，都能拆解出一个相对完整的文本意旨：精神的深度中心。它或是对生活史的某个心灵现象进行深刻挖掘，或是言说一个人性本质沦落的罪恶过程，或是展示人类的生存恐惧与绝望等精神危机——这些无疑是作家主体所要表达的意义指涉所在。

因此，把先锋长篇小说称为是消解历史的写作，显然是不合实际的说法。然而，先锋长篇中的意旨呈现与文本操作之间的相悖之处，又使得它们不像西方盛极一时的"新历史主义"小说那样，有明显的重唤历史性和意识形态性的价值关怀。"新历史主义"的目的在于破除文本中心论与语义操作论，他们一反"零度写作"的冷漠，向意识形态话语矛盾交织之处挺进，以其灵活多变的解读挖掘出正史掩盖下的语言暴政和意识形态压抑。不否认先锋小说与"新历史主义"之间有共通之处，它们都想传达出把人从悲剧性深渊与存在的恐怖处境中解放出来的主张，这也是先锋作家在写作中一直想站稳的立足点。

从这个角度上说，先锋作家遁入历史并非偶然，他们对历史主体的把握，是为了传达对当下现实主体的理解。历史在他们笔下只是一件外衣而已。必须看到，先锋作家借着历史观察现实世界的眼光是当代形态的，他们共同将那些陈年的事涂上了一层新的精神色彩，用历史来隐喻当下生存的创作理想。就连苏童的《我的帝王生涯》这种毫无现实情境可言的纯历史虚构作品，也通过主

中国当代文学史资料丛书

人公端白的种种生命变化，表达了个人生存处于权力巅峰时被文化价值体系所异化的一种绝境，以及人被神化之后渴望向平常人的情感世界回归的心态，带有浓烈的现代寓言味道。和苏童一样，其他先锋作家对现实所作的个人价值判断也都是通过对历史的言说来完成的。这就是说，在作家与现实之间，插入了历史这一尴尬的中介物，先锋作家对它的选择，显然是为了避免直接与现实对话的可能性，即避免对当下的生存现实直接作出价值判断与情感判断。这一事实的发生，无外乎两个原因：一是面对生存环境的压迫，先锋作家缺乏直接作出真实判断的勇气；一是先锋作家的内心缺乏清晰的尺度，无法对纷繁的现实作出富有概括力的正确判断，从而揭示出当下现实的精神本相。

这充分显示出了一个有责任感的作家所处的两难处境。但无论是哪一种原因，都反映了先锋作家在现实面前无法言说的窘境。对现实的逃避，意味着对意识形态中心话语进行言说的逃避。这种写作态度，绝不是像一些人所说的那样：先锋作家启用了消解深度的"后现代主义"式的话语方式。因为先锋作家所处现实中的深度根本未曾消失，它不具备有西方后工业社会的精神特征，而且，先锋作家在作品中也一直持守着一种深度言说的写作模式，不具备有太多的浅表感与平面感。事实上，先锋作家在长篇中，都想通过历史来表达他们对现实的独到理解，只是，历史的虚假性以及它本身作为一种结果形态，恰恰成了作家真正通达现实的一个障碍，从而大大削减了作品的现实力量。格非的《敌人》，是想通过一个家族的主人赵少忠对"敌人"——纵火者——的猜度，来言说一个富有现实寓意的生存话题：在一个缺乏爱与交流的时代里，人类将陷于一种人人自危、"他人就是地狱"的精神恐惧之中。苏童的《米》则是一个骇人的人性寓言，他在作品中所出示的是：在一个罪恶遍地的时代里，人堕落到最后地步时兽性滋长的恐怖景象。但是，由于历史本身过于逼真的客观效果，导致作家与读者不得不成为这种生存境遇的观望者，而难以进入切实的体验之中。可以说，先锋作家对历史的过度痴迷，一定程度上消解了他们所想要建立的深度中心——因为真正的深度不是客观的、历史的，而应是主观的、现实的。

至此，一个事实已昭然若揭：先锋作家必须使自己的作品具有当代性。作为一个精神事务的劳作者，我们没有任何理由回避现实的苦难，回避当代所面临的生存境遇。用所谓的当代体验去写作历史，是很难传达出我们时代生存深处的声音的。回到当代，并不是简单的题材转换，而是要对当下现实掩盖下的精神本质作出反应。因为我们既不能逃避生存，也不能逃避自己的生存环境，回到当代，就是说要站在自己所处的生存现实上，出示一种写作的勇气——一种直面生存的勇气。正如G.斯泰因所说："艺术的真正的'当代性'在于艺术家能够象科学家和哲学家一样迅速而真切地敏感到他的时代的生存脉搏，敏感到世界的各种变化。"③

先锋作家已经开始意识到这一问题的重要性。关于这一点，我们可以在余华的《呼喊与细雨》和北村的《施洗的河》中看到。此外，虽然孙甘露的《呼吸》是一部直面当代的作品，但由于孙甘露没能找到作品与现实精神的契合点，加之他缺乏深层体验的表达充满自恋色彩，使作品显得底气不足。在《呼喊与细雨》中，我们却能感受到一种当代性精神情境。这部作品时间跨度相当大，余华将时间链条设置成一条从历史逐渐伸越到当代的若隐若现的圆形曲线，并通过一个孩童冰冷的眼光将历史与现实的片段统摄在绝望与幻想的生存体验上，从而具有了逼人的内在力量。北村《施洗的河》找到了某一历史时代与我们时代的精神共通性，进而通过整体隐喻的手法发出这一精神维度上的声音。他贯注在刘浪这一人物身上的焦虑、恐惧、绝望等，超越了心理经验的层面，而成为一种神性缺席之后的生存黑暗的象征性体验。历史在北村笔下，只是一个被推得很远的完全虚拟的背景而已。

先锋小说回到当代的声音应该加强，作家应重新深情地注视我们脚下的这块土地，以一个真实的存在者进入创作。只有这样，才能在作品中传达出一种真正对我们时代有用的声音。即我们当下的精神面临着怎样一种贫瘠景象，以及我们的精神救渡之路在哪里。

意义的匮乏与过剩

先锋小说向历史逃遁，大大遮蔽了它们直面现实的锐气和可能性。在历史展开的深部，我们看到的是现实性的匮乏。这时，先锋作家面临着表达上的最大困难：作品的意义空间一直处于自我否认的矛盾之中。

对生存意义的体验与言说，一直是文学的基本任务。虽然，在先锋小说里有技术自娱的倾向，但是，仍旧可以看出先锋作家探求精神深度中心的欲望。

中国当代文学史资料丛书

不过，由于一些先锋作家缺乏真正的有质量的生命感悟和意识指向，他们在操作上像一个野心家，在精神的实际面貌上却像一个满脸迷惘的玄学道士。这种分裂，构成了一些先锋小说在意义表达上的匮乏景象。它在吕新的《抚摸》和格非的《边缘》中最为突出。

《抚摸》中不乏精彩的片段，但因通篇都是作者兴之所至的任意挥洒，这些片段不过是作品中的小小装饰品而已。吕新对历史表象的零乱书写，既无故事的内在逻辑，也无人物的心灵逻辑作为作品的统摄力量，这就使作品成了一种表象的无意义堆积。在这部长达17万字的作品中，作者不顾及作品的结构凝聚力，而任由自己的思维跳跃，将想到的都无节律地排列出来，读者要想在其中读出点意义来，那是徒劳无益的。

和吕新所不同的是，格非在《边缘》中，却想通过散乱的人物记忆来传达他对人类精神现状的思索。只是，《边缘》的实际效果与作者的主观愿望相距甚远。尤其是在意义的传达上，一如题目所指示的那样：没有中心，有的只是边缘。这种中心的沦落，导致作品在意义指向上的模糊，进而陷入了无意义的深渊之中。《抚摸》《边缘》，甚至包括《米》这些先锋长篇小说，要么是热心于残缺情感的表现（如仇恨），要么是致力于一些玄奥的智慧上的思索（如死亡的形而上意义），而难以将作品上升到生存维度上来加以审视。生存体验的缺失，也就是一部作品的真正意义的缺失，这样的作品显然无法为我们现实的生存提供精神的支撑物。

正如史蒂芬·希思在《新小说》一书中所指出的那样："小说中的意义系统应是读者在日常生活中所处意义系统的意象。"④他告诉我们：小说意义应是生存意义的投影。离开生存，作品便会陷入无意义的泥淖之中。不要以为，先锋作家是想操用一种无意义的方式来表达生活的无意义，因为生活可能是无意义的，但作品的无意义并不能表达生活的无意义。设若作品与生活一样都无意义可言，那么，文学存在的理由是什么呢？文学反抗生存危机的力量又在哪里呢？面对我们这个意义危机日渐加盛的贫乏时代，文学应从无意义的维度上挣脱出来，重新出示一条抵达意义之国的通途，以此来获得肯定我们生存的力量。

在先锋长篇小说中，与意义匮乏相对的是：意义表达的过剩。意义的过剩，也就是意义的混乱，这方面的典范例子是孙甘露的《呼吸》。在这部长篇中，借着主人公复杂的爱情经历，向我们展示了作者关于家园、语言和永恒性的深沉冥思。诚如孙甘露自己所言，一部作品就精神与气质而言应包含以下四个方面：个人自传、崩溃社会的描绘、圣杯与精神再生的寓言、佛教徒的冥想。⑤显然，孙甘露想将这四个方面都统一在《呼吸》里面，由此造成了意义的极度混乱。事实上意义的终极是唯一而孤寂的，它不存在多向度理解的问题，孙甘露没能有这样的终极认识，从而陷入了自己构筑的意义误区而不能自拔。

意义过剩的另一种表现是：作品中理性演绎的力量过于强烈。它使得作品的意义系统无法消融在作品里面，显得过于生硬和外露。比如《敌人》，格非启用了一种富于理性色彩的猜度话语，想通过对一个空无事实的重重剥离，来传达作品的意旨："敌人"无处不在。然而在操作上，格非却将这一主题压缩在一个中篇结构中展开，有过于急促、直奔目标之嫌。苏童的《我的帝王生涯》是想表达一个精神的异化与救渡的全过程，但苏童采用的是"帝王生涯"与"庶民生涯"这一简单的二元对立的寓言模式，使人物内在精神性的问题用外在生存方式的改变来轻易解决，未能深入到生存体验的维度里面。在有关精神救渡的表达上，苏童是通过选择一种富于刺激性的走索生活代替端白过去那种乏味的帝王生活来完成的，这恰恰是中国文化中典型的精神消解模式，它决定了《我的帝王生涯》只具有文化性，而不具有精神性。因此，苏童在小说的最后，只能让端白在走索之余苦读永远也读不完的《论语》，这样的生活永无止境。

必须指出，无论是意义的匮乏还是意义的过剩，都是因为先锋作家对意义的理解缺乏一个绝对性的终极尺度所造成的。我们知道，意义的危机来源于人们对终极原则的离弃，那么，要获得对意义进行重新言说的权利，就必须恢复我们与神圣终极的正常关系，从而找到我们的生存根基与判断事物的依据。海德格尔将我们的生存世界描述成天、地、人、神的四重结构形式，设若我们对此有完整的认识，就能知道：生存的黑暗来源于神性的缺席，生存的幸福来源于神性的惠临。这是我们对生存的认识唯一能达到其最终根源的方法。实践证明，尼采式的"重估一切价值"的认识方法，只会给我们带来意义混乱与无意义滋长的可怕结果。随着西方的"后现代主义正在走向终结"（奥尔克斯语）这一事实的发生，当代人已渐渐地从生存零度的疲惫中觉醒过来，不约而同地远离尼采这一可怕的精神杀手。在作品中重建精神价值新维度的呼声也正在加强，它几乎成了"后现代"之后的又一文化景观。从这个角度上说，北村的《施洗的河》开了深度重建的先声。从中，我们看到了一条清晰的精神线索：害怕→焦虑→恐惧→绝望→救赎。这几乎可以看作是对我们时代精神本相的全面概括。这种面对生存终极的写作，不仅使北村从旧有的模式中突围出来，而且也有力地克服了先锋小说的意义匮乏与意义过剩的种种危机。

游戏者说

对意义的明晰性与终极性的表达困难，意味着先锋作家失去了判断意义的绝对性立场，因此无法洞悉生存意义的全部奥秘。对一个事物一旦无法言说，我们唯一可做的似乎就是沉默。在先锋作家身上，对意义表达的沉默，成了对意义表达的回避。也就是说，如果作品的意旨无从用力的时候，便只剩下语言可以作为写作者肆意妄为的领地了。这种由作品内在意义指向的向符号代码系统的撤退，几乎成了一些先锋作家共同的写作原则。他们取消了作品背后的意义指向，把小说的意义改写成是在阅读过程中的一种语言的自我愉悦。它暗合了罗兰·巴特尔的主要思想：意义存在于对作品包装的盘剥上，而不在包装里面。罗兰·巴特尔将这称之为"文本的欢娱"，它也是先锋小说中最极端的一种游戏主义精神。

游戏者对表达的结果不感兴趣，他们只对表达的方式充满热情，进而充当了一个用语言来游戏，同时又被语言所游戏的角色。这之中，语言中的情感性、真理的指向性正在逐渐消失，它不再是人们心灵交流的工具，而成为消泯意义、导致艺术自戕的武器。人们在语言增殖和语言自娱中丧失了本真的归宿，正如玻璃一旦模糊，我们的注意力便集中在玻璃上，而玻璃后面的事物却无法看清。这种到语言为止的写作，使作品成了操作性的游戏，并充满后现代式的消解冲动。在孙甘露的《呼吸》、吕新的《抚摸》和《黑手高悬》等长篇里，都打破了读者的期待视界，使读者的注意力转向语言符号本身，而不去寻找这背后的意义。这种由"可读性"向"可写性"转型的作品，只剩下一些空洞的逻辑法则和能指中心的位移。即使在格非所出示的迷宫中，我们体验到的也是一种无能和沮丧。迷宫的不可知性本身就站在终极意义的反面，我们又怎

先锋小说研究资料

能在它身上获取信念的光芒呢？

　　《抚摸》中语言的无序和无定向，彻底否认了终极层面上的神圣秩序和意义中心。吕新在尽情享受能指词给他带来的欢乐时，对作品的意义进行了随意的玩弄，使得他的这部长篇成了能指词无止尽的聚集，以及语言代码碎片的大展览。吕新的自由游戏是一种"暴力语言观"，他无情地嘲讽了读者所作的一切阅读努力。吕新将作品变成了一个毫无价值深度的平面，或许以为用这种语言游戏的方式能把握世界的精神本相。事实上，语言自身的平面消长所带来的随意性操作，只会导致语言的无法理解和语言的无意义——这正是吕新在自我解构的怪圈游戏中所付出的代价。

　　孙甘露的《呼吸》则是另一番游戏景象。他告诉我们，《呼吸》关注的是：修辞、节奏、隐喻、句子的长度以及变化。对庸俗惯例的调侃性模仿穿插其中，语言服务于结构，而不是服务于意义。同为小说的另一主题就通过对言辞的强化而证明它的虚妄。这段自我表述，再次表明了孙甘露的写作态度。这位曾以写诗为业的先锋小说家，凭他对语言的敏感充当了一个修饰语言的工匠。但是，孙甘露只对修辞节奏、句子的长度等小说语言的外在变化感兴趣，而从来没能够内在地改变过小说语言的功能。因此，我始终认为，孙甘露给小说带来了语言革命的说法值得怀疑，因为语言革命绝非指修辞革命。《呼吸》有意进行体裁变异模仿，包括滑稽性模仿诗文，谐摹诗文。这种杂烩式的写作，使《呼吸》具有了一种后现代特征——种类混杂。另一方面，孙甘露又想在对时间永恒性的寻求和冥想中，创造一种既不偏向现在又不压制过去的新型时间关系，这与"种类混杂"式的写作方式是相悖的。因此，无论从哪个角度看，《呼吸》都是一个混乱的矛盾体。

　　吕新的语言平面，格非的语言迷宫和孙甘露的语言混杂，都是一种解除中心的写作。也正是由于中心始源的匮乏，语言对作品的侵略才变得普遍。这是先锋长篇小说中表现出来的重要游戏特征。先锋长篇小说中的另一个游戏特征是：叙述主体的消失。它就是先锋作家所追求的一种中立性的"零度写作"方式。"零度写作"追求一种叙述的客观性、冷漠性和无情感性，以表达意识形态话语的冷漠性和作家自己所体验到的"生存的零度"之感觉。"零度写作"（或者说冷漠叙述），表明的是一种写作者的态度：不作任何的情感或价值判断。写作者只将那些不带情感内容的生活事象呈现在读者面前，以期在这种客

中国当代文学史资料丛书

观表达中获得一种反讽效果。余华、北村、苏童等人，都共同应用大量的残酷事件来表达人物的绝望感受。除了北村对绝望的叙述还浸淫着情感性外，余华、苏童等人都是以纯粹的冷漠为底色的。我们不会忘记，《呼喊与细雨》中的"我"和《米》中的"五龙"这两人打量世界的眼光，总是令人不寒而栗。

冷漠叙述拒绝作家的自我情感进入作品，作家只在写作中保持一种观望的权利。这样，作家所讲述的故事就只是"他们"的故事，而非"我们"的故事。这种失去了情感判断的作品，就失去了感动人的力量，因为非小说的形态正在使小说的面貌变得陌生起来——小说丧失了抒情的功能。《米》《呼喊与细雨》《边缘》等作品，都回避了与读者的心灵交流和对神圣情感的亲近。作家完全隐退在人物背后，让人物自己自由地发言，它告诉我们，在作家的头脑中，关于真理和现实感的评定标准消失了。

无论是语言游戏，还是冷漠叙述，都是一种过于夸大作品某一要素之功用的表现，它带有浓厚的私人性和文本自恋色彩。只是，从来没有人指出先锋作家只顾文本愉悦而遗忘存在悲剧性的自私本质，它成了文坛的一大隐痛。事实上，即使在罗兰·巴特尔自己看来，"文本的欢悦"也是邪恶的。他认为，这种欢悦产生于不仅仅是心灵的、更是身体的节律，文本只是一个物恋对象，充满着欲望。因此，对巴特尔来说，文本的欢悦既来自肉体"追求自身理想的自由"，又来自"转向奢华的能指层的价值。"⑥令人忧伤的是，先锋小说一直未能走出文本自恋的窠臼，至今还在不断地将作品的精神内容替换成一种内在符号系统，将写作替换成一种技术能力，使之呈现出一种不可挽回的失落：拯救心灵之能力的失落——想象力的失落。同时，它也导致了整个文学状态的失落，或者说是对文学本质的致命耗费。这似乎就是游戏文学的共有命运。因此，当下一些重要的问题已经摆在我们面前：吕新在他的语言平面里还能居住多久？孙甘露在小说领域里进行的语言修习能持续到几时？余华、苏童和格非等人面对日渐触目惊心的生存事实，究竟还能冷漠到什么时候？

表达困难的突围

游戏者的写作是丧失了深度、为创新而创新的写作，他们退回到平面模式和语言的解析之中，只注意语言表面并专心探讨字面上极为肤浅的意义。人也

先锋小说研究资料

不再是语言的主人，而是一个依赖于语言获得存在的存在物。与此同时，作家的自我也消匿在非对象化了的现象之中，使得作品在语言的自我表演中回避阐释，也无法阐释。就这样，先锋作家通过语言轻易地消解了他们对终极真理和生存意义的追寻，并将生命的价值和世界的意义消泯于语言的操作之中。

语言游戏来源于对终极意义的离弃。德里达说："因为不存在终极意义，这就为符号示义游戏开辟了无限广阔的天地。"[⑦]但是，符号游戏对人类精神面貌的蚕食所带来的恐怖性，正好说明德里达的话是一句妄言。符号游戏作为一个技术过程，是不对人类的精神负责任的，它也不带任何感情体温，其本质是冷漠的。感情语言的贫乏，恰恰表征了我们时代的精神贫困。面对这一境遇，文学应在对当下精神境遇的发言中担负起道德责任，而不应成为时代精神沦落的推波助澜者。现在看来，先锋作家大都没有持守这个立场，他们在生存上承受着精神之痛的压迫，在写作中却启用了游戏的原则将之消解干净。

然而，文学对人类精神的表达毕竟是无法回避的。人类的精神是由情感的挣战和对意义的冥思构成，而不是由语言和技术构成的。语言和技术一旦成了作品的主体，就取代了作品对精神主体进行言说的可能性，这便是先锋小说所要克服的主要的表达困难。与过去的小说创作相比，先锋作家在长篇创作中，语言表达的泛滥有了明显的收敛，随意性写作行为也得到了节制。设若一个作家在长篇小说的写作中尚且将技术摆在第一位，游戏无度，那么，他就必须付出写作意义被彻底取消的代价。因此，先锋长篇小说在表达困难的突围上，第一个标志是语言和技术障碍的消弭。一度，语言的自我增殖和技术迷津阻隔了作家与人类心灵之间的关联，使作家站在心灵的断桥之上不知所措。丧失中心始源、无终极意义的写作，也就丧失了文学的根基和主旨，它必将陷入自我指涉的怪圈之中。而"一种文学如果与一切文化判断无联系，没有主题也没有题材，丧失确定的意义，欠缺一种辩证的语境，那它只不过是胡言乱语而已"[⑧]。关于这一点，一些先锋作家的写作已引起我们的警惕。

写作如果仅仅是为了提供一个让写作主体永远消失的空间，那无异于是自己掌自己的嘴巴。尽管语言在表达人类心灵世界和意识领域时，存在着难以穿透的障碍，但是，设若继续让文学不断地技术化和程序化，那只会进一步地将文学推到危机的旋涡之中。应该树立起一种反抗危机的新写作观：压制"后现代主义"所张扬的"话语膨胀"，重新恢复文学与世界中心，与人类本真精

中国当代文学史资料丛书

神的亲密关联。真理、公义、良善、美和爱等，并不是与文学不相关的东西，相反的，它应成为文学表达的对象，因为它们从来不会在我们的精神世界里消失。我们将一些前辈巨匠称为是语言大师，也多是指他们笔下的语言有力地帮助了他们实现对生存体验的表达。语言只能是表达的手段，而不应成为表达的目的。余华、北村和苏童等人，就是第一批从语言陷阱中突围出来的先锋作家。因此，在《呼喊与细雨》《施洗的河》《米》中，语言不再作为障碍物坚硬地浮现在作品的表层。作家在作品中所保持的语言风格，也暗合了作品的精神风格。《呼喊与细雨》的舒缓飘逸正是"我"在孤独中前行的绝望心态的最好表达；《施洗的河》的晓畅有力与北村直面生存的坚定面容吻合一致；《米》的凶猛节制使五龙在罪恶仇恨中流浪的精神历程展露无遗。在这三人的长篇中，都有了清晰的精神本体指向，为先锋小说开辟了一个新的向度。这种由表象到心灵，由外在到内在的写作转型，无疑是一种进步。实际上，先锋长篇小说的相继出版已经告诉我们：将一批艺术追求迥然相异的作家统一称为先锋小说群体，是一件勉为其难的事情，如今，它们内部的分化事实一目了然。

在表达困难的突围过程之中，北村是最富典型意义的一个。这位曾经是"探索形式主义策略最极端的实验者"，多年来创作了一大批可供"结构主义"学者解析的坚硬小说，只是，他那追寻"终极价值"的创作理想一直未能真正实现。形式迷津消解了他的一切深度追求，他无法再对生存作出有力量的言说。北村深知，这是一种得不偿失的行为。《施洗的河》第一次解决了缠绕北村多年的创作矛盾。从表面上看，北村只是把读者的注意力转移到人物的生存境遇上，但是，这里面却包含了北村在创作道路上所作的根本调整：存在的悲剧性以及对实现存在的终极关怀，成了北村关注的唯一重心。读《施洗的河》不再有任何表达上的障碍，为此，《施洗的河》获得了一种穿透黑云般的存在事实的坚强力量。在主人公刘浪身上，我们看到的是整个时代人的心灵投影——一种精神极度匮乏的恐怖景象。通过《施洗的河》，北村也向我们揭示了一个在表达困难中突围出来之后的方向：文学应注视人类存在所面临的实在景象——它也是一切有大气的作品唯一用力的地方。从这个层面上说，北村与余华是非常接近的两个有生存感的作家。1991年底，余华的《呼喊与细雨》的出现，几乎可以看作是先锋小说在生存感悟上趋于成熟的第一个明显标志。一年半之后，北村应和了余华所出示的回到心灵深处的创作主张，他的《施洗的河》在对我们时代精神的概括上，比《呼喊与细雨》更为全面和集中。它在艺术上虽不如《呼喊与细雨》那样精致，却也质朴有力，令人流连不已。

正是表达困难的消除，才使得我们的生存景象毫无掩饰地裸露出来，并把作家带入直接审判的精神情境之中。作家与读者都直接与生存状态相触，不再经过语言这一中介的过滤。这样，作品也就不再提供任何非存在的消解途径，而是让读者切实地承受人性与精神的重量。可以想见，这样的阅读是会摸着人的心灵的。因此，先锋长篇小说这一向度的出现，将文学最重要的意义显明了出来：存在是无法遗忘也无法回避的。

存在之维

胡塞尔曾经认为，语言本身具有一种客观与主观交叉的特征。游戏者强调的是语言的客观性，事实上不存在一种纯粹客观的文学语言。文学作为人类精神状况的概括性表达，总是在语言中浸透着作家的主观意旨：对所表达之物的态度。这种态度如果带有作家真实的精神体验，便是这个作家对存在的态度。存在，是一种与终极相关的自我价值确认，它在本质上是全人类共通的。

所以，终极的文学就是思索存在之境及其意义的文学，它是语言在精神领域里所能企及的最高境界——它最终传达的是一种属天的神性之声。北村和余华是有意地朝这一目标趋近的。北村说：文坛是由声音构成的。每个作家都通过作品向人们发出各自不同的声音，但真正有质量的声音却只能从存在的维度上发出，而这一声音的强弱又决定于作家心灵质量的大小。

余华在创作《呼喊与细雨》的时候，便开始真正触及这一至关重要的问题。余华知道，存在是有深度的，它表达了人与世界的终极关系。他说："一部真正的小说应该无处不洋溢着象征，即我们寓居世界方式的象征，我们理解世界并且与世界打交道的方式的象征。"⑨北村也声称："我要为自己选择了作家这一职业负起道德责任。"⑩但无论是余华所说的"象征"，还是北村所说的"道德责任"，都是一种向存在发问的方式，它寄寓着余华、北村认识存在真相的全部热情。然而，我们所面临的存在境遇究竟是怎样的呢？

自从尼采发出"上帝死了"这一严重的声音之后，我们存在的根基便出现了问题。到这个世纪的下半叶，福柯又说"人死了"，利奥塔则声称"知识

中国当代文学史资料丛书

分子死了"。这些耸人听闻的断语，向我们指出了一个共同的事实：任何中心秩序和终极原则都不复存在，人的理想和价值体系也随之分崩离析，人们只能依靠自己的力量来为自己的存在建立标准。存在中心秩序的缺失，意味着人类已从意义之国里迁移出来，站在以自我为终极的立场上思索问题：人活着是有意义还是无意义的？活着的意义又在哪里？这就是所谓"上帝死了"之后所造成的混乱景象：越来越多的人用自我的意志情感、自我的伦理道德观念作为衡量世界、指导自己言行的准则。这种价值选择反映在文学上，便成为"虚无主义"和"相对主义"滋长的沃土。先锋长篇小说对终极意义的把握显得力不从心且模糊不清，正是反映了一种作家失去了存在参照物之后的茫然不知所措的困窘，以及失去了历史和未来，失去了家园和希望的存在状态。

从先锋作家为他笔下的人物所选择的精神出路中，便可看出他们要对存在作出清晰的肯定，有着很大的困难。先锋作家大都是直接面对人物的生与死来写作的，但是，当他们置身于形形色色的道德伦理和意识形态规范的混乱中，却无法为人物找到一条能从生存苦难中超越出来的救赎之路。检索各部先锋长篇小说，我们会惊异地发现：小说人物最终结局，几乎无一例外地走向——死亡。余华、苏童、格非等人，除了纷纷地将他们小说中的人物推向死亡，都热心于死亡场面的渲染叙述。它告诉我们：对于一个无法确认存在之本质的作家来说，死亡是他们唯一能够把握的确定的存在。因为他们朝荒谬、孤独、恐惧、绝望和意义危机的深渊走去时，由于信仰的缺席，就只能亲见死亡的悲剧。一些先锋作家还将人物的出路指向人性中与自然本能相通的区域，认为生命本能的召唤和自我消耗是对存在痛苦的解脱。为此，在《敌人》《米》这些作品中，爱情被性爱所替代，征服世界的方式也被罪恶与仇恨所替代，只是，这种本能冲动也不过是死亡的前奏而已。即使像《我的帝王生涯》《呼喊与细雨》这些充满生存迷惘的作品，作者也只能使人物逃避当下的生存环境，遁入另一片生存区域，以免被旧有的生存重负压垮。无论是端白由帝王变为走索王，还是孙光林的上京求学，他们都只是对客观的生存苦难的逃避，主观的生存苦难却仍旧驻留在他们心中。他们缺乏在现有的生存中站出的勇气，这实际上表征了作家自己缺乏一种直面生存的勇气——况且，逃避对于旧有的生存来说，也是一种死亡。

但是，对于我们这些生者来说，死亡并非是我们所向往的境界，因为死亡是没有安慰人的价值的。尽管海德格尔也将死亡看作是存在的一部分，可存在的价值却只能在生者身上才能得以实现。一个作家的真正责任就显明在他对生的思索上。只是，大部分先锋作家都还徘徊在肯定生命和肯定死亡之间，他们一方面害怕死亡的寂灭感，另一方面又无法在生的痛苦与绝望中找到一条摆脱困境的道路，这就是先锋作家失却裁决标准之后的尴尬。

只有生的意义得到确认之后，存在才是有价值的。存在之维在作品中崛现，就是面向终极价值而展开的。作家的笔力若无法将存在的根因导引到终极层面上，那他也就无法伸越到意义的维度上观照存在。文学对存在的最终表达，用海德格尔的话说，就是要用"神性测度自身"，使得每个存在者能"在神性中站出自身"——这既是存在的勇气，也是存在的盼望。先锋长篇小说大都没能与神性之维发生关联，因此，无法"在神性中站出自身"，从而成了无意义之痛苦，无意义之绝望。即使像余华这样有存在感的人，由于未能迈出最后的一步，他也无法在作品中回答下面的问题：绝望的终极原因是什么？绝望之后我们该走向哪里？

《施洗的河》表达的乃是神性缺席之后的生存黑暗：心灵的空虚与精神的匮乏。为此，北村在小说中一直想启示出一个精神的拯救消息来。北村深入到了我们当下生存的本质点：信仰的恢复是我们精神匮乏的唯一出路。像刘浪一样，金钱、女人、地位、事业都无法使他满足，他需要的是圣洁和爱，也只有这些永生的神性，才能使他彻底脱离绝望的泥潭。北村通过刘浪的被拯救这一至福情怀的实现，使得《施洗的河》在存在之维上完成了最后的飞升：从现实形态向神意形态的转换。

这是一个非常重要的表达范例。它使得北村面向神性终极的精神思索具有了象征性及普泛性，并使存在之维明亮起来。同时，《施洗的河》出示了一种超越性的力量。它虽有一个现实感很强的基始结构，但是，它并非迎合现实的某种外在变化，而是穿过重重生存事实，概括性地表达了一个精神在绝望与救赎这两极之间运动的景象。《施洗的河》内在的精神深度，可以看作是先锋小说在语言和意义游戏的废墟中复活的标记。我们的时代太需要有直面生存并能反抗生存危机的文学了，先锋小说应率先回归到生存的维度上，使人们实在地感受到精神砝码的轻与重，从而回答荷尔德林几个世纪前的质问："在贫乏的时代里，诗人何为？"

——在贫乏的时代里，小说家何为？

1993年7月30日于家乡

注释：

①本文论述的先锋长篇小说包括：格非的《敌人》和《边缘》、苏童的《米》和《我的帝王生涯》、余华的《呼喊与细雨》、孙甘露的《呼吸》、吕新的《抚摸》、北村的《施洗的河》等。

②米兰·昆德拉：《小说的艺术》，第16页。

③《现代文学艺术中的自我丧失》，第4页。

④史蒂芬·希思：《新小说》，第286页。

⑤见《呼吸·代后记》。

⑥罗兰·巴特尔：《文本的欢悦》，第17页，第65页。

⑦卡勒：《结构主义诗学》，第360页。

⑧罗蒂语，参见王岳川：《后现代主义文化研究》，第223页。

⑨见《呼喊与细雨》封面。

⑩北村：《缅怀艺术》，载《艺术世界》1992年6期。

原载《文学评论》1994年第3期

形而上主题：先锋文学的一种总结和另一种终结意义

徐 芳

倘若在1985年，我们显然无法想象"先锋文学"会陷入九十年代的如此式微的境地。时间过去了，它就这么匆匆过去了。时间总是赢家，总是胜利者。然而，当它与文学角力时，它也总会取得胜利吗？一如它在生物界与历史界所显示的那样？倘若如此的话，我们不会也不必为"先锋文学"的式微而忧伤而惆怅了。令人欣慰的是，翻开一部由时间留下的文学史，它并不表明时间总是赢家和胜利者，亦即是说，文学并不如生物那样在时间的绵延中表现为一种进化。唐诗、宋词、元曲或者李白、关汉卿、曹雪芹并不因为时间的推进和绵延而失去他们的高度和光辉。在这个意义上，我们有理由对1985年开始的"先锋文学"的实验和探索以及它已然取得的成绩表示一种缅怀之情。

不论我们对这场从1985年肇始的"先锋文学"运动持怎样的见解和看法，我们都无法否认这是中国当代文学发展过程中的一个重要文学阶段和文学现象。它对中国当代文学的进程迄今未止仍然有着不可忽略的影响。当代学人谢冕先生、王蒙先生在进行"后新时期文学"的划分时，就把1985年作为一个重要的时间坐标，并以为"后新时期文学"正是在这一时间拉开它的帷幕的。

因而，对"先锋文学"进行一番再回首、再梳理，就不仅仅对一个重要的文学现象本身具有一种整理和总结的意味，它同时还对当下文学的发展也有一种坐标作用乃至某种前瞻性的意义。

对"先锋文学"曾经有过的辉煌和文学实践，无疑有着许多可以切入的角度、分析的角度。本文试图从主题学的范畴入手，对"先锋文学"曾经拥有过的"形而上"主题群落作一番描述和梳理，并以此作为对"先锋文学"的一种总结乃至于发现另一种终结的意义。

中国当代
120
文学史资料丛书

主题之一：认识你自己

"认识你自己"，这一著名的古希腊箴言本身即是对人的一种怀疑。而对人的不同认识甚至是差异很大的，不同认识始终诱惑着、驱使着一代又一代哲人和艺术家作出新的结论和描绘出全新的艺术世界。

莎士比亚的哈姆雷特说：人是多么了不起的一件作品！理性是多么高贵！力量是多么无穷！仪表和举止是多么端整！多么出色！论行动，多么像天使！论了解，多么像天神！宇宙的精华！万物的灵长！

但法国哲学家帕斯卡说：人是会思想的芦苇。他还说：人是怎样的一种新颖！怎样的一种奇观！万物的法官，地上的低能儿；真理的宝库，充满了疑问和错误的阴沟；天地的骄傲，宇宙的垃圾。

莎士比亚和帕斯卡，谁更深刻？或者换一个角度，深刻与否是一个过于奢侈的命题，而我们宁愿设问，谁更能够契合当代人对生存、对人的存在的一种疑虑、一种焦灼和困惑呢？显然是后者，显然是那位看到了人与芦苇的相似性的帕斯卡。他对人的这种怀疑精神，这种悖反认识，曾经让整个现代派文学为之激动，并在半个世纪以后，让整个当代中国的"先锋文学"为之激动。

在残雪的《苍老的浮云》《阿梅在一个太阳天的愁思》等篇什中，对人的质疑构成了人的生存环境：主人公永远生活在一个可疑的空间之中，这一空间仿佛是悬浮不定的，它所具有的每一个圆形和扁形，比如檐缝、墙缝、水牛的眼睛、屋顶上的窟窿都可能构成一种窥视的环境。也就是说主人公生存的环境始终处在一个被窥视并且可能丧失内心自由的境地。如同圆形和扁形在自然界无处不在一样，人的被窥视以及人的窥视欲也就可能无处不在、无时不在。

在叶兆言的《五月的黄昏》《最后》《枣树的故事》中，对人的质疑直接构成了作品的整体艺术氛围。谜一样的人的精神世界的萎缩以及对这一过程或而明朗或而疑窦丛生的拷问过程构成了作品中事件的走向。这一系列作品或许存在着某种温情，但这种温情绝不因为人存在的历时性社会内容而展开，而是因为人的生命存在——一种滤去善恶、滤去社会内容的自然存在——而展开。一个让"我"感到可亲可敬的叔叔，恰恰可能是十恶不赦的坏蛋，或者可能是一个优秀的家长。在这样的追索叔叔之死的过程中，叔叔构成了"我"存在的环境：一种充满矛盾、丧失信仰的环境，而"我"由单纯而趋于复杂的精神历程，反过来也深化了"我"自身（《五月的黄昏》）。一个杀了人而始终没有搞清为何杀人的"阿黄"，"最后"也只能在一种精神压迫中死去。他的内心始终处于欲杀人和被人杀的逃亡过程之中。在他周围的人物——少女和女记者，除了暗示他杀她们或她们要杀他之外，还有什么另外的意义呢？（《最后》）。而在尔勇的生命历程中，在他历经了生命沧桑的晚境中，他始终没有搞清他的嫂子为何会爱上截然相反的几个男人。从他的哥哥到杀死他哥哥的白脸一直到老吴，人物的这种男女关系史，构成了情欲对人的命运的支配史（《枣树的故事》）。叶兆言如同戈尔丁在《蝇王》中对人的原始欲望、人的残忍性表示出怀疑、惊骇、恐怖一样，他不解于人的情欲怎会如此不可思议地置孝悌、养育等社会道德、伦理而不顾。

在余华的《四月三日事件》《鲜血梅花》中，对人的质疑直接衍化为对人的生存目的的质疑：人为什么而活？人为什么要活？在《四月三日事件》中，张亮唯一的目的就是要逃，至于为什么要逃，又逃向何方不得而知，也不需要知道：逃本身构成了人的全部要义。在《鲜血梅花》中，阮海阔起初的整个目的就是要遵循母亲的遗嘱，报杀父之仇。报仇的欲念构成了他几十年奔波山林草莽、河流沟壑之间的内在动力。然而，这一几十年为之奋斗的目的却又是那么容易被改变，当胭脂女和黑衣大侠请求他代为打探一个消息时，他同意了。几十年的信念和目的竟是那般脆弱。在阮海阔的这种轻易改变背后，我们不难看到这同时是一种对人之存在的随意性、崇高性乃至虚无性的一种肯定。

主题之二：人所创造的历史

历史是由人创造的。人并且有能力创造自身的历史，几千年来蜜蜂们制造蜂巢的手段没有改变，他们的生存环境也没有发生改变，但人的存在、人所赖以存在的环境却发生了巨大的变化。从这样的一个浅显的道理出发，"先锋文学"必然由对人的质疑而走向对人的历史的质疑，走向对人的存在环境变化的质疑之中。

如同传统的文学观受到先锋派作家们的怀疑一样，传统的史学观也摆脱不了这样的遭际。因为在他们看来，以前传统的历史方法论和认识的中心问题在于，客观地认识过去只能靠学者的主观经验才可能获得。他们企图解救历史，

中国当代文学史资料丛书

即将历史从经院中解救出来，将历史以一种文学结构和语言，还原为一种混沌状态，一种原生态的生动。

先锋作家们首先对历史的偶然性和随意性表现出极大的兴趣。几乎可以把苏联作家鲍利斯·帕斯捷尔纳克的一句话作为先锋派作家的历史信条，那段曾经被克劳德·西蒙引自为《草》的题铭的话如是说：没有人造成历史，也没有人看见历史，如同没有人看见草怎样生长一样。

在叶兆言的《枣树的故事》中，白脸与岫云的冗长的关系史，肇始于一个极偶然的机会：尔勇企图作出反抗，然而才有了岫云的出现。而白脸的几度化险为夷，在几乎丧命的关头能够生还，也维系在一系列偶然的、随意性极大的细节中，比如岫云的内衣的颜色。抗日英雄谢连长之死，也是阴差阳错，莫名其妙，既不轰轰烈烈、惊天地泣鬼神，也不悲壮，更缺少高潮和铺垫。一切可能都和土地的颜色一样，单调、厚重，缺少层次和变化，但它却是维系我们生存的最基本的颜色。"草"或曰"历史"，就生长在这样的颜色之中。

在廉声的《月色狰狞》中，这种对历史过程中的偶然性、随意性的关注，还构成了对历史多元视角的反讽。在历史进程中的任何一方，都企图对历史作出一种确凿的、历史学家般的评价（这种评价往往构成后人撰写历史的材料）。由于这类评价把感性的历史过滤成一种语言的、貌似庄严的游戏，它在人们心目中往往更像"历史"。比如，这种"历史"是这样评价莫天良之死的（作品注明：这是载入文字的，历史档案中仅查到两则）：

国民政府浙西行署办的《民众报》1942年10月17日第二版右上角载一短讯：内讧引发械杀　家怨贻误国仇

据可靠方面透露，边陲重镇铜鼓镇失守，盖因原驻守该地之抗日武装莫天良部发生内讧。莫天良被部下饶双林所杀，余部皆成散沙。

而抗战胜利后查缴的日军文件中发现一份战报（编号03—176），上面写着：

我特遣阿部小队于9月28日晚在铜鼓镇西北十余里称骆背岭处伏击了地方游匪莫天良部……匪首莫天良当场中弹毙命。

然而，据作品的情节介绍，莫天良的真实死因是在与孟嫂做爱时被自己的亲弟弟天保所杀。历史在几种关于莫天良之死的传说中互相冲突、互相矛盾。它是那样令人生疑，而这又以文字所书写的历史为甚。它说明，历史不仅仅本身是充满随意性和偶然性的，历史还在这随意性和偶然性中显出整体把握上的混沌性（所以它难以被人看见），甚至我们所接触到的历史，通过文字，通过口耳相传或其他媒体所接触到的"历史"，它也是充满随意性和偶然性，亦即我们接触到的历史载体同样充满随意性和偶然性。

面对历史的这种双重偶然性和随意性，当先锋派作家们企图将历史还原到一个混沌的、真实的时空之中时，他们唯一能做到的是将一个现时态的"我"置放进历史中去。历史的可疑之处，这时成为"我"所审视的对象。"我"与"历史"的对话缘此而生。

苏童在《一九三四年的逃亡》中这样写道："有一段时间我的历史书上标满了一九三四年这个年份，一九三四年进发出强壮的紫色光芒圈住我的思绪。那是不复存在的遥远的年代，对于我也是一棵古树的年轮，我可以端坐其上，重温一九三四年的人间沧桑。我端坐其上，首先会看到我的祖母蒋氏浮出历史。"一句"端坐其上"，表明的是对历史作一种俯视、审视，也表现出一种高蹈的情怀，更表现出一种超越历史的渴望。

历史当然依旧充满它的可疑性。父辈诉说的历史，盈满着干草般的芬芳，但父亲在病床上肯定隐略了一些什么。环子在父辈们、祖辈们中的地位？狗子之死的原因？一条江为何成了阻隔蒋氏漂泊的边缘？同样的一条江为何又阻隔不了蒋氏的后代们？苏童冷静、冷峻但又内含激情地叙述了这一切，他表明了他对历史的不信任。他像岩石留给大地一个问号，内心却沸腾炽热的岩浆——这岩浆的外在形态就是每当他表现出对历史的质疑态度时，一种间离就同时出现了。这种间离是一种现时态的"我"的话语，搜入历史的深层结构之中。可以这么说，历史是超然的，不动声色的，而"我"的诘问、"我"的话语却是炽热的、沸腾着情思和哲思的。

在《罂粟之家》中，我们同样可以看到这种"间离"，这种对历史深层结构的搜入：

你总会看见地主刘老侠的黑色大宅，你总会听说黑色大宅里的衰荣历史，那是乡村的灵魂使你无法回避，这么多年了人们还在一遍遍地诉说

中国当代文学史资料丛书

历史。

　　……演义害怕天黑，天一黑就饥肠辘辘，那种饥饿使演义变成暴躁的幼兽，你听见他的喊声震撼着1930年的刘家大宅。（重点号系笔者所加）

　　苏童的创作在无意（抑或有意？）中应验了英国历史学家卡尔在《历史是什么》中所说的一段话：历史是现在与过去的对话。换句话说，历史在苏童那儿表现为一种现在对过去的追溯、审视、质疑，并在此基础上渴求一种超越。而曾经是先锋派作家中坚之一的余华，则以一种文学的眼光为卡尔的话作了诠释。余华说：我的所有创作都是针对现代成立的，虽然我叙述的所有事件都作为过去的状态出现，可是叙述进程只能在现在的层面上进行。

　　其实，当历史在现代的层面上进行时，对历史的质疑态度，必定会形成另外一种在文化哲学人类学意义上的对文化变异性的艺术观照。按照著名的哲学人类学家兰德曼的观点，变异性是指人的本性是变化发展的。正如没有永恒的文化类型一样，也不存在着永久不变的人的类型。兰德曼直截了当地指出："当变异性是文化规律时，它也成了人的规律。事实上，它是一条文化规律，也只是因为它是人的规律。"这就是说，人不是一种保持同样的、永远不变的内在存在，而是历史地显示在外在领域中。即使是那些外表上显示为独立于历史的人的自主活动（如祈祷、爱恋等），也没有固定的准则可遵守。因而，兰德曼肯定了狄尔泰的观点：人的类型溶解在历史过程中，人是什么的问题不能通过沉思自身而发现，而只有通过历史才能说明。对人的研究必须从属于对历史的研究（着重号系笔者所加）。循此，我们必然发现对历史的质疑必然引发出对人的质疑，历史的可疑之处也衍变为人的自身的可疑之处，历史—文化的变异性也就必然地变化为人的变异性。倘如我们对这种变异性的艺术载体作进一步的考察的话，我们将发现变异性与可疑性的同构，文化变异性与历史混沌性的同构。而先锋作家们的艺术观照的重点似乎也总是体现在这儿，出生、死亡、生之转折点或死亡转折点，先人们的大恶之极或大善之极总是在这样的关节点相互缠绕，剪不断、理还乱。需要着重指出的是，变异性并不是历史的瞬间的变化，而是指作家本身现存在作为端点、作为参照系的一种考察，即叙述者本人与变化着的历史是一种对应的存在物。因而，对历史的纷乱状态、无序状态的归宿仍然是现存在。

从现存在出发，在先锋作家们那儿对文化变异性亦即历史可疑性的考察演变为两个不同的主题方向。其一是对自身或对自身家族史的否定、质疑和批判。如乔良的《灵旗》，在青果老爹恍惚的思绪中，夹杂着的其实是叙述者对于战争、对于性爱（青果老爹与杜九翠之爱）的哲学思索。再如苏童的《罂粟之家》，叙述者的诘问皆环绕着——家族从哪儿来，又为何从那儿来，其中的饥饿、暴力、性欲的强烈泛滥对家族发展的意义——这一系列与乡村大地灵魂有关的问题而发。反过来说，这一系列染有强烈的形而上意蕴的问题与其说来自历史，而不如说来自苏童自身，来自苏童自身对历史的理解。亦即历史中的"恶"来自苏童对于恶的批判和理解，历史中的"恶"的警醒作用也就既可归附于历史，而又可润泽于现实、作用于现实。其二，文化的变异性和历史的可疑性还可演变出另一个主题方向，与指向历史中的"恶"相反，它指向了历史中的"善"。

这种"善"，与我们通常理解的道德范畴的"善"具有不一样的性质，它可能首先归之于一种"自然"范畴或生命范畴。在法语中，"自然"具有两方面的意义：当它以小写的字母开头时，它指的是大自然的存在；当它以大写字母开头时，它指的是人的生命的自然存在。法语的这一"自然"的释义，也可视作我们对历史中的人的自然观察的逻辑起点。

首先是人的生命形态所形成的大"善"，这一大"善"的根本性质也就是说应该抱着一种对生命形态负责的态度来演绎人生，来演出人生的多姿多彩的话剧。滥觞之作可能是莫言的《红高粱》。"我爷爷"与"我奶奶"在红高粱地里的"野合"，在道德范畴里可能是丑的、恶的，但一旦它归结为"自然"范畴，却发散出一种自由的生命气息，衍生出一种生命的动感与美。先人们的生命和灵魂在动荡与漂泊中，在与暴力的不屈斗争中，爆发出让人目眩的光彩。生命以不羁的形式，喧嚣着、呐喊着，像高粱在大地上举着无数面绿色的旗帜。而作为"历史叙述者"的莫言，同时看到了一种文化的变异性。当然，与苏童从"恶"出发相反，莫言从"善"出发，但归宿却是一样：回归于现时态的"我"。莫言看到的是现时态的"我"的"酱油淹渍过的心"，看到了生命历史地变异为一种萎缩和内在精神天地的萎缩。莫言由对历史的拷问而进入对自身灵魂的拷问：由对历史的审视和质疑而走向对现存在的审视和质疑。

中国当代文学史资料丛书

其二，纯自然（即大自然）在历史事件中所显示的宁静之美、超越之美的反衬作用。任何一位敏感的读者其实都不难发现，在先锋派作家们对于历史的描述和叙述中，必定还存在着一个永恒的对象和客体，那就是大自然。在廉声的《月色狰狞》中，"月色"其实并不动声色地将历史包裹着的可疑之处——坦露，像剥开被纱布所遮掩缠绕的伤口，让历史尽情地宣泄出仇杀、情杀和谋财害命的丑陋本象，但一边并不忽略对历史中的大自然的一往情深。在狰狞、暴虐、残酷的阴冷底色中，作品中常常会冒出这样的描述：月光下的天野全然不似白天，水田泛动鱼白，似深沉又似明朗，远远近近的山峦如重彩的水墨画。溪水湍湍，夜里听来十分清朗。溪岸有柳树依依。即使匪首莫天良，在他杀人如麻、嗜血如命的生涯中，能够引起他共鸣和感慨的似乎也唯有大自然的存在。在一场血腥的搏斗之后，"他喜欢在林密树深的山里独自行走。寂静的山谷仅有一两声鸟鸣伴着他窸窸窣窣的脚步声。在寥无人迹的森林里他才觉出生命的自由自在。"（着重号系笔者所加）大自然以它的存在，以它千千万万年不变的存在产生出一种巨大的静力，但这静力却不足以摇撼一个人的灵魂，感召一个人的灵魂。往往在这时，匪酋莫天良会情不自禁地怀念"早年贩盐巴山货的那些无忧无虑的日子。挑一副货担悠悠地走在爬卧着块块粉黄的蜿蜒山道上，峻崖边晚秋的枫叶彤红，他扯开嗓子唱起了山里人熟悉的情歌小调，远远便望见崖口边立着个俊俏女人的身影……"

质言之，在廉声的笔下，由人而衍化绵延的历史是疑窦丛生、百结缠绕的，他还原历史的愿望也只能够还原为对历史的质疑，对人撰写的、创造的历史的质疑。但对人所寄寓的、赖以生存的大自然却与此形成鲜明的反差对比：它是清朗明白的；树在一千年之前是树，树在一千年之后仍然是树；山在一千年之前是山，山在一千年之后仍然是山。对于前者他是否定的，对于后者他是肯定的。并且，由于对于后者的肯定，而强化了、凸现了对前者的否定。即是说，大自然的千千万万年不变的静态之美，反衬了人的存在的恍惚性和瞬间性；大自然凝固化了的超越时空之美，反衬了人的存在即历史的无序性，这种无序性，在永恒的大自然面前，不能不显示出它的荒诞。可谓：人生无常，但大自然永恒。

与廉声将大自然作为人的社会存在历史的反衬不一样，在叶兆言笔下大自然显现出另一种艺术媒体的作用。熟悉叶兆言创作的人可能都知道，叶兆言是极其吝啬笔下出现对大自然的直接描写和抒写的，感官化的自然在他的笔下几乎不存在。但在《枣树的故事》中，叶兆言通过对尔汉向岫云所述的故事的比喻将大自然很优美地引导出来。"这些故事让岫云久久不能平静，常常有一种置身于大海波浪中颠簸的感觉。故事里的天地象草原一般的广阔，岫云和尔汉置身骏马上飞奔驰骋，夜色如洗，他们放开缰绳，来来往往，一趟一趟，刚刚返回原地便又重新起程。"大海、草原，这些具有广阔无涯的外在特征的自然存在物，这些在美学意义上具有崇高美内涵的自然存在物，并没有直接在尔汉的故事中出现，它唤起的仅仅是岫云的一种感觉。然而，尔汉又讲述了什么样的故事呢？只不过是他与一个又一个女人的性交往史，他的"嫖经"。显然，在这里，尔汉所接触过的女人已经被岫云的内心世界诗意化了。"这些让男人们意识到自己是男人的女人，一次次引起岫云的异样的情感，这情感她永远琢磨不透。"女人与男人，在岫云的内心世界里只剩下抽象的符号的意义，一种与繁衍有关的意义。这样，她才可能从故事的萎缩中逃逸并且升华，才可能从尔汉的坐姿、陋巷、嘎嘎作响的木板床而腾身进入大海和草原的世界。大海、草原，这一无涯无涘的大自然存在物，并不是尔汉故事的对应物，它仅仅是岫云精神渴望的一种暗喻，而这暗喻的喻义却辐射到了人的存在的本真状态以及在这本真状态中可能爆发、闪烁出怎样的光辉。尽管叶兆言如此吝啬地对待了大自然，尽管大自然的存在被叶兆言作为一种艺术媒体而使用，但在对待大自然的终极态度上，叶兆言却与廉声殊途同归：他们对前者持一种质疑态度，而对后者表示出他们的虔诚和肯定。

主题之三：死亡的呐喊与呓语

获普利策奖的E.贝克尔在《反抗死亡》一书中，对死亡的形而上意义曾作过这样的阐述：死的观点和恐惧，比任何事物都更剧烈地折磨着人这种动物。死是人各种活动的主要动力，而这些活动多半是为了逃避死的宿命，否认它是人的最终命运，以此战胜死亡。

可以这么认为，当代"先锋文学"的主要动力之一也就是对于死亡的艺术观照和理解。对死亡的逃避，对死亡的否认，对死亡作出一种搏击和战胜姿态，既构成了先锋派文学的内驱动力之一，又构成了先锋派文学的主题方向之

中国当代文学史资料丛书

一。或许我们可以从马原的《冈底斯的诱惑》开始谈起。

这是一次对死亡的最普通、最微小的反抗，这也是一次对死亡缘于经验的、肉体的甚至是市俗的反抗。然而，唯其普通和微小它才具有一种普遍的力量，如同水、空气和泥土；唯其缘自经验、肉体和市俗，它才具有了广度，如同一个直观的世界可以被千千万万人所认同。它起始于一个姑娘死了。这个姑娘有一个很普通的藏族名字：央金。不怎么普通和普遍的事实是：这个姑娘很漂亮。简单地说，一个有着很普通的名字的、非常漂亮的姑娘死了。而且，她的死并不轰轰烈烈。她死于一场车祸。当然。对于马原所瞩目的关于死亡的形而上的主题方向而言，这一死亡的经验事实并不是重要的。他平静地、近乎冷漠地交代了姚亮、陆高和央金的结识，再以短短的一百余字写到了姑娘之死。对马原来说，显然更为重要的是写出了一种普遍的死亡对于依然活着的人的震撼，亦即写出一种死亡在市俗中的宗教感（是宗教感而非宗教）。换言之，重要的并不在于姚亮、陆高是否和央金存在一种爱情关系（事实上根本不存在），而是在于央金的美所具有的一种象征意义，一种弗洛伊德的群体心理所认为的"爱欲具有一种对死亡的转移作用，它是对死亡恐惧的一种移情"。倘若用陆高的内心感受来转述就是"美丽的姑娘比任何别人都更能让人直观地感受到生命的存在，感受到生活的价值和意义"。正因为这样，马原才将笔墨的重点落到央金死后，姚亮与陆高的心态和行为上：他们要一睹姑娘的肉体和精神怎样在天葬台上升华。

在马原这儿，死亡消失的是它曾经在艺术作品中惯有的英雄主义激情，它着意渲染的是死亡寄寓在日常生活中的形而上本质：死亡使我们的存在具有无法抗拒的宗教感，对死亡企图作出超然姿态的欲望和愿望是那么强烈地渗透在我们生活的每一瞬间，尽管它时常是以一种戴着面具的方式出现在我们的周围。与马原用一种平静，甚至冷漠的笔调描写死亡相反，陈村的《死》漾溢着的是一个由死亡而迸发出来的激情。陈村确实是一个独特的作家，他差不多有过一次死亡的体验（仅仅是差不多，因为任何一个活着的人，在赫拉克利特著名箴言——人不可能两次跨入同一条河流—的意义昭示下，是不可能真正体验过死亡）。或许正是陈村的这种独特生命体验，使得他对于死亡的思索不自觉地靠近了海德格尔关于"提前进入死亡"的观点。施太格缪勒在《当代哲学主流》中这样转述了海德格尔的观点。施氏写道：死亡在每一瞬间都是可能的，因此走向死亡的本然的存在只能在于这样一点，既不躲避死亡，而是忍受死亡，并且正是在死亡的不确定的可能性的前提下忍受死亡。海德格尔把这种忍受看作是实存的最后理想，他称这种忍受为"提前进入死亡"。而在这种最高的本然性中，现存在从日常的空虚中解放出来，并被要求使出最大的努力。（着重号系笔者所加）。

《死》或者说傅雷之死表达的正是对日常生活的空虚（它包括兽行化的政治行为、堕落的文明和畸形的人际社会），对一个经验世界、现象世界的一种超越性渴念。严格地说，在《死》中，死的终结的自然过程并没有显现，它充分显现的是一种"提前进入死亡"的忍受感。书中的主人公"你"——傅雷——在忍受着红卫兵、警笛、工蚁和蛇的吞噬。直至最后，他仍然在忍受着一种情感，这种情感甚至不因"血液正在变凉"而消遁。作品写道：远古连到现在的一切通统消隐，不再有东方西方。没有黑光。没有猩红。一切都远了，同时一切也都近了。他吐出最后的芬芳的死气，如同老约翰·米希尔，在心底叫了声：妈妈！只有在这个时候，生命的整个"忍受"过程才宣告结束，死才完成由具象而抽象的过程：就是说，生命在忍受过程中，不仅仅受着社会文化、政治经济、宗教道德等经验世界内容的制约，同时还受着死亡的本质的制约，亦即死亡的不确定性的制约——我们整个一生无论伟人或者凡夫都无法逃脱这种制约，它像一柄达摩克利斯之剑永远高悬于我们的头顶。只要我们的生命没有终结，它也不会终结。因而，从这个意义上出发，我们只能够认定"你"或者傅雷，他对于死亡的忍受所具有的是一种关于人的实存在的符号化意义：我们所有活着的人都在忍受。

另一种终结：余华和他的《活着》

余华这一名字曾经和当代中国"先锋文学"是连在一起的。余华的早期创作无论是从主题范畴或是从形式探索的意义上，都和先锋文学的发展是同步的。从主题学范畴而言，他的早期创作的形而上主旨丰沛而盎然。

而他的长篇《活着》又引起了影视界的足够关注，著名导演张艺谋以"写实功力"对《活着》作了某种盖棺论定。"写实"也悄然透现出余华由先锋而向传统的回归和撤退。因而，余华的创作轨迹无意中向我们开启了一扇窗户，通过这扇窗户我们可以发现余华这只曾经翱翔于"先锋文学"天宇中的"麻雀"——透视它、解析它,或许将有助于我们对"先锋文学"所进行的一种总结并由此而发现另一种终结意义。

一篇《四月三日事件》,我们可以看到余华对人、对人所构成的生态和人文环境的质疑达到了何等深度。"四月三日事件",它其实是一个不存在的事件,一个虚拟的事件,一个莫须有的事件。"四月三日事件"从某种意义上说,与"第二十二条军规"一样,是一种潜存在,是一种隐喻和象征,是高悬于现象世界之上的本质真实。它可能更多地来自主人公对于人的经验世界的一种怀疑和内心体验,因而,它无须有现象世界的内容,连主人公本人都不清楚:它如果是阴谋的话,阴谋的含义又是什么呢?他相信的唯一一点:周围的人和事都在孕育、酝酿着那个阴谋,他警惕地倾听着,观察着周围的可疑的和并不怎么可疑的声音和事物,从路人的微笑、营业员的低语、父母的说话声乃至呢喃的鸟语。叙述者和阅读者,面对这样的事件,感官将不可避免地处于一种紧张和痉挛之中,并且,无论是叙述者和阅读者,都无力将这一事件最终完成——因为它时时刻刻在发生着,衍变着。只要我们的内心无法摆脱那仿佛来自上苍的指令,那挥之不去、召之即来的怀疑情绪和精神,我们就会成为这一类事件的制造者、参加者、演示者和承受者。说到底,这一类事件来自人类已有的命运。

正是对人的生存环境和生存条件的怀疑,导致余华对人的苦难、人作为类存在的苦难不可避免的思索,并激发起他的怀疑。如同某些论者已经注意到的那样,余华笔下的苦难漾溢着一种佛性,一种宗教般的与生俱来的性质。在《世事如烟》一篇中,余华的这种"苦难意识"达到了极致。作品让我们看到了一种"宗教原罪"所描绘过的苦难世界:父亲把女儿一个个卖掉;6在江边与无腿的人三次邂逅;接生婆为一个怀孕的女尸"接生";死而复现的司机要求又为他娶妻;祖母和成年的孙子共床,并且怀了孕……道德沦丧,梦魇横行,生命处处受到压抑、摧残和戕害。然而,这种苦难并不直接来自经验世界,如同"四月三日事件"一样,它显然来自形而上的世界。它舍弃了苦难的社会—历史内容,舍弃了苦难的历时性形态;它不再局限于"有限的事物",它企冀无限,它舍弃了人物的姓名,代之以抽象性的阿拉伯数字符号——人成为无限的数字符号;它冷漠、冷峻,以一种超然的态度来表现苦难和残酷;它当然是在悖论中完成这种对苦难和残酷的叙述的，因为说到底，一个彻底冷漠、冷峻的叙述者，他保持的将是沉默和守口如瓶，但余华在《世事如烟》中，对苦难和残酷都表现出一种流畅、一种一泻为快的语言操作节奏。

对人的质疑，对人的"苦难"的思索又构成了余华对于历史沉思的哲学依托点。他的《一九八六年》展现的是历史，一段似乎有年代、似乎没有年代的历史，时间的不确定性与模糊性，反映出的是对历史的一种质疑。它不能不使我们联想到鲁迅的《狂人日记》：这历史没有年代，只歪歪扭扭地写着两个字：吃人……

"吃人"是一种死亡，是对他人死亡的一种主动选择。死人的事因而在余华的笔下也经常发生着。与余华对人的怀疑态度、对人的"苦难意识"的思索，对历史的质疑态度相契合，余华笔下的死亡毋庸置疑地具有一种不确定性、突然性，一种宿命般地倏忽而来，倏忽而去。任何一个微小的事情和事件都会改变死亡的轨迹，如《鲜血梅花》中的黑衣大侠之死，仅仅是因为森林里一条小径的选择；而《世事如烟》中的司机之死甚至不需要任何理由，如同算命先生对接生婆所说：你儿子现在一只脚还在生处，另一只脚却在死里了；在《四月三日事件》中，死与非死都消失了它的界限：逃亡的状态究竟是生还是死呢？死最起码是一种已经发生的潜存在，它变成一种经验的存在只不过是一个让时间来证实的问题。"逃亡"的背后依然是死亡的阴影和存在……也许应该指出的是，这种对于死亡的叙述和描写，表明的不仅仅是死亡的形而上的本质，是人面对自身、面对死亡所显示出的脆弱和无能为力，它同时还显示出一种超越，对人肉体的、自然存在的一种超越。因而，在余华的这一系列具有前卫姿态的早期作品中，死亡不需要任何"有限"事物的干扰，甚至不需要任何来自经验世界的理由。

余华曾经和整个先锋派文学的发展是同步的，如同我们对余华的创作所作的简单回顾所表明的那样。但从《活着》开始，余华开始"撤退"了，这是一次悲壮的（抑或是胆怯的？）向传统的撤退。余华将撤退到传统的哪一步、哪一个营垒之中呢？

在《活着》中，人是一种温情的存在物。如同《世事如烟》中算命先生是一个贯彻始终的枢纽人物一样，福贵也是一个贯穿始终影响情节走向的人物之一。他曾经又嗜赌又嫖娼，他很"恶"。但这种"恶"与算命先生的"恶"

中国当代文学史资料丛书

有一个最大的不同点，即福贵之"恶"是由特定的社会历史内容所决定的，简言之，是由他的出身和阶级所决定的，是由钱所滋生的，即一个"有限"的，经验世界所决定的。而后者算命先生之"恶"却是一种无须经验的理由来解释的，仿佛与生俱来的神秘的"恶"。因而，当福贵由寄生阶级过渡为贫苦阶级之后，当福贵由腰缠万贯的地主变为一贫如洗的雇农之后，仿佛在一夜之间随着人物的阶级地位、经济地位的改变而改变了。他由打骂女人、虐待女人而变为体贴女人、关心女人；由对孩子不闻不问，变为一个善于送暖问寒的慈父；由一个游手好闲、不劳而获的蠹虫而变为一个日出而作日落而息的耕耘者……他开始充满人情和温情。同样，环绕着福贵命运轨迹的"恶"，我们可以找出许多政治的具体理由来解释它：比如"连长"拉福贵壮丁，这是由于蒋介石发动内战；比如有庆之死，这是由于医务人员唯官是从的"官本位"文化思想的作祟；比如春生的避难之举，是由于"文化大革命"……当这些政治的理由消失之后，"恶"也将随之消失，代替"恶"之存在的复归于温情。它丝丝缕缕，它伴随着苦难，似乎苦难越是深重而温情越是绵长与深厚。

　　苦难在这时消失了它的宗教感，消失了它的形而上性质。假如说，在《世事如烟》之中的苦难表现出戈尔丁《蝇王》之中对于苦难的形而上的思索的话，那么，在《活着》中的苦难则近乎《骨肉》，近乎《美国的悲剧》和《嘉莉妹妹》了。前者显示的是人对于现存在本质的思考，是对于苦难的共时性描述，它企图抵达的彼岸是人永远不可能战胜的人与生俱来的弱点，但人又必须超越自身的弱点，而获得精神上的解脱和自由，人就是在这样的悖论中充满困惑地活下去，如同海鸥乔纳森，如同西绪弗斯无奈的、悲壮的努力所显示的意义一样。而后者，毫无疑问，对于大众具有一种强烈的煽情性。大众将在眼泪和眼泪连成的波涛中获得一种动荡感，获得对自身处境审视的一个视点，从而获得某种安慰和满足。这一苦难的历时性性质决定了它是大众的，它切准了大众的脉搏，大众将为它准备好手帕和餐巾纸。

　　既然《活着》的苦难是为大众而准备的，为大众而服务的，那么，《活着》也就无须像《一九八六年》、像《月色狰狞》那样表现出对历史的质疑态度了。一般来说，大众的历史观是被教科书和类似于教科书性质的历史书籍所决定的。大众不需要历史可能这样可能那样的唠叨。大众所理解的历史像蜂房一样富于秩序、排列整齐。大众不需要历史的无序感和混沌感。历史的因果关系在大众那儿是明了清晰的；没有希特勒或者不产生导致希特勒出现的社会环境，就不会出现第二次世界大战。"我是谁？"或者"历史是什么？"对于大众是一个远离柴米油盐的过于奢侈的问题。大众喜欢看到的慈禧就是活生生的慈禧，而不喜欢一个被叙述者反复折腾的、被叙述者的智慧过滤和重新创造的慈禧。余华满足了大众，满足了熟知大众要求的张艺谋。在《活着》中，情节的因果链简单明了，它构成了福贵的命运轨迹，也构成了历史的时空跨度——从1946年到1990年。从福贵的嫖娼赌博到沦为雇工，从豪富到贫穷，从雇工的地位开始艰辛的劳动，从地位的沦落到被抓壮丁；从贫病交加到生命的夭折，从生命的夭折到家的不复存在；从家的不复存在到与一头老牛相依为伴、相依为命……一环扣一环，环环相扣，丝丝入扣。历史在一种音序阶列中一步一个节奏，最终合成了一个打动大众的旋律。

在这样的旋律中，死亡还会有它的形而上意义吗？或者，死亡还需要、还可能产生它的形而上意义吗？死人的事在《活着》中毫无疑问是经常发生的。福贵的一家人的死亡史构成了《活着》。从福贵父亲的死，到福贵母亲的死；从有庆的死到家珍的死；从凤霞的死到残疾女婿的死，一直到最终的外孙苦根之死，福贵的一家人一个相继一个死去。像杨白劳的死将激起大众的同情一样，这些福贵家人的死亡确实有着经验的、现实世界的理由和生动。他们不是死于贫病交加就是死于一种政治势力的作用。有庆为给县长夫人输血而死，苦根由于吃多了豆子而活活胀死，家珍生病由于无钱医治而死……

死亡在《活着》中从"先锋文学"的高高祭坛上走下来了。它没有了马原面对死亡所发出的对于灵魂的拷问，没有了陈村的《死》所漾溢的那种激情，没有了对于"提前进入死亡"的那种海德格尔式的诘问，没有了《世事如烟》中"7"的恍惚和超验的感知，当然，同样也没有了《四月三日事件》所显示的荒诞和非理性。死亡充满了炊烟般的气息，充满了田野枯荣时的那种亲切和实在，就是说，它实实在在地和大众的死亡观念发生了联系，走到了一起。

或许我们正生活在一个充满矛盾和悖论的世界之中。余华的《活着》只不过从《世事如烟》、从与整个"先锋文学"相反的一面提出了一个问题。我们或许无法回避这一悖论，恰如当代哲学家施太格缪勒在他的《当代哲学主流》里所说：对世界的神秘和可疑性的意识，在历史上还从来没有像今天这样强烈，这样盛行；另一方面，或许从来没有像今天这样强烈地要求人们面对今天

中国当代文学史资料丛书

社会生活中经济、政治、社会等方面的问题采取一种明确的态度。知识和信仰已不再满足生存的需要和生活必需了。形而上学的欲望和怀疑的基本态度之间的对立，是今天人们精神生活中一种巨大的分裂，第二种分裂就是，一方面生活不安定和不知道生活的最终意义，另一方面又必须作出明确的实际决定之间的矛盾。

倘若我们从社会生活需要作出实际的决定这一面出发考察问题的话，我们得承认：余华是对的。余华迎合了大众，对人们"今天社会生活中经济、政治、社会、文化等方面的问题采取了一种明确的态度"，并把这种态度转化为大众能够接受的审美形态。然而，倘若问题换一个角度，即从人的精神生活中形而上的求索、追溯和拷问的意义上来说，从"先锋文学"的发展轨迹来看，余华是不是采取了一种大踏步撤退的选择呢？

既然我们宿命般地生活在这一个巨大的悖论之中，对于悖论的任何一个方面作出鸵鸟式的反应都不会是我们发自内心的反应。我们应该持有的态度是：怎样伸出我们的双拳与悖论搏斗。

我们活着是为了活得更好，并显示我们生命和精神两个向度的意义。从这一点出发，我们不应该忽略悖论，也不应该忽略任何一方面而跛脚般地走向实际生活。或许我们注定孤独，如同"先锋文学"的现实境遇已经昭示的那样，但"只要有路，总会有冒着风雪出发的人"，在这时，孤独或许会成为一种境界，一种历史的风景……

原载《文学评论》1995年第4期

中国后现代先锋小说的基本特征

曹元勇

无论中国后现代先锋小说的未来命运如何，孙甘露、格非、余华、苏童等后现代先锋小说家在八十年代后期至九十年代初期的小说写作已经构成了中国当代最重要的文学景观之一。关于这批后现代先锋小说的艺术特征，人们经常指出诸如断裂、空缺、消解、并置、重复、迷宫、游戏等等。但是，所有这些特征尚属于后现代先锋小说的表面现象。从后现代先锋小说的基本性质来看，这批小说主要表现为以虚无为背景，面向非存在进行虚构。中国这批小说家的主要人物之一余华就明确表示："匠人是为利益和大众的需求而创作，艺术家是为虚无而创作。"①在此，本文试图从三个方面对这批后现代先锋小说的基本特征予以考察和分析。

一、以形式为小说本体

阅读后现代先锋小说，我们会强烈地感受到它们的语言方式和叙述结构。这些属于小说形式范畴的因素构筑起一座坚固的城堡，滞留住我们对小说本身的感受、体验和认知，使得我们难以突破它、穿越它而达到其背后应当存在的经验世界。在一定程度上，这些小说失去了认识论意义上的可还原性，对它们的把握完全依赖于每一次重新开始的阅读，和在阅读过程中重复并参与小说的创造过程。之所以如此，是因为后现代先锋小说把形式的营构当成了小说的本体构成。这是后现代先锋小说在写作观念及写作方式上同传统现实主义小说和现代先锋小说相互区分开来的一个重要特征。

对小说的形式，传统现实主义小说和现代先锋小说当然也十分重视，但在它们那里，形式没有取得独立的、本体的价值和意义。在它们那里，小说写作承负着对既定现实世界进行合理解释，并从中揭示某种意义的使命。所以，从写作的性质来说，这是一种工具式的写作，或者为社会人生，或者为政治历史，或者为价值思想，等等。在这种写作中，形式的营构只是一种手段，是作家用以发现、探索、表达题材和揭示题材的意义并对其作出评判的手段。这种工具式的写作与一种二元论的小说观念密切相关。这种观念认为，小说的构成具有两个对立统一的方面，即内容与形式。在这两个方面中，内容永远是主要的。而形式层面的因素——如小说的语言方式、叙述结构、语调和观点等——永远不能占据主导地位，永远不能遮蔽了内容层面的东西。对工具式的写作来说，形式层面的因素之所以重要是因为形式是内容的承载符号系统，是为了再现或表现内容层面的东西而存在的。这一点在传统现实主义小说写作中表现得尤为突出。一个传统现实主义小说家绝对不希望其小说的形式层面与内容层面之间产生裂隙，也绝对不愿意人们阅读他的作品时过多地停留在形式的层面。他所希望的是读者尽快穿越形式层面而进入内容层面，形式的因素最好是在阅读过程中彻底消隐在内容背后，从而让内容层面的所有蕴涵裸现于读者的意识当中。所以，在这样的小说家看来，任何超出为内容服务的形式层面的独立魅力的出现，就意味着小说写作的不成功或不完美，而最理想的阅读境界是得意忘言、得鱼忘筌。

在对小说形式的认识上，现代先锋小说与传统现实主义小说之间存在着一定程度的差异。现代先锋小说非常重视形式的实验与革新，而且经常使形式层面的因素作为小说构成部分凸现出来。但是，与在传统现实主义小说写作当中一样，在现代先锋小说写作中，形式的营构仍然不是绝对独立的，具有本体意义的。在现代先锋小说写作中，形式仍然是作为内容的恰当的载体来实验、操作的。例如在张洁和刘索拉的小说中，形式层面的怪谬、变形是为了准确、切合地传达或表现现实世界的荒谬、无意义。在西方，许多现代先锋小说大师更是如此，例如普鲁斯特在《追忆似水年华》中运用无意识联想是为了更准确、有效地把握一去不复返的时间主题；伍尔夫在她的意识流小说中运用内心独白的方法是为了更真实地表现人的内心世界的活动。在对小说的形式进行实验与革新方面，美国著名现代先锋派作家福克纳则颇具代表性。在他的小说里，意识流、拼贴画表现手法、时序倒置、交叉、重叠等都得到了充分探索和运用。

先锋小说研究资料

但是，他的变幻多样的形式营构是和他要表达的美国南方坍败的伊甸园中的意义与秩序的丧失殆尽的情形相吻合的。福克纳把自己看作是一个"以一种出自孤寂的夸张文体的修辞来表现人的永久性价值、人们的荣誉感、同情心、忍耐和牺牲精神的作家"②。所以，在现代先锋小说中，形式也许会被搞得十分离奇、突出，但它仍要承负吁请并引导读者穿越形式层面，而深入到内容层面去解读出某种意义的功能。

但是，后现代先锋小说却拒绝了上述承诺。后现代先锋小说不再像传统现实主义小说或现代先锋小说那样，是对既定现实经验世界的镜式再现或灯式表现，它变成一种为写作自身而存在的写作。这种写作抛弃了那种为写对象，为写重要事物而进行写作的工具性写作方式和观念，套用罗兰·巴尔特的话来说即这是一种不及物的写作。因此，这种小说写作表现为一种纯写作，它不再把写作看成是指向写作之外的某种重要意义或价值的行为，不再要求写作对社会、历史、政治、文化、人生等重大现实问题作出承诺。这种写作只指向写作自身。对于这样的写作，任何既定的世界或经验都不存在。在根本意义上讲，这种写作是面对虚无，创造"非在"世界和经验的虚构行为，此虚构行为表现在小说文本中即语言符号的自我运转。所以，在这种后现代先锋小说中，小说形式的营构、叙述的策略、词语的运作就是一切，就是小说构成的本体内容。这样的小说是拒绝被解释、被解读的，因为小说本身的存在就是一座由形式因素构筑的坚固城堡，它不要求读者穿越这层坚硬的外壳而去发掘某种意义。正像法国"新小说"派的主将罗伯-格里耶所说："读者跟作品的关系不是理解与不理解的关系，而是读者参加创作实验的关系。"③因此，面对后现代先锋小说，我们还不知道如何去解读，我们只能去重写，亦即在阅读过程中去模拟文本得以产生的写作方法和过程。这种重写具有不可还原性，因而也决定了后现代先锋小说本身在认识论上是不可还原的。

在后现代先锋小说中，故事与对故事的叙述行为是合二为一的，而且由于其在认识论上的不可还原性，后现代先锋小说中的叙述行为实则体现为一个不是一劳永逸地完成的创造过程。在这个永远处在形成过程中的叙述行为中，形式结构、语言操作便上升为至关重要的地位。例如美国后现代先锋小说家约翰·巴思的著名作品《烟草经纪人》和《羊童贾尔斯》在某种程度上完全是语言符号的游戏，阅读这些作品不是阅读语言形式背后的生活经验，而只能是

中国当代文学史资料丛书

阅读语言的运作过程。又如美国作家威廉·巴勒斯的小说《赤裸的午餐》和法国作家罗伯-格里耶的小说《在迷宫》《幽灵城市》《吉娜》等，对这些作品的阅读只能是滞留在对其碎片拼贴、迷宫设置、文字游戏等形式建构的模拟、重写上面，而无法穿透形式去挖掘更深层的意蕴。这种情形在数量不算丰厚的中国后现代先锋小说中表现得既突出又集中。孙甘露的几乎每一篇小说都是一场消除了实在所指的形式迷津和语言游戏。对他的诸如《访问梦境》《信使之函》《岛屿》《仿佛》等作品的阅读和认知与对这些作品的语言形式之流的追随和模拟是合二为一的。其他像格非的小说《陷阱》《唿哨》《褐色鸟群》《青黄》《背景》，余华的小说《此文献给少女杨柳》，苏童的小说《一九三四年的逃亡》等，也都是"通过挫败我们有关可理解性的假定和阻挠我们通常的解释步骤来弄空或中止意义"④，从而使小说文本的生成只停留在形式语言的建构层面。所以，可以这样说，这些后现代先锋小说的本体构成完全是形式的，每一部后现代先锋小说的文本都是一个无法解读的纯形式建构的迷津格局，这一点使得后现代先锋小说从本体性质上与现实主义小说和现代先锋小说断裂开来。

二、虚构的游戏

已经有很多批评家从元小说、元虚构等方面来考察后现代先锋小说的本体构成。他们都注意到后现代先锋小说对小说的虚构本性的明确自我意识。实际上，由于后现代先锋小说把形式的营构当作小说的本体来追求，它们的写作也就成为一种自由的、开放的、处于进行过程的欢快的虚构游戏。这是一种具有表演性的虚构游戏。后现代先锋小说的形式营构就是通过这种虚构的游戏而实现的。在某种程度上，现实主义小说，特别是现代先锋小说也重视虚构，并在小说创作中充分运用虚构。然而，无论是在现实主义小说写作中，还是在现代先锋小说写作中，现实世界与经验永远大于虚构，虚构只是作为营建象征秩序的手段而与现实世界及经验紧密相关。脱开了现实世界与经验的支撑，现实主义小说和现代先锋小说中的虚构就失去了意义。但是，在后现代先锋小说中，虚构具有与此不同的根本性质。在这种小说里，虚构不指向任何实在的世界与经验。对既定的现实世界与经验，后现代先锋小说持有虚无主义的态度，它的虚构只指向自身，指向"非在"的世界。这种虚构的游戏倾向主要表现在以下几个方面。

第一，虚构超离现实经验的幻想世界

正如本文前面所说，现实主义和现代先锋小说也进行虚构。但它们的虚构在一定程度上是对现实世界与经验的变形处理，因而仍然在不同层次上、以不同的方式映照着现实世界与经验。比如马原的著名小说《虚构》中所虚构的麻风病人住地玛曲村，便是对现世污浊世界的一种隐喻性表述。叙述人"我"在玛曲村的经历虽然也只是马原所虚构，却蕴涵着一个人经历现世苦劫的寓意。可是，后现代先锋小说的虚构却不是这样。现实世界和经验也许会在某些方面为后现代先锋小说的写作提供契机和灵感，促成后现代先锋小说文本的形成。但是，从小说的本体性质来看，后现代先锋小说的虚构不仅超越了现实世界和经验，而且其文本本身在指涉性方面完全与现实世界和经验断绝了关系，从而只指向一个在现实世界和经验看来绝对不能成立的虚幻的世界。例如意大利著名后现代先锋小说家卡尔维诺的小说《隐形的城市》，这部小说从素材和故事的起始线索上都受到了马可·波罗的经典文本《世界奇异记》（即中文译本的《马可·波罗游记》）的启示。但作为一部独立的文本，《隐形的城市》所虚构的一组组只存在于马可·波罗的想象、记忆、梦幻和憧憬里的，看不见的城市，却只能存在于小说虚构的虚幻世界，而与现实世界和经验失去了任何联系。在中国后现代先锋小说中，诸如孙甘露的《访问梦境》《信使之函》《仿佛》《岛屿》《夜晚的语言》，格非的《陷阱》《褐色鸟群》，余华的《此文献给少女杨柳》等，都虚构了一个超离现实世界与经验的虚幻世界，而又不与现实世界和经验发生任何指涉关系。比如，孙甘露在小说《仿佛》中写少年阿芒迷上一部描写一群土著的一次喜剧性迁徙游戏的小说——《米酒之乡》。这部《米酒之乡》显然也是纯虚构之书。但在某一日，阿芒从《米酒之乡》的第75页走进了书中虚构的"米酒之乡"，作了一次迷惘的漫游。问题的关键不在于这样的故事对于现实世界和经验来说是永远不会发生的，只有在虚幻的超验想象之域才有发生的可能；问题的关键是《仿佛》所虚构的这个故事根本不同现实世界与经验发生任何指涉或喻指关系，作者孙甘露也并不借此怪诞的故事表达某种现实的焦虑意识。在此这个故事只指向虚构本身。有时候，为了达到绝对的虚构目的，为了断绝小说文本和现实的指涉关联，后现代先锋小说家

中国当代文学史资料丛书

就干脆搞取消任何实在所指的语言游戏。例如孙甘露的《访问梦境》和格非的《陷阱》，在一定程度上这些小说只是一系列词语的集合。阅读这些小说，除了阅读语词的毫无还原可能的自我运转，是不会有其他任何收获的。在这些小说中，无所指的语词集合就是一切。

第二，消除真实与虚构的界限

以进行具有表演性的虚构游戏为出发点，后现代先锋小说家喜欢把小说搞得亦真亦幻，从而消除了作品中真实与虚构的界限，使小说本身从根本上成为纯虚构。例如后现代先锋小说家经常有意地在小说的叙述过程中谈论小说文本是如何建构的，从而对小说的虚构性予以直接地揭露。在现实主义小说或现代先锋小说中，作家有时也介入作品，在作品里直接站出来说话，但其目的在于引导读者深入作品的深层世界、了解作家所要表达的思想蕴涵。比如马原就经常在自己的作品里出现，他的许多小说的叙述人经常宣布自己就是写小说的汉人马原，并且解释小说的构成及虚构性。但是，正如马原本人在一篇题为《小说》的文章里所讲，作家在自己的作品里声称故事是虚假的，只是一种抓住读者的手段，是为了吸引读者进入故事的真正内核。⑤可是，后现代先锋小说家在自己的小说里以真实的身份出现，其目的就不是引向真正的真实，而是从"伪"真实的角度达到作品的虚构游戏性。这是一种有意识地进行"自反""自讽"式的小说写作。作家在作品中所提供任何所谓的"真实"都具有自我破坏性，都会把自身引向虚幻而与虚构融合为一。例如美国作家约翰·巴思在《迷失在开心馆》的故事讲得正有趣时便介入进去，向读者解释他用了哪些技巧，他为什么在字句下画线或为什么留空，故事叙述角度的选择等。作家的这种做法给读者造成一种作家在作品里貌似真实的存在，但实质上则是虚构的组成部分。这样的虚构显然是颇具表演性的。孙甘露的小说《请女人猜谜》的开头是这样写的："这篇小说所涉及的所有人物都还活着。仿佛是由于一种我所遏制不住的激情的驱使，我贸然地在这篇题为《请女人猜谜》的小说中使用了她们的真实姓名。我不知道她们会怎样看待我的这一做法。如果我的叙述不小心在哪儿伤害了她们，那么，我恳切地请求她们原谅我，正如她们曾经所做的那样。"这种看上去很真实的叙述，随着整个小说关于《请女人猜谜》和《眺望时间消逝》两个文本的虚构游戏的展开，最后表明它只不过也是整个虚构游戏的一个环节，除了指向虚幻的游戏，不确指任何实在的意义。

第三，文本中套文本

　　法国作家纪德曾讲小说中的这种结构方式犹如纹章学中的"套中套"，即在一个纹章图案中放进一个更小的相似的纹章图案。纪德本人用这种文本套文本的方式创作了两部著名小说。第一部是他的处女作《安德烈·瓦尔德手记》，这部小说包括两个笔记本——《白皮笔记本》和《黑皮笔记本》。在《黑皮笔记本》中，主人公安德烈在写一部题为《阿兰》的小说，《阿兰》要讲述的正是安烈德本人的故事，关于这个故事的讲述又一直停留在构思的过程中。第二部即《伪币制造者》，在这部小说里包含着一部正在形成中的小说，即主人公爱德华计划创作的《伪币制造者》。这样也就有两个《伪币制造者》文本，一是由纪德本人创作的，一是由爱德华创作却一直没有完成的。像纪德这样在小说中运用文本套文本的结构，实际上就是把这种结构技巧当作了小说的本体内容，从而使这种结构形式在小说中凸现出来。这样的小说写作非常容易导致现实世界与经验从这种结构探索中抽身退出。所以，在后现代先锋作家那里，这种文本套文本的结构方法便成为他们进行虚构游戏的重要方法之一。

例如美国后现代先锋作家巴塞尔姆的长篇小说《亡父》，这部小说叙述一个死而不僵的"亡父"的四个儿女带着一队义务劳动者，长途跋涉，通过母系社会的异国奇境，去葬地埋葬"亡父。"但在第十七章后插入一本从英文改译的《儿子手册》，从各个角度揭露父亲的弱点和痛处。意大利作家卡尔维诺的《寒冬夜行人》的结构方式也属文本套文本。这部小说的主人公在阅读一本小说——《寒冬夜行人》，但由于印刷和装订方面的错误，主人公所阅读的小说不断中断而换成其他的小说。就这样，在卡尔维诺的《寒冬夜行人》中，主人公读到了十部不完整的小说，而这十篇小说的题目按前后顺序排列则是一首优美的短诗。深受中外后现代先锋作家推崇的阿根廷作家博尔赫斯更是重视这种在小说中谈论小说的套中套结构。他的许多小说的基本结构就是文本交叉、重叠。在中国后现代先锋作家中，最钟爱这种结构方法的是孙甘露。可以说孙甘露已经把这种方法发挥到了登峰造极的地步。在他的差不多每一篇小说中，我们都可以找到文本中的文本，文本与文本的交叉、融合。例如《访问梦境》中有《审慎入门》《流浪的人们》和《流浪的舞蹈者》；《信使之函》中有《我的宫廷生活》；《请女人猜谜》中有《眺望时间消逝》；《仿佛》中有《米酒之乡》《打捞水中的想象》《有树的城市》和《你将读到的历史》；《岛屿》

中有《岛屿》；《庭院》中有《米酒之乡》《打捞水中的想象》和《黄昏的钟点》，等等。

不过，文本套文本的结构方式并不是后现代先锋小说的专利。在中外文学艺术中，这种套中套结构的运用有着相当悠久的历史。在西方最早的史诗《伊利亚特》中，海伦绣制了一件双层紫袍，刺绣的图案内容恰好是这部史诗所叙述的那场战争；在《堂吉诃德》的第二部中，有些人物不仅读过而且还谈论该小说的第一部；在《哈姆雷特》的第三幕，一些演员演出了一场与主戏相仿的谋杀悲剧。但是，在后现代先锋小说中，这种套中套结构与其在以往文学艺术中所起的作用和本体性质是迥然有别的。在以往的文学艺术中，文本中的文本一般都是作为一个象征系统，用以印证或伸延主体文本的真实性和深层意蕴。而在后现代先锋小说中，这种结构方式从根本上是为了达到作品的无实在所指的虚构游戏。首先，在后现代先锋小说，文本之间的真实是互相消解的。比如格非的小说《陷阱》，叙述人在讲述他离家出走后的故事时突然提到另一部也叫《陷阱》的小说。这另一部《陷阱》已经完成，作者即是主体文本的叙述人，但内容与主体文本却完全不同。假如主体文本《陷阱》是真实的，那么《陷阱》之中的那个文本《陷阱》就是虚构的；相反亦然。其次，后现代先锋小说中的主体文本和套中的文本实际上都是与现实世界和经验取消了任何实在关联的纯虚构行为。例如，在孙甘露的小说《请女人猜谜》中，叙述人同时讲述着两个处在形成过程中的文本——《请女人猜谜》和《眺望时间消逝》，关于这两个文本的写作的叙述就是孙甘露提供给我们的小说。而小说中的两个文本的写作，无论从写作的起始之因，还是从写作的过程来说，都依赖于跟现实存在相剥离的偶然。在《信使之函》中，信使曾询问那个写作《我的宫廷生活》的文化僧侣，"你书中的往事从何而来？"而那个文化僧侣的回答则在一定程度上直接道出了后现代先锋小说的虚构特性。他回答说："从写作中来呀！"

三、无底的棋盘

把形式作为小说本体，进行虚构的游戏，是后现代先锋小说在其内部构成和内部指向上的基本特征。从小说的外部指向，亦即小说文本对世界、经验和意义的指涉关系来看，后现代先锋小说犹如无底的棋盘，取消了任何具有实在性和确定性的所指。本文在前面谈过，后现代先锋小说不再对现实世界的问题作出承诺，它放弃了面向现实世界与经验去建构象征之塔的写作方式，它是一种面向"虚无"，面向"非在"的虚构。由于这种虚构，后现代先锋小说在外部指向上存在两种指涉模式，一是放弃了指涉性和意义，一是仍然试图有所指涉，但指涉内容具有不确定性、无限延宕性和多元性等。

有一类后现代先锋小说，比如孙甘露的《访问梦境》《请女人猜谜》，格非的《陷阱》《嗯哨》等，是不寻求任何指涉对象或意义的，这是一种走向极端的先锋小说，在这类小说的表面存在背后不存在任何内在的深度和意义。这类小说只作为无所指涉的虚构游戏而存在。除了文本及其写作过程，我们无法从这类小说中找到任何意义和价值。这类小说一般表现为取消所指的语言能指符号的自我运作，即是说，在这类小说中，语言纯粹能指化了，小说文本只是由一堆无所指涉的能指符号所构成。例如孙甘露的小说《访问梦境》和《我是少年酒坛子》，小说惯有的对世界、经验和意义的指涉要求被彻底放逐了。这些小说的写作犹如一次在虚幻的迷雾中的梦游，漫无头绪，突发奇想。在小说中，我们可以读到许多精致的描写和机敏的谬论，但是这些描写和谬论只是作为纯粹的语言之流穿行于虚幻的时间与空间之中，而与现实世界和经验却永远不发生指涉关系。可以说，在这些小说中存在的只是一些毫无现实对应关系的词、句的集合。阅读这些小说，我们只能停留在对词、句的自在自为的运作的重复与模拟上，而无法穿越这个层面去破解出任何实在的内容和意义。当然，在这些小说中有时也出现了对若干场景的具体描写，但这些场景描写显然也是虚幻的；它们只是作为整个小说虚构游戏的一些环节而存在。评论家吴亮在谈及《访问梦境》中的场景描写的虚幻本质时，曾经说："这虚幻不是说它源于想象，而是说它总是被随即而来的抽象陈述蒙太奇式地冲淡和瓦解掉，重新成为一堆词语的瓦砾。……我们无法剥离这些语词，试图看清它背后的那个所谓被指涉的场景或事实"。[6]所以，在无所指涉的小说中，写作即是纯粹语言符号的虚构游戏，仿佛一场由能指化了的词、句所举行的自恋，自娱的盛大舞会。对于有所指的故事，对于世界、经验和意义，这类小说就是坟墓，就是虚幻缥缈的无底黑洞。

另一类后现代先锋小说虽然也把虚构的游戏当作小说存在的本体构成，但

中国当代文学史资料丛书

是并没有挖空它们所指涉的内容和意义。在一定程度上，这类小说表现了后现代先锋小说家对世界的多元的、无中心的构成的理解。后现代先锋小说家在现实世界与经验之外发现并探索了"非在"的世界。"非在"世界的多重的、丰富的可能性反过来映衬并强化着现实世界与经验领域的有限性、缺陷。于是，现实世界的偶然性、破碎性、历史间断性，及多种可能性便不可避免地成为后现代先锋小说家的思想意识的重要组成部分。在很多情况下，试图有所指涉的后现代先锋小说虽然并不直接指涉现实世界和经验，但却通过指向"非在"世界而间接地关涉到现实世界和经验领域的问题。所以，这类仍然试图有所指涉的后现代先锋小说所指涉的内容便不像现代先锋小说那样是某种中心的、主要的意义，而是非中心的、不确定的、多元的。孙甘露的《信使之函》和格非的《青黄》就表现出了这种倾向。在《信使之函》中，孙甘露给出了五十多个"信是……"的命题陈述句，并以此构成小说的叙述纲领。"信是……"在小说中仿佛获得了无止境的繁殖能力，假如小说篇幅可以无限延长，就可以衍生出无穷个"信是……"的命题陈述句。但是，无限制地运用这个命题陈述句式则表明它并没有任何确定的范围；这个句式无止境的重复，一方面使它所指涉的不同内容和意义互相消解，一方面又使它的确切所指被无限地延宕，既不可限定，又具有无限丰富的可能性。《青黄》实际上包含了类似的主题。《青黄》的主要线索是叙述人对"青黄"一词的确切所指的不断追踪和探访。但是，在叙述人的追踪和探访过程中，"青黄"的所指不是愈来愈明确，而是愈来愈缥缈，愈来愈无法确定。随着叙事的一步步展开和深入，随着一个故事引向另一个故事，叙述人对"青黄"的所指不断趋近又不断远离。叙述人之于"青黄"，就像卡夫卡笔下的土地测量员之于"城堡"，永远被零乱、偶然的事件羁绊在通向目标的途中。因此，"青黄"作为一个词，其所指是虚幻不定的，永远处在一个向而不达的过程中。进一步说，《青黄》这部小说是以隐喻的方式表现了人对语言符号背后的存在事实的执着追寻却又永难企及的现实境遇。在这一点上，无论是《青黄》，还是《信使之函》，都契合了当代西方解构主义思潮关于语言问题的思考。传统思维当中的语言的镜式本质受到前所未有的激烈质疑。

当然，有所指涉的后现代先锋小说一般并不直接指向现实世界和经验，而是指向"非在"世界的丰富可能性。此"非在"世界即是对于我们固有的

先锋小说研究资料

生活经验、我们固有的对外在世界的理解方式来说根本不可能存在的世界。后现代先锋作家发现"有关世界的结构并非只有唯一"（余华语）。他们的小说写作表现出了强烈的认知、表达、征服"非在"世界的冲动和欢乐。比如余华发现，"时间的意义在于它随时都可以重新结构世界，也就是说世界在时间的每一次重新结构之后，都将出现新的姿态"⑦。在谈到小说《此文献给少女杨柳》时，余华说："在我开始以时间作为结构来写作《此文献给少女杨柳》时，我感受到闯入一个全新世界的极大欢乐。我在尝试地使用时间分裂，时间重叠，时间错位等方法以后，收获到的喜悦出乎预料。"⑧在后现代先锋小说中，我们可以看到很多运用强制性逻辑建构的荒谬的时空结构。这些时空结构从现实经验、固有思维方式来看是根本不可能存在的，但在作家们用文字编织的世界里却成为可能的存在。这些时空结构一般都与小说文本的结构是相同一的。例如，格非的《褐色鸟群》的结构，孙甘露在1989年以前写作的大多数小说的结构，都同时表达着"非在"的时空结构。在外国，诸如卡尔维诺的《隐形的城市》，罗伯-格里耶的《幽灵城市》《吉娜》，以及博尔赫斯的许多短篇小说——如《交叉小径的花园》《圆形废墟》《特隆》等，也都是这样。面对这些小说，我们实际上也在面对它们的文本结构原则，面对它们所指涉的"非在"世界的时空结构。这些结构总是使我们的普通经验受到震动。我们所固有的一些基本概念，诸如上与下、里与外、前与后、近与远、现实与梦幻，等等，突然都变得可以相互调换了。在这方面，后现代先锋小说与荷兰画家埃舍尔（1898—1972）的许多探索"非在"世界的绘画是异曲同工的。埃舍尔的绘画常用一种强制性的逻辑，在同一画面上表现不同的空间怪诞组合。例如他的名画《上梯与下梯》，有一队僧侣沿着楼梯向上走，拐了四次后又回到了起点；同时，另一队僧侣沿着楼梯向下走，最后也返回起点；而且两队僧侣走的是同一座楼梯，尽管他们在不停地上着和下着，但是并没有升高或是降低；他们只是在同一水平面上永无止境地上着和下着。犹如后现代先锋作家在小说文本中呈现了"非在"世界的丰富的可能形式，埃舍尔的绘画也变魔术般地把不可能的存在变成了可能的存在。像这样对"非在"世界的丰富可能性的探索，一方面颠覆着我们关于"存在"世界的思维和想象，另一方面又丰富、拓展着我们关于世界的思维和想象。在这一点上，后现代先锋小说暗含了一种重新把握世界的真诚而乐观的努力，而这种倾向在现代先锋小说当中是很少见的。

注释：

①《河边的错误·后记》，余华著，武汉，长江文艺出版社，1992年版。

②《美国现代小说》，布拉德伯利著，太原，北岳文艺出版社，1992年版，第108页。

③《"冰山"理论：对话与潜对话》下册，北京，工人出版社，1987年版，第525页。

④《罗兰·巴尔特》，卡勒尔著，北京，三联书店，1988年版，第58页。

⑤参见《小说》，载《文学自由谈》1989年第1期。

⑥《无指涉的虚构》，吴亮著，载《当代作家评论》1990年第6期。

⑦⑧《虚伪的作品》，余华著，载《上海文论》1989年第5期。

原载《文艺理论研究》1996年第1期

间离语言与奇幻性真实

——中国当代先锋小说的语言形象

王一川

提起中国当代"先锋"小说，人们自然都知道，它从80年代后期以新奇姿态出场时起，就不断给文坛带来强烈的震动，为当代文学多样风景的形成做出独特贡献。而在我们看来，这一切的获得是与它的独特的语言形象——间离语言密切相关的，甚至可以说，如果没有这种间离语言，就不可能有"先锋"小说的上述成就。正由于如此，我们需要对这个容易为人忽略的问题作初步考察。

一、语言形象与奇语喧哗

语言形象，是由文学作品的具体语言组织所呈现的富有个性特征和独特魅力的语言形态。它虽然直接地是一种具体的个人话语形象，但往往再现和置换了现成社会话语形象，而现成社会话语形象又是对个人形象及其所置身于其中的基本的社会现实的再现或置换。已故苏联美学家巴赫金指出："小说所包含的是一个语言的艺术系统，更准确地说，是一个语言形象系统（a system of images of languages）。文体学分析的真正任务就在于，发现小说结构中各种交响性语言；把握各种语言之间距离的尺度，这种距离使各种语言与作品整体中的最直接语义表述分离开来；衡量作品中意向折射的不同角度；理解各语言之间的对话性关系；最后，在直接的权威话语占主导的作品中，判断作品之外的杂语喧哗背景及其对话性关系（这在分析独白式小说时尤为重要）"[①]。这表明，语言形象作为文学（小说）的意义得以呈现，及社会话语形象和社会现实得以再现的场所，是文学的美学特性的重要方面，尤其应在"先锋文学"的美学研究中占据关键性位置。

　　中国当代"先锋"小说的语言形象即间离语言，是80年代后期以来整个当代文学新潮（如"寻根文学"、"后朦胧诗"、"先锋"小说、"新写实"小说等）所展现的多种新奇语言形象之一。这些新奇语言形象可以暂且被称为奇语喧哗。奇语喧哗一词，是根据巴赫金的术语"杂语喧哗"（heteroglossia）创用的，不过，这里更突出的是这时期文学语言的奇异或新奇特点，即它们不同于以往主流化语言和精英独白的奇异或新奇风貌。这样，奇语喧哗指中国80年代后期以来文学新潮显现的与主流化语言和精英独白不同的多种奇异或新奇语言的竞相喧哗状况。它在这里有两层意思：一是指总体上的语言、文体及修辞手段的奇异情形，二是指特定语言或本文内部的语言及文体的奇异情形。前者是说，在这个时期的种种新潮作品中出现了多种奇异语言、文体和修辞手段的竞相演示场面，这与过去的主流化语言或精英独白的正统风范形成鲜明对照；而后者则是说，即便具体到一种语言和文体或单一本文内部，都可能存在着多种奇异语言或语言因素的混杂、并存情形。这时，我们感到的就仿佛是众多奇语的竞相喧哗的狂欢节了。

　　分析奇语喧哗这一新的语言形象，可以采取多种不同路径。我们这里不妨考虑以构成奇语喧哗的语言资源和语言形态的要素为分析框架。因为，为着走出主流化语言和精英独白的"单语"困境，人们努力从多方面开辟多种新奇语言资源和语言形态。这样，我们可以发现如下六种（家）奇语喧哗（当然可能更多）：①从对于主流化语言和精英独白的突破看，有立体语言（如王蒙）；②从对于主流化语言和精英独白的消解看，有调侃式语言（如王朔）；③从对古代汉语的继承和中西融合看，有白描式语言（如贾平凹）；④从对日常语言的引进和对精英独白的消解看，有口语式语言（如于坚和韩东等）；⑤从对当代西方语言的借鉴和对精英独白的消解看，有间离语言（如苏童、莫言和余华等）；⑥从对于语言本身的自主性的探索看，有自为语言（如任洪渊和孙甘露等）。这六种语言，恰好涉及三组取向：精英语言与俗人语言、古代语言与西方语言、高雅语言与日常口头语言。具体说来就是：立体语言属于精英喧哗，与它相对的调侃式语言则属于俗人乱道；白描式语言力求激活古代语言，而间离语言则直接接受西方语言影响；自为语言是一种文人圈内的高雅语言，而口语式语言则是市民日常语言。

那么,在奇语喧哗家族中,间离语言的特色和地位何在呢?应当看到,奇语喧哗中的其他几种语言形象,尽管或多或少地都显示了对于西方语言的借鉴姿态(如立体语言之于"意识流"等),但总的说来,其西方印记并不那么浓重。它们更多地使人感受到的是中国语言本身的魅力:立体语文的异物重组能力,调侃式语言的消解作用,白描式语言中的古典传统复现能力,口语式语言的当代市民白话新气象。与此不同,间离语言直接地是要回应一个颇具诱惑力的特殊问题:在世界范围内都影响广泛的西方"现代主义"和"后现代主义"(如"意识流""新小说""荒诞派戏剧""实验小说""拉美魔幻现实主义"等)语言,是否能在中国文学语言中扮演更活跃的角色呢?也就是说,是否能被移植进中国文学语言中,体现出更直接、更鲜明的存在呢?这就需要作家们以"先锋"姿态去大胆吸取和尝试即"实验"。这种"先锋"行动如果能有助于树立中国语言的新形象,自然会令人兴奋;但更应关注的一个潜在"危险"在于:要么因移植不成功而被视为"食洋不化",要么即使有所成就也会被视为过度"西化"。这无疑是一个令人颇感棘手的挑战。

二、作为现代文人传奇的间离语言

似乎正是要回答这个挑战性问题,在加西亚·马尔克斯获诺贝尔奖这一事件的有力推动和感召下,马原、苏童、莫言、格非和余华等青年作家从以"拉美魔幻现实主义"为中心的西方语言中获得了新的写作灵感,发起了一场颇具声势的"先锋"运动。阅读他们的"先锋"小说,我们会立即感受到语言上的鲜明的"西方"色彩。

这种具有鲜明西方色彩的"先锋文学"语言,不妨尝试地称为间离语言。粗略说来,它确与上述几种语言形象存在着明显差异:与立体语言以精英喧哗拆解主流化语言和精英独白不同,间离语言可能喜爱其奇语喧哗却要着意消解其精英色彩;与调侃式语言以俗人乱道对抗主流化语言和精英独白不同,它是属于有较高文化修养的文人圈的;与白描式语言注重追寻古代语言及其展示的审美空间不同,它尤其注重借鉴来自西方的新奇语言(如"现代主义"和"后现代主义"),刻意虚构出非真实的奇幻或怪异故事;与口语式语言以当代市

中国当代文学史资料丛书

民白话去消解书面语权威不同，它比起经典"现实主义"那种大众化书面语来，或许是更加书面化或更具书卷气了。可以说，它向人们提供的是一种来自当代青年文人的类似古代文人传奇的东西——不妨称为现代文人传奇。文人，即文人作家，在这里恰与精英—知识分子作家相对。文人作家，意味着作家们虽有较高文化修养，却不像经典精英—知识分子作家那样热切地关怀、顾念重大社会政治问题，追求真实而典型地再现社会现实，而是更多地沉浸在个人的奇幻故事的虚构之中，为自己的这种虚构能力而沉醉痴迷。从而，这些文人作家的最大兴奋点，与其说在于被自己叙述的故事，不如说在于自己叙述故事的叙述话语本身。正是由于叙述话语方面的在西方语言影响下的刻意翻新，他们的讲述往往缺少强烈的"反映生活"或"干预现实"色彩，而总是与现实事相显得"隔"一层或疏离开来，形成间离效果，从而更带有闲适文人的清淡或奇谈意味，在这点上颇近似于魏晋人所谓"世说新语"和后来的唐宋文人传奇。所以，从语言形象上看，"先锋"小说为当代文学提供的是新的奇异的文人传奇。

间离语言一词，正是对这种文人传奇的语言特色的一种尝试性概括。从叙述上看，按法国叙事学家热拉尔·热奈特对"叙述"的界说，间离语言应有叙述话语（本文）、被叙述的内容（故事）和叙述声音共三层含义。其一，在叙述话语方面，间离语言显示出语言组织上的新奇或怪异特点，而这直接地与借鉴西方"现代主义"和"后现代主义"文学语言相关；其二，在被叙述的内容，即对社会现实的再现方面，这种文学语言体现出与社会现实的间隔、疏离或疏远等特点，即有意为读者创造出一个虚构的奇异的意义空间；其三，在叙述声音方面，这种语言流露出对"真实"地再现现实这一经典信条的高度怀疑态度，转而相信叙述"虚构"的绝对性。在这三方面，间离语言都有一个需要处处与之较量的先在的强劲对手：以经典"现实主义"语言为中心或标志的语言形态，这不妨暂且称作真实型语言。真实型语言的最根本信条，是按现实的本来面目及其发展趋势真实地再现现实，达到典型性或典型化——既创造出典型环境中的典型性格，又力求细节刻画的真实性。这就要求叙述话语全力服务于实现"真实"性和"典型"性，即力求以朴素或平实的叙述话语去描绘对象，做到无论整体还是细节都完全真实和典型，从而最大限度地再现现实的本质和规律。这种语言流露出的是叙述人对于现实世界的"全知全能"声音。而左右着这种真实型语言的更根本的"元叙述体"，是"理性宇宙观"或高度的理性主义信念：人具有认识世界的能力，世间的事都是人能够说清的。这种真实型语言的典范代表，一向被认为是立志做法兰西历史的"书记"，并创造出令人叹为观止的《人间喜剧》的"现实主义"作家巴尔扎克。而间离语言所全力拆解的，恰恰正是真实型语言所崇尚的真实性和典型性，及其背后的更根本的"元叙述体"。

三、马原的示范性和苏童的代表性

马原和苏童是间离语言方面的两个重要作家。从现在掌握的情况看，有理由认为，马原是80年代后期以来"先锋"作家中间离语言的最早尝试者。《冈底斯的诱惑》（《上海文学》1985年2期）以"拉美魔幻现实主义"的"叙述套盒"方式，把内地青年姚亮和陆高去西藏边地探险等几个故事拆得七零八落、支离破碎，使读者总是与被叙述的内容"隔"了一层，无法按照真实型语言的阅读习惯去抓住具有"真实"性和"典型"性的"现实"。从叙述话语上看，这里的关键是采用了一种"复线交叉错时叙述"："这篇小说讲述的是看天葬和探雪人两个故事，从故事次序讲，前者发生在先，后者在后；但在本文（按即叙述话语—引者）中，次序却是错位的。倘用A和B分别代表这两个故事，则故事次序当是AB，而本文次序则是BABABAB。这里，既不是按先A后B的顺叙，也非先B后A的倒叙，而是BABABAB的交叉的、借时的叙述。同时，两次探险之间除了姚陆二人都参与、作为形式上的联系外，几乎没有任何意义上的联系。这可以视为相互独立的两条故事线索。但小说本文却使两者交叉、缠绕在一起，这就构成复线交叉错时叙述。这种设置既可以阻止读者对人物性格发展的直线关怀，令其不得不倾听'众声喧哗'；也可以扰乱他们对事件的因果联系的惯常追问，而仅仅被各个事件的片断所吸引。如此，多声部轰鸣形成了"[②]。叙述话语的变化，就使读者与传统小说那种"真实故事"间离开来。

同时，马原还在自己的其他小说如长篇《上下都很平坦》（《收获》1987年5期）里让姚亮和陆高两人反复出现，但都不再是充当真实型语言模式中的那种绝对主人公，而只是作为形式上的穿针引线人物而存在。这种设置也进一

中国当代文学史资料丛书

步显示了间离效果。在《虚构）（1986）里，正像标题所指示的那样，马原更是一开头就直接申明："我就是那个叫马原的汉人，我写小说。我喜欢天马行空，我的故事多多少少都有那么一点耸人听闻。我用汉语讲故事；汉字据说是所有语言中最难接近语言本身的文字，我为我用汉字写作而得意。全世界的好作家都做不到这一点，只有我是个例外。……我讲的只是那里的人，讲那里的环境，讲那个环境里可能有的故事。……我当然是用我的方法想当然地构造这一切。……我其实与别的作家没有本质不同，我也需要像别的作家一样去观察点什么，然后借助这些观察结果去杜撰。天马行空，前提总得有马有天空。……我只是要借助这个住满病人的小村庄做背景。我需要使用这七天时间里得到的观察结果，然后我再去编排一个耸人听闻的故事。……我就叫马原，真名。"这是在明确地告诉读者，"我"不是在追求巴尔扎克所崇尚的那种"真实"和"典型"，而是相反在全力"杜撰"或"编排"即虚构。宣称小说不是真实而就是虚构，这就把读者同故事，同故事后面的作者清楚地间隔、疏离开来，使小说成为一个虚构的意义空间。

马原的这种具有鲜明间离特点的小说语言，虽然可以归结为接受"拉美魔幻现实主义"启迪的结果，但是，更应当从中国当代文学自身的发展线索考虑。面对主流化语言和精英独白造成的语言表达困境，许多作家深深地领受着语言的焦虑：什么样的语言才是新鲜活泼的小说语言？正是马原的最早尝试带来了示范效果。人们不由得惊呼：小说语言竟可以这样摆弄？小说语言可以这样摆弄！于是，像马原那样创造并运用间离语言，成了一个新浪潮，成了"先锋"。例如，与马原的这种率先示范的感召力不无关系，稍后洪峰的《极地之侧》（《收获》1987年5期），格非的《褐色鸟群》（《钟山》1988年2期），余华的《一九八六年》（《收获》1987年6期）、《现实一种》（《北京文学》1988年1期）和《世事如烟》（1988）等，在间离语言方面从事了各有特色的实践。

但是，相比而言，我们还是觉得苏童在间离语言的创造方面具有代表性，所以在此作较详细的讨论。这并不仅仅因为苏童是位多产作家，而主要是出于如下考虑：正是苏童的数量众多的小说，把间离语言的语言形象以尤其鲜明的形式展现出来，使我们领略到间离语言特有的魅力。当然，其他"先锋"小说家也各有其独特贡献，这需另文讨论。这里即使是对于苏童，也只是主要结合他的几部中篇加以分析，即《1934年的逃亡》（《收获》1987年5期）、《罂粟之家》（《收获》1988年6期）和《妻妾成群》（1990），必要时才约略涉及其他作品。我们的分析重点是间离语言的美学特色。

四、间离语言的美学特色

从苏童小说可以集中感受到间离语言的独特美学特色。

（一）模糊人称。有意模糊叙述人"我"与他（作者）本人之间的界限，或设置多重人称，是间离语言给人的一个鲜明印象。《1934年的逃亡》明确地告诉读者，"你们是我的好朋友。我告诉你们了，我是我父亲的，我不叫苏童"。按读者的通常阅读习惯，第一人称"我"（叙述人）的设置是为了最大限度地缩短读者与作家之间的距离，强化叙述上的真实、可信和亲近感；但如此申辩却又使读者的这种感觉受到瓦解或质疑，从而使距离再度拉大。这意味着，在缩短这种距离的同时又拉大了这种距离。在《罂粟之家》里，则是"我"（叙述人）、"你"（读者）、"他"（故事人物）三个人称交替地出现，令读者与作者间的距离变得忽近忽远，变幻莫测。这样做都是意在造成间离效果。这一点也可以在洪峰小说《极地之侧》中领略到：十个小故事是分别由第一人称"我"和章晖叙述的，貌似真实，甚至还夹杂着作者洪峰和马原、程永新、迟子建等真实人名，然而，这十个故事之间缺少通常的线性关系和因果关系，显出浓烈的奇幻与神秘色彩，从而等于在建立"真实"的同时又瓦解了这种"真实"。而真实人名的夹杂不过加重了上述色彩而已。

（二）故事零碎化。这就是说，一个在经典"现实主义"那里本应显出完整性的故事，总是被他叙述得零零落落，漂移不定。《1934年的逃亡》以"我父亲"为穿针引线式人物，写了陈家祖父陈宝年、祖母蒋氏、姑婆凤子、伯父狗崽等血缘亲属，及相关的人物陈文治、环子和小瞎子等之间发生的错综复杂故事，但都是通过"我"的似乎漂移不定的想象或虚构来呈现的；在这种想象或虚构中，故事仿佛成了二十二个漂浮移动的零星断片，使读者难以把握完整的真实。《妻妾成群》借四太太颂莲的视觉展开叙述，在她的零落、断续的讲述中，读者会觉得那显露的只是露出水面的一小部分"冰山"，而更大量的则被寒冷的海水永久地淹没了，正像死人井吞没陈家上代女眷一样。这样叙述显然更有利于造成间离效果。

与此相连，大量的叙述干预有助于造成零碎化效果。在《1934年的逃亡》中，我们会读到如此类型的句式："我发现我的影子很蛮横很古怪地在水泥人行道上洇开来……""我无法解释一个人对干草的依恋……""我无缘见到那些亲人""我设想陈宝年在刹那间为女人和生育惶惑过""我意识到陈文治是一个古怪的人精不断地攀在我的家族史的茎茎叶叶上""我需要陈文治的再度浮出""我听说陈记竹器店……""我似乎看见祖母蒋氏……""我无须进入前辈留下的空白地带也可以谱写我的家史。我也将化为一竿竹子""我幻想……"，等等。这些"我……"句式的大量运用，显然意在突出叙述的非真实性或虚构性，严重干扰读者对叙述或故事的惯常的真实性寻求，从而造成了间离效果。

（三）无引号对话的大量使用。在频频使用无引号对话（或称间接引语）方面，苏童不是唯一的，更不是最早的，然而却是尤其具有特点的。在通常小说中，人物之间发生的对话总是用引号括起来的，意在表明叙述的真实和可信。而这里所谓无引号对话，则指这种对话一律去掉了引号。例如《妻妾成群》：

你哭了？你活得不是很高兴吗，为什么哭？梅珊在颂莲面前站住，淡淡地说。颂莲掏出手绢擦了擦眼角，她说也不知是怎么了，你唱的戏叫什么？叫《女吊》。梅珊说你喜欢听吗？我对京戏一窍不通，主要是你唱得实在动情，听得我也伤心起来。颂莲说着她看见梅珊的脸上第一次露出和善的神情，梅珊低下头看看自己的戏装，做戏做得好能骗别人，做得不好只能骗骗自己。

……飞浦说，你吃过了？颂莲鼻孔里哼了一声，我闻焦煳味已经闻饱了。飞浦摸不着头脑，朝他母亲看。毓如的脸就变了，她对飞浦说，你吃你的饭，管那么多呢？然后她放高嗓门，注视着颂莲，四太太，我倒是听你说说，你说那么多树叶堆在地上怎么弄？颂莲说，我不知道，我有什么资格料理家事？毓如说，年年秋天要烧树叶，从来没什么别扭，怎么你就比别人娇贵？那点烟味就受不了。颂莲说，树叶自己会烂掉的，用得着去烧吗？树叶又不是人。毓如说，你这是什么意思，莫名其妙的。颂莲说，我没什么意思，我还有一点不明白的，为什么要把树叶扫到后院来烧，谁喜欢闻那烟味谁就在谁那儿烧好了。毓如便听不下去了，她把筷子往桌上一拍，你也不拿个镜子照照，你颂莲在陈家算什么东西？好像谁亏待你似的。颂莲站起来，目光矜持地停留在毓如蜡黄有点浮肿的脸上。说对了，我算个什么东西？颂莲轻轻地像在自言自语，她微笑着转个身离开，再回头时已经泪光盈盈，她说，天知道你们又算个什么东西？

这两则对话都有其妙处：仅用简练的语言，就突出或渲染出人物之间的复杂微妙关系。第一则对话表明颂莲和梅珊之间通过唱戏而达到了某种沟通；第二则既表露了飞浦对颂莲的关切，更强化了颂莲与毓如的冲突的不可调和性，也披露出颂莲对自己卑微命运的悲剧性预感。如果说第一段采用了标准的间接引话，那么第二段则是直接引话去掉了引号。这样做固然可以起到加大叙述密度、突出人物对话的冲突强度、缩短篇幅和节省读者阅读时间等作用，但最显著的效果该是淡化叙述的真实感，增强其间接性和虚构色彩，打消读者对于真实性的追寻念头，转而集中赏析故事的引人入胜和奇幻意味。《妻妾成群》大部分对话都如此，而《红粉》《离婚指南》《已婚男人杨泊》，及收集在小说集《刺青时代》中的大部分作品（如《刺青时代》《园艺》《十九种房间》《另一种妇女生活》《一个朋友在路上》等），则几乎全部采用这种无引号对话或间接引语。如此大量运用无引号引语或间接引语以造成间离效果，是苏童小说语言区别于其他的一个显著特征。

（四）白描语言。白描原是中国画技法之一，源于古代"白画"，指仅用墨线勾描物象而不着或少着颜色的技法。而在古典小说中，白描也用来指以最简练的笔墨不加烘托地描绘形象、达到"传神"目的的手法。可以说，古代白描语言的基本精神在于以简练或素淡笔墨描摹事物本相，不求"形似"而求"神似"。这种语言并非单纯的"技法"，而是文艺领域中依托着深厚的古典宇宙观和美学精神的基本表现方式。这种古典宇宙观和美学精神主要表现为自无而有、虚中见实、以形写神、以少总多、气韵生动等原则，是中国古典文化的核心东西。在现代，鲁迅在现代白话形式中继承这种白描语言传统，创造出独特的"性格白描"，即描绘人物性格时不事细密心理刻画或烦琐景物描写，而是力求以简赅笔墨画出人物的内在神情。后来的孙犁、汪曾祺、贾平凹都在

中国当代文学史资料丛书

白描语言传统的现代化方面做了各自独特的贡献。

人们普遍注意到苏童（还有其他"先锋"小说家）善于从西方语言（主要是"拉美魔幻现实主义"）获得丰富灵感，但很少人注意到，这种外来灵感也能够激活古典白描的表现潜能（王干在《苏童意象》一文中对"白描"有论述③），以至白描成了间离语言的一个突出特点。《妻妾成群》就很典型，只是《园艺》里运用得似乎更加娴熟：

初春的午后，散淡的阳光落在孔家的庭院里，花圃中的芍药和四季海棠呈现出一种懒散的美丽，有蜜蜂和蝴蝶在庭院上空嗡嗡地奔忙，在阳光照不到的院墙下面，性喜温湿的凤尾竹和兰草在阴影里郁郁葱葱地生长，即使是这些闲植墙下的植物，它们也被主人修剪得异常整齐悦目。到过孔家的人都知道，孔家夫妇在梅林路地段是著名的园艺爱好者。

南方的四月湿润多雨，庭院里所有的花卉草木都在四月蓬勃生长，蔷薇科的花朵半含水意竞相开放，观叶的植物在屋檐墙角勾勒浓浓的绿影碧线……

一阵东风吹来，满墙的爬山虎新叶飒飒地撞击着灰墙，而花垒里散发的那股腥臭愈发浓重，孔太太捂着鼻子匆匆离开了门廊，她想她这辈子注定是要受孔先生的欺侮的……

在早晨稀薄的阳光里孔太太半睡半醒，她迷迷朦朦地看见孔先生的脸像一片锯齿形叶子挂在爬山虎的老藤上，一片片地吐芽、长肥长大，又一片片地枯萎、坠落。她迷迷朦朦地闻到一股奇怪的血腥气息，微微发甜，它在空气中飘荡着，使满园花草噼噼啪啪地疯长。孔太太在藤椅上痛苦地翻了个身，面对着一丛她心爱的香水月季，她看见一朵硕大的花苞突然开放，血红血红的花瓣，它形状酷似人脸，酷似孔先生的脸，她看见孔先生的脸淌下无数血红血红的花瓣，剩下一枝枯萎的根茎，就像一具无头的尸首，孔太太突然狂叫了一声，她终于被吓醒，吓醒孔太太的也许是她的臆想，也许只是她的梦而已。

在这里，简洁而生动感人的庭院景色描绘，并非闲笔，而是紧扣人物刻画而渐次展开的，逐步揭示孔家以夫妇冲突为导火线和中心内容的弥漫整个家庭的悲剧。反复出现的老藤"爬山虎"这一植物形象，显然是作为孔先生的隐喻形象来描写的，与孔太太所喜爱的美丽的茑萝形成对比。小说一开头就说："事情似乎缘于孔家门廊上的那些植物和俗称爬山虎的疯狂生长的藤蔓，春天以来孔太太多次要丈夫把讨厌的爬山虎从门廊上除掉，在庭院里种上另一种美丽的茑萝，但酷爱园艺的孔先生对此充耳不闻，他认为以茑萝替代长了多年的老藤是一种愚蠢无知的想法。"也正是这种不同欣赏趣味，诱发了这对夫妇间的冲突和悲剧：吵架、孔先生负气出走、被孔太太负气拒之门外、夜晚徘徊在外遭抢劫与杀害、神奇地被抛尸院内并与爬山虎一同发出臭味、导致孔太太的如上梦中惊悟等。上面几处白描，隐喻性地为人物的命运逐步投下"灾难性阴影"，使整个故事笼罩着命定的神秘与死亡气息。苏童的上述白描语言，明显地受了"拉美魔幻现实主义"（尤其是《百年孤独》）的影响，可以说是以本文语言激活中国语言的一个成功范例。它表明，正像贾平凹能够通过借鉴古代语言而使白描语言获得新生一样，借助西方语言也能使中国语言、中国古代语言具有新的表现力。一个有趣的现象是，表面看来，苏童等先锋作家在语言上是极度"西化"的，但事实上，他们的早年的中国文化和美学素养（如白描传统）会有意或无意地在他们的语言运用中起到真正传统的强大支配力和感召力，即使是表面看来"西化"的作家，也在其深层潜伏着深厚的"中国"本性。

（五）隐喻形象。说到隐喻形象，应当指出，它也是间离语言的显著特色之一。正像如上那个例子一样，植物爬山虎自始至终构成了孔先生的隐喻，这样的隐喻关系增强了故事的奇幻色彩。同贾平凹一样，苏童善于在小说中编织总体隐喻结构。不过，两人又有诸多不同，这其中有一点是显而易见的：贾平凹更能借助古代语言运用而显露中国传统的影响，而苏童尤其能让人发现"拉美魔幻现实主义"的影响印痕。在苏童对隐喻形象的运用中，《百年孤独》的影响是时常容易感觉到的。例如，《百年孤独》如此描写庭院景色："在一座墓碑式的石板砌成的庄园房子里，是从来透不进阳光的。庭院中的柏树，花园中滴水的晚香玉拱顶，卧室中褪了色的窗帷，都发出死沉沉的气息"。我们在如上苏童对陈家大院和孔家庭院的描绘文字中，都很明显地发现这种影响的踪迹。视觉形象如此，嗅觉形象也一样。然而，或许可以这样说，尽管苏童深受"拉美魔幻现实主义"影响，并有意或无意中注意模仿，但当他用中国语言

中国当代文学史资料丛书

来写作的时候，这种语言本身所"蕴涵"或"携带"的中国传统就被释放了出来，使读者可以感受到中国古典式情景交融、虚实相生或人物交感等意味，甚至也不难发现宋词式婉约、感伤等特色。也许可以这样比较：贾平凹的隐喻形象使中国传统处在明言层次，而西方影响被置于隐言层次；而苏童这里恰好倒过来了，西方影响在明言层次，而中国传统在隐言层次。

在《1934年的逃亡》中，陈家的整个家史似乎被笼罩在由雾瘴、枫杨树、影子、黄泥道、狗粪、玉瓷罐、黑砖楼、干草和竹刀等隐喻形象构成的总体氛围中了。这些隐喻形象各自有什么含义，并不重要；重要的是，它们都让人感受到是指向同样的方向的。这一方向究竟是什么呢？我们不妨来看看其中反复出现的竹刀：一是陈家祖传大头竹刀，二是锥形竹刀。锥形竹刀由小瞎子打造而为陈宝年拥有，伴随他后半辈子，后来被一位神秘的"外乡人"以陈宝年的名义送给了陈的儿子狗崽：

> 狗崽接过刀的时候触摸了刀上古怪而富有刺激的城市气息。他似乎从竹刀纤薄的锋刃上看见了陈宝年的面容，模模糊糊但力度感很强。竹刀很轻，通体发着淡绿的光泽，狗崽在太阳地里端详着这神秘之物，把刀子往自己手心里刺了两下，他听见了血液被压迫的噼啪轻响，一种刺伤感使狗崽呜哇地喊了一声，随后他便对着竹刀笑了。……农村少年狗崽愚拙的想象被竹光充分唤起沿着老屋的泥地汹涌澎湃。他想象着那座竹匠集居的城市，想象那里的房子大姑娘洋车杂货铺和父亲的店铺，嘴里不时吐出兴奋的呻吟。……

如果说锥形竹刀是与陈宝年和整个陈家家族相联系的，那么，它便能够在儿子狗崽的心里激起对于父亲的神奇而丰富的"想象"，从而诱使他不顾一切地奔向远方父亲的怀抱。而在父亲那里一见到那把祖传大头竹刀，他就禁不住"喜欢得疯迷了"，多次去偷而多次被父亲暴打，"脸打青了连捂都不捂一下"，从而使人看到了这对父子之间的神奇的相互吸引和冲突。这种凝聚于竹刀的神奇的相互吸引和冲突的原因是什么呢？似乎可以猜想，竹刀被赋予了某种神秘的家族内涵，是陈家家族隐喻形象。对狗崽而言，它是需要由父亲陈宝年来遗传的。在两把竹刀中，如果说锥形竹刀代表家族精神的可遗传方面，由陈宝年主动传给狗崽；那么，大头竹刀则代表了这种精神的暂时的难以遗传方面，从而被陈宝年拼命保护。叙述人如是说："我从来没见过那把祖传的大头竹刀。我不知道。我只是想到枫杨树人血液中的竹的因子。我的祖父陈宝年和伯父狗崽假如都是一竿竹子，他们的情感假如都是一竿竹子，一切就超越了我们的思想。我无须进入前辈留下的空白地带也可以谱写我的家史。我也将化为一竿竹子。"这里通过述说竹子与祖父、伯父和"我"的生命的联系，似乎揭示出一个家族秘密：竹子乃陈家的家族隐喻。至于竹子到底意味着什么，叙述人并没有清楚地告诉我们，或许连他自己也只不过是"知其然而不知其所以然"了。

显然，竹刀是作为一个意义丰富而又含混的隐喻形象而存在的，它能诱使叙述人去尽情"想象"自己家族的神奇故事，并让读者能借助它去充分地"想象"陈家的奇幻迷离故事，这就够了。竹刀的含义如此，干草和枫杨树等隐喻形象亦然。它们共同组成一个弥漫全篇的总体隐喻结构，使整个叙述话语和故事都飘浮着奇幻气息，强化了小说的奇谈怪议色彩。

罂粟，在《罂粟之家》中是作为涵盖全篇的总体隐喻形象出现的。刘老侠家大量种植罂粟，因罂粟而发财，到处弥漫罂粟味，确属名副其实的"罂粟之家"。二儿子沉草则是作为这个家"与众不同"的异类而出现的。"田野四处翻腾着罂粟强烈的熏香，沉草发现他站在一块孤岛上，他觉得头晕，罂粟之浪哗然作响着把你推到一块孤岛上，一切都远离你了，唯有那种致人死地的熏香钻入肺腑深处，就这样沉草看见自己瘦弱的身体从孤岛上浮起来了。"刘家的继承人沉草始终在抵御家里的罂粟气味。她姐姐素子在让他去杀陈茂而自己声称去"摘罂粟"后自杀了，嘴里吐出一股霉烂的罂粟气味，表情显得"轻松自如"。沉草受此感召杀了陈茂（自己的真正生父），终于"闻见原野上飘浮的罂粟气味倏而浓郁倏而消失殆尽了。沉草吐出一口浊气，心里有一种蓝天般透明的感觉。他看见陈茂的身体也像一棵罂粟一样倾倒在地。他想我现在终于把那股霉烂的气味吐出来了，现在我也像姐姐一样轻松自如了"。但是，这并不标志着沉草对刘家的与罂粟相连的宿命实现了超越，相反，它使他与罂粟最终实现了认同。他把自己放入盛满罂粟粉的大缸中，饱吸罂粟的气味，期待着在此"重新出世"。在他被工作队长庐方击毙在罂粟缸里时，罂粟竟然神奇地爆炸了，散发出"世界上最强烈的植物气味"，"像猛兽疯狂地向你扑来，那

中国当代文学史资料丛书

气味附在你头上身上手上，你无处躲避，……怎么洗也洗不掉"。这里的罂粟的意义同前述竹刀一样，是丰富而含混的，渲染出神秘、奇幻的氛围。从对竹刀和罂粟这两个隐喻形象的简略分析可见，苏童善于通过含义丰富而含混的隐含形象，去渲染一种神秘与奇幻氛围。正是这种隐喻形象的设置，突出了"先锋"小说的文人奇谈色彩。

以上我们从模糊人称、故事零碎化、无引号对话、白描语言和隐喻形象方面，讨论了间离语言的美学特色。这些方面共同显示，间离语言的突出功能在于拉大作者与故事、故事中人物与其难以抗拒的悲剧性宿命、作者与读者、读者与故事之间的距离，使读者阅读中的故事始终笼罩着奇幻莫测却又颇具诱惑力的面纱。正是由于这层神奇面纱的作用，被叙述的故事和叙述话语本身都充满着非真实性或想象性和不可知论，令读者在饶有兴味地缅怀人物的繁盛过去的同时，却又无可奈何地感叹其必然衰落的结局。这里提供的是一个怀旧色彩浓厚的想象空间，它使人不禁满怀同情地悲叹往昔。

而从语句安排等方面看，间离语言的主要倾诉对象应是有着中等文化素养的文人——不是那种具有社会政治冲动的精英——知识分子，而是具有闲适心境和娱乐要求的普通都市文化人，或称文人。在80年代后期，随着中国经济从计划体制向市场体制的过渡和消费文化的形成，自世纪初以来形成的传统精英—知识分子集团开始分化，普通都市文化人出现了。置身于都市生活中，他们不满足于文学的启蒙功能，而是迫切要求娱乐。针对这种文人娱乐需要，间离语言提供的正是颇有"高雅"意味的奇幻故事即文人奇谈，使他们能在工作之余沉浸在奇幻的意义空间中。如果说，精英喧哗意在从精英角度重新整合破碎的现实，调侃式语言按俗人旨趣全力消解主流化语言和精英独白的合理性，白描式语言以文人标准激活古代语言的表现力，口语式语言在当代市民立场上高扬平民的个体自由，那么，间离语言则是要满足当代文人的好奇心与怀旧趣味。苏童小说正是借助外来西方语言的影响去激活自己的语言敏感，创造独特的间离语言，并运用这种语言编织出文人化的奇幻而神秘的故事。当然，由于间离语言具有的多义或含混特点，"先锋小说"并不仅仅针对普通都市文化人需要，也可能满足其他读者如大众和精英知识分子的阅读需要，他们也能从中"读"出自己能读出的东西。而这正可见出间离语言在美学上的独特处。

先锋小说研究资料

五、间离语言与另一种真实

看起来，间离语言的最有效功能，是创造一个与现实世界相疏离的奇幻的文人空间。然而，倘是从中国当代文学语言的演化看，这种语言形象的出现本身就对以"现实主义"为中心或典型的现成小说语言构成有力挑战。当现成理论认定小说语言能够再现现实的本质即具有真实性时，间离语言却告诉人们，任何小说，即使足以真实性为特征和最高追求的"现实主义"小说，都不可能离开叙事虚构而再现现实。"现实主义"小说的"真实"，并不就是对现实的真实模仿，而不过是一种语言虚构。只要是在小说世界里，真实的其实就是虚构的，而虚构的可能成为真实的，但归根到底这都是语言世界的真实，即语言虚构出的真实。当然，这并不意味着"真实"概念就没有意义了。苏童等"先锋"小说家在间离语言方面的实践提醒人们，小说世界不存在"唯一"的真实，即不存在现实主义这一种真实，而是存在有多种真实。例如，如果说，"现实主义"的真实是一种能最大限度地显示小说世界与现实世界之间的等同关系的逼真性真实，那么，间离语言的真实就应属于与此不同的另一种真实——小说世界鲜明地与现实世界相疏离的奇幻性真实。奇幻性真实是以新奇、奇异或怪异面貌来揭示一种真实的，更适于满足人们的好奇心理和求异兴趣，正像六朝志怪小说和唐宋文人传奇那样。这种真实其实可以再现现实社会的另一种真实——人们真实地充满好奇或求异兴趣，真实地厌倦了旧的逼真性真实而向往新的奇幻性真实。我们不能仅仅肯定一种真实而否定另一种真实。清代幔亭过客早就说过："文不幻不文，幻不极不幻。是知天下极幻之事乃极真之事，极幻之理乃相真之理。"（《西游记题词》）"先锋"作家们在运用间离语言消解掉绝对真实观时，实际上又树立了新的真实观：把过去唯一的、绝对的"大写真实"转变成多种多样的、语言虚构出来"小写真实"，从而为小说一面规定了表达限度，一面又显示出新的开放的意义空间。这正是先锋小说在当代小说美学，乃至整个当代文学美学上的具有变革意义的重要贡献。今后的人们无论如何评价它们，都不应轻易忽略其上述贡献。

中国当代文学史资料丛书

注释:

①巴赫金:《对话的想象》,美国得克萨斯大学出版社1985年版,第416页。

②王一川:《中国现代卡里斯马典型》,云南人民出版社1994年版,第280页。

③见苏童小说集《刺青时代》,长江文艺出版社1993年版,第302页。

原载《南方文坛》1996年第6期

从启蒙主义到存在主义

——当代中国先锋文学思潮论

张清华

本文认为，在当代中国文学变革过程中的一系列现象背后，存在着一个不断演变的先锋性文学思潮。它孕生于六七十年代，并在八十和九十年代经历了一个从"启蒙主义"到"存在主义"的演变过程。它在前期的艺术内涵与指向主要是现代性，后期则具有自我解构性。"先锋文学"思潮运变的基本逻辑是"唯新论"，基本特征是模仿性与本土化、原则性与策略性、异端性与正统性、中心性与边缘性、启蒙性与现代性等的对互统一。"唯新论"逻辑和从"启蒙主义"到"存在主义"的历程决定了"先锋文学"思潮的蜕变性，并导致了社会启蒙与个人话语，反抗中心与自我流放，不断变革与自我解构等一系列悖论，加之"先锋"本身的时效性与伪劣因素，致使"先锋文学"思潮存在着许多局限。

一、作为先锋文学思潮的"启蒙主义"与"存在主义"

"先锋派""先锋文学"作为对当代中国诗歌运动和小说现象的某种指代，多年来已广为评论界所谈论。但总观已有论述，悉为对某个具体流派、群落和现象的指称，如在诗歌领域主要是指80年代后期以来具有实验倾向的青年诗歌群落，后来又有论者将之扩延为包括"朦胧诗"在内的当代诗歌中的创新一族；在小说领域，"先锋派"则基本上是指自1985年前后鹊起的马原等人，及其在之后崛起的苏童、余华、格非、孙甘露等新潮青年作家。在本文中，我则倾向于把他们及其相关的诸种创作现象和流向视为一个互相联系、互为呼

中国当代文学史资料丛书

应、互为转递变延的一个整体来考察，将其作为贯穿在中国当代文学整体的深刻历史变革过程中的一股不断求新求变的思潮来认识。在当代文学已走过了二十余年的变革历程并已发生了翻天覆地的巨变的今天，在新旧世纪的交接点上，我以为认真地回顾、梳理、分析和评判这一思潮是不无意义的。

历史的巨变不是空穴来风，本文之所以把众多的新异现象视为一个整体，是基于对诞生在七十年代历史深处，又在八十和九十年代形成了波澜壮阔之势的一场文学变革运动的整体性认识之上的，是基于对这一运动背后所潜隐着的在思想与艺术流向上的同一性与历史逻辑性的整体把握之上的。"先锋"在本文中不是一个固有和既成的静态模式，它是一个过程，一种在历史的相对稳定状态中的变异与前趋的不稳定因素。在内涵特征上，它主要有两个层面：一是思想上的异质性，它表现在对既成的权力叙事和主题话语的某种叛逆性上；二是艺术上的前卫性，它表现在对已有文体规范和表达模式的破坏性和变异性上。而且这种变异还往往是以较为"激进"和集中的方式进行的。因为在文学演变的历史过程中，变革的因素是永远存在的，但"激变"却不常有，唯有一度时间中的激变，才构成"先锋"式的运动或现象。

以"先锋"指代某种文学现象显然与对西方"现代主义"文学的某种比附不无关系，关于它的西语词源及含义，有论者已专门探讨过①，这里不再详述。但事实上这一词语也是中国当代文学运动中很自然地生长出的"本土性"的概念。"先锋"在欧美文学中虽几乎是现代派的同义语，但并不常用。在中国80年代后期文学评论中的频繁出现，也并不绝对地意味着对西方文学的某种比附。尤其在诗歌界的使用，则基本上是基于"先锋"这一词语的汉语语义和本土语境而言的。事实上，1981年徐敬亚在《崛起的诗群》中就相当自觉地使用了"先锋"一词来描述"朦胧诗"的特征，指出"他们的主题基调与目前整个文坛最先锋的艺术是基本吻合的"。这里"先锋"显然是当前文学的"前沿"或"开路者"之意。此后至迟在1984年，"先锋"一词作为一种方向和旗帜就已出现在诗歌中，骆一禾的一首诗就题名《先锋》。这里"先锋"之意显然也不是出于对西方现代派诗歌的比附，而是对中国当代诗歌自身使命的体认。1988年前后，"先锋诗歌"一词开始较多地为创作界和评论者所使用，徐敬亚在他的《圭臬之死——朦胧诗后》一文中将北岛、顾城、江河、杨炼、舒婷、梁小斌称为"引发全局的六位先锋诗人"，朱大可在他的《燃烧的迷津——缅怀先锋诗歌运动》一文中亦将"朦胧诗"传统正式"追认"为"先锋诗歌"。后来，"第三代"的写作者也开始以"先锋诗人"自称。这样，"先锋诗歌"实际上便成了从"朦胧诗"到"第三代"的新潮诗歌的一个总称。在小说中，"先锋派"称谓的出现似稍晚，所指亦相对狭义，在特指马原之后的新潮实验小说时有比附于法国"新小说"的意思，但"先锋"一词实仍取其"前驱""探索""实验"之汉语语义。

那么，我们应在哪一种意义上确定"先锋"的性质？在以"前工业化"为基本特征的中国当代文化情境中，在以"现实主义"和"浪漫主义"为主流构造的20世纪中国文学传统面前，"先锋"显然应具有相对确定的含义，也就是说，它的起点的定位应是"现代主义"性质。正像几位青年诗人与理论家在一次对话中所说的："中国诗歌所谓的先锋意义应该确立在现代主义的范围内来谈，这是我们关注先锋诗歌的原因。因为我们之所以关注先锋诗歌，是要通过它关注中国诗歌的现代化进程。"[②]对小说而言也同样如此。"先锋"的首要使命，就是要破除和改变由平板的机械唯物论与庸俗阶段论所决定的"现实主义"独掌天下的时代，正像法国的"超现实主义"者在抨击"现实主义"小说时不无偏激地指出的："从圣·托马斯到安纳托尔·法朗士，现实主义的态度无不发挥于实证主义，我以为它对智力和伦理的任何升华莫不敌意相对。我厌恶它，因为它包孕着平庸、仇恨与低劣的自满自得。正是它，于今诞生着这等可笑的作品……"[③]这种情形正好类似于七八十年代之交中国文学的基本背景。因此，基于这样的定位，所谓"当代中国先锋文学思潮"实际上也可以理解为"当代中国的现代主义文学思潮"。但是这样一种理解又是不够的，尽管"现代主义"本身包含了丰富的多元可能性和历史发展性，但它毕竟又是一种侧重于审美方式、艺术风格或表现策略的定性，似未能从内部的思维性质上涵盖当代中国的"先锋文学"思潮与运动的精神特质与历史脉动。在审视和把握这种精神特质和历史脉动时，我意识到"从启蒙主义到存在主义"也许是一种最切近其本质和最富历史感的定性和逻辑描述。

还需留意的是，我在使用"启蒙主义"这个概念的时候，并不是套用西方作为历史与哲学范畴的启蒙主义思想的概念，而是从当代中国的文化环境与80年代以来的文化实践出发的，它是一个"功能"范畴，一个文化实践的范畴，一个背景和一种文化语境。事实上，从功能的范畴看，"启蒙主义"在西方也

中国当代文学史资料丛书

不仅限于18世纪的法国，它是整个近代工业——资本主义文明确立过程中人类进步文化从萌生到确立的过程，从文艺复兴时期对抗神学蒙昧的人文主义，到法国大革命时期全面设计近代社会以人的基本权利与社会公正为核心的意识形态的启蒙主义运动，再到19世纪对资本主义文明所带来的异化后果与灾难悖论的激烈批判的各种思潮，包括在这一过程中所产生的各种文学思潮与现象，贯穿其中的一种最基本的文化精神及其起到的主要文化功用，在本质上都是"启蒙主义"的。如勃兰兑斯就曾认为，浪漫派"在方向上和十八世纪的主要思潮相一致"④。在当代中国，"启蒙主义"的概念又有了更新的含义，由于当代中国在封闭多年之后与世界现代文化的差距，那些具有当代特征的文化与文学思潮在中国也被赋予了某种"启蒙主义"的性质。换言之，最终能够在当代中国完成"启蒙主义"任务的，已不是那些近代意义上的文化与文学思潮，而是具有更新意义的现代性的和"现代主义"的文化与文学思潮，所以"启蒙主义语境中的现代主义选择"便成为80年代文学的一个基本的文化策略⑤。同样，我在这里所使用的"存在主义"一词，也并不完全等同于西方19世纪后期以来的存在主义哲学，它在这里的相对性是显而易见的，即它完全是与"启蒙主义"以人文理性为核心、勇于担负社会正义和责任相对而言的以个人精神为核心的价值取向，它是个体的自觉，"关于个人、关于自己存在的哲学"⑥，它不再倾向于社会、公众、理想、真理（社会道义上的）等等绝对的价值，"群众乃是虚妄"，"为真理作判断的公众集会已不复存在"⑦。从写作的方式上看，它更多的是强调关注个人内心、个体生命体验、个体生存状况，"去尊重每一个人——确确实实的每一个人"⑧，"以个人的范畴标明我的文学作品之始"⑨。在风格上则由于其虚无和幻灭的价值观而近乎荒诞和反讽，这与启蒙主题文学的崇高、悲剧和庄严的风格也形成了鲜明对照。不难见出，以"个人化"的生存状态取代"公众"的精神理想，以个体叙事取代群体性"宏伟叙事"，也正是90年代文学相对于80年代文学的最明显的逻辑转折。

二、从启蒙主义到存在主义：当代先锋文学思潮的演变轨迹

1972年秋，插队白洋淀的多多等四位青年诗人，在圆明园搞了一次野炊活动，在大水法残迹前合影一张，"戏题曰：四个存在主义者"。这大概是"存

在主义"第一次在当代中国文学中的"登台亮相",这一登台亮相无可争议地称得上是一种"先锋文学"姿态。但是,从总体上看,在这一历史区间内,先锋写作的基本立场却并未抵达"存在主义",而显然是"启蒙主义"的。只是由于在这一时期极少数的突进者与整个时代和社会之间的游离和叛逆的关系,他们的写作显得特别孤独和具有"个人化"的"存在主义者"色彩。

事实上,具有"启蒙主义"主题性质的文学创作还可以追溯到更早的时间,早在60年代,黄翔、哑默、食指等人就写出了他们的第一批作品。黄翔写于1962年的《一首独唱》,是迄今为止人们发现的当代最早的以个人化的方式反抗社会的作品,他写于1968年的《野兽》和1969年的长诗《火炬之歌》等作品,更加明确地表达了对血腥暴力和专制迷信的深刻思索与批判的主题,作品中贯穿了驱除黑暗,重新唤起人们的理性、良知、人性和判断力的强烈愿望与悲愤激情。哑默和食指也分别在1965年和1968年写下了最早的批判和思索主题的作品。之后在60年代末和70年代前期,白洋淀地区又涌现出以芒克、多多、根子、方含、林莽、宋海泉、白青、潘青萍、陶雒诵、戎雪兰等插队知青为主要成员的一个远离时代主流政治的充满异端思想的"白洋淀诗歌群落"。它的"外围"又吸引了一批虽未在白洋淀插队,但却与他们交往密切、常来此间"以诗会友、交流思想"的青年人,如北岛、江河、严力、彭刚、史保嘉、甘铁生、郑义、陈凯歌,他们也是"广义的""白洋淀诗群"的成员。

上述诗歌群落不但标志着中国当代"启蒙主义"文学思想的诞生,同时也可以视为整个"先锋文学"思潮的真正发端。从这个意义上,以往人们仅将出现在七八十年代之交的"朦胧诗"作为当代新型文学发展流向的起点是不够的。"朦胧诗"是前者的承袭者,它与前者的不同在于对社会现实介入和作用的程度,前者存在于较小的圈子内,基本上是个人精神空间的产物,而"朦胧诗"则由于它处于"拨乱反正"的政治变革时代而得以参与社会并获得了"公开发表"的机会。

从"白洋淀诗群"的诞生到80年代中期的"寻根文学思潮热",推动当代文学与文化变革的"先锋文学"思潮的性质基本上是"启蒙主义"的,它依次推动并孕生了下列文学现象:70年代末的"今天派";1980年以后被命名的"朦胧诗";1979年到1980年前后形成的"意识流小说";1982年到1984年期间形成的"文化诗歌运动";继而在1984年,四川成立了以石光华、黎正

中国当代文学史资料丛书

光、王川平、宋渠、宋炜等为主要成员的"整体主义"诗派，与之呼应的有欧阳江河、廖亦武、牛波、海子等；另外还有1984年到1986年的"寻根—新潮小说运动"。"寻根小说"的问世大致以1984年的两篇影响最大的小说——阿城的《棋王》和张承志的《北方的河》为标志，其理论自觉是以1984年底的"杭州会议"和1985年韩少功等人的几篇宣言式的文章为标志。"新潮小说"的问世大致以1984年马原的一篇《拉萨河女神》为标志，它体现了当代小说在几年前"意识流"探索基础上的一次质的飞跃。"新潮小说"的主要流向大致有三种：一是以马原和扎西达娃为代表的描写西藏宗教风俗的一支，具有强烈的"魔幻派"和"超现实主义"倾向；二是以莫言为代表的表现传统民间文化和农业自然的一支，同样表现出鲜明的魔幻意味，但更加突出了感觉和潜意识的作用；三是被称为"荒诞派"的一支，以徐星、刘索拉、陈染等人为代表，他们的作品不但最先通过"荒诞"而揭示了"存在"的状况，而且从内容和风格气质上也显示了对传统价值的全面挑战。"新潮小说"有两点特别应值得注意：一是它与"先锋小说"的概念已相当接近，人们通常指称的"先锋小说"是第一批作家如马原、莫言、残雪等，就是随着"新潮小说"出场和成名的；二是种种迹象表明，"新潮小说"已显示出"先锋文学"思潮从"启蒙主义"主题向"存在主义"主题过渡的趋向。此外，"新潮小说"同"寻根小说"的部分交叉也是明显的，如韩少功的"湘西系列"，王安忆的《小鲍庄》等都带有"新潮小说"的超现实特征，而马原和扎西达娃的西藏系列小说也同样具有浓郁的文化寻根意味。这都清楚地表明了"先锋文学"在80年代中期的过渡与转折迹象。记录了这种转折轨迹的还有从80年代初期一直持续到后期的"现代主义戏剧"的实验热潮。

　　总体上看，上述文学现象都在各自不同的时间阶段上构成了当代文学变革进程中最关键的因素。从内容层面上，它们一直高举"启蒙主义"的旗帜，不断为当代文学乃至社会注入摆脱极左愚昧的精神禁锢的思想力量。而且从纵向发展过程来看，它们还体现了从社会启蒙到文化启蒙，从当代思考到历史探寻的深化过程。从美学选择与艺术追求上看，它们则体现出不断向"现代主义"迈进的趋向，促使当代文学逐步突破了庸俗现实主义和虚假浪漫主义的框子。从抒情或叙事方式来看，它们一直是以叛逆和对抗的姿态寻求自己的独立方式，从早期以个人性的抒情或叙事对抗庸俗化了的群体性抒情或叙事，逐渐过渡到以正义与民主的（公众性的）宏伟抒情与叙事对抗极左文化及其惯性所支配的政治性宏伟抒情与叙事，再到以民间、历史和心灵为时空载体的文化性抒情与叙事，超越以当代生活表象为载体的社会性抒情与叙事。当代文学的每一重大突进，都与它们的推动和引领有着根本和直接的因果关系。

80年代中期，"先锋文学"思潮的发展进入了一个转折期和复合期。尽管"启蒙主义"的文化语境尚未彻底瓦解崩溃，但"存在主义"已迅速溜出书斋而伴随商业物质主义价值观念的发育堂而皇之地进入社会，成为一种颇为时髦和激进的文化精神，"个人"开始"从群众中回家"⑩，个人性的境遇与价值开始代替"启蒙主义"的"社会正义"与"公众真理"而成为人们思考问题的新的基点。因此，用个人性的价值和私人性的叙事实现对原有公众准则和宏伟叙事的背叛和超越，便不可避免地成为新的"先锋文学"精神。

但这样一个过程是逐渐完成的。在相当长的时间，"存在主义"和"启蒙主义"是共存的，而且在80年代相对庄严的语境中，"存在主义"思想的传播本身也表现为某种"启蒙"的功用，如"新潮小说""第三代诗""非非主义"等。但是，这些派别也都有一个明显的立场的转化，即都已不再是以原来的社会学立场理解文化问题了，"结构主义"文化学和"结构主义"语言学分别构成了"整体主义""新传统主义""女性主义"和"非非"诗派的方法论。如"新传统主义"者声称，他们"除了屈服于自己的内心情感"，"不屈服于任何外在的压力"，"我们只有向前扑倒在自己这个传统里"⑪。历史和传统的当代化、个人化、心灵化和隐喻化，不但呈现出结构主义历史方法论的特征，而且也隐示出存在主义的思想内核。在另一个游离者海子那里，海德格尔的哲学与诗学思想已得到了很生动和贴切的回应，大地和女神，构成了海子形而上的生命体验世界的二维空间——存在的归所（大地）和引导认知的凭借与方向（女神，神性体验与思维）。至此，"存在主义"的两个端子，个体生命体验的视角与个体的价值判断，以及诗性的存在追问与言说，都已露出端倪。

"存在主义"与"结构主义"分别成为文学的两个内在与外在的原则性方法，在1987年出现的"先锋小说"思潮之后，表现得日益明显。在"先锋小说"中，存在着两个共在的分支。一是"新历史主义"的一支，苏童、格非等人的"家族历史小说"、过去年代的"妇女生活"小说，叶兆言的"夜泊秦

中国当代文学史资料丛书

淮"等历史风情小说，以及晚近的陈忠实的《白鹿原》、莫言的《丰乳肥臀》等长篇，都是这一新的历史观念与思潮的产物。在这一观念的外围，更是出现了大量的"新历史小说"文本。归根结底，"新历史主义"不再像"寻根小说"那样将匡时救世、"重铸民族精神"作为自己不能承受之重的使命，而将历史变成了纯粹审美的对象，变成了作家人性体验与文化探险的想象空间。

"先锋小说"的另一支是面对当下生存情状的寻索者，其基本的写作立场来源于"存在主义"哲学的启示。从80年代中期的残雪到稍后的马原，以及跨越八九十年代的余华、格非、孙甘露等，基本上都是以"寓言"的形式写人的生存状态。有些作品从叙事角度看，除了隐喻式超现实叙述的特点之外，较多地受到"结构主义"叙事学的影响和启示，所谓马原式的"叙事圈套"和格非式的"叙事迷宫"都是典范的例证。

1993年后，是当代文学思潮与运动整体停滞、瓦解和调整的时期。先锋写作出现了两个明显的转向：一是更加偏执的"边缘化"运动——标举私人性话语与个人化写作；二是更加激进的解构主义策略，拆除此前的庄严叙事，以此来构成他们自己——已被命名为"新生代"或"晚生代"的新的先锋内涵。

"边缘化运动"一直是先锋思潮的既定走向和策略，而在90年代，它所对抗的已不再是旧式的主流叙事，而是启蒙作家的宏大叙事和"先锋小说"作家的寓言性的深度叙事。以韩东、朱文、鲁羊等人为代表的"新生代"小说家，基本上都放弃了先锋作家对历史和存在的深度勘探与寓言讲述，放弃了他们的忧患、悲剧与绝望的风格，而代之以当下生存喜剧与欲望的书写，他们以某种刻意"削平深度"的姿态讲述个体生存状况。与他们相近邻的90年代以来不断获得理论启示和话语自觉的"女性主义写作"，如陈染、林白等人的作品，也是以"私人化"的生活经验为叙述对象。从一定意义上说，尽管"新生代"作家和"女性主义"作家们不再强调在文本中的社会和文化的深度寓意，但仍具有人性的深度，是一种更为具体和个案的存在勘探。

"解构主义"的写作立场有显在和潜隐的两个层面，对多数新生代小说家来说，他们的解构主要表现在文本的意义层面，即前文所述的对原有启蒙宏伟主题叙事和存在寓言的深度叙事的拆解。其主要表现是叙事的碎片化、意义的空心化和深度的取消。这种解构是内在的，在文本表层和叙述话语中并不明显，而另一种显在的"解构主义"写作是在表层话语中直接表达其反讽、戏仿

先锋小说研究资料

和嘲弄的姿态。

1995年以来，"现实主义的复兴"成为新的热点，它是"先锋文学"思潮整体衰微和停滞的一个结果和反证。它与几年前的"新写实"思潮虽然不无联系，但在叙事态度与艺术风格上却更靠近传统现实主义。它表明，一场历时已久的文学的精神高蹈运动已开始真正回到现实地面，一些"先锋小说"家也开始不由自主地向它靠拢。

然而，对曾经波澜壮阔但至今却即将终结的"先锋文学"运动的怀念并未消失。尽管"后现代主义"者们在努力描绘着一幅消解传统、拆除深度、摈弃情感、放逐理想的文化解构的图景，但根深蒂固的启蒙情结仍未完全消失，它仍通过各种途径与形式证明自己的存在和转向。只是在变化了的语境中，以原来的一维进化论为价值指归的激进主义已经不再具有唯一的合理性，而力倡对当下文化情境的批判、重建"人文精神"的呼声则愈益高涨，甚至重倡"文化保守主义"的思潮也不断在文学界掀起新的冲击波。从某种意义上说，"保守"反而具有了"激进"和"先锋"的形式与性质，这是很令人惊奇和困惑的。种种迹象表明，当代文学已经步入了一个更加复杂、矛盾和具有相对主义的困惑时代，先锋思潮也必然面临着瓦解、分化、转型和停顿。

三、当代中国先锋文学思潮的基本特征

探讨当代"先锋文学"思潮的基本特征，显然应当在其"现代性"范围内来考虑。正是基于这个世纪中国文学现代性的必然逻辑趋向，才会在当代发生一场旷日持久且波澜壮阔的"先锋文学"运动。

那么，先锋思潮有没有绝对性的逻辑与特点？无疑是有的，这就是由它的"现代性焦虑"所驱动的"唯新论"的运变逻辑。在80年代，"新"具有充分的合法性和目的性。基于此种逻辑，80年代各种文学现象的命名便都不约而同地冠以"新"字，甚至连"保守主义"都冠以"新"字，同时又辅以"后"或"晚"字。这里当然包含着90年代文化语境的某种微妙变化，但"后"或"晚"，究其实质所表达的还是更新换代之意。

这种浮光掠影式的描述只是从表面反映出当代"先锋文学"思潮仓促迭变的历史动向。更内在地看，它反映了当代中国充满"现代性焦虑"的启蒙主义

中国当代文学史资料丛书

语境中文化的必然逻辑，即一种类似于进化论的价值指归，在巨大的历史期待面前，文学进程的展开不能不表现为单纯纵向维度上的竞赛。正是这种"唯新论"的"时间神话"观念注定了当代先锋文学思潮不断表现为浪涌波翻的运动形式与景观。

然而仅有这种绝对的"新新新""后后后"的时间逻辑，"先锋文学"思潮恐还不能真正立足并成为推动当代中国文学历史进变的力量。它还充分表现出各种对立统一的特征。

一是模仿性与本土化的统一。当代中国所出现的所有新型文学现象无一不对应着某种西方文学思潮或哲学方法的影响和启示。模仿意味着对西方文化中心与话语权力的认可和崇拜，对纵向时间链条上的西方文学与文化现象与思潮的次第引进与仿制，又恰好构成了当代"先锋文学"思潮演变的时间秩序。由于它对西方文化及其话语权力的皈依与借用，正好重合了当代中国文化的"现代性焦虑"与期待，所以它本身相对于原有的本土文化结构就具有了某种"优越权"，"先锋"一词的力量及其在当代语境中的某种神圣感实际上正是得自这种"优越权"。然而对这一点，由于涉及一个极为敏感的民族自尊问题，当代知识分子在表述这一特征的时候大都有意绕道而行，或者刻意强化一个"世界文学时代业已来临"的神话。但这一切都掩盖不住一个事实，即当代中国"先锋文学"的现代性的获得，首先基于对西方现代文学的模仿。

但是，先锋思潮自身的生长过程同时也基于历史教训和当代文化的规限而表现出强烈的本土化意向，具有先锋倾向的评论家每每在指涉"新潮文学"的现代性的同时，郑重申明它们的本土性。这不仅仅是为"新潮先锋文学"提供另一个合法身份，同时也作为一种民族文化的规定性、一种民族意志和情感而溶解在其中。难怪在80年代中期，中国新潮作家们所受到影响最直接、最深刻且最"情愿"的不是别的，而是拉美具有强烈本土文化色彩的"魔幻现实主义"。从他们身上，中国的"先锋派"作家看到了自己的希望，在由此而掀起的"寻根—新潮"小说浪潮中，"先锋派"作家的兴奋与其说是找到了一个适于借鉴的外来艺术方法，不如说是找到了一个进入自身民族文化的关键入口。这一入口对"先锋小说"也是极为重要和关键的，"新历史小说"的孕生与兴盛正是它发展和衍化的结果。

二是原则性与策略性的统一。这一点或可表述为先锋性与应变性、前演性与自我调整性的统一。所谓原则性是"先锋文学"在思想、文本与艺术上的一些既定指向，比如思想上的启蒙主义性质或个人化价值指归，文本特征上对既有模式的挑战与超越，艺术上的追异求变等等。但基于当代社会与文化多重矛盾的复杂语境，这些原则常常表现为特定情境下的具体策略，这种策略有时带有整体性，如80年代即表现为"启蒙主义语境中的现代主义选择"，80年代后期以来又发育出一种比较普遍的"解构主义"策略，但在多数情形下这种策略性又有更为具体和多面性的表现。首先，在应对社会学话语、意识形态思维模式与旧式主流文化方面，"朦胧诗"及与之同行的评论家曾遭受过惨痛的教训，社会学话语与意识形态思维方式总是以自己固有的阶级论的二元对立观，对新的创作现象进行误读，将艺术范畴和学术领域的讨论政治化，并据此提出"是社会主义，还是现代主义"⑫的质问，作出所谓"新的诗歌宣言"即是"资产阶级现代派的诗歌宣言""资产阶级自由化的宣言书"⑬的推论和判断。有鉴于此，稍后的"新潮文学"则更多地放弃了对社会学主题的思考而进入了"人类学"的主题空间（这当然也是文学的自然进步）。人类学主题给历史、文化和人性的表现提供了一个崭新和陌生的观照视点和编码方式，不易以旧式社会学方式进行简单的比附，因此，80年代中期以后旧式批评话语不得不在他们无法解读和对话的"新话语"面前哑然"失语"或暂持沉默。而新潮批评家们则更兴趣它移，别开"文体研究"和"形式批评"的新战场，从而摆脱了原来那种既尴尬又危险的境地。在新潮作家那里，他们对旧式意识形态思维的阴影仍怀有本能的恐惧并希望彻底消除它们，但他们变得更聪明，对前者采取的是一种"戏仿"和"软性消除"的方式。莫言《透明的红萝卜》中公社"革委会"副主任"刘太阳"的讲话，王安忆《小鲍庄》中"文疯子"鲍仁文的广播稿，还有其中另几个人物的名字"文化子""建设子""社会子"等，尤其是王蒙《冬天的话题》《选择的历程》中通过"洗澡"和"拔牙"的生活细节对旧式意识形态话语的嘲讽性的戏仿，这种戏仿在王朔等人的小说中就更为常见。其次，在推进形式上，由于先锋思潮不断受到来自社会和原有艺术秩序的抵制，所以也常常采用迂回或折中的方式。如在"朦胧诗"受到批评时，杨炼、江河等人就更加自觉地转向了"文化诗歌"的写作；90年代初期个人性的先锋写作受阻时，一些作家就适时地转向了"新写实"。在某些可能的情形下，先锋思潮也会表现出比较激进的策略。再次是写作角色的"中性化"，这

当代中国文学史资料丛书

一点可能得自罗兰·巴特的"零度写作"的启示。另外，"反题化"的写作，即自我断裂和否定的解构策略也使先锋思潮内部保持了一种自我更新与生长的活力。在80年代中期以后的诗歌和90年代以来的"新生代"小说中都很普遍地存在着反题性的写作方式，如诗歌中的"他们"和"非非"等团体以及伊沙等人，小说中近年来的徐坤、朱文等人，都具有很典范的"反题"写作文本。

三是异端性与正统性的对立统一。异端性是先锋思潮的本质特性，没有异端性就谈不上什么先锋性，然而这种异端性最终又须找到与正统性之间的联系或转化为正统性，否则就无法最终成为整个文学历史进程的有机组成部分。这当然是文学发展内部的机制和规律。先锋思潮本身正是不断从异端转化为正统的过程，而今，那些当初被视为异端的现象，如"朦胧诗""新潮先锋小说"，早已成了被超越、被解构甚至被戏仿和反讽的对象了，当初人们曾谈之色变的"现代主义"而今面临着"后现代主义"这个新的庞然怪物已显得那样可靠和令人怀念了。这当然是时间和历史代谢的结果，不过，对于当代中国的先锋思潮自身来说，由于它面对着格外强大的传统背影和格外强烈的变革欲望，就格外需要它在化异端为正统方面具有自觉性。就像萨特面对人们"将存在主义指责为诱导人们安于一种绝望的无为主义"时，又将他曾概括为"他人即是地狱"的存在主义解释为"一种人道主义"一样，先锋作家也努力使他们的主张和创作的合法性建立在与传统、本土和现实的联系之上。异端终将变为正统，不必害怕，更不应敌视当下具有异端性质的东西，80年代中期的创作界大都形成了此类共识，但他们仍更乐于接受"取道"拉美第三世界传进来的西方美学思潮。"魔幻现实主义"的旋风一下席卷文坛就未遇到任何"抵抗"，因为它已经将异端"装饰"为正统。在许多作家评论家那里，都更自觉地将那些取自"西方文化"的概念转化为"世界性"的，将借鉴于西方的表面行为下的"重振民族古老文化"的目的性予以充分阐述。目的性提前显示在过程性之中，异端自然亦不成其异端。如产生并一度兴盛在八九十年代之交的"新写实"也是一个直接以"正统"形式出现的新事物。"写实""现实主义"这些词语都几曾是正统文学观念的同义语，冠之以"新"字重新推出。虽然这一现象事实上含着来自现象学和"存在主义"哲学等西方现代思潮的影响启示，以及具有反典型、反拔高等明显的异端特征，但由于它具有"写实"这一正统性的称号，仍在这一时期得到了各方认可。相形之下，与"新写实"同出一辙的先锋小说，却由于其"偏离"了现实生活和冠之以"先锋"这一异端性称号而受到指责和批评。

四是"中心"与"边缘"的互位性。"先锋文学"思潮所孕育的众多文学现象在各个时期出现之始，无不是处在与原有的文学中心话语相对立的边缘地带。在六七十年代是"民间"对"主流"的对抗，先锋写作一直处在某种"地下"状态；七八十年代之交是以新的启蒙主题对抗原有的旧式意识形态中心，其中有两种情形，一是以个人性的人本主义（如顾城）对抗旧式的政治暴力，二是试图另外建立一个"启蒙主义"的政治性叙事与抒情（如北岛、江河等）以对抗原有的旧式意识形态，两者显然都是以置身边缘的"挑战者"的姿态出现的；80年代中期崛起的"新潮小说"和"第三代诗歌"，除了以激进、乖张和偏执的（当然也是边缘的）艺术风格、"现代主义"甚至"后现代主义"的叙事与抒情方式冲击原有的正统文学观念以外，还刻意标张一种世俗的、平民化的、反精英、反正统、反主流的价值观念（如刘索拉、徐星等人的小说，第三代诗中的"他们""莽汉主义"等）；到90年代，原有的反抗旧式意识形态中心的边缘姿态更演变成了解构一切正统文学观念，包括"启蒙主义"文学观念的边缘姿态，以反启蒙叙事解构启蒙叙事（如徐坤），以戏谑性叙事消解庄严性叙事（如朱文），以个人化、私语性的叙事拆除宏伟主题叙事（如"女性主义"写作、"晚生代"小说群）；等等。显然，边缘化的姿态一直是"先锋文学"思潮在其崛起和不断演变的过程中根本性的立场。但是从另一方面看，当代中国特定的文化语境——"启蒙主义"与现代性的历史期待、"唯新论"的价值标尺与演进逻辑，又都赋予了"先锋文学"思潮以某种"权力"铺平了它们通向"中心"的道路。从当代中国的这一特定语境与逻辑出发，只有先锋性——现代性才更意味着特定的合法地位与优越权。因此随着时间的推移，先锋思潮及其在各个时期的文本现象几乎都已无可争议地获取了"中心"地位，并在今天构成了一部"新时期文学史"的主体框架。从另一角度看，由于先锋思潮本身的递变性与自我超越性，某一阶段的"边缘"相对于下一个阶段即成了"中心"，成了下一个"边缘"要反叛和对抗的对象，比如"朦胧诗"相对于主流诗坛曾是边缘，但它很快取得公众的认可之后，"第三代"诗人则又把它当成了必须反抗的"中心"。

除此之外，"先锋文学"思潮还有一系列矛盾统一的特征，如启蒙性与现代性、前趋性与蜕变性、统合性与分裂性等等。以前者为例，启蒙性具有现代性，但现代性却不仅是启蒙性，它更具有与启蒙性相对立的个人性、非理性、反社会性等内涵，90年代文学就明显地表现了这样的特征。另外，先锋思潮由于受到各种主客观因素的制约，常在激进的同时不经意地走向了保守，在顺序演进的同时出现旧的"借尸还魂"等等。这些限于篇幅，不再展开详论。

四、先锋文学思潮的局限、悖论与谬误

在以上对"先锋文学"思潮诸特征的分析中，我们实际上已看到了它多重的悖论性与局限性。首先，由其"现代性焦虑"所驱动的"唯新论"的运变逻辑所决定，它虽然在80年代形成了波澜壮阔的运动式景观，并在最短的时间里完成了"走向现代"与"走向世界"的运变过程，但这一"从启蒙主义到存在主义"的过程实际上也是一个上升中下降的过程。另一方面，"启蒙主义"的主题还导致了一个"社会性阅读"的现象，引起了公众普遍的关注、参与、对话和讨论，造成了前所未有的"轰动效应"，赋予他们以烛照自我、启迪意识的"自我启蒙"的激情与理性。然而，也正是由于这种启蒙理想与激情所创造的进化论神话，将"先锋文学"自身推向了"拼命追逐新潮流"的焦躁之中，"唯一的区别只在于谁比谁'更新'，谁比谁更具有当下炒卖的新闻性'热点效应'"。在这种情形下，人文知识分子的"怀疑精神、独立思考和独立人格"便不能不被削弱乃至取消。"唯新论"演变逻辑使"启蒙主义"主题未经充分发育就迅即退出了"先锋"的舞台。

时间轨道上的疾跑从历史与文化观念中的群体性激动终于落入了个体生命世界中的孤独与"此在"的沉思默想。从高蹈到地面，从神话到荒谬，从狂热到冷寂，从宏伟的叙事到个人的叙事，这似乎是必然的。"群众已经解体"，正像丹尼尔·贝尔所说："真正的问题都出现在'革命的第二天'，那时，世俗世界将重新侵犯人的意识，人们发现道德理想无法革除倔强的物质欲望与特权和遗传。"[14]80年代后期，随着商业物质主义的迅速弥漫，存在主义哲学以其强烈的价值变异和具有边缘色彩的个人立场，逐步成为人们心目中新的先锋话语。无疑，从创作本身来看，这一新的先锋话语使文学真正沉静下来，成为回归个人和心灵的精神创造活动。它的主题也真正开始关怀具有独立意义的人

的命运与存在状况，群体的共同话语变成了个人的个性化话语。而且从创作所达到的人性与精神的深度上看也是空前的。但是，相对于整个当代中国的文化使命和80年代的"启蒙主义"文化语境而言，它却同时表现出极大的悖离倾向。一方面，个人生存的价值倾向所产生的悲剧与荒诞体验，必然会彻底清除原有关于社会拯救和终极价值的理想主义神话，消除"先锋文学"作为文化行为的启蒙性质和作为精神活动的高蹈状态，消除作家原有的激情，使文学的精神品位呈现出整体"下沉"的趋势；另一方面，个人化的生存体验与个人话语也必然构成阅读上的更大障碍——说得更直接些，在日趋个人化和"私语性"的文本面前，已不可能存在原有的社会性阅读。进入90年代，大众读者被迫放弃了对"先锋文学"的关注情趣，因此，整个先锋运动便已完全成了一种"边缘化"的写作行为，成为与主流文化和大众文化都不搭边的独行者和自语者，最终完成了对自我的"流放"，变成一个个孤立无依的个人的小乌托邦。

　　上述是先锋思潮在纵向运变过程中的一个悖论，其次我们还可以从一些更具体的角度来看看它自身的悖谬。一是"先锋文学"本身总体的"启蒙主义"语境与"现代主义"艺术策略之间的矛盾、启蒙主题承载同文学的文化语意之间的偏差性的矛盾。"先锋文学"的总体使命应当是启整个民族（最起码是文学）的现代性之蒙，它要想贯彻这种思想，一是必须用社会的和明晰的"共同话语"将之传播给公众，二是必须用所有最新的思想与方法来实现"自我更新"。然而事实却证明，前者在操作道程中总是充满了危险，或者使文学文本自觉不自觉地被纳入社会话语世界中，使它陈旧呆板、缺少新意，或者在政治语意中遭受误读，在意识形态概念中将其对号入座，在当代文学中已有多少作家因此而蒙受了不可挽回的悲剧命运！这样，作家们在历经多年寻找之后终于在文化层面上建立了自己的话语立场与语意世界，"寻根文学"就是它的结果，它喧腾一时的辉煌仿佛也真的昭示过这种构想的成功，然而文化话语本身的多向特性、文化主题的非社会价值立场却又会陷启蒙主题于迷失。比如韩少功，他的"楚文化系列"中所描写的那些原始野性而且充满着迷狂与愚昧的生活景象，同他要使传统文化"获得更新再生的契机""重铸和镀亮""民族的自我"的目的之间不能不是矛盾的。就后者而言，"自我更新"的结果是"现代主义"的个人性和偏执化的艺术策略与启蒙使命之间出现了游离，"现代主义"的艺术运动不但扼制了"启蒙主义"主题的发育，而且迅速使之陷于土崩

中国当代文学史资料丛书

瓦解的境地。1985年的"新潮小说"、带有"仿嬉皮士"色彩的刘索拉和徐星的小说、1986年高举"反文化"大旗的"第三代诗运动"、1988年以后王朔的"新市民小说"（这几种现象甚至被不少评论者指称为"后现代主义在中国的出现"），这些都是以反启蒙立场和反启蒙叙事（抒情）的姿态出现的。而另一方面，启蒙情结所支配下的"现代性焦虑"又注定要反过来揠苗助长式地推进"现代主义"艺术的历史进程，使之带上焦躁、骚乱、肤浅、羸弱和早夭的一系列不幸特质。由此，曾以历时形式在西方近代文学和现代中国文学历史上展开的那些不同的文化立场与艺术策略，在当代中国文学中几乎是同时展开的。这一切构成了"先锋文学"本身焦虑、迷乱和互为游离解构的状态，尽管看上去轰轰烈烈，实际上却缺少层次和秩序。

再次是解放与解构之间的悖论。启蒙意识的注入使80年代文学实现了从政治主题到文化主题、从社会话语到文化话语、从意识形态中心的认识论叙事到艺术化和个性化的审美叙事的转递和解放，启蒙主题也在这一解放过程中得到一度显赫的表现。但是，由此产生的惯性滑动也使80年代后期到90年代的文学出现了解构一切、"解构主义的普遍原理与中国国情相结合"[15]的喜剧式景观。如果说徐星、刘索拉等对传统道德观念的嘲弄，王朔等人对"文革"式"红色话语"的反讽还很有正面和积极作用的话，徐坤、朱文等人的小说则更直接地体现了启蒙主题和启蒙话语的被毫不留情地解构的事实。"即便是一部悲剧，重复十遍也会变成一则笑话"（朱文：《单眼皮，单眼皮》），在徐坤的小说中，甚至包括"存在主义"在内的先锋意识与话语也遭到了解构和嘲弄。这种"解构一切"的姿态或许不一定完全是徐坤、朱文和邱华栋们所代表的"新生代"作家自身作品的写作立场，但它们却形象地描述出90年代"启蒙主义"语境与传统人文精神指引下的写作正在走向消解的局面与事实。从80年代追求启蒙解放的中心起点开始，文学一步步又走出了这个中心，告别了庄严宏伟激情澎湃的启蒙叙事，回到了喜剧性、个人性的渺小的此在生存场景。与此相对应，文学在整个社会文化结构中的地位也同样经历了一个"由中心到边缘"的自我放逐的过程，从万众关注的庙堂回到了灯光黯淡的郊野民间。

除了上述内部的悖论，先锋思潮的另一些局限也应注意。一是先锋自身的"时效性"限定，任何"先锋"现象或思潮，都是针对其当下所在的时空而言的，这一点是毫无疑问的；但作为艺术品，先锋又不应仅仅局限于当下，还应有持久的艺术魅力与生命力，这一点对当代中国文学而言，就显得比较欠缺，大量作品难以经得起时间的检验，很快即变成了"明日黄花"。这里的原因一方面是"先锋文学"的起点太低，虽堪称其当时的"先锋"，却难以成为高品位的艺术品，如80年代初期许多意识流小说、"朦胧诗"作品，在今天看来已显得相当浅直、幼稚和粗糙。另一方面，当代文学的所谓"先锋性"主要是建立在一种"边缘性"立场而非"前卫性"立场上的。这样，作为文学主流自身的超越性、前趋性，就显得十分薄弱了。缘此，对写作者来说，他们对"边缘人""游走者"的角色体认使他们的写作出现了破坏性写作大于建设性写作，策略性写作大于原则性写作，为现象效应写作大于为艺术写作，浮躁性、浅表性写作大于沉静内在的写作的不良风气与局面。如80年代中期以后的"先锋诗歌"写作、"先锋小说"写作，都存在这样的问题。

"伪先锋"或先锋内部的"皇帝新衣"式的空洞实质也是一个值得注意的问题。从本质上说，当代"先锋文学"已取得的某种荣誉以及新的话语权力，更多地应当归功于当代中国文化解放—解构的需要，归功于这种解放与解构的氛围的覆罩。事实上，是亟需除旧布新的当代文化逻辑成就了这个时代的"新潮文学"，使它获得了大于它自身的增值，成了文化变革的特殊的符号或另一种表现形式。由于这样的一种特殊的关系，人们对许多"先锋文学"作品的阐释、解读与评价便带上了更多的主观色彩。在启蒙、变革和充满理想神话色彩的语境中，人们一厢情愿地把许多事实上品位不太高的作品看作了当代文化的典范现象，给予过高的评价。这样的例子很多，如80年代后期的王朔，就成了某些持"后现代主义"论者的主要依据，现在看，这只不过是一种"增值式的误读"罢了。另外，在"先锋诗歌"的内部也存在着鱼目混珠、良莠相杂的现象。有些写作者只不过稍稍玩弄了一些类似于"拼贴"式的技法，或者搬用了一些流行的词语，模拟一些大师的语感、题材进行仿写。在比较"玄虚"的假象中这些写作者被推崇备至，予以极高评价，事实上这样的解读与评价也不过是"皇帝的新衣"而已。

总体上看，当代中国的"先锋文学"存在着两个致命的局限：一是起点低，尤其是在艺术品位上，仅仅是在摆脱原有的过分简单化的"弱智型的写作"的过程中，对西方近现代文学发展的历程进行了一次带有很大假想色彩的"体验性的重历"，所取得的实绩还较少，其自足性、自我超越性——自身独

中国当代文学史资料丛书

立的变革逻辑还未充分获得；第二是许多先锋作家自身的素质还远不够深厚和全面，文化与艺术素养的匮乏已成为限定他们作品质量的主要因素。这使他们在向西方作家学习的时候，往往只是限于模仿，得其皮毛和形式，而未能真正建立起属于自己和属于当代中国文化的作品家族与语意世界，这也是不能不令人叹息和遗憾的。

注释：

① 见王宁：《传统与先锋　现代与后现代——20世纪的艺术精神》，《文艺争鸣》，1995年第1期。

② 宋琳语，见朱大可、宋琳、何乐群《三个说话者和一个听众——关于诗坛现状的对话》，《当代作家评论》1988年第5期。

③ 布勒东：《第一次超现实主义宣言（1924年）》，见柳鸣九主编《未来主义　超现实主义　魔幻现实主义》，中国社会科学出版社1987年版，第242页。

④《十九世纪文学主流·流亡文学》，人民文学出版社1980年版，第4页。

⑤ 参见拙文《新时期文学的文化境遇与策略》，《文史哲》1995年第2期。

⑥ 今道友信：《存在主义美学》中译本前言，崔相录、王生平译序，辽宁人民出版社1987年版，第93—95页。

⑦ 克尔凯戈尔：《"那个个人"》，引自考夫曼编著《存在主义》，商务印书馆1987年版，第93—95页。

⑧ 克尔凯戈尔：《"那个个人"》，引自考夫曼编著《存在主义》，商务印书馆1987年版，第93—95页。

⑨ 克尔凯戈尔：《"那个个人"》，引自考夫曼编著《存在主义》，商务印书馆1987年版，第93—95页。

⑩ 克尔凯戈尔：《"那个个人"》，引自考夫曼编著《存在主义》，商务印书馆1987年版，第93页。

⑪《1986，中国现代主义诗歌群体展览》，《诗选刊》1987年第2期。

⑫ 郑伯农：《在崛起的声浪面前》，《诗刊》1989年第6期。

⑬ 程代熙：《给徐敬亚的公开信》，《诗刊》1983年第11期。

⑭ 丹尼尔·贝尔：《资本主义文化矛盾》，三联书店1989年版，第75页。

⑮ 徐坤小说《先锋》（1994年）中语，引自《女娲》，河北教育出版社1995年版，第210页。

原载《中国社会科学》1997年第6期

中国先锋派小说家的博尔赫斯情结：重读先锋派

王 璞

导 言

谈起中国先锋小说，无论在对"先锋"一词本身的界定上，还是它所涵括的作家上，都有多种说法。有些人以年代为划分界限，有些人以作家的风格为划分界限，更有些人以作品出现的先后为划分界限。可是今天在这股浪潮过去之后，再次回顾那一片风景，我们就发现，无论年代还是作品发表的时间，似乎都不是将以马原、余华、格非、苏童、叶兆言和北村为代表的先锋小说家与其他也具有各式各样实验性的小说家区分出来的标尺。事实上我们后来称之为寻根派小说的大部分主要作品，还有其他许多无论在技巧题材，还是在主题上，都大胆出格得令人只得以现代派目之的作品（《你别无选择》《山上的小屋》《红高粱》《心灵史》等等），都是和先锋派小说的重要作品同时出现的，它们都发表在1985年前后。所以时至今日，我重读先锋派的作品，很容易地就发现了一个简单的事实：尽管评论家们对先锋派的界定有歧义，但我们却几乎一致地、毫不含糊地把上述几位作家划到了一堆，是因为这些作家尽管风格各异，题材也不尽相同，却有一个显著的共同点，这就是他们对小说叙述方式和小说话语结构的空前关注。如果说其他那些现代派小说家还多多少少在作品中表现了他们对生活的关注，那么在先锋小说中，我们看到的是一种更其决绝的姿态。他们不仅毫不掩饰他们对小说主题的漠不关心，而且对他们正在讲的故事也不在乎，为了强调他们所关心的只是讲故事的方法，他们不惜把那故事讲得支离破碎。在他们的作品中，现实与虚幻浑然一体，时间与空间随意消

中
当
代

182

文
学
史
资
料
丛
书

解，情节迷失在一片迷宫般的细节中，而凡此种种，都令我想起一位80年代我们谈论得最多的外国作家，那位名叫博尔赫斯的拉丁美洲作家。

于是，我再读80年代中期至90年代初的先锋小说，我隐约地但又是清晰地感觉到了其中博尔赫斯的阴魂，我且把它称之为博尔赫斯情结。

一、博尔赫斯在中国

博尔赫斯对中国文化和文学一向有浓厚的兴趣。他曾写过专论《红楼梦》和《聊斋》的文章①，他的《长城与书》一文，是他为各国的博尔赫斯迷们所津津乐道的名篇。但具有讽刺意味的是，他的作品差不多在他死后才逐渐为中国人所了解。据我现在找到的材料显示，中国最早介绍博尔赫斯的作品是在1981年。那一年，由中国社会科学院外国文学研究所编辑出版的《世界文学》4月号上有一个博尔赫斯专辑，同时译介了他的3个短篇和5首诗。译者是王永年。但在这之前，博尔赫斯的作品已受到国内外国文学学者的注意。中国最早接触博尔赫斯作品的学者之一陈凯先写过这样一段话："我第一次听到博尔赫斯的名字是在1976年的一个炎热的夏天，就在我即将去墨西哥进修西班牙、拉美文学的前夕，我的从事了一生英美文学教学与研究的父亲陈嘉教授与我进行了长谈，他谈到了当时已在欧美享有盛誉而在我国却知之甚少的阿根廷作家豪尔赫·路易斯·博尔赫斯，他建议我若有兴趣和条件研究一下这位被人们誉为'作家们的作家'的作品。"②可见早在1976年已有人注意到博尔赫斯的作品。而陈凯先也在两年之后写出了一篇评博尔赫斯小说集《沙之书》的论文。这也许是国内第一篇关于博尔赫斯的专论。可惜由于时代的原因，知之者甚少。中国文学界真正接触到博尔赫斯的作品，还是80年代后期的事情。当时，随着政治与经济的开放，大量的外国文学作品被介绍进来。回想起来，那些日子真好像是一个文学的狂欢节，在短短10年的时间里，靠着中国翻译家们敏锐而热情的努力，我们得以窥见了西方文学近一世纪的整体面貌。在这里必须说明的一个事实是，与其他国家和中国港台地区的作家情况不大相同，中国大陆作家对于外国文学的了解，很大的程度上依靠译介者。所以在我们谈到影响的时候，有必要描述译介的情况。我们看到的情况是，在这一时期，虽然几乎所有重要的外国作家都被介绍到了中国，但这介绍是散乱的，是菁芜并存的，是缺乏系统的。其中只有博尔赫斯是个例外。从80年代中期到90年代中期10年间，博尔赫斯几乎所有的作品都被译成了中文，有些还有数种版本。它们通过杂志、选集、本版书的形式在国内大量发行。截至目前，最完整的中译版本要数海南国际新闻出版中心出版的《博尔赫斯文集》，它分为小说、文论自述、诗歌随笔三卷，收了博尔赫斯差不多所有的小说诗歌散文作品。每本前后都附有中外名家的评论。而国内最有影响的两大文学翻译杂志《世界文学》和《外国文学》，都出过博尔赫斯专辑，在海外文化界颇有影响的文学人文杂志《倾向》也在1995年出过博尔赫斯专辑。博尔赫斯在中国文学界的影响，可说是无远弗及了。

一个作家在另一个国家以如此快的速度获得如此广泛的认同，我想绝不会是一种偶然的现象。我特别感兴趣的是，在国内翻译界所介绍的博尔赫斯，与国内先锋派作家们所接受的博尔赫斯之间，是存在着一定的差距的。这差距是什么？为何会有这样的差距？

先谈第一个问题。国内译介外国小说的习惯是在前面写一篇序，而这些序一般是根据国外学者的有关文字写就，也就是说，其中的观点大多是国外评家的观点。当然，他们往往也会根据国内政治环境的情势，加上一些个人的观点，但这些观点基本是从翻译家的角度认识到的观点，例如云南人民出版社1993年出版的博尔赫斯作品集《巴比伦彩票》。这本书可算是国内出版的第一本博尔赫斯作品集，译者王永年在书中的"译者前言"概括了博尔赫斯的独特之处在于：1. 他把时间和空间当作他作品的主角。2. 生活是个扑朔迷离、虚虚实实的迷宫，同样的情节循环反复。3. 语言的洗练简洁。③又如海南国际新闻出版中心1996年出版的《博尔赫斯文集》小说卷中，编者（也是译者之一）陈众议在"编者序"中认为，博尔赫斯的主要贡献是在小说中解决了幻想与现实的关系，并且将其概括为四点：1. 特隆世界：幻想与现实，孰虚孰实。2. 圆形废墟：梦境与人生，孰先孰后。3. 另一个我：此我与彼我，孰是孰非。4. 皇宫寓言：文学与现实，孰真孰假。④这些观点或多或少代表了十多年来国内翻译界对博尔赫斯的理解。而这些观点也差不多是西方文学界对博尔赫斯的普遍认识。⑤其实国内作家对博尔赫斯的认识，与他们对其他一些外国作家的认识不同，其最明显的标志是，这种认识不是建立在理解的基础上，而只是模模糊糊之中的一种认同。具体地说，作家们谈起契诃夫、艾托玛多夫、卡夫卡，甚至加西亚·马尔克斯对自己的影响，都可以谈得头头是道，但是谈起博尔赫斯的影响，就有点含糊其词，言不及意，例如苏童曾不止一次提到博尔赫斯对他创作的影响，谈得最多的是以下这一段话，他说："大概是在一九八四年，我在北师大图书馆的新书卡片盒里翻到书名，我借到了博尔赫斯的小说集，从而深深陷入博尔赫斯的迷宫和陷阱里，一种特殊的立体几何般的小说思维，一种简单而优雅的叙述语言，一种黑洞式的深邃无际的艺术魅力。坦率地说，我不能理解博尔赫斯。我为此迷惑，我无法忘记博尔赫斯对我的冲击。"⑥我想，这或许是因为，博尔赫斯带给中国文学的，与其说是某种文学潮流的冲击，不如说是小说观念上的冲击，这种观念的内涵和意义当时对于大多数作家来说还十分模糊，唯其模糊，才更具有挑战性。博尔赫斯和他的迷宫像迷宫一样走进了中国小说家的视野，启发他们面向一片完全陌生的文学空间。

二、先锋派小说家和博尔赫斯

起先，在读到中国先锋小说时，我觉得有点奇怪的是，怎么在中国先锋小说中明明无时无刻地不看到博尔赫斯的影子，它们的作者在谈起自己所受到的影响时，却很少或根本不提博尔赫斯。不像拉美和西方小说家，甚至专门撰文谈论这位作家与自己和自己同行们的关系，省了评论家许多事。如略萨，如马尔克斯，如巴思，约翰·厄普代克就明确说博尔赫斯的作品是一种线索，"引导我们走出当今美国小说那死胡同的自恋和彻底的无聊"⑦，一句话道出了博尔赫斯对美国小说的意义。后来我看了许多中外作家的有关评论作品，我想我对这问题明白了一点点，我想，也许中国作家受了博尔赫斯恩惠却不大谈他，是因为不知从何谈起。这影响不像其他人的影响，你可以很明显地感觉到，并且很容易地说出个子丑寅卯，博尔赫斯的影响往往渗透在其他的影响中，是微妙的，是朦胧的。而在中国先锋派小说家中，从其作品中最明显地看到博尔赫斯影响就是马原、格非和洪峰，而其他作家，像苏童、余华和叶兆言作品中博尔赫斯的影子，则属于上面所说的情况，微妙而难言。尤其是叶兆言，人们在他的作品面前时时会感到那种无法归类的困惑，说他是先锋派吧，他的作品一眼看上去又很传统，以至于一些先锋小说选集都把他排除在外；说他传统吧，他作品中有些东西又实在只能以先锋目之，所以我想在这一节着重谈谈马原和叶兆言的小说。如果说马原是先锋小说的开荒牛，那么叶兆言大概可算是走在后面形迹可疑的一位边缘人物，所以我想就这两位有代表性的人物分析一下先锋小说与博尔赫斯的关系。

马原　李洁非有一段谈论马原小说的话非常精彩，他说："马原从他1984年发表《拉萨河女神》、1985年发表《冈底斯的诱惑》这两篇最早引起人们注意的小说，至90年代初基本上从文坛销声匿迹止这段时间里，所写的每一件作品其实都可以当作同一篇作品看待，因为他在那里面确确实实只做了一件事情，亦即正象吴亮概括的那样摆弄他那只'叙述圈套'。"[⑧]这段话是在1996年写的。显然，到了1996年，人们已经将事情看清楚了很多。到今天我们当然看得更清楚了，例如我就更清楚地看到，李洁非概括马原的这套本领时界定非常准确，但指出它的来源时就不太准确了。李洁非说马原的这一套来自结构主义，来自结构主义关于所指／能指、现实／叙述、本事／情节的二分法，但今天我们如果看看马原的小说，再看看博尔赫斯的小说，就知道事情远没有那么复杂，中国的小说家其实很少在一种文学或哲学观念的指导下写作。马原小说的精髓是叙述方式，构成这一引起大家惊奇的叙述方式的主要手段有三：一是对时间的独特把握，二是迷宫式的情节线，三是对于虚构的把握。我们且从这三个线索出发，去破解一下马原小说之谜。

诚如李洁非所言，马原在1984之后的每一篇小说都可以看作同一篇小说，但分析起来我们发现它们还是有区别的，还是有着着重点的不同。若谈到对时间的独特把握，最有代表性的作品当推《拉萨生活的三种时间》，《错误》则着重于迷宫式的情节线，而以《虚构》命名的这篇小说，重点则放在对于虚构与现实之间关系的探讨。至于马原小说中人们常常谈到的要素，诸如神秘主义死亡、性、谋杀、奇遇、被掩盖的真相、解不开的谜，等等，则在他所有这些小说中都可看到（正如在博尔赫斯大部分的小说、诗歌里都可以看到这些东西一样）。

先谈《错误》。当马原发表这篇小说时，有些对马原的小说困惑多时不知其所谓的评论者不由得松了一口气地道：好了，终于可以按题材将马原小说归类了，这是一篇知青小说。其实马原的小说一向都有故事，有时是一个（如《虚构》），有时是两三个（如《冈底斯的诱惑》），那些故事有时还可以说

当
代
中
国
文
学
史
资
料
丛
书

经过了精心编织。问题在于他对自己所讲的故事有多大的社会意义和伦理价值漠不关心，他关心的是讲故事的方法。同样，在《错误》这篇小说中，讲的是一个知青故事，重点却没有放在这个故事上，所以他毫不热衷于人物描写、情节转换、情节发展这些小说家一般都会注意的方面，他所关心的还是这故事该怎么讲出来。小说设置了许多条交叉或平行或呈放射状的情节线，如果说丢失帽子是这个故事的中心点，那么找到帽子的种种可能性就构成了那若干条纵横交叉的情节线，例如，江梅的情节线，赵老屁的情节线，黑枣的情节线，等等。每一条情节线都是这情节迷宫中的一条可能的出路，沿着哪条线走下去可以找到出路，到达目的地，不得而知。作者也并不热心充当向导，他所热衷的是这解谜的过程，他这份热心从许多细节可以看得出来，比如问到这屋子里的人有谁拿了帽子，他不厌其烦地把每一个人相同的回答都如实记载，一连写了十三个"哎，起来一下"。⑨可是写到故事的谜底却很吝惜笔墨，只有一句话。这种大异于常规的点染方式已向读者暗示了作者的意图所在。

再说《虚构》。虽然小说的题目已点出了作者的题旨，但在小说中，作者还是不吝笔墨三番五次地提醒读者，他讲的是"那个环境可能有的故事"，是"编排一个耸人听闻的故事"，"或许它根本不存在，或许它只存在于我的想象中"。⑩在小说的结尾，更三次强调："下面的结尾是杜撰的"，"下面的结尾是我为了洗刷自己杜撰的"，"我还得把这个杜撰的结尾给你们"。⑪如果仅是如此再三强调杜撰，还没什么太不同凡响，令人感到最为陌生的是作者一方面强调杜撰，一方面却用更多的篇幅、更多的细节强调真实，例子就不举了，因为比比皆是。但作者还是担心读者忽略了他的苦心，在小说最后一句点出了故事发生的具体日期"五月四日"。至此，构成事实的五个"W"都全了。信不信这个故事由你。显然，作者是蓄意在抹去真实与虚构之间的界限。

在以上的这两篇小说中，我们都可以看出马原对小说中的时间问题的关注，但最清楚地表现出马原对时间问题关注的小说，当推《拉萨生活的三种时间》。当马原1985年以《冈底斯的诱惑》一炮而红的时候，已有评家注意到了，对于时间问题的特别关注是马原小说一个与众不同的要素。在他之前的中国小说家，可以说连想都没想到这会是一个问题。马原则不仅想到了，还在他的小说中体现出来了。在《拉萨生活的三种时间》中，三种时间分别是：故事发生的时间，作家的写作时间，和读着的阅读时间。如果说马原在这篇小说中对时间的特别关注是以直露的形式表现出来的话，那么在马原的其他小说中，对时间的关注却是有意无意流露在字里行间的。例如在《游神》这篇小说中，固然作者也像他在其他小说中那样，设置了一个个叙述的圈套，这圈套大致有三个：一是契米二世讲述的故事，这故事发生在10年之前；二是八角街那座石砌楼房的女主人讲述的故事，这故事从约200年以前一直延续到今天；三是讲故事者的故事，发生在现在。我们稍加注意，就可以发现，这三个叙述圈套的核心不是那三个故事本身，却是负载着故事的时间。故事的真相在这三个讲述者的讲述中扑朔迷离，始终不得其解，而造成这一困惑的正是它们之间存在的时间差。时间是无限的，永久的，却又是周而复始，循环不已的，过去似有似无，将来仿佛根本不存在，而短暂的现在也不可靠。时间在这小说中的意义甚至超过了人物的意义。所以说马原小说中的故事只是一个幌子，真正的意义掩藏在故事背后，那或许是对时间的这种否定态度中所流露出来的怀疑主义情绪，或许是对时间本身的兴趣。

值得注意的是，马原小说的这三点精华，也正是博尔赫斯小说的精华。大陆的博尔赫斯译介者们在大陆出版的各种博尔赫斯小说译本里，都提到这一点。[12]不过最能说明问题的还是博尔赫斯本人的作品。博尔赫斯不但在他的小说里，而且还在他的诗歌和散文作品中，都反复强调着这样一些主题——迷宫，时间，虚构与现实的关系，以至于人们干脆把他的小说叫作迷宫小说，把时间当作他小说的主角，把他小说中的现实与虚构混为一谈。现实中的人物与虚构中的人物在他的小说中一道活动，1932年，他甚至写了一篇小说，就叫《博尔赫斯和我》，在他逝世的前一年，他还意犹未尽地就这个主题再次发挥，写了另一篇小说《两个博尔赫斯的故事》。博尔赫斯这个人物，其实是他小说经常的主角，在他的小说中不断出现。

我们不妨做一个试验，把马原小说在叙述方式上的这三点精华取出，检视一下那些小说还剩下了什么。我们将发现，剩下的东西只是他那编织得也还瑰丽的西藏神话，或许还有他那不同凡响的编造故事的能力，至于他那种让评论家们一再惊叹的陌生化的语言，富于诱惑力的神秘感，以及"多视角的立体叙述""交错叙述"，都不过是博尔赫斯式的叙述方式的变格而已。可以说马原是出色地以博尔赫斯的骨架糅入中国神话的血肉，从而为新时期中国小说提示了一种新的叙述方式和观念。这在某种程度上也可以解释，为何马原的光辉在

中国当代文学史资料丛书

中国文坛上只是昙花一现，他是那种真正意义上的先锋。

叶兆言 不止一位评论家指出叶兆言小说雅俗变调的特点，他们说："叶兆言的创作在不少人的眼里显出不伦不类的模样，一种向俗文学妥协的怯懦，一种中庸的面孔……叶兆言的作品在一定的程度上是做到了既有'故事'又有'故事以外'的。从文本的客观上讲，它具有了两个层次的指涉系统。"[13] 的确，我们看叶兆言的小说，从普通阅读心理来看，也能够获得极大的满足。那些小说都有很强的故事性，曲曲折折的悬念从头至尾抓住我们，令人始终保持浓厚的阅读兴趣。在《五月的黄昏》中，叔叔自杀之谜一直到最后还没解开，而小说的发展在表面的层次上来看正是依赖主角对这自杀之谜的追寻。在《悬挂的绿苹果》中，悬念更大大小小不计其数，例如半夜潜入女主角张英房间的男人究竟是谁，张英是否认识他，甚或那本来就是一次失败的幽会？青海人与他前度情人之间的爱情纠葛是怎么一回事，张英跟青海人到底离没离婚，他们各自对这场婚姻打的到底是什么主意？等等。其中好几个悬念，直到小说结束也没得到解答。但最主要的悬念：张英与青海人的婚姻纠葛，却是架构这篇小说的主线，像地道的中国传统小说一样，这条主线说的是一个皆大欢喜有始有终的故事。即使是那篇为叶兆言赢得先锋小说家声誉的名作《枣树的故事》，也有一个蜿蜒曲折有头有尾的故事，而且这故事充满了传奇色彩，时有令人拍案惊奇之妙构。再看叶兆言小说的背景人物，语言对话，道具细节，也常常是土得实在要掉渣，俗得几乎不可耐，一个最典型的细节是叶兆言对于大小便的津津乐道，差不多他的每一篇小说中都有关于大小便的描写，从大小便的场地到过程，到感觉，到姿势，在那些小说中都可以找到淋漓尽致的抒发，他甚至有两篇小说专门就写小便的故事，其中一篇干脆名之曰"关于厕所"。然而，尽管如此，自叶兆言1985年末以一篇《悬挂的绿苹果》从5年的沉默中重新崛起，还没有一位哪怕是最浅薄的评论家看走了眼，把他归于通俗小说家或传统小说家之列，大家不约而同地将他归类于最时髦的先锋小说家，原因何在？

我认为，其原因不在于叶兆言小说中"性与暴力""平庸人生"的主题，也不在于所谓的"再现型与表现型相交融"[14] 的叙述方式，以及他对于细节描写的重视甚至偏好，因为这些就是我们在一般小说家的小说中常可见到的。比如"性与暴力"正是通俗小说家不可避离的题材和主题，而以"平庸人生"为主要题材的中国作家都被归类于"新写实主义小说"一列了，叶兆言的小说之所以"先锋"，之所以看上去总觉得与别的通俗小说甚至传统小说不一样，主要原因恐怕还得从他的叙述方式上寻找，这种叙述方式，我们把它称之为"再现型与表现型相交融"也好，称之为"外倾型与独白型相交融也好"，[15]其实都可以归结为叙述方式上的一种革命。这种革命，从大处来看是小说观念的革命，即那几年大家都在谈论的"从写什么过渡到怎样写"的革命；从小处看则大致可以归结为一点，这就是虚构与现实之间界限的消解，而这一特点正是令叶兆言的小说超脱于传统小说机制的关键。人们总结出来的叶兆言小说的许多特点，其实都可以归结于或视为这一叙述方式的变调。例如小说中作为叙述者"我"与"他"的交替（《五月的黄昏》《红房子酒店》《枣树的故事》等）。同样的手法，其实在一些欧美19世纪小说大家的作品中不难见到，《红房子酒店》的开头便令我想起福楼拜《包法利夫人》的开头，叙述者在小说的开头俨然小说中的人物，以"我"的视角开始故事，但故事序幕一结束，"我"就消失了，代之登场的叙述者变成了"他"。然而在《红房子酒店》里，这一手法还是有一点新东西的。我们在下面的叙述中发现，由"我"到"他"这一视角的转变不仅是在《包法利夫人》中那样，起一种调节风格文体的作用，更主要的作用却是模糊人物、作者和叙述者之间的界限，以达到模糊现实与虚构之间关系的目的。有时候作者这种意图简直到了非常急切的地步，生怕读者没有意识到而不惜突然在小说中现身来提醒，"作家揭下了布告，以继续写他的小说"，[16]"小说一开始，难免不说些无关紧要的废话。"[17]等等。为了达到这一目的，作者使用了种种手法，其中有先锋小说家常用的，如让现实生活中的人与小说人物同时在小说中出现："《五月的黄昏》在《收获》发表以后，反应很不错，北京大学的著名青年评论家黄子平写信给我，准备将《五月的黄昏》选入由他和李陀主编的《中国小说1987》，这书不久就能在香港出版。"[18]或以逼真的描写反讽真实的手法。在《绿色咖啡馆》里，前半部的叙述真实之至，简直看不出一丝虚幻的破绽，可是后来我们却发现，所有那些情景都出自叙述者的想象，甚至根本没有什么绿色咖啡馆。有些是用得非常隐晦巧妙，不仔细分析根本觉察不到的，例如《状元境》的开头：

　　这天红日将西，英雄站在文德桥上，时间久了，只觉得隐隐有些腰痛。暗暗将手扶在栏干上，目不转睛地注视桥下。一只画舫正歇在阴影处。[19]

英雄这个人物没有任何暗示先导地一开头就出场，背景没有任何时态特征，英雄这人的身份来历，神情举止，甚至姓名都闪烁迷离带有多重含义，可作多种解释，因而令人疑惑，暗示了叙事变异的可能性。就是这样的叙述语言，给这篇看似传统的小说罩上了一层迷雾般的色彩，令人无法将它和一般的风俗民情小说等同。

我不禁想起人们对于博尔赫斯和卡尔维诺之间关系的比较分析。意大利作家卡尔维诺是一位十分复杂的作家。他的复杂在于，人们在他作品中可看到其他作家某种哲学观念的影响，却又说不清这影响来自何方，因为他在很大的程度上已把这些影响糅合于自己的血肉中，只能在广义的范畴里谈论这些影响，所以，虽然大家认为卡尔维诺与博尔赫斯一脉相承，却认为"虽然从狭义的比较的意义来看，卡尔维诺的作品在心理要素上与博尔赫斯的作品酷似，但他们之间的关系并不是一种父子相承的关系"[20]。也就是说，卡尔维诺与博尔赫斯只是神似而不是形似。他接受了博尔赫斯对于小说观念的理念，把这种理念而不是把具体的叙事方法贯彻于他的小说创作中。

同样，我在众多的先锋小说家中特别把叶兆言的小说拿来讨论，也是因为，叶兆言虽不是先锋小说家中最引人注目的一位，但却是先锋小说家中最难说得清的一位。因为其他小说家好歹可以与某一种或几种现代小说理论对应着拿来解析，叶兆言的小说却杂糅了太多的叙述方式而显得光怪陆离。每一种现象都可以有一种或几种说法。但整体看来，只有博尔赫斯的影响可以概括他在小说创作上的所有创新，换句话说，不论他在具体的叙事方法上怎么变异，我们总可以在其间发现博尔赫斯的情结。这也就是他与所有先锋小说家的共性：他在小说观念上的革命，具体而言，也就是他对于小说叙述方式和语言形式的关注。正是这一特点使叶兆言被视为先锋小说家，也正是这一特点使中国先锋小说家成为80年代末90年代初中国大陆小说创作中的先锋，为中国新时期小说的转型做出了不可低估的贡献。

注释：

①《博尔赫斯文集》，文论自述卷，海南国际新闻出版中心1996年，第91页。不仅如此，博尔赫斯还研究过中国多种古籍，1980年他在接受记者访谈时说："我有一种感

觉，我一直身在中国。在我捧读赫伯特·阿伦·贾尔斯的《中国文学史》时我就这么觉得。我多次读过《道德经》的多种译本。我认为阿瑟·韦利的译本最好，但我也读过威尔赫姆的译本和法文译本，西班牙的译本也有好多种。"见《倾向》1995年总第5期，第196页。

②陈凯先：《博尔赫斯作品中的独特见解》，《外国文学》1992年第3期，第35页。

③《巴比伦彩票》，云南人民出版社1993年，第3页。

④《博尔赫斯文集》，小说卷，第5—8页。

⑤例如在 Borges and his Successors 这本书中，关于博尔赫斯与外国文学比较的几篇文章中，都不约而同地将博尔赫斯对该国作家的意义总结为这样几个方面，具体论述可以参见其中论布朗肖（Blanchot）与博尔赫斯关系的 The Third Tiger；or, From Blanchot to Borges，论及博尔赫斯与卡尔维诺关系的 Calvino's Borgesian, Odysseys，以及论博尔赫斯对德国文学影响的 Borges in German：A Difficult and Contradictory Fascination 等文。

⑥苏童：《寻找灯绳》，江苏文艺出版社1995年，第145页。

⑦约翰·厄普代克：《博尔赫斯：作为图书馆员的作家》，《博尔赫斯文集》，诗歌随笔卷，海南国际新闻出版中心1996年，第285页。

⑧《当代作家评论》，第113页。

⑨马原：《错误》，《全国小说奖获奖落选代表作及批评·短篇卷下》，湖南人民出版社1995年，第1514页。

⑩马原：《虚构》，长江文艺出版社1995年，第363—413页。

⑪马原：《虚构》，长江文艺出版社1995年，第363—413页。

⑫参见《巴比伦彩票》，《博尔赫斯文集》，诗歌随笔卷，文论自述卷，小说卷，《作家的作家》，《生活在迷宫》（知识出版社1994年）等有关博尔赫斯译著的《序》。

⑬晓华、汪政：《雅俗变奏》，《读书》1988年第8期，第58页。

⑭丁帆：《叙述模态的转换》，《五异人传》，中国社会科学出版社1993年，第381页。

⑮丁帆：《叙述模态的转换》，《五异人传》，中国社会科学出版社1993年，第381页。

⑯叶兆言：《最后》，《人民文学》1989年第4期。

⑰叶兆言：《悬挂的绿苹果》，《去影》，长江文艺出版社1995年，第21页。

⑱叶兆言：《采红菱》，《五异人传》，第159页。

⑲叶兆言：《状元境》，《去影》，第275页。

⑳Jerry.Varsava：Calvino's Borgesian Odysseys，Borges and His Successors，Edited By Edna Aizenberg，University of the Missouri Press，Missouri，P184.

原载《中国比较文学》1999年第1期

先锋：自由的迷津

——论九十年代以来中国先锋小说所面临的六大障碍

洪治纲

引言：作为一种自由的先锋

很难想象，如果没有一代又一代先锋作家孤独而又执着的探索，文学发展到今天会是怎样一种格局；也很难想象，如果没有一批又一批具有鲜明独创品格的作品，文学流传到今天又会是怎样一种形态。我们的文学之所以呈现出当今这样丰富复杂、多元共存的审美格局，并产生了一些足以经受历史检阅的经典性作品，从某种程度上说，正是无数先锋作家在不断反叛传统的过程中进行艰辛探索的结果，也正是他们经历了无数次的怀疑、忽略甚至被否定的结果。他们顽强地坚守着文学作为自我内心真实表达的需要，冲破一个又一个被视为艺术铁律的传统规范，在探求种种新的审美价值与形式表达的过程中，成功地将艺术引向更为自由、更为深邃的审美空间。正是在这个意义上，尤奈斯库说："所谓先锋派，就是自由。"①

是的，先锋就是自由，就是逃避圭臬。但是，这种自由又绝非为所欲为。它不能逃离写作作为人类精神显现的一种手段和方式，不能逃离文学对人类生命本质及其存在真相的探索目标，更不能逃离以语言的方式重构某种审美理想。先锋文学的自由，是一种创作主体精神上的自由，是在审美形式选择上的自由，是一种怀疑与反抗的自由。这种自由的实现，是基于先锋作家必须拥有足够的精神禀赋以及强劲的探索能力，必须拥有超常的审美预见力以及怀疑与反叛的勇气。米兰·昆德拉曾说，小说的天质是反专制主义的，"小说作为建立在人类事物的相对和模糊性之上的世界的样板，与专制的天地是不相容的。这一不相容性比起一个不同政见者与一个官僚，一个人权斗士与一个行刑者之间的区别还要深，因为它不仅是政治或道德的，而且也是本体论的。这就是说，建立在唯一真理之上的世界，与小说的模糊与相对的世界两者由完全不同的说话方式构成。专制的真理排除相对性、怀疑、疑问，因而它永远不能与我所称为小说的精神相苟同"②。

虽然昆德拉强调的是一种人义论上的自由主义伦理法则，但是，作为一个具有独立意志和探索激情的先锋作家，他已明确地感受到了一切传统叙事模式及其审美观念中所包含的专制主义色彩，所以，他极力主张小说创作必须向一切专制化的伦理规范进行挑战，从而在最大程度上重新找回自我内在的思想自由。"随着思想的自由，词语、态度、笑话、思索和危险思想的自由，理智上的挑衅日益缩减，在普遍趋炎附势的法庭的警惕监视下，冲动的自由日益扩大。"③事实上，只有这种"冲动的自由"得以真正的扩大，才能为小说创作内在空间的拓展提供更为强大的精神支持。

为内心的自由而写作，为反抗一切制约着人类生命真实秉性的枷锁而写作，这是先锋作家的重要目标。先锋文学所体现出来的叛逆性、独创性、非大众性、不可重复性以及动态性，在本质上都是源于这种创作主体个性自由的表达。拥有自由，恪守自由，用自由的生命形态去对视公众化的现实，去对视庸常的心灵，才能使先锋作家不会受到任何意识的潜在规约，才能保持着先锋作家永不枯竭的创新能力，才能树立先锋作家卓尔不群的人格魅力。

然而，审度九十年代以来的中国先锋小说，我们会发现，尽管它们已经挣脱了传统叙事圭臬的强力制约，但是先锋作家对自由的获取却并不彻底，尤其是九十年代之后急剧变动的社会现实及其文化思潮，又以各种形态形成了许多新的潜在的制约。它不仅导致先锋作家群体的急剧萎缩和探索热情的大幅回落，还使得先锋小说内部也不断地呈现出各种新的、反复迂回式的重组与整合。以至于不少人认为，中国的先锋小说自此已开始全面步入低潮，甚至是"先锋的终结"④。实质上，在这种迂回式整合的背后，许多直接影响先锋小说（其实包括所有先锋文学）发展的重要障碍已经渐渐地暴露出来，而这些障碍，似乎还没有引起先锋作家们的广泛警惕。

障碍一：虚浮的思想根基

在九十年代以来中国先锋小说所面临的多重障碍之中，最为突出也是最为关键的，我以为就是先锋作家普遍缺乏应有的精神深度和思想力度，显露出相当虚浮的思想根基，并导致很多作品在审美意蕴的开拓上始终徘徊不前，无法获得常人所难以企及的种种精神深度。

从客观上说，一个真正意义上的先锋作家，他的最直接的表现，也许是他那独一无二的话语形式，是他在文本上所做出的带有超前性的叙事特征，但这种形式上的开创性并不是他的终极目的，而是他为了更完整地表达自己审美思考所创造的"有意味的形式"。因此，判断一个作家是否属于先锋，关键就是要审度他的精神内核中是否存在着与现实价值体系保持着对抗的姿态，检视他的审美发现是否带有超前性，是否对社会、历史、生命和自然有着更深更远的认知，是否在存在的境域中具有顽强的开拓性。我以为，这才是先锋文学的本质。真正的先锋应该是一种精神的先锋，它体现的是一种常人难以企及的精神高度，是一种与主流意识格格不入的灵魂漫游者。先锋作家只有在精神内部具备了与众不同的、拥有绝对超前的先锋禀赋，拥有了对人类存在境遇的独特感受和发现，才有可能去寻找、探求新的话语表达方式，才有可能去颠覆既有的、不适合自己艺术表达的文本范式，才有可能去自觉地进行话语形式的革命。卡夫卡没有对异质化社会的刻骨感受，没有发现人性被世俗利益疯狂扭曲后的可怕情形，没有对生命无奈而绝望的体恤，也就不可能找到让人变成甲虫的变异方式，也就不可能让一个艺术家以自囚的方式表达他对世俗的愤懑和无望。这里，精神的统领性不言而喻。

然而，回首九十年代以来中国先锋小说的发展，我们却发现，尽管也有少数先锋作家在不断逃避公众的聚焦热点，以相当冷静的成熟心态，试图营建自身丰实的精神内核，譬如余华、刘震云以及晚生代作家群中的李洱、崔子恩、曾维浩、李大卫等，他们的一些作品应该说在某些方面的确显示了十分丰沛的思想含量，给先锋小说的精神意蕴增添了不少深度的亮光，但是，由于社会体制的快速转型以及后现代主义消解逻辑的影响，大多数先锋作家都在不同程度上放弃了对自我精神的强力培植，忽略了对人性以及存在本质的更为尖锐的追问。一个显在的事实是，一些小说在形式上看似具有某种先锋特征，但是如果真正地深入到文本之中，却难以读到某种深邃而独到的审美意蕴，无法看到创作主体内心精神的超前性。像韩东、朱文等"断裂派"的一些作品，李冯的某些历史戏仿小说，甚至包括格非的一些后期作品，都让人觉得其中所蕴藉的精神深度非常可疑。虽然，这些作家偶尔也会有些颇为独到的作品，但更多的都是一些并无多少思想冲击力的自我重复。这种重复，显然是创作主体的内在精神无法逼近更为深层的生存境域时所体现出来的叙事尴尬，与先锋的不可重复性水火不容。这一点在九十年代后期以"先锋"标榜于世的《芙蓉》杂志上表现得尤为明显。这里面的小说常常是口号远远大于写作，消解远远大于建构，表演远远大于内涵。在一种看似无边的自由主义原则中，它们所展示出来的却是各种苍白的精神基质，是躯体欲望的疯狂汇聚，是无深度甚至是无痛感的消解冲动，使人们无法体会到作家超群拔类的精神维度，也很难感受到创作主体灵魂内在的、与众不同的审美思考。

焦灼式的叙事重复，泛自由主义的冲动，使九十年代以来的一些先锋小说很难在真正意义上回到精神之中，回到对存在的质疑与拷问之中，回到对人类命运的整体性关怀之中。这是阻遏先锋小说取得突破性发展的重要障碍。我们说，人们对先锋作家的敬仰，并不一定是一种真正的理解式的赞同，而是基于对他所拥有的价值立场、他所具备的超前意识、他所达到的精神深度的敬重，是对先锋作家与生俱有的反叛和创新气质的仰慕，是对他内心深处时刻保持着顽强开拓和独到发现的艺术姿势的支持。一切既有的精神发现，都不可能成为先锋作家的写作资源。先锋作家只有对人类的存在进行永无止境的探究，才有可能找到真正能确立自己独创价值的内在动力和审美源泉，像普鲁斯特从客观时间中发现了心理时间，加缪从正常的社会秩序中看到了荒诞的现实，萨特从公众的人性价值中体悟到了另一种人性本质，马尔克斯从既定的史书中发现了另一种全新的历史脉络……这些先锋作家在精神本源上都从不轻易地认同现存的价值尺度，他们总是用怀疑的眼光去审度现实，用拷问的方式去质证现在，用前瞻的胸怀去寻察本质，然后用坚定的信心来表达自己的观念。一个先锋作家，只有在存在的领域中有了新的发现，只有在对人类心灵的考察过程中有了更为深远的洞悉，他才能显示出自身在艺术反抗上的内在力度，才能确保自己反叛的严肃性和深刻性，才能为自己的艺术开拓打下坚实的精神基础，储存广阔的叙事资源。如果将自己的精神视野停留在现存的深度模式上，使自己的艺术心灵失去了有效的多向度思考，无论对人性、对社会还是对历史文化都没有更深更远的体悟，那么他的一切反抗都会缺乏力度，他也就不可能成为真正意义上的先锋作家，而充其量只能在一些极为有限的范围内进行纯粹形式上的自我嬉戏。

让先锋回到精神，就是要先锋作家重新确立自己的精神维度，重新省察自己的精神力量，重新开掘自己对勘探存在的潜在能力，弘扬自身的自由秉性。先锋文学之所以反对任何一种整体主义价值观和各种强制性的秩序，对抗一切世俗的、外在的物质化意识形态，拒绝一切固有的传统生存方式，就是因为它们制约了作家自我的心灵漫游，规囿了作家对存在领域的深度开发，压制了作家自身精神人格的迸射。先锋不希望任何思维程式凌驾于它之上，当然也不可能将自己凌驾于别人之上。它体现的深远意义就是为人类灵魂的自由而战，这是它反抗的目的，也是它可贵的勇气。对于一个真正的先锋作家而言，他的孤独就在于他在争取自由的过程中不可能赢得公众的普遍喧哗，他只能以个体本位论的方式独守自己的心灵空间，以想象和虚构的方式来记录他在茫茫的精神原野上的漫步所得，来表达他在无拘无束的精神之地所作的发现。

人们之所以造成形式上的错觉，常常将先锋认定为那些在文本形式上不断翻新的作品，将一些暗中为话语形式绞尽脑汁而故弄玄虚的作家套上"先锋作家"的桂冠，就在于曲解了先锋的本质内涵，忽视了对先锋精神的关注。真正的先锋是体现在作家审美理想中的自由、反抗、探索和创新的艺术表现，是作家对人类命运和生命存在的可能性前景的不断发现。九十年代以来的先锋作家缺少的并不是反叛的激情和勇气，而是思想——一种强大的、超前的、具有丰厚人文内涵的、同时又吸纳了各种现代社科研究成果的精神素养。这种精神素养的缺失，致使九十年代以来的很多先锋小说在审美内涵上总是显得有些苍白无力，鲜有惊人的思想发现。

障碍二：孱弱的独立意识

没有什么比生命内在的独立与自由更为重要。对于先锋作家来说，最为关键的生存手段就是要在最大程度上确保个体心灵的独立自治，即他必须通过有效的生存方式使自己永远逃离任何精神上的钳制（无论是显在的、被动的束缚，还是潜在的、不自觉的牵制），从而获取绝对自由的个人化精神空间。只有获得了真正属于个人的精神空间，他才有可能进入艺术创作的独创领地。因此，从外在形态上看，先锋文学是强调极为个人化的审美追求，是先锋作家对自我审美理想的绝对展示，但是，这种个人化又有着非常特殊的内涵——它不是指创作过程的个体行为特征，而是指他们在创作中所体现出来的独创性和反叛性，是指他们的作品在审美内蕴上的不可重复性和超前性。这种特质，决定了先锋作家不可能融入主流化的社会生存秩序中，他们必须时时刻刻地与一切有可能遮蔽自己的意识形态保持高度的戒备状态，同时又不能让自己长久地凌驾于人类生活之上而失去对人类存在境况的深切体察。

在这种现实境遇中，我们看到，一种非主流的民间化生存，恰恰为先锋作家提供了这种最为合适的生存环境。因为民间以其特有的松散和多元的文化结构，为所有精英人物的个人独立和精神自由提供了无限广阔的、自由自在的生存空间。很多先锋作家（如"垮掉的一代"、卡夫卡、福克纳等）之所以积极主动地选择民间化的生存立场，就在于他们是从知识分子的精英意识出发，一方面是为了从中寻找最为本原的生命情态和存在状态，使自己对人类生存的探索获得更为丰饶的历史文化土壤；另一方面他们也在民间的社会结构中最大程度地摆脱了一切文明秩序的制约，使自身的独立意志和自由秉性得到完整的表达，而后者，才是先锋作家更为看重的。先锋作家沉入民间，虽也从中获取了大量的，甚至是十分独特的精神资源，但更突出的还是他们借此获得了个体精神上的空前自由，从而更好地恪守了自身独特的精神品格和审美风范。因此，民间对于他们，既是一种精神源泉，又是一种灵魂的栖息地和避难所。

这种向民间回归的情形，在九十年代以来的先锋作家群中也同样存在。譬如，有很大一批青年作家都主动摆脱体制化的写作，以"自由撰稿人"身份返回到民间化的立场中来，返回到个人化的自由写作之中。即使是某些身处体制之内的作家，也与各种主流意识保持着高度的警惕，力图确保自我独立的自由意志。但是，这些还仅仅停留于外在形式上，或者说仅仅停留在写作姿态上，因为通过他们的作品，我们还无法对他们明确的独立意志和完整的自治空间作出确切的判断。不错，相对于主流意识而言，相对于公众聚焦的社会热点而言，他们的警惕性和距离感是不言而喻的。很多作家不仅已成功地逃离了对权力话语的盲目倡导，逃离了对社会表层现象的热情抚摸，而且还对这一庸俗社

中国当代文学史资料丛书

会学式的创作方式给予了强烈的批判，体现出难能可贵的先锋气质。但是，当他们试图专注于自我内心的个人化叙事时，却又暴露了许多非独立性甚至妥协性的价值立场。

这种妥协性最为突出地表现在他们追求内心叙事的同时，不是将自我内在的精神空间安置在人类存在的整体性境域之中，而是集中在个体生命的欲望表演、情感体验的隐秘冒险以及生存经验的猎奇式复述上。它们看似在强调个人生命的独特性、奇异性，但是这些审美倾向并不能激发人们对内心存在之痛的体恤，不能对人们焦灼已久的困惑做出回答，不能体现作家内在的精英意识，而是在某种程度上满足了公众的窥视情结，是对权利（非权力）的妥协。也就是说，他们不是在标榜创作主体精神的深刻性和独异性，而是在民间化的价值立场中融入了媚俗性的伦理观念。因为民间化本身又带有大众化、庸俗化的意味，它在本质上与平民的世俗生存形态不可避免地纠缠在一起。这意味着它同样也有一种消解个人意志的潜在威胁，即以粗鄙化、平庸化的方式瓦解每个个体生命的精神深度。所以，并不是说拥有了民间化的角色和身份，就意味着作家自身便具备了某种先锋品质。真正意义上的先锋作家，其民间价值立场并不是与"民间自在文化"完全契合，而是在民间状态中获得独立、自由，张扬其独特的个性精神。韩东曾说："如果将民间的精神实质视为独立意识和自由创造，它就不是取消个人的。正相反，民间是真正的个人性得以存在和展开的场所。那些依附于体制、西方话语优势和市场的个人化是很值得怀疑的，它们从以上的庞然大物那里获得阐释、意义和存在的根据，本质上是以取消个人独立作为代价的。民间的本质由个人的独立和自由创造所规定，独立和天才的个人是民间不可或缺的灵魂。个人与民间的关系和个人与权力体现者的关系其情形截然不同，甚至正好相反。在前者中个人居于绝对的主动位置，在后者中个人不仅完全被动而且有必要借权力的灵魂（非灵魂）而自我确立。"⑤事实上，我们的很多先锋作家并没有对此保持必要的警惕，他们在与主流意识的对抗中赢得了自身的独立，却又被民间的世俗化逻辑所左右。他们不断地炮制各种新潮口号，制造媒体效应，强化自身在民间的影响力，这本身就是一种对自身独立意志的消解行为，也是一种反先锋的文化错位。换句话说，这是一种虚假的民间立场。

我们说，传统作家也可能亲近民间，甚至深入民间，但他们不是在民间社会形态中寻求自身的绝对独立，而是更多地看重民间的写作资源。他们喜欢充当各种民间势力的代言人，看似在为某些人或者某些意识群体说话，实则潜在地表明了他们正是依附于种种权力话语，而最终是丧失了个人独立的价值立场。而先锋作家深深地植根于民间，是为了在广袤而博大的民间社会形态中永葆自身独立而强劲的精英意识，树立自我卓尔不群的精神品质，从而自由地实践自我开创性的艺术理想。但是，由于很多先锋作家所拥有的民间立场都具有很大的可疑性，甚至是带有某种蒙蔽性，这就直接导致了他们自身独立意志的薄弱，削弱了先锋赖以生存的独立自治的精神空间，也使他们自己丧失了自觉而清醒地培植独立意识和创造禀赋的机缘。

逃离迎合与依附，是为了获取自身的独立与自由。我们的先锋作家在逃离权力话语、逃离公众聚焦的同时，却又迷失于世俗的泥沼，并最终失去了自我完整的独立性，这说明他们本身独立意志的孱弱。这种孱弱，同样还表现在有些从民间走出的先锋作家身上。他们曾在民间的立场取得了颇为可观的成绩，可是功成名就之后便很快地进入所谓上流社会的风雅圈中，被一些显在的社会潮流自觉或不自觉地左右着，最终变为传统作家的一分子，至多也只是在自己原有的起点上不断地进行自我重复。而这，又是一种怎样的遗憾？

障碍三：匮乏的想象能力

谁都不会怀疑，文学就是一种想象的产物，尤其是小说，它的虚构本质决定了它就是一种纯粹虚拟的话语行为。但文学中的想象并非只是一种话语表达的手段，而是一种综合性的创造形式或形象的思维活动，犹如卡尔维诺所言："想象力是一种电子机器，它能考虑到一切可能的组合，并且选择适用于某一特殊目的的组合，或者，直截了当地说，那些最有意思、最令人愉快或者最引人入胜的组合。"[⑥]先锋作家最为有效的反抗手段，就是试图改变人们在通常意义上所遵循的真实逻辑，以便彻底地解放创作主体的想象空间，使作家的一切艺术理想和审美智性得到充分自由的施展。一方面，他们明确地将"心灵真实"（余华语）作为自身的叙事哲学，以纯粹的心灵化、精神化的审美原则来重构文学的真实内涵，强调叙事必须膺服于创作主体个人的心灵真实以及对人类生存表达的有效性；另一方面，他们又在话语形式上彻底地放弃经验性、常识性的思维逻辑，使想象超越一切常识状态，直逼种种奇迹般的可能性存在状态，从而不断地将叙事话语推向广阔的、诗意化的审美空间。卡夫卡在《变形记》中让人变成了大甲虫，这虽然并不符合逻辑常识，但那只大甲虫依然带着格里高利的心理感受在活动。舒尔茨在《鸟》和《蟑螂》等短篇中让父亲不断地变成鸟和蟑螂，可是他们始终没有脱离父亲的精神，没有放弃父亲作为人的角色和心灵特征。余华在《现实一种》中让两个亲兄弟轮番进行相互残害，其手段之残忍、内心之冷静、场景之触目，也都明显地超越了人之常情。但是，它所折射出来的人物内在的恶毒、丧失理性的复仇欲，却有着血淋淋的真实。从表达方式上看，这些作品彻底脱离了惯常的现实经验，完全是一种想象获得自由伸展后的叙事结果——它们超越了常规现实的逻辑，是作家通过强劲的想象建立起来的某种艺术真实和心灵真实。对此，余华曾作过较为精到的论述——

> 想象可以使本来不存在的事物凸现出来，一个患有严重失眠症的人，对安眠药的需要更多是精神上的，药物则是第二位。当别人随便给他几粒什么药片，只要不是毒药，告诉他这就是安眠药，而他也相信了，吞服了下去，他吃的不是安眠药，也会睡得像婴儿一样。
>
> 想象就这样产生了事实。我们还听到过另外一些事，一些除了离奇以外不会让我们想到别的什么，这似乎也是想象，可是它们产生不了事实，产生不了事实的，我想就不应该是想象，这大概就是虚幻。⑦

余华的这种认识，无疑表明了他对想象本质的全新体察。真正意义上的写作，实际上就是要通过这种强劲的想象建立另一种意义上的真实，即一种存在意义上的"事实"。但在我看来，这一点并没有在九十年代以来的中国先锋作家中获得普遍的共识，只有刘震云、莫言等寥寥数人有所感悟，并在自己的创作中给予了极大的关注。刘震云曾说："在近三千年的汉语写作史上，现实这一话语指令，一直处于精神的主导地位，而'精神想象'一直处于受到严格压抑的状态。""我到了三十多岁以后，才知道一些肯定性的词语譬如'再现'、'反映'、'现实'……等对于文学的空洞无力。"⑧这里，刘震云显然已感受到了现实生活的真实逻辑对于真正的艺术想象的钳制，以及文学探索与精神想象之间的紧密关系。所以，自九十年代以来，他自觉地改变了以往的审美观念，迅速将"精神想象"从日常生活经验中剥离出来，并使之成为一种独立自在的叙事内驱力，从而写出了《故乡面和花朵》和《一腔废话》等令人耳目一新的作品。在谈及自己的这种叙事变化时，刘震云曾有一段极为重要的表白：

> 《故乡面和花朵》和我以前的写作非常不一样。过去的写作打通的是个人情感和现实的这种关系，像《一地鸡毛》、《故乡天下黄花》、《温故一九四二》等，它主要是现实世界打到他的心上，从心里的一面镜子折射出来的一种情感。它主要写的是张王李赵怎么起床、洗脸、刷牙、骑车上班、在单位和同事发生的是是非非。但从九十年代开始，这样观照我们生活的每一天和生活打在我们心灵镜子上折射出来的光芒，在时间的分配上存在着极大的不合理，因为张王李赵是在起床、洗脸、刷牙，是骑自行车上班，但在这同时，他们的脑子里在想着和这些完全毫不相干的东西。而且这些东西在他的时间中可以占到三分之二，洗脸刷牙动作的本身对他的大脑皮层的刺激只占到三分之一甚或四分之一。……所以我觉得，只是写一个人洗脸刷牙骑车上班，到地里锄草，我觉得，对时间首先是一种歪曲、篡改和不尊重。当然，对在时间中生活的这个人和人的过程，也是一种不尊重。换句话说，可能因为这些东西太重要了，所以我们把它给忽略了。就像空气对我们很重要一样，一分钟不呼吸就会死亡，但这个空气容易被忽略。我觉得，这种忽略和丢失是不对的，我们应该重新把他们寻找和打捞回来。这个过程就是《故乡面和花朵》的写作过程，也是和我过去写作不一样的根本区别。⑨

作为一位曾经在相当长的一段时间内沉醉于"新写实"状态的作家，刘震云终于感受到现实时间与心理时间的巨大差异，以及心理时间在人类生活中所占有的重要地位。所以，在《故乡面和花朵》《一腔废话》等作品中，作者一改以往的写实化叙事方式，而将人的精神空间作为整个小说的叙事主线，不断地将人物内心活动的欲望和轨迹组合成故事文本，使话语在某种程度上完全沿着创作主体的想象进行自由的飞翔，人物也在过去、现在和未来的广阔时空中

中国当代文学史资料丛书

进行着纯粹的精神漫游。莫言的《檀香刑》也是如此。无论是对各种行刑场景的精细描绘，还是对刽子手赵甲的性格塑造，都完全是作者充分发挥超验性想象的结果。这也告诉我们，要使叙事穿过客观现实的幕墙，进入人物潜在的精神地带，作家必须摆脱日常生活秩序的制约，重构一种人性深处的生存状态，一种更为潜在，也更为丰茂的生命情态，其核心手段便是倚助于创作主体自身的想象能力。"艺术家的想象力是一个包容种种潜能的世界，这是任何艺术创作也不可能成功地阐发的。我们在生活中经历的是另外一个世界，适应着其他形式的秩序和混乱。在纸页上层层积累起来的词语，正像画布上的层层颜料一样，是另外一个世界，虽然也是不限定的，但是比较容易控制，规划起来较少费力。"⑩ 卡尔维诺的这种"两个世界说"，其实就明确地道出了艺术想象与现实世界之间的区别，并强调了想象在艺术创作中的核心作用。

遗憾的是，在大多数先锋作家中，这种想象常常无法挣脱种种现实时间的内在秩序，无法突破客观世界的种种逻辑准则，所以也无法真正地回到个体的内心之中。在很多具有先锋意味的小说中，我们看到的不是非理性的自由想象的神奇组合，而是鲜明的理性化、逻辑化的叙事场景，想象自始至终受制于现实生存中的常识和经验。这种情形，首先表现在一些先锋作家对各种常识性生存状态总有着高度的迷恋，很多叙事实际上都是对生活常识的认同和复制，而不是反叛与超越。譬如对个体欲望的书写，对物质盘压下人性失衡的表达，虽然也都折射出创作主体的某些尖锐的思考，但在话语形式乃至叙事细节上，仍停留于常识性的思维状态中，缺乏像卡夫卡那样极具张力的想象性表达。我们说，一切常识性的东西都是被外在化的，它以共性为特征，对个体生命内在的差异和特殊性则不可能予以认同。常识的即是合理的，而超越常识的则往往被认为是荒谬的，不被认同的。而传统文学的表达方式通常就是以迎合常识性生存状态为起点，即一切话语形式（包括故事的情节和人物的性格命运）都必须遵循世俗性生存现实，符合日常生活的真实性。这种常识性，实质上是以理性为支撑的真实性，带着明确的逻辑力量，是人类在长期的认识实践过程中积累起来的一切规律性的存在状况。它受制于理性思维的总结和归纳，并成为某种集体记忆得以承传下来。它使得作家在发挥创造性想象的过程中受到无处不在的理性主义的钳制，客观现实的钳制，一切艺术的真实被客观化，创作主体的审美目标与现实世界高度吻合，因此，作家的想象自由存在着很大的局限。但是，先锋作家的自由秉性和创造欲望则决定了他们必须挣脱这种现实生活的常识性逻辑，他们的独创性、不可重复性也要求他们必须对一切常识性生活逻辑进行义无反顾的超越和反叛。先锋文学之所以呈现出许多怪异的审美特征，正是种种常识性生存状态被无情颠覆后的结果。而我们的先锋作家之所以无力挣脱这种生活常识的制约，本质上也在于创作主体想象能力的孱弱。

这种想象能力的孱弱，还表现在许多先锋作家对一切经验性成分失去了有力的抗拒，甚至不得不经常依靠生活经验来获取叙事想象的延伸。如不少新历史小说，看似在虚构一段完全无法考证的过去生活，但它们之所以让人觉得真实，甚至有一种身临其境的感受，就在于作家是倚助于某种文化经验（或记忆性经验）重构生活场景的结果。然而对于真正的先锋作家来说，这种仅仅倚助于经验的想象来进行艺术创新是远远不够的，他们还必须在更为广阔的空间中彻底地打开想象的通道，使想象摆脱经验的某些制约。苏珊·朗格就认为："艺术家是这样一种人，他向人们固有的关于体验的观念挑战，或者向人们提供关于体验的其他信息，并对体验做出其他的解释。艺术家会说：'对于这种体验存在着这样的陈腐观念，或者那样的误传；现在我来告诉你们体验的本来面目，或者，我来告诉你们观察它的另一种方法。'这就是现在艺术继续通过文体上的一系列快速变化而发展的原因。因为某些知觉手段或方式似已日渐枯竭。一旦它们为太多的人所了解，为太多的人所实践，便产生出要用另一种方式来观察事物的要求。但是没有一种方式能基本上现实地适合任何有关艺术的定义。"⑪苏珊·朗格的这段话虽然说得有点含混，但也道出了先锋作家对日常经验应持的警惕态度。无论是何种经验都是人们普遍熟知并可亲身感受的，所以先锋作家必须不断地去摆脱这些"为太多的人所实践"的成分，以寻求创作主体自身独有的表达方式。只有想象力在超越经验的层面上获得生机，作家才有可能在创作中找到这种自身独有的创作方式。我们在审度当下的一些先锋小说时，之所以感到很多作品都似曾相识，甚至连一些作家自己的作品都在不同程度上出现自我重复，这固然有着其他一些因素，但想象的贫乏也是关键原因之一。不能使想象彻底地摆脱对经验的过度依恋，让想象过分地迎合生活常识，致使想象无法真正地进入人的内心世界，展示精神深处的种种复杂而特异的禀赋，使得我们的很多作家永远沉浸在庸常的叙事之中。

因此，要真正激活中国的先锋小说，我们还必须将想象力从常识和经验的桎梏中解放出来，必须注重对创作主体想象能力的自我培植。只有通过强劲的想象，才能使叙事话语脱离客观现实的外在影响，真正地进入人的内心领地；只有通过强劲的想象，才能使作家在重构人类心灵秩序的过程中，再现人性深处的真实；也只有通过强劲的想象，才能使话语在一种自由飞翔的过程中，抵达那些被人们所长期忽略了的或者是被现实所长期遮蔽了的灵魂深处。

障碍四：形式功能的退化

在经历了八十年代形式革命的狂潮之后，就文本实验的自觉性和前卫性而言，中国的先锋小说在九十年代之后却出现了异乎寻常的衰落。它突出地表现在：卓有成效的实验性文本很少，有意味的形式很少，文本的隐喻力减弱，叙事的抽象度退化。一些带有先锋倾向的作家，似乎已不愿意将更多的叙事激情投入到形式实验之中；许多具有先锋意味的小说，仍然停留在较为传统的叙事技术上，或者停留在八十年代一些先锋作家（如马原等）所开辟的叙事模式上——无论是叙事策略还是叙事手段，都缺乏具有前瞻性的实验特征。纵观九十年代以来的先锋小说，我以为，在文本上真正带有探索意味的作品只有非常有限的几部，如余华的《在细雨中呼喊》、刘震云的《故乡面和花朵》和《一腔废话》、李洱的《遗忘》、贺奕的《身体上的国境线》以及残雪、崔子恩的某些小说等，更多的作品只是在叙事的某一方面进行了一些小小的实验，还难以认定其形式功能上的独创性价值。这种对形式功能的冷漠化处置，导致九十年代以后的先锋小说在文本上的进展显得非常缓慢，甚至有些停滞不前。尽管我们有时也能看到一些颇有激进气质的作家，譬如韩东、朱文等"断裂派"人物，但他们的"激进之处并不在形式主义表意策略方面，而是写作的行为和作为文学写作者的生存方式方面。……事实上，他们的小说叙事更倾向于常规小说，例如，有明晰的时间线索，人物形象也相当鲜明，情节细节的处理也很富有逻辑性"⑫。

这种对形式探索的放弃，看起来只是先锋小说在叙事文本上的踯躅不前，其实也直接影响了先锋作家在思想表达上的力度和深度。因为，先锋小说与生俱在的前瞻性、独创性和不可重复性，在很大程度上都是依助于各种独特新颖的文本才能得以展示出来。有人就认为："先锋文学的第一特征就是形式上高度实验性，因此在很多国家，先锋派与实验主义二词同义。"⑬事实上，在先锋作家的主体精神中，所有的尖锐思考、深邃体验以及独到的审美见解，都常常需要某种更为独特、更为恰当的叙事形式才能获得完整的审美传达，都必然地要对某些既定的叙事模式进行改造才能找到合理的表达方式。譬如当年的意识流小说，就是通过对客观时空进行全面重组，以心理时间来替代物理时间，终于使叙事在最大程度上契合了人物强烈的主观化精神流程，也使话语得以自由地沿着人物的心灵律动而飞翔。因此，皮亚杰说："不存在只有形式自身的形式，也不存在只有内容自身的内容，每个成分都同时起到对于被它所统属的内容而言是形式，而对于比它高一级的形式而言又是内容的作用。"⑭形式就是内容，形式的独特性常常蕴含着其内容的独特性，因为它不仅直接传达着创作主体的艺术思维方式和他的叙事智性，同时也折射了创作主体的探索能力和价值取向。作家区别于哲学家、思想家等其他人文专家，就在于他是通过语言这种特殊的符号来建立某种审美的形式王国，犹如马尔库塞所说的那样："那种构成作品的独一无二、经世不衰的东西——这种实体就是形式。借助形式而且只有借助形式，内容才获得其独一无二性，使自己成为一件特定的艺术作品的内容，而不是其他艺术作品的内容故事被述说的方式，诗文内含的结构和活力，那些未曾说过、未曾表现过以及尚待出场的东西；点、线、色的内在关联——这些都是形式的某些方面。它们使作品从既存现实中分离、分化、异化出来，它们使作品进入到它的自身的现实之中：形式的王国。"⑮必须承认，这种形式功能的重要意义，在我们的一些先锋作家中并没有得到高度的重视，至少，他们还没有对"形式的独一无二"与"内容的独一无二"之间的一致性有着极为清醒的认知。他们或多或少地受到了八十年代中期那种形式主义革命的负面影响——尤其是少数作家将形式实验推向过度化，使形式的奇异性与思想的苍白之间出现了巨大的沟壑，从而导致某些先锋小说在叙事上的纯粹游戏化倾向。这种教训，使不少作家都对强劲的形式开拓始终保持着特殊的戒备心理，久而久之，便出现了先锋小说在形式功能上的停滞不前。

然而，对于先锋文学来说，停滞就意味着退化，就意味着一种障碍的产生。就我的判断而言，九十年代以来的先锋小说在形式功能上的退化，首先表现为在叙事话语中隐喻功能的不断减弱。先锋文学自诞生的那一刻起，它就一直在不断地突破叙事话语在所指上的单向度的表意策略，并通过对语言能指的多重组合，重新营构叙事话语的隐喻化空间，使叙事获得某种强大的解读空间，构成对人性和存在的多重隐喻。这一点已被所有的带有经典意味的先锋作品所证实。而我们的一些先锋小说还更多地拘泥于对现实生存或者历史命运的直接性反讽，话语与其意旨之间呈现出来的依旧是一种相对恒定的对应关系，很少拥有多层次的解读空间。如一些新生代作家对成长记忆的苦难叙述，对当下知识分子生活形态的解构，都带着鲜明的具象化的审美格调。尽管其中的有些作品所触及的人性深度也颇耐人寻味，而这种"寻味"还只是局限于话语的内在空间中，无法形成对事件之外的人的存在性的普遍关注。也就是说，很难让人们从文本中体会到其丰厚的隐喻意义。

这种形式功能的退化，还表现在文本的开放度上也显得非常有限。大多数先锋作家都是试图通过各种封闭性的文本来建立自己的某种深度模式，而不是在文本的开放策略中对叙事方式进行多方位的整合与实验。九十年代以来的先锋小说，无论是叙述结构、时空切换还是叙事视点、文本叠合，都没有出现本质性的嬗变，甚至还远远不及八十年代的一些先锋作品。在八十年代，我们可以指出马原和洪峰的叙事圈套，可以看到莫言的感觉爆炸，可以发现孙甘露和史铁生的多重文本的叠合，还可以读到余华和格非对人物的高度能指化处理……而在九十年代以后，我们只能看到韩少功的《马桥辞典》、刘震云和崔子恩在叙事结构上的某些互文性倾向，更多的叙事都没能将文本从传统的封闭性模式中彻底地解放出来，也很难发现类似于罗兰·巴特所说的"复数文本"。我们说，先锋作家的重要意义并不在于能否创作出经典作品，而是要对未来小说的发展提供各种可能性的道路，要实现这一历史的承诺，先锋作家必须建立起一种开放性的文本策略，使文本永远处于某种动态性的、敞开的、非固定性的状态。它虽然会使叙事变得越来越困难，但也会使叙事变得越来越自由——因为它将不可避免地促动创作主体在这种开放性的过程中，对各种叙事技术进行不断地组合，从而激活先锋作家在叙事上的创造热情。

因此，尽管我在反复地强调，真正的先锋应该是一种精神的先锋，但这种精神并不只是局限于其作品的审美内涵，它还同样必须体现在各种独特而强劲的审美形式之中。一种有意味的形式，一种具有丰富智性的文本，常常能将作家自身的精深体验和思考表达得淋漓尽致。九十年代以来的先锋小说，之所以出现形式功能的退化，一方面固然是因为八十年代极度狂热的形式变革，已经将很多具有现代意义的小说叙事技术开掘出来，使后来者很难在形式上作出更进一步的创新；但另一方面，我们也不能不怀疑一些作家在形式探索上的内在膂力。

障碍五：市场化的物质屏障

先锋文学几乎从诞生的那一刻起，就注定了必然要承受更多的现实诘难，也必然要遭遇更多的物质障碍。这是因为：先锋文学从来都不是以迎合大众心理期待为目标的，也不是以服从主流价值为前提的，它的反叛性可能会暂时地引起一些读者的好奇心，但是它的超前性、独创性和实验性都决定了它将不可避免地要丧失市场原则下的利益分享，有时甚至会因为反叛的激烈程度而成为一种非难。我们姑且不谈卡夫卡的作品在他生前所遭受到的长期冷落，不谈普鲁斯特的《追忆似水年华》和乔伊斯的《尤利西斯》在当时所遇到的尴尬甚至诘难（《尤利西斯》曾在相当长的一段时间内被列为禁书），仅就法国的新小说派等先锋文学来说，其早期的历史境遇就可以充分说明此点。法国学者安娜·西莫南所写的《被历史控制的文学》一书中曾细致地记录了这一令人尴尬的历史过程。所幸的是，他们在绝境之中终于碰上了午夜出版社和它的社长热罗姆·兰东。正是兰东的慧眼，使连遭五家出版社退稿的作家萨缪尔·贝克特得以如愿以偿地出版了自己的作品，也使当时人们不屑一顾的法国新小说派的作家们看到了希望。作为午夜出版社的社长，热罗姆·兰东的信念是："我的职业几乎不是营造过去，而是寻找未来的大作家。"⑯事实表明，热罗姆·兰东的眼光是卓越的，午夜出版社对世界文学的贡献是不朽的。正是在他们的发现和推崇下，法国五十年代的先锋作家终于摆脱了强大的物质障碍，并将作品送到世界读者的面前，而且，萨缪尔·贝克特和克洛德·西蒙还分别在1969年和1985年获得了诺贝尔文学奖，同时这些作家的作品也将世界文学的发展推入到一个新的里程。

我之所以对上述这一历史进行回顾，意在说明，要探讨九十年代以来中国先锋小说的发展，回避物质形态的障碍同样也是不可能的。这不仅是因为这种物质形态正以种种新的方式渗透到我们生活的每一个角落，并逐渐成为人们生存的某种主导性价值观念，更重要的是，它还以市场原则直接影响着一切艺术

中国当代文学史资料丛书

创作的发展向度。尤其是随着九十年代社会转型的不断深化以及市场化原则的不断加强，人的物质利益被抬上了一个新的维度，并在现实生活中迅速地形成了某种物质霸权主义的伦理背景。在这种强烈的物质利益驱动下，精神被忽略甚至被故意消解已是一个不可避免的事实。一方面，它直接导致了原本立场就并不坚定的先锋作家退出了先锋阵营，开始去迎合市场机制的传统写作，以期获取市场原则中的效益份额；另一方面，它也促使各种文学出版商对先锋作品的潜在抗拒，使先锋作家的创作无法找到一种最为有效的阅读载体。至少，到目前为止，我们的出版界还没有出现热罗姆·兰东式的人物，更没有出现类似于法国午夜出版社这样的先锋作家核心媒介。我们的很多出版社对先锋小说的承诺，还仅仅局限于几个业已成名，并有一定市场号召力的作家身上，而对于更多的尚未成名的先锋作家，很难说有多少真诚和热情去进行推举。

这正是九十年代以来先锋文学所遭遇的又一个巨大障碍。作为一个最为有效的载体，出版商们对先锋文学的冷漠所造成的历史性伤害，绝不只是使一些重要的先锋作品无法面世，更重要的是，它还以间接的方式挫伤了先锋作家的实验激情，影响了无数后来者在艺术上的继续开拓。这已是一个不争的事实。目前，尽管也有不少先锋作家正在试图突破这种障碍，譬如充分利用网络作为载体将作品向市场推荐，但是，由于网络自身的局限性（尤其是过长篇幅给阅读造成的困难），仍然使先锋小说很难形成气候，而像先锋诗歌等短文体如今却在网络中热闹非凡。

与此同时，物质化现实生活的全面渗透，也直接导致了大众文化消费模式的不断转变，使得如今的人们越来越疏离传统的阅读方式，而更乐于接受像影视等各种综合性文化媒介。这种文化模式的转变固然大大丰富了人们的精神消费方式，但也在很大程度上削弱了文学的接受面。所以，即使是传统小说，如果没有特殊的内在因素，同样也无法在市场中赢得可观的利益。这对于原本就难以迅速获得大众认同的、非妥协性的先锋小说，更是一个巨大的障碍——因为它进一步加深了出版商对先锋的必然性冷漠。

应该说，这种物质性障碍既是社会发展的必然性结果，也是先锋作家必须克服的世俗性、外在性的局限。事实上，我们的先锋小说阵营也还有极少数作家（如残雪、刘震云、李大卫等）一直在顽强地进行着这种超越。但是，从总体上看，由于先锋作家自身内部还存在着各种先天性的不足，所以面对这种历史性的市场化物质屏障，要出现集体性的超越就变得尤为艰难。这也使我们看到，不仅有很多先锋作家自觉地逃离了原来的先锋阵营，出现了许多创作上的转型，而且也使一些后来者无法有效地形成一种群体态势。

障碍六：先锋批评的滞后

如果仅仅从表面上看，批评似乎很难对创作构成直接性的影响，很多中外作家一谈到文学批评，也常常显得不屑一顾，有时甚至还会来点嘲讽。但是，从文学自身的发展历程来看，批评的影响绝对是不可或缺的，尤其是对于先锋作家的崛起，甚至是至关重要的。我们姑且不论历史上任何文学新思潮的崛起和发展，实际上都是由作家和批评家共同努力的结果，单就先锋小说自身的发展而言，这一事实在多数情况下也是不言而喻的。不错，我们可以指出卡夫卡、普鲁斯特等作家对批评的远离姿态，但是我们也必须看到，如果没有享有"第一号批评交椅"之称的、美国当代著名批评家埃德蒙·威尔逊对纳博科夫的及时发现和大力提携，没有埃米尔·昂利奥对法国"新小说"的及时命名与跟踪，没有瓦莱里对马拉美的积极肯定，没有马尔科姆·考利对福克纳的大力举荐、对约翰·契佛的热情鼓励以及对海明威等"迷惘一代"的全力评述……不仅这些作家的创作有可能会成为另一种面貌，甚至世界文学的发展也完全有可能变成另一种格局。[17]同样，在中国新时期的先锋小说发展中，李陀对余华创作的激励，吴亮、程德培、陈晓明等等对于八十年代先锋作家群蓬勃发展的影响，也都具有非同一般的意义。所以，蒂博代说："竞争是商业的灵魂，犹如争论是文学的灵魂。文学家如果没有批评家，就如同生产没有经纪人，交易没有投机一样。"[18]先锋文学作为对未来文学发展模式的一种探索，往往并不能即刻显示出其自身重要的审美价值。这时候就更需要众多思维敏捷的批评家对它进行及时的分析和阐释、理解和判断，从而在与作家进行对话和沟通的过程中，进一步激活作家的创作思维，拓宽种种新的创作模式，引导作家们走向更有意义的审美探索。

我想，这正是批评对于先锋文学创作的一种不可忽略的作用。真正有效的先锋批评，不是一种简单的是非判断，不是权威式的指导，而是让一些有价值的艺术探索获得及时的认同和肯定，对一些新的文学现象和思潮作出科学的预测，从而有力地激活先锋作家的实验热情，激励先锋作家进行更为自由、更为广阔的叙事追求。尤其在一个文学自身缺乏独创能力和实验激情的时代，这种批评的力量更是显得不可低估。法国著名的批评家蒂博代曾将文学批评分为三类：一类是自发的批评，包括读者批评和文化记者的批评；一类是职业批评，是指大学里的文学教授；一类是大师的批评，是指那些业已成名的重要作家所进行的批评。应该说，这三类文学批评都各有短长，且可以相互补充。真正健康有效的文学批评，就应该建立在这三种批评的相互发展之中。

然而，事实却并非如人所愿。在九十年代的文学批评队伍中，我们虽然也存在着类似于蒂博代所归纳的三类文学批评，但是，无论是自发的批评，还是大师的批评（这类批评本身就很少），都似乎更热衷于对名家新作的关注，更热衷于对社会问题小说的评介，更热衷于对传统叙事的批评，而对先锋作家的探索性作品却鲜有热情。更重要的是，由于受到出版商的利益以及大众审美情趣的影响，很多批评已不再是批评，而是制造某种市场效应的工具和手段，这使得批评自身已丧失了其基本的立场和原则，也失去了其特有的作用和价值，更谈不上对创作会产生何种影响了。在九十年代的批评队伍中，只有一些"职业批评"家还在对先锋文学抱着一定的热情，如李洁非、陈晓明、孟繁华、谢有顺、吴义勤、李敬泽、林舟以及施战军等。应该说，他们对于先锋小说所体现出来的某种集体性的价值取向都迅速地作出了自己的反应，尤其是对于一些先锋作家的个人创作，都进行了相当及时的跟踪，并在一定程度上对一些先锋作家产生了或多或少的影响。但是，在总体上看，我们的先锋批评对先锋小说的深入研究、全面分析以及卓有成效的预测性判断还远远不够，甚至相对于创作有时还显得有些滞后。

这主要表现在：一些批评对先锋文本的解读还不是很深，尤其是对先锋文学的潜在危机揭示不深，或者说还鲜有揭示。很多批评只是在强调描述，即对某种先锋现象进行理论命名和艺术归类，或者对某个作家的创作进行历时性的分析，而不是将这种个案纳入到整个先锋小说的创作坐标中进行综合性的考察，从而对他们的审美取向和探索动向作出更有深意的论述。特别是在一些具有重要开拓性的文本中，批评的关注度还不够，全面精细、富于创见的批评非常少，理解式的、对话式的批评非常少，争鸣性的、探讨性的批评更是不多。

大多数批评还是停留在一般性的评介上，很难对创作产生直接性的影响。有些批评在解读先锋文本中还难以与创作主体站在同一维度上进行对话。同时，由于受整个批评风气的影响，先锋批评在对先锋小说实际存在的各种问题的揭示上也显得尤为不足，真正的、富于学理性和建设性的批评文章也不是很多。

同时我们还必须看到，批评对先锋小说的系统性研究也显得苍白无力。在经历了新时期二十多年的创作，先锋小说的发展也至少拥有了近二十年的现代历程，虽然我们已经有了多部关于先锋文学史的论著，但我们至今仍缺乏一个相对体系化的、有关先锋小说的理论建构，大多数批评家所使用的依然是域外的理论资源。实际上，及时地作出理论归纳和全面地进行体系化跟踪，并在此基础上形成中国先锋文学自身特有的理论构架，对于人们把握先锋小说的发展态势，理解先锋小说的创作前景，推动先锋小说向更为深远的方向发展，都有着重要的意义。至少，它可以让先锋作家们从中看到他们所必须规避的旧辙，了解到他们所要超越的目标，并对自己的叙事理想进行不断地调整和补充，从而在更为广阔的层面上为他们提供某些经验性的参照。因此，从这一点上说，我们先锋批评的滞后与匮乏，也在某种程度上间接地影响了先锋作家进行更为自由的叙事开拓。

蒂博代曾说："好的批评家，像代理检察长一样，应该进入诉讼双方及他们的律师的内心世界，在辩论中分清哪些是职业需要，哪些是夸大其词，提醒法官注意对律师来说须臾不可缺少的欺骗，懂得如何在必要的时候使决定倾向一方，同时也懂得（正像他在许多情况下都有权这样做一样）不要让别人对结论有任何预感，在法官面前把天平摆平……一个带有明显倾向的偏见，或者站在古人一边或者站在今人一边做出判决的批评家，在我看来，不如一个理解诉讼的必要性和永恒性，理解它的一张一弛犹如文学心脏的节奏运动的人那样聪明，后者才是真正和纯粹的批评家。"[19]这段发表于上个世纪之初的话，在历经了百年之后，我觉得它依然非常正确。

结语：永远的迷津

没有障碍的创作是不存在的。不只是先锋小说，即使是传统小说的创作，也同样存在着这样或那样的障碍。关键在于：我们必须清醒地意识到这些障碍的存在，认识到它对创作将会构成一种怎样的威胁，将会导致一种怎样的伤害；同时，我们还必须找到切实有效的途径来不断地超越这些障碍，从而真正地重返先锋的自由之境，再度激活先锋小说的创作热情。因此，在对九十年代以来先锋小说中存在的种种障碍进行了一番匆匆的考察之后，我觉得，真正的障碍可能还并非只有上述几种，而且也并不是每一位先锋作家都被这些障碍所束缚——由于每个创作主体都有各自不同的强项和弱点，构成他们进行先锋探索的障碍也不尽相同——但是，我们必须对这些障碍给予应有的重视。九十年代以来的中国先锋小说之所以难如人意，很大程度上正是这六大障碍联手阻击的结果。

只要文学活着，先锋就不会消亡。只要文学还在发展，先锋就永远存在。文学前进的步伐，文学开拓的前景，都将必然地取决于无数先锋作家的探索结果，取决于他们在艺术上进行前瞻性实验的结果。正是在这个意义上，有人提出要"捍卫先锋"（王干语），我以为，这是一句永恒的真理。其真正的目的，就是要捍卫文学的发展权利，以卓远的眼光激励和支持先锋作家的反叛与创新，从而推动文学向人类更为隐蔽的精神空间延伸，推动叙事向更为自由的话语空间挺进，并最终促动文学与整个社会保持着同步发展的态势。因此，我们还不能轻易地对九十年代以来的中国先锋小说作出"已经终结"的判断。如同任何一种艺术的发展一样，先锋小说的发展，也注定要面对各种层出不穷的非难，先锋作家也注定要不断地穿越于各种观念的迷津、叙事的迷津乃至心灵的迷津之中。

注释：

① 《法国作家论文学》第579页，生活·读书·新知三联书店，1984年。

② 米兰·昆德拉《小说的艺术》第11页，生活·读书·新知三联书店，1992年。

③ 米兰·昆德拉语。转引自刘小枫《永不消散的生存雾霭中的小路》，见贺雄飞主编《守望灵魂》第445页，中华工商联合出版社，2000年。

④ 关于此点，可参阅陈晓明《关于九十年代先锋派变异的思考》与孟繁华《九十年代：先锋文学的终结》两文，见《文艺研究》2000年第6期。

⑤ 韩东《论民间》，《芙蓉》2000年第1期。

⑥ 卡尔维诺《未来千年文学备忘录》第57页，辽宁教育出版社，1997年。

⑦ 余华《我能否相信自己》第105页，人民日报出版社，1998年。

⑧⑨转引自郭宝亮《洞透人生与历史的迷雾》第118—119页，华夏出版社，2000年出版。

⑩卡尔维诺《未来千年文学备忘录》第64页，辽宁教育出版社，1997年。

⑪陈恫、杨小彦选编《与实验艺术家的谈话》第402页，湖南美术出版社，1993年。

⑫陈晓明《关于九十年代先锋派变异的思考》，见《文艺研究》2000年第6期。

⑬赵毅衡《先锋派在中国的必然性》，见《新华文摘》1994年第3期。

⑭皮亚杰《结构主义》第24—25页，商务印书馆，1984年。

⑮马尔库塞《审美之维》第193页，生活·读书·新知三联书店，1992年。

⑯安娜·西莫南《被历史控制的文学》第77页，湖南美术出版社，1999年。

⑰关于这些例证，分别参阅了董鼎山《纽约客书林漫步》（百花文艺出版社，2001年）、安娜·西莫南《被历史控制的文学》（湖南美术出版社，1999年）以及盛子潮主编《世界文豪逸事大观》（上海文艺出版社，1992年）等著作中的有关资料。

⑱⑲蒂博代《六说文学批评》第120页，第149—150页，生活·读书·新知三联书店，2002年。

原载《花城》2002年第5期

秩序的"他者"

——再谈"先锋小说"的发生学意义

吴义勤

考察新时期中国文学，1985年前后的"先锋小说"是一个无法绕开的存在。在文学史叙述和诸多相关研究成果中，"先锋小说"一直被置于两种对立的话语体系中，一种话语把其文学性夸张、神化到了某种极限，并使其具有了"巨型话语"的特征；一种话语则对其文学性持根本的否定态度，视其为"移来的花朵"和中国文学走上"歧路"的证明。就前者而言，"先锋小说"无疑面对的是一个反讽的境遇，"先锋小说"以挑战巨型话语和主流叙事的面目出现，以对"纯文学"的追求和意识形态文学的颠覆为旨归，其所建构的文学性神话是以对文学本体的回归为目标的，它最终同样被定格为新的"巨型话语"和"霸权性"的叙事，这其实也正是对"先锋小说"暧昧性的一个证明。就后者而言，否定其实正是一种肯定，它证明了"先锋小说"之于中国文学秩序的反叛性，也表明"先锋小说"在现行文学秩序中对"他者"身份的追求是富有成效的。难堪之处在于，"先锋小说"的"他者"身份不仅仅是一种姿态，它是有着真实的"纯文学"的神话作为支撑的，对其"文学性"追求的怀疑与否定，也根本上动摇了它的价值根基。然而，对于"先锋小说"来说，如何评价其文学史地位，如何认识其之于中国文学的意义与局限，似乎并不是在上述两种话语体系之间作简单的认同或反对的选择就能解决的，因为从某种意义上说，这两种话语的"真理性"和它的"荒谬性"是相伴相生的。我们需要理解两种话语和价值判断体系产生的背景，需要辩证地剖析文学话语本身的相对性和歧义性，因此，重回"现场"去发现和寻找"真相"也许正是我们今天重评先锋小说的一个必然路径。

一、背景与命名

新时期文学通常被文学史描述为一个全新的文学时代，"伤痕文学""反思文学"和"改革文学"等等也都一度被视为"革命性"、划时代意义的文学潮流。但事实证明，这种判断大多只是激情时代话语狂热的一种释放，它本身的真理性大可怀疑。在一篇文章中，关于新时期文学的发生，我曾有过这样的判断：

> 粉碎"四人帮"，对中国社会来说当然是一次历史性的巨大转折。但这种转折首先仍然表现在社会结构的表层形态中，而从精神意识和心理思维层次来说，"转折"的到来显然要艰难得多。具体到广大知识分子和作家来说，那种主体解放的热情可以说完全是自发的、感性的，而不是自觉的、理性的。站在世纪末的今天来回首新时期之初的文学写作，我们会发现思想的惯性、思维的惯性、语言的惯性共同铸造了一种"时代共名"，其具体标志就是与政治惯性的高度汇合、过去语言惯性的自然延伸、个人声音被集体言说惯性的淹没、现实主义大潮的惯性式重新确立、人的主体性与文学主体性的不平衡状态以及经济领域的"洋跃进"与文学领域的"洋跃进"的契合，等等。①

从这样的意义上说，关于新时期"伤痕文学"等的"时代定位"是有着显而易见的相对性、假定性和理想主义色彩的。实际上，与其说以"伤痕文学"为标志的新时期文学是一种"新的文学"，还不如说它是"旧的文学"的延续和放大，其文学思维方式甚至话语方式都跟"过去"的时代毫无二致，而且由于这种"旧文学"被着上了"新时代"的光与色，因而其危险性就更大。当然，这并不是我们否定"伤痕文学"的理由，我们完全能够理解"伤痕文学"诞生的必然性，也完全能够宽容"伤痕文学"的艺术缺憾，因为作家的话语冲动和情绪冲动本质上并不是为"文学"而发，他们只是为了在时代的洪流中汇入自己的声音。他们无暇顾及艺术问题，实际上他们此时也还没有能力顾及艺术问题。"四人帮"长期剥夺了他们写作的权利，他们需要一个艺术的恢复时间，但他们又不愿意再次被时代遗忘，于是他们只能迫不及待地操持着过去时代的"语言"，以过去时代的"思维方式"对过去时代进行着激烈的批判，这既是一种文学惯性使然，又是作家们的一种无奈的选择。他们甚至无暇顾及和反思他们的话语与时代话语和意识形态话语的界限，更不会意识到自我与意识形态的合谋。而此后，"反思文学""改革文学"等在文学惯性轨道上运行所带来的局限也同样是可以理解的。

这样，回到新时期之初的文学现场，我们就会发现中国新时期文学的一个巨大矛盾：一方面，粉碎"四人帮"之后，国家民族的现代性焦虑在文学中得到了迅速的呼应，"现代化"成为全民族的共同诉求，文学也不例外，它不仅狂热地参与了现代化神话的建构，而且成了民族现代性诉求最重要的载体；另一方面，新时期文学又是以"旧的文学形态"来承载民族的现代性诉求的。除了空洞而狂热的现代性激情外，文学关于自身现代化的想象是迷茫而残缺的。强烈的意识形态性以及惯性的文学话语方式仍然是新时期文学的本质，它陈旧、落后的形态本身天然地就与它所要告别的那个旧时代有着血脉相应的联系，因而也必然与它所呼唤和建构的现代性镜像构成了悖反关系。特别是随着改革开放和中国社会现代化进程的加快，人们对文学的不满更为强烈，这表现在：其一，呼唤"纯洁化"，中国文学长期在意识形态阴影的笼罩下，文学话语与意识形态话语高度融合，致使文学话语严重"不纯"，因此，"纯文学"就是新时期文学的最高想象之一；其二，呼唤"现代化"，社会的现代化呼唤文学的现代化，但中国文学的一身旧装却似乎总难脱下，新时期文学同样如此，这显然与"现代化"的狂热气氛不协调，因此如何实现与"过去"彻底"决裂"的、真正脱胎换骨的"文学现代化"就成了中国新时期文学的主要焦虑。80年代初期所谓"真伪现代派"之争其实也正是这种焦虑的体现。——这就是中国"先锋小说"产生的背景。一个在时代的"合唱"中失去自身独立性的文学，一个无法建构自身话语体系的文学，一个没有纯粹而自由的话语空间的文学，是无法建构自身的现代性目标的。

因此，对于新时期中国文学来说，如何突破意识形态语境建构独立、自由而合法的话语空间，就是其现代性意识萌芽的标志。这第一步是由"寻根文学"首先迈出去的。"寻根文学"在新时期笼罩性的现代化狂热中，作出了一种反向的选择，它以对民族传统文化的归附而彰显了与时代主潮的距离，并在话语方式上以"晦涩难懂"的风格与时代话语形成了巨大落差，"寻根文学已经自觉开始了对于现实和政治惯性的偏离，当政治、文化和意识形态在现代化焦虑中徘徊时，文学以'向后转'的方式完成了与现实、政治主潮的背离，并真正开始了对文学主体现代化的思索以及对独立文学品格的建树，在这里寻根文学既显示了其文化的自觉，又更显示了其艺术的自觉。而后者对新时期中国文学来说，显得尤其重要"②。当然，对"寻根文学"来说，它虽然在话语层面上对文学独立性的营构有重要突破，但在意识形态层面上其与意识形态的"合谋"仍然有目共睹。它之所以能在80年代中期成为一个庞大的潮流，显然与它迎合了主流意识形态对现代化潮流中西方价值观的警惕和现代化负面影响的忧虑不无关系。但不管怎样，"寻根文学"在"形式上的探索"仍然值得重视，它让我们看到了难懂的另类的形式，并终于在中国文学的沉重天宇中打开了一个缺口，它对于中国文学的象征意义和启示意义是要远远大于它的实际成就的。

在这样的背景中，"先锋小说"迎来了登场的机遇。"先锋小说"的使命就是在"寻根文学"的基础上，开辟真正脱离意识形态话语控制的"纯文学空间"，并提供与旧的文学图式彻底告别的能满足时代对于文学现代性想象的崭新的"现代化文学图景"。但是，对于"先锋小说"来说，它遇到的首要质疑就是关于它的命名。什么是"先锋"？怎样的"先锋"？这是至今都难以说清的问题。事实上，长期以来，"先锋小说"正是作为一个其具体所指和含义被悬置了的空洞能指被谈论的。虽然，在通常和普遍的意义上，"先锋小说"指的是1985年以后马原、洪峰、苏童、余华、格非、北村、吕新、孙甘露、叶兆言、潘军、杨争光等一批作家的写作。余华对"先锋小说"的定义也是，"我认为是从1986年到1988年的文学运动，从莫言、马原、残雪，到我、格非、苏童完成的"③。但在实际的文学进程中，许许多多的文学作品、文学现象和不同风格的作家都被笼统地归入"先锋小说"的名下而失去了必要的区分和厘定，而"新潮小说""实验小说""探索小说""形式主义小说"等混乱的命名则更是加剧了其复杂性。比如，80年代初王蒙、宗璞等的"意识流小说"，刘索拉、徐星等的"伪现代派"小说在其产生之初也都曾有过"先锋"意义上的命名，更不要说后来的莫言、残雪等人的创作了。而90年代以后，许多新生代作家的创作也都有过在"先锋"名义下被谈论的待遇。

显然，在中国的文学语境中，"先锋"某种意义上并不是一个内涵稳定、所指明确的范畴，而是对于所有那些试图挣脱旧的文学图式和文学形态的文学努力的肯定与期待。它是一个假定性、期待性的乌托邦化的命名，但它又并不是一个随随便便的命名，它代表了那个时代文学的最高荣誉，代表了我们对于"纯文学"的最高想象与冲动。正如吴亮所说的："先锋小说事实上并未成为一种文化思潮或倾向，它不过散见在彼此无关的文字空间里，人们只是由于抽象的习惯，才把它们从不同的文字空间里提取出来，然后汇成一个想象中的运动或整体潮向。"④因此，它既是一种文学现象，又是一种审美思潮，同时还是一种精神状态。从精神层面来说，"先锋"主要是指一种不断创新求变的思维方式和反叛的艺术精神。对于意识形态话语、习见的艺术规则、占统治地位的审美趣味以及主流的文学秩序的反叛应该是其核心原则。在这个意义上，"先锋小说"与西方文学史上的所谓先锋派有相似之处，反对偶像崇拜、强烈的革命色彩、弑父意识和挑衅性，使其在新时期小说中有着惊世骇俗的"另类"意味。从审美思潮层面来说，对于文学与生活、文学与人的关系的颠覆，语言和形式的崇拜，非道德主义、非理性主义、非本质主义、非历史主义的文学观与世界观⑤，也都带来了中国文学面貌的根本改变。而从现象层面来说，"先锋小说"不过是中国文学史上无数次的"造神"运动的变种，人们试图通过对一种陌生、难懂而又神秘的文学形态的敬畏，来逃离文学的现实，并在虚妄的意义上假定文学的新生和"获救"。这种乌托邦式的想象并不是建立在对"先锋小说"的真实理解基础上的，相反，它使"先锋小说"日益空洞化和不及物，直至被简化成了一种标签和符号。这大概也是一种谋杀，"先锋小说"在敬仰的目光中"英雄般"地死去，仿佛经历了一个插曲，文学很快又回到了老路。这一幕在中国文学史上曾无数次地上演过，我们一点都不陌生。

这当然指的是"先锋小说"的结局，然而，我们最好还是别忙走向那个结局。也许，我们本就不应把"先锋小说"现实化，因为作为一种"假设"、一种向往、一种"理想"。"先锋小说"及其精神应该存在于人类所有的文学活动中，它没有起点，也没有终点，它的意义更不会因为某个"现实"的结局而消失。

二、"写什么"与"怎么写"

时势造英雄。在80年代中国文学的"文学性"焦虑中，马原是应声而出的标志性人物。时至今日，对于马原还有各种各样的争论，他的实际的文学成就和文学贡献也有待学界客观而认真的考量。但是，可以毫不夸张地说，至少在现象学层面上马原是一个独领风骚的人物，他在1985、1986年度的异军突起无疑是中国新时期文学最具"革命性"的事件。马原作为一座丰碑，他宣言"先锋小说"真正面世的话语价值无人能替代。实际上，马原正是"先锋小说"的扛大旗者，一大批先锋作家都是在他挥动的旗帜指引下聚集起来投奔"先锋文学"事业的。这也是如今的马原有资本仅靠"回忆"其在新时期文学中的"光荣历史"就能赢得人们尊重的原因。

马原其实并不是从1985年前后才开始文学创作的，在此之前他有着不短的写作历史。但马原之于中国文学的意义却是从1985年前后开始的。1984年底他的《拉萨河女神》发表，1985年初他随即又发表了他的代表作《冈底斯的诱惑》。从这两部作品开始，马原式的形式感、叙事方式、语言形式在中国当代小说界变得光彩夺目。马原以他的文本要求人们重新审视"小说"这个概念，他试图泯灭小说"形式"和"内容"间的区别，并正告我们小说的关键之处不在于它是"写什么"的而在于它是"怎么写"的。他第一次把如何"叙述"提到了一个小说本体的高度，"叙述"的重要性和第一性得到了明确的确认。在《拉萨河女神》中马原表现出了对于叙事的绝对关注，语言也变成了纯粹操作性的叙事语言，在这种语言中作家有着强烈的故事意识，它时时提醒读者的介入，又反复声明故事的"虚构性"。如果说在《拉萨河的女神》中马原的小说观念和叙事形式还具有一定的尝试性和稚拙性的话，那么在《冈底斯的诱惑》中他的努力已经变得成熟而卓有成效了。不仅纯线性的语言得到了得心应手的运用，拼贴式的结构也更为浑然天成。而且，小说的人物和小说的故事又被更高的具象性和更深邃的偶然性所推动，展示出变化无穷的叙述层次和神奇莫测的故事内容。从此以后，马原的创作进入了一个近乎疯狂的状态。《叠纸鹞的三种方法》《涂满古怪图案的墙壁》《拉萨生活的三种时间》等几乎每一部小说都给我们一份惊奇。到《虚构》，马原达到了他小说创作的高峰，"我就是那个叫马原的汉人"这句叙述语式成了当代文学最为影响深远的一个经典句

中国当代文学史资料丛书

式。《游神》《错误》《大师》《大元和他的寓言》《旧死》等小说无疑标志着中国当代先锋小说的第一批"经典性"作品的问世。

马原的意义在于他是中国当代第一个真正意义上的形式主义者，他第一次在实践意义上表现了对小说的审美精神和文本的语言形式的全面关注，并把文学的本体构建当作了自己小说创作的绝对目标。虽然，在中国的文论话语体系中，"形式主义"并不是一个肯定性的正面范畴。但是马原为"形式主义"翻案、正名的决心非常坚决。他意识到"形式"是一个突破口，它最具有"视觉"效果，最能够以感性而直观的方式回应人们对"现代性文学"形象的期待，也最能够摆脱与意识形态的正面冲突。因此，把"形式"极端化而上升为"形式主义"是马原最重要的文学策略。正是借助于极端的"形式主义"，马原的小说具有了"先锋性"，它不仅与传统的文学截然有别，而且与其时大红大紫的新时期主流文学也格格不入。用李劼的话说："马原的形式主义小说向传统的文学观念和传统的审美习惯作了无声而又强有力的挑战。从这个意义上说，马原的形式主义小说，乃是先锋文学最具实质性的成果。这种形式主义小说的确立，将意味着中国先锋文学的最后成形和中国当代文学的一个历史性转折的最后完成。"⑥这样的评价在今天看来，不免有点夸张，但是在那样的时代却是再自然不过了，在文学界对"现代性文学"普遍的焦虑和狂热的期待中，马原正是那个想象中早该来到的"果实"，尽管有点青涩，尽管有点"难懂"，但是大家还是如获至宝，觉得非常解渴。——这就是告别了旧时代的现代性的文学。这就是自由的独立的文学，这就是富有创造性的文学，这就是脱离了意识形态性和政治性的文学，这就是走向世界的文学，这就是我们所追求和需要的文学。总之，马原提供了关于"现代性"文学的"样板"，回应了"什么是现代性文学"的问题，也满足了那个时代关于"现代性文学"的所有想象。他是当之无愧的"文化英雄"，多年之后回想起来，马原自己也难免扬扬得意，"先锋小说实际是继承了西方小说二十世纪第一个十年开始的现代派运动，就是小说从'写什么'转向'怎么写'，是小说形式和观念上的一场革命"⑦。

马原的聪明之处在于，他并不仅仅把"形式主义"停留在形而上和观念层面上，而是力图把"形式主义"落实到"技术"和"操作"层面上。这就使得马原式的"先锋小说"不仅"好看"，而且还具有了表演性和示范性，这对于

先锋小说研究资料

急于摆脱旧的文学枷锁，而又对新的文学图式感到茫然的中国作家来说，无疑是一剂良药。马原不仅展示了什么是"现代性"的"先锋文学"，而且还教会了人们如何去实践这种"先锋文学"的方式。"怎么写"是马原小说形式主义话语的核心。他对"叙述"的发现和强调，对虚构的重视，都标志着一种崭新的文学观的诞生。在这种文学观中，"写什么"变得不再重要，与"写什么"有关的在中国主流文学理论中有举足轻重地位的真实性问题、内容与形式的关系问题、生活的源泉问题等等都逐步被消解了。而"元虚构"、拼贴式结构、语言的自我指涉、神秘性和偶然性的风格等"技术"性因素开始上升为小说的主体，中国新时期文学从此开辟了一条"另类的线索"⑧。

与马原同时，莫言和残雪也是另两位被命名为"先锋"的作家。而"形式主义"同样也是他们从主潮文学中脱颖而出的法宝。对于莫言来说，他贡献于"先锋小说"的是他奇异的感觉。莫言极擅长于把童性感觉镶嵌在他的小说中，尤其在叙事进入惊心动魄的时刻，这种感觉越为引人注目。很难对莫言的感觉化文本作纯粹理性的分析，但其带给莫言小说的特异审美特点还是可以大致把握的。拿《透明的红萝卜》和《红高粱》这两部小说来说，其所叙述的故事并不奇特，一个是童年记忆，一个是抗日传奇。然而，经过作家童年感觉的照耀，它们就一下子都变得神奇而充满魅力。不同于莫言，"先锋"作家残雪引人关注的是她的心理小说。同以感觉取胜，残雪的感觉则充满了女性的歇斯底里式的尖刻。她的小说具有一种梦幻式的结构，叙事混乱随意而毫无逻辑性可言。无论是人物、故事，还是场景、对话，都变化无常、闪烁不定。残雪小说文本构成的方式实际上就是一个个噩梦的自然主义式的呈现。因而读她的小说也就由此演化为一种梦的精神分析。梦幻逻辑是她小说的本质，也是我们尝试进入其文本的唯一可能的通道。不过，残雪的小说同时又缺乏梦幻的诗意色彩，而是充斥了变形的形而下的丑恶。《苍老的浮云》无情地剖视出夫妻、邻里、亲友、朋辈互相之间的种种冷漠和虚伪，从而描绘出一个充满敌意、猜忌、防范、窥探以及动物般噬咬的混浊而肮脏的世界。《黄泥街》把聚焦从家庭转向社会，但呈现在我们面前的同样是一个混浊而疯狂的世界，这里充斥老鼠、污水、粪便、疯猫、形式式的疯人。残雪的小说就是这样疯狂而不可理解，她的非理性的晦涩、难懂的文本也可算是"先锋小说"的一方奇观。但残雪的文本显然太富女性的个人化特征，这使她到如今哪怕在"先锋小说"家中

中国当代文学史资料丛书

也仍然是落落寡合，没有能形成更大的气候。因此，某种意义上说，残雪永远是中国文坛星宇中的一个孤星，她的耀眼光环中总是充满了寒意。值得注意的是，莫言和残雪在"先锋小说"中虽然各自的地位无法替代，但他们的文本因其强烈的个人性、排他性而丧失了马原式文本的表演性、示范性和集体操作性，因而也就缺少了马原那种一呼百应的号召力量。这也是马原能超越莫言和残雪而成为"先锋小说"领军人物的原因。然而，马原的成功也正孕育了他的失败，他的表演性、示范性的"形式主义写作"虽然满足了一个文学性极度匮乏的时代人们对于"现代性文学"的想象，但是与这种"形式主义"相伴生的"符号化"和"技艺化"倾向，也使得文学的"个性"被消磨殆尽，当"形式"的奥秘被洞穿，当"个性"转化成病态的"共性"时，这种文学的末日也就来临了。从这个意义上，我们可以理解马原在1987年的"封笔"和至今在文学创作上的困顿不前，更能理解莫言几十年来持续不断的创造力，因为，真正的"个性"才是决定文学的永久生命和魅力的关键。

马原封笔之后，中国"先锋小说"迅速迎来了它的第二个高潮。洪峰、孙甘露、苏童、潘军、余华、格非、北村、叶兆言、吕新、叶曙明、杨争光等几乎在一夜之间同时浮出水面，他们的同台献技带来了中国小说最令人兴奋的一段时光，也是中国新时期文学成果最为丰硕的时期。"先锋"的命名得到普遍认可，"先锋小说"开始真正成为文学话语的中心，马原所提供的"现代性文学"镜像得到了更充分、更全面、更生动的演示。

虽然这批"先锋"作家各自都有其艺术个性，但我更愿意把他们作为一个战斗的整体看待。在小说观念上，他们在马原等"先锋"前辈的基础上进一步强化了小说作为一种叙事文本的本体性，进一步否定了功利主义文学的传统。他们凭借人多力量大的优势，几乎对小说理论的一切层面都进行了全面、彻底、坚决而极端的清算、消解和颠覆。与此同时，他们也以自己的创作彼此从不同的层面互补性地丰富、充实和建构了"先锋小说""形式主义"的美学准则。在对"形式"的开拓上，在对小说语言、故事叙述和文本结构等"形式"功能的探索上，这批"先锋"作家已经走得更远，而且直达极端。洪峰作为最得马原真传的弟子，他和苏童、叶兆言等代表了这代作家在故事叙述上的最高成就，马原式的"叙事圈套"已经被发挥到了炉火纯青的地步；孙甘露和吕新等则代表了他们在小说语言实验上所能达到的最后可能性，所指和能指的分离，语言的自我指涉与游戏，都使"先锋小说"在语言"现代性"上的追求近乎走火入魔；格非、余华等无疑是"先锋小说"在文本结构方面最成功的探索者，多重文本结构、"格非式迷宫"则把"先锋小说"的技术水平和晦涩难懂风格推进到了一个前所未有的层次⑨。

可以说，从1985年开始，经过几代作家的努力，"先锋小说"有了自己的历史。尽管关于它的功过是非至今尚无定论，但是他们以"怎么写"的形式主义策略把小说从"写什么"的阴霾下解放出来，其对于中国新时期文学的冲击是其他任何文学形态都无法相比的。而他们所提供的"现代性文学"图像也确实为中国新时期文学贡献了一种前所未有的可能性。

三、成就与局限

"先锋小说"是中国当代文学史上一场意义深远的"文学革命"。这场革命既有着显而易见的"文学表演"意味，又以其尖锐和偏执给中国文学带来了难言之痛。"先锋小说"对"文学现代性神话"的建构，既是对时代文学焦虑的释放，最终，又因其"空洞性"、极端性和假定性而制造了更大的文学焦虑。因此，无论是它的成就还是它的局限对于中国文学来说都是一笔巨大的精神财富，值得我们认真地加以总结和梳理。

我个人觉得，"先锋小说"在中国当代文学史上之所以具有无可比拟的话语价值，其最根本原因就在于把本世纪几代中国作家一直想完成而又一直未能如愿以偿的对于文学本体的审美还原现实化了。"先锋小说"以形式主义策略对意识形态话语的逃离，使"先锋小说"具有了独立的空间性和合法性。由于"先锋小说"有着"读不懂"的形态，这使得意识形态的监管某种程度上失效，意识形态不再与其正面冲突，这使得"先锋小说"、"自由"、独立写作的理想真正具有了可能性。"先锋小说"的意义可以说正表现在它搭建了一个"形式主义"的平台，一方面，它以高度的"西方化"迎合了80年代中国人对于现代化的想象⑩；另一方面，它以绝对的陌生化创造了中国文学从意识形态的传统和现实中抽身而出的契机与空间。"先锋小说"以"形式主义"策略至少在技术层面上把文学从社会学、历史学、政治学等等意识形态的束缚中解放了出来，从而实现了文学形态与社会政治形态的分离。从这个意义上来说，

"先锋小说"既是中国文学的解放者，又是拯救者，它使得中国文学既能融入主流意识形态发出的"现代化"大合唱，成为那个时代"现代化"诉求的载体，又能以主流意识形态容忍的方式，获得远离意识形态话语的独立性。它的成就和贡献是此前任何一种中国文学潮流都难以比拟的。

　　首先，"先锋小说"关于文学观念的大胆革命以及敢于探索、勇于创新、大胆反叛、广采博纳的艺术精神极大地解放了中国作家的文学想象力和主体创造性。"先锋小说"对于中国当代文学来说无疑具有巨大的开拓意义，其在小说观念领域所发动的革命不仅颠覆了中国文学源远流长的"载道"传统，而且对于整个文学史的发展方向都具有无以替代的启示价值。"先锋"作家对于"文学是语言学"和"文学是主观想象的产物"这两个命题的强调都是对于"文学是生活的反映"的传统认识论模式的致命打击。某种意义上，"先锋"文本的文体特征正是由这两个理论命题制导出来的，先锋作家对于语言的苦心经营、对于自身想象力的放大与夸张无疑都与他们崭新的文学观念和文学思维密不可分。事实上，正是在观念和思维革命的推动下，"先锋"作家的主体性才得到了极度的发挥和张扬。而如果没有了"先锋"作家强烈的文学主体性，"先锋小说"那种多彩多姿的语言风格、出神入化不落俗套的艺术想象、新颖别致的文本结构、超越世俗超越经验的生存景观都是难以想象的。虽然很大程度上"先锋小说"的文学革命还主要发生在小说形式领域，但在形式的背后是有着观念和思维领域的本质上的革命支撑着的，中国文学的本体性、审美性、主体性从来也没有像现在这样得到如此强烈的尊重和强调，文学的独立品格以及文学与社会其他意识形态的分离也从来没有像现在这样引人注目并得到全社会的普遍认同。可以说，"先锋小说"对于文学观念和文学思维的反叛不仅为当代文学的实践所证明，而且已开始作为一种理论成果逐步汇入了文学史的进程。另一方面，"先锋"作家在小说形式领域大胆反叛传统和文学权威话语的革命精神，也是人类一切艺术不断向新领地和新的高度进发的推动力量。在这批"先锋"作家身上蕴藏着西方从"现代主义"到"后现代主义"等一代代伟大作家所共有的那种反叛、求索、创新的艺术精神，这种艺术精神对于中国当代文学来说实在是非常可贵而必需的。中国现、当代文学几十年来的单一化的传统和格局之所以能在短短的十来年内就被彻底打破，也正根源于"先锋"作家们对于文学的虔诚、坚持和热爱，根源于他们那种以高扬的主体性为特征的艺术精神的发扬光大。

其次，"先锋小说"充分展示了汉语小说写作的丰富可能性。在"先锋小说"之前，中国文学经久不衰的传统是现实主义写作范式，这种范式与意识形态有着天然的亲和性。但这个范式很快就被"先锋"作家极端化的文本实验冲击得七零八落。"先锋"作家把西方的"现代主义""表现主义""心理主义""未来主义""新小说派""魔幻现实主义""后现代主义"等各种各样的文学思潮都统统纳入他们文体实验的视野之内，中国当代文学的面貌由此发生了翻天覆地的变化。一方面，小说的主题内涵已经根本上脱离了传统现实主义文学的那种理性的、直观的、对应式的反映论模式，而呈现出非理性的、模糊化的、难以释解的不可知景观。也就是说，现在"先锋小说"再也不像从前的小说那样好懂、好读了。另一方面，"先锋小说"形式层面上也难以再见传统小说那种具有因果逻辑性的情节和故事了，就是话语的讲述方式也都具有相当的陌生性。没有一定的智力和文学水平，一般读者们很难从容进入"先锋"文本了。即使是一个简单透顶的故事和情节在"先锋"作家别出心裁的叙述方式和结构方式的导演下也会变得生涩难懂了。特别是"先锋"作家把关于小说写作的思路从"写什么"转移到"怎样写"之后，"叙述"的地位在"先锋小说"中被强化到近乎神圣的地步，西方近一个世纪以来的各种各样的文本操练方式都被"先锋"作家置入了他们的文本中，中国小说写作的可能性和丰富性可以说是达到了空前的程度。这一切既大大提高了中国当代文学的叙事水平，有效地促进了汉语小说在叙事和形式层面上与西方先进文学的接轨，从而改变了中国小说对于西方文学长期以来的隔膜状况；同时，"先锋小说"提供了一种全新的阅读体验，其呈现在读者眼前的文本无疑是陌生而新颖的，它迥异于我们耳熟能详的传统文学经典也与同时代的权威文学话语格格不入，从其诞生之日起就伴随着种种冷落、误解和"读不懂"的抱怨，并事实上给读者的审美习惯和审美心理造成了巨大的冲击，其对读者的改造和创造应该是"先锋小说"对于新时期文学的重要贡献。在这个意义上，"先锋小说"既回答了什么是"现代化的小说"的问题，又指明了通向"现代化"小说的路径。

再次，"先锋小说"对于西方先进叙述方法的大规模引进和出神入化的融会贯通，初步满足了新时期中国社会关于审美现代性和文学现代性的想象与期待，释放了文学的焦虑，也从某种意义上解决了现代化的时代诉求与陈旧的

中国当代文学史资料丛书

文学形态之间的矛盾。既与社会其他领域的现代化诉求相呼应，完成了中国文学的"现代化"，又极大地提高了汉语小说的叙事水平。"先锋"作家把"叙述"的地位抬高到一种神圣的地步之后，在"怎样写"、如何叙述的问题上他们倾注了巨大的热情。西方的"新小说"派、"意识流"到"后现代主义""拉美魔幻现实主义"等各路的形式实验都无一例外地在他们的文本中得到了重现。更为可贵的是，"先锋"作家在"引进"这些先进的陌生于我们的文学传统的叙述方法时表现出了相当的自信和主体创造性。对于他们来说，这些叙述方式虽然是"拿来"的，但却是他们完全可以自由驾驭的。因此，叙述方式的革命在"先锋小说"文本中总是给人以得心应手的感觉，他们仿佛不是"模仿者"而是创始人在小说中进行着炫耀式的表演。而且，在"先锋小说"中"技术"与内容也不是处于"隔膜"状态的，充分中国化的故事和充分西方化的讲述总是水乳交融地统一在一起，这既显示了这批"先锋"作家对于西方文学出色的感悟和把握能力，同时也表明了中国当代小说整体叙事水平的大幅度提高。事实上，对于"先锋小说"的整体评价上，虽然众说纷纭很难统一，但对于他们在形式探索领域所取得的成就文学界则是普遍认同的。就目前的中国当代文学来看，不仅"先锋小说"的文体形态有着鲜明的西方色彩，就是传统的现实主义小说甚至通俗文学作品在叙述层面和言语方式上也都不同程度地吸纳了"先锋小说"的文本"技术"，从而在"叙述"方面烙上了"先锋"的痕迹，这就充分证明了"先锋"叙述方式侵入中国当代文学的深广度并寓示了中国当代文学整体叙事水平的大幅度提高。某种意义上，中国当代小说艺术表现手段之丰富、小说叙述水平之高、文本形态之新颖都可以说达到了中国文学的前所未有的高度。因此，从小说技术这个层面上我们就可以看到"先锋小说"对于中国新时期当代文学的贡献。

当然，我们在对"先锋小说"的成就、经验和贡献给以充分的评价的同时，也应看到"先锋小说"也有着许多近乎先天性的局限。这些局限不仅极大地制约了"先锋小说"本身向更高境界的发展，而且对于整个当代文学的良性健康发展都留下了难以抹去的阴影。"先锋小说"在它诞生伊始就内含了许多其自身难以克服的悖论和矛盾，这些悖论和矛盾实际上也正是整个中国当代文学界在世纪转型之际必须认真反思和研究的重要课题。

其一，"先锋小说"对于革命、反叛以及"自由"写作境界的极端化追求，却最终适得其反恰恰导致了写作的不自由。"先锋"作家处理经验的形式和技巧都是很极端化的，给人的感觉是"先锋小说"似乎永远处于一种发泄的状态，这种发泄既可以看作是对意识形态压抑的大释放，又可以视为创作上没有自信的体现。形式上，它要处理一些前所未有或至少中国还不曾有过的感知形式、语言表达形式、结构形式等；内容上，它要处理一些中国小说以前不曾或禁止或忌讳处理的经验、感觉、想象、幻想、意象等。对于写作者来说，极端化的处理无疑是一件难度和风险极大的事情，因而难免有吃力不讨好的尴尬。更可怕的是，在这种"极端"身边，"先锋"作家心驰神往的"自由"却悄悄溜走了。"先锋"作家总是要反叛什么，总要革什么的命，这个反叛、革命的对象对他们的制约就太大了，使他们不管写什么都要走到极端的路上去，而把许多有价值的东西轻易排斥掉了。从这个意义上说，"先锋小说"只是一种对象性的文学，是牺牲了的文学，是为了争取自由而永远与自由失之交臂的文学。它从反面证明，文学究竟还是要靠实力说话，作家的才情、心灵的质量、艺术的修养是文学"自由"的真正保证，姿态性的写作终究是短命的、速朽的。

其二，"先锋小说"观念层面上对于个性的坚执和张扬与他们实际创作中的模式化和非个性化构成了一对触目的矛盾。"先锋小说"的历史虽然不长，但却已形成了一个根深蒂固的模式化传统。不仅主题是千篇一律的灾难、性爱、死亡、历史、罪恶，而且叙述上也是千人一面的孤独、回忆、梦游、冥想。对于西方文学经典的模仿、翻译以及对于中国传统文学典籍的改写已经成了这代"先锋"作家的一种最典型的写作方式，这种方式无疑是对他们标榜创造性和独特性的文学姿态的有力讽刺。有人说用十部西方现代文学的经典就可以概括中国"先锋文学"的全部历史，这话虽然苛刻，但也确实击中了中国当代"先锋"作家们的要害。而在我看来，"先锋小说"也是最经不起比较阅读的文本，我们可以读单个作家的单个作品，但不能读他的全集；可以读一个作家的作品，而不能把他放在"先锋"作家群体中去阅读。我觉得，中国的"先锋小说"其实仍然没有找到真正属于他们自己的"个人话语"，他们只是陷在对西方文学话语的集体言说之中不能自拔，离开了法国"新小说"和马尔克斯、博尔赫斯图腾，他们将注定了一无所有。中国的"先锋小说"从一开始就落入了"西方的陷阱"，原创性的匮乏使得"先锋小说"所提供的"现代性图像"和"形式主义"大厦，只能在阅读意义而不是创造性的意义上给人以新鲜感。

其三，"纯文学"神话的破灭彰显了"先锋小说"的乌托邦本质。"先锋小说"是以对"纯文学"的承诺来回应80年代中国社会对于现代性文学的想象与呼唤的。事实上，从一开始"先锋小说"就建构了一系列关于文学的神话，这些神话包括：形式的神话，语言的神话，创造的神话，自我的神话，下个世纪读者的神话等等。但随着"先锋小说"的展开，这些神话却一个接一个破灭了。"先锋小说"利用人们对神秘、陌生"形式"的敬畏与宽容，建构了一个"仿制"性的形式大厦，这个"大厦"作为纯文学的示范性"榜样"，确实在一个时期内对促进中国文学的现代转型和"脱意识形态性"发挥了巨大作用。但是随着"形式"被自我和他人的反复复制，小说已不是"创造"而成了作坊式的"生产"，"形式"所内含的创造性和个性就被挥霍殆尽，"形式"日益蜕变为一种姿态，一种符号，成了平庸的、放纵的、不知所云的文学的庇护所，读者对这样的"纯文学"也越来越失去了耐心。如果说最初当"先锋"作家声言"为下个世纪的读者写作"时，其对文学流俗的抵抗还足以令人尊敬的话，（吴亮就为"先锋"作家被读者冷落作过这样的辩护："先锋小说通常读者较少，可这不是它故意疏远读者所致，倒是它竭力靠拢'理想读者'所致。"⑪）那么，今天当我们再听到潘军的"自己的东西是永远不会也不需要得到公认的"⑫或残雪的"我的小说不是奉献给大众的"⑬"我写完的时候也不明白自己写的是什么"⑭这类表白时，我们感到的就只有作秀和矫情了。残雪的小说长期无人能懂，但文学界一直对之充满"对不可言说事物"的敬意，当代著名作家阎真则敢于做《皇帝的新衣》那个道破真相的小孩，发出了"迷宫里到底有什么"的质问⑮。而语言的神话对语言的解放最终也演变成了文本的自恋与语言的泛滥，语言暴力所导致的语言泛滥，既淹没了文本的意义、故事、人物，也淹没了文本和小说自身，只能导致对语言的消解和"失语"，正如"先锋"作家北村所认识到的那样："语言可以是一个陷阱、一片沼泽、一颗朝你飞来的子弹或是别的什么，我总是想避开它们。在语言的包围中，我一度连掩体也没有了，就感到几乎静止不动了，一动不动，就变成一个没有影子的人，我才发现真正可怕的不是语言和表达，而是失语。"⑯海德格尔曾指出：语言的狂欢是艺术自戕的最后仪式。黑格尔也曾批评说："认为独特性只产生稀奇古怪的东西，只是某一艺术家所特有而没有任何人能了解的东西。如果是这样，独特性就只是一种很坏的个别特性。""先锋小说"语言神话的破灭可以说正是两位大师真理性的一个注脚。自我的张扬，个体的神话，在"先锋小说"中最终也演变成了精神的退却和人文情怀的失落。"先锋小说"对于把当代文学从社会意识形态的束缚中解放出来可以说功不可没，然而"先锋"作家又常常从一个极端走向另一个极端，他们在消解了文学的认识功能和服务功能的同时，又把文学的使命感、责任感和人文关怀等等也全部消解了，从而不知不觉之中就落入了"为艺术而艺术"的陷阱。在这个问题上，"先锋小说"的暧昧性可以说是暴露无遗，表面上"先锋小说"以反抗意识形态的方式建构了所谓"纯文学"的本体景观，而实际上这种"纯文学"却是对意识形态的一种妥协，它在"形式主义"的虚假满足中回避了可能有的正面斗争，并赢得了自身的合法性。从这个角度来说，"先锋小说"又恰恰是最缺乏战斗性的文学，它奉行苟安哲学，只是在假想的层面上实行对意识形态的反叛。就现实的承担而言，"先锋小说"对现实的批判以及对国家民族现代性重建的思考，其实远不及"伤痕""反思"文学来得勇敢。

如今，"先锋小说"已成为逝去的历史，尽管关于它是否已经"终结"的争论还远未结束。环顾当下文坛，不仅"先锋"的面孔已经模糊，而且80年代对于"先锋"的热情也早已不再了。对于"先锋文学"，赵毅衡曾戏谑地说："不是所有的社会都容忍这样一批文学的，只有当主流社会价值已基本确定，不再需要（所有的）文学艺术帮助全民教育，趋利奔钱已是社会共识，大众传播已使文艺市场化，这样的社会可以把先锋派扔在边缘，不必动手打无行文人的屁股，反正这些人无法动摇'国本'了。"[17]对比起来，当下的中国不正是"先锋派"的肥沃土壤吗？为何不见"先锋"的身影，甚至连对"先锋"的呼唤都听不到？这是一个意味深长的局面，它让我们对逝去的80年代充满怀念。

注释:

① ② 吴义勤：《中国新时期文学的转型路向》，《杭州师院学报》2004年第1期。
③ 余华：《传统是永远有待于完成的——余华专访》，《与中国作家对话》，98页，京华出版社1999年版。
④ ⑪ 吴亮：《期待与回音——先锋小说的一个注解》，《作家》1989年第9期。

⑤《极端的代价》，《花城》2004年第6期。

⑥李劼：《中国当代新潮小说论》，《钟山》1988年第5期。

⑦马原：《虚构之刀》，55页，春风文艺出版社2001年版。

⑧关于马原小说的"形式"，评论界已有很多相关成果，本文不作展开。

⑨关于"先锋小说"的"形式"策略，本人在《中国当代新潮小说论》（江苏文艺出版社1997年版）一书中有详细论述，此处从略。

⑩在80年代的价值观中，"西方化"某种意义上就是"现代化"的代名词，"赶超西方""走向世界"是全民族的共同呼声，这也必然影响人们对于文学现代化的理解。从这个意义上说，"先锋"作家借鉴、模仿、引进西方形式可以说正是中国文学现代化的一个必由之路和"终南捷径"。

⑫潘军：《时代赋予小说形式》，《作家》1991年第8期。

⑬残雪：《为了报仇写小说——残雪访谈录》，15页，湖南文艺出版社2003年版。

⑭［日］近藤直子：《吃苹果的特权》，《作家》1996年第8期。

⑮阎真：《迷宫里到底有什么？——残雪后期小说析疑》，《文艺争鸣》2003年第5期。

⑯北村：《失语和发声》，《文学自由谈》1991年第2期。

⑰赵毅衡：《小议先锋小说》，《雨季的感觉·序》，新世界出版社1994年版。

原载《南方文坛》2005年第6期

先锋小说研究资料

先锋小说的知识谱系与意识形态

贺桂梅

1987年，以余华、格非、苏童等为代表的"先锋小说"的出现，往往被视为20世纪80年代文坛的某种"断裂"。这也就意味着评论家和文学史家不能用80年代前期文坛习用的批评语言来评价这些作家的作品。事实上，如何描述"先锋小说"在80年代文学史中的特殊位置，一直存有争议。

在目前通行的当代中国文学研究和文学史写作中，往往主要关注这种小说的某一侧面，视其为"伤痕文学—反思文学—寻根文学和新潮小说—先锋小说和新写实小说"这样一个"后浪推前浪"式的文学思潮展开（同时也是"进化"）过程的环节。这种文学史叙述强调的是70—80年代文学转型的重要性，而"先锋小说"正是文坛持续创新的一个结果。不过，对于80年代文学的历史，一直存在着另外一种描述方法，即所谓"新时期文学"并不是开始于70—80年代之交，1985年之前的"伤痕文学""反思文学"等，"基本上还是工农兵文学的继续和发展"；一种不同于毛泽东时代的文学，"应该从'朦胧诗'的出现，到1985年'寻根文学'到1987年实验小说这样一条线索去考察，直到出现余华、苏童、格非、马原、残雪、孙甘露这批作家……这时候文学才发生了真正的变化，或者说革命"①。这种文学史叙述，强调的则是"现代主义"文学对"现实主义"叙述成规的突破，并将"先锋小说"视为"新时期文学"真正开端的标志。事实上，还存在着第三种文学史叙述，这就是在90年代初期有关"后新时期"的讨论中，论述者尽管在开启时间是1985、1987还是1989年上存在着争议，但倾向于将"先锋小说"视为另一时期——"后新时期"——的开端②。

这三种代表性的文学史叙述方式，正好从不同的侧面显示出"先锋小说"

在80年代文坛的某种"异质性"。这种"异质性"即它们在叙述形式、表达方式及话语形态上，脱离了当代文坛的主导形态，呈现出一种难以被主流话语命名和言说的特征。在某种程度上可以说，对"先锋小说"，当代文坛并未完成一种有效的文学史命名。而那种试图将"先锋小说"纳入到具有延续性的"现代主义"革新史的文学史叙述，除了重复着由小说家们和"新潮批评家"们所表述的"语言革命""叙述革命"或"形式革命"之类的观念，对于"先锋小说"之所以形成和出现的历史原因，事实上始终缺乏较有说服力的文学史描述和分析。或许其中关键的问题，仍在如何指认"先锋小说"的"异质性"，如何历史地分析这种"异质性"内涵的特定构成及其知识谱系。也正是出于这样的问题意识，探讨"先锋小说"与宽泛意义上的西方"现代派"③文学之间的渊源，则成为一种可能的历史描述方式。

一、"作家们的书目"与文学传统

讨论"先锋作家"与西方"现代派"之间的关系，是一个极为敏感的话题。这一话题往往被转换为"中国当代先锋小说究竟是外来影响所致还是中国大地上土生土长的"④，其间的"外来"／"本土"的二元结构，事实上，也是"真／伪现代派"讨论的另一变形。被视为"先锋小说"的"先锋"马原，曾发表过一句"著名"的抱怨："我甚至不敢给任何人推荐博尔赫斯……原因自不待说，对方马上就会认定：你马原终于承认你在模仿博尔赫斯啦！"⑤而另一位"先锋"作家格非则在90年代这样解释道："他似乎对当时远未成熟的中国批评界存有深刻的戒心：一旦你公开承认自己受到了某位作家的影响（尽管这十分自然），批评者则会醉心于这种联系的比较研究，同时它又会反过来强加给作家某种心理暗示，从而损害作家的创造力。"⑥"先锋"作家对自己的"师承"讳莫如深，似乎正构成颇有意味的历史症候。

这种"戒心"显示出的是强烈的"影响的焦虑"，而这种"焦虑"事实上呈现的是第三世界、"欠发达的现代主义"所承受的巨大的精神压力。这种压力使得他们恐惧自己成为"西方的影子"。而这种"光"与"影"的表述事实上一直存在于80年代文坛——80年代初期，具有"现代主义"色彩的作品，如宗璞的《我是谁》《蜗居》等被人很快认出了"卡夫卡的影响"；王蒙的《蝴蝶》《春之声》《杂色》等被人称为"东方意识流";而1985年刘索拉的《你别无选择》和徐星的《无主题变奏》之所以被称为"现代派",是因为人们直接从小说中读出了《麦田里的守望者》,读出了"存在主义""垮掉的一代"和"黑色幽默"等;不仅是马原,事实上格非也常被人称为"中国的博尔赫斯"。似乎是,当代文学的"现代主义",在很长的时间内是作为西方"现代派"的"影子"而被指认、被命名。这种恐惧成为"西方的影子"的焦虑心态,事实上普遍地存在于第三世界或欠发达区域的作家中,也存在于西方中心国的一种傲慢的优越感中:"他们还在像德莱赛或舍伍德·安德逊那样写小说。"因此,如詹明信所言,"先锋"作家们拒绝成为"影子"的焦虑,事实上正显现出"第三世界文化""在许多显著的地方处于同第一世界文化帝国主义进行生死搏斗之中——这种文化搏斗的本身反映了这些地区的经济受到资本的不同阶段或有时被委婉地称为现代化的渗透"⑦。但是,在这里讨论"先锋"作家们的文学师承或知识谱系,目的并不在于指出他们"模仿"了哪个西方"大师"也不在于给出一种"西化"还是"本土化"的二元答案。事实上,不同于马原的尴尬,在更为年轻的余华、苏童、孙甘露等人那里,他们几乎不再遭遇被视为"影子"的经历,他们甚至被称为"现代派""真正本土化"之后的结果。探讨这样的问题,是试图历史地呈现"先锋小说"所接纳的"文学传统"或建构他们的知识谱系。

余华曾在一篇文章中直接谈到所谓"传统"问题。他首先对西方"现代派"在80年代前、中期文坛的命运做了一种历史的描述:

> 仅仅是在几年前,我还经常读到这样的言论,在大谈巴尔扎克、托尔斯泰的智慧已经成为了中国文学传统的一部分,而20世纪的现代主义文学却是异端邪说,是中国的文学传统应该排斥的。……卡夫卡、乔伊斯等人的作品已经成为世界文学的经典……然而在中国他们别想和巴尔扎克、托尔斯泰坐到一起。他们在中国的地位,是由一些富有创新精神的作家来巩固的,这些作家以作品确立了自己的地位,同时也丰富了中国文学的传统。⑧

显然,在余华的描述中,在80年代前期,西方"现代派"遭到文坛主流的排斥

中国当代文学史资料丛书

而被视为异端，正是"先锋"小说家们将这些文学纳入了"中国文学的传统"中。或许他试图强调的是，"今天，在继承来自鲁迅的传统和来自托尔斯泰，或来自卡夫卡的传统已经是同等重要了"，但关键在于，正是"卡夫卡的传统"成为他所指认的代表着"20世纪文学"并被"先锋小说"所接纳的"新的文学传统"。

事实上，作为一种引人注目的现象，或许在当代作家群体中，没有谁比"先锋"作家们更热衷于谈论自己的"阅读史"，更为频繁地提及自己所热爱的文学大师；而他们阅读的文学大师，绝大部分是80年代前期译介并被命名为"现代派"的大师。姑且不论马原那篇著名的《作家与书或我的书目》，以及他在类似于《小说》这样的文章中表现出的对罗布·格里耶、萨洛特、约翰·梅勒、巴思、乔伊斯、福克纳、博尔赫斯等现代主义小说家的熟稔和颇为精辟的见解，他甚至提出："作家书目已经成了一种传统，作家们是否有一部作家的文学史？……（希望有一部真正的作家的文学史稿问世）。"⑨因此，不妨检阅一下先锋作家们所书写的"作家们的文学史"中那些被经常提及的大师。余华曾在许多文章中向川端康成、卡夫卡、博尔赫斯、福克纳、三岛由纪夫等大师致敬。他在对"证明19世纪的时代已经结束"的"20世纪文学"的描述中，尤为推崇60年代的"先锋派"："在文学方面，本世纪最富有想象力和洞察力的作家无一例外地加入了这场更新的潮流。他们是卡夫卡、乔伊斯、普鲁斯特、萨特、加缪、艾略特、尤内斯库、罗布·格里耶、西蒙、福克纳等等。"⑩而苏童所热爱的，则偏向于当代美国小说家："以我个人的兴趣，我认为当今世界最好的文学是在美国。我无法摆脱那一茬茬美国作家对我投射的阴影，对我的刺激和震撼，还有对我的无形的桎梏。"⑪在他开列的名单中有海明威、福克纳、约翰·巴思、诺曼·梅勒、厄普代克、纳博科夫，也包括博尔赫斯、加西亚·马尔克斯。他坦言"塞林格是我最痴迷的作家……直到现在我还无法完全摆脱塞林格的阴影。我的一些短篇小说中可以看见这种柔弱的水一样的风格和语言"，以至文坛那些鄙视塞林格的言论会使他感到"辛酸"，"我希望别人不要当我的面鄙视他。……谁也不应该把一张用破了的钱币撕碎，至少我不这么干"⑫。而格非，有评论文章认定"格非最受博尔赫斯的影响，或者说，在他的文本中，'博尔赫斯式'的后现代因素最为明显"，"但格非本人在大谈自己对福克纳的仰慕时，即只字未提博尔赫斯这位后现代大师对他的任何一点影响或启迪"⑬——姑且不论是否因为有博尔赫斯的影响格非就成为"后现代主义"作家，但在他的文章中，却多处写到卡夫卡、普鲁斯特、雷蒙德·卡弗、加西亚·马尔克斯以及诸多现代大师的阅读心得和专业研究⑭。

如果说在50—60年代，构成"作家们的文学史"的主要部分是"19世纪"的"现实主义"大师，那么几乎同样清晰的是"20世纪"的"现代主义"大师构成了先锋作家的"阅读启示录"序列。他们成为先锋作家的"文学传统"，这也就意味着先锋作家们"就像一位手艺工人精通自己的工作一样"，从20世纪的"现代主义"大师那里他们学习并精通"现代叙述里的各种技巧"⑮。如果说讨论先锋作家的哪篇小说受了西方文学大师哪篇作品的"影响"这种方式本身是愚蠢的和有问题的，那么这里的关键在于：先锋作家们把自己纳入了由西方"现代主义"大师构造的"传统"中，他们同时也被这种文学的知识谱系所构造。

二、"形式革命"、知识谱系和"纯文学"的意识形态

先锋小说家们建构、接纳并内在化西方"现代主义"文学传统，这一行为本身必须被置于其所身处的特定历史语境的考察中，也就是说，需要分析的问题是，先锋作家们为什么要将自己纳入这样的文学传统？而这种传统的成功建构和实践在80年代的历史语境中产生了怎样的、或许是先锋作家自身未曾意识到的意识形态效果？

首先的问题是，先锋作家为什么需要将自己纳入这样的文学传统，或者说他们通过学习这样的传统试图解决怎样的问题？当先锋作家们论及这一问题时，他们说得最多的是"写作的自由"和"解放想象力"。格非写到1986年开始写作时的动力："我所向往的自由并不是在社会学意义上争取某种权力的空洞口号，而是在写作过程中随心所欲，不受任何陈规陋习局限的可能性。主要的问题是'语言'和'形式'。"他也具体地提到当时阻碍着他无法自由地使用语言和形式的压抑力量——"在那个年代，没有什么比'现实主义'这样一个概念更让我感到厌烦的了。种种显而易见的，或稍加变形的权力织成一个令人窒息的网络，它使想象和创造的园地寸草不生"。也就是说，"先锋小说"

所反叛的是作为主流形态的"现实主义"叙述语言和陈规所构成的"秩序"，这种秩序塑造着"内心的情感图像"，也形塑着人们"感觉到并打算加以表述的现实场景"，即所谓"形式的意识形态"。在这篇文章的后面部分，格非表达了先锋作家当时的意识形态处境："实验小说与当时的社会意识形态也多少反映了特定时代的现实性，对于大部分作家而言，意识形态相对于作家的个人心灵即便不是对立面，至少也是一种遮蔽物，一种空洞的、未加辨认和反省的虚假观念。我们似只有两种选择，要么成为它的俘虏，要么挣脱它的网罗。"⑯在这样的意义上，"先锋小说"的"语言革命"或"形式革命"，事实上也是一种"意识形态革命"。在这里，格非颇为明晰地将"先锋小说"的意义定位于对当时的"语言秩序"的反叛，正因为"先锋小说"颠覆了"将各种欲望和语言占为己有"的"现实主义"话语的统治地位，因此它具有强烈的政治意味。

对于"先锋小说"的这一观念，表达得更为充分也更为细密和深入的，或许是余华在1989年发表的被称为"先锋派宣言"的《虚伪的作品》⑰。《虚伪的作品》开篇就提出："我所有的努力都是为了更加接近真实"，而他所谓的"真实"也就意味着"针对人们被日常生活围困的经验而言"的"形式的虚伪"。关于"真实性"与"语言"的关系，他引述了李陀的话"首先出现的是叙述语言，然后引出思维方式"。这也就意味着摆脱了那种"反映论"式的语言观，而具有了某种建构主义的意识，即不是语言"反映"现实，而是语言"建构"现实。构成他批判的对立面的，是那些只表达"大众的经验""常识"和所谓"文明秩序"的中国当代文学。在他看来，文坛主流文学里"各种陈旧经验堆积如山"，"在缺乏想象的茅屋里度日如年"。因此，对当代文学形式的破坏，探寻一种"不确定的叙述语言"，正是到达"真实"的首要步骤。他最后写道："一部真正的小说应该无处不洋溢着象征，即我们寓居世界方式的象征，我们理解世界并且与世界打交道的方式的象征"，于是，小说的革命事实上也可以说是改变"我们理解世界并且与世界打交道的方式"的"象征的革命"。在展示这样一种文学革命的思路时，余华具体地讨论了他寻找"最为真实的表现形式"时所借鉴的文学传统，即西方"20世纪文学"。他写道："我个人认为20世纪文学的成就主要在于文学的想象重新获得自由。"他从"20世纪文学"中获取的是"虚伪的形式"，"这种形式背离了现状世界提供给我的秩序和逻辑，却使我自由地接近了真实"。在很大程度上，余华将文学史上"19世纪文学"与"20世纪文学"之间的差别，对应于当代中国文学"现实主义"和"先锋小说"之间的差别。可以说，"先锋小说"对"现实主义"的反叛，正是通过接续20世纪西方文学传统来完成的。

在先锋作家中，余华是有着颇为自觉的历史意识的一个。这主要表现在他不仅用他的作品，也用那些"以一个职业小说家的态度精心研究小说的技巧、激情和它们创造的现实"[18]的评论文章，展示他对"文学传统"的理解，同时也建构着"先锋小说"的知识谱系。一处颇有意味的改动，或许可以看出这一"文学传统"的某些重要侧面。余华在1989年完成的一篇文论《川端康成和卡夫卡的遗产》[19]中开篇写道："如果我不再以中国人自居，而将自己置身于人类之中，那么我说，以汉语形式出现的外国文学哺育我成长，也就可以大言不惭了。所以外国文学给予我继承的权利，而不是借鉴。对我来说继承某种属于卡夫卡的传统，与继承来自鲁迅的传统一样值得标榜，同时也一样必须羞愧。"这段话在这篇文章收入1998年出版的《我能否相信自己——余华随笔选》时被删掉。这一看似微小的改动，实则并非毫无意义。如果不惮做一个也许看来有些夸张的结论的话，那么这处改动或许显露出余华对自己曾经秉持的某种"世界主义"（"西方主义"）的文学观念的自觉或警惕。

在1993年发表的《两个问题》中，余华特别强调了一种"世界主义"的文学观念。他首先在文章前段写道："文学发展到了今天，已经超越了国界和民族……只要是他出于内心的真实感受，他的作品一定表达了他的民族的声音。"看起来，余华认为所谓文学的"世界"／"民族"之分根本就不是问题。但是在讨论西方60年代的"先锋派"与当代中国的"先锋派"时，他重复当时的主流观念表述了一种"落后"的焦虑："中国的先锋派只能针对中国文学存在，如果把它放到世界文学之中，那只能成为尤奈斯库所说的后先锋派了……中国差不多与世界隔绝了三十年，而且这三十年文学变得惨不忍睹。"于是中国"先锋派"的意义在于——"我们今天的文学已经和世界文学趋向了和谐，我们的先锋文学的意义也在于此。在短短的十多年时间里，我们的文学竭尽全力，就是为了不再被抛弃，为了赶上世界文学的潮流"。在这种表述中，中国"先锋派"和西方"先锋派"之间，仅仅是"滞后"和"先进"的关系。由于西方"现代派"被作为世界性的"人类共同的文学传统"的最高峰，在中国这个特定区域和特定时间中存在的文学，除了表明其落后性，其地域和历史的独特性并没有多少意义。显然，这种思路无论有意无意都多少有些"西方中心主义"。针对同样的问题，一位韩国学者则写道："即使20世纪西方美学已经达到了人类文学史上的最高峰，它对于并非西方人的我们来说，会有一种带来压抑感的弊病"，他因此提出第三世界"用我们的方式重新提问""以主体的姿态对待西方文学"的问题⑳。正由于中国的"先锋小说家"以一种"世界主义"的态度对待文学传统，导致将许多当代中国的历史问题构想为"人类"问题，缺乏对问题的特定历史场所的关注。在为余华的随笔选所作的长序《无边的写作》中，汪晖敏锐地捕捉到余华在《布尔加科夫与〈大师和玛格丽特〉》中提到的"没有时间和地点"的"丰厚的历史"而提出相反的意见。汪晖认为"丰厚的历史"从来都是"具体"的，比如"布尔加科夫以及他生活其中的俄罗斯传统，这个传统从来不会忽略地点，也从来不会忽略空间"。这里所讨论的"地点和空间"，事实上也正是人们常常用"民族"性这样的语汇所负载的内涵。汪晖一方面相当委婉地提出，"我们还是应当惦记着地点和时间，惦记着在这个历史场景中的爱和恨、温柔和背叛。否则，没有空间的漂浮将成为我们的宿命"；同时他又疑惑，也许"没有地点和空间"正是"我们的现实"。这里真正有意味的问题在于，"先锋小说"所构造的"现实"及其对"文学传统"所采取的"世界主义"的态度之间的关联。汪晖所谓的"地点和空间的缺席"在很大程度上可以被看作是"先锋小说家"们共同的特征，或试图到达的特征。尽管有苏童的"枫杨树故乡"，那不过是福克纳式的人类学版的"约克纳帕塔法世系"，其时间和地点的历史性是缺席的。在某种程度上可以说，正是一种"世界主义"（实则是"西方主义"）的对待文学传统的方式，建构着"先锋小说"的"人类"想象，也使它们悬浮于当代中国的"地点和时间"之外。

事实上，这涉及先锋作家"自由地写作"所呈现的到底是什么样的"真实"的问题。在《虚伪的作品》中，似乎能为这个"新世界"定性的主要是"不确定性"，它仅仅传达给我们一种与主流语言秩序紧张的对抗关系以及从中"解放"出来的必要和感觉，但这"新世界"的轮廓是模糊的。余华将之解释为"个人的"——"我所确认的现在，某种意义上说是针对个人精神成立的，它越出了常识规定的范围"。但事实上，造成这种以"个人"对抗"秩序"的历史情境，则势必使余华的小说成为"历史的寓言"。这也正是戴锦华在余华小说中读出"衰老的父亲已举不起屠刀"的当代政治寓言的原因，因为余华的小说"只是语言——丧失了所指物的语词链；而且公然拒绝完成那种对'生活真实''现实''现实主义幻觉'的注定失败的倒逆式爬行。于是，余华的本文序列，成了一种令人心醉神迷的语词施虐；一种符合秩序井然的对经验混乱的表述，一次宣告戈多不曾存在的等待戈多，一部本雅明意义上的悲剧与寓言"㉑。也正是在本雅明意义上的"寓言"的指认上，张旭东认为格非小说的"虚构""伴随着'真实性'的瓦解而出现了一幅当代主体的自画像"，因为"意识越充分地放任自己沉浸在'纯虚构'的逻辑之中，它就越把握到一种自身的自由状态，从而这个叙事游戏的场所也就越成为自我形象的现身之处"。而这种"自我意识获得了幻想的解放"，恰恰可以看作是"语言主体"的自我意识的诞生㉒。张旭东进而对"先锋文学"做了一个带有颇为明晰的"代"际认同意识的判断——"当代中国的'先锋文学'正是以其语言上的突破而把自己变成了某种潜在的社会经济、政治、文化转变的美学的结晶，而其'高度自主'的叙事或逻辑，则将一代人经验的历史生成有效地记录在案。"㉓不过，尽管张旭东的文章是众多论及"先锋文学"的文章中少有的也是相当敏锐地论及其作为"历史寓言"内涵的文章，但他关于"先锋文学"作为"美学的结晶"所呈现的"某种潜在的社会经济、政治、文化转变"的内涵的论述始终是含糊的。如果要概括其表述的话，或许是："集体经验的解体，风格整体的破裂与作为个体的自我的再生成。"如果我们需要将"先锋小说"所携带的意识形态从本雅明意义上的"寓言"，转变为詹明信意义上的"寓言"的话，那么也许可以说，"先锋小说"在将"个体"从整体语言秩序中"解放"出来时，他（他们）并没有意识到这个"个体"能做什么或将做什么。而事实上，这个"暗含在语言之中，并由语言结构出来"的"个体"（也是"主体"），一方面符合了80年代另一种新主流观念即"纯文学"观念中的文学想象，同时也正呼应着80—90年代之交被市场主义和消费主义所构建的个人主义的主体想象。

　　"先锋小说家"强调文学形式所暗含的意识形态，因此，语言和形式的革命也就是打碎僵化的形式体制（经验体制、意识形态体制），完成意识形态的颠覆。但有意味的地方就在于，恰恰是这种将文学理解为"语言事实"的方式，呼应着80年代文学界另外一种主流观念，即"文学"和"政治"的分离。70—80年代转型过程中形成的文学反思声音之一，就是要求"让文学回到文学自身""让文学和政治离婚"。这也就是所谓"文学本体论"所指涉的历史内涵。它反对"把文学作为政治的工具"，而这里所谓的"政治"是针对毛泽东时代的政治观念和政治主题，但要求"文学"从这种政治中摆脱出来时，"文学"被视为一个抽象的纯粹的"自足体"，常常被看作一种与"内容"可以分离的纯"形式"因素，而其携带的意识形态遭到忽视。尽管"先锋小说"始终强调针对文学形式的意识形态革命，但它们倾向于认为仅仅通过"形式的革命"就足以完成"意识形态的革命"，这事实上也恰恰是采取形式／内容两分法的"纯文学"观念的理解方式。与此同时，他们关于"文学传统"的理解也相当接近所谓"纯文学"观念。他们通过建构"20世纪"（现代主义）对"19世纪"（现实主义）的超越和否定，并具体地通过对西方"现代主义"文学大师的"遗产"的接续，完成了一种"文学共同体"的想象和实践。而这种"共同体"想象恰恰是"纯文学"观念所构造的文学的"自律"体制。"先锋小说家"通过与西方"现代主义"文学的对话、学习，而将自己结构进一种悬浮于当代文学历史语境的文学传统之中。如果说他们所书写的"现实"呈现为"时间和地点的缺席"的话，那或许是一种"西方主义"的症候式表达。在某种意义上可以说，"先锋小说"意味着中国当代文学的"纯文学"诉求的完成，也意味着文学与社会现实之间形成的互动关联的纽带被成功地剪断。

　　更重要的是，"先锋小说"对于自己所创造的新现实所携带的意识形态始终是缺乏历史自觉的。它似乎认为自己只需要完成"解构"的任务就可以了，而忘记了"任何一种解构都是建构"。就其叙述主体来说，"先锋小说"特别突出要将个人（"主体"）从占统治地位的现实主义语言秩序中"解放"出来，但他们从未意识到这个从80年代的政治集体话语中"解放"出来的带有鲜明的个人主义色彩的被欲望驱动的个体，将如何自如地游弋在市场主义的意识形态中。就"先锋小说"与"现实主义"的关系来说，先锋作家特别强调打碎"现实主义"（或19世纪）的叙述陈规，而凸显"先锋小说"在80年代语境中的政治性。事实上，这种将"现代主义"与"现实主义"置于截然对立的位置的思维，并未意识到两者其实是处于同一文学结构中，用詹明信的描述便是："一切现代主义作品本质上都是被取消的现实主义作品，换言之，它们不是根据自身的象征意义，根据自身的神话或神圣的直观性，像旧的原始或过分符码化的作品那样被理解的，而只是间接地、通过一种想象的现实主义叙事而被理解的……通过取消故事，新的小说比任何真正现实主义的、老式的、解符码化的叙事更有力地讲述了这个现实主义的故事。"㉔从这一侧面来说，"先锋小说"由于始终将自己结构在"现实主义"的对立面上，因此，它并非如自己所想象的那样"自由"和"解放"，而是将"反现实主义"作为文学的非意识形态化过程的意识形态。

注释：

①李陀：《漫说"纯文学"》，载《上海文学》1999年第3期。

②谢冕、张颐武：《大转型——后新时期文化研究》，黑龙江教育出版社1996年版。

③这里所谓西方"现代派"，沿用的是20世纪80年代中国语境中的一个特定概念，指涉内涵包括19世纪后期的"唯美主义"，20世纪初期的"后期象征主义""表现主义""意识流""超现实主义"等，以及60—70年代的"存在主义""新小说""黑色幽默"等诸种"现代主义"文学思潮。

④王宁：《接受与变形：中国当代先锋小说中的后现代性》，载张国义编《生存游戏的水圈》，北京大学出版社1994年版，第138页。

⑤马原：《作家与书或我的书目》，载《外国文学评论》1991年第1期。

⑥⑯格非：《十年一日》，载《塞壬的歌声》，上海文艺出版社2001年版，第65页，第66—68页。

⑦詹明信：《晚期资本主义的文化逻辑》，三联书店1997年版，第521页。

⑧⑩⑮余华：《两个问题》，载《我能否相信自己——余华随笔选》，人民日报出版社1998年版，第174页，第178页，第179页。

⑨马原：《小说》《百窘》，载《马原文集》卷四，作家出版社1997年版，第403—414，395页。

⑪苏童：《答自己问》，载《寻找灯绳》，江苏文艺出版社1995年版，第119页。

⑫苏童：《阅读》《三读纳博科夫》《寻找灯绳》《答自己问》，均收入《寻找灯绳》。

⑬此处格非文章指的是《欧美作家对我创作的启迪》，载《外国文学评论》1991年第1期。

⑭参阅格非《塞壬的歌声》，上海文艺出版社2001年版。

⑰余华：《虚伪的作品》，载《上海文学》1989年第5期。

⑱汪晖：《我能否相信自己·序》，载《我能否相信自己——余华随笔选》，第15页。

⑲余华：《川端康成和卡夫卡的遗产》，载《外国文学评论》1990年第2期。

⑳白乐晴：《如何看待现代文学》，载《全球化时代的文学与人——分裂体制下韩国的视角》，中国文学出版社1998年版，第227—228页。

㉑戴锦华：《裂谷的另一侧畔——初读余华》，载《北京文学》1989年第7期。

㉒㉓张旭东：《自我意识的童话——格非与实验小说的几个母题》，《从"朦胧诗"到"新小说"——新时期文学的阶段论与意识形态》，载《批评的踪迹：文化理论与文化批评（1985—2002）》，三联书店2003年版，第291页，第244页。

㉔詹明信：《超越洞穴：破解现代主义意识形态的神话》，载弗朗西斯·马尔赫恩编《当代马克思主义文学批评》，北京大学出版社2002年版，第197页。

原载《文艺研究》2005年第10期

先锋小说研究资料

"读者"与"新小说"之发生

——以《上海文学》（一九八五年）为中心

杨庆祥

中国当代小说在一九八五年的变化是相当引人瞩目的，正如当时一位批评家所言："一九八五年的小说创作以它的非凡实绩中断了我的理论梦想，它向我预告了一种文学的现代运动正悄悄地来到。"①这位批评家的表述虽然带有八十年代特有的"浪漫气质"而略显夸张，但他至少揭示了部分"真实"，那就是，这种"变化"并非一夜之间完成，而是在多种力量作用下"悄悄"地发生。一九八五年代众多的杂志、选本显然构成这多种力量中重要的一翼，而《上海文学》在其中又扮演了一个重要的角色，一个数据很能为《上海文学》的这种重要地位作确证：在一本由十九位当时著名的作家组成的编委会所编选的小说选本——《1985年小说在中国》②中，《上海文学》一家杂志的入选篇目高达六篇之多，占短篇小说入选篇目的百分之三十七点五。因此，以一九八五年的《上海文学》作为考察"新小说"之发生的"有效载体"自有其合理性。

将一九八五年中国当代带有"实验"性质的小说命名为"新小说"可能始自吴亮那本影响较大的选本《新小说在1985年》，这种命名一方面带有策略意义，它规避了一九八二年以来因为"现代派"文学论争可能带来的负面效应③；另一方面，它显示了一种更宽泛、包容的眼光，至少，在一九八五年，"新小说"的涵盖面远远不止于后来文学史所指称的"寻根小说"以及"先锋小说"。

二十年来，批评和文学史都致力于构建一个狭义的关于"新小说"的"神圣"叙述，这些叙述包括：一场伟大的文学现代运动，一次向诺贝尔奖为代

当代中国

文学史

资料丛书

表的世界文学水平的接轨，一场通过语言和形式确立"个人"意识的实验，一次寻找民族文化和寓言的艰难探险……这种"神圣"叙事为"新小说"在一九八〇年代的实验提供了强大的意识形态支持，但与此同时，"新小说"也日益变成一个"面目模糊"的"本质化"存在，它在其起源时所拥有的鲜活的历史内容和问题意识倒是被慢慢简化。柄谷行人在一次访谈中说：在一九七〇年代末，随着村上春树的出现，我感觉日本现代文学终结了，而同时，对日本现代文学起源的研究成为一种可能④。时至今日，"新小说"尤其是它的极端形态——"先锋小说"在中国即使谈不上终结，也已经是"风流散尽"了，当年围绕它所进行的"激动人心"的宣言、口号、争论也已经一去不返。这使我们获得了一种有效的距离来重新"打量""新小说"，并思考一些与其发生相关的基本问题。其中之一是，作为一种文学样式，"新小说"无论具有多么"宏大"的抱负，它都建立在"交流"或者说"阅读"的基础之上，那么，"阅读"或者说"读者"问题在一九八五年前后"新小说"的发生中占据了什么位置？"新小说"观念之阐释和读者有何关系？"新小说"规划了何种读者群，他们的阅读趣味有何差别？以这些问题为纲，以一九八五年的《上海文学》为点，我们或许可以为一九八五年前后的"新小说"提供一幅更具有活力的"日常图景"。

一、"新"编辑标准背后的"读者压力"

作为一个"老牌"的严肃文艺杂志，《上海文学》和当代中国其他影响较大的文学（文艺）杂志一样，对于自己的编辑标准很少作特别的阐释和说明。这是因为在当代中国的出版体制中，期刊作为党的意识形态工程的一部分，其编辑、出版、征订等所有的工作基本上都是按照"计划"来实施的，文学期刊作为动员、教育广大"人民"（读者）的"有力工具"之一，其编辑标准似乎不言自明，而且"读者"也在长期的"阅读"中与这些标准建立了相当的认同。从一定程度上说，中国当代的"读者"是一群"沉默的大多数"，基本上对期刊的生存发展没有任何关系，虽然在某些特殊情况下也有"读者"参与到一系列的文学（文艺）事件中去⑤。

正是在这样的历史背景下，《上海文学》在一九八五年的一些变化就值得我们去注意。在该年度的第五、六两期中重复出现了一则大号字体排印的启事——《本刊将刷新面貌》，虽然整个启事的篇幅不大，但如果仔细阅读还是能发现一些有价值的信息。整个启事的内容实际上有两个方面，一方面是宣布"本刊将从七月号起革新版面，增加篇幅，同时每页扩大字数，使刊物的容量更为充盈"；更主要的是第二个方面，也就是编辑方针的改变，为了叙述方便，将这段话抄录如下：

> 从七月号起，本刊将每期推出反映当代文学新潮流的中篇小说一至二篇。
>
> 为了让广大读者及时了解作家对生活与艺术的新探求，本刊从七月号起将坚持组发作家作品小辑。……
>
> 本刊将集中精力从来稿中发现新人新作。……
>
> 本刊的理论将继续探索新时期文学创作与文学理论中一系列已知与未知的问题。……
>
> 欢迎广大读者订阅。

由这段话可以看出，整个编辑方针围绕着一个"新"字，有"新"潮流的小说、"新"探求的作品小辑、"新人新作"、"新"文学理论，至于何者为新？"新"的具体标准到底是什么？很明显，并非这则短小启事的重心所在，它的重心主要是一种广告学上的效果：一方面宣传其形式上的扩大篇幅，增加字数；另一方面宣传其内容上的"革新"。这两者最终都指向了那个大多数的"阅读群体"——"欢迎广大读者订阅"。

很多人认为一九八五年对"新"的追求是一种文学"内部"的"应时而动"，它和一九八五年前后大规模的文学"实验"联系在一起，是社会主义文学在耗尽其能量后的一种求新求变，作为一本反映当代文学进程的期刊，《上海文学》当然有提出"新"的编辑方针的需要。我承认这种说法在一定范围内有其合理性，但它仍然说明不了全部问题。实际情况是，《上海文学》确实是相当敏锐地感觉到了当代文学中的一些变化，但却仅仅将这种变化限定在"小说"范围内，通过一九八五、一九八六两年《上海文学》的全部目录来看，我们会发现即使在一九八六年"第三代诗歌"已经成为一个普遍的事实的情况下，《上海文学》每期的诗歌栏目依然在维持着非常"陈旧"的趣味⑥，而另一方面，《上海文学》在"启事"中承诺每期推出中篇小说一至二篇也根本没有做到，反而从一九八五年第七期削减了中篇小说的篇幅⑦，代以大量的更容易阅读的短篇小说。这些迹象都在表明，"新"的编辑方针背后实际上隐藏着另一种诉求，"读者"至少作为一个问题进入了《上海文学》的编辑视野。

如果我们对一九八五年前后中国社会的一系列变化作一个简单的了解就可以增加我们对上述观点的信心。一九八四年左右中国政府在农村改革的基础上进一步加大了改革的力度，城市渐渐成为整个社会改革的中心，以"放权让利"为核心的"分配制度"的改革在很快的时间内收到了一定的成效，与此相伴随的是大众文化消费市场出现了某种程度上的"繁荣"⑧。很多人敏锐地感觉到了这种变化，吴亮在《文学与消费》这篇文章中说："消费浪潮的兴起，不仅拓展了人们多种选择的范围，而且也大大拓展了人们活动的范围。"更重要的是，"消费浪潮对文学的渗透，一个明显的征候就是通俗文学的勃兴"。⑨而在《上海文学》的另一篇文章⑩中，对"通俗文学的勃兴和纯文学的关系"的讨论成为一个重要的话题⑪。一九八五年前后的消费环境和通俗文学的勃兴使"读者"从一个隐蔽的角落走上了前台，正如吴亮所言："通俗文学的共创性结束了文学生产者和文学消费者的分离态度，在一个为大家共享的文化市场上协调起来。当前的文化消费者已从被动的文化受赐者渐次变为文化的主顾，变为有选择的服务对象。"⑫多种选择的出现使读者至少在"消费"的层次上拥有了一定的主动地位，"读者"这种地位的变化不能不对一个期刊产生影响，《上海文学》地处最早开埠的国际化大都市，固有的消费传统一旦被激活，它势必会考虑如何通过更"新"的，或者更"好"的方式来吸引"读者"这一消费群体。

如果说上述几百言为《上海文学》编辑方针的变"新"提供了一个大的"语境"，那么，更实际的"压力"可能来自国家对出版的直接的改革。一九八四年在哈尔滨召开的地方出版工作会议上明确提出了"我国的出版单位要由单纯的生产型逐步转变为生产经营型，要适当扩大出版单位的自主权，出版单位实行岗位责任制"⑬。与出版单位改革同步的是期刊的改革。同年十二月，国务院发布《关于对期刊出版发行实行自负盈亏的通知》⑭，其中明确规定除少数必须补贴的期刊外，其余期刊都要独立核算，自负盈亏。很显然，

《上海文学》并不在这个所谓的"少数期刊"范围内，这是一个比"通俗文学的勃兴"更为"迫近"的现实，因为"自负盈亏"意味着没有"读者"的购买、订阅，这个刊物将无法维持下去。实际上，《上海文学》从一九八五年第七期开始确实增加了内容，页码由此前的八十个页码增加到九十六个页码，增加率为百分之二十，但伴随而来的是售价的惊人提高，由此前的零点三五元增加到零点七二元，增幅高达百分之一百零六。由此看来，即使是出于最基本的"利益"考虑，"读者"也应该成为如吴亮所说的"主顾"和"服务的对象"。

一九八五年前后中国社会现实的变化使我们对《上海文学》"新"的编辑标准的讨论不能只停留在"文学"的"内部"，通俗文学的勃兴和出版机制的改革在非常现实的意义上改变了文学在一九八五年之前一直维持未变的平衡，读者作为被动的"接受者"的地位有了一定程度的改变[15]。正是在这种问题意识下，"新小说"作为一种编辑方向的提出就不仅是对一种纯粹的小说美学的呼应，也是对一九八五年前后消费语境的一种回应。

二、作家创作谈："经验读者"与"新小说"观念的"阐释"

我们在上面的内容里花费了很大的篇幅来说明"读者"是如何成为"新"的动力的，但是，尤其需要注意的是，我们不能过于抽象、笼统地来理解"读者"。大致来说，我们所谈论的"读者"可以分为两大类：一类是具有较高的阅读能力，能运用一定的专业知识对文本进行理解、阐释甚至构建的读者，我们可以称之为"经验读者"；而另一类是指一般来说匿名的、不具备专业知识，也无法进行具体有效的"言说"的读者，我们可以称之为"一般读者"。[16]这两类读者在一定的条件下可以相互转化，但就一般情况而言，这种划分可以说大致有效并有利于我们对问题的讨论。

对于一九八五年的《上海文学》而言，"启事"中的一系列模糊的"新"的"口号"显然只能起到一般的"广告"效果，在具体执行的时候，它必然面对这些问题：何谓"新小说"？"新小说"的特质是什么？甚至，如何去阅读一篇"新小说"？这些关涉到"新小说"观念的问题"一般读者"是无法回答的，甚至是需要被引导的，而这个"任务"，只能由"经验读者"包括作家和

中国
当代
文学史
资料丛书

批评家来完成。

对于批评家在"新小说"观念的构建中所起的作用基本上大家都是承认的，李陀在一篇访谈中就曾经认为标志着"先锋小说"成功的是两个文学群体的出现，一个是"新潮作家"群体，一个是"新潮批评家"群体⑰。但是，在"新小说"发轫之初，可能是太过于关注作家的具体作品创作问题，对于作家这一群体在"新小说"观念阐释方面所起的作用反而认识得不够。而实际情况是，在一九八五年，由于自身身处创作的第一线，"新小说"作家们对于"新小说"观念的阐释更敏感、更急迫、更有说服力。《上海文学》充分认识到了这样一个问题，因此，作家的"理论"文章在期刊中占了很大的篇幅。一九八五年全年在"作家创作谈"栏目中共发表郑万隆、陈村、何立伟的文章六篇，另外"理论"栏目中可以归入"创作谈"的有张炜、李杭育、陈村、王安忆等的文章计四篇，占全年理论文章近百分之二十六。对这些关于"新小说"的"自我言说"进行一番分析，将有助于我们对这一问题的更深理解。

李杭育发表在当年第五期上面的《小说自白》⑱可以说是一篇具有"纲领性"的文章。在这篇不是很长的小文章中，李杭育从小说创作中的一个"技术"性问题——剪裁和结构谈起，提出了自己的"新"小说和"好"小说的标准。在李杭育看来，"依我看，现代小说的剪裁、结构是最容易，最犯不着费神的，这是一个个性的时代，这个时代的小说最藐视章法，而最尚写意"。虽然李杭育并没有在文章中对"章法"和"写意"作出更全面的阐释，但从文学史的角度来看，他的这一对概念并不模糊，对于当代小说来说，"章法"其实就意味着一种"标准"，这种标准被严格限制在"现实主义"或者其"更高发展形态"的"社会主义现实主义"的范围之内，并构成一个庞大的概念体系，包括：典型（典型环境和典型人物）、真实（内容真实和感情真实）、阶级性（无产阶级立场）、人民性（感情上倾向于人民以及形式上的大众化），等等。符合这些"标准"的小说就被认为是"身材匀称"的"好"小说，而不符合的，则就是"特异"，很有可能不被认可并遭到严厉的批评。虽然在一九八五年由于意识形态对文艺管理上已经渐渐采取"松绑"的态度，因为"特异"遭到政治方面的压力基本上已经不可能了，但是，长期形成的"审美习惯"和"阅读趣味"却有可能成为"新"小说发展的阻力。因此，在李杭育看来，颠覆这种评价标准就成为必须，所以他断言：

我认为，真正好的小说都应该是"特异身材"。真正好的小说，不仅是"神"，"形"也有个性。

从创作过程中的一个"技巧"性问题出发，从而颠覆或者"解构"当代小说一些本质化的概念，是这些"创作谈"一个普遍的"策略"。在陈村的一篇文章《赘语》⑲中，有一段非常有意思的表白：

> 本期发表的拙作《一天》及二月号上的《一个人死了》，是一种"假"。那个叫张三的人，我写了多少次，或老或少，或城或乡……假到张三是何等模样都交代不清楚。然而，读了《一天》的读者，更觉得这"一天"也是假的，明明写了一辈了，却说是一天，……一样的有悖事理。
>
> 那三篇小品全是虚构的故事，真是假得无以复加。六月在昆山一共写了十多篇小品（其余将发在《作家》上），几乎全是假人假事。
>
> 当真无以说明真时，假就出来了。
>
> 当真到令人觉得假时，假就出来了。
>
> 假不假？

我之所以不惜用如此多的篇幅来引述陈村这一段带有"游戏"笔墨的文字，是因为这一段看似漫不经心的自言自语实际上提出了当代文学中一个非常关键的问题，这就是如何认识"真实"和"虚构"之间的复杂关系。泛泛地来讨论这对"概念"之间的区别和联系或者意义并不是很大，因此我愿意再引用一段文字来予以说明，在一九八○年高晓声曾经围绕"陈奂生系列小说"连续写了几篇"创作谈"，其中有几段是这么说的：

> 其实，我写这样的小说是很自然的。眼睛一眨，我在农村中不知不觉过了二十二年，别无所得，交了几个患难朋友。我同造屋的李顺大，"漏斗户"陈奂生，命运相同，呼吸与共。我写他们，是写我的心，与其说我为他俩讲话，倒不如说我在表现自己。⑳

中国当代文学史资料丛书

《陈奂生上城》就是《"漏斗户"主》的续篇。是同一性格在两种不同境况下的统一表演。在《"漏斗户"主》里，陈奂生是那个样子，那么，到了"上城"的境况里，就一定会那样表演。㉑

　　将这两段"创作谈"进行对比分析，就能发现从一九八〇年到一九八五年这短短的五年之间，小说的观念发生了让人惊讶的变化。在高晓声的表述中，"真实"是衡量小说的最高"标准"，不仅创作者必须和他要表现的对象有相同的生活经历、共同的思想感情，而且作为小说中的人物，他的一言一行都必须和"现实"有着严格的对应，他的性格的发展变化也一定有一个相当严密的逻辑，这样的小说，才"会让读者相信，才让人觉得符合情理"，这样才能称得上是"小说"。但是在陈村这里，"真实"被彻底抽空了。陈村告诉你一切都是"假"的，他不可能和他笔下"张三"有共同的生活经验或者相同的思想感情，因为张三甚至不是一个固定的"人物"，他以各种面目出现，既无逻辑可寻，亦无规则可找。陈村承认这样写作"有悖事理"，但关键问题是，小说就必须"符合事理"吗？这种长期形成的以"真实"作为作品与"读者"之间的契约不可以改变吗？很明显，陈村觉得这种替换是非常有必要的，"当真无以说明真时，假就出来了"，这句话的潜台词就是：当"真实"已经耗尽了它在"小说"中提供叙述动力和阅读标准的能量的时候，只有"假"或者说"虚构"可以完成一次"新"变。在这个意义上，陈村可以理直气壮地反问"读者"：这难道是假的吗？（假不假？）

　　这些创作谈对一九八五年前后的《上海文学》或者更大范围内的中国当代小说有何意义？本来，作家之间各种形式的对话、交流是文学创作中一件再平常不过的事情。但是，以如此密集的程度、如此确定的栏目将这些内容"公布于众"，它就已经超越了简单的唱和、切磋的范畴。实际上，《上海文学》在一九八五年的这一举止饶有"意味"。对于《上海文学》而言，不仅通过这种"栏目"为自己树立了一个"新"的形象，为刊物的发展开辟了新的"市场"。更重要的是，这些信件、对话、创作谈和同时发表的大量"新小说"作品、"新"理论文章一起为"新"小说构建了一个"公共空间"，在这一"公共空间"里，它们互相阐释、互相生发，对"新小说"的种种探索、困惑得到了有效传播，并逐渐形成一个有利于其发展的"小圈子"。没有这些创作谈的奠基性工作，"一般读者"对于"新小说"的阅读可能会有更多的"阻力"，而另一类"经验读者"——批评家们也不可能如此顺利地进入"新小说"，并发展出一套完整的叙述。在这一点上，作为"经验读者"之一类的作家功不可没。

但是需要警惕的是，我们也不可过分夸大这些创作谈在观念"构建"上的作用，实际上，与高晓声们的创作谈最根本的区别不仅体现在"言说"的内容上，更重要的是"言说"最终的指向截然不同，对于高晓声而言，"真实"是一个不言自明的"逻各斯"，是一个只需要加入、应和的真理体系，因此高晓声只需要把自己的作品稍加解释就可以获得其"合法性"。而对于李杭育和陈村而言，创作谈的"言说"其目的不仅要改变既定的标准，还需要重新构建一套能确切阐释自身创作的"理论话语"。很明显，这可能不是这些作家所能解决得了的。也正因为如此，这种缺少理论支持的"探索"和"实验"使新小说作者们有时候显得力不从心，从而表现出很多的犹豫和困惑。在王安忆写给陈村的信中，她这样描述了她的困境："我很是寂寞了一阵子。……我从来没有这样不自信过，我体会到，不自信是很苦的。"这种"不自信"主要就是因为"我们既不会质朴地叙述故事了，却又没有找到新的，适合于我们自己的叙述故事的方式，这真是十分糟糕的事"[22]。虽然在说这样一番话的时候她已经写出了《小鲍庄》，并赢得了朋友的"赞赏"，但是，这些"新"的作品能否在更大的范围内获得接受和肯定却是前景不明的。与这种不自信相似的是，李杭育在提出了"好小说就是新小说"的观点的时候，也禁不住抱怨起"读者"来："读小说，人们往往仅就作者写成的样子而论，这样写好不好，那一段糟不糟，而很少有人深究一下：倘使作者不这样写，他又能怎样写？"[23]对创作本身的困惑，对于读者阅读趣味的质疑和抱怨，充分说明一九八五年"新小说"面临的机会和困境。

三、"第二届《上海文学》奖"和读者"趣味"的差异

毋庸置疑，《上海文学》在一定的范围内确实为"新"的阅读趣味和"新"的读者的培养和划定作出了较多努力。这种努力的效果如何？虽然由于大多数的"一般读者"是以匿名的方式存在，无法进行严格的统计，但从"第

当代中国文学史资料丛书

二届《上海文学》奖"的获奖名单中我们可以对此稍做揣测。

"第二届《上海文学》奖"于一九八六年产生，它的评选对象是一九八四和一九八五年两年发表在《上海文学》上的全部作品。评选方式是"采用群众推荐、专家评议相结合的评选方法，在充分尊重群众推荐意见的基础上进行评议"[24]。如果说《上海文学》确实严格遵守了这一评选方法，我们基本上可以认为，在一九八五年，《上海文学》对于"新"的阅读趣味和新的"读者"群的"规划"是取得了一定程度上的成功的，群众（一般读者）和专家（经验读者）都把更多的目光投向了"新小说"：在获奖的全部十三篇小说中，一九八五年发表的小说占了十篇，约占全部的百分之七十七。其中几乎全部是当时被认定的"新小说"，如《北京人》《蓝天绿海》《归去来》《黑颜色》《苍穹下》《一天》等。

这种结果或许令人兴奋，它意味着一个围绕着"新小说"的稳定的读者群体已经产生，而这对于一九八五年"新小说"的初创期是非常重要的，因为"不管人数的多寡，一个稳定的、忠诚的读者群体是一个新的文学场域获得自足性的关键"[25]。但这种结果有其被遮蔽的一面，它很容易让人误会在一九八五年代对"新小说"的阅读和接受是相当"一致"的。实际上，如果我们将研究的视野稍微拓宽一点，把一九八五年的另外两个重要的选本引进来进行一种对比分析就会发现，在这种表面看来比较"一致"的阅读和接受的背后其实隐藏着一些细微的"差异"，而这种"差异"可能会给我们提供更多有价值的信息。

在由十九位作家编选的《1985年小说在中国》和由批评家吴亮、程德培编选的《新小说在1985年》中，都入选了一定数量的一九八五年发表在《上海文学》上的小说，具体情况如下表：

名称	数量	篇目	附录篇目
第二届《上海文学》奖	十篇	《北京人》《蓝天绿海》《执火者》《归去来》《一天》《苍穹下》《黑颜色》等	
《新小说在1985年》	四篇	《归去来》《蓝盖子》《蓝天绿海》《冈底斯的诱惑》	
《1985年小说在中国》	六篇	《北京人》《遍地风流》《黄烟》《归去来》《水塔》《一天》	《冈底斯的诱惑》《蓝天绿海》等

虽然只是一个比较直观的统计，这个表也给我们呈现了一个非常复杂的一九八五年的小说"图景"：在"《上海文学》奖"中获奖的作品在《新小说在1985年》中有些没有出现，如《北京人》《执火者》；而在《新小说在1985年》中非常"重要"的作品在《1985年小说在中国》中可能只是处于"次要"的地位，如《冈底斯的诱惑》《蓝天绿海》。考虑到这些编选者／评选者在编选／评选宣言中一再强调编选标准是"好"小说的标准或者是"小说"本身的标准[26]，可以认为这些编选者／评选者都认为自己的选本在一定程度上代表了一九八五年的小说"实绩"。因此，关键问题是，为何会有差异？[27]这种"选择／评选／推荐"的背后隐藏着何种"读者"眼光或"阅读趣味"？由于篇目的复杂，予以全部分析显然不太可能，我将挑选其中一篇小说——马原的《冈底斯的诱惑》作为讨论个案。

一般来说，马原的《冈底斯的诱惑》无论是在当时还是在二十年后的今天来看，都是一九八五年最"新"的小说之一。《冈底斯的诱惑》和马原的其他几篇小说不是在内容上，而是在形式上为中国当代小说找到一种崭新的叙述方式[28]。但这样一篇"新小说"，在上述的三个选本中的位置却非常地不同。在"《上海文学》奖"中，根本就没有这篇小说，而在吴亮的选本中，它是置于显要位置的"重要小说"，在《1985年小说在中国》中，它被放在作为附录存目的"编委推选篇目"[29]中，不是那么"重要"，但又不可或缺。

如果我们将上述三个"选本"理解为一个结构简单的一九八五年的"文学场"，那么，《冈底斯的诱惑》这篇小说在这个场中不同的"位置"实际上是读者的不同阅读趣味所产生的差异。这种差异不仅体现在"经验读者"（作家和批评家）和"一般读者"之间，也体现在"此一类"经验读者（作家）和"彼一类"经验读者（批评家）之间。

具体而言，在"《上海文学》奖"中，《冈底斯的诱惑》是一个缺席的存在，因为"《上海文学》奖"的评选标准是"群众（一般读者）推荐，专家（经验读者）评议"，而且必须充分尊重"群众"（一般读者）的意见，对于一九八五年的"一般读者"而言，由于长期以来现实主义／社会主义现实主义作品对他们阅读的培养，他们的阅读兴奋点可能还是在于小说的故事是否有趣／传奇，情节是否曲折／合理，人物是否典型／形象，情感是否真实／热烈，等等。"新小说"因为新的历史观念、新的叙述方式的引入在一定程度上提供了这些元素，从而吸引了一些"一般读者"的眼球，但是当"新小说"主要指向新历史观念、新叙述方式本身的时候，这就难以为这些读者的阅读经验所接受，就算有"经验读者"的努力阐释，但是，对于《冈底斯的诱惑》这样一个连批评家都难以进入的文本[30]，受到他们的"冷淡"是可想而知的。这也说明了在一九八五年代对"一般读者"阅读趣味的培养还有待时日。

最有意味的是作为"经验读者"之一类的作家对《冈底斯的诱惑》的保留态度。作为"新小说"的实践者和最早的阐释者，我们丝毫都不能怀疑这些读者的"阅读能力"，实际上，陈村在给王安忆的信中就曾提及莫言的《透明的红萝卜》[31]是一个非常出色的作品，但是在《1985年小说在中国》中，《透明的红萝卜》和《冈底斯的诱惑》命运相同，同样被放入"编委推荐篇目"置于选本的末页。这里给我们的印象是，一九八五年的作家虽然一直在努力实践一种"新"的小说方向，但实际上，他们对于"新"是保持着相当的警惕态度的，这十九位小说家基本上代表了八十年代最有"实力"的创作群体，可能是身处于"创作"这一实践活动中，他们比批评家更深刻地体会到过分强调"新"和"变"可能会带来的负面影响。即使从两个选本的题名也可以看出彼此的态度不同：批评家的选本直接冠以"新小说在一九八五年"，而作家选本谨慎地使用了"中性"的"一九八五年小说在中国"。对于在一九八五年刚刚进入文学批评领域的"新潮批评家"[32]而言，他们显然要比作家们少一些"因袭"的负担，不管是出于对一种小说观念的倡导还是急于改变自己在场域中的地位的考虑，事实是，新潮批评家以一种相对"先锋／新"的眼光和姿态对新小说观念的建构、确立，以至最后的经典化，发挥了举足轻重的作用。

对于"读者"的"眼光"或者"趣味"的差异这个问题，我上面的分析显然是不够的，因为阅读不仅关涉着个人的知识背景、审美趣味，还关涉着整个社会的意识形态氛围、读者在文学场中所处的位置等问题。我在这里提出这个问题是为了说明以下观点：在一九八五年，各类"读者"实际上对于"新"是有不同的期待和规划的，一般读者和经验读者不同，作家和批评家也不同；也就是说，在"新小说"的发生阶段，由于这各种期待和规划的不同，构成了一个复杂多样的"新小说"的缘起。与随后以"先锋小说"为准绳的大大被简化了的"新"相比，一九八五年"新小说""众声喧哗"的局面似乎更值得我们怀念。

注释：

①吴亮：《新小说在1985年》"前言"，上海，上海社会科学院出版社，1986年。

②《1985年小说在中国》，北京，中国文联出版公司，1986。这是一本集体编选的小说选本，编委会成员有：王安忆、扎西达娃、史铁生、冯骥才、李陀、陈村、何立伟、莫言、韩少功等19人。

③关于"现代派"文学的讨论在1978年就开始了，在1981到1982年围绕高行健的《现代小说技巧初探》的通讯讨论中达到高潮，在1983—1984年的"清污运动"的批判中中断了一段时间，在1988年左右又开始了新一轮讨论。

④关井光男：《柄谷行人访谈：向着批判哲学的转变——〈日本现代文学的起源〉》，柄谷行人的原话是这样的："'起源'这个东西，一定与某一'终结'相伴。如果没有某种'终结'的实感的话，就不会有'起源'这个想法了。实际上，这本书写于1970年代的后半期，正是村上龙和村上春树出现的时候……因此，我常思考的是，那个时期在某种意义上，是日本现代文学终结的开始。"见陈飞、张宁主编《新文学》第5辑，郑州，大象出版社，2006。

⑤如50到70年代的一系列文艺界的批判运动，"读者"在一定情况下也可以作为一种被"利用"的力量。

⑥从1986年《上海文学》全年发表的诗歌看，就没有一个"第三代诗人"。

⑦以前每期大约安排两篇中篇小说，自1985年七月号以后的具体情况是：第7期1篇，第8期没有，第9期2篇，第10、11、12期都没有。

⑧1985年西方流行乐队首次在中国演出轰动一时，中国的模特几乎首次登上法国的T型台，周润发和赵雅芝主演的《上海滩》"倾倒了无数少男少女"，见《1980年代文化流水账》，《海上文坛》2006年7月号。

⑨吴亮：《文学与消费》，《上海文学》1985年第2期。

⑩吴若增：《当代文学分类ABC》，《上海文学》1985年第2期。

⑪虽然在1985年代我们有足够的证据包括张贤亮在内的"严肃文学"还是"读者"吹捧的一个热点，但是读者究竟是在什么程度上"阅读"或"消费"这些"文学"是值得怀疑的。

⑫吴亮：《文学与消费》，《上海文学》1985年第2期。

⑬参见邵燕君《倾斜的文学场》，第4页，南京，江苏人民出版社，2003。

⑭参见邵燕君《倾斜的文学场》，第4页，南京，江苏人民出版社，2003。

⑮这一时期刘再复的文学主体性理论把"读者"的主体性也纳入了研究的范围，同时接受美学成为文艺理论界的一门"显学"，这些能更好地证明"读者"是如何有力地构成了80年代文学"新变"的"动力"或"压力"。

⑯该观点吸取了姜涛的有关研究成果，见姜涛《"新诗集"与中国新诗的发生》第四章第一节，北京，北京大学出版社，2005。

⑰李陀、李静：《漫说"纯文学"——李陀访谈录》，《上海文学》2001年第3期。

⑱李杭育：《小说自白》，《上海文学》1985年第5期。

⑲陈村：《赘语》，《上海文学》1985年第11期。

⑳高晓声：《也算"经验"》，见高晓声《创作谈》，第4页，广州，花城出版社，1981。

㉑高晓声：《且说陈奂生》，《人民文学》1980年第5期。

㉒王安忆：《王安忆致陈村》，《上海文学》1985年第9期。

㉓李杭育：《小说自白》，《上海文学》1985年第5期。

㉔《上海文学》奖评奖方法。

㉕姜涛：《新诗集与新诗的发生》，第52页，北京，北京大学出版社，2005。

㉖在《1985年小说在中国》的"编委的话"中有这么两条："一、编选中，必要多方了解，自然读到许许多多好的小说；二、编委们互相推荐，大部分不谋而合；三、确认历史，方法极多，这一次是用小说。"在《新小说在1985年》的"后记"中，程德培谦虚地表示"我们不敢说收在这本集子里的小说都是好小说，更不敢说1985年所有的好小说在这里囊括无遗了"，其言下之意也就是说这本集子的标准是好小说的标准，虽然这一标准"众说纷纭"。

㉗在此一些技术性的因素我们不予考虑，比如《新小说在1985年》主要是以中篇小说为主，所以短篇小说基本上没有考虑。而《1985年小说在中国》主要以短篇小说为主，中篇相对比较少（整个选本有4个中篇，没有《上海文学》的入选）。

㉘这也是我为什么以马原作为个案的主要原因。

㉙这一"编委推选篇目"以"存目"的形式放在《1985年小说在中国》的最后，其中包括《孩子王》在内的短篇小说26篇，《透明的红萝卜》在内的中篇小说16篇。

㉚吴亮在《新小说在1985年》的"前言"中说："往年，几乎没有无法评论的小说，但这种情况在一九八五年不存在了，评论感到了无法言说的困难——他们触及了新的精神层次、提供了新的经验，展示了新的叙述形式。"

㉛陈村：《关于〈小鲍庄〉的对话》，《上海文学》1985年第9期。

㉜这些批评家的代表主要有：吴亮、程德培、黄子平、陈思和等人。

原载《当代作家评论》2007年第4期

如何理解"先锋小说"

程光炜

我们所知道的"先锋小说",某种意义上也可以说是八十年代作家、批评家和编辑家根据当时历史语境需要而推出,经"文学史共识"所定型的那种"先锋小说"。它"在文学观念上颠覆了旧的真实观","放弃对历史真实和历史本质的追寻"①。"是为了更好地表达作者独特的人生体验和社会感受。在这个意义上,叙述方式的试验无疑具有正面的价值。"②显然,从这些评述中可以明显看出人们更愿意与"非文学"/"纯文学"、"旧真实观"/"叙述方式"等问题相联系来论述"先锋小说"的"超越性意义"。但是一九八五年前后,"城市改革""计件工资""消费浪潮""超越历史叙述""文化热""美学热""出国热""进藏热",以及"作家与编辑部故事"等非文学因素正在密集形成,它们拥挤在文学的内部或外部,即使宣布是"纯文学"的"先锋小说"的生产也再难"单独"完成。鉴于主张者更愿意在"文学"层面上理解,"先锋小说"的含义实际已经被不少文学研究所"窄化",它从当时"多元"的历史语境中脱轨成为一个无可否认的事实。所以,彼得·比格尔警告说,"当人们回顾这些理论时,就很容易发现它们清楚地带有它们所产生的那个时代的痕迹",然而"历史化也并不意味着人们可以将所有以前的理论都看成走向自身的步骤。这样做了之后,以前的理论的碎片就从它们原先的语境中脱离开来,并被放到新的语境之中,但是,这些碎片的功能和意识的变化则还没有得到充分的反思"。③

一、"先锋小说"与上海

我首先想到的一个问题是"先锋小说"之发生与上海的关系。这在现代文学研究者看来已经不是新鲜的"研究题目"，但对认识八十年代的"先锋小说"还不失其有效性。当时"先锋作家"主要分布在北京、上海、江浙和西藏等地，显然，就像二十世纪三十年代曾经发生过的一样，它的"文学中心"无疑在上海④。据统计，仅一九八五到一九八七年间，《上海文学》发表了三十篇左右的"先锋小说"，这还不包括另一文学重镇《收获》上的小说⑤，差不多占据着同类作品刊发量的"半壁江山"。另外，"新潮批评家"一多半出自上海，例如吴亮、程德培、李劼、蔡翔、周介人、殷国明、许子东、夏中义、王晓明、陈思和、毛时安等。正如作家王安忆描绘的，那时上海的生活景象是："灯光将街市照成白昼，再有霓虹灯在其间穿行，光和色都是溅出来的"，"你看那红男绿女，就像水底的鱼一样，徜徉在夜晚的街市。他们进出于饭店、酒楼、咖啡座、保龄球馆、歌舞厅，以及各种专卖店，或是在街头磁卡电话亭里谈笑风生"，这"才是海上繁华梦的开场"⑥。而当时北京和大多数内地城市，各大商场夜晚七点钟前已经熄灯关门，很多地方还是"黑灯瞎火"的情形。某种程度上，城市的功能结构对这座城市的文学特征和生产方式有显著的影响。所以，无论从杂志、批评家还是作为现代大都市标志的生活氛围，上海在推动和培育"先锋小说"的区位优势上，要比其他城市处在更领先的位置。这些简单材料让人知道，即使在一九八〇年代，上海的文化特色仍然是西洋文化、市场文化与本土市民文化的复杂混合体，消费文化不仅构成这座城市的处世哲学和文化心理，也渗透到文学领域，使其具有了先锋性的历史面孔。

从这一时期的文学杂志上，我们可以看到在小说观念上，上海批评家比其他地方的批评家有更明确的先锋意识。吴亮的《马原的叙述圈套》、李劼的《论中国当代新潮小说的语言结构》等文章率先确立了"先锋小说"的内涵和文体特征，他们对其"形式""语言""叙述"等价值的重视，与其他批评家仍在强调"历史""美感"截然不同。当许多批评家在历史参照视野里谈论"主体性""伪现代派"等话题时，上海批评家已经意识到"先锋小说"对"历史"的超越恰恰是与中国正在发生的"城市改革"紧密联系着的，先锋小说之所以是"消费""孤独""个人性"所催生的产物，是因为它的形式感、语言感更符合城市那种量化、具象化的特征。"我更侧重于文学作品的社会历史方面与美感形式方面的有机把握。"⑦（黄子平）"当前社会生活中的一个引人瞩目的重大变化发生在消费领域"，"最能体现市场机制的莫过于通俗文学了，从定货、写作、付型出版、发行乃至出现在各种零售书摊上"⑧都莫不如此（吴亮）。虽然同为"先锋文学"战壕中的"战友"，黄子平这时主要关心的是《"诂"诗和"悟"诗》《艺术创造和艺术理论》《论中国当代短篇小说的艺术发展》（都写于一九八五年）等空灵抽象的文学问题，而吴亮对小说的认识明显在向更具象和生活化的城市层面转移。我这里拿吴亮和黄子平来比较，不是说吴更先锋，而黄不先锋，而是意识到了当时的先锋阵营内部已经存在着某种差异性。也就是说，上海的"先锋派"与北京的"先锋派"究竟是不一样的。或者说北京的"先锋派"是"学院型"的"先锋派"，而上海的"先锋派"应该是那种"城市型"的"先锋派"。我们知道，一九八〇年代的吴亮曾经是"社会历史"和"美感"的坚定信仰者，但现在，一种久居城市却前所未有的"孤独感"突然打垮了这位强势批评家："今年初秋的某天下午，我一个人匆匆地走在大街上，突然感到了一种惊奇：因为我发觉自己置身于陌生人的重围之中，而那熙熙攘攘的'陌生人的洪流'并没有与我敌对。"⑨当黄子平沐浴在文化气氛浓厚的北京学院式生活的风景中时，吴亮却对缺乏温情和历史联系的人际关系感到揪心："尽管我广交朋友，可我仍然时时感到有孤独袭来"，"建筑在相同的或互惠的利益基础上，仅仅在计划、意见、观点、规约等等超个性的社会性内容方面进行繁忙认真的交流，而许多个人的东西则被掩盖起来"⑩。显然，他的"先锋意识"除来自翻译和阅读的影响，还直接来自一种强烈的"都市虚无感"。八十年代虽有持续高涨的"思想解放"和"文化热"思潮，但他的精神生活已经无法抵抗重新复活的"上海都市文化"的腐蚀，他发现，"先锋姿态"不单是指那种与历史生活传统相"对立"的方式，可能还像本雅明在评价法国"先锋作家"时指出的："波德莱尔高出同代作家的地方则在于，他今天高喊'为艺术而艺术'，明天已一变而成'艺术与功利不可分割'的鼓吹者"，"文人通过报刊专栏在资本主义市场里占据了一席之地，从而在社会生活中占据了一个位置。他的订货性质和他的产品的内在规律已暗示了他同这个时代的关系"⑪。应该说，在认识"先锋小说"与"上海"的多管道秘密联系的问题上，吴亮是最早也是最敏锐的批评家之一。

众所周知，对吴亮、程德培、李劼、蔡翔、周介人、殷国明、许子东、夏中义、王晓明、陈思和、毛时安等批评家来说，《上海文学》的"理论批评版"就是这样一种非同寻常的"资本市场"的"杂志专栏"。他们八十年代在全国文学批评家中所具有的"领先性"，一定程度上是和这家杂志"理论批评专栏"的文学市场敏感性和高端位置，以及与文坛的密切互动分不开的。同样道理，《上海文学》《收获》等具有市场规划性的"杂志专栏"，对马原、扎西达娃、孙甘露、余华、王朔等正在"崛起"的"先锋作家"来说也同样重要。他们与这些文学杂志"小说专栏"编辑的"密切关系"，反映了他们与这座大都市密切的互动关系。而加强与这座在西方文化资源和现代影响方面都比中国的任何城市具有超前性、独特性的大都市的联系，显然就建立了与全国新华书店、大专院校、读者这个"文学流通管道"的联网式"订货发售"关系。《收获》杂志编辑程永新在写文学回忆录《一个人的文学史》时也许没有意识到，他告诉人们的正是文学史背后这个"作家与杂志互动史"的秘密。在一九八七、一九八八年，"先锋作家"们"致程永新"的信，发展到了"密集轰炸"的程度。扎西达娃告曰："二期的稿子我已写好，三两天内寄出，两万字的短篇。如不能用请转《上海文学》，或退回。""谢谢你对我的期望，我的名利思想较之许多人淡薄，我永远不急躁，过去如此，将来亦如此，红不红是别人封给的，想也无用。"马原焦急地询问："长篇真那么差吗？李劼来信讲你和小林都不满意，我沮丧透顶，想不出所以然来。"因此，"很想知道其他稿件的情况，鲁一玮的、苏童的、洪峰的、孙甘露的、冯力的、启达的"。孙甘露谦虚地坦承："《访问梦境》不是深思熟虑之作，这多少跟我的境遇有关。感谢你的批评，你的信让我感到真实和愉快。"苏童说："《收获》已读过，除了洪峰、余华，孙甘露跟色波也都不错。这一期有一种'改朝换代'的感觉。"临末，他不忘对"盛极一时"的莫言说点"坏话"："《逃亡》在南京的反应还可以，周梅森说莫言的文章，马尔克斯的痕迹重了，而费振钟、黄毓璜（两个搞评论的）反而认为莫言马尔克斯痕迹不重。告诉你这些，也不知道想说明什么。"王朔则露骨地说："你在上影厂的朋友是导演还是文学部编辑？……史蜀君曾给我来信表示对《一半是火焰一半是海水》（《啄木鸟》一九八六年第二期）有兴趣，但我们至今没有进一步联系，如果你认识她，不妨问问她的态度。"又叮嘱："仅一处拙喻万望手下留情，超生一下，即手稿三百一十九页第四行：'眼周围的皱纹像肛门处一样密集'……此行下被铅笔画了一线，我想来想去，实难割舍"，"老兄若再来北京，一定通知我，一起玩玩"⑫。

自然，我们在考察"先锋小说"之"发生史"的过程中，也能找到很多同类"先锋作家"与其他城市（如北京、南京、广州、沈阳、拉萨等）"密切互动"的材料，因为这些城市的《北京文学》《人民文学》《文学评论》《钟山》《花城》《当代作家评论》和《西藏文学》等都参与了"先锋小说"的生产。不过，不应该忘记，一九八四年后中国社会"改革"重心已经向"城市"转移，上海虽然在企业改制和重组、引进外资方面暂时落后于广东，但作为"老牌"现代大都市，它的"都市意识"却遥遥领先于前者，这可在《上海文学》《收获》《上海文论》比《花城》更为频繁的"栏目"调整，组稿明显向"先锋小说"倾斜，"先锋批评家"规模和影响力大大超过后者的现象中见出一斑。不管人们愿不愿意承认，这些杂志的编辑家、批评家事实上已经具有了某种现代"出版商""书商"的面目。吴亮前面的"预见"和"不安"在这里得到了证实。埃斯卡皮的论断非常精辟地揭示了文学与都市的"秘密关系"："因此，高雅文学的圈子呈现出一环套一环的连续选择的面貌。出版商对作者创作的挑选也限制着书商的挑选，而书商自己又限制读者的挑选；读者的选择，一方面由书商反映给商业部门，另一方面，又让批评界表述出来并加以评论，随后，读者的选择再由审查委员会加以表达和扩大，反过来限制出版商此后的选择方向。结果是，各种可能性呈现于有才能的人面前。"⑬至于后者，人们大概已在"先锋作家"与《收获》杂志编辑的通信中隐约觉察。

二、"先锋小说"与"新潮小说""探索小说"

这一部分，我准备对"先锋小说"与"新潮小说""探索小说"之间繁复交叉的关系，也即是说对"先锋小说"的多元化理解是如何被集中和简化了的，而这种理解上的变异性究竟与当时的文化状况是一种什么关系作一些讨论。进一步说，经过这么一个"去粗存精"的过程，这些被"精选"的作家和作品是如何被看作"先锋小说"的？显然，这里存在着一个它被从上述各种"新潮小说"中"分离"的过程，而它为什么被分离，这正是我们感兴趣的一个问题。

　　"先锋小说"（当时叫"先锋派文学"）的名称可能最早出现在《文学评论》和《钟山》编辑部一九八八年十月召开的一次"现实主义与先锋派文学"的研讨会上⑭。九十年代后，密集使用这一概念的是陈晓明、张颐武等批评家⑮。它是一个带有追授性色彩的历史性命名。它之所以被"追授"，说明它本来包含着矛盾而多样、大家当时无法解释清楚的丰富的文学史信息。也就是说，一九七九至一九八八年间出现的被称作"意识流小说""实验小说""现代派小说""探索小说""新小说""新潮小说"的小说实验，一开始携带着各种不同的历史目的，有不同的文学诉求，而后来所说的"先锋小说"就是从这些命名中分离出来的；但在当时，即使在上面这次"研讨会"上，人们还不会注意这个复杂问题，更不会对它作历史分析。我们先从王蒙对"意识流小说"的"自我命名"作些了解。一九八〇年，针对有人对王蒙和宗璞"意识流小说"的批评，王蒙在《对一些文学观念的探讨》一文中指出："过去曾把恩格斯的命题译为'典型环境中的典型性格'，即'认为塑造典型性格乃是文学的最高要求'"，但这种"传统的文学观念，需要探讨"。文学要写人这没有问题，然而人是否就等于"人物""性格"？他认为写人也可以通过"人的幻想""奇想""心理"和"风景"等来表现⑯。王蒙对"先锋小说"的理解，是通过将"意识流小说"与"经典现实主义文学"相对立的方式来进行的。这种理解显然与"文革"后当代文学对"经典现实主义"理论的深刻质疑有极大关系。如果我们了解王蒙、宗璞这代作家与"十七年""干预型现实小说"的"历史渊源"，就会明白，他们的"意识流小说"其实仍然还在"干预型现实主义"的文学规划之中，即人们今天所说的"形式的意识形态"。

　　但这种状况到一九八三年前后有了一个变化，原因是身居北京的一些青年作家和艺术家，受到开始转型的城市生活的鼓励，不愿再在"文学意识形态"的简单框架中来定义"探索小说"。他们渴望走出"历史恐惧"，把小说当作描述他们个人现代心理和生活的一种中介形式（类似于今天的"信息公司""婚介所"等等似乎试图逃脱社会控制而貌似"中立性"的机构）。当时，在社会上和艺术院校校园里，已开始流行青年叛逆的情绪，还出现一些有意规避主流社会意识的"边缘人""局外人"。于是，一种把"探索小说""现代派小说"理解成"个人"可以通过某种"逃避方式"而游离于"社会群体"的相当前卫的文学意识，一时间密集出现在刘索拉《你别无选择》、徐星《无主题变奏》和张辛欣《在同一地平线》等小说中，它们令在"文学转型"上找不出良策的文学批评大吃一惊。

刘武以相当推崇和肯定的口吻写道："当刘索拉、徐星、张辛欣等一系列心态小说出来时，我们应该由他们塑造的人物体味出一种深刻的怀疑意识。"他认为这是由于八十年代社会主义价值观念与因城市改革而兴起的现代社会价值观念没有衔接所出现的"价值断裂"造成的，"这些迷惘的青年正处在由自然经济结构社会向商品经济结构社会（即传统文学向现代文明）过渡的转型期，新的价值体系尚未建立，他们抱着对旧价值体系的鄙夷与嘲笑，急于摆脱它们，但却找不到新的大陆立住脚跟"。他认为，随着"改革开放"转向城市后力度的加大，文学的"干预功能"不再被年轻作家所理睬，而城市改革所催生的"现代人危机"，将成为他们定义"现代派小说"的一个独特的视角⑰。

"城市改革"对文学的冲击还有"女性问题"。一九八五年后，中国社会的"离婚率""婚外恋"持续升温，"探索小说""新潮小说"被匆忙贴上了新的历史标签。李宏林的报告文学《八十年代离婚案》是这方面最直接的反映。而且那时候到处都可以看到以"离婚启示录"为名来吸引读者的报告文学、纪实文学，这使刚刚从封闭时代走来的广大读者，尤其是年轻读者的感官大受刺激。"女性解放""女性自由"成为继"五四"和建国初之后的又一股社会潮流，它因为在大胆女作家的作品里越来越"实录化"，而在"主题""题材"上产生了激动人心的文学效果。张洁的中篇小说《祖母绿》借女主人公曾令儿在生活重压下的坚毅形象，来凸现"女性意识"的全面复苏。她的《方舟》则通过三位离异女性的婚变，尖锐提出了"女性身份"危机这一社会问题。像王蒙的"意识流小说"，刘索拉、徐星和张辛欣的"现代人危机"一样，"女性问题"这时被文学界正式纳入"探索小说"的文学谱系。"爱情""情欲"等等在"当代文学"中未曾真正品尝的"尖端命题"，就这样在特殊年代和文学认定机制的急促推动下被赋予了"探索"的历史特征。正像白亮在分析遇罗锦《一个冬天的童话》的"内在困境"时所指出的："作品以文学的形式描写并歌颂自己的婚外恋和'第三者'是不符合社会主义道德规范的，作者孜孜以求的爱情不仅带有明显的私人色彩，而且是突出了强烈的'情欲'特点的'爱情'，此外，作者的立场和观念也超出了国家和民众的期待和认

中国当代文学史资料丛书

定。"⑱他认为，由于作家叙述的个人生活成为"社会焦点"，造成了文学与社会的新的对立，"社会舆论"作为一种变形的"文学批评"开始进入文学作品的评价系统。同样理由，"离婚""婚外恋""独身主义"等社会思潮因为深度介入女性文学的创作（如伊蕾引起轰动的组诗《独身女人的卧室》，因受到有关方面的严厉批评，她的创作陷于停顿，不得不下海到俄罗斯经营油画作品），使这些充塞着大量社会问题的文学作品进一步凸现出"先锋文学"的色彩。在当时，人们还没有今天这么清楚的文体辨别意识、认定文学类型的文学史意识，所以，人们往往都会把这种与传统文学观念、社会习俗和道德伦理关系紧张，带有一定挑战性的文学创作，统统想象为"探索""新潮""现代派"的小说。在这种情况下，"探索小说""新潮小说"的"文学选本"多如牛毛，指认范围相当地宽泛，而且从没有人对这种过于随意的文学主张表示过怀疑。因此，连一向有敏感批评触觉的批评家吴亮也在不同版本的"探索小说"面前，表现出"选择"的犹豫和无奈："确实，在既定理论规范势力范围之外还有更为宽广的天地。我真对那些小说心悦诚服：概念把握不了、把握不全的东西，由他们的语言叙述来整个儿呈现了。"⑲

不过，"探索小说""新潮小说"这种"群雄并起"的混杂局面到一九八七年有了一个急刹车。原因是西方结构主义理论开始被中国知识界接受，结构主义推崇的"语言""形式""神话结构"很大程度上声援了正在兴起的"纯文学"思潮。它使"纯文学"批评家们意识到，"意识流小说""现代人危机""女性问题"等涉及的仍然是"社会内容"，而非"文学本体"。这些"社会小说"在文学渊源上与"干预生活小说"、"伤痕"、"反思"小说实际如出一辙。出于这种不满，李劼有意识把"内容小说"推到"形式小说"的对立面上，他要采取"分身术"的方法使"形式"脱离"内容"的历史束缚："人们以往习惯于从一种社会学、文化学的角度看待一个新的文学运动"，"即便谈及这种文学形式的革命，也总是努力把它引向大众化、平民化之类的社会意义和人道主义立场，很少有人从文学语言本身的更新来思考新文学的性质"。他说："当内容不再单向地决定着形式，形式也向内容出示了它的决定权的时候"，它就会"因为叙述形式的不同竟会产生截然不同的审美效果"。在这种情况下，他感觉自己终于为"先锋派小说"创立了一个"正确"的命名："从一九八五年开始的先锋派小说是一种历史标记。这种标记的文学性与其说是在'文化寻根'或者现代意识，不如说在于文学形式的本体性演化。也即是说，怎么写在一批年轻的'先锋作家'那里已经不是一种朦胧不清的摸索，而是一种十分明确的自觉追求了。"⑳当实验性比前面几批作家更加激烈和异端的马原、洪峰、余华、孙甘露等新人出现在面前时，吴亮的"态度"也在急剧转变。在批评文字中，各种"探索""新潮"小说的社会问题被弱化，它们被强制地"归化"和"集中"到一体化的"先锋小说理论"中。他明确提出了自己关于"先锋小说"的观点："在我的印象里，写小说的马原似乎一直在乐此不疲地寻找他的叙述方式，或者说一直在乐此不疲地寻找他的讲故事方式。他实在是一个玩弄叙述圈套的老手，一个小说中偏执的方法论者。""马原确实更关心他故事的形式，更关心他如何处理这个故事，而不是想通过这个故事让人们得到故事以外的某种抽象观念。"㉑一年前，一向谨小慎微的"先锋批评家"南帆也意识到让各种形态的"探索小说"在那里"各自表述"是一场严重的灾难："文学批评的具体化既可能是一种感受，一种宣泄，一种鉴赏，也可能是一种选择"，"可是，当这些形形色色的批评活动尚未分化之前，它们是否可能来自一种共同的缘起？"他发现，就在批评家从浩如烟海的作品中对"先锋小说"加以"挑选"的时候，一种比单纯追求"社会轰动效应"更具有先锋企图的文学生产方式出现了："批评家所探究的并非纯粹的作品，而是作品加读者的文学现象。无论肯定抑或否定，批评家所摄取的考察对象都只能是那些拥有相当读者的作品。批评家时常乐于承认：这些作品比之那些默默无闻、虽生犹死的作品更有价值。所以，吸引批评家的与其说是作品本身，毋宁说是作品在读者中的成功。"㉒他们敏锐地意识到，"探索小说""新潮小说""新小说""现代派小说"说到底仍然是一个"写什么"的问题（经典现实主义文学观念），而"先锋小说"却是"怎么写"的问题（现代主义文学观念），而它恰恰标明了回到"文学本身"的"历史性要求"。

在这里，"先锋小说"从繁杂多元的"探索小说""新潮小说"中被"分离"的过程，正是一九八〇年代中期中国社会各个阶层、社会观念开始"分化"的过程。"城市改革"某种程度上在争夺、分享或淡化传统意识形态对文学垄断权的迷恋，而它直接催生的"边缘人""局外人""女性自由""独身主义"等社会思潮，则帮助作家摆脱了意识形态的精神捆绑，于是正式公布了"纯文学"思潮的诞生。而先锋小说强调"形式""语言"就是"文学本体"

当代中国文学史资料丛书

的主张，则为"纯文学"提供了一个最为理想的"文学文本"。因此，在文学界很多人的心目中，"形式""语言"正是从"社会内容"中被"净化"出来的文学观念，它距离"社会"越远，越能阻断文学与社会的历史联系，是使文学真正获得"自主性"的重要保证。一九八五、一九八六年后，更加繁重而多极的城市改革相当程度上缓解了文学与意识形态的紧张关系，西方"现代语言学""叙事学""修辞学"理论的大量涌进，使小说生存发展与认知空间得以更新，因此它面对的时代语境，与"探索小说""新潮小说"相比已有天壤之别。也就是说，"先锋小说"意义上的"纯文学"思潮在这里呈现出一个根本性的历史位移，它开始被文学界理解成一个"纯粹"的"写作问题"。进一步说，"纯粹写作"被文学界理解为一种比"社会写作"更高级的文学存在，人们普遍认为这是促使当代文学真正"转型"的最强劲的动力。这是"先锋小说"被从"探索""新潮"等小说中分离出来的一个重要理由。黄子平一九八八年初为回应"伪现代派"指责所写的著名的《关于"伪现代派"及其批评》一文，对当时人们困惑的"先锋小说"与"探索小说""新潮小说"之间存在的不同点作了更为细致的理论区分。他说，"从中国社会的'经济'角度来判断一部作品是否'伪现代派'，除了上述以现实工业化为依据外，还有以中国普通老百姓的生活状况和心理要求为标尺的"，"因而当代中国的大部分探索性作品，就陷入了如下的内在矛盾"。针对有些人对"先锋小说"的形式实验有"脱离现实"危险倾向的责难，他反驳道："用胃的满足程度来限制文学的想象力和超越性，其有效性是值得怀疑的。以中国现代文学史为例，我们能否说，在战乱频仍、民不聊生的年代里写下的《野草》（鲁迅）、《十四行集》（冯至）、《诗八首》（穆旦）等等，是不真诚的作品呢？"㉓

当然我们必须看到，"先锋小说"观念之建立，是以对"探索小说""新潮小说""现代派小说""新小说""试验小说"的丰富存在的彻底剪裁为代价的。"语言""形式""本体""暴力""异质"等"纯文学"观念，对处在当代中国社会这一转型过程中千百万普通人的痛苦、矛盾和困惑，显然实施了新一轮的压制和排斥。文学史经验告诉我们，"新时期文学三十年"事实上已经变成了一个以"先锋小说为中心"的历史叙述。八十年代的"文学思潮"被理解成是"先锋小说"不断克服"非文学干扰"而最终获得"文学性"的历史性结果。但在这一历史叙述过程中，它的文学"前史"，堆积在文学史断层周围的大量文学知识碎片，则由于后来文学史"分析""归纳""总结"等功能的"过滤"和"筛查"，而很可能已经永远地消失。大家已经看到，刘索拉、徐星已经不被归入"先锋文学"的章节，张洁变成了一个"无法归位"的作家，遇罗锦更是在这种文学知识重新的整合中淡出了人们的视线。当然我们也能够理解，不将某一文学现象从混乱不堪的"小说思潮"中分离出来，就无法完成对于它的"经典化"工作，我们所谓的"文学史叙述"就难以建立起来。所以，正如海登·怀特在评价列维·斯特劳斯认为所有历史叙述中都有一个神话和诗歌的结构时说的那样："只有决定'舍弃'一个或几个包括在历史记录中的事实领域，我们才能建构一个关于过去的完整的故事。因此，我们关于历史结构和过程的解释与其说受我们所加入的内容的支配，不如说受我们所漏掉的内容的支配。"[24]

三、离乡进城与"超越历史"

在前两部分，我主要围绕"城市改革"中的物质层面和社会风俗层面来谈人们对"先锋小说"的理解。因为小说，尤其是"现代""先锋"小说都是在"城市"发生，而且是与城市的现代出版业、图书市场、读者密切结合的一个行业，本雅明和埃斯卡皮对此有许多精辟的论述。但当代文学在八十年代的"转型"，还不止上述方面，也包含着"先锋小说"对"十七年"文学、"文革文学"作为"农村包围城市"社会实践的最成功叙述的这一结论的强烈反弹和质疑。人们认为，当代历史固然已经"进城"，可它的思维方式、伦理经验和道德追求仍然顽强坚持着非常浓厚的中国乡村的习气，这是很长一个时期内农村题材小说、军事题材小说非常繁盛而城市小说相对萎缩的深层原因。如果说"十七年"文学、"文革"文学是"进城"后写的一个"乡村故事"，那么"先锋小说"就把自己"超越"历史叙述的最主要标志，定位在重新"离乡进城"来讲一个"都市故事"上（某种意义上，余华的小说、马原的小说可以说是充满都市经验的小镇和西藏叙事）。因此，我这里所说的"超越历史"，指的就是对"十七年"、"文革"文学叙述那种旧乡村历史意识的"超越"。当然，我这种看法的形成，可能也受到了"城市改革"的某种影响。

讨论八十年代的"先锋小说"，必然会涉及"历史问题"。因为对历史的看法、见解和处理方式，往往决定了它的出场方式、历史内涵和审美特征。在这里，我不会直接讨论作家和批评家的历史观问题，而会以我惯常的方式注意他们是"怎么处理"历史难题的。

一九八五至一九八七年间"先锋小说"家和批评家的"历史态度"是值得推敲的，它不像我们所理解的那么简单。我查看过这一期间的《上海文学》《当代作家评论》两份杂志，发现并不像研究者"后来想象"的，他们对"历史"采取的并不是一味激烈拒绝、否定的态度，而是相反，那是一种"混杂交叉"的犹豫的姿态。我注意这一时期的吴亮，既写"叙述的圈套""新模式的兴起""李杭育印象""文学与消费""城市与我们"等"先锋文学"批评的文章，也写《花园街五号》《男人的风格》等跟踪"现实主义"文学的评论。李劼对路遥小说《人生》主人公高加林形象的"现实精神"大加赞扬，但是，他的那些探索"文学形式""本体意味""理论转折""裂变""分化"等等的文章，又试图树立另一个激进的"先锋小说"批评家的形象。程德培、蔡翔、王晓明的情况大同小异。他们可能在《上海文学》上表现得相当"激进"和"先锋"，而到了《当代作家评论》上，又与很多"跟踪"或"扫描"文坛趋势、动态的批评家没有差别㉕。这些文章给人一个印象，八十年代文学并没有一个"固定"的先锋文坛，大家更多时候还是那种"传统文坛"上的批评家。例如，一九八六年一月，李劼在题为《新的建构 新的超越》的文章里宣布："中国的二十世纪文学在其文学思潮意义上就将从一九八五年小说创作所作出的这种从时代精神到审美心理的新构建开始。正是在这个意义上，似乎可以认为，一九八五年的小说创作将成为新时期文学的一个新的历史起点。"㉖但同时，他又赞扬了"一九八五年以前"的路遥的小说《人生》："作为一个当代青年的形象，在七八十年代之交出现的许多青年诗作里可以看到高加林的胚胎。当人民谛听着那一支支或深沉明快、或哀婉或缠绵、或雄浑或宁静的旋律时，眼前浮现的是一个个年轻诗人的自我形象"，"《人生》也会因此成为一部足以跻身世界名著之林的杰作"㉗。这种"混杂交叉"的多元化历史态度不止出现在李劼一个人身上，在其他"先锋作家"和批评家身上也普遍存在。对于已经"熟悉"今天文学史概述的人，一定会感觉非常诧异和奇怪的：不是说"先锋小说"已经与一九八五年以前的"新时期文学"完全"断裂"了吗？它不是已经成为"一个新的历史起点"了吗？人们时而"先锋"、时而"传统"，他们的历史态度如此暧昧、矛盾和犹豫不决究竟是因为什么呢？这就是我们重新观察"先锋小说"的一个角度。也就是说，它的所谓"超越历史"的叙述，其实是一种"后预设"的"叙述"。当然也可以说，当时的"先锋作家"和批评家为了强调自己与"过去"的"传统"的不同，他们是把"埋藏在历史学家内心深处的想象性建构"（海登·怀特语）当作一种"文学真实"，从而感觉自己已经完成了对"历史"的"超越"。

海登·怀特在论述"新历史主义"批评家时的一段话，可能对我们有一点"解惑"作用。他认为建构这种印象的最直接的原因是："一种超验主体或叙事自我，它超越对现实的各种对立阐释"，"这个概念的优点在于它暗示了话语、话语的假定主题，以及对这种主题的各种对立阐释之间的一种似乎不同的关系。"㉘海登·怀特在这里给了我们很好的提示：如果设置一个"假定主题"，那么它作为一种"脱离"了"现实环境"的"超验主体或叙事自我"也就成立了，也就"不成问题"了。例如，马原的"自述"就有一定的代表性，读完它，你会感觉他不仅在"自我辩解"，实际也反映了那代作家和批评家当时在处理"历史问题"时的普遍方式。当有人敏锐地问道，"我以为你大学毕业后从辽宁去西藏，使你获得了占有一种奇特的生活的优势"，于是更"想了解你是怎样'深入生活'的"。马原对这一当代文学的"理论问题"做了规避，他回答，"我是个随意性很强的男人"，但对"把握对混沌状态的感知，再比如对超验事物的想象还原"，相信"比别人略占优势"。他还"假定"了一种与他原籍辽宁完全不同的生活经验，从而为对他作品主人公不能"构成主要矛盾""结构松散""结尾随意"等等的批评性指责予以"辩护"。他强调说，"我其实在假想中还原，这是一个从高度抽象到高度具象的意识过程"，其根据是，"西藏确是神话、传奇、禅宗、密教的世界，这里全民信教"，"他们的精神生活与物质生活没有任何因果关系"，可以随意"把辛辛苦苦几十年积攒下的房屋和牲畜、物财一下全部变卖"，目的就是为了"喝酒唱歌调情"和"作为路费去拉萨……朝佛"。所以，在"先锋小说"的意义上，"好的棋并不拘泥于一子一地的得失，大势在他心里"，"我想写没人写过的东西。索性顺着自己的'气'写，气到哪，笔到哪，竟成了《冈底斯的诱惑》这三万多字"㉙。他还以一种"调侃"的口气对人们说："我想要求那些想问我什么意思的读者和批评家不要急于弄清什么意思，不要先试图挖掘涵义，别试

中国当代文学史资料丛书

图先忙着作哲学意义的归纳；我要求你们先看看我的小说是否文通字顺？是否故事没讲清楚明白？"㉚

在读这些文字时，我发现自己越来越不喜欢马原对文学界这种"居高临下"的口吻（从很多文章看，马原那时在批评家面前表现得是比较"傲慢"的，自我"优越感"也很强）。不过，恰恰是这种姿态让我们对他们"超越历史"的策略有更深的理解和同情。因为，无论在今天还是明天，对大多数的中国人来说，谁能"真正"超越自己所生存的历史环境？没有一个人（即使是"伟人"）能做到这点。于是，在对历史的困惑中出现了一个"假定主题"，这就使"超越"在这个层面上产生了可能性。而当时人们对"先锋小说"毫无保留的阅读和理解，不就是从这多种可能中生发出来的吗？也就是说，上述在"先锋文坛"和"传统文坛"之间犹豫不决的批评家的矛盾行为在这个意义上是可以理解的。在现实生活层面上，他们像高加林、花园街五号的主人公一样是生活、挣扎在新旧历史的交换点上的；但在文学层面上，"超越历史"不光在文学界是最激动人心的重新设计，也是随着城市变革而喷发的一股新的社会浪潮。于是，在现实生活层面上不能"超越"，而在文学层面却能"超越"，就在这种文学与历史的"假定主题"中被建立了起来，它对八十年代大多数作家、批评家、学者、思想家的头脑形成了强大的"统治"。具体到文学理论和文学批评来说，他们特别喜欢在文章中使用"故事""形式本体""语言自觉""语言意识""观念""《树王》ABC""微观分析""解读分析""虚构""自足""表层语感""深层语感""隐喻性""符号""意象""物象""心象""理论的观照""情节模式""审视""叙述圈套"等等；特别喜欢用"反思"这个攻击性武器把对复杂问题的讨论推到一边，十分相信"形式本位"就能处理文学的所有难题；还特别喜欢使用一些花哨并略带一点霸道、为文学事业担当又故意装着历史"局外人"的批评性语言，给人留下与现实环境"没有任何关系"的印象。而使用西方哲学和美学术语、借用反思话语优势而担任"各种对立阐释"的仲裁者，以及用"边缘表述"来偏离、疏远"中心表述"等等做法的目的，就是要挣脱历史无休止的纠缠，在一种假定的后设前提中建立一个八十年代文学中的"超验主体或叙事自我"，目的是要把"先锋小说"单独从整个"当代文学"中拿出来，当作不用经过后者检验、过滤和监督的"文学性"的标志。李劼偏激地声称，"文化的批判再偏激再深刻也不能代替文学自身的张扬和伸展，这时应该有一种新的革命，它将产生诸如小说叙事学、创作发生学"，"我个人认为，新的突破也许就在形式和语言的研究上"[31]。吴亮尖锐地说，"大一统的旧理论把人们的思维禁锢得太久了"，批评的精神"革命性并非单单指向外在或历史上的权威，而且也包括着它自己的反思"[32]。程德培表示，"当我们审视作品所反映的生活时，别忘了那渗透其中的主体意识"，"当我们总结作品的社会历史内容时，也别忘了那与个人经历密不可分的情绪记忆"[33]。蔡翔写道，"当代创作的研究即是我们通常所说的批评"，它"对无规则的实践比对有规则的继续投注了更多的热情"，还依靠"理论的假定和自身的自觉"[34]。在如何解决"先锋小说"与"历史"的复杂关系的难题时，王晓明更是明白无误地表明了立场，"文学首先是一种语言现象。这不但是指作家必须依靠文字来表达自己的审美感受，一切所谓的文学形式首先都是一种语言形式；更是说作家酝酿自己的审美感受的整个过程，它本身就是一种语言的过程"，如果没有这种认识，"一切所谓思想的深化、审美的洞察就都无从发生"[35]。今天看来，这些议论非常"武断""幼稚"且"问题成堆"，然而在当时却都不会成为"问题"。

但我们也不会满意这些结论，而会反问：上述批评话语的"混杂交叉"、文学"假定主题"以及宣布"文学是语言现象"等等的背后到底潜藏着什么？对它含混和复杂的历史面目应该怎么去分辨？我以为这都是八十年代的特殊语境造成的。八十年代，是一个新／旧、传统／现代等等观念大碰撞的年代，同时也是"前社会主义"向"后社会主义"发生"转型"的年代。这是一个漫长而难耐的历史"等待期"，同时，也是一次当代中国包括其文学"重新进城"的隆重的历史仪式。某种意义上，"进城"就要斩断与"乡村"的历史血脉，将抛弃前者的沉重负担和不良形象设定为自己"再出发"的起点。而"进城"的"先锋小说"要巩固自己的"滩头阵地"，就要建立另一套文学／城市的文学规则和文学理论。"先锋作家"和批评家意识到，假如再在立场、感情、主张等问题上无休止地争辩下去，只会深陷历史的泥潭，重蹈当代文学前三十年的命运。这是假定主题、超验主体和叙事自我之出现的历史前提，这是"先锋文学"所推出的另一套不同的"当代文学"的操作规则，这是能够回避重大的历史牺牲的一种最为理想的文学方案，也是足以被各方所接受或默认的"文学的真实"。就在这种情景下，"先锋小说"突然间"跨"过了历史的泥沼，

当代中国文学史资料丛书

"超越"了自己的现实处境，而把"当代文学"推进到了"新的历史起点"上。但我们不能不承认，这实在是一种"魔方式"的文学历史变动；我们也不能不指出，这被当时人们匆忙翻过的历史的一页，和其中诸多矛盾性地纠结的许多个细节，实际上一直没有得到应有的反省和清理。例如，"历史"能够被"超越"吗？超越的条件、准备和可能在哪里？超越之后又将会存在哪些问题？怎样看待"超越历史"这种表达方式、话语形态和体系，以及这种过分奢侈的话语狂欢对当时和后来文学发展有什么复杂的影响？如此等等。

四、怎样理解余华、马原的"小镇"、"西藏""先锋小说"

这又回到我第三部分的问题上。前面说，"进城"后的"当代文学"通过"都市经验"的文化洗脑，已经使一切"小镇""乡村""异地"的文学经验"充分都市化"，进而把"先锋小说"变成一种更为"有效"的文学叙述。这里，我希望了解的是，余华和马原的"小镇""西藏"文学作品，是如何通过接受"都市经验"的"筛查"而成为"先锋小说"的。

不久前，虞金星对马原小说创作的"前史"——西藏文学小圈子进行了细致的梳理。他说："我们可以注意到，由马原、扎西达娃、金志国、色波、刘伟等人组成的这个'西藏新小说'的'小圈子'，在对西藏人文地理的描述与对小说艺术形式的探索方面，几乎是同时进行的。"[36]在一九八五年前的"当代文学"中，很少有来自西藏的小说家们的身影，历史倒是记载过饶阶巴桑等诗人的名字。虞金星的研究使我们想到，小说在西藏当代文学史上是非常萧条的，而小说的"兴起"与八十年代的"进藏热"有直接的关系。这是因为，上世纪五十、六十年代的"援藏"主要出于政治目的，而八十年代大学生的"进藏热"则把"城市""现代化建设"等等带到了这块原始神秘的土地。在这个意义上，马原和他的难以计数的"进藏战友"无疑成为带有城市标志的一批"访问者"，他们无疑是一代浪漫、理想的西藏的"旅游者"（之所以称他们是"西藏的旅游者"，是因为后来，很多人在八十年代中期后又纷纷返回内地工作，并没有把前者当成自己的定居地）。

八十年代，随着国内经济建设浪潮的高涨，港台旅游者也把西藏作为主要旅行地之一。因此，除日益明确的小说"先锋意识"，马原编选小说选本的

"旅游意识"也同时萌生。他告诉程永新："正在编西藏这本集子，二十八万字，几乎包括了我所有西藏题材的小说。""另外还有的两部分，一是以往内地生活的，一部长篇几个中篇；二就是这里的已经被国内多种选本选过的西藏部分，以传奇及想象的生活为主。我选这部分，主要考虑到读者的兴趣，海外华人多为西藏所迷惑，权为满足这种好奇心吧。"㊲我们不能说马原因为有历史性的"旅游者"身份就一定会为"海外旅游者"写小说，但起码已证明经由"旅游者"经验他已开始拥有了"都市意识"，这在他的小说写作中悄悄安装了一个"都市意识"的特殊装置（此为张伟栋语）。他已经在有意识地用这个装置检验、过滤并规训自己的小说。他虽说不是单为旅游者写作，但起码是为"上海"这个八十年代中国"先锋文学"的"制造地"而写作的。"西藏的人文地理"正好与"上海""先锋文学"批评和"先锋小说"本身的"艺术形式的探索"发生了秘密的历史接轨。

我们再来看余华以浙江小镇海盐为背景，以暴力、凶杀为叙述基调的"先锋小说"描写。研究者喜欢把它称作"暴力叙述""极端叙述"。这都是在"先锋小说"内部所作出的解释，认为"先验""虚构"可以营造另一种在日常生活中看来非常"陌生化"然而又是非常"真实"的生活。对此我以前也深信不疑，但我又发现他八十年代小说中还有另一个文学型人际关系网络："小镇"／"上海"、"自卑生活"／"都市消费"。它们之间的"秘密协议"，某种程度上正是余华后来崛起为"著名作家"的一种巨大推动力。余华一九六〇年四月三日出生，浙江海盐人。一九七七年中学毕业，从第二年起从事了五年牙医工作，没有什么"学历"。一九八三年进海盐县文化馆，一九八九年调嘉兴市文联。这就是他十多年的小镇生活。八十年代他常去上海并与格非等人交往。第一篇小说《十八岁出门远行》发表在《北京文艺》上，但他受到《收获》更积极的提携。在他与文学界友人的频繁通信中，记述了他几年间辛苦往返于上海与海盐和嘉兴之间，并同格非、程永新等交往的各种有趣故事："这次来上海才得以和你深入交往，非常愉快，本来是想趁机来上海一次，和你、格非再聚聚，但考虑到格非学外语，不便再打扰，等格非考完后我们再相约一次如何？""我的长篇你若有兴趣也读一下，我将兴奋不已，当然这要求是过分的。我只是希望你能拿出当年对待《四月三日事件》的热情，来对待我的第一部长篇"，"刊物收到，意外地发现你的来信，此信将在文学

当代中国文学史资料丛书

史上显示出重要的意义，你是极其了解我的创作的，毫无疑问，这封信对我来说是定音鼓。确实，重要的不是这部作品本身怎么样，它让我明白了太多的道理"，"你总是在关键的时刻支持我"③⑧。上海在使余华获得"先锋"眼光、翻译读本和文学知识的同时，也把无比奢侈的都市生活景象推到了这位野心勃勃的年轻作家面前。这使他愈加讨厌家乡小镇琐碎、平庸和单调的现实生活，加剧了它们之间的紧张关系。在上海与众多朋友进行的现代派小说的精神会餐，更给了他一种乌托邦式脱离凡世，当然也近于抽象的"现实观感"，而小镇只会使他生出永远离开此地的强烈愿望。与此同时，也使他意识到正在走向"消费化"的上海对文学需要什么东西。在上海、海盐和嘉兴等地之间这么无休止地辛苦奔波，使他更加深信他"本来"的"现实生活"所具有的"虚幻"的性质（在八十年代的"先锋作家"那里，都曾发生过这种"过去生活"与"旅居生活"之间的断裂感，而后者被认定是一种"先锋意识"）。他愤愤不平地写道："长期以来，我的作品都是源出于和现实的那一层紧张关系。我沉湎于想象之中，又被现实紧紧控制，我明确感受着自我的分裂"，"这过去的现实虽然充满魅力，可它已经蒙上了一层虚幻的色彩，那里面塞满了个人想象和个人理解"③⑨。

以上叙述令我想到在"当代文学"中从未出现过的一个专用词：消费。我不否认"现实主义文学"／"先锋文学"、集体认同／个人反抗至今仍然是对"先锋小说"之兴起原因的一种有效的解释，不过，我也想提醒人们，另一历史维度此时也许正在成为"先锋小说"的强劲的助力：这就是"文学消费"正在取代"政治需要"而变成促使"当代文学"转型的全新因素。在前面，吴亮已经发出过最为敏锐的警告："当前社会生活中的一个引人瞩目的重大变化发生在消费领域"，"消费浪潮的兴起已对我们的社会生活发生了深远的影响"，"最能体现市场机制的莫过于通俗文学了，从定货、写作、付型出版、发行乃至出现在各种零售书摊上"都无不如此④⓪。以"先锋小说"为标志的"纯文学"的新浪潮尽管当时还以压制"通俗文学"的状态而存在，但是以"消费"为圭臬的通俗文学却在用更露骨的方式帮助"先锋小说"反抗并结束"当代文学"对文坛的统治。"文学消费"开始成为一种无所不在的紧箍咒，一种"文学规律"，它使"伤痕""反思""改革"等文学样式的历史能量在一夜之间几乎耗尽。法国社会学家让·波德里亚在《消费社会》一书中提出了一个对我的研究而言非常重要的概念："集体开支与重新分配"。他认为社会中潜在存在的"等级结构"造成了各阶层之间的紧张关系，那么怎样缓解和消除这种紧张对立呢？"人们试图把消费、把不断享用相同的物质和精神财富以及相同的产品，作为缓和社会不平等、等级以及权利和责任不断加大的东西。"④事实上，此前的"当代文学"是一个具有"等级结构"的文学形态，各类权威性文学现象、潮流和流派通过掌握自己独有的"社会资源"（如"十七年"文学的"革命叙述"、"伤痕""反思"文学的"文革叙述"、"改革"文学的"改革叙述"等）的解释权的同时，也在垄断着文学话语权和生产传播权，并拼命阻止其他文学现象的成长，并对其他文学现象实行着统治。一九八五年后，在中国社会各个阶层中开始出现的"消费热"，促使传统社会"重新分配"他单一的权力的同时，也在大力地促使"伤痕""反思""改革"等文学的"放权"。在这种情况下，"先锋小说"在享受文学权力的"重新分配"的同时，其实也在借助"消费浪潮"获得对文学的新的垄断地位。

陌生而神秘的边地、落后小镇、玄奇叙事、暴力、恐怖等等，某种程度上正是"先锋作家"推销给上海、北京等都市社会的最为成功的"消费文化产品"。在余华小说《现实一种》里，"小镇"居民山岗四岁的皮皮因为厌烦躺在摇篮中的堂弟的吵闹，在一种"潜意识"的驱使下谋杀了他。山岗得知消息后求弟弟山峰原谅皮皮。山峰让皮皮趴在地上舔死去的堂弟的血痕来羞辱他，山岗妻子代他舔了，恶心得连连呕吐。但山峰还不想放过哥哥全家，他从厨房拿出菜刀冲出来，要与哥哥决斗。这种无休止的报复、羞辱终于将山岗激怒，他瞅住机会反败为胜。他抓住山峰并用麻绳将他狠命地捆在树干上：

> 接着山峰感到一根麻绳从他胸口绕了过去，然后是紧紧将他贴在树干上，他觉得呼吸都困难起来，他说："太紧了。"
>
> "你马上就会习惯的。"山岗说着将他上身捆绑完毕。
>
> 山峰觉得自己被什么包了起来。他对山岗说："我好像穿了很多衣服。"

几个小时后，山峰就这样死了。以前的研究者都对作家余华这种"极端叙述"表达了欣赏，但我觉得除了作家的非凡叙述才能、他对当代文学"叙述类型"的积极贡献外，他似乎也在无意识地把它当作极端、新颖的"消费产品"拿给上海、北京的文学杂志编辑和广大读者。我们可以设想一下，作为在"小镇"上出生并长大的余华，即使稍微出名后调入更大一点的"小镇城市"嘉兴的余华，他拿什么东西来打破"等级社会"（上海／嘉兴）和"等级文学结构"（《收获》《上海文学》／县市文化馆和文联）对他的窒息般的精神和心理统治？这就是他必须拿出大城市作家和小市民们普遍缺乏的小镇怪异故事和暴力叙述。某种意义上，越是"暴力""极端"就越能在消费产品堆积如山、高度雷同的大城市文学市场赢得批评家、读者的刺激性文学需求和广泛好评。也正是在这个意义上，余华参与了对处在历史短暂停滞时期的"当代文学"的"重新分配"过程，并获得前所未有的成功。这种成功在批评家樊星和赵毅衡那里得到了认可："余华以冷酷的《现实一种》震动了文坛。有人这么谈自己的读后感：'他的血管里流动着的，一定是冰碴子。'的确不错。""如果说《现实一种》至今是余华最出色的作品，余华的新作使我们有信心他将在中国文学史上站稳地位。"④

马原中篇小说《冈底斯的诱惑》发表于《上海文学》一九八五年第二期。它是"先锋小说"的重要作品。小说总共十六节，老兵作家、穷布、陆高、姚亮、小河、央金、顿珠、顿月、尼姆和儿子等都不是贯穿作品始终的人物，在小说中基本没有什么联系，但他们都是"自己故事"的叙述者。这种结构的故意混乱，出自作者的小说主张。这种混乱疑似马原那种个人变幻无常的游历。上世纪八十年代初毕业的大学生秉承上世纪五十、六十年代的理想主义余脉，掀起了一股"进藏热"。短短几年，进藏学生迅速增长到近五千人，拉萨一度被人称作"中国大学生占人口比例最高的城市"。由于后来政策调整和商品经济大潮冲击，他们中的很多人消沉下来开始争取内调。一九八五年后，自愿申请进藏的大学生人数骤减。马原也在寻找自己的"退路"。从一九八七年五月三十日、七月十日致程永新的信可以看出，他正在积极活动调回家乡的辽宁省作家协会。可作协负责人金河不知怎么态度暧昧，没有准确回音，"好像存心过不去了"。接着他又试图去春风文艺出版社。性急又缺少招数的马原只能嘱咐友人把信"寄沈阳市省委院内《共产党员》杂志赵力群转我"。㊸信件透露出心灵的真实，它进一步证明了马原暂时性"西藏游客"的社会身份。别的游客可能只在西藏待上几天，马原与他们的区别是待了七年。时间虽有差异，"身份"却完全相同，具有惊人的一致性。从这个角度看，《冈底斯的诱惑》在文体上实际是"先锋作家"马原的"游记体小说"，他惊羡于西藏山川、神话和传说的诡秘神奇，以一个"外来者"的眼光和笔调记下了自己的感触。他以"消费西藏"的文学方式，成为八十年代"先锋小说""家族"的一员。他更是通过"消费西藏"的方式，使西藏这个偏远的边地在人们对小说的刺激性阅读中被充分地"都市化"，因为任何足不出户的中产阶级妇女和大学生读者都会以为老兵作家、穷布、陆高、姚亮、小河、央金、顿珠、顿月、尼姆就是自己身边的人物，这是"发生"在身边的故事。借助这次"漫长旅游"的"西藏消费"，马原如愿以偿地进入当代文学史的长廊。但离开西藏之后，除几乎篇零星的作品之外，马原几乎再写不出小说。他转向了影视改编、制作等大众文化的生产领域，但最终以失败而告终。这种历史分析好像背离了小说文本，然而在某种程度上，它把陆高、姚亮的"小说故事"与作家本人的"现实故事"串联到了一起。小说不光是作家天马行空的想象和虚构，同时也是作家生活的某种隐喻。所有的作家都通过描写"自己的生活"来影射"所有人的生活"，进而揭示社会、时代生活的深刻真相。苏珊·桑塔格在《疾病的隐喻》一书中曾谈到各种传染性流行病如何被一步步"隐喻化"的问题，她提醒人们注意从"仅仅是身体的一种病"转换成一种道德评判或者政治态度，这样就会从对疾病的关注转化成对关于疾病的"隐喻"的关注[44]。如果这样看，《冈底斯的诱惑》可能更大意义上是一种对"先锋小说"无法真正归化中国文化土壤和文学大地的命运的隐喻。正像苏珊·桑塔格所说，如果把疾病转换成一种道德评判或政治态度，就会把对疾病的关注转化成为关于疾病的隐喻的关注一样，某种程度上，一九八〇年代人们对"先锋小说"的"关注"，实际转化成了对关于"先锋小说""隐喻"的"关注"本身。这就是，凡是与传统的"社会主义现实主义文学"不同，凡是规避革命、乡村、城市等宏大文学场景而转向陌生神秘边地、落后小镇、玄奇叙事、暴力、恐怖，手法怪异且作家感官异常的"文学书写"，而且宣称是"先锋小说经验"的，读者都会把他们看作"真正"的"先锋作家"或"先锋小说"。

从以上叙述可以发现，当年存在的"先锋小说"，实际正是八十年代中国的"城市改革"所催生，并由上海都市文化、众多"探索小说""新潮小

中国当代
文学史
资料丛书

说""超越历史"假定主题，以及马原、余华小说奇异故事等纷纷参与其中的非常丰富而多质的先锋实验。但"城市改革"的多元文化主张，并没有真正促成"先锋小说"向着多样性的方向发展，形成百舸争流的文学流派，相反它最后却被树为一尊。这种一派独大的文学现象，有可能会在文学史撰写、教育和传播中长期地存在。虽然我在文章中力图"还原"它文学生态的驳杂性，呈现当时人们对它不同的甚至分歧很大的理解，然而它的"历史形象"早已经被固定化，要想"改写"将会遇到极大的困难。在此基础上我进一步认识到，"今天"的当代文学史，事实上被塑造成了一部以"先锋趣味""先锋标准"为中心而在许多研究者那里不容置疑的文学史。它已经相当深入地渗透到目前的文学批评和文学史观念之中，正在潜移默化地影响和支配着今天与明天的文学。

二〇〇八年十月二十一日于北京森林大第

二〇〇八年十一月十三日修改

二〇〇八年十一月二十日再改

先锋小说研究资料

注释：

①朱栋霖、丁帆、朱晓进主编：《中国现代文学史1917—1997》（下册），第133页，北京，高等教育出版社，1999。

②董健、丁帆、王彬彬主编：《中国当代文学史新稿》，第458页，北京，人民文学出版社，2005。

③〔德〕彼得·比格尔：《先锋派理论》第79、80页，北京，商务印书馆，2005。这本书是在我课堂上旁听的北师大文艺学硕士生杨帆同学推荐给我读的，尽管因为翻译的问题，它非常晦涩和绕口，但对我"重新理解"八十年代中国文学中的"先锋小说"，仍有不少帮助。

④近年来，关于上海与现当代文学关系的研究有很多成果，如李欧梵的《上海摩登》、李今的《海派小说与现代都市文化》，王德威对王安忆与"海派"关系的研究、杨庆祥的《"读者"与"新小说"之发生——以〈上海文学〉（一九八五年）为中心》等论述。

⑤1985到1987年在《上海文学》上发表的"先锋小说"（当时叫"新潮小说"）有：郑万隆《老棒子酒馆》，陈村《一个人死了》《初殿（三篇）》《一天》《古井》《捉鬼》《琥珀》《死》《蓝色》，阿城《遍地风流（之一）》，张炜《夏天的原野》，王安忆《我的来历》《海上繁华梦》《小城之恋》《鸠雀一战》，韩少功《女女女》，马原《海的印象》《冈底斯的诱惑》《游神》，刘索拉《蓝天绿海》，

张辛欣、桑晔《北京人（七篇、十篇）》，孙甘露《访问梦境》，残雪《旷野里》，李锐《厚土》，莫言《猫事荟萃》《罪过》，苏童《飞跃我的枫杨树故乡》等。

⑥王安忆：《海上繁华梦》，《接近世纪初》，第53、54页，杭州，浙江文艺出版社，1998。

⑦黄子平：《沉思的老树的精灵·代自序》，杭州，浙江文艺出版社，1986。

⑧吴亮：《文学与消费》，《上海文学》1985年第2期。

⑨吴亮：《城市人：他的生态与心态》，《上海文学》1986年第1期。就在这个"吴亮评论小辑"中，作者特别加上了一个提示性的副标题"文学的一个背景或参照系"。

⑩吴亮：《城市与我们》，《上海文学》1986年第11期。

⑪本雅明：《发达资本主义时代的抒情诗人·中译本序》，第5、7页，张旭东译，魏文生校，北京，生活·读书·新知三联书店，1989。

⑫见程永新编著《一个人的文学史·1983—2007》，第32—44页，天津，天津人民出版社，2007。

⑬埃斯卡皮：《文学社会学》，第61页，杭州，浙江人民出版社，1987。

⑭见李兆忠《旋转的文坛——"现实主义与先锋派文学"研讨会纪要》，《文学评论》1989年第1期。

⑮在陈晓明的成名作《无边的挑战》一书中，他大量采用了"先锋小说"，而不是此前的"意识流小说""新潮小说""新小说""探索小说'等说法。该书1993年由长春的时代文艺出版社出版。

⑯王蒙：《对一些文学观念的探讨》，《文艺报》1980年第9期。

⑰刘武：《怀疑的时代》，《当代文艺思潮》1986年第4期。在1985到1988年间，"怀疑"曾是人们评论现代派文学创作时使用频率最高的专用词之一。

⑱白亮：《"私人情感"与"道义承担"之间的裂隙——由遇罗锦的"童话"看新时期之初作家身份及其功能》，《南方文坛》2008年第3期。

⑲吴亮、程德培编：《新小说在1985年·前言》，上海，上海社会科学院出版社，1986。可以说，这是"新时期"第一部已经具有"先锋小说"价值倾向和审美规范的文学选本，从中能够隐约感觉到编选者后来"先锋小说"批评意识之形成的来龙去脉。

⑳李劼：《试论文学形式的本体意味》，《上海文学》1987年第3期。

㉑吴亮：《马原的叙述圈套》，《当代作家评论》1987年第3期。

㉒南帆：《批评：审美反应的解释》，《当代作家评论》1986年第5期。

㉓黄子平：《关于"伪现代派"及其批评》，《北京文学》1988年第2期。

㉔海登·怀特：《后现代历史叙事学》，第173页，陈永国、张万娟译，北京，中国社会科学出版社，2003。

㉕据统计，吴亮在两家杂志上发表的文章是：《文学与消费》（《上海文学》1985

年第2期）、《城市人：他的生态与心态》《文学外的世界》（《上海文学》1986年第1期）、《城市与我们》（《上海文学》1986年第11期）、《爱的结局与出路》（《上海文学》1987年第4期）、《〈金牧场〉的精神哲学》（《上海文学》1987年第11期）、《〈花园街五号〉和〈男人的风格〉的比较分析》（《当代作家评论》1985年第2期）、《新模式的兴起和它的前途》（《当代作家评论》1985年第3期）、《孤独与合群——李杭育印象》（《当代作家评论》1985年第6期）、《马原的叙述圈套》（《当代作家评论》1987年第3期）、《人的尴尬境况——评李庆西的〈人间笔记〉》（《当代作家评论》1987年第5期）。

㉖李劼：《新的建构 新的超越》，《个性·自我·创造》第249页，杭州，浙江文艺出版社，1989。此为著名的"新人文论"丛书中的一本。当时许多批评家都喜欢用"个性""自我"等等"超越历史"的术语作书名，以显示自己与"历史"之间紧张、冲突和断裂的关系。他们也喜欢经常宣布一个"新时代"的开始。

㉗李劼：《高加林论》，《当代作家评论》1985年第1期。

㉘海登·怀特：《后现代历史叙事学》第6页，陈永国、张万娟译，北京，中国社会科学出版社，2003。

㉙许振强、马原：关于《〈冈底斯的诱惑〉的对话》，《当代作家评论》1985年第5期。

㉚马原：《哲学以外》，《当代作家评论》1987年第3期。从这篇文章可以看出当年"先锋小说"们的自信和傲气，大有"这点事情"你们"还不懂"的智力优越感。

㉛李劼：《写在即将分化之前——对"青年评论队伍"的一种展望》，《当代作家评论》1987年第1期。

㉜吴亮：《新模式的兴起和它的前途》，《当代作家评论》1985年第3期。

㉝程德培：《被记忆缠绕的世界——莫言创作中的童年视角》，《上海文学》1986年第4期。

㉞蔡翔：《理论对文学的解释》，《当代作家评论》1985年第5期。

㉟王晓明：《在语言的挑战面前》，《当代作家评论》1986年第5期。

㊱虞金星：《以马原为对象看先锋小说的前史》，未刊。在文章中，他叙述了马原进藏后的生活和文学交友情况，对我们了解西藏"先锋文学"圈子以及他们与上海"先锋文学"批评的关系，颇有帮助。

㊲见马原致程永新并李小林信，程永新编著：《一个人的文学史·1983—2007》，第34、38页，天津，天津人民出版社，2007。

㊳见余华与程永新的通信，程永新编著：《一个人的文学史·1983—2007》，第45、46页，天津，天津人民出版社，2007。

㊴余华：《活着·前言》，武汉，长江文艺出版社，1993。

㊵吴亮：《文学与消费》，《上海文学》1985年第2期。

㊶让·波德里亚：《消费社会》第15、45页，南京，南京大学出版社，2001。

先锋小说研究资料

㊷樊星：《人性恶的证明——余华小说论（1984—1988）》，《当代作家评论》1989年第2期；赵毅衡：《非语义化的凯旋——细读余华》，《当代作家评论》1991年第2期。

㊸见马原致程永新并李小林信，程永新编著：《一个人的文学史·1983—2007》，第35、36页，天津，天津人民出版社，2007。

㊹苏珊·桑塔格：《疾病的隐喻·译者卷首语》，程巍译，上海，上海译文出版社，2003。

原载《当代作家评论》2009年第2期

先锋小说：改革历史的神秘化

——关于先锋文学的社会历史分析

刘复生

　　先锋小说是个特定的概念，专指发生于1980年代中后期的特定的文学运动，它兴起于1985年前后，在1987、1988年左右达到高峰，1989年以后逐渐退潮。先锋小说往往表现出颠覆既有的文学观念和文学传统的写作追求。一般认为，有代表性的先锋小说作家主要包括马原、余华、苏童、格非、洪峰、叶兆言、北村、孙甘露、吕新、潘军等人。不过，当我们笼统地指称先锋小说家时，其实往往忽略了这一群体深刻的内在差别。在我看来，先锋小说家至少可以粗略地分为两类。一类如马原、格非、孙甘露、北村等，注重叙事变革或讲究形式主义策略，代表了激进的形式探索与文体实验的方向，这一方向有时甚至带有明显的恶作剧色彩。他们往往成为所谓后现代理论阐释的对象，据说他们符合后现代的文体特征，如元小说、拼贴、混杂、取消深度等。另外一类如残雪、余华、苏童等，更多热衷于发掘那些经典的现代主义的文学主题。相对于前一类作家，他们在形式主义的方面要弱一些，在叙事上并不刻意冒犯旧有的文学惯例和接受习惯，但在内容或意义表达层面则带有较多挑战性，表现出更多的"精神性"的追求。

　　一个明显的事实是，先锋小说存在着模仿西方文学的痕迹。正因如此，它被很多人指责为照抄西方母本，不具有原创性。这当然可以找到各种文本上的证据。但这种说法也忽略了另一个要害的事实：先锋小说是在中国当代语境中所生成的对中国现代经验的表达，甚至那些支离破碎的模仿与照抄都深深打上了当代中国现实的印痕。在某种程度上，西方的文学大师只是提供了创作的启示与表达的策略而已，尽管在主观上先锋小说家是把西方大师当作普世性的文学典范来追摹。

先锋小说是中国改革以来的现代化命运的曲折隐喻，那些似乎完全抽空现实内容的形式实验，或刻意将主题抽象化、普遍化以脱离中国现实的现代主义情绪，背后隐约而片断地浮现着的仍是当代中国的历史性焦虑和愿望。在先锋小说空洞、虚张声势的面具之下，潜藏着丰富的，也是零乱的个人无意识和集体的政治无意识。先锋小说的夸张姿态，包括文本中隐约显现的西方大师的特征，只不过是这种集体无意识的风格化而已。由此，先锋小说取得了象征化的寓言形态。

不过，这种寓言性的取得并不是基于美学上的成功，相反，恰恰可能是源于艺术上的失败。先锋小说中弥漫着一种艺术上的失败感，表面上的完美形式试图掩盖的是一种无法给自己的时代赋予艺术上的形式感的事实，和自我意识的混乱与矛盾。也许正因如此，它反倒恰如其分地充当了那个时代含混而矛盾的自我理解。由此也成就了一段尴尬的文学传奇。

然而，这段含混的文学段落却被新启蒙主义的意识形态借助文学批评赋予了巨大的意义，并由此收获了非凡的文学史荣耀。这甚至令那些年轻的先锋始料未及。事实上，如果没有理论界摇旗呐喊，擂鼓助威，这场泥沙俱下的先锋运动不会成为阵势，并延续几年之久。

于是，在理论批评营造的讳莫如深、虚张声势的奇特氛围中，先锋小说获得了当代文学史上的经典地位。这种被文学史以过牌方式命名的经典地位更加剧了先锋小说的神秘性。在我看来，经典化了的先锋小说是一个被当事者（相关的作家和批评家）这些利益攸关方所刻意维持的一个文学神话，某些批评家"深刻"的意义阐释固然只是自说自话的理论创作，那些事后进行的先锋作家的访谈与自述同样不足让人信赖——它们往往是对既有宏大阐释的言辞闪烁的事后配合。而随着当事人的实质性的沉默，先锋小说的真相渐渐退远，消失在经典化的历史风尘中。更重要的，在美学的经典化过程中，掩盖了借助先锋小说展开的启蒙主义的或现代化的意识形态实践，而它正是先锋小说最深的历史秘密，其实，掩盖本身就是这种意识形态实践的一部分。

先锋小说是一群年轻的文化祭司念出的故作高深的神秘咒语，但它在特定的历史情境中被赋予了神圣的仪式感，似乎具有了超越性的内在价值，这也给先锋作家敷上了一层沟通神圣源泉的天才的魅力。在1980年代中后期那个极其

中国当代文学史资料丛书

暧昧的历史时刻，不可索解的先锋小说具有了异乎寻常的话语力量，神奇地组织起人们处在历史夹缝之间无以名状的、既兴奋又茫然的时代感受，成为大家共同参与的语言的乌托邦。就这样，先锋小说以极富象征性的语言实践，勉强充当了关于那个时代的寓言——在那样一个"现代化"的历史后果刚刚展开而又意义未明的时期，也只能由先锋小说提供这种曲折幽深、词不达意、神秘敏感，又具有高度象征性的表达。

先锋小说初兴于1985年前后，活跃于1987至1988年之间，1989年后开始跌落，随后很快便偃旗息鼓。这个时间表为我们理解先锋小说提供了重要线索。

1984年左右是中国改革进入转折期的标志，我们基本上可以看作是中国面向西方世界的现代化全面而加速展开的一个重要时间标志。如果说1970年代末到1980年代初高层内部就社会方案一直存在着思想分歧（这种分歧也常借助知识界与文艺界的观念冲突来展开），那么，到了1984年左右，这种主流意识形态内部的冲突已基本上决出了胜负，在政治领域是改革派进一步占了上风，在思想文化领域则是新启蒙主义取得了优势。新的政治合法性与文化合法性初步建立，全社会也基本开始形成新的共识——虽然官方意识形态领域内的冲突仍未终结，但性质、形式与对抗性程度已然发生了重要变化，名与实之间出现了距离，或者说，旧有官方意识形态语言（如反资产阶级自由化）已开始包裹新的历史内容——与之紧密相联系，文学艺术领域内带有浓重意识形态性的论争也开始减少并降低烈度。

于是，改革的加速推进已没有多少意识形态上的障碍。1984年是改革的一个标志性年份，改革开始推进到城市领域（这也导致了城市的深刻变化，或许这也可以解释先锋小说家为何基本上都来自商品经济发达的江浙城市，如苏童、格非、孙甘露、叶兆言、余华等），此后出台的一系列改革举措如"放权让利"、价格"双轨制"、国有企业改革，都产生了深远的社会影响。

那是一个生机勃勃而又令人焦虑的年代。一方面，充满着一种对未来和"现代"的美妙期待，怀着对以西方欧美世界为象征的彼岸的浪漫想象，进入一个陌生的，让人激动也让人困惑的道路。但随着现代化的展开与快速迈进，也开始产生意料不到的社会后果。对中国现代化的隐忧也朦胧地在意识或无意识层面上折射出来，尽管它在一开始往往披挂了伦理化、道德化的外衣，比如人们习惯于把社会问题归因于商品经济冲击造成的道德堕落。这种社会危机逐渐深化，也渐渐与个人生活发生了可被感知的联系，变得明显起来，至1989左右，它终于积累到一个相当的程度，这导致了中国政治合法性的一场危机（可见汪晖的《中国"新自由主义"的历史根源——再论当代中国大陆的思想状况与现代性问题》一文的分析）。在后社会主义的复杂情境中，一方面，新的性质的社会危机开始出现，但旧的社会控制形式仍具有延续性，它在社会意识的层面上仍被感受为一致的压抑性，于是，新的社会问题被轻易地归因于旧体制的原因。

先锋小说以象征的方式表达了这种暧昧的社会情绪。在社会主义精神信仰失落后，对现代化的隐忧潜滋暗长，虽然还只是一种无意识的心理反应。一方面，社会主流意识形态是现代化的表述，但它显然越来越不足以应对复杂含混的现实经验——这种含混的经验需要获得语言的形式。先锋小说就产生于这个特定的历史间隙，如果说1985年左右，先锋小说的浮出历史地表还带有某种偶然性，那么，在1988年左右这种文化表达的功能已异常明显。它呈现出自相矛盾的性格，一方面是对社会主义现实主义的历史辩证法或意识形态的拒绝，另一方面也含有对新时期以来现代化或新启蒙主义宏大叙述的本能反抗。先锋小说置身于改革时代的文化危机与历史断裂之中，不但断裂于革命时代，也与浪漫的现代化进程或融入世界的幻想时代出现了隐约的裂痕。那种心神不定的双重偏离与犹疑姿态成为先锋小说的集体性格，这或许是先锋作家总体上玩世不恭的文学风格的更深刻的来源。

从文学史的线索看，先锋小说出现以前，以伤痕文学、反思文学、改革文学等命名的文学潮流所进行的社会启蒙的功能已经完成，它作为审美的意识形态的解放意义已经不存在了。社会政治、经济改革的实践已超越了文学的书写，新时期早期一直在靠意识形态提供动力（也收获荣耀）的文学自然丧失了意义。1985年左右当代文学已呈现疲软态势，寻根文学试图摆脱对意识形态的依赖到文化深处去寻找新的灵感与支撑，并朦胧地表达对现代化的反抗，它已经是对当代文学危机的回应。在"文学失去轰动效应"的惊呼中，1987年，中国文学似乎跌入低谷。在这个时刻先锋小说的出场，当然是别具意味的。

在这种背景下，我们或许可以更好地理解先锋小说思想上的矛盾。一方面，它仍处在现代化的意识形态或启蒙主义的视野之内。某些先锋作品具有对

中国当代文学史资料丛书

旧有的社会主义历史的批判性，它表现为残雪对现实的阴郁的象征性书写，它显然带有人与人不相信任（即使在亲人之间）的社会背景。《山上的小屋》中信件被搜查的情节连带着清晰的历史记忆，山上的逡巡的狼明显地象征了可怕的政治暴力。先锋小说热衷于书写日常生活中无来由的暴力，如余华的《现实一种》《河边的错误》《世事如烟》《难逃劫数》，残雪的《黄泥街》，苏童的《罂粟之家》《一九三四年的逃亡》，它们映射着对中国前现代，尤其是以"文革"为中心的暴力，正如《河边的错误》所书写的，杀人的疯子正象征着历史的疯狂与暴力，历史以及作为历史延续的现实弥漫着沉重的梦魇，表现为非理性的胜利，这在余华的《往事与刑罚》和《一九八六年》中表现得更为清晰。《一九八六年》中的"中学历史教师"与幽暗的"前现代"历史的精神联系是意味深长的：一方面，他的病灶具有明确的"文革"来源；另一方面，他又是一名历史教师并对刑罚史深有研究，这显然暗示了"文革"暴力的封建历史渊源。但值得注意的是，"文革"暴力的归来却是在1986年，被神秘带走并失踪多年的教师重新出现在一个全然不同的时代，令人产生一种时空错置之感。小说将场景安置在一个颇为现代化，具有商业化气息的背景中，在疯狂的中学历史教师边行进边以各种酷刑自戕的沿途，出现了电影院、咖啡馆和展销会，加上另外的消费时代的符号如万宝路香烟、雀巢咖啡、琼瑶小说，意外地暗示了这场悲剧性事件的当下性，或商业化时代的社会氛围。当然，在余华的理性层面上，对这场悲剧病症的解释仍是以"文革"为代表的几千年的封建历史幽灵。或者，它试图表明，即使在1980年代中后期的中国社会中仍然潜藏着这种历史暴力的因素，他只是借此批判了人们对它的迟钝与麻木。

在余华的《十八岁出门远行》和苏童的《一九三四年的逃亡》中，出现了红背包的重要意象，它们来自父辈的赠予，象征了革命时代的意识形态。但在这些先锋小说中，它们联系着失败的父亲形象和主人公对于背叛和暴力的体验。红背包被抢走了，"天色完全黑了，四周什么都没有，只有遍体鳞伤的卡车与遍体鳞伤的我"（《十八岁出门远行》）。

先锋的表达是矛盾的，一方面，它表现为对革命时代的价值的质疑，对现实主义叙事成规以及背后的历史哲学的挑战。这在马原、格非、孙甘露那些更注重形式革命的先锋小说家那里表现得更突出。这种对于叙事者自我的过度自信，既显示着对主体性、自我这些现代价值的高扬，也呈现了挑战既往主流价值规范的英雄姿态。但在另一方面，他们所心仪并模仿的西方作品，也传递着，不自觉激发着他们对中国现代危机的敏感把握，甚至超前的预言。

即使那些表面上的对革命年代的批判，包括对"文革"的象征性书写，也潜在地具有了深层的复杂内容，我们甚至可以说，它只是在尚找不到新的语言的情况下，对新的社会症状的隐喻式表达。

从精神气质上看，先锋小说主要是现代主义的，它也是中国现代性自反式矛盾结构的一部分，它的一半面孔呈现为高蹈的现代主体性，除了精神层面上的意义表达，即使马原式的叙述主体，也带有现代性的进取性，诚如张旭东所言："（先锋小说）作为一个语言主体的精神自传，其自我营造的专注，安分守己、乐得其所之中的进攻性和扩张性，带有个体企业向市场渗透的经济本能的一切特征。"（张旭东《论中国当代批评话语的主题内容与真理内容——从"朦胧诗"到"新小说"：代的精神史叙述》）它的另一半面孔呈现为对现代化社会实践的本能的美学反抗。因为中国现代性危机在那时只是初步显现，先锋小说还不能清晰地意识到自己的这部分真实历史内容，这导致了它的晦涩含混与表意上的内在矛盾，事实上这也是它呈现为先锋小说这种艺术形式的重要原因。

在这一点上，先锋小说明显区别于此前热闹一时的"现代派"小说，二者虽然在形式上有相似之外，但"现代派"更多的是吸收所谓现代派的形式技巧，传达的仍然是反思文学的批判性内容，如在王蒙、宗璞、高行健、张辛欣的笔下，荒诞具有明晰的历史性内容，单纯地指涉以"文革"为代表的中国式的社会政治性荒诞。在这个意义上，更年轻的一代，如刘索拉与徐星是一个过渡，不过那种麦田守望者式的文化反抗更多地是以一种略显颓废的方式肯定了人的现代价值。

或许正是因为这一历史阶段性，虽然1985年左右马原已出现，但先锋小说真正的潮流与高峰，以及它的核心特征，都大体出现在1987与1988年之际，而且越来越呈现出形式主义的倾向，表现为对内容的感伤放逐。1987年以后的先锋小说作品明显表现出态度上的犹疑，叙事上的破碎，想象的虚幻性，飘散出五色斑斓的夸饰色彩。先锋小说开始了一种无所适从的无目的流浪，如余华《十八岁出门远行》《鲜血梅花》，苏童《一九三四年的逃亡》《飞越我的枫杨树故乡》，格非《青黄》《风琴》，北村《逃亡者说》，扎西达娃《流放中

中国当代文学史资料丛书

的少爷》……，而孙甘露的小说最具典型性，他的所有作品都是一场语言的流浪。在1988年与1989年，先锋小说仿佛沉入一个集体的梦境，越来越无法索解，它不但消解了旧有的宏大话语，也消解了自身，一种随遇而安的漫游，似乎象征了一个黄金年代的落幕。

以注重形式感为重要特征的先锋创作，在它的高峰期，试图逃离既定的文化象征秩序，既对革命时代的宏大话语不屑一顾，也对现代化的意识形态心存疑虑，于是无法有效地安顿自己的位置，变成了心不在焉的眺望者。没有了刘索拉、徐星式的文化反抗的英雄气质，却于不期然间多了些玩世不恭、放任自流的感伤姿态。一种把持不住的话语失禁产生了。众多无法索解的情节是由打破线性时间而造成的，而对时间秩序的不信任表征着对世界秩序稳定性的丧失信心。格非的小说如《迷舟》《青黄》《褐色鸟群》中出现了一个个被批评家们所赞赏的"空缺"，其实它们反映的是文学对现实叙事能力的丧失，于是只能通过制造一些貌似具有形而上深意的空缺来勉强维系文本内的叙事动力。对于不完整的生活，格非们只能以不完整的方式加以讲述。既然已经无力艺术地把握现实，那就最大限度地远离现实，以营造一种"纯文学"的高深莫测吧。

从积极的角度说，先锋小说对时代的确具有某种超前的敏感，对过去已无所留恋，对正在展开的现代过程又丧失信心。正因为先锋小说不失准确地表达了那个时代的普遍的，也是朦胧的感受，才受到读者的欢迎，尽管人们赋予了它另外的理由。那时，至少在理性的层面上，以想象中的西方为目标的现代化尚不失动人光彩。但是，对于这个中国正在进入的现代，似乎吸引力已然不够。不过，时间已经终结，历史已经不在，未来的道路似乎已经注定。虽然新时期的改革是独特的中国式的现代实践，但在意识上却是追求以西方为模板的现代性。如果说在与"西方"的拥抱中开始了一个梦想，那么在这场单恋的倦怠期便无力给梦想赋予新的内容。

先锋小说放逐了个体的责任，呈现出一种非真实感——抽取了个体选择可能性的生活只能是非真实的。小说中"人的消失"是自然的结果，因为已无所谓存在的勇气与意志。余华小说中的人物甚至成为符号与数字，在孙甘露的小说中，角色可以随时变换自己的身份。历史只是一个空洞的时间的展开，人的意志完全没有意义，它完全无法影响与干预历史。

人的消失只是现代的人的主体性的感伤形式。这种自我的消解，正是现代文化关于人的宏伟想象走向没落的表征，从中倒是不难窥见先锋小说与稍后兴起的新写实小说的精神联系，市俗化的、没有内在性的、随遇而安的小人物已经开始了历史的入场式。自我的内在性已成为累赘，正如格非的《敌人》所象征的，自我其实是自我的最内在也最危险的敌人。先锋小说放逐了历史，也解脱了历史中的人的责任，于是自然就产生了把一切交给命运的宿命之感。既然历史、现实与人自身已不可靠，那么，就在语言的乌托邦中寻求有限的放纵与沉醉吧。先锋小说一再书写逃离的主题，但却只有逃离的冲动与形式，没有逃离的方向与内容。即使开始看似有一个勉强目标的寻求也在最后演变为一场无目的流浪，正如《鲜血梅花》中的主人公的经历一样。这种随遇而安的流浪或许正是对当代历史境遇的象征化。这种历史宿命中的人如何获得解救呢？看来只能求助于神性的救赎了。北村的转向或许不是偶然的。

先锋小说进入了一个依靠惯性滑翔的失重时期，一个消失前的最后告别演出，正如苏童在1989年发表的一篇小说的名字——《仪式的完成》。

经历过1980年代末的震惊和短暂停顿，在1992年之后，是更快速的现代化的推进。如果说，在历史展开之前，1980年代的现代化想象，以其抽象性和朦胧性找到了其美学的表现，那么，1990年代所展开的则是现代化的美学甚或神学的不加掩饰的世俗阶段（借用张旭东的说法）。而先锋小说作为其美学时代或神学时期的最后艺术结晶，在它的世俗阶段则变得既不可能，也不再必要，它的梦幻形式已失去了历史土壤。文学的商品化与市场化势不可当，即使"纯文学"也开始转化成了优质商品的标签，为贾平凹们的文学商品提供了质量担保。消费主义的"好看"的文学开始为消费时代的社会主流意识形态提供新的辩护。官方的意识形态也有了新的载体，1990年代以后，"主旋律"文学开始制度化，并具有了新的意识形态的内容。反抗这一市场化过程的文学也不再采用先锋式的含混方式，而表现为激烈的对抗性，明确地进行道德化的批判和思想上的争辩，比如张炜的小说。

比先锋稍晚的新写实主义小说潮流在某些方面延续了先锋小说的精神，它以低调的方式肯定了现代化价值。事实上，在1990年左右写出了《已婚男人杨泊》《妇女生活》《红粉》《离婚指南》的苏童也被有些批评家命名为新写实小说家，这似乎也预示了先锋小说的命运。正如丹尼尔·贝尔在评论先锋艺术时所说："反叛的激情被'文化大众'加以制度化了，它的实验形式也变成了广告和流行时装史的符号象征。"先锋小说很快被市场所收编，一个典型的现象是先锋小说家的作品一度被电影导演青睐，并被改编为更加通俗化的故事，如《红粉》《活着》《妻妾成群》等。

在某种意义上说，1990年代初以后，随着先锋小说事实上的退潮，它的思想倾向或美学因素开始重新化合并融入被命名为新写实小说、新历史小说和具有文化反抗意味的小说潮流或创作取向中去。先锋小说的退潮，也是它的曲折的内在延续与复杂的变形记。时至今日，如何评价先锋小说的历史遗产及后果仍然是个有趣的话题。

在1989年以后，在先锋小说家们中间，一种对历史的兴趣奇特地出现了，这以苏童和叶兆言为代表。格非的《敌人》、苏童的《妻妾成群》《米》《我的帝王生涯》和叶兆言《状元境》《追月楼》《十字铺》《半边营》等"秦淮"系列小说，在打破了历史规律的紧箍咒之后，充分释放了历史的差异性，那些生动的细节释放出令人陶醉的韵味。这种向历史的逃逸，散发出感伤的抒情品格和莫名的末世气息。

如果说新写实小说是先锋小说在现实生活领域的体现，那么，某些新历史小说则是先锋精神在历史领域内的回声。它们延续了先锋小说的某种倾向，但形式探索的意味大大降低，也放弃了先锋小说时期的内部冲突与思想紧张。这种积极的紧张感的放弃，也是向市场时代不失体面地暗中投降。这部分先锋小说已放弃了面向现实的愿望，只好沉溺于历史深处，把玩那些任由虚构打磨的历史细节和幽微的内心场景，支撑这些故事的只能是一曲欲望的挽歌。正如叶兆言的《挽歌》那样，面对无法把握的历史，只能发出如小说中的末世文人那样的暧昧而又意味无尽的感叹。在历史的幽暗碎片之上，昔日的先锋小说家尽情施展他们的才情，让空洞的内容呈现出唯美化的风格。在先锋之后转而向传统美学乞求灵感，并不表明对传统的皈依与怀恋，这些被打磨得光彩照人的历史细节其实与真实的历史无关，只是些消费化的历史表象而已。通过把自己交付给令人陶醉的古典主义风格和唯美的话语之流，他们以士大夫的文人趣味达成了与文化秩序的和解，悄悄地完成了文学的退却。

消费时代的先锋作家们进一步丧失了理解现实并给它赋予艺术形式的能力。对历史的过分热情在某种意义上正是源于讲述现实的能力的匮乏。有趣的是，他们大都热衷于讲述民国故事。民国故事既是历史，又在时间上连接着现实，它多少折射着对现实曲折的书写的渴望，和无力实现这种愿望的尴尬情状。此后的一些作家做出了转型的努力。如余华在1992年写出了《在细雨中呼喊》，试图实现他"回到真实的生活中去"的愿望，但它却是通过个人化的童年经验，表达了被现实所驱逐的痛苦。经过了这个痛苦的阶段，余华才实现了自己的转折。

现在让我们再回到1980年代末期的先锋小说。正如上文所指出的，那时的先锋文学具有某些本能的也是朦胧的反抗现代化或启蒙主义意识形态的性质。但是，这种反抗性被现代化的意识形态迅速收编了，这是通过文学批评来完成的。当然，先锋作家们也配合了这种收编。可以说，先锋小说是历史的造就，也是文学批评的构造。比如，文学批评通过将先锋小说命名为后现代主义创作，将之引入反抗或解构革命时代的宏大叙事，呼唤消费主义及市场化社会的意义轨道（虽然先锋小说也的确具有此种意义，但绝非全部），并实现自由的文学主体的意识形态梦想，它的内部矛盾与思想紧张消失了。

一个极其重要的事实是，先锋作家受到了父兄辈的作家、批评家过于热情的爱护，先锋小说由普遍出生于1960年代的作家所创造，但却是由年长的一两辈作家和理论家赋予意义。

先锋作家的叛逆没有因看不惯而受到太多打击与否定，前辈们对他们的恶作剧也颇为宽容，对于他们拿抄来的西方文学摹本招摇过市大体上也没有什么意见。这当然不是无缘由的。

如果说，见多识广的批评家对这些模仿之作一直缺乏辨别力，我们显然低估了他们的才能。那么，那些心知肚明的批评家们纵容、鼓励甚至怂恿先锋作家的动力何在？一方面，可能和先锋文学代表了某种"普遍主义"的文学标准，允诺了文学乃至人的自由有关。另外一方面，则是因为，批评家们借先锋小说与西方的"现代派"文学的联想关系，暗中呼唤着现代派文学可能存在的历史条件或社会前提，因为所谓后现代主义的先锋文学直接表征着后现代的历史阶段，即那个产生后现代文学体验的后现代。所以，当时的启蒙主义知识界是如此渴望着这个比现代更现代的后现代，于是不惜制造这个先锋文学的早产儿作为既成事实来索取未来现实的当下兑现或提前承诺。先锋批评夸张性地刺

中国当代文学史资料丛书

激着人们的想象，或以想象创造一种尚不存在，尚未充分现实化的现实，并把它当成既定的现实加以接受。当时的批评界之所以要强行把先锋小说命名为后现代主义创作，正是由于它寄寓了这种政治无意识。先锋文学仿佛启蒙巫师手中的金枝，它呼唤着理想的后现代社会的神奇到场。在最具代表性的先锋小说研究著作《无边的挑战——中国先锋文学的后现代性》中，陈晓明以《趋同与变异：中国产生后现代主义的前提条件》一节来夸张性地描述"后现代主义"先锋小说在中国兴起的现实条件，用意也正在于此。

　　批评家与当时的具有现代化倾向的知识界对先锋小说的阐释，对之进行了窄化、纯化与升华。从这一意义上说，先锋文学是被扶持的，也是被绑架的。当然，在这一过程中，先锋作家并不吃亏，他们获取了足够的象征利益。或许，他们早就对这场游戏洞若观火，并不失时机地暗中配合，而且可能越来越自觉。饶有趣味的是，以对叙事者的主体性的高扬相标榜的先锋作家，可能自觉充当了父兄辈的文学雇佣军。他们或许精明地以预留阐释空间的方式迎合了批评家的理论发挥，通过在文本中故意设置恶作剧式的、自己也不清楚的微言大义，栽种天然具有超载的文化象征意味的代码，如格非笔下的镜子、棋、神秘的死亡等。先锋作家与某些新锐批评家建立了良好的默契，他们各自收获了自己的职业荣誉。

原载《天涯》2009年第4期

293

先锋小说研究资料

在文学机制与社会想象之间

——从马原《虚构》看先锋小说的"经典化"

李建周

　　文学在1987年失去轰动效应的时候，一批先锋小说家在《收获》集体亮相①。而他们的先行者马原，则开始运用写实手法叙述知青故事。这一转变获得洪峰的高度赞扬，却遭到评论家的严厉批判。论者声称对马原的小说探索怀有莫大期待，但他自掘坟墓，把"初期小说创作中隐藏的非现代因素膨胀到俗不可耐的地步"，所以"该搁一搁笔了"②。这一颇有意味的细节被其后的文学史叙述轻轻抹去，马原此前的"探索"和其他先锋小说家此后的"实验"紧紧缝合在一起，完成了先锋小说的历史叙述。

　　文学史的共时性错位想象遮蔽了历史岩层深处的复杂景观。长期以来，有关先锋小说的叙述基本停留在80年代的知识谱系中，形式实验的优先性意味阻碍了人们进入复杂历史现场的通道。先锋小说好像成了一块脱离文学机制的飞地，对先锋"经典"的阐释变成了一种高级智力游戏。其实，文学经典的建构过程是文学场内各种因素制约与平衡的结果，"经典化产生在一个累积形成的模式里，包括了文本、它的阅读、读者、文学史、批评、出版手段（例如，书籍销量，图书馆使用等等）、政治等等"③。正是出于这样的动机，有必要追问作家的自我意识与文学生产机制的关系、读者的期待视野、文本的接受过程以及批评和选本的筛选等众多相互关联的问题。鉴于此，笔者选取被认为代表马原先锋实验成熟阶段的作品《虚构》，分析先锋小说"经典"确认过程中文学机制和社会想象的复杂纠结④。

一、文坛准入机制与马原的先锋意识

新时期文学草创期过后，虽然创新仍是文坛醒目的准入标志，但仅凭题材的轰动效应已经很难成为文学明星了。年轻作家大多是随着某个契机的出现而实现了创作的突转。1984年前的莫言，为寻找感人故事，长时间翻报纸、看文件、采访各行各业的人，但效果并不理想。直到读完《百年孤独》，莫言才大发感慨："原来小说还可以这样写！"[5]余华在1986年发现《卡夫卡小说选》后，产生了同样的震惊体验："在我即将沦为迷信的殉葬品时，卡夫卡在川端康成的屠刀下拯救了我。"[6]苏童到南京后，在与探索性的文学圈子的密切互动中，写出了《桑园留念》。可以看出，作家正是在文学出版、文学圈子等文学机制的潜在影响下，找到了自己的文坛位置。

马原早于余华、苏童等人成名，经受文坛准入机制的检验过程更为复杂。而对风光无限的归来者和迅速闻名的新秀，马原最迫切的问题是如何选择最佳方式获得文坛入场券，以便使自己的作品进入文学阅读的公共空间。经过长时间练笔，他的有探索意味的小说得到李潮、北岛、史铁生、陈村等人的赏识，但仅仅在《北方文艺》发表过。可见，仅有创新是远远不够的，作品要等到同文坛需要相适应时，才有可能被拣选出来，进入公共流通领域。《冈底斯的诱惑》的发表充分显示了文学机制内部互相交错的复杂格局。杭州会议前，小说曾引发《上海文学》编辑部的争论。会议期间，在韩少功、李陀、李潮等人劝说下，李子云终于顶住异议，刊用了这篇争议很大的小说[7]。可以看出，负责文学拣选的圈里人对作家具有决定性影响。在这种生产机制下，新潮小说家面临一个悖论：为了获得自己的文坛位置，必须使作品独具一格，但是这样做又往往会超出编辑的期许。也就是说，他们的创新是文学机制给"逼"出来的，同时又不能超出这一机制的限度。作家的先锋意识和他们在这一悖论中寻找到的最佳结合点紧密相关。

当作家的文学实验随着接受范围的扩大，被认为代表新的文学生长点的时候，情况会发生很大变化。《冈底斯的诱惑》发表后，马原迅即成名。一些大刊物提供经费，让其住在宾馆专门创作，《虚构》就是受《人民文学》之邀在北京写的。文学生产方式在马原身上发生了耐人寻味的转变。这种组织生产延续的是50年代的文学传统。它在多数情况下是有目的的，往往和具体政策结合非常紧密。由于文化内部构成的差异性，在80年代，历史形成的各种文化力量仍然共存，构成合作与斗争紧密相伴的文化场。在矛盾冲突比较尖锐的时候，组织批判的文学论争模式依然盛行。先锋小说的组织化生产虽然没有意识形态论争的现实依据，但是也透露出文学机制内部的复杂性。

先锋小说虽然大多没有政治敏感问题，但是"看不懂"在当时意味着意识形态区分，编发这类作品是要承担风险的。一位主编对此颇有感触："每当我做检讨想不通之时总是被告知：比起政治政策来，文学是小媳妇小道理，有理也讲不清，讲得清也不能讲。"⑧其实，这些文学刊物所从属的作家协会，自成立之初就不是纯粹的文学机构，而是要承担政治宣传职能。所以，如果没有刊物负责人的特殊身份，就不会出现"去政治化"的先锋小说的组织生产。在上海，李子云曾任夏衍秘书，两人联系密切，夏衍在给李子云的信中也会介绍高层的政策动向⑨。正是有了这种资历和背景，李子云才有可能编发探索性较强的作品和评论。同样，《收获》的实际负责人李小林则是巴金的女儿。在北京，有探索倾向的《中国》完全是因为丁玲的全力支撑。李陀直到1986年5月担任《北京文学》副主编后，该刊先锋倾向才逐步明显。深谙政治的王蒙1983年出任《人民文学》主编后，经过长时间酝酿，两年后破格提拔朱伟为小说编辑室副主任，才有了该刊新潮小说的涨潮。

当然，这些刊物负责人和先锋小说家的文学观念并不一致。王蒙等人一直宣称"不仅仅为了文学"，坚持小说是反映社会的一面镜子。"而当时新潮作家认为有一种'纯文学'，认为应该越纯越好。这也是王蒙与李陀等人的分歧。"⑩虽然他们对文学的理解不同，也没有就文学的先锋性达成共识，但是办刊过程中显示出的开明态度则是相同的。这些刊物负责人多数曾经是被打倒的对象，在80年代的文化方案中获得很大话语权。身份变化必然会留下历史烙印，"人们在接受一个新的社会身份认同时，往往经过和自身历史文化的复杂互动过程"⑪。长期积累的复杂人事纠纷或隐或显地存在于政治权威资源的重新配置中，意识形态分歧通过文学出版、文学报刊等公共资源曲折地表现出来。很明显，"开明"派对新潮文学的出现起到了意识形态支持的作用。先锋文学正是得益于这种意识形态缝隙。

在这种状况下，马原的先锋意识并非固定的，而是具有很强的功能性。换句话说，他的先锋意识是跟在文学场中的占位联系在一起的。至于以何种

中国当代文学史资料丛书

姿态获得最佳位置则是具体操作问题，要服从于占位的目标。进入文坛之前，处在唯新是崇的接受环境中，对前辈的突破迫在眉睫，马原的形式实验顺理成章。当先锋小说被集中推出，已经成名的马原自然要和新崛起的作家拉开距离，这也是为避免自我重复寻求突破的必然选择，所以他开始后撤，不惜抛弃已经成为个人身份标识的先锋实验，"以证明我不是那个穿喇叭裤、跳迪斯科，摇头晃脑哼港歌的时髦小伙，证明我有坚实的写实功底，有不掺假的社会责任感，有思想有深入的哲学背景，一句话有真本事是真爷们儿，不是用所谓现代派花样唬粮票的三孙子"[12]。对自己曾经热衷的"现代派花样"的反感，充分说明马原先锋意识的功能性。

但是文学机制自身有其规律，作家创作的有效性受制于这一机制。在比格尔看来，文学机制"发展形成了一种审美的符号，起到反对其他文学实践的边界功能"[13]。正是文学机制对文学实践有效性的限定，一定程度上决定了作家创作的成败。当马原的创作顺应了这一要求，他就成为先锋小说的先驱；但是当被逐步经典化的马原开始反抗这一机制的时候，他迎来了被抛弃的命运。

二、先锋小说的读者基础

文学的经典化过程是伴随着阅读展开的，社会阅读行为既和文学机制密切相关，也是读者社会想象的重要组成部分。文本的意义正是在阅读的网状交流系统中生成的。80年代阅读热潮迭起，与不同读者群的期待视野直接相关。先锋小说的读者层次较高，除了作家、批评家和高校、科研单位等业内人士，主要由大学生和文学青年组成。这个阅读共同体的群体心理和行为特征，他们的价值观和交流方式与先锋小说的确立有重要关系。

当时，作家的受欢迎程度超出了后人的想象。当马原在华东师大讲座时，出现了这样一幕："站在门边的几个学生激动得直打哆嗦。人群中出现的暂时的骚动显然感染了社团联的一位副主席，他在给马原倒开水的时候竟然手忙脚乱地将茶杯盖盖到了热水瓶上。"可以想见，在如遇神明般崇拜心理的暗示下，会出现什么样的接受效果，产生多么大的误读成分。"许多人后来回忆说，尽管他们到底也没弄清马原那天下午都说了些什么，但无疑却得到了许多重要的启示：仅仅是一种氛围即可打开一扇尘封多年的窗户。"[14]格非的描述揭示了一个重要事实，即交流情境（氛围）对接受者的控制和影响。很难说在并不知道对方说了些什么的情况下，所得到的那些"重要的启示"，到底有多大程度上的主观想象。其实这些渴望大师的文学青年也并不在乎马原到底说了什么，或者说马原说了什么对于他们并不重要，重要的是马原提供了一种氛围和情境，触发了读者无限的想象力。

读者对作家的想象取决于特定时代的接受心理和读书风气。80年代刚刚经历长期的精神空白，对未知领域的敬仰达成了一种普遍的心理契约。由于知识准备不足，这种敬仰又带有某种程度的盲目性和独断色彩。正是在这种接受心理的影响下，形成了当时作家、批评家特有的读书、交流风气：

> 一位著名作家来学校开讲座，题目是列夫·托尔斯泰，可这人讲了三小时，对我们烂熟于心的三大名著竟然只字未提，而他所提到的《谢尔盖神父》《哈吉穆拉特》《克莱采奏鸣曲》，我们的书单上根本没有。最后，一位同学提问时请他谈谈对《复活》的看法，这位作家略一皱眉，便替托翁惋惜道："写得不好。基本上是一部失败的作品。"[15]

> 马原坐下来没说几句话，就带着万分肯定、不容驳斥的语气说："世界上最伟大的作家就是霍桑！"我吃了一惊，虽然我也很喜欢这个美国作家，但是凭什么他就是"最伟大"的呢？我当然表示不太同意，不料刚说了几句，就立刻遭到他的同样不容反驳的批评："你根本不懂小说！"[16]

这里展现的是80年代富有戏剧性的文学交流方式，这种读书和言谈风气反过来加剧了读者对作家的追星式认同。同时，作为"先锋读者"主体的文学青年进一步放大了这种风气，甚至出现对未知的扭曲性渴求，以不知一书为耻的豪情使人们羞于谈论"常识"意义上的经典作家作品。当然，崇尚未知、卖弄博学在不同时代的人身上都有，并非"先锋读者"的特权，但是这一特征在他们身上更为明显。

先锋读者群的文学想象刻录下一个时代的文学风貌。在一个彻夜长谈，甚至到处漫游的狂热文学时代，文学青年们通过舌枪唇剑的历练，渐渐悟出了扮演文化英雄所应该具有的招数："不是追求所谓的知识和学术，而是如何让人大吃一惊。"⑰在短兵相接的交流情境中，对"独门秘籍"的需求和出演文化英雄的渴望成正比急剧增加。翻译作品在这时成了各路豪强竞相争夺的"武器库"。西方现代派文学就是在这种情况下登场的。袁可嘉编译的《外国现代派作品选》很快成了中国版的现代派们的"独门密发"。这种状况下对现代派的追崇就不完全是满足内在要求的理性抉择，而是成了追求震惊体验的文学青年的一种"时尚"。现代派时尚与对西方的想象交织在一起，对于传统现实主义而言，是一种具有异质性的文化力量，所以它以突破各种文学禁忌为标的，对文学既有规范的公开冒犯成了他们的身份标识。

先锋小说的读者肯定是很小的一部分，但是却代表了小说读者的一类，具有一定的稳定性。曼古埃尔将小说读者分为两类：一类"相信小说中的角色，举比也与之认同"；另一类"不去理会这些角色，只将他们当作是捏造出来的，与'真实世界'无关"。⑱此前的现实主义文学，小说的虚构职能被压到最低，无法满足后一类读者的需求。这一阅读期待与"现代派"在中国的传播互相渗透，形成了具有先锋倾向的文学圈子。先锋文学观念通过这些圈子逐层向外扩散。这些圈子对读者起到了同化与分化的双重功能。其接受状态，可以借用齐美尔对时尚的分析得到说明："时尚本身一般从来不会流行开来，这个事实使接受了时尚的人有这样的满足感：他或她觉得自己接受的是特别的、令人惊奇的东西，而同时他或她又内在地觉得自己受到一大群正在追求——而非正在做——相同事物的人的支持。"⑲大群处在追求先锋"时尚"路上的读者，一方面满足了先锋文学圈子被追捧的心理需求，另一方面想象性地参与了先锋文学"时尚"。这样层层扩展，潜在的先锋读者群就变得非常可观。

80年代的现代化方案一度整合了整个社会的民众心理，全国各地读者的阅读趣味具有很大趋同性。虽然"先锋读者"层次较高，但是并不仅仅局限于大城市和高等学府却是一个事实。比如1985年在县文化馆工作的刘继明，身边就有一群文朋诗友，包括县政府的公务员、师范学校教师、卫生防疫站的化验员、县总工会的小报编辑和爱好诗歌的退伍兵等等。这样的文学沙龙到处存在，这些圈子几乎集中了全社会的注意力。由于当时社会分层并不特别明显，所以他们在文学观念上并不比大城市的人闭塞落后多少。现代派刚刚兴起，就经常挂在他们嘴边了。后来刘继明步入大学写毕业论文，"对马原的评价甚高，指导老师陈美兰教授给了我95的高分"⑳。从文学青年到普通民众，从青年学子到大学教授，构成了一幅"先锋读者"的动人风景，他们的阅读期待构筑了先锋小说的接受基础。在这一网状的接受场中，凭借系统的西方知识谱系和给读者巨大想象空间的西藏背景，修养深厚、背景神秘的先锋作家马原的形象构筑了起来。虽然不同层次的读者在先锋小说接受过程中的位置不同，但他们所构成的历史合力促成了整个社会的对先锋小说的文化想象。

三、文本内外：虚构与写实之间的张力

《虚构》的标题蕴涵强大的命名力量，以至后来成了描述先锋小说的一个关键词。当然，先锋作家对于虚构的理解存在很大差别。余华称之为"虚伪的形式"；苏童认为虚构是一种热情，和人对世界的欲望有关；马原将虚构视为叙述语言的本体特征。关注角度不同，但都同传统现实主义文学观念拉开了距离，在小说的虚构性上达成了共识。

就文本生产过程来看，《虚构》是马原是在被"双规"（邀请到北京写作，时间当然也会有限制）的状况下写成的。为了满足编辑的期待，马原势必会沿着已被认可的路径走下去，主题先行色彩是很难避免的。余华在谈到《活着》的创作经过时，曾经为主题先行进行过辩护[21]。《虚构》的题目就有很强的暗示意味。问题是，小说通过时间互否来抵消故事的真实性，表面化的形式实验运用得比较僵硬。显然，小说的吸引力并不在这一叙述圈套上。

马原对《虚构》非常满意，甚至将它与自己奉为至宝的《红字》相提并论。那么，《红字》的经典性体现在什么地方呢？在马原看来，《红字》的主人公都是象征符号：牧师丁梅斯代尔为赎罪而生，海斯特·白兰则像一位圣女，是理想的化身。从日常行为来看，他们不可能犯下通奸罪行，甚至就不曾在世界存在过，霍桑只不过是借通奸的外壳演绎"有关灵魂的故事"[22]。在当时的接受场中，没有人按照马原的意愿去接受《虚构》。但通过马原的现身说法，可以看出他没有把先锋试验上升到本体论的高度，看重的不是形式的外套，而是能否写出人的灵魂。

批评家吴亮当时也没有把《虚构》的形式探索当回事儿。他直截了当告诉马原自己并不在乎小说是否"虚构"，而更看重它的陌生感。这篇小说的陌生感来自两个细节：女麻风病人做爱时的激情亢奋，老兵和狗的故事。由令

人震惊的细节上升到整个故事，吴亮"读到的是一种渴望，一种对生存之欲的体认"㉓。马原的一位作家朋友同样没有把形式探索看得多么重要，而是提供了另外的解释路径。他认为作品中的简陋篮筐具有象征意义。无论是洛巴男人还是后来的"我"，都因为是投篮比拼中的获胜者而获得了拥有那个女人的权力。多年以后，马原承认这种人物链条的布局源自博尔赫斯的《玫瑰街角的汉子》㉔。从这一角度进入的话，作品的基本构架昭示的是一种深刻的故事原型，而和形式探索的关系并不大。

无论哪种解释，作家和批评家最初都没有强调"虚构"。他们看重的恰恰是写实部分所蕴涵的意义。其实写实在马原的作品中具有重要支撑作用。马原曾说自己所写"几乎都是我们每天的生活，就是正在发生的事情"㉕。此说可从马原的朋友——比如马丽华、杨金花、刘伟、李佳俊、扎西达娃等人的描述中得到证实。《西海的无帆船》是个典型例子。马丽华就同一故事题材发表过报告文学《搁浅》㉖。对读可知，小说中的人物以及整个事件过程全部真实。小说当然经过了马原式的虚构，但马丽华对无中生有的虚构很不以为然："在如此真实的基础上，西藏人一看便知其人其事的基础上，他又让他的主人公来了那一套：无论何时、何地、与何人（高贵女郎或麻风病人），立即做爱。真正令人惊讶得无言以对。而事实上，那几位看似文弱的画家，在受难时也足可以显示出硬汉子的精神品格，更何况他们的卓越才华。不来那一套不行吗？"㉗马丽华的质问显示出对马原式虚构价值的怀疑。她看重的是马原小说中的写实因素。

进一步说，即使作家进行虚构，也并非空穴来风，而总是对应着某种现实情境。只不过因关注点不同，形成了作家介入现实世界的不同姿态。具体到虚构过程，则是作家社会想象和文学机制等多重因素作用下进行选择的结果。在文本生成过程中，现实的参照系统是作为缺席的在场者而存在的。将文本和其参照系统进行对照，就"形成了一种双向互释的过程：在场者依靠缺席者显示其存在；而缺席者则要通过在场者显示其自身"㉘。所以，对文本的解释，就应该在一个更大的现实文化背景中展开，将参照系统和文本纳入同一个阅读框架，从而揭示文本的历史意义。

《虚构》的现实参照系统是什么样子呢？先看文本内部。一个醒目的人物是潜伏了三十六年之久的国民党军官，虽然此类事件可从其他人的写作中得到证实㉙，但马原显然对人物身上携带的历史含义缺乏兴趣，他无意回顾老人的历史，而是更为关注其极端压抑下的变态性行为。基于此，马原在叙述中有意淡化了人物身份。更重要的人物是那个在叙述链条中起关键作用的女麻风病人。但恰恰是她，一旦进入作家的性叙事，病人身份自动"消失"了：

> 我是男人，应该是我。我把手放在她的大腿上，她把手放到我手上，我们不约而同地在手掌上用力。什么都不需要说。她全身光着，我们干嘛还干坐在那儿？让羊毛被把我们两个人一起覆盖吧。这个玛曲村之夜是温馨的。

> 我永远也忘不了她做爱时的激情。我知道这种激情的后果也许将使我的余生留下阴影，但我绝不会为此懊悔。我当时并不清醒，我的理智早被她的热情烧成了灰烬。不过如果有机会让我重新选择的话，我还是不要那该死的理智。我做了一次疯狂的奉献。后来我们睡了，在梦里我们仍然紧抱在一起，羊毛被使我们浑身汗津津的。我们睡得真沉。我真心希望就这样一直睡到来世。㉚

比较一下另一位作家阎连科笔下的相似场景：

> 日光从他们身后照过来，我叔看见玲玲身上的疮痘充了血，亮得像红的玛瑙般。腰上、背上都有那疮痘，像城市里路边上的奶子灯。到了激动时，她的脸上放着光，那枯黑成了血红的亮，在日光下玻璃般地反照着。那时候，叔就发现她不光是年轻，还漂亮，大眼睛，眼珠水汪汪地黑；直鼻梁，直挺挺的见楞有角的筷子般。她躺在避着风的草地间，枯草间，原先是枯着的，可转眼人就水灵了。汪汪的水。身上虽有疮痘儿，可因着疮痘那比衬，反显出了她身上的嫩。身上的白，像白云从天上落下样。叔就对她疯。她就迎着叔的疯，像芽草在平原上迎着春天的暖。㉛

同样是患有可怕绝症的病人，同样是和本来不应该在一起的人做爱，同样是充满激情和疯狂，但是疯狂中的玲玲身上的"疮痘"是那么触目惊心，艾滋病和她始终是合一的。而女麻风病人烂了的鼻子和乳房却消失得干干净净，

中国当代文学史资料丛书

在这一场景中读者根本无法看出她的病人身份，所谓给"余生留下阴影"也只是事后的补述。之所以出现这一局面，在我看来，无非是马原借助病人的身份来描述几乎不可能的性行为，他的落脚点并非麻风病，所以烂了的鼻子和乳房在叙述中自动隐藏起来，而且，"不来那一套"在这里是绝对不行的。可以看出，无论是老人还是女麻风病人，他们的秘密最后都指向了一个东西：性。马原正是通过对麻风村生存境况的叙述来揭示一种极端的性经验。

从文本外部来看，马原大量写性和80年代中期的性革命有很大关系。随着社会对性的控制逐渐松动，"文革"时期的无性状态引发了巨大反弹。政策支持下新的婚姻观念大大改变了人们的性态度[32]。加上新问题（如大龄青年婚恋问题）的出现和新思想（如人道主义思想）的传播，性革命开始萌动。经过一段时间的徘徊，随着城市改革的推进，性革命骤然兴起，时髦青年开始以大胆的性行为给全社会上课，出现性文化反哺现象。这一背景下马原很多作品涉及生存与性的关系就不足为怪，而且似乎马原一直在实验极端的性经验。《死亡的诗意》是和死亡紧密相连的婚外性经验。《窗口的孤独》描述了十多岁小孩的性爱。《旧死》里的海云则强奸了自己的亲姐姐。如果剥离文本中的形式探索，就会看到马原是非常"贴近"现实的作家，性革命以一种变形的方式进入其故事的内核。

四、"非虚构小说"：先锋小说的对称视野

在先锋小说接受过程中，《虚构》之所以成为形式探索的代表，批评家的理论想象和选本筛选起到了直接作用。那么，在多音齐鸣的文学场，《虚构》是如何被想象的？批评家又是如何过滤掉文本中的写实因素，确立先锋小说价值的呢？

在80年代突破传统现实主义的叙事学革命中，并非只有形式试验一条线索。斯科尔斯和凯洛格在《故事的性质》里区分了两种故事模式："经验模式"和"虚构模式"。前者"摹写或现实主义地再现经验"，后者"效忠于一个想象的世界，远离经验的世界，不受日常生活偶然发生的事情限制"[33]。西方现代小说就是由这两种模式发展而来。在80年代中国，它们大致分别对应两种文学知识谱系：一是依据"文革"造成的灾难和危机而形成的本土"知识谱

系"；一是以翻译为中心的"现代西方知识谱系"㉞。两种故事模式都表现出对传统现实主义文学的某种越界，同时呈对称状向写实与虚构的两极发展。但是在之后的文学史叙述中，一条从意识流小说到寻根小说、现代派小说，再到先锋小说的叙事线索建立起来，另一路径被文学史的惯性想象遮蔽了。

由"经验模式"向极端发展衍生出的小说，对传统现实主义的越界非常明显。吴亮和程德培曾经使用"非虚构小说"的概念，指出它"无疑提供了小说另一条途径的可能性"㉟。虽然没有把它与"报告小说""口述实录文学"以及报告文学进行区分，但却明确指出了此类小说的存在㊱。因以题材命名方便省事，这类小说在当时又被称为"新闻小说"。有论者认为它是"小说化的新闻，新闻化的小说"，"以无可质疑的真实度向纯文学的传统小说提出了挑战"㊲。避免了报告文学必然要用真名实姓的麻烦，在形式、技法等方面又完全是小说化的。可见，"新闻小说"和"虚构小说"在小说家族中是对称的，只是分担了不同的功能。后者关注的是想象领域，远离具体社会问题，回到艺术自身。相对地，关注社会现实的责任由前者来承担。看来在批评家的视野中，小说中虚构与非虚构的分化已经成为一个事实，并且在不同方向越出了传统现实主义的边界。

这种两极分化是小说对社会变革的回应。当日常事件的动人性超出小说家的想象力，传统现实主义的处理能力就无法满足人们的需求。"非虚构小说"便于直接呈现摆在人们面前的社会危机和道德伦理困境，便于深入探索人们在社会结构重组中的焦灼心理。这同样是约翰·霍洛韦尔所说的"非虚构小说"在美国20世纪60年代的盛行的原因。从现实功能来看，"非虚构小说"在中国80年代和美国60年代的状况很相似，但是，从文类发展状况来看，差异也是十分明显的。在美国，作家是用它反对之前存在的技巧的神圣性，但是因为中国没有经历小说"虚构化"的技巧实验阶段，对"虚构化"的反转无从谈起，这样，在80年代虚构与写实的分化中，形式探索的激进意味与现实关注的激进色彩有着同样的意识形态功效。

虽然强调"非虚构小说"的重要性，但是在现实和艺术的关系上，吴亮又做出了明确区分。他认为此类小说在揭示社会真相方面，远远超出了经主流意识形态筛选过的新闻，但同时又指出对现实的干预根本就不属于文学领域。它的最大价值和功绩，"恰恰在于体现了一种现代的生活制度和社会民主，它是一种实践方式和行动。它本质上是实践的而不是想象的，它唤起的情绪和思考也是实践的，它并不偏重于审美感受"[38]。通过对艺术领域和生活领域的严格区分，吴亮将小说干预生活的功能和其艺术价值进行了彻底剥离。这种对"文学自身"的强调显示出一种文学审美上的等级制，纯文学虚构的意义正是在这种区分中得以突显。

这种剥离使批评家获得了理论上的支撑，从而确定了小说形式探索的重要意义。在此之前，吴亮并没有十分明确的先锋意识[39]。之后，对虚构小说的肯定发展到极致，而对"非虚构小说"则失去热情。经由对"叙述圈套"的精细拆解，吴亮过滤掉马原小说的复杂因素，将形式探索上升到本体论的高度："叙述行为和叙述方式是他的信仰和技巧的统一体现。他所有的观念、灵感、观察、想象、杜撰，都是始于斯又终于斯的。"[40]李劼则从文学发展的角度给马原小说以崇高地位。他认为新潮小说在三种流向和三个审美层面共时性渐进展开，最后完成了审美精神和文学观念的本体建构。文学本体性主要体现在"情绪力结构和叙事结构"。莫言、残雪、史铁生等人以不同的方式体现了新潮小说的情绪力，马原的形式主义真正改变了小说的叙事结构[41]。在这样的叙述逻辑中，《虚构》代表了虚构方式和叙事结构的成熟，新潮小说的历史性转折，由马原最终完成。李劼借助结构主义的理论资源对马原形式主义探索给以高度评价的同时，完成了对先锋小说的理论想象。尽管这一说法曾引起包括李陀在内的批评家不同程度的质疑，但先锋小说的地位还是在这一叙述线索中得到初步确立。

批评家的评价很快在小说选本中得到体现。在一套总结性的小说潮流丛书中，马原被指认为"结构主义小说"最重要作家，《虚构》成为重点作品[42]。这样，马原小说的复杂面貌经过去粗存精，剩下了结构主义的形式探索。程永新的《中国新潮小说选》提供了一份完整的先锋小说作家作品名单。为了彰显先锋小说的意义，他把"非虚构小说"归入俗文学领域，而在他的纯文学认定序列中，《虚构》被置于选本之首，"经典"地位得到进一步确立，理由是体现了"比较成熟的马原风格的叙事艺术"[43]。在这些选本的认定和评价中，"叙事艺术"成了《虚构》的代名词，也成了先锋小说的核心要素。同时，在1985年同样具有巨大冲击力的残雪和莫言等人淡出先锋叙述的理论视野。

需要指出的是，虽然"虚构小说"和"非虚构小说"对称于小说创新的中轴，都在试图脱离传统现实主义文学的捆绑，但写实作品凝聚了人们巨大的社会参与热情，影响力远大于虚构作品。吊诡的是，当意识形态推进在80年代末遭遇曲折，写实作品也随之远离人们的视野，先锋小说却借助文学场域的分化，在后现代的语境下一步步走向自身的"经典化"。如果仅仅从纯文学的自律考察这一历程，将先锋叙述作为一种支配性叙述，必然会带来不可避免的历史隐忧。所以，在当下历史语境之下，考虑到文学机制和社会想象的复杂纠结，有必要对这一过程进行追问和反思。

注释：

①包括马原、余华、苏童、洪峰、孙甘露等人，见《收获》1986年第5期。

②王干：《马原小说批判》，载《文艺报》1988年7月9日。

③［加拿大］斯蒂文·托托西：《文学研究的合法化》，5页，马瑞琦译，北京大学出版社1997年版。

④严格说，"先锋小说"在80年代有很多说法，为了论述方便，本文统一为这一后设的文学史概念。有关先锋小说的文学史叙述也有争议，但对这一思潮代表作家作品的指认却是共识。本文无意梳理逻辑起点不同的争议，而是从"共识"出发，试图对其做历史化分析。先锋小说的经典化过程并非仅仅包括80年代，但是基本的筛选确认却是当时完成的。本文所谓"经典化"即是考察这一早期确认过程。

⑤莫言、石一龙：《写作时我是一个皇帝》，载《延安文学》2007年第3期。

⑥余华：《川端康成和卡夫卡的遗产》，载《外国文学评论》1990年第2期。

⑦马原、朱慧：《马原：文学面前，男欢女爱不值一提》，载《新周刊》第207期，2005年7月15日。另见蔡翔《有关"杭州会议"的前后》，载《当代作家评论》2000年第6期，韩少功《杭州会议前后》，载《上海文学》2001年第2期。回忆略有差异，基本事实相同。

⑧徐兆淮：《话说主编》，载《北方文学》1999年第2期。

⑨比如夏衍在1984年1月23日给李子云的信中写道："一月二十二日（星期日）《人民日报》头条及'花边'摘要，请一读，这是总书记在贵州的指示。政治局的方针。"见《夏衍全集·16·书信日记》，51页，浙江文艺出版社2005年版。

⑩朱伟、张映光：《朱伟：亲历先锋文学潮涨潮退》，见《追寻80年代》，56页，中信出版社2006年版。

⑪张静主编：《身份认同研究》，9页，上海人民出版社2006年版。

⑫马原：《谁难受谁知道——洪峰和马原的通信》，载《文艺争鸣》1988年第4期。

⑬［德］彼得·比格尔：《文学体制与现代化》，周宪译，载《国外社会科学》1998年第4期。

中国当代文学史资料丛书

⑭格非：《十年一日》，见《塞壬的歌声》，63、64页，上海文艺出版社2001年版。

⑮⑰格非：《师大忆旧》，载《收获》2008年第3期。

⑯李陀的回忆，见查建英主编的《八十年代：访谈录》，255页，生活·读书·新知三联书店2006年版。

⑱［加拿大］阿尔维托·曼古埃尔：《阅读史》，385页，吴昌杰译，商务印书馆2002年版。

⑲［德］奇奥尔格·齐美尔：《时尚的哲学》，78页，费勇译，文化艺术出版社2001年版。

⑳刘继明：《我的激情时代》，99页，上海三联书店2003年版。

㉑余华、杨绍斌：《"我只要写作，就是回家"》，见《演技：中国著名作家访谈录》，124页，百花洲文艺出版社2004年版。

㉒马原：《〈红字〉：经典中的经典》，载《小说界》2001年第2期。

㉓吴亮：《关于〈虚构〉的信》，见马原《拉萨地图》，84页，西藏人民出版社2005年版。

㉔马原：《博尔赫斯与我》，见马原《新阅读大师》，264—265页，华东师范大学出版社2005年版。

㉕马原、王寅：《马原：我们每天活在西藏的传奇里面》，见王寅《艺术不是惟一的方式：当代艺术家访谈录》，186页，上海书店出版社2007年版。

㉖马丽华：《搁浅》，载《当代》1985年第4期。

㉗马丽华：《雪域文化与西藏文学》，120页，湖南教育出版社1998年版。

㉘［德］沃尔夫冈·伊瑟尔：《虚构与想像：文学人类学疆界》，19页，陈定家等译，吉林人民出版社2003年版。

㉙红柯：《在现实与想象之间飞翔（后记）》，描述在新疆所见："一个浇地的蒿老汉会告诉你他是黄埔几期的，参加过淞沪抗战。"见红柯《乌尔禾》，329页，十月文艺出版社2007年版。

㉚马原：《虚构》，见《喜马拉雅古歌》， 30页，云南人民出版社2003年版。

㉛阎连科：《丁庄梦》，103页，上海文艺出版社2006年版。

㉜1980年新颁布的《婚姻法》规定：感情破裂经调解无效是离婚的唯一标准。"使中国一跃而成为世界上奉行自由离婚的领先国家（美国各州到1971年才过半奉行，英国则是1973年）。"参见潘绥铭：《中国性现状》，80页，光明日报出版社1995年版。

㉝［美］约翰·霍洛韦尔：《非虚构小说的写作》，26页，仲大军、周友皋译，春风文艺出版社1988年版。

㉞程光炜：《一个被重构的"西方"》，载《当代文坛》2007年第4期。

㉟吴亮、程德培：《当代小说：一次探索的新浪潮》，见《探索小说集》，651页，上海文艺出版社1986年版。

㊱在吴亮、程德培编选的《新闻小说'86》中，虽然使用了"新闻小说"的概念，认

为与纯属虚构的小说分庭抗礼、各执一端，但是却没有和报告文学进行明确区分，实际所选一篇作品有三篇和周明等编的《一九八六年报告文学选》（人民文学出版社1988年版）完全相同：涵逸《中国的"小皇帝"》、孟晓云《多思的年华》、陈冠柏《黑色的七月》，如果加上因为篇幅原因被后者忍痛割爱的苏晓康的《阴阳大裂变》），则有四篇相同。

㊲孔凡青：《小说化的新闻　新闻化的小说》，见《1984中国小说年鉴·新闻小说卷》，1页，中国新闻出版社1985年版。

㊳吴亮：《新闻小说这一年》，见《新闻小说'86》，2页，上海社会科学院出版社1988年版。

㊴吴亮在1985年编选新小说时声称要以一种"陌生无知的态度"去面对，用"直感来掂量它们"，但从最终请李劼写马原的短评来看，当时的先锋意识并不突出。参见《新小说在1985年》，上海社会科学院出版社1986年版。

㊵吴亮：《马原的叙述圈套》，载《当代作家评论》1987年第3期。

㊶李劼：《论中国当代新潮小说》，载《钟山》1988年第5期。

㊷编选者认为在马原的小说中，"结构具有了极为突出的意义"。见杨文忠《结构的意义——论"结构主义小说"》，《结构主义小说》，4页，时代文艺出版社1989年版。

㊸程永新：《中国新潮小说选》，49页，上海社会科学院出版社1989年版。

原载《南方文坛》2010年第2期

文学史"事实"、"事件"的缠绕、拆解

—— 以一封书信为例展开的话题

金 理

一、悖反与裂隙

本文的讨论对象是一九八九年作家余华写给编辑程永新的一封信，我想从书信中寻觅、释放若干文学史信息。①毫无疑问，《收获》为一九八○年代中后期先锋小说思潮贡献了巨大的推波助澜的力量，其刊出的实验专刊后来被称为"中国先锋文学的号角"。这又与程永新的开阔视野与悉心经营紧密相关。余华这封信就产生于这一过程中。同时，程永新素来被作家们视作伯乐、知己，故而此信应该是余华心声的真实流露。此信内容简短，照录如下：

> 今年六期我还想参加，你居然还不打算开除我，可真使我吃了一惊。为了你，为了《收获》，争取九月底前交稿。
>
> 你想换一批人的设想挺棒。现在确有一批更新的作家。我担心刚刚出现的先锋小说（你是先锋小说的主要制造者，我是你的商品）会在一批庸俗的批评家和一些不成熟的先锋作家努力下走向一个莫名其妙的地方。新生代作家们似乎在语言上越来越关心，但更多的却是沉浸在把汉语推向极致以后去获取某种快感。我不反对这样。但语言是面对世界存在的。现在有些作品的语言似乎缺乏可信的真实。语言的不真实导致先锋小说的鱼目混珠。另外结构才华的不足也是十分可惜。所以为何我如此喜欢格非，我觉得格非无论在语言还是结构上，不仅使汉语小说出现新姿态，也使他

的个人思想得到了真实的表白。因此我觉得你编这一期可能更为沉重一些。现在用空洞无物这词去形容某些先锋小说不是没有道理。②

众所周知，对生活与文学的逻辑关系的否弃，是先锋作家创作的起点。小说的本质在于虚构，小说呈现的生活与事实是虚构的结晶，并非现实的简单映射，这里的生活与事实是独立的，与现实生活不相隶属，有自己的逻辑与法则。这一创作起点显然是对传统文学理论追求"真实性"的反叛。"真实性"的哲学基础源自形而上学的认识论，该认识论对文学提出的要求是：在人与语言的存在之外，有一个独立的实体性对象，文学的表现、认识如果正确反映了它，就具有真实性。而先锋作家要告诉人们的是：文学是虚构的，根本不可能通过文本之外的现实来验证文本的真实，语言就是生存的边际，语言之外一无所有。在传统小说里，语言的意义在于表达外在世界的内容与客观事件的自然行程；在先锋小说中，语言"叙述"自身的规则不依照客观逻辑。在先锋批评中经常可见所谓能指与所指的"断裂"，唯有"断裂"才造就了一个"自足"的文学王国：叙事游戏在抛弃"写真实""写本质"的要求、甩开外部世界之后，仍然可以按照自身的规则、话语内部复杂的自我指涉以及文本间性，向人们提供奇异缤纷的海市蜃楼。以上的陈述在今天看来已经毫无新鲜感可言，类乎"文学常识"。必须指出的是：先锋文学的经典化离不开作家余华的创作实绩及其创作自述，后者我指的是《虚伪的作品》③。这篇在当时看来惊世骇俗而又言之凿凿的文章，在二十年前被很多人视为"文学启蒙"；而在今天更可以估量出其巨大的影响——这不仅是余华个人的创作谈，而且是整个先锋文学思潮的文学宣言与"施政纲领"。借用达恩顿对卢梭的阅读史分析，余华不仅在教导先锋文学作家"如何写作"，还"指引他的读者如何阅读，告诉他们如何接触他写的书。他引导他们进入文本，以他的修辞为他们指示方向……透过阅读尝试接触他们的内在生活。这个策略得要跟大家习以为常的文学一刀两断"④：

当我发现以往那种就事论事的写作态度只能导致表面的真实以后，我就必须去寻找新的表达方式。寻找的结果使我不再忠诚所描绘事物的形态，我开始使用一种虚伪的形式。这种形式背离了现状世界提供给我的秩

中国当代文学史资料丛书

序和逻辑，然而却使我自由地接近了真实。⑤

这是关于"断裂"的经典陈述，《虚伪的作品》中有一组壁垒森严的二元项对峙着："现实世界""事物的形态""事件的外貌""常识""现状世界""被日常生活围困的经验"与"精神世界""内在的广阔""偶然的因素""不曾被重复的世界"……后者被判定为"真实"（至少这些才具备文学意义），而前者相反。先锋小说几乎就建立在上述通过抬举、贬抑而进行的甄别、判定上。

现在我们来看上引两份材料。余华写这封信的时间是一九八九年六月九日，《虚伪的作品》发表于一九八九年九月，差不多就是同一个时候。没有必要草率地指认上述两者的表达，以及这表达之后所负载的文学观的对立，但至少我们可以发现其中裂隙的存在。比如：信中主张语言所"面对"的"世界"，同《虚伪的作品》中被压抑的序列（"现实世界""事物的形态""事件的外貌""现状世界"）多少有重合之处吧；信中追究的"可信的真实"多少传递出一种与读者的"常识""日常经验"相沟通的意愿，这在《虚伪的作品》是不屑一顾的（《虚伪的作品》是要引导读者跟"习以为常的文学一刀两断"）；更何况，"语言是面对世界存在的"——这一表述本就与先锋文学企求的自足自律、语言在其中不假外求般自我运作的文学王国相背离，而且在这一王国中来讨论语言的真实与否根本没有意义。我们还能再引申一下：什么叫语言的"可信的真实"？古典现实主义作家莫泊桑告诫说："不论一个作家所要描写的东西是什么，只有一个词可供他使用，用一个动词要使对象生动，一个形容词使对象的性质鲜明。因此就得去寻找，直到找到这个词，这个动词和形容词，而绝不要满足'差不多'，绝不要利用蒙混的手法……"⑥中国文学史上也有大量力求"一字不增，一字不减"的炼字故事，所谓语言的"真实"推到极致，就是为了"寻找"到莫泊桑说的这"一个词"（"吟安一个字"），语言"可信的真实"源于对语言与实在之间对应关系的充分信赖。但是《虚伪的作品》以退回"个人"与"精神"的方式将上述语言与其代表的对象之间的契约撕毁了，"生活是不真实的，只有人的精神才是真实"，"生活对于任何一个人都无法客观……因此，对于任何个体来说，真实存在的只能是他的精神"（可以对比联想到托尔斯泰在与高尔基谈话中的指责："人们并不是在描写真实的生活，并不照生活的本来面目描写，却是照他自己心目中的生活的面目来描写……这有什么趣味呢？这有什么用处呢？"⑦，当实在世界已经面目不清，语言对"可信的真实"的追求又从何谈起？还有，虽然信中表示"不反对""新生代作家们似乎在语言上越来越关心"，但"沉浸在把汉语推向极致以后去获取某种快感"未见得被余华心以为然，而且信中多次对先锋小说的进展示以隐忧（"走向一个莫名其妙的地方""鱼目混珠"），甚至以为用"空洞无物"（这个词往往是"另一派"对先锋小说发动攻击时使用频率最高的"武器"）"去形容某些先锋小说不是没有道理"——这些左右转折、前后挂搭的措辞同样值得深思。

　　在现成的文学史共识中，很难安插进此封书信。这一共识——先锋文学是反拨现实主义的，等等——的形成大致来自两方面的建构：一是当时文学批评对先锋文学的塑造，⑧二是类似《虚伪的作品》这般文学宣言的证明。它们在组织起文学史叙述的同时，也过滤了若干信息。如果说信件是私下交流而未进入公共空间（在收信人程永新公布之前），那么同一时期余华《走向真实的语言》（写于一九八九年九月，刊发于一九九〇年）尽管公开发表，但同样几乎没有引起过注意。文中在引述《虚伪的作品》之后，余华郑重提示："现在我必须补充的是：不确定的语言并非为了制造华丽的表象。我在给朋友程永新去信时谈到了这一点（这应该就是本文讨论的那封书信——笔者注）。那种将汉语推向极左，然后观看它能够出现什么效果的努力，开始让我怀疑它们的真实性了。语言的存在是作为世界的象征……它并非自耕自作与世无争，它是世界的表达方式。我们进入语言的目的是进入世界，而不是去进行一次午睡。那种脱离语言真正的价值而去进行某种华丽的游戏显然是远离真实的。所谓语言的真实，是我们进入语言时能否进入世界的最基本的保障。似乎已经有这样一种语言出现，那种语言的制造者沉浸在没有个人感受的模仿里，缝制华而不实的外衣，让我们拿钱去购买。他们似乎对造句遣词能够出现光怪陆离的效果心醉神迷，于是一种空泄无物、不知所云的虚假的语言必然诞生。"⑨该文观点与书信一致无二，在相关的研究著述中甚少露面，与《虚伪的作品》相比（重复进入各种选本，频繁被文学批评与文学史研究所征引），几乎就是"被湮没的文献"。史学家爱德华·卡尔曾区分"事件"与"历史事实"，尽管我们会承认一切事件，"其在历史中之位置，皆有平等之权利"，但无疑"事件"要

中国当代文学史资料丛书

转变为"历史事实"，需要史家的选择与提炼，选择哪些"事件"进格为"历史事实"，然后"由哪些事实说话、按照什么秩序说话或者在什么样的背景下说话，这一切都是由历史学家决定的"⑩。文学史的剪裁去取势不可免，但也不妨去注意那些未转变成文学史"事实"的"事件"中裹藏的丰富信息。本文讨论的书信（包括《走向真实的语言》）显然属于这样一则"事件"，因在共识中无法容纳或无法处理，而被惯常的先锋文学的知识学与叙述学所忽略或省略，依然徘徊在"经过挑选的历史事实俱乐部"之外。但也许它并非毫无意义。现在我们把余华同时期的两份材料并置，问题是：如何处理其中的悖反与裂隙？以下尝试（A）、（B）两种理解，当然也许还仅止于揣测。

二、两种理解

理解（A）

现在我们知道，余华以《活着》《许三观卖血记》为代表发生了一个巨大而有意味的创作转变：

> 我过去的现实更倾向于想象中的，现在的现实则更接近于事实本身。
>
> 一个人的年龄慢慢增长以后，对时代的事物越来越有兴趣和越来越敏感了，而对虚幻的东西则慢慢丧失兴趣。换一个角度说，写得越来越实在，应该说是作为一名作家所必须具有的本领，因为你不能总是向你的读者们提供似是而非的东西，最起码的一点，你首先应该把自己明白的东西送给别人。⑪
>
> 这样的写作持续了很多年以后，有一天当我被某些活生生的事实所深深打动时，我发现自己所掌握的叙述很难接近到活生生之中。在过去，当我描写什么的时候，我的工作总是让叙述离开事物，只有这样我才感到被描写的事物可以真正地丰富起来，从而达到我愿望中的真实。现在问题出来了，出在我已经胸有成竹的叙述上面，我如何写出我越来越热爱的活生生来……⑫

不知道余华在自觉地总结创作转向时，是否会想到一九八九年那封信中兴许不自觉的表述。也可以说，那封信与同一时期《虚伪的作品》这两者间所显现的模模糊糊的裂隙，在近十年之后被余华清晰地表达出来。而当时未及展开的语言所面对的"世界"，终于被深刻地显豁为"活生生的事实""现实本身"；当时对"有些作品的语言似乎缺乏可信的真实"的质疑，终于被理直气壮地反思为"你不能总是向你的读者们提供似是而非的东西"。

先锋小说中精美绝伦的句式与一泻如注的语言气势着实给人美妙的体验，以语言为契机，中国文学的面貌也的确得到积极的改观；但是被推为极致的语言表演（尤其是当其被泛滥地加以复制后）往往也带有故弄玄虚的阴影，余华在信中指责的"语言的不真实"和普通读者的观感相吻合。更致命的是，语言自我游戏的泛滥其实同语言实验的初衷正相违背。"寻找新语言的企图，是为了向朋友和读者展示一个不曾被重复的世界"，但雷同句式的反复出现，反而制造的是"一种确定了的语言"⑬，其中正隐藏了思维的惰性，甚至艺术创造力的流失。现代派可以"把一种技术抽离出经验的混沌，通过它把时间强行悬置起来，以达到某种形式的自律性和强度……它把文艺变成了一种技术制品，是可以通过某种程序习得的东西"，由此让人感觉到某种自我的力量、向传统宣战的信心以及由落后迅速进入先进状态的幻觉；而现实主义却往往难在技术上一蹴而就。⑭写于先锋小说"刚刚出现"时候的那封信里，余华已经隐约表达了出于艺术规范（语言"面对世界存在"，应具备"可信的真实"）而对现代主义创作"跟风"的某种不满（"推向极致"的阅读疲劳等），当然这只是一位优秀作家的敏感；真正自觉到转变的必要与意义，得等到一九九七年："叙述上的训练有素，可以让作家水到渠成般地写作，然而同时也常常掩盖了一个致命的困境。作家拥有了能够信赖的叙述方式，知道如何去应付写作过程中出现的一系列问题的时候，信赖会使作家越来越熟练，熟练则会慢慢地把作家造就成一个职业的写作者，而不再是艺术的创造者了。这样的写作会使作家丧失了理想，他每天面临的不再是追求什么，而是表达什么。所以说当作家越来越得心应手的同时，他也开始遭受到来自叙述的欺压了。"⑮"艺术的创造者"必须在对"叙述的欺压"的自觉反抗中艰难推进。十年前对经典"真实性"的怀疑以及同时期对由这一怀疑所引发的创作思潮泛滥的隐约不满，十年后对"信赖的叙述方式"的放弃，其实都来自同一意识：当"水到渠成般地写

中国当代文学史资料丛书

作"、当"作家越来越得心应手"之时，也就是他另辟新路的开端。

这样看来，《虚伪的作品》、信和创作转型，都是为了表达对复杂世界的不懈探索。《虚伪的作品》告诉世人：先锋小说要展现的，不仅仅是形式变革，在根本上，这是一种观察、理解世界的方式、视野的更新。在对生活的逻辑的、理性的、本质的认知模式之外，充满惊喜与热情地发现了偶然、神秘与不可知性，这是一种打破统一的世界图像与文学图像的努力。同一时期的书信中也暗藏了艺术形式不可能仅仅是"形式"的意味，他向友人坦陈的是：文学应该"面对世界"和"个人思想"的真实。"先锋"就是以前卫的姿态探索存在的可能性以及与之相关的艺术可能性，"使汉语小说出现新姿态"；相反，如果放任思维的惰性与语言的惯性而闭门造车，则恰恰与"先锋"的精神背道而驰。所以，余华以《活着》《许三观卖血记》为代表的转变，其实也可以理解为在同一路向上的推进，只是着力点不同。他分明说："文学不是实验，应该是理解和探索，它在形式上的探索不是为了形式自身的创新或者其他的标榜之词，而是为了真正地深入人心，将人的内心表达出来。" 转型意味着对生存可能性与艺术可能性的继续探索。⑯

以上理解（A）中，我们把余华先锋时期的这封书信，看作向《活着》《许三观卖血记》转型的预言与契机。

理解（B）

然而，以上理解（A）的说服力可能并不充分，问题在于，这是一种"倒放电影"式的解决。（A）推论成立的前提，是我们心目中已然有一条文学史前因后果的发展逻辑，但其因果或逻辑之所以清晰可解、信而有征，恰出于"后见之明"与目的论。我们正是依据全知、合理、透明的逻辑线索，来处理当时的"裂隙"与后来的"转变"，将事件的前因后果顺顺当当地"倒接"回去。在先锋小说的文学史叙述脉络中，先前"形式"的突破与后来余华的转型是两个重要支点，书信与先锋对语言、形式的张扬之间存在裂隙，于是就用后一支点来弥合，即以余华转型这一"事实"去笼罩此前发生的书信，将研究对象锁闭在了先前依托的逻辑与观念中。柯文先生曾以义和团运动为例，探究认识、塑造历史的三种不同途径："事件""经历"和"神话"。"事件"是历史学家笔下的史实，"他们知道事情的结果，对整个事件有全方位的了解，他们的目标不仅是要解释义和团运动本身，而且是要解释它与之前和之后的历史进程的联系"（此处的"事件"与上文所引卡尔笔下与"历史事实"相区分的"事件"，自然是两个概念——笔者注）；"经历"是义和团运动直接参与者当时的想法、感受和行为，他们对历史走向没有全方位的了解，对正在发生的事情的看法与事后重塑历史的史家看法自然有不同；"神话"的主旨在于从义和团运动中汲取服务于今的能量。⑰"事件""经历"和"神话"之间会有明显矛盾，各自又都具备合理性，但更复杂的是三者往往纠缠在一起。比如对于回忆录这类材料，事后追忆与当日经历之间相隔了一段时间，此段时间内历史学家和"神话"制造者的观念肯定会渗透进回忆录作者的意识中，并根据社会环境的变化而改造当事人的亲身经历。按照这番理解，先锋余华经过《活着》《许三观卖血记》而实现创作转型并获得成功，这是"事件"，而书信是一则"经历"，以上（A）处理很可能是出于：我们携带了纠缠着"事件"的前理解去对待"经历"。

　　重塑历史的过程普遍是以已知的结果为起始点，历史学家、文学史家势不免事后认知和回推立论。但优秀的研究者理应对历史现场中众多互歧性、偶然性的因子，以及历史发展各种各样的可能性有所自觉。⑱王汎森就曾提示说："太过耽溺于'后见之明'式的思考方式，则偏向于以结果推断过程，用来反推回去的支点都是后来产生重大历史结果的事件，然后照着与事件进程完全相反的时间顺序倒扣回去，成为一条因果的锁链。但是在历史的发展过程中，同时存在的是许许多多互相竞逐的因子，只是其中的少数因子与后来事件发生历史意义上的关联，而其他的因子的歧出性与复杂性，就常常被忽略以至似乎完全不曾存在过了。如何将它们各种互相竞逐的论述之间的竞争性及复杂性发掘出来，解放出来，是一件值得重视的工作。"⑲一九八〇年代先锋文学的发生以语言创新和反拨现实主义作为突破口，以及此后以余华为代表的创作转型（一般被命名为重回朴素的叙事立场、发现民间等），是"后来产生重大历史结果的事件"，以它们作为"反推回去的支点"，最终构成了文学史"因果的锁链"。《虚伪的作品》因与这条锁链发生着重要的"意义关联"，被遴选出来成为"文学史事实"，其实在"历史的发展过程中"，还有与此"事实"形成"歧出性与复杂性"的"其他因子"，比如本文讨论的书信及《走向真实的语言》，它们"被忽略以至似乎完全不曾存在过"，与此相伴随的是，本来"互相竞逐的论述之间"的丰富性及内在张力也湮没不闻。

中国当代
文学史
资料丛书

我们今天的研究者与一九八九年前后的余华之间，正是一个知晓文学史发展的人与对文学史发展并无所知的"历史行动者"之间的区别。我们熟稔一整套关于先锋文学起源、转折的说法，此时需要"去熟悉化"，重新唤回对问题的新鲜感，设身处地地体贴作为"一个定点上历史行动者"的余华，他对后来文学史的"走向"还无所知，展现在其面前的是何种情势、资源与可能性？[20]

比如，今天我们视作当然的关于那一时代先锋小说的种种权威文学史叙述，在当时真的已经严丝合缝地笼罩一切吗？我们可以把书信、《走向真实的语言》中表露的质疑，视为"真理"形成过程中一个旁逸斜出的细节，它（微弱）地"动摇了先前认为是固定不变的东西；打碎了先前认为是统一的东西"。[21]尽管一九八九年已非先锋文学的全盛时期（早有批评家指出一九八九年先锋派在"形式方面的探索的势头明显减弱"[22]），但《虚伪的作品》依然在为先锋文学摇旗呐喊（余华同年发表的《此文献给少女杨柳》等中短篇依然先锋意味浓厚），而此时在同一阵营（余华信出于自我阵营纠偏的考虑，而"刚刚出现的先锋小说"云云，可见他还不会想到先锋文学的黄金时代很快就会过去）中，甚至在先锋意识最自觉的作家思想意识内部，似乎也存在"杂音"。"杂音"可以理解为现实主义文学成规的变异与延续，此处可呼应程光炜的论述：一九八〇年代，"在现代派'去现实'、'去传统'的巨大声浪中，'现实'暗中与现代派的文学叙述建立了某种对接。经过多样历史叙述'改造'了的'现实主义'，就以这一芜杂多样的形态'重返'到现代派的历史生成过程之中"。面对一九八〇年代延续和变异的文学传统，现代派与先锋作家的"拒绝""吸收"和"改造"存在多样情形，不应看作是一个整体性的反映和表现，[23]其间内部的矛盾和复杂的纠缠理应在今天的研究中作充分展开，相反，那种简单地用"现实主义"和"现代主义"的二分法来区分不同阶段作家的文学史写法可能越来越不具备说服力。[24]借助普实克的论述，我们甚至可以把"现实主义"和"现代主义"、先锋派放在一个"共时"层面探析："正是这种直接地、不受阻碍地切近现实的要求迫使艺术家不断地解决如何表现现实，并在艺术上与这一新的现实达到一致的问题……现代的现实主义小说的创作首先是创造一个新的、具有个性的艺术结构的问题……艺术家越积极地接近现实，他越努力要把他的现实观表现得更清楚并以此来说服读者，他的作品形式也就越有创见……鲁迅的例子尤其能够证明这样一种观点，即：所谓先锋派艺术的开端，首先表明了艺术家对他所描述的现实加以重新评价的努力，目的在于使人们对于艺术家认为是特别重要的特征加以重视，并对这一现实作出某种评判。这种情况自然会导致强调某一方面而忽视或排斥其他方面的倾向。与对现实的那种传统的、朴素'现实主义'的理解相比较，文学的各个组成部分之间的关系经历了一种变化，甚至可能是被扭曲了，由此产生的是一幅畸形的、但却具有新意义的画面。这种扭曲自有其艺术上的理由，因为这样一种现实的图画也许能比所谓忠实地再现现实——用一大堆琐碎的细节掩盖着真正的意义——更多地把所描写的现实的本质告诉我们。如果这种扭曲的画面仅仅是本身的目的，与前一种情况相反，画面中不重要的因素任意地占据了突出地位，牺牲了真正重要的部分，而且强调的只是起次要作用的关系，那么，这样的艺术品并不比其他智力玩具更有价值。"[25]先锋文学呈现出"畸形""扭曲"的画面，正是为了"直接地、不受阻碍地切近现实"，表明"艺术家对他所描述的现实加以重新评价"，这恰是《虚伪的作品》所宣告的；但是，"如果这种扭曲的画面仅仅是本身的目的"，只是"某种华丽的游戏"而妨碍了我们"进入世界"，"不重要的因素任意地占据了突出地位，牺牲了真正重要的部分"，这样的作品就不足为据，这正是书信及《走向真实的语言》中"纠偏"的命意所在。

以上（A）与（B）这两种拆解看上去似乎意义不大，但还是有区别的：（A）不妨称作"追溯的看法"，"当某一特定的意识反应最占优势之时，历史学家可以轻快地提出一种简单的因果关系"；而（B）则是"透视的方法"，力图"把握住环境本身的真实面目"[26]，由此是否能重建"客观的历史"暂且不论，至少它不忽略特定环境中密布的细节，这些细节兴许不能被安排成前后自洽的因果逻辑，但提供给我们各种有争议的空间，并不试图在矛盾中发现共同的形式或主题，而是敞开"互相竞逐的论述之间的竞争性及复杂性"。具体到本文的讨论对象，（A）呈现的是两种创作思潮的转换，书信成为转换的契机。因为有占据"优势"的，种种关于先锋文学起源、转折的文学史叙述支点，即便重现书信、《走向真实的语言》这般暂时显出差异性的材料，也能最终"轻快"地将其纳入"一种简单的因果关系"中。而（B）意味着先锋文学本来就不那么"纯粹"，它自身延续、改造着先前的文学成规，也随时开放着其他可能性；也许恰恰是后来形成的文学史共识忽略，甚至锁闭了

中国
当代
文学史
资料丛书

这一可能性，才把它打造成态度决绝、面目鲜明的"先锋"。

循此我们还可商讨：一些研究认为当年的先锋小说将"个体"从语言秩序中解脱出来，一方面呼应了"纯文学"的想象，另一方面也在一九八〇、一九九〇年代之交被市场主义和消费主义所构建的个人主义的主体想象所规训、接纳。但这一"个体"在"解放"之后可能已觉察到（尽管是朦胧的）某种隔离、悬空之苦——如同余华的抱怨：能否抛弃华而不实、空洞无物的造句遣词，由"进入语言"而"进入世界"？当先锋作家达成使文学隔绝于社会现实的自律效果之后，他是否干脆、果决地大踏步进入了这一形式乌托邦？抑或在眺望这一乌托邦时感受到了某种危机？而这一驻足、犹疑的刹那，这一拖泥带水的暧昧含混——先前主流形态的现实主义已不愿返回，而未来看上去"心醉神迷"的语言形式的乌托邦似乎也不那么完美——可能包含着丰富性。我们或可将其理解为一种文学话语实践在产生出知识与真理的过程中一次反躬自省的契机，尽管它在文学史的罅隙里闪烁而过没有展现深刻效果，但今人的研究却不妨去想象、珍重历史偶然的脉络中隐而未发的丰富性。

三、结语及延伸的话题

本文的讨论对象只是一封简短的书简，没有搜集更丰富的材料，没有联系余华写此信前后的具体创作，也没有开掘到更广阔的文学"周边"，似乎予人"麻雀"太小、阐释过度之感。本文的意旨，兴许在如下几个方面：

一、书信尺牍是中国古代文学思想的重要资料来源，"经常包含对理论问题的详尽讨论"[27]。现代文学研究界对书信的利用率也颇高，鲁迅早就讲过："从作家的日记或尺牍上，往往能得到比看他的作品更其明晰的意见，也就是他自己的简洁的注释"，尺牍的销行"并非等于窥探门缝，意在发人的阴私，实在是因为要知道这人的全般，就是从不经意处，看出这人——社会的一分子的真实"[28]。鲁迅是在为《当代文人尺牍钞》作序时发表这番意见的，而孔另境编就的这卷书信集（后改题为《现代作家书简》）也成为今日现代文学研究者案头常备之书。总之，在古代文学与现代文学研究领域，文人的信函尺牍，对于探索作者生平、重现文学活动的轨迹、勾勒人事交往与文学社团的聚散等等，有莫大助益。而当代文学的"当代"，不仅意味着一个时间段落，而且形成了一个即时进行中的由政治制度、经济基础、意识形态、文化创造等汇成的结构，阅读当代文学即与此结构对话，与我们置身的现实、现时对话，这是毋庸置疑的。但此种须臾不可分的同步性又往往模糊了当代文学的学科意识。比如，在今天很少有作家、编辑、评论家等会自觉来保存彼此的信笺、短信，存档电子邮件，更不会意识到这些或许能作为"史料"留存，从而为日后的研究备案、积累，来鸿去雁加速散佚，同时流逝的，还有其中潜藏的未必单薄的信息。本文讨论材料取自程永新《一个人的文学史》，书中贡献了一大批当代重要作家的书信、邮件，甚至手机短信，弥足珍贵。本文由一封书简摸索若干文学史信息，也是为提请在研究中更多注意到作家、评论家、编辑、出版人等"文学从业人员"的私人信件与文学史的交会点，尝试用多种史料来开展研究。

二、文学史研究的特殊性与历史研究的一般性。我们对于前者已有不少注意，比如文学史叙述和其他历史叙述的区别，其无法替代的具体性、形象性、现场感、情景感等文学性特征；[29]但对于后者——比如文学史研究在多大程度上应该遵循历史研究的"纪律"，如何吸收史学研究的相关成果，尤其是方法论以开掘更丰富的空间——尽管已有有识之士倡议，但似乎还有待深入。

三、由于巴赫金、福柯等著述的影响，当代读者更能理解每个时代及其文本中皆布满矛盾、冲突与纠缠，而这些矛盾、冲突与纠缠构成的诸种形态，正是文学史家殷殷考古的对象。我们已读到过不少关于先锋文学起源与发展的述说，本文通过一封信件的拆解而捡拾起一则盘旋、回复和争执的细节，由此暂且撇开利用"反推回去的支点"来寻找起源，将历史解释成一个目的明确的连续性过程的方法，转而呈现特定空间中"互相竞逐的论述"，进而连带出文学史情境本身的复杂性、多义性，以及研究者自身的限制与困惑。具体到先锋文学的研究，除上文议及之外，我想关涉的面向还包括：首先，诚如一位研究者在考察马原时的发现，一九八〇年代代表性作家的先锋意识并非固定的，而是具有很强的"功能性"："进入文坛之前，处在唯新是崇的接受环境中，对前辈的突破迫在眉睫，马原的形式实验顺理成章。当先锋小说被集中推出，已经成名的马原自然要和新崛起的作家拉开距离，这也是为避免自我重复寻求突破的必然选择，所以他开始后撤，不惜抛弃已经成为个人身份标识的先锋实验"，比如证明自身具备坚实的写实功底、反感曾经热衷的"现代派花

中国当代文学史资料丛书

样"……余华的"纠偏"或也正出于这种先锋意识的功能性。其次，尽管先锋文学的读者层次较高，但并不仅限于大城市和高等学府却是一个事实，"从文学青年到普通民众，从青年学子到大学教授，构成了一幅'先锋读者'的动人风景，他们的阅读期待构筑了先锋小说的接受基础"。[30]余华信中的意见，也是在尊重这一超越社会身份与地域区隔的普通"阅读大众"（reading public）的感受与理解。最后，余华书信及《走向真实的语言》所提供的辩证与复调，让我们领会到洪子诚所谓的"适度美感"："在八十年代，'适度'美感也可以说是一种普遍的美感趣味。开放、变革、创新、崛起、超越、反叛……当然是那个文学'新时期'的主要取向，墨守成规会为多数作家、读者所不屑。但是反过来，过于激烈的那种'情人式'的言行，也难以被许多人接受，即使是具有先锋特征的思想、艺术群落。"[31]借鉴"适度美感"的判断再来反观余华自先锋时期至《活着》《许三观卖血记》的创作流程，当可提示我们一九八〇年代与一九九〇年代的文学在断裂中暗含的某种辩证意味。

二〇一〇年十月十二日草、十月三十一日改定

先锋小说研究资料

注释：

①我曾对该信做过初步释读，见金理《书信中的文学史信息》，《小说评论》2008年第1期。此后一直觉得意犹未尽，当日的释读还很粗糙，可供挖掘的话题还有不少，于是两年后续成此文。

②见程永新《一个人的文学史》，第45页，天津：天津人民出版社，2007。

③⑤余华《虚伪的作品》，《上海文论》1989年第5期。

④罗伯特·达恩顿（Robert Darnton）：《读者对卢梭的反应：捏造浪漫情》，《屠猫记：法国文化史钩沉》，第244页，吕健忠译，北京：新星出版社，2006。

⑥莫泊桑：《谈"小说"》，石尔编：《外国名作家创作经验谈》，第84页，杭州：浙江人民出版社，1981。

⑦高尔基：《关于列夫·托尔斯泰》，段宝林编：《西方古典作家谈文艺创作》，第555页，沈阳：春风文艺出版社，1980。

⑧王尧说："80年代的文学批评当然很重要，没有80年代的文学批评，就没有后来的文学史论著；但是同时还存在另外一个问题，我们今天的文学史论著，建立在当年的文学批评的基础上，所以把很多批评之外的东西删除掉了。这是两面性。"见杨

晓帆、虞金星《当代文学研究的"历史化"研讨会纪要》，《文艺争鸣》2010年第1期。

⑨余华：《走向真实的语言》，《文艺争鸣》1990年第1期。

⑩爱德华·卡尔（Edward Hallett Carr）：《历史学家和历史学家的事实》，刘北成、陈新编：《史学理论读本》，第40、41页，北京：北京大学出版社，2006；又可见王尔敏《史学方法》，第145、146页，桂林：广西师范大学出版社，2005。

⑪余华、潘凯雄：《关于〈许三观卖血记〉的对话》，《作家》1996年第3期。

⑫余华：《叙述中的理想》，《当代文坛报》1997年第5—6期。

⑬余华：《虚伪的作品》，《上海文论》1989年第5期。

⑭张旭东、朱羽：《从"现代主义"到"文化政治"》，《现代中文学刊》2010年第3期。

⑮余华：《叙述中的理想》，《当代文坛报》1997年第5—6期。

⑯余华：《我的写作经历》，《灵魂饭》，第149页，海口：南海出版公司，2002。

⑰见柯文（Paul A.Cohen）《历史三调：作为事件、经历和神话的义和团》，杜继东译，南京：江苏人民出版社，2000。

⑱后现代历史著述反对一种历史叙事中的"发生学结构"，在此结构中，"现代历史思考在一条历史发展线索中把过去与现在的状态结合在一起"，"历史思考产生了这样一种印象即过去向现在的状态迸发"。历史研究中的后现代主义坚决"反对把人类过去的生活形式整合到一个导致我们今天的形式的过程之中"。此处关于"恢复过去自己的尊严"的宣称与尝试，倒也并非浮浅的无稽之谈。见吕森（Joern Ruesen）《历史秩序的失落》，张文杰编：《历史的话语》，第80—83页，桂林：广西师范大学出版社，2002。

⑲王汎森：《中国近代思想文化史研究的若干思考》，康乐、彭明辉主编：《史学方法与历史解释》，第80页，北京：中国大百科全书出版社，2005。

⑳如余华在信里有"刚刚出现的先锋小说"这样的说法，但今天文学史认知告诉我们，在写信的1989年，先锋小说的高潮期已过，甚至很快就要风流云散了。

㉑福柯：《尼采·谱系学·历史学》，汪民安、陈永国编：《尼采的幽灵》，第122页，苏力译，北京：社会科学文献出版社，2001。

㉒陈晓明：《最后的仪式——"先锋派"的历史及其评估》，《文学评论》1991年第5期。

㉓程光炜：《80年代的现代派文学》，《文学讲稿："80年代"作为方法》，第230、243页，北京：北京大学出版社，2009。

㉔见罗岗《"读什么"与"怎么读"》，《文艺争鸣》2009年第8期

㉕普实克：《中国文学中的现实和艺术》，《普实克中国现代文学论文集》，第97、98页，李燕乔等译，长沙：湖南文艺出版社，1987。

㉖"追溯的看法"与"透视的方法"，见史华兹（Benjamin Schwartz）：《关于中国

思想史的若干初步考察》，收入韦政通编《中国思想史方法论文选集》，张永堂译，上海：上海人民出版社，2009。

㉗宇文所安：《中国文论：英译与评论》，第8页，王柏华、陶庆梅译，上海：上海社会科学院出版社，2003。

㉘鲁迅：《孔另境编〈当代文人尺牍钞〉序》，《鲁迅全集》第6卷，第428、429页，北京：人民文学出版社，2005。

㉙在这一方面我觉得较为突出和成功的尝试是钱理群《1948：天地玄黄》一书。

㉚以上对先锋意识的功能性及"先锋读者"的论述，见李建周《在文学机制与社会想象之间》，《南方文坛》2010年第2期。

㉛洪子诚借鉴了苏珊·桑塔格《加缪的〈日记〉》中关于伟大作家要么是"丈夫"要么是"情人"的说法，"可靠、讲理、大方、正派"是丈夫的品格，而情人虽然"喜怒无常、自私、不可靠、残忍"，却能"换取刺激以及强烈情感的充盈"；进而引申道："在作家与文学'传统'之间的关系上来看待这两类作家，那么，'情人'式的作家在题材、主题、风格、方法上，将会执意地和他的前辈较劲，更'炫耀性格、顽念以及奇特之处'，而'丈夫'式作家体现的较为'传统'，循规蹈矩。"见洪子诚《"幸存者"的证言——"我的阅读史"之〈鼠疫〉》，《南方文坛》2008年第4期。

附录

先锋小说研究资料索引

一、报纸期刊论文

吴方：《〈冈底斯的诱惑〉与复调世界的展开》，《文艺研究》1985年第6期。

许振强、马原：《关于〈冈底斯的诱惑〉的对话》，《当代作家评论》1985年第5期。

李洁非、张陵：《一九八五年中国小说思潮》，《当代文艺思潮》1986年第3期。

何新：《"先锋"艺术与近、现代西方文化精神的转移——现代派、超现代派艺术研究之一》，《文艺研究》1986年第1期。

张志忠：《一个现代人讲的西藏故事——马原小说漫议》，《上海文学》1986年第4期。

辛力：《对一个遥远世界的发现——马原西部小说的视角特点》，《辽宁师范大学学报（社会科学版）》1986年第5期。

李劼：《〈冈底斯的诱惑〉与思维的双向同构逻辑》，《文学自由谈》1986年第5期。

李劼：《动人的萝卜　迷人的诱惑——论〈透明的红萝卜〉的透明度和〈冈底斯的诱惑〉的诱惑性》，《文学评论家》1986年第4期。

吴若增：《残雪的愁思》，《天津文学》1986年第8期。

程德培：《残雪之谜》，《文汇读书周报》1986年11月8日。

吴亮：《马原的叙述圈套》，《当代作家评论》1987年第3期。

理晴：《读马原新作〈错误〉随感》，《小说评论》1987年第3期。

郭银星、辛晓征：《评论马原小说的两难设计》，《当代作家评论》1987

年第3期。

李国文：《意在言外——读马原小说》，《文学自由谈》1987年第4期。

赵玫：《残雪的方式》，《上海文论》1987年第4期。

王绯：《在梦的妊娠中痛苦痉挛——残雪小说启悟》，《文学评论》1987年第5期。

王斌、赵小鸣：《迷宫之门——马原小说论》，《文学自由谈》1987年第5期。

李洁非、张陵：《马原的〈错误〉及随想》，《文学自由谈》1987年第5期。

贺绍俊、潘凯雄：《柔软的情节——马原小说近作中的叙述结构》，《文学自由谈》1987年第5期。

许振强：《马原小说评析》，《文学评论》1987年第5期。

王干：《寻求超越：小说文体实验》，《小说评论》1987年第5期。

李洁非、张陵：《马原小说与叙事问题》，《当代文艺探索》1987年第6期。

杨小滨：《意义熵：拼贴术与叙述之舞——马原小说中的后现代主义》，《文艺争鸣》1987年第6期。

辛晓征：《误解的快乐——姚亮、陆高和马原》，《艺谭》1987年第6期。

程德培：《折磨着残雪的梦》，《上海文学》1987年第6期。

李劼：《写在年轻的集束力作的爆炸声里》，《文学角》1988年第1期。

王干、费振钟：《苏童：在意象的河流里沉浮》，《上海文学》1988年第1期。

张新颖：《马原观感传达方式的历史沟通——兼及传统中西小说观念的比较》，《上海文论》1988年第1期。

南帆：《相反相成：〈奔丧〉与〈瀚海〉》，《当代作家评论》1988年第1期。

黄子平：《关于"伪现代派"及其批评》，《北京文学》1988年第2期。

刘火：《关于马原小说及马原小说评论的断想》，《百家》1988年第2期。

李振声：《读苏童——限于他一九八七年的小说》，《上海文论》1988年第3期。

程德培：《逃亡者苏童的岁月——评苏童的小说》，《作家》1988年第3期。

吴亮：《一个臆想世界的诞生》，《当代作家评论》1988年第4期。

吴继文：《没有出口的梦境——残雪黄泥街的倒错世界》，《上海文论》1988年第4期。

东年：《受苦的人没有施舍慈悲的义务？》，《上海文论》1988年第4期。

洪峰、马原：《谁难受谁知道——洪峰和马原的通信》，《文艺争鸣》1988年第4期。

汪政、程然、晓华：《独白——一种新的文学倾向》，《文艺评论》1988年第4期。

单英福：《叙事圈套：马原小说的叙述方式》，《文学评论家》1988年第4期。

益希单增：《西藏文学与西藏作家》，《当代文坛》1988年第4期。

黄集伟：《神秘的马原——读马原小说随笔》，《博览群书》1988年第4期。

李劼：《论中国当代新潮小说的语言结构》，《文学评论》1988年第5期。

李劼：《论中国当代新潮小说》，《钟山》1988年第5期。

张颐武：《人：困惑与追问之中——实验小说的意义》，《文艺争鸣》1988年第5期。

南帆：《先锋文学与大众文学》，《文艺理论研究》1988年第3期。

罗雀：《残雪的阿喀琉斯脚跟》，《作品与争鸣》1988年第6期。

［日］近藤直子：《有"贼"的风景》，《作品与争鸣》1988年第6期。

汪政、晓华：《虚构的回忆：苏童小说随想》，《雨花》1988年第11期。

李兆忠：《旋转的文坛——"现实主义与先锋派文学"研讨会简记》，《文学评论》1989年第1期。

海男：《看见或看不见——余华印象》，《文学角》1989年第1期。

施连钧：《余华的双重世界模态》，《批评家》1989年第1期。

赵玫：《先锋小说的自足与浮泛——对近年来先锋实验小说的再认识》，《文学评论》1989年第1期。

陈剑晖：《形式化了的叙述主体——走向本体的文学之四》，《云南社会科学》1989年第1期。

李锐：《现代派——一种刻骨的真实，而非一个正确的主义》，《文艺研究》1989年第1期。

唐俟、吴亮、沙水：《关于残雪小说论争的通信》，《文学角》1989年第1期。

吴亮：《向先锋派致敬》，《上海文论》1989年第1期。

黄中俊：《残雪的突围——读〈突围表演〉》，《理论与创作》1989年第2期。

樊星：《人性恶的证明——余华小说论（1984—1988）》，《当代作家评论》1989年第2期。

谭桂林：《评残雪近期创作的蜕变倾向》，《理论与创作》1989年第2期。

文懿：《走出黄泥街——评残雪现象》，《理论与创作》1989年第2期。

胡河清：《论阿城、马原、张炜：道家文化智慧的沿革》，《文学评论》1989年第2期。

钱谷融：《论"探索小说"——中国新时期文学的一个侧面》，《社会科学辑刊》1989年第2期。

叶砺华：《马原现象与后现代主义的终结》，《当代文坛》1989年第2期。

何龙：《冲破传统叙述模式之后——探索中的小说叙述艺术》，《文艺理论研究》1989年第2期。

李其钢：《苏童放飞的姐妹鸟》，《文学评论》1989年第3期。

武跃速：《转换：走出枫杨树——苏童近作印象》，《当代作家评论》1989年第4期。

王彬彬：《余华的疯言疯语》，《当代作家评论》1989年第4期。

钟本康：《余华的幻觉世界及其怪圈》，《小说评论》1989年第4期。

吕世民：《论近几年中国先锋文学的嬗变》，《人文杂志》1989年第4期。

晓华、汪政：《余华小说现象》，《上海文论》1989年第5期。

沙水：《表演人生——论残雪的〈突围表演〉》，《文学评论》1989年第5期。

赵玫：《特洛伊的木马——马原印象》，《文学自由谈》1989年第5期。

朱大可、张献、宋琳、杨小滨、曹磊：《保卫先锋文学》，《上海文学》1989年第5期。

李劼：《中国当代语言革命论略》，《社会科学》1989年第6期。

黄力之：《先锋文学与文学观念——对先锋文学的最低限度批评》，《理论与创作》1989年第6期。

王宁、陈晓明：《后现代主义与中国当代先锋文学》，《人民文学》1989年第6期。

朱水涌：《叙事迷宫的营造与困境——苏童〈伤心的舞蹈〉》，《福建文学》1989年第6期。

木弓：《〈错误〉方式——读马原的〈错误〉》，《北京文学》1989年第7期。

王斌、赵小鸣：《〈世事如烟〉释义的邪说——简评余华的〈世事如烟〉》，《北京文学》1989年第7期。

戴锦华：《裂谷的另一侧畔——初读余华》，《北京文学》1989年第7期。

李运抟：《中国当代先锋小说新解》，《小说评论》1989年第10期。

洪治纲：《另一种真实——试论余华小说的美学意蕴》，《百家》1990年第1期。

季进、吴义勤：《文体：实验与操作——苏童小说论之一》，《当代作家评论》1990年第1期。

薛毅：《小说时空观的演变和隐喻——兼论苏童、林斤澜、余华》，《艺术广角》1990年第2期。

庞守英：《先锋小说文体形式研究综述》，《文史哲》1990年第3期。

胡河清：《马原论》，《当代作家评论》1990年第5期。

张玞：《虚构的帝国——评马原小说》，《当代作家评论》1990年第5期。

邓善洁：《"先锋小说"不再令人兴奋》，《文学自由谈》1990年第2期。

阎建滨：《小说还原：当代文学的又一次本体复归现象》，《小说评论》1990年第3期。

马俊山：《东北文学：从边缘到先锋》，《艺术广角》1990年第6期。

张卫中：《余华小说读解》，《当代作家评论》1990年第6期。

盛子潮：《中国当代小说的超验形态》，《浙江学刊》1990年第6期。

陈晓明：《暴力与游戏：无主体的话语——孙甘露与后现代的话语特征》，《当代作家评论》1991年第1期。

晓华、汪政：《浪子的悲歌——苏童〈飞越我的枫杨树故乡〉赏析》，《名作欣赏》1991年第1期。

黄毓璜：《面对共同的历史——周梅森、叶兆言、苏童比较谈》，《钟山》1991年第2期。

赵毅衡：《非语义化的凯旋——细读余华》，《当代作家评论》1991年第2期。

张玞：《现实一种——评余华小说》，《当代作家评论》1991年第2期。

月斧：《余华——在平面与深度之间》，《钟山》1991年第2期。

莫言：《清醒的说梦——关于余华及其小说的杂感》，《当代作家评论》1991年第2期。

张景超：《余华创作新论》，《求是学刊》1991年第4期。

陈晓明：《最后的仪式——"先锋派"的历史及其评估》，《文学评论》1991年第5期。

胡河清：《苏童的"米雕"》，《当代作家评论》1991年第6期。

吴义勤：《在乡村与都市的对峙中架筑神话——苏童长篇小说〈米〉的故事拆解》，《当代作家评论》1991年第6期。

刘江滨：《走出虚幻的迷雾——苏童近作艺术转换窥见》，《文论月刊》1991年第8期。

王彬彬：《残雪、余华："真的恶声"？——残雪、余华与鲁迅的一种比较》，《当代作家评论》1992年第1期。

吴义勤、季进：《追寻：历史的与现实的——苏童小说论之二》，《扬州大学学报（人文社会科学版）》1992年第1期。

王宁：《接受与变形：中国当代先锋小说中的后现代性》，《中国社会科学》1992年第1期。

陈晓明：《颠倒等级与"先锋小说"的叙事策略》，《中国社会科学院研究生院学报》1992年第1期。

王宁：《中国当代文学中的后现代主义因子》，《理论与创作》1992年第2期。

姜丰：《叶兆言小说文本意义论》，《文学评论家》1992年第2期。

钟本康：《两极交流的叙述形式——苏童〈米〉的"中间小说"特性》，《当代作家评论》1992年第3期。

陈晓明：《胜过父法，绝望的心理自传——评余华〈呼喊与细雨〉》，《当代作家评论》1992年第4期。

韩毓海：《天地梦回——〈呼喊与细雨〉的超验救赎意义》，《当代作家评论》1992年第4期。

潘凯雄：《〈呼喊与细雨〉及其他》，《当代作家评论》1992年第4期。

陈思和：《余华小说与世纪末意识——与友人书》，《作家》1992年第5期。

胡河清：《论格非、苏童、余华与术数文化》，《当代作家评论》1992年第5期。

林树明：《试析马原的男性叙事》，《上海文论》1992年第5期。

陈虹：《中国当代先锋小说的元小说因素》，《文艺评论》1992年第6期。

萧元：《灵魂对话与人生表演》，《上海文论》1992年第6期。

王蒙：《中国的先锋小说与新写实主义》，《当代作家评论》1992年第6期。

王干：《苏童意象》，《花城》1992年第6期。

王干：《叶兆言苏童异同论》，《上海文学》1992年第8期。

潘凯雄：《走出轮回了吗？——由几位青年作家的长篇新作所引发的思

考》，《当代作家》1992年第2期。

赵炎秋：《走向荒诞：论西方先锋派文学对文学传统的突破与超越》，《外国文学评论》1993年第1期。

谢有顺：《绝望审判与家园中心的冥想——再论余华〈呼喊与细雨〉中的生存进向》，《当代作家评论》1993年第2期。

彭基博：《价值·立场·策略——苏童文本论》，《当代作家评论》1993年第2期。

赵毅衡：《读陈染，兼论先锋小说第二波》，《文艺争鸣》1993年第3期。

南帆：《再叙事：先锋小说的境地》，《文学评论》1993年第3期。

潘凯雄：《先锋的艰难前行》，《文学自由谈》1993年第3期。

耿传明：《颠覆常识的艺术——余华小说中的反讽描写及距离控制》，《烟台师范学院学报》1993年第3期。

舒文治：《谈格非的〈唿哨〉——兼为先锋小说一辩》，《小说评论》1993年第5期。

谢有顺：《先锋性的萎缩与深度重建——兼谈北村〈施洗的河〉》，《当代作家评论》1993年第5期。

谢有顺：《缅怀先锋小说》，《文艺评论》1993年第5期。

秦立德：《叙述的转型——对"后新潮小说"一种写作动机的考察》，《文学评论》1993年第6期。

谢有顺：《绝望：存在的深渊处境——先锋文学中的一个现代主义主题研究》，《文艺评论》1993年第6期。

陈达：《论鲁迅、余华小说创作的精神同构性》，《浙江师大学报（社会科学版）》1993年第6期。

季红真：《短论二题——重读〈冈底斯的诱惑〉和〈爸爸爸〉》，《上海文学》1993年第12期。

季红真：《被囚禁的灵魂——读〈山上的小屋〉》，《当代作家评论》1994年第1期。

吴义勤：《在沉思中言说并命名：孙甘露〈呼吸〉解读》，《当代作家评论》1994年第1期。

董丽敏：《走出意义与走向意义——新时代小说的基本线索》，《文艺评论》1994年第1期。

陈渊：《"先锋派小说"的接受美学诠释》，《郧阳师范高等专科学校学报》1994年第1期。

黄蕴洲、昌切：《余华小说的核心语码》，《小说评论》1994年第1期。

吴义勤：《切碎了的生命故事——余华长篇小说〈呼喊与细雨〉论评》，《小说评论》1994年第1期。

赵毅衡：《小议先锋小说》，《文学自由谈》1994年第1期。

邵燕君：《从交流经验到经验叙述——对马原所引发的"小说叙述革命"的再评估》，《文学评论》1994年第1期。

郜元宝：《马原洪峰论略》，《文学世界》1994年第2期。

张卫中：《苏童创作的心理透视》，《江苏教育学院学报》1994年第2期。

吴炫：《先锋的面具》，《文艺争鸣》1994年第2期。

谢有顺：《救赎时代——北村与先锋小说》，《文艺评论》1994年第2期。

谢有顺：《历史时代的终结：回到当代——论先锋小说的转型》，《当代作家评论》1994年第2期。

昌切：《先锋小说一解》，《文学评论》1994年第2期。

黄今夫：《出走与返回——苏童小说简论》，《浙江师范大学学报（社科版）》1994年第3期。

赵彦芳：《在生命意识的基点上契合——〈活着〉和〈等待戈多〉主题的对比研究》，《枣庄师专学报》1994年第3期。

吴亮：《回顾先锋文学——兼论80年代的写作环境和文革记忆》，《作家》1994年第3期。

谢有顺：《终止游戏与继续生存——先锋长篇小说论》，《文学评论》1994年第3期。

郜元宝：《余华创作中的苦难意识》，《文学评论》1994年第3期。

关懿珉：《论余华》，《河北学刊》1994年第3期。

王海燕：《苏童论》，《安庆师范学院学报（社科版）》1994年第4期。

汪民安：《文学先锋派的当下境况》，《文艺评论》1994年第4期。

张应中：《世纪末的回眸——论苏童》，《当代文坛》1994年第5期。

蒋小波：《余华：作为成规的破坏者——余华小说的一种读解》，《当代文坛》1994年第5期。

彭基博：《先锋小说的感知形式》，《当代作家评论》1994年第5期。

汪民安：《文学先锋派的当下境况扫描》，《江汉大学学报（社会科学版）》1994年第5期。

吴义勤：《先锋的还原——九十年代文化转型的一个例证》，《文艺评论》1995年第1期。

修彬：《先锋的迁移——北村小说作品讨论会综述》，《福建文学》1995年第1期。

萧元：《世纪末的孤独守望者》，《湖南文学》1995年第1期。

［日］近藤直子：《残雪——黑夜的解脱者》，《文学评论》1995年第1期。

吴义勤：《苏童小说的生命意识》，《江苏社会科学》1995年第1期。

傅翔：《面对生存：肉体与精神的阐释——串读苏童与北村》，《文艺评论》1995年第2期。

朱伟：《旧作重评四篇——一九三四年的逃亡》，《当代作家评论》1995年第2期。

何立伟：《马原这个人》，《文学自由谈》1995年第2期。

雷达：《小说见闻录之四——先锋小说的新思路》，《小说评论》1995年第2期。

李阳春：《从沉沦走向救赎的先锋小说》，《衡阳师专学报（社科版）》1995年第2期。

吴澄：《挑战与突围：近期中国先锋小说流变论》，《上海师范大学学报（哲学社会科学版）》1995年第3期。

张应中：《论苏童小说的叙事模式》，《安徽师范大学学报（人文社会科学版）》1995年第3期。

南帆：《先锋的皈依——论北村的小说》，《当代作家评论》1995年第4期。

陈忠志：《汉语语言变革与中国先锋小说的话语方式》，《贵州师范大学学报（社会科学版）》1995年第4期。

徐芳：《形而上主题：先锋文学的一种总结和另一种终结意义》，《文学评论》1995年第4期。

黄先禄：《论先锋小说写作方式的技术化倾向》，《中国文学研究》1995年第4期。

胡彦：《所指·能指·元叙事——论现代小说的艺术嬗变》，《当代文坛》1995年第5期。

王宁：《女权主义理论与中国当代女性先锋文学》，《社会科学战线》1995年第5期。

杨扬：《先锋文学、先锋批评在当代》，《东方》1995年第6期。

降红燕：《结构主义精神与中国先锋小说》，《云南社会科学》1995年第6期。

吴义勤：《绝望中诞生——论新潮长篇小说的崛起》，《文艺评论》1995年第6期。

曹元勇：《中国后现代先锋小说的基本特征》，《文艺理论研究》1996年第1期。

南帆：《先锋作家的命运》，《中国新时代》1996年第2期。

舒文治：《在边缘活着——从〈活着〉〈边缘〉考察先锋小说对生存境态的演述》，《小说评论》1996年第2期。

洪治纲：《逼视与守望——从张炜、格非、余华的三部长篇近作看先锋小说的审美动向》，《当代作家评论》1996年第2期。

刘哲：《恐惧与怜悯——读余华的小说》，《东方艺术》1996年第2期。

季红真：《余华：逃避杀戮》，《芒种》1996年第2期。

洪治纲：《先锋精神的还原与重铸——兼论九十年代先锋文学存在的必要性》，《小说评论》1996年第2期。

张学军：《形式的消解与意义的重建——论先锋派小说的历史转型》，《小说评论》1996年第3期。

吴义勤：《新潮小说的主题话语》，《文艺评论》1996年第3期。

［美］布莱德·马罗：《谈谈残雪小说》，《鸭绿江》1996年第3期。

〔丹麦〕魏安娜：《模棱两可的主观性——读残雪小说》，《小说界》1996年第3期。

秦宇慧：《隐匿的"非理性世界"——论余华及其近作〈许三观卖血记〉》，《沈阳教育学院学报》1996年第3期。

谢廷秋：《"原型"与变形——余华小说的苦难变迁》，《贵州师范大学学报（社会科学版）》1996年第3期。

余强：《重复的诗学——评〈许三观卖血记〉》，《当代作家评论》1996年第4期。

吴义勤：《新潮小说的主题话语（续一）》，《文艺评论》1996年第4期。

王海燕：《余华论》，《江淮论坛》1996年第4期。

张向东：《文体解构：先锋文本的存在状态》，《东北师大学报（哲学社会科学版）》1996年第4期。

何鲤：《论余华的叙事循环》，《湖北大学学报（哲学社会科学版）》1996年第5期。

李建盛、冯艳冰：《范式突围与意义放逐：论"先锋小说"——理论视界中的八十年代中国文学之五》，《南方文坛》1996年第5期。

吴义勤：《新潮小说的主题话语（续二）》，《文艺评论》1996年第5期。

李洁非：《实验和先锋小说（1985—1988）》，《当代作家评论》1996年第5期。

李静：《先锋小说：寄生的文学》，《南方文坛》1996年第5期。

王一川：《间离语言与奇幻性真实——中国当代先锋小说的语言形象》，《南方文坛》1996年第6期。

〔丹麦〕魏安娜：《一种中国的现实——阅读余华》，《文学评论》1996年第6期。

吴义勤：《超越与澄明——格非长篇小说〈边缘〉解读》，《小说评论》1996年第6期。

赵卫东：《先锋小说价值取向的批判》，《河南大学学报（哲学社会科学版）》1996年第6期。

徐芳：《一种缅怀：先锋文学形式实验的再探索》，《华东师范大学学报（哲学社会科学版）》1997年第1期。

王一川：《自为语言与文人自语——当代先锋文学对语言本身的追寻》，《南方文坛》1997年第2期。

刘曾文：《终极的孤寂——对马原、余华、苏童创作的再思考》，《文艺理论研究》1997年第1期。

周兴武：《主体的张扬与隐退——论余华小说风格的变化》，《杭州大学学报（哲学社会科学版）》1997年第1期。

陈伟军：《主体的劫难和先锋的溃逃——评余华新作〈我的故事〉》，《当代文坛报》1997年第1期。

张柠：《长篇小说叙事中的声音问题——兼谈〈许三观卖血记〉中的叙事风格》，《当代作家评论》1997年第2期。

徐肖楠：《忏悔中的人性——陀思妥耶夫斯基小说与中国先锋历史小说的比较》，《湛江师范学院学报》1997年第2期。

张洪德：《余华：重复叙述的音乐表现》，《当代文坛》1997年第2期。

张闳：《〈许三观卖血记〉的叙事问题》，《当代作家评论》1997年第2期。

何立伟：《评马原的〈错误〉》，《漓江》1997年第2期。

蔡玉虎：《从虚无到无为——先锋小说家的自我意识》，《兰州大学学报（社会科学版）》1997年第2期。

陈晓明：《先锋派之后：90年代的文学流向及其危机》，《当代作家评论》1997年第3期。

王元中：《承继与转变——读余华〈在细雨中呼喊〉的认识与感想》，《哈尔滨师专学报》1997年第3期。

耿传明：《试论余华小说中的后人道主义倾向及其对鲁迅启蒙话语的解构》，《中国现代文学研究丛刊》1997年第3期。

杨春：《重归还是拆解——论苏童小说的历史追忆》，《河北学刊》1997年第4期。

陈灵强：《直面与拯救——试论余华近作中的创作转向》，《浙江师大学报（社会科学版）》1997年第4期。

陆小惠：《论苏童小说中的生活故事及其人性挖掘》，《通俗文学评论》1997年第4期。

毛克强、袁平：《当代小说叙述新探》，《当代文坛》1997年第5期。

郭济访：《尴尬的"新"余华——兼谈新潮作家叙述方式转换之得失》，《文学世界》1997年第5期。

卢永裕：《余华的哲学美学观》，《小说林》1997年第5期。

摩罗：《论余华的〈一九八六年〉》，《文艺理论研究》1997年第5期。

金光：《人的错位——余华小说〈世事如烟〉与其他》，《西南民族学院学报（哲学社会科学版）》1997年第6期。

张清华：《从启蒙主义到存在主义——当代中国先锋文学思潮论》，《中国社会科学》1997年第6期。

谢廷秋：《以精神抗击不幸——从余华告别"先锋"看人文精神的建构》，《培训与研究——湖北教育学院学报》1998年第1期。

王春云：《先锋小说的元叙事技法浅析》，《榆林高专学报》1998年第1期。

张法：《何以获得先锋——先锋小说的文化解说》，《求是学刊》1998年第1期。

蔡翔：《90年代小说和它的想象方式》，《当代作家评论》1998年第1期。

老高：《先锋派小说家和新状态小说家》，《当代作家评论》1998年第1期。

南帆：《边缘：先锋小说的位置》，《花城》1998年第1期。

［日］日野启三：《突破语言的淤泥的尝试——读〈突围表演〉》，《书屋》1998年第2期。

郭宝亮：《先锋小说形式意味浅论》，《河北师范大学学报（哲学社会科学版）》1998年第2期。

庄陶：《抵抗常规叙述格局：先锋小说的叙述者》，《福建师范大学学报（哲学社会科学版）》1998年第2期。

余岱宗：《论余华小说的黑色幽默》，《福建论坛（文史哲版）》1998年第3期。

邱福庆：《马原的努力：文学的独立性意义》，《龙岩师专学报（社会科学版）》1998年第3期。

王雨海：《从马原的小说创作看西方后现代主义对中国先锋派小说的影响》，《信阳师范学院学报（哲学社会科学版）》1998年第3期。

黄素霞：《我看马原》，《莽原》1998年第4期。

姜云飞：《突围表演——论残雪、伊蕾作品中的"困兽"意识》，《当代作家评论》1998年第4期。

卢永裕：《余华文本的表现世界》，《吉首大学学报（社会科学版）》1998年第4期。

吴小美、常立霓：《"人性"与"兽性"的深度艺术表现——读余华〈我没有自己的名字〉兼及屠格涅夫的〈木木〉》，《名作欣赏》1998年第4期。

张学昕：《想象与意象架设的心灵浮桥 ——苏童小说创作论》，《辽宁师范大学学报（社科版）》1998年第4期。

王德威：《南方的堕落与诱惑》，《读书》1998年第4期。

刘春：《世界的苏童与苏童的世界》，《南方文学》1998年第4期。

胡良桂：《先锋小说"人"的主题结构》，《中国文学研究》1998年第4期。

付英海：《奇异的悖反——重读苏童》，《内蒙古教育学院学报》1998年第5期。

王德威：《伤痕即景，暴力奇观——读〈十八岁出门远行〉》，《读书》1998年第5期。

李有亮：《先锋派文学的价值重估及定位》，《当代文坛》1998年第5期。

庄陶：《先锋小说的叙述话语》，《东南学术》1998年第5期。

张卫中：《先锋的重建：中国本土先锋小说形态构想》，《文艺评论》1998年第6期。

汤学智：《80年代后现代主义寻踪》，《文艺评论》1998年第6期。

郑升旭：《先锋小说的美学启迪》，《小说评论》1998年第6期。

章德益：《博尔赫斯与中国先锋文学》，《博览群书》1998年第9期。

朱小平：《破译残雪之谜——评残雪小说》，《湘潭师范学院学报》1999

当代中国文学史资料丛书

年第1期。

张清华：《死亡之象与迷幻之境——先锋小说中的存在/死亡主题研究》，《小说评论》1999年第1期。

王璞：《中国先锋派小说家的博尔赫斯情结：重读先锋派》，《中国比较文学》1999年第1期

郑成志：《论余华小说写作中生存意识取向及其流变》，《龙岩师专学报（社会科学版）》1999年第1期。

杨厚均：《冷酷是一种现实——从〈现实一种〉看余华的创作取向》，《云梦学刊》1999年第1期。

齐红：《苦难的超越与升华——论余华小说中的"苦难"主题》，《当代文坛》1999年第1期。

陈琳：《反叛与回归——余华小说读解》，《江西师范大学学报（哲学社会科学版）》1999年第2期。

朱小平：《论残雪小说中的对话表演》，《湖南大学学报（社会科学版）》1999年第2期。

残雪：《灵魂疑案侦察——读余华的小说〈河边的错误〉》，《书屋》1999年第2期。

张学昕：《苏童小说的叙事美学》，《呼兰师专学报》1999年第3期。

焦明甲：《试论先锋小说的叙事策略及其现实意义》，《松辽学刊（社会科学版）》1999年第3期。

张学昕：《对苦难的平静叙述——论余华的两部"生存小说"》，《萍乡高等专科学校学报》1999年第3期。

钱秀银：《论中国当代先锋小说的叙述策略及文化意蕴》，《文艺评论》1999年第3期。

赵学勇、王建斌：《"先锋"的堕落——重读残雪的小说》，《兰州大学学报（社会科学版）》1999年第4期。

丘峰：《80年代中期中国先锋小说回眸》，《嘉应大学学报（哲学社会科学版）》1999年第4期。

方克强：《孙甘露与小说文体实验》，《文艺理论研究》1999年第4期。

刘保昌、杨正喜：《先锋的转向与转向的先锋——论余华小说兼及先锋小

说的文化选择》，《华中理工大学学报（社会科学版）》1999年第4期。

陈少华：《写作之途的变迁——作家余华精神现象试读》，《华南师范大学学报（社会科学版）》1999年第4期。

王岳川：《90年代中国先锋艺术的拓展与困境（之一）》，《文艺研究》1999年第5期。

孙先科、黄勇：《反因果：迷宫与圈套——"先锋小说"的结构特征及意识倾向》，《中州学刊》1999年第5期。

黄忠顺、欧阳光磊：《先锋文学与马原、莫言的小说》，《荆州师范学院学报》1999年第6期。

许子东：《先锋派小说中有关"文化大革命"的"荒诞叙述"——"文革小说"叙事研究》，《当代作家评论》1999年第6期。

李斌：《后现代文学与中国当代先锋文学》，《南京社会科学》1999年第6期。

吴义勤：《告别"虚伪的形式"——〈许三观卖血记〉之于余华的意义》，《文艺争鸣》2000年第1期。

樊琦：《论余华小说的"苦难意识"》，《辽宁大学学报（哲学社会科学版）》2000年第1期。

李自强：《苦难的循环与重复——余华小说结构初探》，《内蒙古教育学院学报》2000年第1期。

李仰智：《从正常中逃逸，到反常中舞蹈——论先锋小说的先锋意识》，《河南大学学报（哲学社会科学版）》2000年第1期。

冯爱琳：《突围与陷落——论苏童小说的孤独意识》，《当代文坛》2000年第1期。

陈思和、张新颖、王光东：《余华：由"先锋"写作转向民间之后》，《文艺争鸣》2000年第1期。

卜红：《性在苏童小说中的象征意义》，《青海湖》2000年第1期。

游友基：《莫言、残雪小说的现代主义特征》，《漳州师范学院学报（哲学社会科学版）》2000年第1期。

张卫中：《先锋神话的解构：重释先锋小说的性质与实践意义》，《徐州师范大学学报（哲学社会科学版）》2000年第1期。

侯福河：《文学的传统与现代化——对先锋文学现状的历史性反思》，《沈阳师范学院学报（社会科学版）》2000年第1期。

洪治纲：《先锋的精神高度——先锋文学聚焦之一》，《小说评论》2000年第1期。

洪治纲：《永远的警惕——先锋文学聚焦之二》，《小说评论》2000年第2期。

傅赢：《简论后现代先锋小说的特征》，《沈阳师范学院学报（社会科学版）》2000年第2期。

喻仲文：《先锋文学"死亡"之思》，《江汉大学学报》2000年第2期。

梁艳萍：《"后先锋文学"论纲》，《文艺争鸣》2000年第2期。

贾忠良：《偶然：余华小说叙事的神话》，《齐齐哈尔大学学报（哲学社会科学版）》2000年第3期。

洪治纲：《在历史的选择中选择——先锋文学聚焦之三》，《小说评论》2000年第3期。

丘峰：《西方现代主义与中国当代先锋小说缘起——中国当代先锋小说回眸》，《韶关大学学报（社会科学版）》2000年第3期。

张允瑄：《"先锋小说"：一种文化精神的喻体》，《福建论坛（人文社会科学版）》2000年第3期。

芦海英：《论先锋小说文体的叙述者角色》，《继续教育研究》2000年第3期。

方克强：《新时期先锋小说艺术再探》，《文艺理论研究》2000年第4期。

张学昕：《"真实"的分析——以"新写实小说"和"先锋小说"为例》，《北方论丛》2000年第4期。

金秋：《论中国当代先锋文学的精神流变》，《暨南学报（哲学社会科学版）》2000年第4期。

李天明：《残雪〈山上的小屋〉的象征意义》，《中国文学研究》2000年第4期。

张学昕：《论余华的"生存小说"》，《泰安教育学院学报》2000年第4期。

汪跃华：《记忆中的"历史"就是此时此刻——对余华九十年代小说创作的一次观察》，《当代作家评论》2000年第4期。

倪伟：《鲜血梅花：余华小说中的暴力叙述》，《当代作家评论》2000年第4期。

张炼红：《苦难与重复相依为命》，《当代作家评论》2000年第4期。

刘旭：《吃饱之后怎样——评余华的小说创作》，《当代作家评论》2000年第4期。

赵思运：《以短篇手法写长篇的成功尝试——读余华〈许三观卖血记〉》，《小说评论》2000年第4期。

洪治纲：《先锋文学的苦难原理——先锋文学聚焦之四》，《小说评论》2000年第4期。

洪治纲：《先锋文学的怪异原理——先锋文学聚焦之五》，《小说评论》2000年第5期。

戴锦华：《残雪：梦魇萦绕的小屋》，《南方文坛》2000年第5期。

黄秋平：《价值再判断：后现代主义与中国新潮小说》，《求索》2000年第5期。

韦华：《在拆解与改写中颠覆——浅析余华小说中的戏仿》，《齐齐哈尔大学学报（哲学社会科学版）》2000年第5期。

陈乐：《从"注视"到"对话"——谈余华从〈现实一种〉到〈许三观卖血记〉的转变》，《浙江社会科学》2000年第5期。

郑国庆：《主体的泯灭与重生——余华论》，《福建论坛（人文社会科学版）》2000年第6期。

洪治纲：《无边的迁徙：先锋文学的精神主题》，《文艺研究》2000年第6期。

张允瑄：《文学思维方式的革命：论80年代末先锋作家的文学思想观念》，《东南学术》2000年第6期。

管宁：《先锋小说：人性描写的虚拟化倾向》，《东南学术》2000年第6期。

顾凤威：《先锋小说叙述模式与读者的阅读》，《学术论坛》2000年第6期。

陈晓明：《笔谈：九十年代中国先锋文学创作与批评——关于九十年代先锋派变异的思考》，《文艺研究》2000年第6期。

董小玉：《先锋文学创作中的审丑现象》，《文艺研究》2000年第6期。

洪治纲：《另一种启蒙——先锋文学聚焦之六》，《小说评论》2000年第6期。

孟繁华：《九十年代：先锋文学的终结》，《文艺研究》2000年第6期。

赵稀方：《博尔赫斯·马原·先锋小说》，《小说评论》2000年第6期。

李永祥：《精神的不懈追求者——余华论》，《山东社会科学》2000年第6期。

王洪岳：《丑学与新时期先锋小说》，《内蒙古师大学报（哲学社会科学版）》2001年第1期。

张清华：《天堂的哀歌——苏童论》，《钟山》2001年第1期。

章蕾、张学昕：《透过生活氤氲的精致叙述——苏童短篇小说解读》，《北方论丛》2001年第1期。

李丹：《苏童小说的叙事策略》，《承德民族师专学报》2001年第1期。

赵黎波：《先锋历史小说的历史观》，《河南师范大学学报（哲学社会科学版）》2001年第1期。

俞利军：《余华与川端康成比较研究》，《外国文学研究》2001年第1期。

姜波：《生命真谛的求索与超越——毕淑敏、余华小说死亡命题比较》，《齐齐哈尔大学学报（哲学社会科学版）》2001年第1期。

丁增武：《先锋叙事：漫游与回归——潘军中篇小说论》，《安徽大学学报（哲学社会科学版）》2001年第1期。

洪治纲：《互文性的写作——先锋文学聚焦之七》，《小说评论》2001年第1期。

倪厚玉：《"后先锋文学"论》，《孝感学院学报（哲学社会科学版）》2001年第1期。

梁晶：《消失在传统的地平线——先锋小说人物谈》，《艺术广角》2001年第1期。

吴冰：《独具魅力的"疯言疯语"——论先锋小说的修辞策略》，《宁夏大学学报（人文社会科学版）》2001年第2期。

姜飞：《余华90年代小说的解读》，《沈阳师范学院学报（社会科学版）》2001年第2期。

昌切、叶李：《苦难与救赎——余华90年代小说两大主题话语》，《华中科技大学学报（社会科学版）》2001年第2期。

廖进军：《余华的精神世界》，《湖北师范学院学报（哲学社会科学版）》2001年第2期。

龚金平：《艺术之途的变迁与追求——评余华的三部长篇小说》，《江西广播电视大学学报》2001年第2期。

李长银：《面对西方：两种不同的文本选择——试论王文兴与马原对现代派文学的接受》，《中州大学学报》2001年第2期。

刘雪雁：《论马原小说中的形式干预》，《新疆大学学报（社会科学版）》2001年第2期。

钱颖伟：《先锋小说研究述评》，《淮阴师范学院学报（哲学社会科学版）》2001年第2期。

洪治纲：《在强劲的想象中建立真实——先锋文学聚焦之八》，《小说评论》2001年第2期。

木木：《当前先锋作家缺乏有穿透力的思想锋芒》，《鸭绿江》2001年第2期。

何刘杰：《"颠覆"与"逃亡"——对当代"先锋小说"创作的一种把握》，《安庆师范学院学报（社会科学版）》2001年第2期。

赵尕：《余华先锋小说与传统文化的联系》，《常德师范学院学报（社会科学版）》2001年第2期。

崔秀杰、成蓓：《拉美当代文学对中国先锋小说的启示》，《滨州教育学院学报》2001年第2期。

林涛：《"丑学"与残雪笔下的人性恶》，《零陵师范高等专科学校学报》2001年第2期。

陈慧：《形式的意味——论先锋小说的形式探索》，《蒙自师范高等专科学校学报》2001年第3期。

杨红莉：《论先锋小说的故事结构》，《石家庄师范专科学校学报》2001

年第3期。

周芸：《"先锋小说"的修辞原则——作为一种思维方式的语用策略表现》，《云南师范大学学报（哲学社会科学版）》2001年第3期。

程传荣：《浅谈先锋小说中的语言自述现象》，《安顺师专学报》2001年第3期。

袁苏宁：《叙事的裂变》，《湖北大学学报（哲学社会科学版）》2001年第3期。

李陀、李静：《漫说"纯文学"——李陀访谈录》，《上海文学》2001年第3期。

方雪梅：《沈从文与20世纪先锋小说》，《江南学院学报》2001年第3期。

陈玉庆：《试析余华小说〈在细雨中呼喊〉的叙事策略》，《北华大学学报（社会科学版）》2001年第3期。

洪治纲：《民间与个人——先锋文学聚焦之九》，《小说评论》2001年第3期。

刘可可：《从个案分析看大众文学与先锋文学的差异》，《成都大学学报（社会科学版）》2001年第3期。

王洪岳：《先锋文学的泛喜剧色彩》，《济南大学学报（社会科学版）》2001年第4期。

洪治纲：《回到超验的极致——先锋文学聚焦之十》，《小说评论》2001年第4期。

曹静漪：《寻找新的表达方式——论先锋小说的叙事策略》，《天津社会科学》2001年第4期。

斯炎伟：《突围与困惑——20世纪80年代先锋小说的逃亡取向及其悖论》，《杭州师范学院学报（人文社会科学版）》2001年第4期。

陈冲：《现实主义的现代化和先锋小说的本土化》，《小说评论》2001年第4期。

俞利军：《在喧哗与骚动中活着——福克纳与余华比较研究》，《美国研究》2001年第4期。

唐小林：《先锋文学与技术时代的合谋》，《文学自由谈》2001年第4

期。

俞世芬：《现代个人寓言的诗性建构——隐喻视野中的残雪小说本相》，《杭州师范学院学报（人文社会科学版）》2001年第4期。

仝铮铮：《挣扎于恶梦——残雪〈山上的小屋〉解读》，《阅读与写作》2001年第4期。

朱斌：《禅与先锋写作》，《成都大学学报（社会科学版）》2001年第4期。

洪治纲：《隐喻的思维——先锋文学聚焦之十一》，《小说评论》2001年第5期。

向荣：《溃败的先锋——90年代中国先锋小说备忘录》，《社会科学研究》2001年第6期。

洪治纲：《轻与重——先锋文学聚焦之十二》，《小说评论》2001年第6期。

南帆：《空洞的理念——"纯文学"之辩》，《上海文学》2001年第6期。

刘小波：《从"创作"折向"写作"——试论马原等人的小说叙事策略》，《河南商业高等专科学校学报》2001年第6期。

陈娇华：《女性独特话语的找寻及尝试——试论残雪小说文本的后现代性》，《常熟高专学报》2002年第1期。

关莹、葛岚：《存在主义对中国当代先锋文学的影响》，《沈阳大学学报》2002年第1期。

林霖：《先锋派家族历史小说论》，《人文杂志》2002年第1期。

王瑛：《实验遮蔽下的自恋——论先锋小说中的自觉的叙述者形象》，《肇庆学院学报》2002年第1期。

毛芳才：《解构（传统小说理念）—建构（乌托邦）—重新面对（现实）——论先锋小说的先锋理念》，《广西梧州师范高等专科学校学报》2002年第1期。

杨红莉：《论先锋小说中个体时间的强化》，《石家庄师范专科学校学报》2002年第1期。

谢有顺：《余华的生存哲学及其待解的问题》，《钟山》2002年第1期。

尤磊：《余华〈在细雨中呼喊〉的时空结构》，《小说评论》2002年第1期。

王金霞：《坚守与背离——试论先锋小说在1990年代的精神取向》，《徐州师范大学学报（哲学社会科学版）》2002年第1期。

徐敏：《精神成人式：对〈许三观卖血记〉的叙事学分析》，《名作欣赏》2002年第1期。

洪治纲：《丰绕的碎片——先锋文学聚焦之十四》，《小说评论》2002年第2期。

马知遥：《〈在细雨中呼喊〉的实验性》，《名作欣赏》2002年第2期。

洪流：《对应与耦合：审美视界的内向与外化——余华小说〈十八岁出门远行〉解读》，《名作欣赏》2002年第2期。

王鹤松：《天哪，这就是世界——读〈十八岁出门远行〉》，《名作欣赏》2002年第2期。

钟佰春：《先锋小说的突破——论余华的〈活着〉和〈许三观卖血记〉》，《喀什师范学院学报》2002年第2期。

刘林楷：《论中国先锋小说与英国实验主义小说》，《华中农业大学学报（社会科学版）》2002年第2期。

武跃速：《形而上的虚构世界——中国当代先锋小说与西方现代主义文学比较研究》，《天津师范大学学报（社会科学版）》2002年第2期。

杨绍军：《先锋作家的文化诠释》，《文山师范高等专科学校学报》2002年第2期。

杨红莉：《先锋小说中作家写作视角的平视化》，《河北师范大学学报（哲学社会科学版）》2002年第3期。

柏定国：《送你一件换洗的褒衣——论残雪小说的语言实验》，《理论与创作》2002年第3期。

姚岚：《余华对外国文学的创造性吸收》，《中国比较文学》2002年第3期。

陈艳阳：《试论余华小说的重复叙事和循环叙事》，《株洲师范高等专科学校学报》2002年第3期。

吴惠敏：《小说叙事：余华与契诃夫之比较》，《文艺研究》2002年第3

期。

洪治纲：《人物：符号与代码——先锋文学聚焦之十五》，《小说评论》2002年第3期。

洪治纲：《隐蔽的张力——先锋文学聚焦之十六》，《小说评论》2002年第4期。

杜庆波：《马原小说中的时间》，《当代文坛》2002年第4期。

孙福轩：《马原的精神长旅》，《当代文坛》2002年第4期。

张清华：《文学的减法——论余华》，《南方文坛》2002年第4期。

李江山：《"先锋小说"及其文本阅读的主体性》，《常德师范学院学报（社会科学版）》2002年第4期。

管宁：《先锋小说的非体验性及其审美规范》，《福建省社会主义学院学报》2002年第4期。

叶立文：《颠覆历史理性——余华小说的启蒙叙事》，《小说评论》2002年第4期。

方维保：《〈活着〉：先锋派的终结仪式》，《淮南师范学院学报》2002年第4期。

洪治纲：《后现代主义与先锋——先锋文学聚焦之十七》，《小说评论》2002年第5期。

严晓蓉：《先锋文学的民间化倾向——从余华90年代的转型谈起》，《浙江师范大学学报（社会科学版）》2002年第5期。

吴丹霞：《窥视·诱惑·顺应——解读残雪作品的精神密码》，《广东社会科学》2002年第5期。

涂险峰：《生存意义的对话——写在残雪与卡夫卡之间》，《文学评论》2002年第5期。

张晓峰：《出走与重构——论九十年代以来先锋小说家的转型及其意义》，《文学评论》2002年第5期。

洪治纲：《先锋：自由的迷津——论九十年代以来中国先锋小说所面临的六大障碍》，《花城》2002年第5期。

朱献贞：《审美观照的直觉主义与叙事方式的非逻辑性——先锋小说的非理性"自我"与反向叙事美学研究之二》，《临沂师范学院学报》2002年第5

中国当代文学史资料丛书

期。

汪跃华：《亢奋时代的低烧——从"寻根文学"、"现代派"到"先锋小说"的"现代"攻略》，《当代作家评论》2002年第6期。

郭剑敏：《余华小说的先锋意义及其精神内涵》，《内蒙古师范大学学报（哲学社会科学版）》2002年第6期。

万莲子：《残雪与外国文学》，《湘潭大学社会科学学报》2002年第6期。

代冰：《梦魇世界的现实折射——残雪小说世界初探》，《佳木斯大学社会科学学报》2002年第6期。

洪治纲：《永远的先锋——先锋文学聚焦之十八》，《小说评论》2002年第6期。

方跃平、张翠荣：《论童年经验对苏童小说创作的影响》，《中国矿业大学学报（社会科学版）》2003年第1期。

计红芳：《余华"冷漠叙述"原因浅探》，《惠州学院学报（社会科学版）》2003年第1期。

李赵君：《余华：用死亡来放大人类的处境》，《湖北大学学报（哲学社会科学版）》2003年第1期。

贾艳艳：《论余华小说的生存意识》，《中州学刊》2003年第1期。

李琴：《鲁迅与余华创作母题之比较》，《西昌师范高等专科学校学报》2003年第1期。

傅修海：《站在苦难追寻的岔口——余华与陀斯妥耶夫斯基苦难主题叙写之比较》，《闽西职业大学学报》2003年第1期。

吴义勤、刘永春：《先兆与前奏——20世纪80年代先锋作家走向90年代的转型历程》，《解放军艺术学院学报》2003年第1期。

叶立文：《论先锋作家的真实观》，《文学评论》2003年第1期。

郭景华、钟诗莲：《论中国先锋小说的"无时性"叙述》，《曲靖师范学院学报》2003年第1期。

霍俊明、岳志华：《先锋的姿态与言说——鲁迅小说与先锋小说的对称存在》，《河北职业技术师范学院学报（社会科学版）》2003年第1期。

王洪岳：《西方现代审丑思潮与中国先锋小说丑学观念》，《郑州大学学报（哲学社会科学版）》2003年第2期。

张清华：《解构主义与当代中国小说》，《齐鲁学刊》2003年第2期。

葛红兵：《苏童的意象主义写作》，《社会科学》2003年第2期。

杨新：《启发生命内部的灵感——论马原小说的诗性》，《文艺争鸣》2003年第2期。

李文丽：《二十世纪八、九十年代女性文学的先锋品质》，《江西社会科学》2003年第2期。

周新民：《论先锋小说叙事模式的形式化》，《湖北师范学院学报（哲学社会科学版）》2003年第3期。

孙彩霞：《刑罚的意味——卡夫卡〈在流放地〉与余华〈一九八六年〉的比较研究》，《当代文坛》2003年第3期。

王黎君：《武侠背景中的复仇叙述——〈铸剑〉〈鲜血梅花〉比较论》，《江淮论坛》2003年第3期。

王达敏：《超越原意阐释与意蕴不确定性——〈活着〉批评之批评》，《人文杂志》2003年第3期。

李梦：《自由意志中的盲点——余华小说父亲形象解读》，《社会科学战线》2003年第3期。

仲晴晴：《绝望者的寓言——从〈变形记〉和〈现实一种〉看卡夫卡对余华的影响》，《宿州师专学报》2003年第3期。

孙彩霞：《刑罚表演的背后——论余华的〈一九八六年〉》，《中州大学学报》2003年第3期。

刘克礼：《论余华"实验小说"的艺术特征及创作转向的意义》，《毕节师范高等专科学校学报》2003年第3期。

康艳：《论先锋文学的后现代性》，《辽宁大学学报（哲学社会科学版）》2003年第3期。

王洪岳：《中国先锋文学的荒诞意识和死亡意识》，《郑州轻工业学院学报（社会科学版）》2003年第4期。

陈纯尘：《试论余华转型期前小说中的暴力》，《福建师大福清分校学报》2003年第4期。

俞世芬：《个体自由伦理的理性诉求——残雪小说现代性品格的诗性体

中国当代文学史资料丛书

验》，《当代文坛》2003年第4期。

王芳：《寻找父亲——试论余华小说文本世界的意义建构》，《汉中师范学院学报（社会科学版）》2003年第4期。

冷满冰：《有意味的形式——论〈活着〉的时间艺术》，《宜宾学院学报》2003年第4期。

石耿立：《论余华〈许三观卖血记〉的哭泣现象》，《解放军艺术学院学报》2003年第4期。

卢冶：《〈呼喊与细雨〉的音乐氛围——对小说与音乐相交的感性探讨》，《解放军艺术学院学报》2003年第4期。

潘军：《先锋文学、地域文化与我的小说创作》，《安庆师范学院学报（社会科学版）》2003年第4期。

穆昕：《游走在现实与幻想之间——从博尔赫斯看中国先锋小说的形式探索》，《小说评论》2003年第4期。

何金俐：《转型期的中国先锋文学状态》，《社会科学战线》2003年第5期。

何仁军：《略论马原小说的叙事艺术》，《龙岩师专学报》2003年第5期。

李林展：《谈残雪的现代主义小说》，《湛江师范学院学报》2003年第5期。

阎真：《迷宫里到底有什么——残雪后期小说析疑》，《文艺争鸣》2003年第5期。

李晓娜：《自由的写作——浅谈卡夫卡对余华的影响》，《宜春学院学报（社会科学版）》2003年第5期。

庞守英：《寻找先锋与传统的结合部——余华长篇小说的叙事学价值》，《当代文坛》2003年第5期。

印明富：《谈当代先锋小说的阅读方式》，《贵州民族学院学报（哲学社会科学版）》2003年第5期。

朱献贞：《非理性的人——先锋小说的"非人化"叙事与人物主体性的"客体化"》，《阜阳师范学院学报（社会科学版）》2003年第5期。

王吉鹏、赵月霞：《论鲁迅和余华小说的精神同构性》，《内蒙古师范大学学报（哲学社会科学版）》2003年第5期。

　　罗绮卫：《浅论余华小说叙事视角的变化》，《当代文坛》2003年第5期。

　　厉梅：《甩不出切线的圆——从〈鲜血梅花〉和〈局外人〉的差异看中国当代先锋文学思潮》，《当代文坛》2003年第6期。

　　刘永春：《走入大地深处，析解人性真实——论先锋作家90年代的现实情怀》，《贵州师范大学学报（社会科学版）》2003年第6期。

　　倪玲颖：《论余华小说的重复叙事艺术》，《理论与创作》2003年第6期。

　　朱斌：《先锋小说的传统文化意味》，《甘肃理论学刊》2003年第6期。

　　陈永春：《有意味的叙事——论余华小说叙事方式》，《语文学刊》2003年第6期。

　　朱志刚：《试论20世纪后期先锋小说的发展历程》，《江西社会科学》2003年第10期。

　　芦海英：《论先锋小说文体的开创性》，《广西社会科学》2003年第11期。

　　管宁：《从文本体验到欲望书写——对先锋小说与新生代写作叙事方式的考察》，《南京社会科学》2003年第12期。

　　王尧：《1985年"小说革命"前后的时空——以"先锋"与"寻根"等文学话语的缠绕为线索》，《当代作家评论》2004年第1期。

　　严光德：《荒诞，感觉中的真实存在——关于余华早期先锋小说的一种解读》，《和田师范专科学校学报》2004年第1期。

　　阎纯德：《论20世纪末的"现代主义"群落的先锋创作》，《中国文化研究》2004年第1期。

　　汪勇：《余华小说的先锋叙事及其转型》，《安庆师范学院学报（社会科学版）》2004年第1期。

　　陈建军：《自我的救赎与主体的迷失——余华创作的一种解读》，《湖南科技大学学报（社会科学版）》2004年第1期。

　　程戈：《对余华小说一种存在哲学的解读》，《社会科学战线》2004年第1期。

张新颖：《重返80年代：先锋小说和文学的青春》，《南方文坛》2004年第2期。

熊修雨、张晓峰：《论九十年代余华写作的转型》，《学术探索》2004年第2期。

汤红：《在叙事空间的探索中前行——谈先锋派文学90年代后的"转型"》，《当代文坛》2004年第2期。

姚艳玉、郭景华：《论中国先锋小说的"无时性"叙述》，《云梦学刊》2004年第2期。

程波：《先锋文学与先锋文学的支持网络——关于中国当代先锋文学研究方法论的思考》，《上海财经大学学报》2004年第2期。

张学昕：《"唯美"的叙述——苏童短篇小说论》，《当代作家评论》2004年第3期。

徐康：《先锋的误读——中国当代实验探索小说批判》，《重庆师范大学学报（哲学社会科学版）》2004年第3期。

沈杏培、姜瑜：《童心的透视——论余华小说的儿童视角叙事策略》，《南京师范大学文学院学报》2004年第3期。

王鲲：《论余华长篇小说的复调叙事——以20世纪90年代创作的文本为个案分析》，《杭州师范学院学报（社会科学版）》2004年第3期。

左文：《在苦难中涅槃——余华小说苦难叙事的佛学阐释》，《理论与创作》2004年第3期。

闫秋红：《萨满活动角色与"我"的分身术——萨满教文化与先锋小说》，《中央民族大学学报（哲学社会科学版）》2004年第3期。

斯炎伟：《游戏：作为20世纪80年代先锋小说的叙事策略》，《杭州师范学院学报（社会科学版）》2004年第4期。

肖百容：《死亡：分裂的喜剧——论余华小说的死亡主题》，《理论与创作》2004年第4期。

朱凌、李建：《由余华小说看中国文学"死亡"意向的演变》，《船山学刊》2004年第4期。

全红：《余华小说中的"文革"记忆》，《东疆学刊》2004年第4期。

武善增：《论余华长篇小说的精神取向》，《新疆大学学报（社会科学版）》2004年第4期。

冉红音：《谁是先锋——试论"先锋"概念的变化》，《涪陵师范学院学报》2004年第4期。

朱美禄：《寻找父亲——试论余华小说文本世界的意义建构》，《汉中师范学院学报（社会科学版）》2003年第4期。

贺绍俊：《是延宕先锋文学还是堂·吉诃德的一击——读刘恪的长篇小说〈城与市〉》，《小说评论》2004年第4期。

贺利：《先锋小说的先锋性新探》，《内蒙古大学学报（人文社会科学版）》2004年第5期。

李平：《余华与先锋小说的变化》，《东方论坛》2004年第5期。

余丹清：《冷暖相济中的和谐与不和谐——残雪与现代派文学的关系》，《文艺争鸣》2004年第5期。

黄宾莉：《残雪文本的多义性》，《南方文坛》2004年第5期。

罗伟文：《先锋小说与"五四"文学的审父意识比较》，《江西社会科学》2004年第5期。

张学昕：《余华生存小说创作的精神气度》，《齐鲁学刊》2004年第6期。

洪治纲：《悲悯的力量——论余华的三部长篇小说及其精神走向》，《当代作家评论》2004年第6期。

李谋冠：《胜利大逃亡的背后——从余华小说主题的变化看先锋小说的演变》，《海南师范学院学报（社会科学版）》2004年第6期。

张学军：《残雪的叙事陷阱》，《当代文坛》2004年第6期。

齐宏伟：《启蒙·人道·信仰——从鲁迅到余华再到辛格小说中的"三愚"》，《社会科学论坛》2004年第8期。

刘月萍：《论先锋小说的缺失》，《通化师范学院学报》2004年第9期。

罗伟文：《存在主义与先锋小说的死亡言说》，《福建论坛（人文社会科学版）》2004年第10期。

江腊生：《论先锋文学中的后现代主义叙事》，《江西社会科学》2004年第10期。

谢有顺：《先锋文学并未终结——答友人问》，《当代作家评论》2005年第1期。

宋朝、陈菊：《魔域的天籁——试探残雪小说的阅读途径》，《毕节师范高等专科学校学报》2005年第1期。

南志刚：《残雪与贝克特》，《渭南师范学院学报》2005年第1期。

田红：《负载生命本真的形式——论余华长篇小说的叙事转型》，《中国文学研究》2005年第1期。

张福萍：《论余华小说的微观空间》，《江汉大学学报（人文科学版）》2005年第1期。

崔文华：《虚拟与现实的较量——关于余华小说创作转型的思考》，《西安石油大学学报（社会科学版）》2005年第1期。

张淑芬：《烟雨蒙蒙隔断桥——〈在细雨中呼喊〉的诗化意象》，《学术交流》2005年第1期。

董颖：《解读暴力世界——揭开〈一九八六年〉的面纱》，《新乡教育学院学报》2005年第1期。

常慧明：《暴力 死亡 生存——论余华创作的先锋性》，《沧州师范专科学校学报》2005年第1期。

吴晓梅：《另一种真实的演绎——解读中国先锋小说的形式和意义》，《昆明大学学报（综合版）》2005年第1期。

何换生：《论先锋文学与人道主义》，《安徽教育学院学报》2005年第1期。

朱献贞：《虚伪的自我——先锋小说审美主体的唯我主义与叙事内容的主观性》，《德州学院学报（哲学社会科学版）》2005年第1期。

王凤玲：《真实的追寻——析先锋小说的真实观》，《新乡教育学院学报》2005年第1期。

聂茂：《阐释序码的文化传播：从拯救型到循环废墟的精神转变——重读先锋小说》，《理论与创作》2005年第2期。

胡军、陈敢：《无望的叛逆——试论先锋小说对"真实性"观念的颠覆》，《广播电视大学学报（哲学社会科学版）》2005年第2期。

薛晋文：《一场叙事的革命——试论先锋小说创作中的叙事特色》，《太原师范学院学报（社会科学版）》2005年第2期。

张福萍：《论余华小说的并置链》，《广东技术师范学院学报》2005年第2期。

李明德、张英芳：《先锋文学的文学精神解析》，《西安交通大学学报（社会科学版）》2005年第2期。

褚又君：《另类的空间：先锋派小说的叙事结构》，《十堰职业技术学院学报》2005年第3期。

杨辉：《双层叙事与读者姿态——〈一个人的遭遇〉与〈活着〉叙事结构比较研究》，《乐山师范学院学报》2005年第3期。

王增宝：《文学中的血色寓言》，《南方文坛》2005年第3期。

赵歌东：《从愤怒的写作到虚伪的活着——余华创作的后现代叙事策略》，《烟台大学学报（哲学社会科学版）》2005年第3期。

张卫中：《余华小说的时间艺术》，《三峡大学学报（社会科学版）》2005年第3期。

王光华：《〈许三观卖血记〉重复叙事的意蕴》，《湖北师范学院学报（哲学社会科学版）》2005年第3期。

褚又君、蔡建刚：《在"虚伪"和"真实"中越界——对余华小说的一种解读》，《湖州职业技术学院学报》2005年第3期。

赵林：《从创作主体看"先锋小说"的终结》，《延安大学学报（社会科学版）》2005年第3期。

李曙豪：《法国新小说对中国先锋小说叙事手法的影响》，《云南社会科学》2005年第3期。

胡军：《被放逐的先锋精神——试论先锋小说对"真实性"观念的探寻》，《浙江万里学院学报》2005年第3期。

王金胜：《论先锋小说的崛起及其艺术影响》，《新疆财经学院学报》2005年第3期。

张迅要：《中国新时期先锋小说的叙事分析》，《濮阳职业技术学院学报》2005年第4期。

顾广梅：《余华论》，《山东师范大学学报（社会科学版）》2005年第4期。

王玉宝：《虚妄：我们生存的深度真实——〈在细雨中呼喊〉与余华的小

说创作》，《海南师范学院学报（社会科学版）》2005年第4期。

蒋丽娟：《刑罚的意味——〈檀香刑〉〈红拂夜奔〉〈一九八六年〉及其他》，《理论与创作》2005年第4期。

董育宁、张玉玲：《〈许三观卖血记〉的语篇衔接与语言风格》，《太原师范学院学报（社会科学版）》2005年第4期。

蒋茂柏：《余华与川端康成的死亡叙述比较》，《怀化学院学报》2005年第4期。

高艳丽：《经典复仇故事的终结——从"干将莫邪"到鲁迅、汪曾祺、余华的创作》，《文艺争鸣》2005年第4期。

王毅、傅晓微：《从卡夫卡到辛格：中国先锋派的转向——以马原、苏童、余华为中心》，《社会科学研究》2005年第4期。

洪治纲：《现代性的追问与当代先锋的崛起——重审中国当代先锋文学的历史语境之一》，《南方文坛》2005年第4期。

洪治纲：《先锋文学：概念的缘起与文化的流变》，《当代作家评论》2005年第4期。

罗帆：《个体可能性生存境遇的呈现——残雪小说叙事意识探析》，《中国文学研究》2005年第4期。

罗瑶：《原始性冲动的方式——残雪小说叙事特色解析》，《湖南师范大学社会科学学报》2005年第4期。

贾蔓：《超验世界里的困窘——评永远的或历史的残雪》，《当代文坛》2005年第4期。

潘正文：《人的抽象存在与虚无——20世纪80年代中国先锋小说的人性观》，《江苏社会科学》2005年第4期。

杨慧：《现代性的两种"疯癫"想象——重读"寻根文学"与"先锋文学"中的"疯人"谱系》，《广播电视大学学报（哲学社会科学版）》2005年第4期。

张晓峰：《从先锋写作到现代写实——论20世纪90年代以来余华写作的转型》，《武汉理工大学学报（社会科学版）》2005年第5期。

金鑫：《先锋文学的大众化传播——先锋小说影视"转译"得失谈》，《理论界》2005年第5期。

吴时红：《"一项式"的游戏——能指与所指背离视域下的当代中国先锋小说》，《黄石理工学院学报》2005年第5期。

洪治纲：《中国当代先锋文学发展主潮》，《小说评论》2005年第5期。

阮南燕：《孤独者的自我毁灭：先锋之悖论》，《当代文坛》2005年第6期。

洪耀辉：《"冰碴"之下热流涌——论余华小说的精神向度》，《当代文坛》2005年第6期。

吴义勤：《秩序的"他者"——再谈"先锋小说"的发生学意义》，《南方文坛》2005年第6期。

何敏：《"先锋"辨义和先锋小说》，《闽江学院学报》2005年第6期。

秦韶峰、叶祝弟：《从纯文学刊物的溃败看先锋派小说的终结》，《当代文坛》2005年第6期。

聂茂：《模拟情境与表达剩余的传播之域——马原小说的意义之境》，《湖南文理学院学报（社会科学版）》2005年第6期。

张学昕：《"虚构的热情"——苏童小说的写作发生学》，《当代作家评论》2005年第6期。

陈成才：《解读先锋状态中的残雪——残雪小说评述》，《经济与社会发展》2005年第6期。

王慧灵：《马原小说中的神秘色彩》，《湖南科技学院学报》2005年第7期。

张瑞英：《论余华小说的宿命意识》，《山东社会科学》2005年第7期。

萨支山：《〈十八岁出门远行〉：一个成长的寓言》，《语文建设》2005年第7期。

颜向红：《现象主义：一种文学现象——对20世纪末中国先锋小说的哲学思考》，《福建教育学院学报》2005年第7期。

王敏：《回到生活的常态——格非、马原对谈录》，《社会观察》2005年第8期。

张治国：《"后现代主义"与中国先锋作家的技术操作》，《江汉论坛》2005年第9期。

陶东风、罗靖：《身体叙事：前先锋、先锋、后先锋》，《文艺研究》

2005年第10期。

贺桂梅：《先锋小说的知识谱系与意识形态》，《文艺研究》2005年第10期。

郝建：《"血腥写作"敲打灵魂记忆——读〈兄弟〉及其他》，《艺术评论》2005年第11期。

李猛：《先锋小说的困境与突围》，《贵州民族学院学报（哲学社会科学版）》2006年第1期。

陈斯拉：《由余华的创作看先锋小说的转型》，《湛江师范学院学报》2006年第1期。

朱凯：《梦幻与现实的成功架构——解读残雪》，《山东文学》2006年第1期。

周韵：《先锋派的形式意义》，《深圳大学学报（社会科学版）》2006年第1期。

韩传喜：《现代性语境下中国先锋文学世纪末之流变》，《安庆师范学院学报（社会科学版）》2006年第1期。

翟红：《先锋小说：勃兴与退缩——对80年代中国先锋小说的再度凝视》，《南方文坛》2006年第1期。

张朝丽、刘锦丹：《从模仿到本土化回归——论先锋小说作家的创作转向》，《唐山学院学报》2006年第1期。

焦明甲：《"超验之思"权变到"体验之思"——现实主义文学退场与先锋文学亮相的哲学文化研究》，《内蒙古民族大学学报（社会科学版）》2006年第1期。

韩传喜、姚慧卿：《20世纪末中国先锋文学的现代性诉求与焦虑》，《重庆工商大学学报（社会科学版）》2006年第2期。

刘恩波：《余华的尺度和限度》，《艺术广角》2006年第2期。

李晓峰：《小说：黑暗灵魂的舞蹈——论残雪的文学观》，《当代文坛》2006年第2期。

樊敏：《展示人性的自我超越和自我否定的矛盾——解读残雪的〈黄泥街〉》，《湖南工业职业技术学院学报》2006年第2期。

叶立文：《存在困境中的"突围表演"——论残雪先锋写作中叙述模式的

嬗变》，《长江学术》2006年第2期。

黄传波：《"先锋"意识与残雪创作》，《滨州学院学报》2006年第2期。

解芳：《马原与虚构》，《作品》2006年第3期。

罗璠：《理想母性的缺失与消解——残雪与卡夫卡小说性别意识维度的比较分析》，《中国文学研究》2006年第3期。

张景兰：《先锋小说中的"文革"叙事——以〈黄泥街〉〈一九八六年〉为例》，《东南大学学报（哲学社会科学版）》2006年第3期。

骆冬青：《叙述的权力：先锋小说的政治美学阐释》，《南京师大学报（社会科学版）》2006年第3期。

李兴阳：《走出超验世界的边地先锋——20世纪90年代以来中国西部先锋小说论》，《福建论坛（人文社会科学版）》2006年第4期。

程波：《先锋的传统：20世纪90年代中国先锋小说的"完成性"和"未完成性"》，《上海大学学报（社会科学版）》2006年第4期。

王亚平：《余华先锋小说与中国传统文化》，《郧阳师范高等专科学校学报》2006年第4期。

王亚平：《在边缘处反抗——传统文化与余华先锋小说的写作立场》，《咸宁学院学报》2006年第4期。

南帆：《夸张的效果》，《当代作家评论》2006年第4期。

张清华：《窄门以里和深渊以下——关于〈兄弟〉（上）的阅读笔记》，《当代作家评论》2006年第4期。

张学昕：《先锋或古典：苏童小说的叙事形态》，《文艺评论》2006年第4期。

王永兵：《论中国当代新潮小说的死亡叙述》，《山东社会科学》2006年第4期。

刘忠：《"先锋小说"是一个历史概念》，《小说评论》2006年第4期。

徐刚：《在反抗与皈依之间——试论余华先锋小说与中国传统文化》，《海南大学学报（人文社会科学版）》2006年第4期。

吴卫华：《启蒙话语失效与新时期先锋文学的产生》，《当代文坛》2006年第5期。

史修永：《先锋小说的文化转向》，《艺术广角》2006年第5期。

贾蔓：《写梦与梦写——余华残雪创作比较》，《当代文坛》2006年第5期。

吴义勤：《变味的"遗产"——重评20世纪80年代新潮小说的叙事策略》，《花城》2006年第5期。

陈红旗、廖冬梅：《现代性的倾圮：残雪与街市梦忆》，《当代文坛》2006年第5期。

张志国：《"先锋"与"真实"——先锋小说的真实指向》，《文艺争鸣》2006年第5期。

罗琼、蒋述卓：《论中国当代先锋小说的时间观》，《学海》2006年第5期。

刘永丽：《20世纪90年代女性先锋小说发展流变》，《云南社会科学》2006年第5期。

曹霞：《后现代主义与先锋小说的叙事特征》，《嘉兴学院学报》2006年第5期。

王亚平：《从吴越文化到鲁迅传统——试论余华先锋小说的写作精神》，《咸宁学院学报》2006年第5期。

王玉琴：《从"存在主义"到"先锋小说"》，《盐城师范学院学报（人文社会科学版）》2006年第5期。

伍茂国、徐丽君：《迷宫：当代先锋小说的一种革命力量》，《理论与创作》2006年第6期。

刘剑梅：《先锋对人性美的妥协》，《书城》2006年第1期。

李秀兰：《重读〈冈底斯的诱惑〉——论马原小说创作的后现代性》，《中国西部科技》2006年第6期。

白振有：《马原小说语言试验背后的话语权力意识》，《延安大学学报（社会科学版）》2006年第6期。

贾文胜：《无根的漂泊：从闪亮到陨落——先锋作家文化心理浅论》，《绍兴文理学院学报（哲学社会科学版）》2006年第6期。

程光炜：《二十世纪八十年代的"现代派"文学》，《文艺研究》2006年第7期。

丁润生：《价值取向与文学自主性追求——先锋小说创作论》，《江汉论坛》2006年第9期。

郭洪雷：《小说研究：从叙事学到修辞学——对小说研究理论范式与批评方法修辞学转向的初步考察》，《福建师范大学学报（哲学社会科学版）》2007年第1期。

邵燕君：《"先锋余华"的顺势之作——由〈兄弟〉反思"纯文学"的"先天不足"》，《当代文坛》2007年第1期。

王晓华：《先锋文学真的不需要思想性吗？——与残雪女士商榷》，《扬子江评论》2007年第1期。

余志平：《也谈先锋文学的终结与转型》，《长江学术》2007年第1期。

陈国和：《先锋文学的踪迹》，《长江学术》2007年第1期。

格非、李建立：《文学史研究视野中的先锋小说》，《南方文坛》2007年第1期。

张立群：《论先锋小说的"类后现代性"》，《辽宁大学学报（哲学社会科学版）》2007年第1期。

李德虎：《从余华人生经历看其先锋小说之假》，《贵州教育学院学报》2007年第1期。

熊沛军：《虚构化·符号化·空缺化——先锋小说叙事策略》，《陕西教育学院学报》2007年第1期。

张侃：《盛筵之后的狼藉——90年代中国先锋文学大溃亡》，《语文知识》2007年第1期。

韩小龙、程金城：《论中国先锋文学对卡夫卡的审美观照》，《天中学刊》2007年第1期。

周宁：《论三十年代先锋文学思潮在中国传播的特点》，《社会科学家》2007年第1期。

唐祥勇：《先锋文学走了多远》，《长江学术》2007年第1期。

蔡志诚：《先锋小说：形式与历史的辩证》，《华侨大学学报（哲学社会科学版）》2007年第2期。

卓今：《"残雪式"风格与1986》，《文艺争鸣》2007年第2期。

赵自云：《接受与变形：先锋小说"触电"现象透视——从电影〈红高

梁〉〈大红灯笼高高挂〉谈起》，《阜阳师范学院学报（社会科学版）》2007年第2期。

樊星：《论刘继明和张执浩的先锋小说》，《文学教育（上）》2007年第2期。

程波：《中国当代先锋文学与新的"意识形态论争"》，《文艺理论研究》2007年第2期。

鲁坚：《殊途同归："新写实小说"与"先锋小说"》，《沙洋师范高等专科学校学报》2007年第3期。

王飞：《先锋文学的寓言——从余华的〈十八岁出门远行〉谈起》，《语文知识》2007年第3期。

郝日虹：《深刻的绝望——解读余华"先锋小说"中的孩子形象》，《华中师范大学研究生学报》2007年第3期。

陈思和：《先锋与常态——现代文学史的两种基本形态》，《文艺争鸣》2007年第3期。

冯勤：《非议中的执守——从叙述立场几度转变看余华小说的先锋本质》，《当代文坛》2007年第3期。

徐肖楠、施军：《先锋文学的市场化畸变》，《苏州科技学院学报（社会科学版）》2007年第3期。

王会玲：《〈百年孤独〉与中国当代先锋小说的叙事革命》，《绥化学院学报》2007年第4期。

杨庆祥：《"读者"与"新小说"之发生——以〈上海文学〉（一九八五年）为中心》，《当代作家评论》2007年第4期。

于晓威：《先锋小说完蛋的11个理由》，《文学自由谈》2007年第4期。

刘洪霞：《文学史对苏童的不同命名》，《文艺争鸣》2007年第4期。

梁小娟：《执着与超越——先锋小说的非理性叙事品格》，《井冈山学院学报》2007年第5期。

孙志伟：《从现代语言学叙事视角看先锋小说的不可接近性》，《齐齐哈尔大学学报（哲学社会科学版）》2007年第5期。

支宇：《西方后结构主义文本理论与中国后现代小说批评——以陈晓明先锋小说批评为中心》，《湘潭大学学报（社会科学版）》2007年第5期。

王慧灵：《先锋小说中的神秘因素探析》，《上饶师范学院学报》2007年第5期。

王玉琴：《再估"先锋"：对"存在"的颠覆——存在主义文学与中国先锋小说比较研究》，《盐城师范学院学报（社会科学版）》2007年第5期。

张立群：《语言的诗意与诗意的匮乏——论先锋小说的"抒情性"》，《江苏社会科学》2007年第5期。

刘同涛：《先锋小说及先锋派创作的转向》，《南昌高专学报》2007年第5期。

李文杰：《西方荒诞派文学与中国先锋小说》，《牡丹江教育学院学报》2007年第5期。

陈晓明：《论〈罂粟之家〉——苏童创作中的历史感与美学意味》，《文艺争鸣》2007年第6期。

马晶：《余华先锋小说的象征意象与组合方式》，《长江师范学院学报》2007年第6期。

张语和：《重估先锋文学的意义》，《文艺争鸣》2007年第6期。

吴义勤：《"悲剧性"的迷失——反思中国当代新潮小说的美学风格》，《山东社会科学》2007年第6期。

马原：《我与先锋文学》，《上海文学》2007年第9期。

焦明甲：《文学与文化的交相辩证发展——中国当代先锋文学现代性研究论纲》，《长春大学学报》2007年第9期。

孙甘露：《先锋文学与外国文学》，《文艺争鸣》2007年第10期。

张学昕：《南方想象的诗学——苏童小说创作特征论》，《文艺争鸣》2007年第10期。

程永新、走走：《关于先锋文学和先锋编辑》，《作家》2008年第1期。

张静：《"先锋文学"的命运》，《安阳师范学院学报》2008年第1期。

张帆：《通过结构读小说——解剖已落伍的先锋小说〈金色笔记〉》，《出版广角》2008年第1期。

李宏伟：《秦广明先锋小说中的词语超常搭配现象探微》，《长春理工大学学报（社会科学版）》2008年第1期。

王云芳：《"先锋"的宿命与迷途——试论新生代作家及相关文学期刊的

"先锋"精神》，《扬子江评论》2008年第1期。

赵凌河：《先锋派小说写作的一种执著——读刁斗的小说〈代号SBS〉》，《当代作家评论》2008年第2期。

武艳娟：《余华早期先锋小说对世界非理性的揭示》，《理论界》2008年第2期。

施津菊：《先锋小说：意义承担的逃逸与游戏冲动的释放》，《文艺理论研究》2008年第3期。

赵自云：《80年代末权威文学期刊对先锋小说生成的培植之功——以〈上海文学〉、〈人民文学〉和〈收获〉为例》，《阜阳师范学院学报（社会科学版）》2008年第3期。

赵书影：《先锋文学的本土化探索——对余华小说转型的思考》，《南方论刊》2008年第3期。

张昊：《浅谈新时期翻译文学对我国先锋文学的影响——从多元系统理论角度探析》，《邢台学院学报》2008年第3期。

洪治纲：《先锋文学的发展与作家主体性的重塑》，《当代作家评论》2008年第3期。

宋世明：《文学体制转型与当代先锋小说精神变异》，《扬子江评论》2008年第4期。

白志军、赵彩霞：《极致的想象与叙述的激情——论中国先锋小说的写作策略》，《呼伦贝尔学院学报》2008年第5期。

禹明华：《新写实小说与现实主义小说及先锋小说的比较》，《贵州工业大学学报（社会科学版）》2008年第5期。

许廷顺：《当代先锋小说语言变异的重新检视》，《长春师范学院学报（人文社会科学版）》2008年第5期。

吕周聚：《论当代先锋小说的"非小说化"倾向》，《首都师范大学学报（社会科学版）》2008年第5期。

陈昶：《社会学视域中先锋小说精英意识的失落与重扬》，《广西教育学院学报》2008年第5期。

汪政、晓华：《苏童的意义——以中国现代小说为背景》，《当代作家评论》2008年第6期。

吴亮：《八十年代的先锋文学和先锋批评》，《南方文坛》2008年第6期。

赵宪章：《文体形式及其当代变体刍议》，《上海师范大学学报（哲学社会科学版）》2008年第6期。

芦海英：《论先锋小说的文体策略》，《小说评论》2008年第6期。

王其林、彭文忠：《论当代先锋小说的"现实一种"》，《重庆三峡学院学报》2008年第6期。

聂姗：《存在主义与神秘主义——先锋小说的两个关键词》，《南方论刊》2008年第6期。

李莉：《真实的建构与审美的回归——论先锋小说之于新时期文学的意义》，《佳木斯大学社会科学学报》2008年第6期。

吴亮、李陀、杨庆祥：《八十年代的先锋文学和先锋批评》，《南方文坛》2008年第6期。

王中：《也谈语言的传统——先锋文学与革命文学比较论》，《文学评论》2008年第6期。

卢秀萍：《空中楼阁般的先锋文学思潮——先锋文学特征及衰落原因初探》，《安徽文学（下半月）》2008年第8期。

陈诚：《也评"先锋文学"》，《南方论刊》2008年第8期。

何锡章、鲁红霞：《"先锋小说"：文学语言的革命与撤退》，《学术月刊》2008年第9期。

吴军：《"先锋小说"的双重隐患与启示》，《求索》2008年第9期。

刘小菠：《后现代主义语境下的先锋文学审美倾向》，《求索》2008年第10期。

马晶：《说梦：试论余华的先锋小说叙事与意象表现》，《乐山师范学院学报》2008年第10期。

李建周：《身份焦虑与文本误读——兼及王朔小说与"先锋小说"的差异性》，《当代文坛》2009年第1期。

白浩：《文化无政府主义与先锋文学》，《当代文坛》2009年第1期。

刘郁琪：《在反叛与皈依之间——论中国当代先锋小说的精英意识》，《内江师范学院学报》2009年第1期。

王忠信：《"文革"记忆与余华先锋小说的暴力倾向》，《牡丹江教育学院学报》2009年第1期。

虞金星：《以马原为对象看先锋小说的前史——兼议作家形象建构对前史的筛选问题》，《海南师范大学学报（社会科学版）》2009年第2期。

程光炜：《如何理解"先锋小说"》，《当代作家评论》2009年第2期。

张莉：《像卡夫卡一样孤独——卡夫卡与中国先锋小说》，《广东外语外贸大学学报》2009年第2期。

王干：《最后的先锋文学——评苏童的长篇小说〈河岸〉》，《扬子江评论》2009年第3期。

梁长应：《先锋文学与后现代主义之关系辨》，《南华大学学报（社会科学版）》2009年第3期。

赵自云：《从文学生产机制角度探析先锋小说的发生语境》，《黄山学院学报》2009年第4期。

张伟栋：《去政治化与先锋小说》，《上海文化》2009年第4期。

刘复生：《先锋小说：改革历史的神秘化——关于先锋文学的社会历史分析》，《天涯》2009年第4期。

马英群：《中国先锋文学叙事革命的表征与反思》，《安徽文学（下半月）》2009年第4期。

吴亮、刘江涛：《先锋就是历史上的一座座墓碑》，《上海文化》2009年第5期。

周根红：《先锋作家的影视转型与价值分化》，《重庆社会科学》2009年第6期。

李华、李亚男：《中国当代先锋小说与博尔赫斯》，《辽宁师范大学学报（社会科学版）》2009年第6期。

王永兵：《"有意味的形式"：中国当代先锋小说叙事迷宫探幽》，《安庆师范学院学报（社会科学版）》2009年第8期。

张旭东、蔡翔、罗岗、陈晓明、刘复生、季红真、王鸿生、千野拓政、林春城：《当代性·先锋性·世界性——关于当代文学六十年的对话》，《学术月刊》2009年第10期。

李建周：《在文学机制与社会想象之间——从马原〈虚构〉看先锋小说的

"经典化"》,《南方文坛》2010年第2期。

骆志方:《从格非、余华的创作看先锋小说的蜕变与涅槃》,《南都学坛》2010年第2期。

江南:《新时期先锋小说语言的"前景化"》,《徐州师范大学学报(哲学社会科学版)》2010年第2期。

赵树军:《以余华为代表的先锋小说叙事变革》,《宜春学院学报》2010年第2期。

罗春光:《边缘·实验·坚守——当代先锋小说的"南方写作"》,《惠州学院学报(社会科学版)》2010年第2期。

卞加林、司同:《先锋的情感——余华先锋小说中的"弑父"情结及其动因的解读》,《社科纵横(新理论版)》2010年第2期。

贺殿广:《先锋小说再反思》,《社会科学家》2010年第3期。

赵树军:《先锋小说的叙事特点》,《北华大学学报(社会科学版)》2010年第3期。

叶淑媛:《论余华先锋小说的死亡意象——兼及先锋小说的意象化及影响》,《玉林师范学院学报》2010年第4期。

李曙豪:《博尔赫斯与中国先锋小说》,《佛山科学技术学院学报(社会科学版)》2010年第4期。

赵树军:《先锋小说流变的再思考》,《玉溪师范学院学报》2010年第5期。

邓海涛:《从形式主义实验到人文精神的突围——先锋作家北村小说创作轨迹探微》,《新西部》2010年第5期。

付美青:《浅析先锋小说的形式美感特征》,《中共郑州市委党校学报》2010年第6期。

黎小燕:《从〈青黄〉看先锋小说的叙述技巧》,《电影评介》2010年第8期。

方会莉:《先锋小说文体研究综述》,《宜宾学院学报》2010年第8期。

张静:《传承与超越:先锋文学与鲁迅的先锋性》,《牡丹江大学学报》2010年第9期。

王鹏:《先锋小说的后现代性审美特征及其生成研究》,《淮海工学院学报（社会科学版）》2010年第10期。

陈晓明：《"重复虚构"的秘密——马原的〈虚构〉与博尔赫斯的小说谱系》，《文艺研究》2010年第10期。

王金胜：《拆除深度与意义的重建——论"先锋小说"叙述语言的意识形态性》，《社会科学论坛》2010年第11期。

俞敏华：《论"先锋小说"的出场》，《文艺争鸣》2010年第19期。

李瑞华：《迷宫叙事——刘恪先锋小说的叙事模式研究》，《名作欣赏》2010年第24期。

杨金玉：《先锋小说在中国的转型》，《名作欣赏》2010年第30期。

耿芳芳：《论先锋文学的作者叙事特征》，《名作欣赏》2010年第30期。

李春梅：《论先锋小说对中国当代文学主体性的拓展》，《学理论》2010年第32期。

骆志方：《艺术探索的先锋与先锋小说的叙事技巧》，《名作欣赏》2010年第36期。

刘志荣：《莫言小说想象力的特征与行踪》，《上海文化》2011年第1期。

李建周：《作为"阅读时尚"的先锋小说》，《燕赵学术》2011年第1期。

唐伟：《穿越回忆的迷津——论先锋小说叙事的回忆品性》，《哈尔滨师范大学社会科学学报》2011年第1期。

金理：《文学史"事实"、"事件"的缠绕、拆解——以一封书信为例展开的话题》，《东吴学术》2011年第2期。

刘昭：《昔日顽童亦守旧——先锋小说故事层的通俗化特征及思想意蕴再认识》，《文艺评论》2011年第3期。

赵自云：《先锋小说在中国当代文学史上合法性地位的建构》，《重庆邮电大学学报（社会科学版）》2011年第3期。

王童：《魔幻与写实：先锋小说新探索》，《博览群书》2011年第3期。

卜繁燕：《先锋小说的辉煌与衰落》，《兰州工业高等专科学校学报》2011年第3期。

李瑞华：《欲望叙事——刘恪先锋小说的叙事模式研究》，《周口师范学院学报》2011年第3期。

王艳丽：《先锋小说时间意识研究》，《东北师大学报（哲学社会科学版）》2011年第3期。

张芮：《回归、追溯、还原——〈十八岁出门远行〉解读》，《语文建设》2011年第3期。

俞敏华：《革新的意义与缺失——论"先锋小说"的艺术形式变革》，《新疆大学学报（哲学社会科学版）》2011年第3期。

陈振华、储冬叶：《从精神实质到形式本体——从"现代派"到"先锋文学"的叙事位移》，《皖西学院学报》2011年第3期。

李建立：《"风筝通信"与1980年代的"现代小说"观念》，《现代文学研究丛刊》2011年第4期。

贺云：《西方现代文学视域中的中国当代先锋小说》，《当代文坛》2011年第4期。

李曙豪：《先锋小说与中国小说的"西化"》，《韶关学院学报》2011年第5期。

高玉：《论中国当代先锋小说中的"反懂"写作》，《湖北大学学报（哲学社会科学版）》2011年第5期。

方颀玮：《后现代观照下的先锋小说——论先锋小说对文学经典的解构与建构》，《池州学院学报》2011年第5期。

范国宁，贾玉婷：《先锋小说与中国道家文化》，《四川职业技术学院学报》2011年第6期。

苏童：《重返先锋：文学与记忆》，《名作欣赏》2011年第7期。

李卫平：《再谈"先锋小说"在新时期文学中的时代价值》，《赤峰学院学报（汉文哲学社会科学版）》2011年第10期。

张红翠：《解析"西藏"在马原叙事中的语义内涵及其功能》，《中国现代文学研究丛刊》2011年第10期。

李建周：《批评的圈子与尺度——以残雪的接受为例》，《文艺争鸣》2011年第17期。

王晓平：《论八十年代"先锋小说"中的历史经验与形式实验》，《中国现代文学研究丛刊》2011年第12期。

吴佩芬：《论中国当代先锋小说的后现代艺术特征》，《时代文学（下半月）》2011年第12期。

连雪雪：《论80年代末先锋小说的退场》，《北方文学（下半月）》2011年第12期。

陈理宣、张恒军：《论"先锋小说"语言的疏离效果》，《社会科学家》2011年第12期。

蒋蓉：《暴力与温情——试论余华的先锋小说》，《合肥学院学报（社会科学版）》2012年第1期。

刘芳：《先锋小说"形式"反叛的尴尬命运——以马原小说的接纳过程为叙述中心》，《淮海工学院学报（人文社会科学版）》2012年第1期。

范国宁、贾玉婷：《先锋小说中的神秘文化》，《柳州职业技术学院学报》2012年第1期。

程德培：《进步的世界是一个反讽的世界——读格非的长篇小说〈春尽江南〉及其他》，《当代作家评论》2012年第2期。

胡皓：《先锋小说的后现代性例析》，《文学教育（下）》2012年第2期。

单昕：《论先锋小说在英语世界的传播与影响》，《文学界（理论版）》2012年第2期。

董外平：《神秘主义与中国当代先锋小说》，《东方论坛》2012年第2期。

王永兵：《论中国当代先锋小说的语言嬗变》，《中国现代文学研究丛刊》2012年第2期。

张立群：《论先锋文学的资源转化与"突围"权利》，《湖北师范学院学报（哲学社会科学版）》2012年第2期。

刘新萍：《论先锋小说的叙事特征——以马原和孙甘露为中心》，《艺术百家》2012年第2期。

王永兵：《从川端康成到卡夫卡——余华小说创作的转型与新时期小说审美范式的变化》，《浙江师范大学学报（社会科学版）》2012年第2期。

王洪岳：《当代先锋文学中的江南文化因素》，《重庆师范大学学报（哲学社会科学版）》2012年第2期。

孙荣：《从逻辑的真实走向事实的真实——试论中国先锋小说的艺术特色》，《邢台学院学报》2012年第3期。

李赵君：《论先锋文学对形式主义的接受》，《文学教育（上）》2012年第3期。

江涛：《先锋文学落幕与作家集体转型的原因探究》，《群文天地》2012年第3期。

晋海学：《马原小说叙事与先锋文学批评的阐释困境》，《齐鲁学刊》2012年第3期。

马文美：《永远的异项——论中国当代先锋小说的标出性》，《江苏社会科学》2012年第3期。

田野：《八十年代中国先锋小说的语言实验》，《科技信息》2012年第4期。

王燕：《论先锋文学的衰落》，《北方文学（下半月）》2012年第4期。

刘桂茹：《纯文学想象与"戏仿"经典化——论先锋小说的"戏仿"手法》，《江苏广播电视大学学报》2012年第4期。

王艳荣：《90年代：先锋作家的集体"哗变"》，《文艺评论》2012年第5期。

王琮：《二十一世纪先锋文学的转型与发展》，《社会科学战线》2012年第5期。

刘芳：《从〈收获〉看"先锋小说"与政治意识形态的关联》，《淮海工学院学报（人文社会科学版）》2012年第5期。

刘志荣：《先锋、魔幻与写实——藏地经验与当代文学漫议》，《南方文坛》2012年第5期。

李明彦：《祛魅的悖论：先锋文学的"精神真实"与"神秘主义"》，《东北师大学报（哲学社会科学版）》2012年第5期。

何同彬：《"历史"与"反抗"的意志——一九九〇年代以来"先锋"意识的瓦解》，《山花》2012年第7期。

龚自强：《"小说的哲学化"之闪耀与黯淡——余华〈难逃劫数〉叙事解读兼论先锋小说之命运》，《文艺评论》2012年第7期。

李琳、李瑾：《从先锋文学看元小说在当代中国的兴起、发展和流变》，

《当代外语研究》2012年第7期。

刘芳：《从〈人民文学〉看"先锋小说"的政治性》，《淮海工学院学报（人文社会科学版）》2012年第8期。

王天桥：《形式的可能：论先锋小说的阅读困境》，《创作与评论》2012年第8期。

李遇春：《乌托邦叙事中的背反与轮回——评格非的〈人面桃花〉〈山河入梦〉〈春尽江南〉》，《中国现代文学研究丛刊》2012年第10期。

王天桥：《重返上世纪八十年代："先锋小说"的读者研究》，《理论月刊》2012年第10期。

李雪：《作为原点的〈十八岁出门远行〉》，《中国现代文学研究丛刊》2012年第12期。

王盼：《先锋文学的中道而返——论余华〈活着〉中的时间美学》，《大众文艺》2012年第16期。

曲艺：《浅谈先锋小说的宿命观》，《安徽文学（下半月）》2013年第1期。

白婧：《"先锋文学"的先锋性解析》，《山西煤炭管理干部学院学报》2013年第1期。

刘新萍：《论先锋小说的文化叙事特征——以马原和孙甘露为中心》，《艺术百家》2013年第S1期。

潘旭科：《从先锋到现代——余华小说风格的转变》，《淮北职业技术学院学报》2013年第2期。

张学军：《论先锋小说的审丑意识》，《百家评论》2013年第2期。

蔡咏春、潘艳慧：《虚构的诗学：先锋小说的元叙述》，《当代文坛》2013年第2期。

赵振杰、贺姗姗：《人工合成的"纯文学"——重返20世纪80年代"先锋小说"》，《河北科技师范学院学报（社会科学版）》2013年第2期。

徐春浩：《浅析叶兆言"先锋小说"对理想精神的解构》，《河南理工大学学报（社会科学版）》2013年第2期。

姜玉琴：《革命、政治和先锋派——论中国当代先锋主义文学思潮的转向》，《中国文学研究》2013年第2期。

刘锦丽：《威廉·福克纳影响下的中国先锋作家先锋叙事探源》，《名作欣赏》2013年第3期。

马琼：《论格非先锋小说的叙事结构》，《保山学院学报》2013年第3期。

李倞：《略论先锋小说的电影改编》，《黑河学刊》2013年第3期。

李可：《先锋派小说英译管窥——以余华作品为例》，《当代外语研究》2013年第4期。

郑恩兵：《新时期先锋文学的民族性诉求》，《河北大学学报（哲学社会科学版）》2013年第4期。

穆厚琴、魏兰：《当代先锋小说的儿童叙事及其美学价值》，《扬州大学学报（人文社会科学版）》2013年第4期。

郭冰茹：《苏童小说与话本传统》，《中山大学学报（社会科学版）》2013年第5期。

王丽琼：《先锋小说的多重叙事——以苏童小说〈罂粟之家〉为个案》，《衡水学院学报》2013年第6期。

王红旗：《谈徐小斌文学创作的先锋性价值——从〈羽蛇〉到〈炼狱之花〉》，《名作欣赏》2013年第6期。

王丽滨、曹晨光：《从变异修辞看〈红高粱〉"先锋小说"的病相》，《剑南文学（经典教苑）》2013年第6期。

穆厚琴：《中国当代先锋小说教学的困境及改革思路》，《教育与职业》2013年第6期。

穆厚琴、孟宪浦：《女性话语下的中国当代先锋小说主题》，《长江大学学报（社会科学版）》2013年第7期。

李今：《论余华〈许三观卖血记〉的"重复"结构与隐喻意义》，《中国现代文学研究丛刊》2013年第8期。

陈博、罗曼：《博尔赫斯对中国作家的影响》，《山花》2013年第10期。

贺婷婷：《先锋作家对现实的逃避及出路》，《文学教育（下）》2013年第12期。

王迅：《麦家小说叙事的先锋性》，《中国现代文学研究丛刊》2013年第12期。

郝魁锋：《论1990年代后先锋小说的叙事转型》，《创作与评论》2013年第18期。

李建周：《“流动的先锋性”——对先锋小说及其研究的反思》，《燕赵学术》2014年第1期。

谢刚：《进化论、后现代主义与圈子批评——1980年代先锋小说批评的话语脉络及存在形态》，《福建师范大学学报（哲学社会科学版）》2014年第1期。

郝魁锋：《20世纪90年代文学期刊与先锋小说的发展转型——以〈收获〉〈花城〉为例》，《河南大学学报（社会科学版）》2014年第2期。

单昕：《重建内心的真实——论先锋小说的叙事伦理》，《广东第二师范学院学报》2014年第2期。

郝魁锋：《论1990年代后先锋小说的发展趋向》，《河南师范大学学报（哲学社会科学版）》2014年第2期。

刘建军：《试论先锋小说叙事艺术、生存状态探索方面的变革》，《黄冈师范学院学报》2014年第2期。

唐玥：《例谈当代先锋文学的特征及其发展》，《文学教育（上）》2014年第2期。

张延文：《先锋小说叙事的自由与超越》，《南方文坛》2014年第3期。

陈斌、王琴：《论先锋、实验文学中的意识流手法》，《淮海工学院学报（人文社会科学版）》2014年第4期。

张欣杰：《寻根与先锋文学中的父子身体修辞与男性主体成长状况》，《中州学刊》2014年第4期。

张晓峰：《1980年代中国先锋小说的起源与形态——兼议汪曾祺小说的文学史定位》，《海南师范大学学报（社会科学版）》2014年第4期。

赖一捷：《张艺谋对先锋小说的影像化重塑》，《赣南师范学院学报》2014年第4期。

单昕：《先锋小说与中国当代文学海外传播之转型》，《小说评论》2014年第4期。

沈杏培：《“文革”与当代先锋写作——先锋作家的文革叙事策略及文学价值》，《南京师大学报（社会科学版）》2014年第4期。

黄发有：《〈收获〉与先锋文学》，《当代作家评论》2014年第5期。

王帅乃：《论格非先锋小说中的"颓废"美学》，《郑州师范教育》2014年第5期。

杨荣：《重返现实：再论〈活着〉与先锋文学的转型》，《当代文坛》2014年第5期。

李莉：《当代先锋文学解构初探》，《长江师范学院学报》2014年第6期。

李雪：《余华与"先锋文学史"》，《文艺争鸣》2014年第8期。

张伟栋：《余华的"卡夫卡主义"——论余华八十年代"先锋时期"的写作观念》，《文艺争鸣》2014年第8期。

李建周：《"怀旧"何以成为"先锋"——以余华〈古典爱情〉考证为例》，《文艺争鸣》2014年第8期。

黄晨屿：《论余华先锋小说中的时间意识》，《鸡西大学学报》2014年第8期。

杨经建：《"民间化"："先锋小说"创作的一种存在主义表征》，《学术界》2014年第8期。

邓煜：《中国先锋小说特质的生成和转变》，《名作欣赏》2014年第24期。

二、硕士论文

朱献贞：《先锋小说反向叙事的美学特征》，曲阜师范大学硕士论文，2000年。

赵尔：《"西体中用"与先锋小说的悲剧意识》，湖南师范大学硕士论文，2002年。

贺殿广：《"先锋小说"价值批判》，东北师范大学硕士论文，2002年。

白明利：《形式的追求和主题的变奏——论文化转型期的先锋小说》，郑州大学硕士论文，2003年。

彭文忠：《存在的追询——论中国当代先锋小说的人学主题》，湖南师范大学硕士论文，2003年。

张月媛：《先锋小说在20世纪90年代后的衍变》，清华大学硕士论文，2004年。

张光霞：《先锋作家"文革"书写论》，曲阜师范大学硕士论文，2005年。

王云芳：《先锋文学与文学期刊》，山东大学硕士论文，2005年。

赵蓉：《绝望中的突围——文化撞击下的先锋文学精神》，安徽大学硕士论文，2006年。

杨林：《先锋小说在新世纪》，山东师范大学硕士论文，2006年。

郭琳：《先锋意识在当代中国文学中的变异》，华中师范大学硕士论文，2006年。

赵自云：《先锋的"祛魅"——中国当代先锋小说的生产机制分析》，暨南大学硕士论文，2007年。

黎萍：《从形式先锋到精神先锋的嬗变——以格非、北村为例论世纪末先锋小说的转型》，暨南大学硕士论文，2007年。

黄放：《中国当代先锋文学之先锋性反思》，上海社会科学院硕士论文，2007年。

黄江苏：《形式实验与现实关怀之间的两难——论先锋小说在八、九十年代的变迁》，浙江师范大学硕士论文，2007年。

张振强：《试论先锋小说的审美现代性追求》，南昌大学硕士论文，2008年。

银春花：《中国当代先锋小说的后现代性》，内蒙古师范大学硕士论文，2008年。

洪星球：《时尚理论与中国当代先锋文学》，华东师范大学硕士论文，2008年。

胡怿：《解构历史：从新历史主义视角解读中国当代先锋小说》，湖南科技大学硕士论文，2009年。

于兴雷：《论先锋小说的人文关怀意识》，陕西师范大学硕士论文，2009年。

卢海章：《新时期先锋小说的神秘性特征》，辽宁大学硕士论文，2009年。

张博：《中国当代先锋小说中的时间问题》，河北大学硕士论文，2010年。

庞静：《论八十年代中后期先锋小说的审美现代性》，安徽大学硕士论文，2010年。

胡蓉：《论中国当代先锋小说的形式之美》，湖南师范大学硕士论文，2011年。

陶丹：《颠覆与重建——中国当代先锋小说的叙事探索》，陕西师范大学硕士论文，2011年。

蒋雪丽：《新时期文学形式本体论研究》，河北师范大学硕士论文，2012年。

陈碧君：《"先锋"的崛起与没落——论八十年代的先锋批评》，华东师范大学硕士论文，2012年。

董蕾：《中国先锋作家创作的转型向度——以余华、格非、北村为例》，河南师范大学硕士论文，2012年。

刘莹：《"先锋"的探索——〈花城〉（1979-2009）的文学实践》，南京大学硕士论文，2012年。

刘昱：《先锋小说的"文革书写"》，辽宁大学硕士论文，2012年。

杨丽红：《先锋文学九十年代的变迁及其启示》，南京师范大学硕士论文，2013年。

魏栗：《中国当代先锋小说戏仿现象研究》，辽宁大学硕士论文，2013年。

朱双双：《"先锋精神"的坚守与对话——1985-1995的〈收获〉与"先锋小说"》，湖南师范大学硕士论文，2013年。

杨欢欢：《中国当代先锋派小说家的文学批评研究——以余华、格非、马原、残雪的"文学笔记"为例》，江西师范大学硕士论文，2014年。

王璞：《1980年代"先锋文学"的生产和传播——以〈收获〉杂志为中心》，华东师范大学硕士论文，2014年。

中国当代文学史资料丛书

三、博士论文

叶立文：《增长与繁荣——中国二十世纪八十年代小说中的先锋话语》，武汉大学博士论文，2001年。

方贤绪：《现代主义文学思潮和80年代小说研究》，苏州大学博士论文，2003年。

程波：《先锋及其语境：中国当代先锋文学思潮研究》，复旦大学博士论文，2003年。

王芳：《80年代小说与西方荒诞思潮》，中国社会科学院研究生院博士论文，2003年。

翟红：《论80年代中国先锋小说的语言实验》，苏州大学博士论文，2004年。

徐彦利：《先锋叙事新探》，山东大学博士论文，2005年。

南志刚：《叙述的狂欢与审美的变异——叙事学与中国当代先锋小说》，苏州大学博士论文，2005年。

洪治纲：《反叛与超越——论现代性语境中的中国当代先锋文学》，浙江大学博士论文，2005年。

王永兵：《欧美先锋文学与中国当代新潮小说》，山东师范大学博士论文，2006年。

李建周：《先锋文学的兴起——以1980年代上海为考察个案》，中国人民大学博士论文，2010年。

吴高园：《博尔赫斯与中国新时期小说新论》，武汉大学博士论文，2011年。

刘桂茹：《先锋与暧昧——中国当代文学的"戏仿"现象研究》，福建师范大学博士论文，2011年。

郝魁锋：《先锋之后的文学踪迹——二十世纪九十年代后"先锋小说"转型研究》，河南大学博士论文，2012年。

王琮：《九十年代以来先锋小说创作的转型——以苏童、余华、格非为代表》，辽宁师范大学博士论文，2012年。

四、学术专著

张玞：《作家的白日梦》，广州：花城出版社，1992年。

陈晓明：《无边的挑战——中国先锋文学的后现代性》，长春：时代文艺出版社，1993年。

张清华：《中国当代先锋文学思潮论》，南京：江苏文艺出版社，1997年。

吴义勤：《中国当代新潮小说论》，南京：江苏文艺出版社，1997年。

尹国均：《先锋试验——八九十年代的中国先锋文化》，北京：东方出版社，1998年。

洪治纲：《守望先锋—— 兼论中国当代先锋文学的发展》，桂林：广西师范大学出版社，2005年。

王洪岳：《审美的悖反——先锋文艺新论》，北京：社会科学文献出版社，2005年。

南志刚：《叙述的狂欢与审美的变异——叙事学与中国当代先锋小说》，北京：华夏出版社，2006年。

程波：《先锋及其语境——中国当代先锋文学思潮研究》，桂林：广西师范大学出版社，2006年。

翟红：《叙事的冒险——中国先锋小说语言实验探微》，北京：中国社会科学出版社，2008年。

张闳：《感官王国——先锋小说叙事艺术研究》，上海：同济大学出版社，2008年。

刘云生：《先锋的姿态与隐在的症候——多维理论视野中的当代先锋小说》，成都：巴蜀书社，2009年。

胡西宛：《先锋作家的死亡叙事》，长沙：湖南人民出版社，2010年。

焦明甲：《新时期先锋文学本体论》，北京：中国社会科学出版社，2012年。

刘桂茹：《先锋与暧昧——中国当代"戏仿"文化的美学阐释》，镇江：江苏大学出版社，2012年。

叶立文：《启蒙视野中的先锋小说》，武汉：湖北人民出版社，2012年。

中国当代文学史资料丛书

陈亚平、王晓华主编：《新世纪后先锋文学编年史》，北京：中国戏剧出版社，2013年。

杨小滨：《中国后现代——先锋小说中的精神创伤与反讽》，上海：上海三联书店，2013年。

张立群：《先锋的魅惑》，北京：北京大学出版社，2014年。

李建周：《先锋小说的兴起》，北京：中国社会科学出版社，2014年。

先锋小说研究资料